U0902173

专题研究
粤派评论丛书

粤派网络文学评论

西篱 主编

本项目受广东省宣传文化发展专项资金资助出版

SPM 南方出版传媒
广东人民出版社
·广州·

图书在版编目（CIP）数据

粤派网络文学评论 / 西篱主编．—广州：广东人民出版社，2018.5
（粤派评论丛书）
ISBN 978-7-218-12707-1

Ⅰ．①粤…　Ⅱ．①西…　Ⅲ．①中国文学—当代文学—文学评论—文集　Ⅳ．①I206.7-53

中国版本图书馆CIP数据核字（2018）第066666号

YUEPAI WANGLUO WENXUE PINGLUN
粤派网络文学评论　　西篱　主编

出 版 人：肖风华

责任编辑：胡扬文
装帧设计：张绮华
排　　版：广州市奔流文化传播有限公司
责任技编：周　杰

出版发行：广东人民出版社
地　　址：广州市大沙头四马路10号（邮政编码：510102）
电　　话：（020）83798714（总编室）
传　　真：（020）83780199
网　　址：http://www.gdpph.com
印　　刷：珠海市鹏腾宇印务有限公司
开　　本：787毫米×1092毫米　1/16
印　　张：26　　　　字　　数：350千
版　　次：2018年5月第1版　2018年5月第1次印刷
定　　价：88.00元

如发现印装质量问题，影响阅读，请与出版社（020-83795749）联系调换。
售书热线：（020）83795240

总 序

近百年来中国文坛，“京派批评”“海派批评”以及20世纪80年代崛起的“闽派批评”已是大家公认的文学现象，但“粤派评论”却极少被人提起。事实上，不论从地域精神、文化气质，还是文脉的历史传承，抑或批评的影响力来看，“粤派评论”都有着独特精神气质和文化品格，有它的优势和辉煌。只不过，由于历史、现实、文化和地域的诸多原因，“粤派评论”一直被低估、忽视乃至遮蔽。有鉴于此，我们认为，以百年粤派文学以及美术、音乐、戏剧、影视等评论为切入点，出版一套“粤派评论丛书”，挖掘被历史和某种文化偏见所遮蔽的“粤派评论”的价值，彰显粤派文学与文化的独特内涵和深厚底蕴，不仅能更好地展示广东文艺评论的力量，让“粤派评论”发出更响亮的声音，而且有助于增强广东文化的自信，提升广东文化的影响力，促进区域文化的繁荣发展。

出版这套丛书，有厚实、充分的历史、现实、文化和地域等方面的依据。

第一，传统文化的影响。岭南文化明显不同于北方文化。如汉代以降以陈钦、陈元为代表的“经学”注释，便明显不同于北方“经学”的严密深邃与繁复，呈现出轻灵简易的特点，并因此被称为“简易之学”。六祖惠能则为佛学禅宗注进了日常化、世俗化的内涵。明代大儒陈白沙主张“学贵知疑”，强调独立思考，提倡较为自由开放的学风，逐渐形成一个有粤派特点的哲学学派。这种不同于北方的文化传统，势必对“粤派评论”的形成起到潜移默化的作用。

第二，文论传统的依据。“粤派评论”的起源可追溯到晚清，黄遵宪的“诗界革命”，梁启超的“小说界革命”的倡导，开创了一个时代的风潮，在全国产生了普泛的影响。上世纪二三十年代，黄药眠在《创造周报》发表大量文艺大众化、诗歌民族化的文章，风行一时。钟敬文措意于民间文学，被视为中国民间文学的创始人。新中国建立后的“十七年”，“粤派评论”的代表人物有黄秋耘、萧殷、梁宗岱等人。新时期以来，“粤派评论”也涌现出不少在全国具有一定知名度的文艺评论家。如饶芃子、黄树森、黄修己、黄伟宗、洪子诚、刘斯奋、杨义、温儒敏、谢望新、李钟声、古远清、蒋述卓、陈平原、程文超、林岗、陈剑晖、郭小东、宋剑华、陈志红等，其阵容和影响力虽不及“京派批评”和“海派批评”，但其深厚力量堪比“闽派批评”，超越国内大多数地域的文艺评论阵营。如果视野和范围再开放拓展，加上饶宗颐、王起、黄天骥等老一辈学者的纯学术研究，则“粤派评论”更是蔚为壮观。

第三，地理环境的优势。从地理上看，广东占有沿海之利，在沟通世界方面具有得天独厚的优势；同时，广东处于边缘，这既是劣势也是优势。近现代以来，粤派学者在中西文化交汇的背景下，感受并接受多种文明带来的思想启迪。他们视野开阔，思维活跃，不安现状，积极进取，敢为人先，因此能走在时代变革的前列。黄遵宪、康有为、梁启超、孙中山等是这方面的代表人物。他们秉承中国学术的传统，又开创了“粤派评论”的先河。这种地缘、文化土壤的内在培植作用，在“粤派评论”的发展过程中是显而易见的。

“粤派评论”有属于自己的鲜明特点。

第一，中国现当代文学史写作，是“粤派评论”最为鲜亮的一道风景线。在这方面，“粤派评论”几乎占了文学史写作的半壁江山，而且处于前沿位置，有的甚至成为中国现当代文学史写作的高地。比如20世纪80年代，钱理群、陈平原、黄子平联合发表的著名论文《论二十世纪中国文学》，其中陈平原、黄子平均为粤人。洪子诚的《中国当代文学史》以方法先进、富于问题意识、善于整合中西传统资源和吸纳同时代前沿研究成果著称，它与陈思和的《中国当代文学史教程》被学界誉为中国现当代文学史的“南北双璧”。杨义的三卷本《中国现代小说史》是比较方法运用在文学史写作的有效实践，该著材料扎实，眼光独到，分析文本有血有肉，堪与夏志清的《中国现代小说史》比肩。此外，温儒敏的《中国现代文学批评史》、黄修己的《中国现代文学发展史》、古远清的港台文学史写作，也都各具特色，体现出自己的史观、史识和史德。

第二，“粤派评论”注重文艺、文化评论的日常化、本土经验和实践性。粤派评论家追求发现创新，但不拒绝深刻宽厚；追求实证内敛，而不喜凌空高蹈；追求灵动圆融，而厌恶哗众取宠。这就体现了前瞻视野与务实批评的结合，经济文化与文艺批评的合流，全球眼光与岭南乡土文化挖掘的齐头并进，灵活敏锐与学问学理的相得益彰，多元开放与独立文化人格的互为表里。粤派评论家有自己的批评立场、批评观念，亦有自己的学术立足点和生长点。他们既面向时代和生活，感受文艺风潮的脉动，又高度重视审美中的文化积累和文化传承；既追求批评的理论性、学理性和体系建构，又强调批评的实践性，注重感性与诗性的个性呈现。

我们认为，建构“粤派评论”，不能沿袭传统的流派范畴与标准，它不是一种具有特定文化立场、一致追求趋向和自觉结社的理论阐释行动。它只是一个松散的、没有理论宣言与主张的群体。因此，没有必要纠结“粤派评论”究竟是一个学派，还是一个地域性的概念，但有一点可以肯定：“粤派评论”已是一个客观存在的文化实体，即虽具有地方身份标识，却不局限于一地之见的文艺理论家、批评家群体。

党的十九大报告指出，发展中国特色社会主义文化，就是以马克思主义为指导，坚守中华文化立场，立足当代中国现实，结合当今时代条件，发展面向现代化、面向世界、面向未来的，民族的科学的大众的社会主义文化，推动社会主义精神文明和物质文明协调发展。广东省委宣传部策划、组织、指导编纂出版“粤派评论丛书”，是贯彻落实十九大关于文化建设发展精神的一项重要举措，是讲好中国故事、传播中国声音、阐发中国精神、展现中国风貌的一次文化实践。我们坚信，扎根广东、辐射全国的“粤派评论”必将成为新时代坚定文化自信、实现中华民族伟大复兴路上其中一块最稳固的基石。

“粤派评论丛书”编辑委员会

主编近照

主编简介：

西篱，本名周西篱，文学创作一级作家，广东网络作家协会副主席。已经出版《昼的紫夜的白》《雪袍子》《为苍生而战》《夜郎情觞》《西篱香》等长篇小说、纪实文学、诗歌和散文十多部，发表电影剧本多部，在《文艺理论与批评》《文艺报》《粤海风》《中国文化报》等报刊发表文艺评论文章若干，获首届金筑文艺奖、第四届中国传记文学优秀作品奖、首届有为杯报告文学奖、贵州少数民族影视文学优秀剧本奖等。

目录

第一章

绪论：网络文学评论的拓展

20世纪末以后，迅速发展起来的互联网技术给中国社会的公共领域带来了革命性的拓展，这个变化是前所未有的。网络技术已经在不断地改变中国社会的基本结构，也改变了中国的文化结构，极大地扩展了中国文化发展的公共领域。

互联网已经成为现代中国社会文化的重要的集聚平台，在这个平台上，文化评论以及文化创造也迅速地发展。随着网络技术的普及化，网络文学评论已经相当普遍地在当代文学创作和文学评论中广泛运用，并且成为当代文学活动主要的组成部分。

一

从表面上看，网络文学创作和网络文学评论只是形式上或者媒介上的变化，是从传统的纸质媒介转向了电子网络媒介的变化，是人们从传统的纸媒阅读转向电子屏幕的阅读，但实际上，媒体的变化可能会带来许多看不见的变化，尤其是其中的话语权力的变化，是一种对评论权力诉求的变化。这是一个重要的历史转变时期，网络评论主体以及评论的接受方面都出现了实质性的变化。

在历史上，文化的传播与传播媒介的变更有密切的关系。文化传播经历了口头传播，器物传播到后来的通过纸质媒介承载的文字传播，这都显示了历史文化不断发展演变的过程。

电子网络媒介出现以后，文化的传播具有了更大的覆盖力，文化信息迅速地传达到人群之中，文化的普及和交流也在不断地增强。

文化不仅仅是信息，它还拥有非常强大的社会组织功能，它的传播媒介也是组织社会的重要媒介。互联网出现以后，便迅速地成为组织社会的重要媒介，同时在文艺评论和文化评论领域显示出独特的组织效应。

以传统媒介为主要组织方式的社会文化迅速的转向了以电子网络媒体为主的组织方式，更多的人自觉或不自觉地参与到这个文化平台，被一种无形的

力量吸引到这个文化结构之中。网络化的文艺评论在很大范围内有效地组织了当代的文艺活动，并且引起人们的关注和参与，由此而对文学艺术的发展起到了很大的推动作用。

网络技术的出现给文化传播带来了革命性的变化，它在诸多领域以及各个环节上都给文化传播提供了非常强大的技术支持，尤其是对评论话语权力的重新配置起到了关键性的作用，另一种文艺评论格局也由此出现。

以网络媒体重新组织文学以及文化评论在大众文化网络时代是非常突出的。众多的评论者和接受者聚集在一起，在网络平台上讨论文学问题，这是一种前所未有的文学评论状态。

这种状态所显示出来的就是网络评论权力的重新配置。传统评论由于受到纸质媒体的门槛制约，也因此形成了垄断化的格局，评论的权力只集中在少数人手中。

二

在大众文化的背景下，众多的评论者加入了评论的队伍，参与到评论队伍中的人员结构发生了变化，网络评论的出现导致了评论话语权的转变，精英评论的话语权会受到影响，大众评论的声音可能会形成合力整体地影响到评论的走向。

不过，大众文化的去中心化未必一定会使精英的评论话语受到削弱，相反，因为更多的人关注文艺，关注评论，网络传播媒介强大的传播功能可能会使精英评论拥有更为广大的空间，也因为受众的众多而形成一定的话语权。只不过声音的多元化会使精英的话语权不是唯一的或者是垄断的，它只是众多的文艺评论中的一种，而不可能会成为唯一的意见。文艺评论的网络化会使得评论呈现出更为广泛多元的特征。

在网络媒体上，大众迅速的参与到文艺评论领域之中，这就可能会在大众中迅速地出现一些独特的评论声音，而且这些声音会逐渐形成某种中心化的趋势，或者是相对的中心化，它的群体或大或小，代表了不同的立场，尽管有些评论在专业评论者看来是非专业的。

与此同时，网络评论的方式也发生了变化，在传统的评论中，由于受到制作媒体的局限，评论的手段也是较为单一的。而在网络技术的支持下，文艺评论已经呈现出立体化的状态，它既有文字的评论，也有图片和影像方式的评论。例如胡戈的《一个馒头的故事》，便是运用影视剪辑表达他对质量低劣的电影的不满。尽管没有文字的说明，但他所采用的反讽手段却让观众一目了然，知道他的评论立场和评论要点。

三

传统文学评论主要是呈现于报纸杂志等纸质媒体上，这些媒体在现代社会具有相当强的可控性，它可能会受到主流意识形态的严格控制，能够进入评论门槛的评论者会受到严格的身份甄别，在思想意识上要符合主流意识形态的要求。在技术层面上，纸质媒体可以被严格的控制，也因此导致文学评论具有更加强大的政治意识形态的元素。传统评论需要经过严格的审查才能够出现在纸质媒体中，而且，这种“守门人”的门槛在中国又有其特定的意义。

网络媒体出现以后，由于评论的载体具有普及性，更多的人可以参与到评论中，尽管这些评论是不成型的，或者是不够“正规”的，但是，它却显示了参与者的广泛性和普遍性。

在目前的情况下，纸质媒体，也就是报刊承载的评论仍然是支持学院知识分子身份合法性的主要媒体。学院的评价制度以及学科的评价制度主要还是以报刊文章作为其身份及成果合法性的主要的支持者，因此大部分学院知识分子仍然以纸质媒体的文章作为其身份确证的成果。

网络评论最主要的形态是多元化，这往往使一些学院评论感觉到压力，他们担心由于大众的参与会导致文学艺术评论品质下降。相当一部分学院评论仍然固守于学院正统的评论阵地，并且以此作为确认自己身份合法性的唯一的依据，他们甚至将那些通过网络评论而产生影响的人看成不是同一圈子的人。这是纸质媒体，也就是报刊能够存在的最大的基础，具有身份确证意义的纸质媒体在学院的评价体制中仍然占据着重要的位置。

网络媒体的文章常常被认为随意性大，专业性不足，进入门槛低，没有

专业权威机构的最终认证而削弱了其权威性。因此，网络媒体所承载的文章，包括评论文章也往往不被权威机构或者专业机构所承认。

这对一些专业性较强的领域也许是重要的，但是对于文艺评论这种主观性较强的领域却未必有效。因为每个人对艺术的感受是有差异的，他们可以按照自己的感受去领略艺术，或者哪怕仅仅是根据自己的爱好对某种艺术品位感兴趣，这也因此构成了评论领域的多种声音和多种感受。其实，这也仅仅是载体的不同，传播媒介的不同，这并不影响到评论的品质。

现在越来越多的专业评论者进入到网络领域展开自己的评论，也将网络评论作为自己存在合法性的依据，在网络上展现自己的评论观点，并且将在网络上逐渐聚集的人气作为支持自己存在的最大理由。尽管学院的评价机制仍然不承认这种评论的形式，但是，网络评论已逐渐地渗透到了学院的评价机制之中，因为评论者所聚集起来的人气会直接影响到评论者在学院中的地位。

随着网络的普及化，更多的学院知识分子直接参与了网络评论，他们将自己的意见投入到网络评论之中，这样会让自己的意见观点迅速传播，也能够更为直接地进入受众的视野。正因为受众的广泛性，也使得这些评论者迅速地成为网络评论的明星。评论的明星化，也正是大众文化狂欢时代的特征。一些文艺以及文化的评论者迅速地成为大众文化中的意见领袖，他们的观点在庞大的受众群体中产生了重要的影响。

现在许多出版社也在网络中寻找热门的小说。尽管出版社作为纸质媒体不太关注网络评论本身，但是，网络评论却能够捧热网络小说或者纸质媒体的小说。在这方面，网络评论具有非常强大的广告效应，而这又是传统媒体所看重的效应。

四

网络评论和网络文学创作拥有广泛的群众基础，也因此有了更为广阔的发展空间。网络评论以更大规模的方式直接的影响到当代的文艺活动，并衍生出更多的文艺现象。许多文艺现象在传统媒体时代是看不到的，也是难以想象的。

网络评论最早表现在跟帖上，到后来是以博客、微博的方式出现。微信出现以后，网络评论迅速地进入到手机终端，以更加普及快捷的特点迅速的占领了评论的领域。最近出现的公众微信平台成了文化评论和文艺评论的重要载体。一些年轻的评论者纷纷开设公众微信平台，其组织的评论文章也在众多的微信使用者中流行。现在网络自媒体的出现更意味着个人评论权力和领域的扩展，人们在文化和文学评论方面也更强调了个人化的特点，网络技术也进一步地提供了这方面的条件。

文艺评论实际上是一种社会化的交流和社会化的参与。互联网为社会提供了更为广泛的文化交流平台，也对文学艺术的交流有非常大的促进作用。它改变了社会关于文化和文学艺术交流的方式，不同阶层的人员都可以通过这个平台进行艺术的相关讨论，这对文艺的发展并不是坏事，众多的参与者在这个平台上以不同的姿态和立场进行交流，它还会吸引不同知识背景和不同领域的人进入讨论，从而更加有力地促进文艺的发展。

在网络领域，公众表现出了对文化公共事件的关注热情和参与姿态。一些专业的评论家和大多数业余的评论者也都纷纷通过博客或者微信迅速地成为评论的主流。

在自己的博客园地展开文学评论和文化评论是相当有效的评论方式。在博客的初级阶段，文艺评论能够相对独立地展开自身的立场和观点，在一定程度上还能够避开主流意识形态的拦截，这就使得许多文化人纷纷开设博客，包括学院知识分子也以博客展示自己的文学观点或者评论意见。尽管博客没有成为官方或者学院作为学术评价的依据，但因为它的自由表达的特点，却获得众多的文化人的青睐。

这是在无形中形成的文化趋势，人们可以通过博客自由地表达观点，博客成为公众关注的对象，甚至出现了被称为意见领袖的博客。

博客的影响力不仅仅在于传播信息或者观点，更重要的还在于它显示了作为个人发表意见的权力，也显示了新的意见平台的出现。

五

在网络文学活动中，新的文学因素大量的出现，新的文学内容、文学对象和文学形式也在网络平台上不断产生。新的文学活动方式给文学提供了新的品种，它甚至带来了文学创作的革命性的变化，并导致当代文学创作格局的变动。

这种新的文学形势也给传统评论带来了挑战。因为评论标准的匹配问题，网络文学没有被纳入传统评论的视野中，传统评论会以种种理由将网络文学排除出去，从而也使传统评论在这个领域缺席。但这并不影响网络文学的发展，在高科技的支持和大众的参与下，网络文学以迅猛的发展势头展示出它的生命力。

网络文学的出现并不意味着文学品质的降低，相反，众多不同层次的作者加入了文学创作队伍，也创作了大量的文学作品，而这其中不乏高水平的作品，这就更需要评论者去发现总结，广泛挖掘出这个时代特定媒体所产生的艺术元素和艺术生产关系，总结出这个时代文艺作品的艺术特征以及社会的审美文化特征。

网络文学的数量庞大，普及面广，由此而出现了奇异的文学景观，这就打破了已有的文学观念。传统的文学观念已经难以适应今天文学的发展，尤其是网络文学。每个时代所总结出来的文学标准和经验是在其社会条件下产生的，网络文学是在高科技的支持下出现的，它所承载的是现代人在现有的社会条件下所需要的审美追求。

传统文学评论主要是建立在传统社会的文化条件之上，它所依据的文学标准是由传统的经验所构成，以这样的标准面对当代文学，尤其是网络文学进行判断，其评论的有效性是有限的。只是依据传统的文学标准对网络文学进行评价，不能够有效地阐释网络文学的状态，就会出现捉襟见肘的窘态。

传统评论对网络文学的较少关注并不意味着网络文学这个品种是不值得发展的，相反，由于网络媒体的普及而使网络文学拥有了非常强大的写作群体和接受群体，这是现代及未来文学和文化发展的走向，这本身就是值得关注的对象。

由传统文学所产生的审美经验也是历史共同拥有的审美经验，它在针对网络文学评论时也具有一定的有效性，这也使得网络文学评论并不一定与传统文学评论产生矛盾，但是，由于传统文学评论是建立在传统对象的基础上，当其面对网络文学对象时，也许难以对其进行更为透彻有效的评论。

六

在一定时期，网络文学创作显示出了非秩序化的状态，这也使得网络评论呈现出非秩序化的状态，这与政治意识的统一要求相矛盾。现行的政治意识形态也在对网络文学创作和评论进行规范化和秩序化。网络评论的秩序化是相对的过程，两者之间需要协调。网络评论显示了个人自由化的状态，而主流政治意识形态却力求舆论的统一化，这也要求网络评论向这种同一性靠拢。在技术上层面上，国家机器可以通过一定的力量对网络评论进行相应的控制，使之形成秩序化的状态。

互联网的发展使大众加入文学写作成为可能，也使大众参与评论成为可能。在这个平台上，人们可以从互联网的多种终端直接进入文艺评论。进入评论的门槛不高，至少可以减少编辑的干预，由于数量的庞大，使互联网入口“守门人”的状态可能会发生改变。

互联网出现以后，加入网络评论的人群逐渐聚集在这个平台上，展开了前所未有的评论态势。这些评论者的进入是相对自由的，没有太多的心理负担，也因此更能够自由地发挥自己的观点。网络评论不一定是专业化的，更多的人是以自由的方式加入，他们不是职业的或者专业的评论者，更多的还是一种客串的评论者，他们能够根据自己感受到的文学状态发表意见。尽管是非专业化的，但这并不影响评论的质量和品位，因为这些评论者可以从不同的角度对文艺作品作出评价，这样反而使网络评论显出多层次，多方面的立场和角度，也会让评论领域显示出多元化的状态。这是网络评论的新趋势，专业化和非专业化的评论在网络平台上有时候也难以区分。

网络文学的多样性，也就是网络文学类型、文学内容对象的多样性，以及网络文学接受群体的多样性，这将会使人们形成不同的审美要求，尤其是接受群体的多样性可能会带来评论诉求的差异性。评论者可以根据自己的趣味形成评论群体，甚至会形成评论思潮，对文艺创作产生影响，也对社会的审美风气产生影响。在网络传播的条件下，文学评论思潮的出现会更频繁，规模也更大，所产生的影响也更大。由于人数众多，大众文化评论会出现更为复杂的形态，这就需要评论研究者敢于面对，进一步去发现和分析其中的关系。

手机网络的出现使网络文化更为普及化和大众化。人手一机使网络终端直接进入到大众的日常生活之中，相关信息也覆盖到大众的各个阶层或者群体。文化信息在大众中也很容易引起不同的反应，其反应的速度和密度也将越来越大。文学艺术作品或者文化现象都可以迅速地在手机终端上接收，并能够及时地做出反馈。由文化信息所造成的应激反应也可以迅速地形成社会现象，甚至形成社会事件。评论和反评论的矛盾也会更加突出。这种趋势会形成网络评论的重要景观。

网络的公共性使得文化与文学艺术的信息能够迅速呈现在大众面前，成为公开的信息，这就使一度被垄断或者被隐蔽的文化信息有可能迅速地公开化，也迅速地进入到社会的公共领域，文化的公共性会使文化权力迅速地转移到公众之中。

网络媒体的文学评论是一种立体化的评论形式。作者的多元化，评论立场的多元化，以及评论方式的多元化，构成了网络文艺评论的立体化的效果。

网络文学的评论者未必经过严格的专业训练，但是他们却能够自由的进入评论的领域，在网络上展开自己对某个艺术问题的讨论。他们的讨论立场可以是多种多样的，有些也许仅仅是对某个问题感兴趣，而有些却可能对整体的问题感兴趣。由于评论立场的多元化，人们对某一个文艺作品或文艺现象的评价会不同，甚至会得出截然相反的结论，这种情况在网络评论上会经常出现。在评论方式上，可以有长篇大论，也可以有三言两语的评价，这并不妨碍对文学艺术的理解。当然，在这里必须将那些起哄谩骂式的评价排斥出去，因为它不属于文学评论的范围，而在这一点上往往很容易被那些反对网络文学评论的人混淆，并且诟病。文学艺术的评论应该有一个基本的范围，它有明确的对象指向，对艺术特点的讨论以及对其思想争论都可以进入到文学艺术评论的范围。

网络文学的接受群体范围远远超过一般纸质媒体的接受群体，相对而言，纸质媒体的评论接受群体主要是一些相对专业化的人员，也就是在文学圈子中的接受者，更多的人本身就是评论者。网络文学评论的接受者却远远超出这种专业的范围，他们也许只是通过网络查看某种文艺信息。

网络文学评论在很大程度上还起到广告的效应。通过网络评论传播的信息，一些文艺作品会引起公众的注意，并且形成一定的广告效应。因此，当代的许多艺术作品，尤其是影视作品很容易因为某些极端的网络评论引起人们的关注，并提高票房收入、收视率和销售率，把艺术作品的价格拉高。从商业消费的意义上看，网络评论又具有某种商业性。

从社会文化流行方面看，大多数观众具有从众性，网络评论的传播和覆盖都很容易引发社会的从众心理，大众可以集体性地追随某种流行文化，并且将之推崇到高峰，这与网络评论的推波助澜是分不开的。

在网络中，许多人都可以参与到文学艺术的生产之中。网络评论往往伴随着大众文化的走向而延伸。当大众文化成为社会普遍的文化结构时，网络评论也有了更为广阔的发展土壤。评论者以及受众的广泛参与使得现代的网络评论也更具有了生命力。

网络评论实际上也是现代知识生产的一部分，因为评论往往是修正知识生产的最有效的力量，它所提出的不同观点在知识生产方面是不可或缺的。

面对新的文艺形势，网络评论的任务就在于广泛深入地发掘新的文艺元素，理清新的文艺关系，发现和协调新的文化关系，对当代文艺发展有新的认识和推动。

（本章及第四章第一节、第五章第一节、第二节作者：苏桂宁，暨南大学中文系教授、博士生导师）

第二章

链接：网络文学的诞生

第一节　网络文学的诞生

一、互联网的兴起

1980年前后，ARPANET上的所有计算机开始了TCP/IP协议的转换工作，并以ARPANET为主干网建立了初期的INTERNET。对于中国而言，互联网真正的开端在1990年底到1991年初。1990年11月28日，中国正式在SRI—NIC（斯坦福研究所网络信息中心）注册登记了中国的顶级域名CN，开通了使用中国顶级域名CN的国际电子邮件服务，迈出了中国互联网的第一步。

网络文学产业是以互联网为平台的新兴产业。互联网平台的搭建并不是一蹴而就，因此在互联网方兴未艾时就孕育着网络文学的萌芽，而在互联网逐渐成熟的过程中，网络文学也渐渐发展起来。

互联网基础建设是网络文学发展的基础，信息技术的应用、互联网的搭建成本、计算机的价格等影响因素对互联网的前期发展起到了重要作用。根据CNNIC互联网发展研究报告，1997年10月，我国上网计算机数量不到三十万，而上网用户仅仅六十二万人，经过四年年均增长率超过100%的发展，到了2001年底，我国上网计算机数量达到了一千二百五十四万台，而上网用户人数达到三千三百七十万人，短短四年时间，上网计算机数量增长了四十多倍，而上网用户的数量增长了五十多倍，出现了爆发式的增长态势。其中，1999年是我国互联网上网人次和上网计算机数量上升最快的一年（增长率分别为323.81%，368.54%），到了2000年开始出现下降趋势（152.81%，154.86%），而到2001年则结束了翻倍增长的时代，进入相对平缓增长时期（49.76%，40.58%）。如表2.1.1所示。

表2–1–1　1997年到2001年中国互联网调查统计

年份	1997	1998	1999	2000	2001
人次（万人）	62	210	890	2250	3370

（续上表）

增长率	—	238.71%	323.81%	152.81%	49.76%
上网计算机数（台）	29.9	74.7	350	892	1254
增长率	—	149.83%	368.54%	154.86%	40.58%

数据来源：中国互联网络信息中心（CNNIC）《中国互联网络发展状况统计报告》（1997—2001年）

互联网的发展并不是依靠持续的基础建设，而是依靠互联网的用户以及在互联网上的内容。在互联网刚刚兴起的时候，受上网速度和上网价格的限制，用户主要以电子邮件、新闻浏览为主要活动，并且在网时间往往十分短暂。

值得注意的是，从1999年开始，中国互联网络信息中心的《互联网络发展状况统计报告》中开始提到“电子书籍”，也就是说，在1999年，互联网上的电子书籍已经进入人们的视线，成为互联网内容中的一个重要部分。在1999年中国互联网络信息中心的问卷调查中，“用户在互联网中主要获取哪些信息”问题中，电子书籍以38.04%的比例排在第四位，同一数据在2000年和2001年以45.99%和37.40%的占比持续保持第四位。在中国互联网络信息中心1999年的调查报告中，“互联网信息中，用户认为哪类信息比较丰富”的问题中，电子书籍以25.52%的占比位列第四。而到了2000年，中国互联网络信息中心修改了这一问题，变为“互联网信息中，哪些还不能满足网民需求”，这一问题中电子书籍以39.30%的占比高居第一，2001年同样的问题中，电子书籍以36.30%的占比仍居第一位。从问题的设置上来看，在2000年，互联网的研究者已经发现互联网虽然建立起来，但是空有架构而缺乏内容，存在巨大需求市场，而电子书籍成为了互联网用户最迫切的需求。如表2.1.2所示。

表2-1-2　1999年到2001年中国互联网信息内容调查统计

年份	1999	2000	2001
互联网内容服务	4	4	4
电子书籍	38.04%	45.99%	37.40%

（续上表）

互联网信息需求统计	4*	1	1
电子书籍	25.52%*	39.30%	36.30%

数据来源：中国互联网络信息中心（CNNIC）《中国互联网络发展状况统计报告》（1999—2001年）

从《中国互联网络发展状况统计报告》（1997年–2001年）中可以看到，互联网从基础建设（计算机上网台数）到用户数量都已经具备了初步的规模，在这种情况下，对互联网上内容信息服务的需求在不断扩大。在1997年第一次统计报告中，“目前互联网最令人失望的地方”的调查中显示，网上速度太慢以将近一半（49.1%）的占比成为失望排名第一位，上网收费太贵（36.2%）紧随其次列举第二，而还有7.4%的互联网用户认为除了浏览信息之外，互联网上可做的事情太少了。

互联网建立初期的三个缺陷，为网络文学产业的发展提供了契机。

第一，互联网上网速度慢、上网收费贵。1997年，我国国际出口带宽为25.408兆，而当时通用的数字信息存储工具3.5英寸的软盘容量只有1.44兆，并且3.5英寸软盘读写速度很慢，复制1兆多的文件要一分多钟。这就导致互联网用户会倾向于选择能够快速传输并且占据空间小的服务。众所周知，图片、视频等类型文件传输起来既要求网速又需要空间，而文本文件正好相反，1兆的空间能够存储五十多万汉字，互联网发展初期的保存和传播方式足以支持网络文学的创作。

第二，互联网建设伊始，内容和信息都处于稀缺阶段，互联网用户在上网过程中能够做的事情往往是收发邮件，浏览新闻，下载软件和电子书籍。互联网中电子书籍随着互联网用户的需求而发展起来，为网络文学的发展奠定了基础。

第三，在互联网早期，在已有信息中，以文本为主的书籍而言是最容易实现数字化的。因此，权威丰富、数字化、可检索、开放多元的书籍成为了早期互联网用户最为欢迎的内容之一——这也是传统出版时代所无法实现的。

互联网建立开始是为了信息的交流和共享，这种资源共享的精神带动了

互联网飞速发展起来，人们通过互联网发现交流和共享的意义和乐趣，不论在现实生活在多么悭吝的人，在互联网上都释放出对某些信息进行分享和交流的意愿。这种精神使得互联网上素不相识的人之间建立了情感上的链接，让互联网不断地发展壮大起来。人们可以在互联网上下载到在现实生活中难以购买到的书籍和资料，信息的分享在知识扩散上起到了重要的作用。

然而正是这种资源共享的互联网精神，导致了互联网用户在该领域的版权意识的模糊和躲避，这种现象集中出现在软件服务业和网络文学产业中，对网络文学产业产生了持续性的消极影响，时至今日，盗版仍旧是网络文学的顽疴痼疾。

二、文学的网络化（1990—2000年）

（一）最初的网络文学作品

1990年到2000年，互联网尚在搭建，出现了一批爱好文学的互联网用户，在互联网上发布了文学作品，这一段时期被网络文学界称为网络文学的“洪荒时期”。由于这个时期网络文学尚未出现，这些人只是作为文学爱好者在互联网中零星的发布了作品以供阅读，如今这些作者和作品在网络文学产业的历史中就像是洪荒时期中的远古大神，只留下纪念意义的记录，却在内容和形式上与后来的网络文学相距甚远。

从表2.1.3中可以看出，在1995年之前，几乎所有互联网文学创作和文学网站的搭建都是在海外开启的。从目前有记录的资料来看，最早的中文文学网站是1991年由王笑飞搭建的中文诗歌网（chpoem-1@listserv.acsu.buffalo.edu），而最早的中文文学作品是同年少君的作品《奋斗与平等》。1992年，留美学生搭建了中文新闻组（alt.chinese.text），次年第一位网络诗人诗阳在中文新闻组和中文诗歌网上进行了大量的诗歌创作，诗阳在1995年初与鲁鸣等人合办了第一个中文网络诗词期刊——《橄榄树》。中国第一份中文网络文学期刊是1994年方舟子创办的《新语丝》，而在同年底，一些女性作者在中文诗歌网上创办了第一份中文女性网络文学期刊《花招》。此外，对当时中国网络文学产生影响的还有海外的留学生作家，如散宜生、图雅等网络名家。

表2-1-3　1991—1995年互联网文学大事记

年份	地点	人物	作品	网站
1991年	海外	王笑飞		中文诗歌网（chpoem-1@listserv.acsu.buffalo.edu）
1991年4月		少君	奋斗与平等	
1992年	海外	留美学生		中文新闻组（alt.chinese.text）
1993年3月		诗阳		互联网中文新闻组，中文诗歌网
1994年2月		方舟子	新语丝	
1995年3月		诗阳、鲁鸣等	橄榄树	
1995年底		几位女作者	花招	中文诗歌网
1997年11月	中国大陆	老榕	10.31大连金州没有眼泪	四通利方（新浪前身）
1998年	中国台湾	蔡智恒	第一次的亲密接触	电子公告栏（BBS）
1998年		邢育森	活的像个人样	电子公告栏（BBS）

资料来源：网络资料

1995年之后，中国的互联网基础建设持续推进，网吧开始在中国大地上遍地开花，中文网络文学终于在本土上开始发展起来，1997年，老榕在四通利方论坛（新浪前身）发表了名为《10.31大连金州没有眼泪》的文章，在短短的四十八小时之内，几乎传遍了整个网络，成为文学在互联网时代第一次发挥传播影响力的经典案例。到了1998年，电子公告栏（BBS）中出现越来越多的网络文学创作，其中最著名的是蔡智恒的《第一次的亲密接触》、邢育森的《活的像个人样》、江南的《此间的少年》、今何在的《悟空传》等，其中蔡智恒的《第一次的亲密接触》至今被许多人认为是网络文学的开山之作。这也造成了后来诸多研究者对于网络文学的误读。

实际上，通过分析这些作品的内容特征、传播方式、创作主体、发行模

式等，会发现这些作品和后来的网络文学差别甚大，更适合归类于传统文学的网络化，只是在故事背景和表现手法上采用了互联网元素。互联网的出现，让很多原本难以在相对封闭的出版行业发表作品的作家得到了一个开放的平台，可以自由发布和分享自己的作品。因此，民间的文学爱好者纷纷选择在网络发布自己的作品，互联网开始成为文学的一大发行渠道。这也是网络与文学交融的起始点。

值得一提的是，这些作品虽然都不是现在意义上的网络文学，但是由于他们出现的时期早，在互联网发展史和网络文学发展史中具有里程碑的意义。这些早期作品的优点是自由奔放，虽然其中大多数的创作都带有出版社或者其他媒体的气息，但也存在着独特的个性。因此，尽管这些出现的作品也往往是昙花一现，但是在互联网刚出现的时代，在还没有任何“模板”、几乎可以算得上是空白的互联网中随意涂抹，给随后的网络文学种下了浪漫自由的种子。

因此，一些业界人士将1998年之前的文学作品和作者归为网络文学洪荒时代，就是出于这一时期在网络文学历史中有着初始的标记意义的考虑。就像中国历史上的炎黄时代，主要体现的是文化象征意义。

（二）最初的互联网文学阅读用户

到2015年底，互联网用户总数已经将近七亿人，超过了全国人口总数的一半。在这二十年之间，互联网应用的数量和种类都呈现出爆发式的增长，人们将这个庞大的群体按照应用偏好区别开来，如网络游戏用户、网络文学用户、社交网络用户等等，有些时候在描述上还会精确到具体的应用名称，如仙剑三用户、起点中文网用户、新浪微博用户。

截至2016年，网络文学用户仅国内用户数就已超过三亿。这样的影响力在互联网时代得到了进一步放大，一个以文学为起点，连接影视、动漫、游戏、周边等行业的产业生态正在形成。

与多数源于西方的网络产品不同，网络文学是极少数成功的互联网本土模式之一。经过短短十五年的发展，网络文学已经成为互联网十大应用之一。

同时，网络文学也成为互联网文化走出去的代表，在海外网络用户中引起了极大的反响。这一反响，并不仅限于海外华语用户群——北美、东南亚都出现了类似“字幕组”用户翻译团队，网民自发地将中国网络文学翻译成英语、泰语等不同语言，在网络更新。值得注意的是，这样的自发传播，在现代以来中国文化产品海外传播中极其罕见的。

目前，北美、东南亚地区的大小翻译组已经超过百个，在以介绍亚洲文学为主的网站Novel Updates上，排名前十的作品常年被中国网络文学作品占据。目前较大的网络文学翻译网站最高日UV（网站独立访客）已经近五十万。

而在互联网搭建初期，大部分互联网用户才刚刚开始接触电脑和互联网，对互联网的应用也都是摸索熟悉的过程中，新用户多，总体数量少。而当时互联网中资源发布主要是新闻和电子书籍，这些应用或内容数量和种类都处于稀缺状态，信息匮乏导致的供不应求使得互联网用户很难体现出需求的偏好，因此在这个时期，互联网用户常常被统称为“网民”，网络文学尚未形成自有用户群体。

需要指出的是，虽然这个阶段尚无成熟的网络文学用户群，但“网民”群体大多经历过80年代90年代传统文学和武侠、言情文学的浪潮，对于文学有着天然的接受度和参与意识。因此，他们中的很多人自然而然地成为了第一代网络文学的作家、读者。

三、网络文学的诞生（2000—2001年）

（一）文学在互联网的两个发展方向

中国互联网上的文学创作源头来自于互联网的论坛，网友发布作品也是出于爱好和交流。离开互联网，网络文学就失去了利润扩张的能力，无法形成产业链。另一面是网络文学具有传统文学难以比拟的开放生态和利益分享机制，而其本身作为互联网产品的特质，使得其产业增速与变现也呈现出了与传统出版行业明显的差异——尤其是在影响力的估值与实现上。

在这个时期，各种论坛成为原创文学的发源地，并且原创文学作品的题材和内容包罗万象，形成了自由发展的风格和趋势，并最终形成了两个截然不同的发展方向。

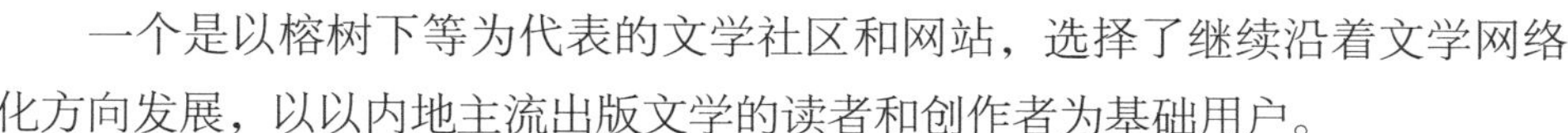

一个是以榕树下等为代表的文学社区和网站，选择了继续沿着文学网络化方向发展，以以内地主流出版文学的读者和创作者为基础用户。

另一个，则是以大众通俗文学为主，充分融合了传奇和武侠等中国传统小说、西方奇幻小说、港台武侠言情、日本轻小说等大众文学的特点，逐渐形成了一个全新的大众文化产品样式，并最终成为了中国特色的网络文学。因此，我们可以称之为“网络文学化”。

文学网络化方面，以榕树下为代表的网站聚集了一批文学爱好者，也是第一批尝试在互联网上进行文学创作的人群，这些用户在榕树下交流创作，他们的创作题材范围十分广泛，有散文诗歌短篇小说等，大多是抒发情感的短篇文学，榕树下成为了当时最著名的文学网站。在榕树下网站建站初期，读者和作者并没有明显的区别，每一位网站用户都可以是读者也可以是作者，彼此之间的讨论和交流更类似于文人墨客举办的诗会，各自创作，互相品评。

榕树下在2000年前成为了互联网文学的聚集地，但是随之而来也出现了一个不容忽视的问题。虽然榕树下是内容原创的拓荒者，但是网站的特色内容却存在曲高和寡的问题，相对“小众”，用户人群受到极大的限制，其坚持的文学性让原创作品更像是“阳春白雪”，难以引起更广泛人群的关注，读者群的数量总是与作者群数量重合率太高，这让榕树下网站在随后的几次浪潮中步履维艰。

同一时期，西陆论坛作为另一个原创文学发源地则出现了不同的特征。西陆论坛最初转载台湾小说，随后有一部分人在论坛上开始模仿当时流行的港台幻想小说、欧美奇幻小说（尤其是龙与地下城系列）进行创作。在这些作者的创作过程中，港台小说有着巨大的影响力，以至于最初尝试写作的小说几乎都是当时热门的武侠和言情这两个类别。而随着时间的推移，很多创作开始融入包括传统演义小说、日本动漫、香港漫画等文化产品的元素，呈现出了多元独立发展的趋势——这可以说是中国文学第一次自觉地展开全文化融合的动作，同时也是中国文化行业中第一个自觉展开商业化学习和自我创新的门类。

与继承文学网络化道路的榕树下不同，网络文学化的内容具有极强的市场特质，读者受众群广泛：既有读者深受武侠、言情影响，基础深厚；另一方面，阅读门槛低，共通性好，对新读者有巨大的吸引力。

因此，网络文学化的社区，一开始就体现出了截然不同的发展动能，并迅速实现了商业化以至于未来的产业化。

创作方面，大部分社区最初的创作者都是当时书站的读者，他们的创作初衷是由于小说的资源稀缺性，当读者将书站内的小说读完时，就产生了巨大的需求，一部分读者决定自给自足的开始创作。这些作品从诞生之初就是从需求出发的“定制品”，因此与市场极为贴近。这些作品相对而言能很快被读者接受，一个自我生态循环开始初步出现。

所以，我们将以西陆、金庸客栈、百战等论坛的互联网文学作品视作网络文学的起源，而这个起源，在发展到一定程度后，最终形成了我们现在所说的“网络文学”。

一个重要的标志就是2001年“中国玄幻文学协会”的成立。

（二）原始用户的积累——免费分享的个人电子书库

进入1998年后，中国的互联网开始摆脱“高大上”的标签，走进普通百姓的生活中。跟其他互联网行业一样，网络文学紧随着互联网的爆炸式发展而发展起来，并且在这一阶段抓住了两个契机。第一个契机是互联网网站相对较低的技术门槛和互联网企业提供的免费硬件环境，免费空间的出现带动了个人网站的蓬勃发展，对文学感兴趣的人开始探索着收集电子书籍并且免费的分享给他人，这种低成本零报酬的“举手之劳”行为，带动了随后一系列电子书籍网站的蓬勃发展。第二个契机是互联网读者对长篇小说的需求，由于长篇小说字数多篇幅长，在实体出版中的成本相对较高，但是小说又不像是工具书使用率那么高，互联网的出现让小说爱好者的需求得到了满足，扫描电子书籍在互联网刚开始的阶段就形成了巨大市场，成为当时互联网用户最需要的资源之一，这一用户群的形成促进了网络文学产业的出现。

1998年前后，免费空间出现的互联网用户的视野中，并且逐渐流行起来。免费空间圆了一批互联网用户的建站梦，而网络文学产业的兴起就源自于这群使用免费空间建立个人网站的互联网用户。在这个时期，网易等公司提供的免费空间为初期个人网站的发展提供了便利和帮助，中国互联网在这个阶段发展的流行趋势就是搭建个人网站，迎来了“全民开站”的时代。在这股浪潮下，

许多爱好文学的互联网用户都建立了个人网站，满足自身收集和分享的需求。

1998年前后，台湾实体小说作家黄易的《大唐双龙传》和莫仁的《星战英雄》在网络上风靡一时，引爆了网络阅读的第一次高潮。黄易的《大唐双龙传》是采取按部连载的方式出版，由于实体出版审核周期长、中间环节多等问题，文学作品的实体出版发行速度不可能像现在互联网出版发行这么迅速，台湾的作品按照每个月出一卷的速度出版和发行在当时已经是了不起的快速，而台湾读物引进大陆几乎可以称得上是遥遥无期。大陆读者常常处于看完上本没下本的状态，租书店里的小说更新很难满足读者对作品连载速度的需求。但互联网的出现，使得大陆读者的阅读进度有机会与台湾的繁体出版进度同步，无需再为一卷小说而蹲守租书店，苦等数月。在这几年中，从台湾传播到大陆地区的《大唐双龙传》等作品凝聚了互联网上第一批网络阅读者。通过互联网的传播和分享，大陆的互联网读者可以实时跟进台湾文学作品出版的进度，网站如果在第一时间内分享连载的小说，便能获得等待更新的读者的关注和青睐，以及由此而带来的可观的浏览量。

这股以台湾武侠小说为动力的互联网扫书活动开启了中国互联网电子书网站的序幕，并成为原创网络小说的发源地。1998年后，一批以黄金书屋为代表的专门扫校转载文学作品的网站如雨后春笋般地出现了。1998年3月，“文学城”率先问世，该网站在当年的每月页面浏览人数已超过百万人次，邮件订阅人数达到一万人次。同年5月，“黄金书屋”在互联网上正式建站，该网站以其对文学作品详尽的分类和多方位的信息使该站点每天的访问人数达到了三万人左右，邮件的订阅数则接近一万人。7月，“书路”正式创办，并在短短的时间内就发展成为首页日访问量过万的大型文学网站。其邮件列表自1999年1月开通后，短短三个月时间内，订阅用户达到五千人次。到了1999年，涌现出一大批在内容和形式上更加多样化的文学网站，如诗词散文网站榕树下、博库等。

（三）在曲折中前进的网络文学产业

在网络文学发展最初的日子里，有以追求作品品质而闻名的卧虎居，有内容最多、转载最快的黄金书屋，更有一些更小的、默默无闻的小站点如今已不可考，正是靠着这些早期网络文学网站的艰辛曲折的发展，才凝聚和培养起了第一批网络阅读习惯的接受者与传播者。

在这一时期最值得一提的创新和成就有二。第一，在有了稳定的阅读群体之后，阅读者在不甘等待的同时，尝试开始原创网络文学的创作。这是读者到作者之间角色转换的初露端倪，而以后的网络文学原创作者大部分都是从读者开始，在等待中慢慢蜕变，最终成为网络文学作品的创造者。原创网络文学的种子开始发芽，最初是一些台湾作者开始以网络连载的形式进行真正意义上的网络文学的创作，比如罗森的《风姿物语》，以及狐言的《水龙吟》等早期网络文学作品，在当时的网络文学网站上大放异彩，成为网络文学史中不可忽视的开端作品。第二，《风姿物语》和《水龙吟》等最初的原创网络文学作品引领的不光是原创网络小说的开端，更为后来的作者读者的互动热潮提供了生存的土壤，卧虎居就是凭借推荐和书评以小网站的身份跻身网络文学网站中。而在网络文学后来的发展中，作者和读者的互动成为了网络文学网站必不可少的环节，这一环节的设计和发展成为了今后网络文学网站发展的重要创新领域。

从现在的观点来看，网站品牌的建立、资本提供的能力扩张、作品版权的合法化、经营模式的正规化，都是一个网络文学网站想要做大做强所必须经历的过程，也是网络文学之所以能够形成产业的根本基础。但在当时的环境下，除了资本的不足，以个人网站为主的文学主体还存在着理念上的失误，这也是导致上述网站纷纷衰败的主要原因：

首先，这些文学网站本身并没有意识到网络文学的价值，对于他们而言，吸引用户的最好办法就是不断丰富作品库，这直接导致了这些文学网站的定位混乱。在一个免费为主的互联网环境下，这样的网站很难形成不可替代性，进而无法商业化。

同样的，因为不断丰富作品库的需求，这些文学网站大量转载和OCR（光学字符识别）实体和线上作品，加上版权意识淡薄，极少有合规版权。

这些原因，最终导致这些网站最后都未能成为网络文学时代的标志，甚至其中大多数渐渐消亡或者边缘化。

（四）网络文学的确立——中国玄幻文学协会

不同于“文学网络化”，面向大众的“网络文学化”则势头凶猛，在第一次互联网泡沫破灭前，其读者数量已经迅速超过了实体转载。一批有着原创内容血统的网站大量涌现，较为著名的有幻剑书盟、天鹰、爬爬、翠微居等等。

但这些网站的创立者们，依然存在类似于黄金书屋、博库等网站的问题。

他们热爱原创内容，但对这些内容的价值并没有足够的估计，因此也没有清晰的商业化逻辑。同时，在模式上，他们依然无法摒弃对于实体文学内容网络化带来的流量预期。另外，他们的个人保守的审美对于原创的判断也出现了重大失误。

因此，无论是从内容定位还是运营逻辑上考量，这些网站在彼时还不能称之为真正的网络文学网站。

这个状况，在2001年得到了改变。因为对于原创内容的理念冲突，宝剑锋、意者等一批作家另立门户，由刚刚成为首批在台湾出版热销网络幻想作品的作家之一的宝剑锋出资，成立了“中国玄幻文学协会”（简称CMFU），这个网站的诞生，真正标志着网络文学的诞生：

首先，中国玄幻文学协会是第一个只做原创内容，并以之为品牌定位的网站，其数十位创建成员中，多数都是有别于实体文学的，更为纯粹的原创作家。

同时，中国玄幻文学协会第一次定义和强调了中国本土玄幻小说，而这个类型，是网络时代才真正诞生的，融合了多种商业文化精华的，纯粹的大众文学幻想题材。直到现在，这个题材依然是网络文学最大的类型之一。

另外，中国玄幻文学协会首次强调二元化，作家、读者的平台和生态建设第一次实现了清晰化，这对于商业化至关重要。

从上述角度来说，中国玄幻文学协会的成立，标志着网络文学专业网站和网络原创文学从综合文学类型和风格网站中独立出来发展的开端。

第二节　互联网时代的文学

一、中国古典小说的历史沿革

根据鲁迅先生所著的《中国小说史略》中记载，“小说”这个词出自于《庄子》杂篇《外物》：“饰小说以干县令，其于大达亦远矣。”对这个词的解释是“琐碎之言，非道之所在。”而在《汉书·艺文志》小说类序中记载：“小说家者流，盖出于稗官，街谈巷语、道听途说者之所造也。”这句话阐释了两个问题。第一，早期的小说作者是采风的稗官，细米为稗，采集琐碎之言的人就称之为稗官，由此可见，这类人的官职是极低微的。第二，小说内容是里巷风俗，街巷蜚语，这是最贴近民生而又最远离庙堂的平民之言。而在《隋书》中又有这样的记载：“古者圣人在上，史为书，瞽为诗，工诵箴谏，大夫规诲，士传言而庶人谤。”从语序上的层次递进可以看出，圣人到庶人是一个社会阶层的逐级降低，而书、诗、箴谏、规诲、言、谤则是显示出语言价值的递减，书、诗是能够登大雅之堂，服务“圣人”的语言形式，而庶人之“谤”则是属于小说的内容部分。

可以看出在汉隋时期，小说的意义与现代小说并不相同，此时期的小说完全可以从字面意义上来理解，就是“小道之言”。其次，在这个时期小说一直是处于较低层次的文学形式，这种“低层次”是指它的来源和服务对象都是底层最广泛的大众，而非士大夫阶层。

《论语》子张篇第十九里记载：“子夏曰：虽小道，必有可观者焉，致远恐泥，是以君子不为也。”这句话概括了中国文人对小说的态度，之所以称之为“小”说，小即旁门左道，这是在艺术价值上的一种不认可。中国古代文

人重视“大道”，轻“技艺”，小说就是典型的“小道”，虽然文人们也承认其“有可观”，但是由于浸淫小道（致远）会局限自身（泥），因此这是属于“君子不为”的范畴。儒家的这种思想影响着中国历代文人对小说的看法，从古至今，文人对大众化、通俗化的作品都有一种天然上的“道不同”的感官。

中国古代能够识字读书的都是士大夫阶层，他们的理念和喜好影响着中国文学形式的兴衰交替。纵观中国文学的发展历史，小说在这个过程中一直处于一种无法登大雅之堂的尴尬地位，中国人在文学上推崇的是雅言，是能够抒发志向、谏言高层的带有哲思的语言形式，叙述故事也仅限于寓言类的小短篇，为文的主要目的是为了表达自我意志，抒发文人情怀，这种需要让文人并不看重文字的叙事性，而更看重文字的优美和感染力。现代所说的小说这种文学形式在中国出现的时期较晚，从内容上来看，一些碎片化的短篇文字承担了叙事的功能，而在同一时期，娱乐性质的文学形式也主要是诗词歌赋，这些文学形式往往通过丰富生动的辞藻和抑扬顿挫的声韵带来艺术上的美感与享受，这些诗词歌赋的主要内容也是以抒情言志为主，并不讲究叙事性，甚至大多时候为了声韵之美而减弱逻辑性和叙事性。

中国最早出现的叙事性文字虽然也有《庄子·齐谐》和《列子·夷坚》这类寓言，但是寓言和小说是有很大区别的，而稗官所记录的“街谈巷语”又是稗官采集而来，即便加入了编者的创作，也非原创独有。因此，一部分学者认为，中国小说与其他民族的小说起源相类似，都是出自神话与传说，如盘古女娲，三皇五帝，蚩尤夸父等等，这些神话与传说往往文字短小，内容简单，并且经历数代之后在各类书籍中出现经过文人加工删改的不同版本。汉魏六朝时期，出现了鬼神志怪文，这个时期的中国文人还在用含蓄的手法，依托仙神或者鬼怪来描述人间的事物，在语言文字之间带着虚无缥缈的神鬼色彩，分离了现实生活和文学作品之间的距离。另一方面，我国最早的文言志人小说集是《世说新语》，这部著作被认为是笔记小说的代表作，它描述了一部分魏晋人物的生活，去除了神鬼色彩，将人的真实生活带入了文学作品中。

在中国古代小说发展中，中国文人有两个偏好。第一是注重传承，无论是神鬼小说还是笔记小说，创作者都希望表达一种“确有其人，确有其事”的理念，这种思想是中国文化的一种现象，即便到了现代社会，为了增加可信度，人们都经常会依托“亲戚朋友”来阐述自己的观点。第二是内容上的随意性，联系到前面所说为了增加可信度而将故事依托给特定的人，文人在创作小说时情形相反，往往在内容上具有一种艺术家的大胆和随性，乃至于同一个故事在几个作者的加工之下全不相同。

有一些人认为，中国真正意义上的小说是从唐代开始的，因为之前那些作品从叙事的完整性和语言的丰满度来看都有所欠缺，唐传奇补足了这些缺憾。唐代是中国经济和文化发展的鼎盛朝代，鲁迅先生在《中国小说史略》中认为小说在唐代经历了一次巨大的变革，这与诗在唐代经历的大变革相同，这个时期的小说虽然仍受到搜奇记逸的影响，但是从叙述和文辞上有了很大的进步，相对于前期小说的粗陈梗概而言，几乎是一个飞跃。唐代的传奇小说具有小说的基本元素和雏形，形成了唐代独有的小说形式。对于“传奇”这种小说形式，当时的文人认为大多数“篇幅曼长，记叙委曲，时亦近于俳谐。”众所周知，中国古代推崇微言大义，长篇累牍、情节曲折和言语诙谐戏谑在那个年代是备受訾病的，“传奇”二字实则是当时文人对此类小说的贬损之语，用以区别韩愈柳宗元等散文大家的作品。

宋代出现的话本小说开启了中国“白话小说”的先河。一些学者考据白话小说时认为其始于唐代，但是从传播和影响的角度而言，话本小说闻名于世是在宋代。吴自牧在《梦粱录》中记载“说话”即舌辩，其有四科：第一是小说，第二是谈经，第三是讲史书，第四是合生。其中小说又称为“银字儿”，有说法称是演述小说时，需以笙笛类乐器吹奏相合，这是用乐器来借代小说。而此类乐器上用银作字，表示音调高低，因此人们以银字借指乐器，小说也是由此得名。《梦粱录》中认为小说是“谈古论今，如水之流”，讲的内容则是“烟粉灵怪传奇公案朴刀杆棒发迹变态之事”。令人遗憾的是，有记载称宋代的说话人在小说和讲史中有众多高手，然而这些说话人却没能留下著作，到了元代文化沦丧，更是彻底失去了这一瑰宝。《东坡志林》中记载，“涂巷中小儿薄劣，其家所厌苦，辄与钱，令聚坐听说古话，至说三国事，闻刘玄德败，频蹙有出涕者，闻曹操败，即喜唱快”。可见，当时说话人的重点主要在“聆听”而非在“阅读”，这代表着文学作品从只服务于士大夫阶层扩大到服务平民百姓阶层，这种突破文字藩篱的艺术形式，实现了范围上的扩大。

明清小说是中国小说史上另一个高潮。一方面，明清距离现代时间稍近，随着社会经济的发展，纸张和印刷在技术水平上的进步，使得人们能够将大量的口述作品保存并传承下来；另一方面，明清小说在题材和类别上有了新的发展，这也是由于小说在量上的积累造成的，如果仅仅是某一部或者几部小说，并不能称之为一个题材或者类别，只有在数量上达到了一定的标准之后才能进行分类，从明清小说开始，小说终于不仅仅是一个模糊的统称，而是分门别类，有着分支和发展的。

明代长篇小说按照题材和内容可以分为五类：讲史小说、神魔小说、世情小说、英雄传奇小说和公案小说。讲史小说产生于宋元时期，在明代日趋成熟，以正史为纲，夹杂野史、民间故事、传说等素材进行艺术加工，主要记叙历史故事及历史人物。英雄传奇小说与讲史小说在内容和形式上有一致的地方，讲史小说以历史故事为主，英雄传奇则是以历史人物为主。其中历史演义代表作有《三国演义》，英雄传奇的代表作是《水浒传》。神魔小说中最著名的是《四游记》，包括《上洞八仙传》（又称《八仙出处东游记传》），《五显灵官大帝光华天王传》（又称《南游记》），《北方真武玄天上帝出身志传》（又称《北游记》），最后是《西游记传》。值得一提的是，《四游记》中的《西游记传》并不是后来人们所熟知的那一部作品，而是“齐云杨志和编，天水赵景真校”。人情小说，也称世情小说，这类小说源自宋代话本小说，并不涉及神鬼之说，大多描写世间百态，悲欢离合，因果报应等，因为其“描摹时态，见其炎凉”而被称为“世情书”。明代世情小说代表作是《金瓶梅》，西湖钓叟将《金瓶梅》与《水浒传》《西游记》并称为三大奇书。公案小说的来历众说纷纭，一部分人认为公案小说是由话本公案演义而来，另一部分人溯本求源认为先秦两汉法律文献的案例和史书中清官循吏的传记是这类小说的先导。明代最具盛名的公案小说是《三言二拍》和《龙图公案》。

清代小说在明小说的基础上又有所发展，除了在原有题材上的更新，如《儿女英雄传》等英雄传奇小说，《三侠五义》《施公案》等公案小说，《红楼梦》等世情小说。在此基础上，清代出现了一些新的题材，首先是清代讽刺小说。讽世讥人是中国古代就有的文学形式，这种特点在世情小说中时而出现，却并不作为主要的写作手法。随着时间推移，这种手法在清代的一些作品中凸显出来，成为新的一个类别，最具代表性的作品是吴敬梓的《儒林外史》。而到了清末光绪年间，外忧内患，白莲教、太平天国的起义，加上英法日俄的侵略，社会动荡期间，谴责小说盛行起来，之所以将其与讽刺小说区分开，是因为二者虽然状似同源，谴责小说却在“度量技术”上与讽刺小说相距甚远，在行文处也更加露骨锋利，往往“过甚其词”，以迎合时人偏好，由此被称为“谴责小说”。清代谴责小说有《官场现形记》《二十年目睹之怪现状》《老残游记》《孽海花》等。另外，清代还出现了狭邪小说，鲁迅先生在《中国小说史略》中将以优伶、娼妓为创作题材的小说命名为狭邪小说。狭邪是小街曲巷的意思，这是用娼妓的居所指代娼妓。鲁迅先生认为这类小说的源头是唐代，彼时文人登科之后常常要去冶游，这种习俗流传下来，在文人之中成为佳话，这就是“伎家故事”被记录的由来。在唐传奇中曾有过《霍小玉传》《李娃传》等妓女为主角的小说，但是由于当时这类小说十分有限，就被笼统的归属到传奇类中。在清代的狭邪小说中，以伶人为主角的《品花宝鉴》是其中的创始之作，其后又有《花月痕》《青楼梦》等作品。

二、中国现代小说的发展和趋势

到了近现代，尤其是鸦片战争之后，新型工业在中国沿海地区发展起来，经济和技术的发展影响到了文化领域，上海、苏州等地报刊业逐渐发达起来，这为中国现代小说的发展提供了前提保障。

“五四”之后，一方面中国文化受到西方文化的巨大冲击，白话文的推行也帮助小说的传播和推广。由于西方思潮的影响，中国的文人对小说的态度发生了改变，梁启超在1902年发表了著名的《论小说与群治之关系》，这是中国文学史上首次对小说的社会价值的肯定，并且认为小说与兴民的使命息息相关。对小说的研究和重视令中国文学界对小说态度有了改观，一大批学者开始进行小说创作，成就了近现代的小说风潮。另一方面，这一阶段中国社会进入动荡不安时期，帝国主义的入侵、地主阶级的衰落、新兴资产阶级和无产阶级的出现，使得中国社会出现了前所未有的复杂性，各类矛盾冲突层出不穷，阶层差异、中西矛盾、新旧更替都为小说创作提供了素材和发展机遇，文人不仅

仅是通过小说来讲述故事，更是希望利用小说的群众基础来传播思想。

随着梁启超开创性的见解之后，对小说的研究打开了局面。此后，小说研究一直追随着小说创作，学者们从时间、民族、流派、风格上对小说进行研究和探讨，文学理论对小说发展产生了积极的促进作用，同时，文学理论的发展方向也在小说发展的过程中起到了一定的引导作用。

主流观点认为，《狂人日记》代表着中国现代小说的起点。“五四”之前的小说仍旧受到早期古典小说的巨大影响，而从《狂人日记》开始，代表新文化的作者开启了现代小说的里程碑，这一时期最初的小说写作以乡土小说和问题小说为主，关注当时社会典型人物的内心世界，而不仅仅局限于现象的叙述。30年代到40年代有老舍的《老张的哲学》《四世同堂》，巴金的《灭亡》，茅盾的《蚀》三部曲、《霜叶红于二月花》，鲁迅的《故事新编》，沈从文的《长河》等作品，张天翼、丁玲、萧红、张爱玲等作者也走上了历史舞台。

但与此同时，针对广大民众，以休闲娱乐为目的的大众通俗小说依然相当活跃，以还珠楼主、平江不肖生等为代表的一批作家融合和继承了公案、演义、神魔小说的特点，发展出了既有神魔幻想，又有侠义精神的仙侠小说，并广受欢迎。

随着白话文创作的日益普及，以张恨水、许地山等为代表的鸳鸯蝴蝶派作家，开始将古代的才子佳人小说与时代结合，推出了故事性、时代性、人物性都远胜以往的白话言情小说，迅速掀起了一股言情热潮。

这些大众文学的创作与阅读的热度，一直持续到了抗战开始，是与五四新派小说并行的文学主流。总结来看，五四新小说主要面对知识分子、革命青年，大众通俗文学，则以市民阶层为主。

抗战开始到中华人民共和国成立初期，文学进一步成为时代呐喊的武器，五四新文学成为文坛的主力，而大众文学因为民众生活的动荡和精神需求的变化而退居二线。

50年代到70年代，中国文化与意识形态紧密相连，小说创作以毛泽东思想为标准，以知识分子改造、农村阶级斗争以及革命题材为主要内容，其他题材受到了严格的限制。虽然题材受限，但是文人的创作热情却并没有降低，战争刚刚结束，对战争的反思和对新家园的建设成为了小说作者偏向的题材，民国时期的生活、战争的影响、外强的侵略等等题材时至今日仍为一些作者所喜爱。在这一时期，也出现了一批优秀的小说作品，如孙犁的《铁木前传》，曲波的《林海雪原》等作品。这一时期最著名的流派是以孙犁为首的荷花淀派和以赵树理为首的山药蛋派，荷花淀派源自孙犁的《荷花淀》，刘绍棠、丛维熙、韩映山等作者是这个流派的代表人物，这类作品充满浪漫主义气息和乐观主义精神，有“诗体小说”之称。山药蛋派则大部分为山西农村土生土长的作家，有深厚的农村生活基础，作家有马烽、西戎、束为、孙谦、胡正等，代表作有《三里湾》《小二黑结婚》《李有才板话》等。

90年代之后，中国处于高速发展时期，不仅仅在经济方面，也出现在文化方面。这一时期由于改革开放带来的思想上的解绑，小说题材也随之出现了松绑，涌现出了大量的作者，如张承志、王蒙、韩少功、王安忆、汪曾祺、路遥、陈忠实、贾平凹等人。由于经济水平的提高，政府政策的放宽，文化环境也在逐渐变好，呈现出百花齐放的态势。

2012年10月11日，瑞典文学院宣布中国作家莫言获得2012年诺贝尔文学奖，获奖理由是通过幻觉现实主义将民间故事、历史与当代社会融合在一起。这是中国文学史上的里程碑，标志着中国文学终于在世界文学中占有一席之地。

随着改革开放的全面启动，港台文学得以大量引入内地。其中既包括了白先勇等新派文学在港台的继承者，也包括了金庸、梁羽生、古龙、琼瑶、亦舒等中文大众文学在港台的发展者。

一时间以金庸为代表的武侠小说，以琼瑶为代表的言情小说成为中国人阅读基数最大的文学作品。尤其值得一提的是，港台的改编影视剧也在同期引入内地，这对于这些作品的影响力起到了巨大的推动作用。

现代文学中，流派的观念逐渐变淡，小说作家更注重本身品牌的打造。一方面是由于小说地位的提高，大众对小说的观点从旁门左道转变为艺术创作，这种地位的提高对增强小说作者的身份认同感有着巨大的鼓励作用。另一方面是由于技术的发达和传播的便捷，大大缩短了小说的创作周期和出版发行周期，古代那种一生写一部作品并且在死后才能面世的状况变得不多见。小说作者能够在短周期内通过出版和发行自己的作品，得到可观的收益，这就需要小说作者的知名度为新书打开市场，促进了小说作者对自身品牌的维护。

三、传统文学与网络文学

网络文学是中国文学发展的新形态，因此，有一部分学者将网络文学单独提出，并将其他现代文学统称为“传统文学”，以示区别。这种区分在某种意义上是有价值的，因为网络文学具备传统文学产业所没有的创新性，这些特性表现在渠道、市场、商业模式上，但是从根本的文化内容来说，这种“一刀切”式的划分显得不够合理。

二者的区别在于传播渠道、市场划分和商业模式的不同。现代文学是以实体出版为基础，通过出版社进行筛选和发表，读者群主要通过书店、书城、网上购物等渠道进行实体书籍的购置，这类读者群的特点是出价高、基数小、地理位置分散，采取“高成本+高定价”的产品销售模式。

网络文学则是以互联网为基础，通过互联网平台进行发表，读者群通过互联网平台进行数字书籍的订阅，这类读者群的特点是出价低、基数大、在虚拟空间集中，采取“低成本+低定价”的订阅服务模式。

虽然网络文学有其创新之处，但是从内容创作上来讲，网络文学与中国传统小说一脉相承。

从价值核心来看，网络文学主要秉承的依然是中国传统小说的“侠义”“忠贞”“忠孝”等中国传统价值观。

从故事模式来看，网络文学继承了中国传统小说“传奇”“佳缘”等故事发展模式，只是体现了不同的时代性和人物性。

从故事元素来看，中国传统小说“奇遇”“行侠”“神魔”等故事元素依然是网络文学的主要创作元素。

从阅读群体来看，网络文学和中国传统小说一样，以面向大众，满足大众精神期许为目的，并具备更强的商业性，这也是最为重要的一点。

因此，我们可以认为，网络文学实质上就是中国传统小说在互联网时代的传承。

四、网络文学的范围

对网络文学产业进行研究，首先要对网络文学的定义进行限制，这样有助于将问题聚焦在产业发展和商业模式中，也有助于梳理规律和发现问题。

网络文学是一个被应用得过于广泛的词汇，互联网作为载体和传播工具，有效地减少了作者进行创作的限制，让文学创作更加自由。因此广义上的网络文学涵盖的范围很大，一是互联网市场之大，截止到2015年6月，中国的网民规模已经到6.68亿人，占据了中国将近半数的人口数（以2014年人口普查为基准），而网络文学产业的用户规模则达到2.89亿人。而在互联网上，除去在专业文学网站的创作，网民在个人空间、社交网络、BBS论坛等任何可以发表言论的场所即兴而发一段文字，都可以算作是文学创作的作者。二是文学意义之广，现代文学通常被分为诗歌、小说、散文、戏剧四大类别，而从一般意义上来说，一切以语言文字为工具的思维艺术创作都可以称作文学，包括上述四类，又绝对不仅仅限于这个类别。以互联网为载体的文学形式可以是有准备的在互联网进行小说、散文、诗歌、杂记等作品的创作，也可以是在BBS、个人空间、博客、微博、新闻网站等随性发表的文学创作，这种文学创作的形式可以是长篇大论，也可以是简单评价，可以平铺直叙，也可以抒发感怀。因此在广义而言，一切在互联网上存在的文学形式都可以称为网络文学。

虽然网络文学的涉及范围很广，但是从辨识度和接受度的角度来看，网络文学的范围却在实际上被缩小了。首先，互联网中的散文、诗歌、杂记等文学形式也是读者们所承认的网络文学形式，但是这类作品在互联网上只作为宣传手段，实际形成的商业应用依然是传统出版行业，也就是说，互联网对此类作品主要起到类似广告的宣传作用，属于宣传手段而非立足根本。其次，社交网络中也存在越来越多的文学创作，但是人们依照习惯往往并不把社交网络中的文学创作当做网络文学看待，而是当做社交网络中的服务或者应用。这类作品虽然也正在逐渐摸索商业化道路，但是目前还并没有形成成熟的商业模式，即便今后这些文学创作形式形成了真正的商业模式，也是以社交网络为主体的一种多样化增值服务，与通常人们认为的网络文学相距甚远。第三，网络新闻被归类为传媒行业，其中的文学价值在新闻价值之后，不宜将其纳入网络文学。最后，由于网络小说是网络文学作品中传播力强、影响力广的一个部分，大部分读者和作者在提到网络文学时，通常会将其定位为网络小说，而其他各种方式的互联网创作往往会被归类于各自原本的行业，如新闻评论被归类为传媒类网站范畴，论坛文学、博客、微博等被归类为社交类网站范畴。在这些创作中，只有原创网络小说形成了一个独立的、与传统产业并不相同的产业，并且该产业的每一个环节都与互联网息息相关，因此被大多数人标记为网络文学的代表。

为了避免问题的发散性，实现研究方向上的收拢，本书对网络文学做了狭义的定义，将其限定为叙事性作品类型，又赋予它一些本行业的特性，也就是上述四种网络文学形式中的第四种。一方面是由于大众和研究者讨论的普遍意义上的网络文学就是网络原创小说，另一方面也是由于在众多网络文学中，只有网络小说真正进入了网络文学产业化进程中，并且经历了十五年的发展形成了稳定成熟的商业模式。

在本书中的网络文学是指：在专业网络文学网站上发表，连载形式的原创长篇叙事性作品。网络文学的四个要素是：第一，网络文学作品题材一般为长篇叙事性的作品，也就是长篇小说，这是由稿费的收缴和交付方式决定的，网络文学区别于论坛文学的地方就在于，长期持续的连载带来一段时期内（从几个月到几年）持续性的稿费收入，因此，短篇作品很难通过这种方式盈利，应排除在外。第二，从原创性上进行要求，而不是加工、编纂、搬运其他作者的作品。第三，发表渠道是专业网络文学网站。普遍意义上的网络小说几乎都是在专业的网络文学网站发表，互联网的其他渠道如BBS、微博、博客等也有发表文学作品的作者，但是这些作品往往不是或不仅仅是以营利为目的，而更多的是出于业余爱好或是传播需求进行创作，这些作品游离于商业化之外或是属于其他行业的商业行为，不应算入网络文学产业中。第四，创作形式是连载，而不是整体成书的搬运。连载是我国网络文学发展中一个重要特点，也是区别网络文学和其他形势文学创作的重要标志之一。连载的特殊性在于市场选择的灵活性，目前，大部分网络文学作品都是以连载的形式进入市场，不仅降低了投入成本，并且保持了市场反馈（读者行为）对作品创作的巨大影响力。

（本章及第十章作者：宝剑锋，本名林庭锋，起点中文网创始人，阅文集团高级副总裁，广东网络作家协会副主席）

广东网络文学发展概述（2001—2017）

广东是中国网络文学重镇，一直以来，网络文学作者、作品、读者数量居全国之首。广东网络文学发展史，是中国网络文学发展史的缩影。

在网络文学界，人们一直以为，1998年蔡智恒在网络上发表《第一次的亲密接触》，是网络文学的起点。事实上，与传统纸质文学作品相比较，发表在网络上的《第一次的亲密接触》章节非常简短，情节有趣，没有大段描写而带来的冗长感，迅速掀起全民阅读热潮。但不论是文本样式，还是写作内容，这部作品仍属于传统文学的范畴，只是传播的载体是网络而已。

网络文学和传统文学生产机制不同，网络文学由网站和作者生产、读者参与为主，读者和作者互为影响、互相变化的程度很高。《第一次的亲密接触》的流行，其实只是传统文学作品从线下开始走向线上网络化、数字化、娱乐化的“变体”。如果要说它代表网络文学的开始，还不如说网络文学的开始是从《西游记》开始的。

网络文学的第一个特征，是思想超前的网络作家们所描述的故事，是在一个大的架构下的全新的幻想故事。

网络文学的第二个特征是作者每天更新、作者与读者互动。网络写作者必须每天更新，字数要求不限，这样才能吸引和黏附“粉丝”。

网络文学第三个特性是作品字数要多，越长越好，二三百万字只是开始，五六百万字刚刚好。

网络文学应该是由网络作家“掌勺”。我们寻找中国网络文学的起点，就要把目光收回来，去寻找网络文学发展的内在脉络。

一

2001年，一些BBS在“西陆”逐渐崛起。11月，广东阳江的林庭锋和长居中山的台湾籍人士罗森，以及意者（侯庆辰）、小分队长（周炳林）等全国各地共五十六位玄幻文学爱好者，在“西陆”BBS一同发起成立中国玄幻文学协

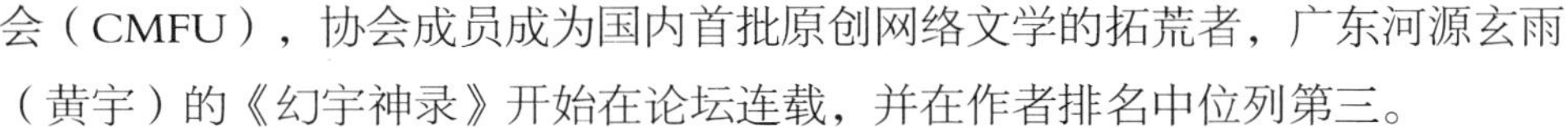

会（CMFU），协会成员成为国内首批原创网络文学的拓荒者，广东河源玄雨（黄宇）的《幻宇神录》开始在论坛连载，并在作者排名中位列第三。

次年5月，协会改名为“原创文学协会”，并筹备成立文学网站。同年，林庭锋用“宝剑锋”笔名，在起点发表玄幻小说《魔法骑士英雄传说》，甫一推出即受到读者和出版商的追捧，《魔法骑士英雄传说》实体书由台湾上砚出版社出版，是中国网络作家中第一位在台湾地区出版作品的，同时也让他跻身最早的网络文学畅销书作家之列。在这之前，在大陆流行的港台通俗文学作品只有武侠小说。

《魔法骑士英雄传说》是中国网络文学玄幻类的开拓性作品，其中的一些创作元素流行至今。

受《魔法骑士英雄传说》影响，2001年后，网络作家出版的实体书不再仅仅是风花雪月类，本土网络作家写作开始转移到玄幻类型。

新世纪初，各大论坛上活跃的玄幻类有三个流派：以日本和我国台湾为主的奇幻流派；以美国为主的骑士与龙、再加上魔法体系的魔幻流派；以我国玄学思想为主的玄幻流派。

当时，日本文学中的神道、鬼怪和离奇幻想概念，以及杂糅欧洲神话传统的奇幻流派在日本和我国港台蔚然成风。车田正美以希腊神话为背景的《圣斗士星矢》，荻野真以佛教传说为背景的《孔雀王》，以及黄玉郎的漫画作品《天子传奇》（第一部），许景琛作品《超霸世纪》，罗森的《风姿物语》等，都是奇幻文学的代表，他们有着奇幻文学的共同特征——架空世界、非现实逻辑、不同种族、宏大幻想。

西方魔幻作品以及由西方现代魔幻小说改编而成的商业电影《魔戒》的成功，带动了西方魔幻小说的升温。而在中国读者中也兴起了西方魔幻小说热，《龙枪》《黑暗精灵三部曲》《魔戒》等作品在中国广受追捧。

值得注意的是，到了2002年，网络玄幻小说在玄幻文学协会带动下，开始由魔法、奇幻类别转向多元化的题材与类型。而其中最突出的现象是，中国传统的玄幻文化、仙剑文化开始在网络作家的笔下越来越多地展现，玄幻小说的本土化加剧，网络文学兴起与玄幻派思想关系十分紧密。在当时，林庭锋就已经意识到，玄幻小说肯定会成为继武侠小说之后全新的阅读主流。

我们可以认为，中国四大名著中的《西游记》其实也是玄幻小说。而新世纪的网络文学作品中，玄幻小说一直是重要的部分。

玄幻小说的流行，与中国几千年的玄学派思想有深厚渊源，这也使得中国网络文学有了“走下去”和“走出去”的根基和实力。

2002年5月15日，玄幻文学协会筹备成立文学网站。6月，林庭锋在广东阳江成立起点文化传播公司。在阳江注册的“起点中文网”（简称“起点”）第一版网站（www.cmfu.com）推出，开始试运行，标志着中国网络文学的商业化开始了。林庭锋担任站长。网站口号是“读书在起点，创作无极限”，“六个小伙伴”在那时相遇：分别是林庭锋、藏剑江南、意者、黑暗之心、黑暗左手与5号蚂蚁，从此“六芒星动，斗破苍穹”。他们分别来自于阳江、北京、上海与哈尔滨等不同的城市。当时他们各自有工作，管理文学论坛完全是业余作为。

起点网站以推动中国原创文学事业为出发点，一直致力于发现和挖掘优秀的原创文学作者，也从此开启了中国网络文学商业化运作之路。可以说，如果没有林庭锋他们，玄幻品类文学的发展之路不会如此顺畅，而网络文学的兴起，也将滞后多年。

有意思的是，也是因为林庭锋，中国网络文学史上极其重要的一个概念“VIP”慢慢浮出水面。

彼时的林庭锋经常去银行，私人的VIP服务给他留下了深刻的印象。

如果网络文学中，读者也能享受到VIP般的服务会怎么样呢？

就这样，林庭锋第一次提出了VIP的概念，全新的小说付费模式有了最初的设想。

2003年6月底，由《传奇文学选刊》杂志社等和广州文化部门联合举办的“大然传奇中国首届奇幻文学笔会”在广州召开，邀请起点中文网、幻剑书盟、龙的天空等人气文学网站负责人和数十名网络写手参加，林庭锋在此会上提出了VIP方案，但并不被其他网站看好。

2003年下半年，起点中文网开始实行VIP制度，并于11月正式开始在线收费阅读，网络文学商业化道路确立。

初期困难重重。起点VIP制度正式开始时，总共只凑齐了五本VIP作品，

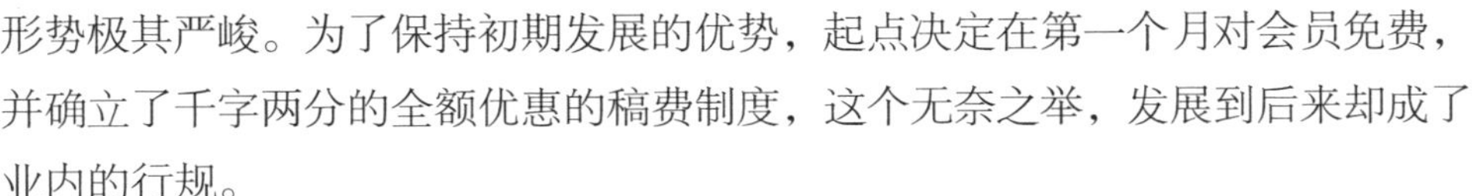

形势极其严峻。为了保持初期发展的优势，起点决定在第一个月对会员免费，并确立了千字两分的全额优惠的稿费制度，这个无奈之举，发展到后来却成了业内的行规。

至2003年12月，起点中文网宣布“VIP计划中订阅率最高的作品已经达到二十元/千字稿费级别”，并且网站的访问量“居世界前五百，国内排名前百”，作品数相当于过去全部增长的总和。该年度的几部重要作品，玄雨的《小兵传奇》是其中之一。

起点的VIP制度，在2004年迎来了转机。在编辑和创业团队的努力下，大量的作者加入到VIP计划中，“全民写作”又往前推进了一大步。《小兵传奇》等VIP作品上架，吸引了大批读者，为起点带来了大批VIP会员，让VIP制度挺过了难关，起点中文网逐渐成为业界的翘楚，小说付费模式逐渐成熟。

作为第一个推行VIP贵宾服务的付费阅读网站，起点能走到现在，与起点人的诚信风骨和公司严格有序的管理不无关系。早期施行收费阅读制度的各家网站收费往往比较混乱，但起点无疑是做得最规范的。一些收费网站常常在公众作品章节积累还不够的时候就开始收费，而作者也动不动就罢写，没有完结的作品对读者的阅读热情打击很大。一些网站给作家付稿费不准时，甚至有些个人网站站长卷款私逃。起点则一直可算是行业诚信的标杆。曾经，为了保证作者的收益，起点还将所有稿费收入都返回给作者。林庭锋为了能够准时支付作家的稿费，把自己的房子抵押了。起点的做法感动了很多圈内人，使得更多的作家投奔起点，起点中文网极速发展壮大。

2004年9月，拥有业内最为重要的作者资源和读者资源的起点，在成为网络文学第一大网站后，以两千万元价格被盛大网络发展有限公司收购。网络文学的商业化进程不断加快，并逐渐建立了完善的网络阅读和出版运作的模式，形成以作品产权为重心的完整产业链，奠定了其在中国网络文学行业内的领军地位。原先散落在阳江、北京、哈尔滨的“起点人”开始聚集在上海，为了全新的网络文学事业奋斗。网络文学的重心也从广东转移至上海。

就这样，从广东出发的起点中文网逐渐壮大，不断发展。而中国网络文学从最初的默默无闻快速成长，作品数量、创作者人数、用户覆盖面、版权影响力等等持续高速增长，如今已成为产值高达数百亿元的重要互联网产业。

二

广东这片热土，为中国网络文学发展提供了强大的动力支持。一些著名的网络作家如当年明月、南派三叔、天下霸唱、慕容雪村、李可等均由广东起步，尔后名闻全国。

2004年起，深圳作家梅毅以“赫连勃勃大王”为笔名，开始“中国历史大散文”的写作，相继出版有长篇历史散文集《隐蔽的历史》《历史的人性》《华丽血时代》《帝国的正午》《刀锋上的文明》《帝国如风》《大明朝的另类史》《亡天下》《极乐诱惑》《铁血华年》，并于2010年在台湾出版了繁体字版十卷本《赫连勃勃大王历史文集》。

2005年，广东网络作家兰帝魅晨在起点开始连载以逻辑跳跃、阅读挑战性强著称的《高手寂寞》，是“虚拟网游小说”的代表作之一，被称为“网文界的《等待戈多》”。

也是这一年，广东揭阳的阿菩在幻剑书盟首发长篇历史神话小说《桐宫之囚》（后转至17K小说网连载）。该作品以《史记》中关于夏末商初的历史记载为基础，以屈原《天问》中关于上古巫术与神话的描写为人物原型，重现了那段时期的政治斗争、军事斗争与神话传说。这部作品后来经过阿菩的重新润色加工，改名为《山海经密码》。继《桐宫之囚》之后，阿菩又在17K小说网连载长篇历史穿越小说《边戎》，这部两百多万字的作品以北宋灭亡、女真崛起为背景，成为2006—2007年网络文学历史类型中最具有影响力的小说之一。

2006年，顺德海关工作人员石悦以“就是这样的吗”的ID在天涯社区的“煮酒论史”发表《明朝的那些事儿——历史应该可以写得好看》的帖子。随后，石悦将ID名称由“就是这样的吗”改为“当年明月”，并开始在自己的新浪博客连载该书，博客点击量迅速达到八百三十万。该书于2009年3月连载完毕，并出版了实体书，销量超过五百万册。当年明月也成为“草根说史”的代表作家。

2007年，广东作家李可的《杜拉拉升职记》被出版商挖掘出版，后又被改编为电影和电视剧。该作品开启了“女性职场文”写作潮流。

2008年，东莞作家求无欲（王普宁）开始在17K小说网连载《诡案组》，一日四更，日更万字，迅速火爆。求无欲高中毕业以后做过送水工、电话接线员等工作，个性低调、内向，在创作上爆发惊人，一发而不可收，一直创作《诡案组》系列作品，连载数载，至2012年末才完结，实体书系列也于2009年至2012年连年出版。《诡案组》系列作品对后来的悬疑惊悚类类型小说创作产生很大影响，并被拍摄成电视剧和系列网络电影，是广东网络作家里最早通过“全版权运营”IP化进入影视改编的。

2009年中国作协、中国作家出版集团和中文在线等合办“网络文学十年盘点”活动，兰帝魅晨的《高手寂寞》被评为十佳人气作品之一，阿菩的《边戎》入围十年小说百强。

中国网络文学“草根说史”的代表作家中，除了当年明月、梅毅，还有中山作家陈喜伟等。80后作家陈喜伟以“轩辕鸿鸣”为笔名，2011年在天涯“煮酒论史”连载讲述南朝刘宋皇朝历史的《南朝凶猛》，当年10月点击率迅速飙升百万，跟帖千余条。年底，作品点击率飙升到千万，轩辕鸿鸣被称为“2011年度天涯十大牛人”之一。

三

广东省作家协会较早地关注并介入网络文学领域工作。

2003年4月，广东省作协联合有关文化单位举办“新文学、新媒体、新人类”研讨会，属于国内首次触及网络文学的探讨。

同时，在其他省份作协尚无网站的时候，广东省作协就开通了官方网站“广东作家网”，随后多次进行大型的升级改造。曾经为了孵化本地网络作家，还在广东作家网开通了“文学风”论坛供本土作家发表作品，并出版了作品集《被照亮的世界》。

2008年，广东省作协成立网络文学创作委员会，密切关注本省网络作家作品和国内网络文学大势。2009年5月，在广州召开了“广东网络文学座谈会”，慕容雪村、求无欲等知名网络作家出席。就是在此次座谈会上，第一次出现“网络文学是否垃圾”的激烈争论。

2010年5月，广东作协与中国作协联合主办的“网络文学研讨会”在京隆重召开，是全国范围内第一次大规模、高规格的网络文学研讨活动，时任中国作协党组书记李冰出席并作重要讲话，国内各大型文学网站主要负责人、关注网络文学的数十位评论家、各网站知名网络作家出席并发言，经数十家传统媒体和数字媒体报道后在社会上产生广泛影响。

7月，中国作协首次将网络文学纳入重点扶持作品范畴，首批扶持三部网络文学重点作品，广东西篱的《昼的紫夜的白》入选。

同年，广东省作协首次发展一批十多位网络作家入会。广东文学院吸收了红娘子在内的三名省内网络作家成为签约作家。

次年，又继续发展了十多位网络作家入会。

从2010年起，广东省作协广泛开展网络作家培训，并成为每年常设工作项目，截止2017年4月，共培训网络作家超过六百人次。

2010年7月，盛大文学对旗下七家网站一百一十万名作者的IP地址进行统计，广东以拥有超过十三万名网络文学创作者位居第一而成为名副其实的网络文学大省。盛大文学以“挖掘城市文化底蕴、打造当代文学名城”的口号发起了人民日报、北京青年报、羊城晚报、新华网、腾讯网、网易等权威媒体参与的“寻找中国100座文学之城”活动，根据网络作者的IP地址从网络文学作者聚集最多的三百八十五座城市中统计产生出“百座文学之城”名单。按省级行政区排名，广东排名第一，是中国网络文学作者密集度最高的省份。

2011年3月至9月，广东省作协共举办了八场“广东网络文学十年精品回顾”论坛活动和主题座谈会，邀请骁骑校、携爱再漂流、贾志刚、求无欲等国内知名作家以及网站一线编辑刘英、杨晨、杨阿里等参加对话、座谈，举办《网络文学评论》杂志筹办专家咨询座谈会等。一系列活动，在国内掀起网络文学的“广东热潮”。

2011年12月，“广东网络文学十年精品回顾”峰会在珠岛宾馆隆重举行，同时宣告全国第一家网络文学院“广东网络文学院”成立，全国第一份网络文学研究杂志《网络文学评论》出版发行。峰会回顾和展望了广东乃至中国网络文学的发展历程和未来趋向，中国作协领导、广东省委宣传部领导，以及一批有影响的文学网站负责人侯小强、童之磊等，网络文学评论家欧阳友权、马

季、邵燕君等，以及网站版主编辑、在艺术上达到较高水平并在读者中有广泛影响的网络作家等参加了这次峰会。

这次峰会上，中国作协领导盛赞广东网络文学工作有“六个第一”，走在全国各省作协的前列。

2012年10月，中国作协公布年度重点扶持作品，网络文学中广东梅州叶春萱的《官场风云30年》入选。

广东网络文学院的成立，被广东省政协记载入《敢为人先——改革开放广东一千个率先》一书，该书于2015年9月出版。

四

2013年5月，中国作协和广东省作协在京联合召开研讨会，研讨广东网络作家林俊敏（阿菩）、贾志刚、杨林清（无意归）、边晓琳（乱异）、丘晓玲和艾静一（猗兰霓裳）的作品。

这一年，第九届（2009—2011）广东省鲁迅文学艺术奖揭晓，阿菩《山海经密码》获奖，这是广东省的该奖首次颁给网络作家。

这一年，求无欲的《诡案组》系列作品，以及深圳作家朱克恒的《返回地球的前生》，入选获中国作协重点扶持作品网络文学作品。

2013年9月，腾讯文学上线，其旗下业务包括创世中文网、云起书院、腾讯数字出版平台畅销图书，PC门户、无线门户、QQ阅读以及手机QQ阅读中心等渠道同时共推文学业务。

继创世女频并入专注于女性创作的云起书院后，2014年末，由腾讯文学主办的“网络文学行业峰会”在深圳举行，唐家三少等来自不同平台的百余位网络文学行业顶尖作家共聚一堂，该峰会成为网络文学产业有史以来规模最大、覆盖最广、与会作者最高端的一次中国网络作家大聚会。隔月，盛大文学旗下多个核心公司转至腾讯系名下，盛大文学被腾讯文学收购，起点中文网创始人之一林庭锋成为新成立的阅文集团高级副总裁。

2014年8月，中国作协全国网络文学重点园地工作联席会议公报公布重点扶持项目和中国梦主题创作扶持项目，蚕茧里的牛（石夜明）的《武极天下》、却却（王凌英）的《湘水谣》、冰可人（王敏）的《一个女飞行员的成长史：翱翔蓝天》入选。

2015年5月，广东网络作家协会成立，首批会员182人，主席杨克，副主席谢石南、林庭锋、周西篱、贾志刚、林俊敏、王普宁、王虹虹、廖群诗。

9月，中国文学界最重要的文学品牌活动之一，也是全国网络文学领域最具影响力的系列活动，首届中国网络文学论坛在上海举办，研讨了一批网络作家的作品，其中有广东丛林狼（廖群诗）的《最强兵王》。

丛林狼的代表作《最强兵王》被称为高冷的军事题材领域里破亿纪录的标杆。

该作品是一部“好看、易读、有味”的网络军事题材小说，腾讯文学对该作品给予了很高的评价，称其为“一部令人惊喜不断的军事类小说”，“以开创性的构思、严谨的剧情，以及天马行空的想象，构建了军事类网文的新模式，作为2014年军事题材小说的标杆，腾讯文学年度销售冠军，其精彩程度绝对超乎想象。”

《最强兵王》（正式出版时改名为《最强特种兵》）讲述主人公罗铮本是西北边防哨所的一名十九岁的新兵，哨所突然被恐怖兵团——野狼雇佣兵团偷袭，九位战友全部牺牲，他因外出运送物资而侥幸存活。为了复仇，他在追击野狼佣兵团时偶遇美女特种兵蓝雪，从而踏上了由特种兵狙击手走向“最强兵王”的成长之路。作品最大的特点首先是特战描写、丛林狙击场景十分翔实，扣人心弦，令人有身临其境之感，尤其是新颖的战术设计、新奇的武器装备、险象环生的异域搏杀，在如今的网络军文中显得别开生面、独树一帜。热血、坚强、忠诚、胆识和成长，构成了这个故事动人心魄的精气神，奏响了一曲现代军人英雄主义的壮烈凯歌。其次是人物传神。作为贯穿小说的中心人物，主人公罗铮身上体现出鲜明的“是英雄也是常人”的性格特征，他数次九死一生，历尽重重磨难，从稚嫩变得成熟，唯一不变的是他坚强的意志，崇高的灵魂，勇敢无畏的品质，还有对祖国、人民和爱情的忠诚。他身上体现的精神气质正是特战大队和中国军人的品质：国之利刃，为国而战，为民出鞘，只有战死，决不跪生。虽然部分篇章、情节存在人物过于理想化的痕迹，但总的说来，罗铮仍是一个有血有肉、有棱有角、可爱可亲的人物形象，获得了众多

读者的认同和赞赏。

除了主人公，小说还塑造了一系列栩栩如生的英雄群像，如罗铮的恋人——智勇双全、武艺高强的“冷美人”蓝雪，还有与罗铮同生共死、个个身怀绝技的战友，如“鬼手”的快刀术，“雪豹”的关节技，“山雕”的狙击术，“酒鬼”的醉拳和飞针技法，“雪狐”的打穴技，炊事班老常的排打功等，都给人留下了难忘的印象。

作品中的一些对立面的人物形象，作者也都能颇具匠心地让他们呈现出独特的面貌和个性，如野狼佣兵团头领“狼王”的复仇性格，轮回杀手组织的残忍，菊花忍者的狡猾，也都塑造得生动而真实。

此外，小说中还有许多关于特种兵军事知识的描写，与作品内容水乳交融，让人大开眼界，在做到专业化的同时又不让人感到枯燥。诸如特种兵丛林生存、搏击格斗、体能极限、神枪狙击、海陆空渗透、反恐、解救人质、信息化作战、国际通用语学习等训练项目，以及袭扰破坏、敌后侦察、窃取情报、反偷袭、反劫持等战术部署，还有山地、丛林、雪原、沙漠、城市等不同地形作战的战术技能等，让读者应接不暇，既富有知识性和信息量，又带给人阅读的快感和艺术化的享受。

该作品获得2015年度上海新闻出版局的数字出版扶持。

五

在中国作协重点联系的全国网络作家中，广东有撒冷、阿菩、丛林狼、了了一生、唯易永恒、风青阳、求无欲、搜异者、过路人与稻草人、激光飞舞、无意归、乱异等五十多人。

2016年6月，风青阳（张伟煊）的《吞天记》入选2016年度全国网络文学重点园地工作联席会议重点作品扶持项目。

2016年9月，第二届中国网络文学论坛由广东省作协承办，在佛山南海隆重举行。此届论坛主题是“中国网络文学的文化自信与文化自觉”，中国作协领导和广东省政府、省委宣传部领导出席，中宣部文艺局和国家新闻出版广电总局等国家相关管理部门负责人以及广东省和全国的网络文学研究专家、文学网站代表、网络作家代表、新闻媒体等共两百人参加论坛，是参会人数最多的网络文学盛会，广东省作协的工作被中国作协领导赞誉为“高效、完美”。

这次论坛期间，还举行了《网络文学评论》新刊发布仪式，广东省作协现场聘请了陈崎嵘、白烨、欧阳友权、苏桂宁、邵燕君等十四位全国知名网络文学研究专家担任网络文学工作顾问，并与十四家在全国有影响力的大型文学网站签署战略合作协议，“广东网络文学创作基地”也同时在南海挂牌。

论坛尚未降温，11月，广东网络文学金盘工程峰会在南海隆重召开。

此次峰会期间开展了广东优秀网络作家作品研讨，邀请和召集网站编辑、作家、网络文学研究专家相聚一堂，面对面进行对话和探讨，属于国内首次。

峰会还探讨了广东网络文学“四小虎”现象（按地域）和女性作家创作现象、90后作家现象等，均属国内网络文学现象研究方面的首次。

女作家群体崛起是广东网络文学突出的现象。

这次研讨会深入、全面地研讨了十三位作家的作品，这些作家来自广东全省各地，其中女作家就有八人——

广州的“Loeva”，本名杨雯，是起点女生网签约名家，生活风穿越小说第一人。穿越生活类写作高手，坚持走精品路线，在读者中有着良好的口碑。其处女作《平凡的清穿日子》累积点击近一千五百万，曾连续获得2008年10–12月粉红票榜第一名，开创了生活穿越的先河。已有《平凡的清穿日子》《传说的后来》《春光里》《生于望族》《斗鸾》《青云路》《闺门秀》七部完结作品，其中《平凡的清穿日子》与《生于望族》先后在大陆与台湾出版，《秦楼春》在起点女生网火热连载中。

东莞的“路非”，本名李文蓉，云起书院超人气作家，实力派轻小说玄幻“大神”，擅长玄幻题材和女强文，文笔潇洒大气中不乏细腻，其创作的《凤逆天下》《第一狂妃》等都创下了非常优秀的成绩，连续两年占据各大榜单，拥有大批忠实粉丝。路非的作品正版点击远超五千万，云起收藏人数超过百万。出版的小说长期登上当当青春小说畅销榜，久盛不衰。根据她的作品《凤逆天下》改编的漫画登上中国最畅销的漫画杂志之一《飒漫画》连载，从刊登就吸引了大批漫画“粉丝”，是出版畅销作家，漫画改编热门作家之一。

肇庆的“海的温度”，本名徐爱丽，在天涯成名。她自2011年7月天涯论坛开始文学创作，已由上海人民出版社出版小说七部，其中包括《闻香榭》系列四部：《脂粉有灵》《玉露无心》《沉香梦醒》《镜花魔生》；《忘尘阁》系列四部：《噬魂珠》《玲珑心》《双面俑》《蛟龙劫》（《蛟龙劫》即将上市）。其作品影视版权已被黄晓明公司收购。

揭阳的“予方”，本名方莎丹，是云起书院大神作家，她擅长古代言情，希望自己指尖下每个爱情故事都让人有温馨甜蜜的感觉，写作功底扎实，风格轻松温馨，文笔清新细腻，人物形象温暖生动。代表作有《阿莞》《东床》《大清小事》《平安的重生日子》等。已出版《庶女风华》《御心医女》《轻笑忘》《福要双至》《随喜》《医妃遮天》《平安的重生日子》等多部作品，是繁体畅销言情作家。

阳江的“梵缺”，本名张秀丽，也是言情题材大神名家，出版多部简体、繁体作品。她的作品轻松幽默，深受读者喜爱。代表作品有《第一风华》《娶个皇后不争宠》《我的世界只差一个你》《一生一世：青梅难负竹马情》等。她的《爆笑宠妃》是云起书院最火爆的穿越言情小说之一，连载伊始即在网络上拥有千万点击的超高人气，高居网站各大排行榜之首，阅读人次每天将近六百万，收藏高达一百三十五万，评论三十八万，上架销售第一年间高居榜首，是2015年福布斯中国原创文学风云榜十大作品之一。

河源的“楼星吟”，本名谢雅娜。这个漂亮而坚强的女孩生命中曾经遭遇不幸车祸，一条腿高位截肢，并因此失去了婚姻。作为残障人士和单亲妈妈，自小受中国传统文学影响、酷爱中国古代经典名著的她，决心用笔来挽回自己的人生。她2010年开始从事网络小说创作，以言情小说为主，先后创作了多部超高人气作品，文笔精练，故事励志，文风独特，世界构架庞大，想象力丰富，是云起书院古言大神级作家。她的代表作《神医贵女》更是收获千万读者，网络点击过亿，总订阅近四千万，拥有超高人气。

深圳的“倾咔”，本名罗莎，也是云起书院人气大神作家。她擅长古言种田文的创作，文风细腻温婉，故事情节深入人心。已创作多部作品共计八百五十多万字，其代表作有《名门毒医》《重生不嫁豪门》《带着萌宝去种田》等，其中《重生不嫁豪门》达到古代种田文销售新高峰，曾取得全平台周销售榜第一名，日销售一度超过两万元，长期登陆腾讯、无线女生作品榜单，成绩突出。

中山的“望月存雅”，本名石璐，云起书院畅销作家，现代言情人气“大神”。她文风甜宠清新，情节张弛有度，笔下人物形象饱满，性格鲜明，男女主的塑造更是令人过目不忘，深受读者追捧。她的代表作《首席天价逼婚》人物形象生动，拥有超高人气，长期占据日销榜，成绩斐然。

除了以上八人，广东网络作家里较有代表性的优秀女作家还有意千重、猗兰霓裳、米西亚、贡茶、冷秋语等等。

广东网络文学金盘工程峰会研讨的作家还有——

深圳的“天堂羽”，本名赖长义，创世中文网大神作家，较早加入广东省作家协会的网络作家之一，网文都市题材领军人物。天堂羽擅长现代都市题材，善于把握人物，作品代入感强，构思新颖，受到读者追捧，拥有超高人气。他的《佣兵之王都市行》在创世中文网连载点击量很快破百万，深受读者喜爱。

惠州的“沙中灰”，本名兰仲尧，是创世中文网签约名家，灵异题材年度日销破万的纪录创造者。他擅长灵异和二次元题材，其代表作品《阴阳鬼医》构思新颖，将医生职业融入灵异元素，充满创意。沙中灰的作品故事性极强，具有很强的代入感，让人身临其境，是不可多得的优秀灵异题材作品，刚上线就获得大量粉丝追捧，成为2015年度首本日销破万灵异类型小说。

茂名的“南朝陈”，本名陈王军，是起点中文网大神作家，也是较早加入广东省作家协会的网络作家之一，仙侠题材创作名家。他擅长仙侠题材，其作品具有很强可读性，受到读者喜爱，并拥有了一大批忠实“粉丝”。代表作品有《谁与争锋》《人神》《穿入聊斋》等，其中作品《穿入聊斋》描绘了光怪陆离的聊斋世界，题材新颖，一经发布就受到读者广泛关注。他的《斩邪》在起点中文网连载，广受好评。

梅州的“风轻扬”，本名吴帅伟，出生于1989年12月，被称为网文界的一匹“黑马”。他是创世中文网品牌作家，新一代玄幻小说代表作家。作品风格热血澎湃，人物形象饱满，构架完善，自成一派，充满坚韧而自强不息的气息，特别能运用大气而细腻的情节去吸引读者。他的代表作《凌天战尊》开

启网文界纯电子订阅新纪录，自在创世中文网连载以来，日销售最高近五万，作品已连续半年月销售破百万，一举摘得2016年前三季度网络文学销售总榜冠军，成为广东网络作家中第二位月销售冠军蝉联者，纯电子分成稿费在2016年12月达到了七十七万元（不包括IP改编收益），是阅文集团新出炉的网络文学“十二天王”之一，成为2016年度的玄幻小说的销售王。

河源的“厌笔萧生”，本名钟波景，玄幻大神作家，也是一个长期坚持写作的作家，已经出版作品十余部，二千多万字。他善于在书中描写男儿的热血、兄弟的义气。其所写的儿女情怀，更是绮丽而荡气回肠。他的作品在情节方面以悬念陈铺见长，环环相扣，高潮迭起，让读者欲罢不能。《血冲苍穹》等佳作点击热度居高不下。他的新书《帝霸》类型新颖，成绩斐然。此外他还出版了《仙术魔法》《刀帝九妃》《大力神》等十余部畅销长篇玄幻小说。

广东网络文学金盘工程峰会研讨的十三位作家，以及蚕茧里的牛、丛林狼、了了一生、甲鱼不是龟、夜独醉、陈八仙等，是近年广东网络作家的佼佼者，他们的创作代表了广东网络文学在近年取得的成就。

六

2016年12月30日，中国作协第九次全国代表大会在京开幕，广东网络作家阿菩、丛林狼、梅毅参会，阿菩当选中国作家协会第九届全国委员会委员。

2016年12月6日，由上海市新闻出版局指导，阅文集团旗下多家知名原创文学网站主办的跨年度重磅赛事“网络原创文学现实主义题材征文大赛”颁奖典礼在上海举行。该活动旨在进一步推动中国现实主义题材网络原创文学的健康发展，以现实主义题材的写作帮助网络文学打破套路化、模式化的症结，注入更新鲜、生动的能量，拓展更广阔的发展空间。广东唯一作品西篱的《昼的紫夜的白》获优秀奖。

《昼的紫夜的白》于2015年11月13日至2016年3月31日在起点中文网都市题材频道上架并完本。该作品通过寻找母亲的故事，将百年家族记忆融于民族史诗的讲述之中，体现了作者在传统文学和网络文学融合方面的努力。

该作品获得2016年度上海新闻出版局数字出版扶持。在起点连载期间，有声书版权被酷听购买。实体书由华南理工大学出版社出版后入选2016南国书香节首届“广东最美的书”。

2017年1月9日，汕头作家甲鱼不是龟（袁选）的《大泼猴》在获得整体四个亿的影视改编投资后，在上海举行了开机发布会。小说《大泼猴》讲述现代青年偶然穿越成为猴子，因熟知《西游记》的故事，不甘心接受被压五指山的宿命归途，努力成长为齐天大圣的故事。小说在题材上将古代神话与仙侠玄幻相结合，将耳熟能详的故事进行全新阐释，从人性的角度重新诠释仙跟妖势不两立的关系。大泼猴与命运抗争的过程，折射出了一个男性的成长史。

2017年1月10日，阅文集团主办的2016“福布斯·中国原创文学风云榜颁奖盛典”在上海证大喜玛拉雅中心隆重举行，揭晓了2016年度中国最具价值的原创文学作品排名，并颁发包括年度新锐作家等奖项，广东作家蚕茧里的牛、从林狼、风轻扬、天堂羽、厌笔萧生、南朝陈、楼星吟、予方、夜独醉等获邀参加，其中蚕茧里的牛、从林狼位列白金作家。

与此同时，广东也加大对本省网络作家的宣传力度。

2017年2月2日，南方日报以《这些“白金级”“大神级”网络小说都是广东“智造”》为题，整版介绍了撒冷（付强）、天堂羽（赖长义）、从林狼（廖群诗）和米西亚（赖晓平）的创作情况。

80后撒冷的身世和成长比同龄人稍复杂曲折。他14岁就开始写作，完成《迷途》。19岁开始创作《苍老的少年》和星座幻想小说《星语者》，《苍老的少年》是他出版的第一本书。21岁开始创作《YY之王》，这成为他的代表作。

《YY之王》并不简单等同于一部成功学色彩浓厚的励志小说，作者在鼓励读者坚持梦想、信念和对美好生活的向往的同时，也对“成功”本身的定义保持开放的心态。对于书中描绘的部分人物在商业竞争上不择手段、尔虞我诈的做法，作者也持批判、理性的态度，正如撒冷本人所言：“如果你做善事，人们说你自私自利，别有用心，而你所作的善事明天就会被人遗忘，不管怎样，总是要继续做善事；诚实与坦率使你易受攻击，但不管怎样，总是要诚实与坦率；你耗费数年所建设的可能毁于一旦，但不管怎样，总是要建设。将你所拥有最好的东西献给世界，你可能会被踢掉牙齿，但不管怎样，总是要将你

所拥有最好的东西献给世界。”

撒冷的这一番话，饱含了他从小受到的善良而坚强的养母的深刻影响。

天堂羽算是网络作家里面坚持得最久的之一。他2003年开始发布长篇网络小说，2006年开始职业写作。十多年间，创作过都市、玄幻、历史、科幻等题材的十几部长篇小说，维持每年两三百万字的创作状态，已经累积写作三千万字。他的主要作品有《超级状师》《貌似纯洁》《女总裁爱上我》《上古传人在都市》《史前入侵》《佣兵之王都市行》等，多部作品曾创下数千万点击、数百万推荐和数万正版收费订阅的成绩，在起点中文网获得过新书榜第一、新书月票第一以及点击榜、推荐榜第一等。

除了小说之外，天堂羽业余时间在影评领域亦颇有建树，为豆瓣电影鑫像奖评委、微博电影点评团成员。

作为国内最早一代成名的网络作家之一，天堂羽的作品文字质朴晓畅，情节桥段设计用心，轻松愉悦，而在人物设定、情感关系、知识背景等细节处理上一直保持着较高的水准。其早期作品以现代都市情感类见长，例如《女总裁爱上我》就对同类网文产生了较大的影响。

天堂羽的代表作是《佣兵之王都市行》。

该作品于2015年开始创作，讲述主角陈劲出身于军人家庭，因父亲意外去世之后母亲失踪而流落海外，后在父亲战友的提携之下，成长为一个身手不凡、英勇果敢的反恐斗士。随后，陈劲又误打误撞成为商业豪门的乘龙快婿，并与女企业家叶孤菱结识，两人从最初的相互排斥到几经波折之后情愫暗生。陈劲一方面活跃于国际反恐舞台、出生入死，另一方面又在都市繁华中追寻真爱，在这个过程中，他逐渐察觉到当年父母悲剧背后潜藏着不为人知的阴谋……

天堂羽在一贯擅长的男女情感纠缠之中融入了当下流行的动作、悬疑等元素，使得作品所包含的元素更为丰富多样，而在人物形象塑造、语言风格等方面则愈发显得老道、娴熟。“粉丝”评价称：“天堂羽用幽默诙谐的语言风格，刻画了一个铁血硬汉在征战生涯之外面对普通人生的一些冲突和各种心态的变化，如面对爱情的生涩与希冀，面对朋友时的包容与仗义，面对亲情的渴望和珍惜，面对危险时的果敢与机智，面对仇敌时的快意与洒脱等。而作者对主人公情感走向细致的把控，使剧情更加贴近真实，人物更加鲜活与生动。天堂羽在《佣兵之王都市行》中将自己的写作功力与生活感悟发挥得淋漓尽致。”

丛林狼的作品包括《丛林战神》《最强战神》《最强兵王》等，总计近两千万字。其中《丛林战神》在中国移动和阅读基地总点击率达四亿次，历史军事销售榜周榜、月榜、总榜蝉联第一。《最强兵王》曾获QQ与手机QQ阅读畅销榜第一、中国移动阅读基地军事榜单第一、QQ浏览器军事分类第一，荣获腾讯文学2014年度最佳作品奖等，创造了QQ阅读平台男频电子订阅破亿纪录。

米西亚是红袖添香旗下言情小说吧的顶级人气作家，尤其擅长婚恋题材。她创作题材多样，文风接地气，均为轻松暖文，幽默诙谐，故事跌宕起伏，情节清新欢快。她从2010年开始网络文学创作，发表七部长篇小说，累计字数一千余万字，点击量五亿多次。代表作品有《谁在时光里倾听你》《全世界我只想和你在一起》《家有萌妻》《泡菜爱情》等。多部作品连载期间获得各大网络阅读平台月订阅第一、月票榜前三的好成绩，2013年凭借《全世界我只想和你在一起》荣获红袖添香“2013年华语言情小说大赛年度总冠军”。她的《家有萌妻》已与影视公司签约改编。

2017年3月5日的羊城晚报也以《广东网络文学：“四小虎”“九大神”来了》为题，整版介绍广东网络文学发展现状，详细介绍了蚕茧里的牛、丛林狼、风轻扬、南朝陈、天堂羽、厌笔萧生、十喜临门、夜独醉、霞飞双颊等网络作家的创作情况。

蚕茧里的牛（石夜明）生于1986年1月，毕业于华南理工大学软件工程专业，代表作有《魔兽多塔之异世风云》《神偷化身》《武极天下》《真武世界》等。深圳作家十喜临门代表作有《都市之巫法无天》《至高战帝》《九项全能》等。湛江作家夜独醉代表作有《天才霸主》等。阳江女作家霞飞双颊代表作有《召唤万岁》《不死冥神》《九天之子》等。

七

2017年4月，历经多年以书代刊的《网络文学评论》终于有了全国公开发行刊号并出版了创刊号。省作协聘请了白烨、欧阳友权、苏桂宁、邵燕君等

十六位网络文学研究专家组成该刊强大学术顾问团。

截至2017年8月，广东网络作家协会共有会员作家三百九十七人，其中省作协会员一百一十一人，中国作协会员十四人。全省三个地级市佛山、河源和中山成立了网络作家协会，主席分别由盛慧、黄宇（玄雨）、黄廉捷担任。

2017年度，中国作协加大扶持网络文学的力度，全国共有三十项网络文学选题入选重点作品扶持，广东网络作家从林狼的《战神之王》、意千重的《司茶皇后》和冷秋语的《眼科医师》入选。

2016至2017年，广东较有代表性的网络文学作品有《最强兵王》《真武世界》《凌战天尊》《大泼猴》《全世界我只想和你在一起》等。

2017年8月南国书香节期间，省作协组织"书香好年华，网文勤耕读——广东网络作家签售活动"，聂怡颖（甘糖）、黄宇（小雨）、李小雷（糯米团子）、赖晓平（米西亚）、徐爱丽（海的温度）、蒋飞霞（冰冰七月）、杨林清（无意归）、温玉兰（怜心依然）、郭少枝（江清浅）等十位作家携带他们新出版的作品参加签售，并与粉丝现场交流互动，气氛热烈。这是广东优秀网络作家代表首次在南国书香节上集体亮相。

与此同时，8月11日，以"网络正能量、文学新高峰"为主题的首届中国"网络文学+"大会开幕式暨中国网络文学高峰论坛在北京亦创国际会展中心举行，该次大会邀请了相关专家学者、知名网络文学企业负责人和网络文学作家五百余人参加了此次活动。我省受邀出席大会的知名网络作家有了了一生、贡茶、荆泽晓等。

了了一生本名欧阳富，我省河源籍网络作家，著有《近身特工》《天生神医》《妙手小村医》《天才医王》等长篇网络小说，创作字数已超两千万字，曾获阿里文学"2016年至尊人气王""网文之王十二主神"等奖项和殊荣。在本次大会上，了了一生接受光明网直播采访，并参与"文学即世界"阿里文学的IP发布仪式。他已获得"银河酷娱"授权综艺节目《火星情报局》同名小说创作权，并在该会上发布新书创作心得与动态。

贡茶系我省潮汕籍网络作家，本名黄瑞燕。2008年开始创作，在古代言情圈里拥有居高不下的人气。她已经在港台地区出版了十一套繁体言情小说，大陆地区出版了五套简体言情小说。在本次大会上，她携其作品《斗玉》与蓝蓝蓝蓝影视传媒有限公司达成合作，展开《斗玉》作品影视衍生计划。

荆洚晓也是潮汕籍网络作家，本名林涛，中国作家协会会员，著有《烽火涅盘》《重启大明》等网络小说，已出版《骨魂》《冉闵大传》《违约》等单行本，三次入围银河奖（原中国科幻银河奖）。该奖是中国幻想小说（主要对象为科幻小说，后加入其他相关项目评选）界的最高荣誉奖项，也是内地唯一的科幻小说奖。他的《末日龙腾》系列的实体书籍，已由无限世界进行游戏改编。在本次大会上，他携其最新作品《秘宋》与阿里文学签下了大神约。

2017年9月，艾瑞咨询发布了《中国网络文学出海白皮书》，报告中对网络文学出海发展历程及海外网络文学发展现状、网络文学出海发展趋势等问题进行了分析。

广东网络作家群体日益壮大，不少网络作家已经完成了其作品的IP衍生开发，并输出到国外。早在2009年，玄雨的《小兵传奇》就出版了韩文版。从2013年起，冷秋语的《妃本无敌》、贡茶的《媚香》、吴千语的《医律》、墨武的《纨绔才子》、求无欲的《诡案组》系列作品等继续输出到东南亚，分别出版了越南文和泰文、韩文等版本，其中求无欲的作品从2014年7月至2016年8月，由韩国、越南、泰国等国家的出版公司出版了共十三种版本，是广东网络作家在国外出版实体书最多的。

中国网络文学在海外受欢迎程度很高，具有很大的市场可挖掘空间，网络文学输出国家从最初的东南亚，到日韩地区，再到后来的美国、英国、法国、俄罗斯、土耳其等，目前足迹已遍布二十多个国家。中国网络文学出海，与网文海外门户及网文翻译网站的发展密切相关。2017年5月，起点国际正式上线。随着中国网络小说海外翻译网站、起点国际网站在北美的上线、发展，大批仙侠、玄幻、科幻、都市、言情等类型网络文学作品开始受到欧美读者的追捧，其中广东网络作家作品如蚕茧里的牛《真武世界》、风轻扬《凌天战尊》、夕山白石《特拉福买家俱乐部》、须尾俱全《末日乐园》等等，都是起点国际平台上最受海外用户欢迎的优质内容。

（本章作者：西篱，一级作家，广东网络作家协会副主席）

第四章

点击：现状分析

第一节　网络文学的自由状态

网络文学打破了原有的文学格局，文学写作呈现出另外一种景象，而其中最为重要的变化，就是写作者、阅读者以及作品的传播获得了更为自由的空间，人们可以自由自在地写作，也可以自由自在地阅读，可以在阅读过程中获得更为充分自由的精神享受，这就是网络文学带来的最大的变化。

一

上个世纪80年代初，文学界曾经讨论一个重要话题："创作自由"。在那以前的一个时期，文学写作受到非常严格的管理，人们在单一的思想领域中很难获得写作的自由。以那个时期的传播条件，文学写作很难获得充分发展的空间，写作自由是可望而不可即的愿望。当时的人们主要还是从原有的技术条件讨论文学的创作自由，或者，只是试图在思想空间获得更多的自由度，但其技术条件不支持广泛的创作自由。

十多年过去后，互联网的发展已经极大地打破了原有的文学格局，互联网给写作自由拓展了广阔的空间。这是一个翻天覆地的变化，写作自由不期而遇的出现在互联网时代，也只有在信息技术高度发展的条件下才能实现，

同时，思想形态的发展，也使写作自由有了充分的条件。全球化社会的到来，各种思想互相交流，人的思想也进入了更为广阔的领域，文学写作获得了从思想内容到技术条件的充分支持，写作自由也就自然地出现。

与传统媒体比较，互联网受到的限制较少，它降低了写作的门槛，许多作者能够轻易跨越这道门槛，进入文学写作的领域。

传统媒体能够登载文学作品的平台非常狭小，还有严格的守门人限制，

编辑以及管理机构拥有巨大的权力，编辑手中拥有对作品的裁判权，他们能够运用手中的权力裁决作品，可以决定某一篇作品的取舍。而这不仅仅是对一篇作品的裁决，更是对某种类型的思想内容，某种群体，或者更大范围的文学生产机制的掌控。

上个世纪50年代，军队作家高玉宝以自己的生活经历为内容写了一部长篇小说，命名为《高玉宝》。这位只有小学文化水平的作者的创作成果，推动了军队一大批具有同样经历和条件的作者投入创作，他们也写出了各种描写自己生活的文学作品，但是很快的，这些作者被认为不适合写作文学作品，作品也难以发表，从而被压缩，最后消失了。这个创作群体的消失，也是一种文学创作景观的消失。

这是当时的一个知识群体，当时中国社会整体的文化水平不高，具有小学水平以上的人群所占的比例也不高，文学的园地也相当狭小，不足以容纳更多的写作者，再加上这个时期意识形态的严格管理，也不能让更多的人在文学的平台上自由写作。当时的文学平台不足以承载如此众多的写作者，不同层次的写作者难以获得更为充分的表达权力，因此这个群体自然地消失了。

在特定的时代，特定的社会环境以及特定的技术条件下，文学要想广泛地发展是不容易的，它更多地受到“守门人”的掌握。没有了发表传播的平台，文学就难以获得充分的发展。

当文学写作受到严格规定的时候，作者被严格要求按照“三突出”的原则写作，还规定是领导出思想，群众出生活，作家出技术，这样的写作没有更多的自由空间，难以成为真正意义上的文学创作。

互联网时代，人们更容易跨过文学写作的门槛，进入到文学领域。一方面是社会整体的文化水平已经提高；另一方面是能够登载文学作品的平台更加广阔，传播渠道也更为畅通，文学作品的接受群体越来越广泛，网络文学有了更大的发展空间。同时，网络文学受到商业力量的推动，形成了商业性的文学生产机制，文学也在社会上更加有效地传播。

在互联网上，文学写作的自由空间被充分的开发出来，这个空间已经远远超出了传统文学的狭小空间。每个人都拥有从事文学写作的权力，只要想进入，都能够在文学领域一展自己的才华。

互联网不仅仅从技术上给文学作者提供了广阔的平台，更重要的是，它提供了一个综合性的文化公共领域，这个公共领域包含了思想艺术的广泛内容，更包括了写作的权利。信息量大、覆盖面广、传播速度快，互联网为文化艺术公共领域提供了最大的技术支持。写作空间扩大，写作的自由度是由这些综合的条件所构成。

二

在今天，社会整体的文化水平已经提高，许多人都能够用文学表达自己的诉求，他们可以在网络平台上自由表达自己的思想情感，表达各种生活方式和生活行为。

网络文学作者可以自由选择题材，选择自己的写作领域，他们还可以自由地按照自己的价值观和写作立场写作。这一点对他们很重要，面对变化的社会，面对各种复杂的社会关系，面对文学的世界，他们能够从自己的角度阐述人，阐述世界，这是宽松自由的写作。

对网络作者而言，他们能够更广泛地选取生活的题材，甚至超越现实生活，描绘各种神奇的世界，虚幻的世界；他们还可以重新构造历史，架空历史，在人类已有的或者未有的领域中自由抒发自己的见解。

网络文学作者可以通过这个平台不断修正自己的创作方向，他们可以立足现实描写真实的事物，也可以最大限度地展开自己的想象力，展示虚无的世界，使其文学产品拥有更为丰富的色彩。

网络作者的写作观念可以是自由的，因为门槛较低，各种观念，不管是高雅的还是世俗的观念，都可以在这个平台上迅速展开，网络传播范围广，传播迅速，有时候哪怕是管理部门试图对之进行控制，但也难以进行。

大多数时候，某种写作观念往往是在不声不响的过程中已经展开，并且形成了特定的类型。这些类型逐渐凝聚放大，可能会形成具有巨大辐射功能的系统。比如说，有一些可能有悖传统伦理道德观念的文学作品，可能就会在不断的聚集过程中形成某种文学类型，而将其功能迅速放大出来，如耽美小说，架空小说，以及修真灵异小说等。这些小说在传统观念中往往可能会成为批判

的对象，但是在网络平台上，它却能够迅速地放大，吸引很多同道者参与介入。他们接受这些观念以后，会形成合力，突破或者颠覆传统的伦理道德底线，形成另外的文学类型或者观念，直接对现有的社会观念进行冲击。

网络文学的写作自由还表现在它的去中心化去权威化，它不受制于某一个中心的规定。也许每一种类型的文学的中心价值是特定的，但它不一定依附于某种权威的或者传统的价值观念，每个作者都可以按照自己的观念或者写作状态表达自己，而且这也无所谓边缘化的问题，因为每一个作者就是自己的中心，或者读者就是中心，他可以建构起自己的文学中心。在这个场域中，他可以充分地展开自己的想象力，表现自己的存在方式，他也可以通过这种表达方式，这种知识系统传达自己的思想观念，哪怕仅仅是传达自己的感性认识。

网络写作的自由还在于作者能够放开自己的想象力，迅速地将自己的想象诉求表达出来。互联网是一个能够容纳无限内容的空间，这也使得作者可以在写作过程中享受到极大的快乐。

三

传统艺术会给现代人提供一定的艺术资源，或者培养出某种艺术的素质和特点，但是真正的艺术创作者，它既拥有传统艺术的基础，同时也能够超越这些艺术，在自己的感受中将原有的艺术资源重新塑造，形成自己的艺术特征，这就是艺术家的创造特点。

互联网给人们提供了这种可能性，因为有着非常广阔的艺术发展的平台，也因为有了各种技术力量的支持，文学作者在这个领域可以有更多的发挥。他们进入互联网写作的门槛低，艺术感受能够随时进行表达，这反过来会激发出更为丰富多元的创造力，也让他们在这样的平台上更多的开发出自己的潜力。

其实创作自由只是一种相对的状态，它相对于物质条件，物质环境，也相对于自己的精神基础和精神条件。如果作者能够将这些条件综合成自己的素质，在网络平台上尽情发挥，他就能够获得更大的自由度。

互联网上的创作自由不仅仅局限于某一种作品，或某一种价值表达，它更多是显示出多元化，多形式的艺术感受。创作自由就是能够在文学上显示个人特质，在表现这些特质方面没有更多的约束。

自由的写作就是不管什么题材，什么想法，都能够自由地表达，最充分地发挥潜力，把自己的才华尽可能地表现出来。

这在传统的写作平台很难做到，但是在互联网时代，网络技术提供了非常强大的支持和便利，人们可以让表达跟上自己的思维，同时能够在互联网平台上迅速传播。它缩短了写作到传播的过程，每一个人能够将自己的精力最大限度地放在写作之上。

传统媒体的写作者往往需要付出很多精力去处理关于出版的问题，互联网简化了写作与出版传播之间的联系，也减少了相应的限制矛盾。这不仅仅是在技术上构成了便利性，同时也缓解了精神上的压力，消解了影响写作的外界压力。

作者一旦有了与写作相关的外部障碍，就会直接影响到表达，表达很难随意任性，想象力也容易受到束缚，因此消解外部世界的压力，或者在某种技术平台上获得对外部压力的缓解，就能放开作者的写作能力，让他们迅速地将自己的想象思考转化为文字符号表达出来。

创作的自由度是随着文学写作的空间和条件变化的，在印刷时代，或者说在特定的社会环境中，创作是有某种特定限制的。在互联网支撑了写作传播的平台以后，这种创作的自由度也就会有更大的扩展，它不是以个人的意志为转移的。它的扩展也意味着社会科技的进步，继而是文学的发展。印刷术出现以后，也曾经将有限的传播条件迅速扩展，许多社会的思想观念能够通过印刷术迅速的传播到民众之中。

某种特定的传播条件在其出现早期，可以有很大的传播效果，但是在发展到一定程度以后，也许又会受到某种特定力量的限制，也因此达成某种相对的社会传播的平衡。同样，互联网传播也可能会遭遇这样的境况，在其发展初期，由于各种制约的条件不够充分，它可能会迅速地泛滥起来，可是等到某种社会力量对其进行综合性限制的时候，其空间又会逐渐缩小，其传播的力量会与社会力量形成某种平衡，其自由度可能会受到更多的限制。比如说网络搜索引擎就可以迅速将连各种言论的关键词搜索出来，进行限制。

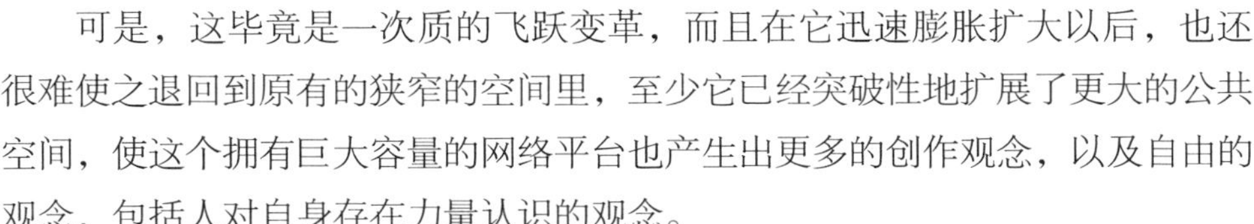

可是，这毕竟是一次质的飞跃变革，而且在它迅速膨胀扩大以后，也还很难使之退回到原有的狭窄的空间里，至少它已经突破性地扩展了更大的公共空间，使这个拥有巨大容量的网络平台也产生出更多的创作观念，以及自由的观念，包括人对自身存在力量认识的观念。

传统出版业对文学的传播有至关重要的作用，出版业推动了文学的发展，文学得到更广泛的传播。不过，由于政治意识形态的高度统一管理，文学作品的出版必须经过严格的审查，才能进入到出版发行的渠道。这是非常严格的过程，审查成为守门人最为重要的权力实施过程。出版直接控制了作者能写或者不能写，写什么或者不写什么。每一部作品的思想题材，乃至于文字语言，都必须符合政治规范的要求。这种严格的管理在一定时代确实使得文学作品非常有限地传播，当然也制约了作者的写作。这样的条件很难做到自由地写作，影响到艺术创造力的发挥。

一般情况下，艺术的创造往往是个人的，作为感性艺术的表达方式，它不受太多的理性的制约。由于个人的主观性，作者面对世界，看到什么，怎么看，怎么理解，怎么表达，都是个体化的，很难有统一的答案。如果一个社会使用统一的规定去框定作者，就会制约作者的创造力，这不是文学生长的最佳土壤。

互联网是一个广阔的展示平台，促进了文学的发展，文学得以蓬蓬勃勃地发展起来。这一片广袤的土地上可能会生长出各种各样的植物，既有家养的花草，也有野花野草。

网络技术提供了多终端，多节点的文学分布，人们可以从不同的终端进行写作，发表自己的作品。文学作品可以由不同的渠道传播，这种传播不一定要集中通过某些特定的平台，它可以在多个平台上同时发布，甚至可以超越特定地区的管理平台进行传播。互联网催生了更为广泛有效的创作机制。

四

中国是一个人口众多的国家，网络文学读者的基数非常大，形成了不同的读者群体、集群或者阶层。读者根据自己的趣味选取阅读的文学作品，这反过来又刺激了网络作者的写作。这是重要的互动过程，它借助网络平台进行，网络文学在中国得到了迅猛的发展。

在网络文学的平台上，读者是自由的，他们可以选取自己喜欢的作品阅读或者消费，这是他们的自由。他们有拥有这方面的权利，只要支付相应的费用，按照市场价，获得相应的文学产品，他们就可以自由消费。他们拥有选择的权利，他们可以读或者不读，这实际上就是自由的权利。

他们不被别人要求读，也不被别人要求而不读，他们是根据自己的兴趣阅读，当他们受到某个作品吸引时，当他们感觉到这种支付是值得的时候，他们就会按照自己的需求付出一定的经费，这是交易，而交易本身是公平的，是自由的。

阅读的规定性往往制约读者的自由理解和想象。在这个世界上，人们应该可以获取不同资源的知识，可以享受不同的文艺作品，这种获取是自由的权利，它可以促进创作的自由，促进文学的发展。

互联网使文学与市场衔接在一起，文学有了推向市场进行传播的重要媒介，这个媒介有非常强大的商业资本的支持。商业资本本身是以盈利为目的，在这个过程中，它将文学艺术与市场盈利结合在一起，这就在某种程度上突破了政治意识形态对文学的单一限制。

市场经济迅速地掩盖了政治意识形态对文学艺术的直接管理或控制，在某种程度上淡化了文学艺术的意识形态属性，而将其直接纳入到经济运作的环节之中。

这是一种有偿的阅读消费，有偿的阅读审美，是市场化的阅读审美，但这并不一定影响审美的效果，审美的程度，市场和审美可以联系在一起，也可以产生距离。进入审美阅读阶段，审美的过程可以远离市场，也远离作品的商业属性。

也许在今天的人们看来，阅读的自由度是微不足道，因为人们可以相当自由地阅读网络上的各种文学作品。可是在计划经济高度统一的时期，阅读是被统一的，人们只能是定向的阅读，人们必须阅读“正确”的文学作品，阅读符合政治要求的文学作品。不符合政治要求的文学作品不能出版发行，也不能够进入到阅读的领域。

有了互联网，作者和读者有了互相沟通的渠道，他们能够在这个领域将文学的精神产品迅速地转化为日常生活的需要，它已经成为生活中不可或缺的部分。人们可以从这里获得审美享受，获得精神安慰，获得精神的激动。生活需要安慰，需要激动，也需要精神的种种资源，互联网在这个领域给人们提供了更多的文学艺术的精神产品。

五

网络文学拥有市场的自由度，文学网站为文学提供了重要的交易平台。人们可以通过这个平台购买文学作品，消费文学作品。

市场经济刺激了网络文学的发展，市场经济对网络文学发展起到至关重要的推动作用。网络文学融入商业社会的运作轨道，成为商品的一部分，人们有权利购买消费，并在消费过程中获得审美享受，网络文学在商业化，全球化的背景中获得了最大的发挥空间。

作者生产出产品，将之挂在网络平台上销售，这个产品能够吸引消费者，获得消费者的青睐，他们就购买消费。网络文学写作以及购买阅读就具有了商业的属性，是商业的行为。

这种属性看上去带有强烈的商业色彩，很容易被认为是消解了文学的艺术本质，让艺术成为商品化的存在。但是，正因为有了商业属性的保护，或者作为屏障，写作自由发展也获得了更大的空间。

互联网的巨大平台给文学产品的市场化带来了更多的机会，作者可以在不同的节点上将自己的文学产品推销到网络上，推销到市场中。不同地点的接受者都能够获得这些作品，他们不断强化文学作品的市场自由化，文学作品会在更大的空间发挥它的功能。

全球化的传播交流使网络文学获得更为广泛的传播，而且其信息量，信息密度也有了空前的扩展。

网络文学作品已经不是纯粹的意识形态产品，它还是商业化的产品，具有商业的属性。在互联网平台上，其商业属性更加充分地表现出来。人们可以通过购买方式消费该产品，消费者的选择性很大，这种消费拥有很大的自由度。能吸引人的，符合自己审美需求的，他就愿意购买，愿意为消费付出代价；不适合的，他可以不选择。不选择，也是一种权利。这就是文学接受的自由，受众有选择的自由，也有不选择的自由，因为它是以商业交易的方式选择接受或不接受。

从事文学生产，可以谋生，可以养活自己，还可以获得丰厚的经济回报。这种能够养活作者的市场机制，对网络作者的生存发展至关重要。他们可以通过写作谋生，通过写作获得经济上的独立，这是写作自由的基础。作者可以通过市场获得最基本的生存条件。

文学作品的商业属性给文学的写作自由涂上了一层保护色，作者可以在这个空间获得生存的机会。商业需求可以直接养活作家，他们能够在市场中找到自己的地位，获得生存的基本条件，甚至可以获得超出基本生存的利益空间，创作出优秀的文学作品。文学写作有了经济的保障，这是市场化的自协调的结果。这个过程还在不断平衡完善，但文学的市场化却保护了作家所拥有的个体化的权利。

随着文学市场的扩张，资本对网络文学平台的投入越来越大，资本对网络文学的运作有推动的作用，但是，资本需要的是盈利，它以市场为目标，尽可能地扩大网络文学的生产力度，提高产量，获得更多的利益。众多的作者因为经济利益投入到网络文学的写作之中，哪怕仅仅是为了经济利益，也是合理的，更何况还可以获得精神的满足。

市场化的文学写作，在摆脱意识形态控制的同时，可能也会进入到受市场控制的状态之中。在市场化过程中，资本对网络文学的控制力度会越来越大，或者出现垄断，也就是说，文学写作的自由度会与商业市场的统一联系在一起，受到资本的垄断。资本也许会容许不同于意识形态的文学元素，但是它也会产生出新的要求，形成新的约束力量，对文学进行控制。它主要是围绕相关的经济利益而运作。写作受到资本的控制，资本对文学写作进行引导性的推动，可能会成为网络文学写作的重要走向。

市场会细分出不同的写作群体，如不同级别的作者，不同类型的文学。灵异小说、盗墓小说、言情小说，都有相应的写作和阅读群体。他们按照市场需求提供作品，阅读作品。尽管直接的经济利益推动了不同类型的写作，但是，至少他们还能够根据自己的爱好进行选择。

市场化由多种元素构成，具有商业属性的市场化的产品，市场中的各种关系，包括生产者与市场的关系，市场与消费者的关系，都构成文学生产的产业链。作者只是文学写作中的一环，作品在市场上销售，经过消费者的消费，文学生产才基本完成。因此，文学生产是由众多的人群进行的，这就意味着，如果要严格控制文学写作，就要对整个社会进行严格地控制，而在现代社会，在全球化、互联网时代，这种绝对管理是难以做到的，它也只能在有限的范围内进行。与传统的文学管理相比较，这个空间已经远远超出了能够控制管理的范围。

六

创作自由不仅仅是外部环境的自由，它还包括精神的自由。每一个个体要获得真正的自由，应该是在精神上彻底地获得自由。正如尼采所说的，真正获得自由的是少数几个天才，因为他们不受上帝的权威知识约束，他们不受已有规则所规定。他们可以突破这些知识的规定，突破种种束缚，放开自己，任由自然的天性自由自在地飞翔。充分地发挥自己才能，这才是真正的天才，也是他们所能够享受到的自由。

这样的自由是真正的自由，也就是他们不受已有知识的规定，也不受已有的价值观念的约束，他们可以有自己的感悟，有自己的创新，有在自己的生活经验中得出的另一种知识，有幻想的能力，并且能够极大发挥自己的能力，突破已有知识的约束，将自己的创造力极大地发挥出来，这就是一种真正的天才的自由。

真正的精神自由，一方面是拥有某种知识或者多种知识，但是又能够超越这些知识，在不同的参照点中创造出新的知识，当然这个过程需要有非常强大的综合能力。从创作的角度而言，他们也许拥有某种民族的创作的特点，但是他能不能够在这个民族文化的基础上体验新的艺术感觉，并且由此而获得更多的创造性的发展？思想观念，审美感受，艺术感觉，艺术表达，这些都可以有新的体验和发展。

审美的自由实际上也是精神的自由，它也体现了社会的自由，在技术革命之后，审美精神的自由也得到了更大的拓展。当然，这有一个平衡和协调的过程，因为控制和反控制总是处在博弈的状态，双方可能会在矛盾冲突中获得平衡，文学创作也达到相对的自由状态。

总体而言，互联网平台已经给文学的写作和传播提供了自由的空间，作者、读者都可以在这个空间中获得自由的审美享受，文学的自由发展也将会在这样的领域中获得新的生命。

第二节　当前网络通俗小说的特征及创作前景

中国进入网络时代后，网络通俗小说创销两旺，成为引人注目的文学现象。虽然不少雅文学作家也曾在网络上发表或推广他们的小说，但总体上讲，网络小说还是以通俗小说占比最大。

目前，国内学术界已开始重视网络通俗小说，但大多把网络通俗小说当做一种文化现象进行研究，对网络通俗小说中精品之作的发现和评论还不多，应该说，研究者中不少人还残存着雅俗偏见，认为网络通俗小说不可能产生什么精品，因此只将网络通俗小说当做一种文化现象来研究。本节试图寻找网络小说中的精品之作，做一个初步点评和归纳，并就雅俗问题作一个回应。

一、网络通俗小说中的精品

官场小说大概是网络通俗小说中最贴近当下现实的。在官场小说中，推荐三部优秀作品，分别是《首席御医》（谢荣鹏）、《误入官场》（可大可小）、《医道官途》（石章鱼）。

《首席御医》中的男主角曾毅，医学院毕业生，实习期间治好了川省党委书记夫人的疾病，被举荐到省卫生厅任职，后下基层挂职，步入官场。曾毅医术高明，治好了一些高官和老干部的病，从而搭建了人脉，成为通天人物。再加上其武功高，智商高，情商高，有头脑，有手腕，有口才，一路结识老干部、“红二代”和商场大鳄，一路斗地痞、斗恶少、斗衙内，经历过诬陷和审查，经历过“摘桃”和“冷藏”，但最终在官场博弈中突围而出。

《医道官途》这本小说披着穿越的外套，写的是隋朝名医张一针穿越到当代变成了中专生张扬。张扬从乡镇计生干部做起，一路升官。与《首席御医》中的主角相同的是，张扬武功高、情商高，不同的是，张扬性格洒脱，极其善于“撩妹”，不断将一个个美女收入后宫。这与当今官场规矩显然不容，所以张扬最后率领自己的后宫，到太平洋一个小岛上独立建国。

这篇小说的对话写得极好，如“撩妹”，应对上级、同事及下级，与商场中人谈判等等，均极其风趣、机智。故事编排也很有技巧，故事中有故事，阴谋中有阴谋，所有的故事和阴谋都源自一群知青“文革”时期的恩怨。故事最后层层剥离，终于找到最终源头，读来有如侦探小说。

《误入官场》写的是湖南师范大学毕业生朱代东的官场奋斗史。朱代东大学毕业分配到了女朋友家乡，但遭到女朋友的背叛。朱代东受到刺激，摔了一跤，脑袋着地受到震荡，但因祸得福，耳朵变成了顺风耳，隔着好几百米能听清人说话。失恋后朱代东借酒浇愁，又练出千杯不醉的酒量。有了超强听力和超高酒量，朱代东从乡村中学调入乡政府工作，一路搏杀，最后升至省部级高位。

朱代东的故事告诉人们，在官场混，一要信息灵通，二要“酒精”考验。当然，只有这两条也不行，有充足的信息，还得有高超的信息分析能力，有足够的酒量，还得有足够的情商。朱代东后续的技能也不缺乏。朱代东从乡政府文书做起，一步步升职，逐渐掌握了官场各种潜规则，能把偷听到的信息分析得八九不离十，所以每次料敌机先，站队正确，又因有足够的情商，把上级伺候得舒舒服服，把对手打压得狼狈不堪，把下级震慑得俯首帖耳，把秘书关怀得感恩戴德，做事极有章法与条理，因此政绩斐然，步步高升。

这三本官场小说，不仅故事编得好，人物写得好，而且认识价值也较高，揭示了官场中的各种潜规则。读这些官场小说，有助于读者了解官员的思考习惯、生活习惯、语言特点、行为特点。

武侠小说一直是通俗小说中最受欢迎的类型。20世纪50年代至70年代，金庸、梁羽生、古龙在港台开辟了武侠小说的辉煌时代。80年代起，大陆作家也开始了武侠小说创作，但一直面临着“影响的焦虑”，难以超越金庸、梁羽生、古龙的成绩。但在网络武侠小说中，我看到了大陆作家超越金庸、梁羽生与古龙的希望。

首先推荐小子无胆的武侠小说《国术凶猛》。

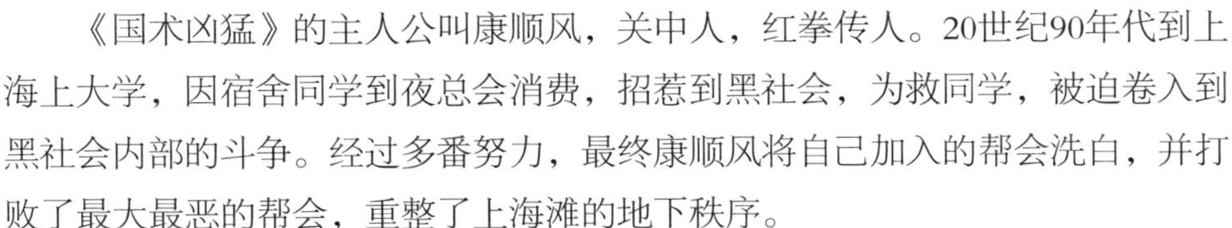

《国术凶猛》的主人公叫康顺风，关中人，红拳传人。20世纪90年代到上海上大学，因宿舍同学到夜总会消费，招惹到黑社会，为救同学，被迫卷入到黑社会内部的斗争。经过多番努力，最终康顺风将自己加入的帮会洗白，并打败了最大最恶的帮会，重整了上海滩的地下秩序。

武侠小说多把时间设置在古代，这篇小说把武侠题材设置在当下，让读者了解到，当代社会仍有江湖，仍有黑社会，仍有武林豪侠，而且当下的江湖有当下的规则。此书作者对武术相当内行，对各种拳术的练法和打法如数家珍，介绍了不少关于武术的知识，可以增广读者见闻。

其次推荐落魄小书童的武侠小说《药王传人在都市》。

小说中主人公孙易上大学后因打架被开除，回到东北农村老家。孙易一身蛮力，吃苦耐劳，重信守诺，见义勇为，很快发家致富，并吸引多名美女，结果招来黑恶势力觊觎，孙易凭借武力逐渐打出一片天地。孙易的父亲老孙头早已去世，留给他一本药王册，孙易在家里种出药草，因为治病效果好，在社会上有了点名气，更是引起各方势力抢夺。孙易本来胸无大志，只想过着老婆孩子热炕头的生活，但为了捍卫自己的卑微梦想，被迫卷入斗争。刚开始是与黑社会斗，接着与政府高官斗、与权贵家族斗，孙易几度被迫流亡国外，与毛子异变者斗、与美国军方斗、与狼族斗、与血族斗、与异人斗。到最后，孙易弄了一个核弹，炸了一座小岛，一切总算消停了，孙易也回家过平凡日子去了。

这篇小说对武术的描写非常实在。孙易天生神力，一力降十会，打起架来舍生忘死，后来又学会了太极的化力借力技巧和九图邪功，武功更是大进。但他并不是小说中武功最高的，打起架来也会受伤，对付热兵器更是吃过大亏，不过他身体强悍，抗击打能力强，又是药王传人，疗伤本事十分了得，因此能笑到最后。这篇小说对武术的看法也很客观，并没有神话中国武术，孙易这人能够用枪械就不用拳脚，能够用炮弹就不用枪械，能够用核弹就不用炮弹。

这两篇武侠小说在金庸、梁羽生、古龙之外另辟蹊径，将侠客放置在当今的城市与农村，又将武术置于与热兵器的较量中，描写了当下现实中侠客的命运，拓展了武侠小说的发展空间。

玄幻类小说，我推荐打眼的《天才相师》和猫腻的《朱雀记》。

《天才相师》写的是叶天成长的故事。叶天1976年出生在江苏省茅山脚下，与身为下乡知青的父亲生活在一起，母亲不知去向。叶天命格奇特，从小被茅山道士李善元收为徒弟，后得到麻衣一脉传承，懂堪舆，会相术，叶天利用自己的知识，不断改善父亲和自己的处境。1995年考上清华大学，与青梅竹马的于清雅重逢，两人谈起恋爱。因为师父病重，叶天强行逆天改命，延续了师父三年性命，自己遭到反噬，青丝变白发，并从清华退学。退学后，叶天自己开公司，给人看风水、算命，逐渐在北京闯出名气，结交了一些权贵与富商。之后到香港、台湾闯荡江湖，重逢了大师兄与二师兄，并逐渐了解到母亲的身世，与母亲重逢，且在“九·一一”事件中拯救母亲。后来，叶天修仙成功。

这部小说的最大特点是将许多现实生活中的名人和20世纪90年代至21世纪初期的许多国内国际大事都写进了小说。

《朱雀记》写的是易天行的成长故事。易天行1977年出生在鄂西一座小山城，是一个孤儿，被捡破烂老头收养。易天行从小身体强悍，菜刀斩不动手指，跳楼也摔不死，智力超群，过目不忘。长大之后才明白，原来自己是观音菩萨身边善财童子下凡，并肩负着拯救三界的超级使命。《朱雀记》想象力非常丰富，小说设想的是，如来佛祖与斗战胜佛孙悟空一番对话后，将孙悟空贬下凡尘，自己也因怀疑人生而自杀，造成六道轮回受阻，三界大乱。以阿弥陀佛为首领的净土宗向如来佛祖的须弥宗发起挑战，玉帝与净土宗结成联盟。但在天庭，真武大帝和二郎神反叛玉帝，在净土宗内部，观音菩萨另有企图。天庭和净土宗不断遣神佛下凡，追杀须弥宗的普贤菩萨、文殊菩萨和一众罗汉。而观音菩萨则安排善财童子下凡，通过“四十三参”，让其成长为未来佛——弥勒佛，重整天上人间秩序。

玄幻小说的主人公大都有超能力，可以说是“超人”，但这两篇小说中的“超人”，人性非常真实。作者写出了他们与常人一样的喜怒哀乐之情。如《朱雀记》中的易天行，发现自己的超能力后，非常苦恼，因为他只想做个平凡人，不想成为怪物。后来易天行明白了自己的使命，但他并不想成为弥勒佛，担当起拯救三界的重任，只愿意混迹于普通人之中，以世俗生活为乐。

《天才相师》中的叶天，因为有占卜算命的本事，求他的人很多，但这些人大都畏惧他，让他感到自己没有真正的朋友。

这两部小说是玄幻小说，但现实性较强。故事时间均设置在当今，主人公虽最终上天，但多数时间还是在地球上生活。小说里面有很多对人情世故的描写，也有一些对官场生态的描写，读来均很亲切。

都市类小说，我推荐《无良神医》（朴实的黄牛）和《怪厨》（田十）。

都市类题材的主角非官场人物，而是普通市民，但能成为主角的普通市民，自然也有不普通之处。《无良神医》中的医学专科生唐睿明，因为没有真才实学，被医院开除，后来得到萨满教巫医传授，倒是学会了一些奇门医术。唐睿明开设了一家小诊所，治好了一些美女、富商、高官的疾病，生活变得有声有色，不少美女投怀送抱。后又外出学艺，得到混元一气门的武功传承。出山后，斗恶少、斗黑社会，得到有关部门重视，被吸纳为编外人员。又被国家征召，赴西藏平息叛乱，为国捐躯，但又死而复生，最后隐居藏边，得到国家特许，与众多后宫美女结婚，过上了陆地神仙的幸福日子。

唐睿明有超常能力，但他性格惫懒，觉得国家责任与己关系不大，最后被迫为国出征，还跟组织讲条件，要求组织给他发一张结婚证，结婚证上要填上诸多美女的名字。唐睿明身边美女如云，与贾宝玉类似，但他在身边美女的教诲下，逐渐懂得了经纶世务，这一点又与贾宝玉不同。

《怪厨》写的是，白路在新疆沙漠中一个神奇的监狱长大，学会了许多古怪本领，武功高，厨艺好，还会吹小号。长大之后，白路来到首都，继承了二叔开的一家小菜馆，凭借出色的厨艺和独特的规矩，在北京立足，后来不断结识了北京的官员、“官二代”、商人、“富二代”，小菜馆越开越大，又因各种机缘，踏入演艺圈，唱歌、拍电影、拍电视剧，成为国内头号男明星。白路为人正直、疾恶如仇，遇到坏人拼命整蛊，斗倒了很多腐败官员与嚣张的“衙内”，对待朋友又非常仗义，扶危解困，因此朋友圈越来越大。白路在娱乐圈里，洁身自好，身边美女如云，且都以他女朋友自居，但他愣是到最后都没有和任何人滚床单。

《怪厨》与《无良神医》不同，没有修真内容，白路也不是陆地神仙，虽然武功不错，但并不是小说中第一高手，也会受伤，也会逃命，因此，《怪厨》的现实性更强。这篇小说还颇有京味，对京城中官员、“官二代”、商人、“富二代”及小市民的言行举止和个性心理，有贴切的理解和生动的描写。

都市类小说大都讲述的是人物的成功史，具有一定的励志效果，虽也描写到都市的黑暗面，但主张通过人物自身的努力迎接光明。

因为自己阅读的网络通俗小说还不够多，又有个人偏好，所以我的推介肯定有遗珠之憾。不过我提供的本就是一家之言，并不求面面俱到。

二、网络通俗小说的特征

网络通俗小说的精品之作，大致有以下四大特征。

其一，大都有百科全书的气魄。

网络通俗小说按照题材可以分为玄幻类（修真类）、科幻类、武侠类、官场类、言情类、社会类、军事类、田园类、都市类、工业类、商业类、古玩类等等，但其中的精品之作，不少都打通了各种题材之间的界限。如武侠题材中，爱情内容写得很好，都市题材中，官场内容也可以写得很精彩。

打通题材之间的界限，说明这些作品有百科全书的气魄，试图全面反映社会现实。像《首席御医》基本上反映了20世纪90年代至21世纪初期整个中国的政治、经济、军事、民生等变革过程，气势恢宏。与之对比，新时期以来，雅文学在题材和主题上往往追求单兵突进，如伤痕文学、反思文学、改革文学、寻根文学、先锋文学、新写实主义文学、新历史主义文学，往往都有各自的题材偏好和主题设计，很少有百科全书的抱负。即便有的雅文学作品试图全面反映社会历史状况，但篇幅也不长，一般一本只是一册书，长的也只有三册，字数很少超过百万字。像陈忠实的《白鹿原》、莫言的《丰乳肥臀》、王安忆的《长恨歌》等作品，都只有一册，不到五十万字。而网络通俗小说中，百万字的只能算是“短篇”。网络通俗小说公开出版时，一般都超过三册，有的甚至在十册以上。这么长的篇幅，自然也需要巨大的社会容量来填补，因此描写的社会生活面很广。论人物，林林总总，上至中央元老、下至乡野村夫；论地域，千山万水，有的还写到外国，有的还“上了

天”；论内容，面面俱到，政治圈、经济圈、军事圈、公安圈、医药圈、文物圈、娱乐圈，众多圈环环相扣。

其二，故事情节一般都编排得生动精彩。

网络通俗小说擅长讲故事，灰姑娘遇王子、废材蜕变成长等原型故事，还有如绝处逢生、超级逆转、扮猪吃虎、龙游浅水、打怪升级等各种故事桥段，网络通俗小说作家大都能熟练运用。这一点也可理解，不会编故事的通俗小说作家会被市场淘汰，至于网络通俗小说中的那些精品之作，编故事的能力更为高超，既超越了当今的雅文学，也超越了以前的通俗小说。

在编故事的能力上，网络通俗小说中的精品之作对雅文学的超越比较轻松。雅文学在艺术上追求探索性，把小说划分为情节小说——性格小说——心理小说三个阶段，已经不屑于写情节小说了，还有的雅文学作家受后现代主义的影响，故意把故事情节碎片化、断裂化，或者写作“元故事”，不追求故事本身的生动精彩。换言之，雅文学作家在讲故事方面已经自废武功。网络时代以前的中国通俗小说，讲故事的水准整体还是不错的，要超越并不容易，但后发优势使得借鉴与创新成为可能，而网络时代的互动式写作方式，又使得网络通俗小说在写作中，故事情节上稍有纰漏或出现破绽，就会被读者挑剔，这从反向促进了编故事能力的提高。

其三、大都对中国传统文化持尊敬的态度。

当下的雅文学继承的是五四新文学的传统，五四新文学的传统是“全盘反传统”的传统，即对中国传统文化持强烈批判和彻底否定态度。至于中国传统文化中有关修道、炼丹、成仙、风水、相面、妖魔、鬼怪等等玄学内容，更是被雅文学阵营认定为封建迷信。个别雅文学作家偶尔写到这些玄学内容，也会被批评界众口指责。即便对中国传统文化中的武术、中医等内容，雅文学阵营也大都不屑一顾，认为武术、中医都是骗术。

但网络通俗小说对中国传统文化中的玄学内容特别感兴趣，抱持一种尊重、理解、信仰的态度。《天才相师》作者在作品中还重新解释玄学，认为玄学和科学都是人类探索世界真理的一种方式、一种手段，两者可能殊途同归。至于武术与中医这些算不上玄学的东西，网络通俗小说更是写出了它们的风采。

其四、直面当下现实，但对社会现实持一种存在即合理的态度。

在人们的印象中，像武侠、玄幻之类题材好像只存在于历史中，与当下现实并不相容。但有些网络通俗小说把武侠、玄幻题材直接引入当下现实，给人耳目一新的感觉，原来我们身边还有游侠，还有江湖，还有黑社会，还有修道者。有的网络武侠小说和玄幻小说还把现实生活中的一些真人真事写入小说，更加强了小说的真实感。不过，这些小说大都对社会现实抱持一种包容的看法，认为存在即合理，即便是黑社会的存在，在它们看来，也有存在的合理性，不可能斩草除根，只能控制，改造。

网络通俗小说中的官场小说，更是直面社会现实，揭露了现实的黑暗面。不过，这些官场小说中的男主角，能够为老百姓办实事好事，但他们并不能完全改变官场生态，在其治下，还是有官员贪污受贿，还是有官员徇私枉法。即便他们自己，有时也无奈接受政治交易，为了得到某位腐败官员的支持，而对他宽大处理，他们自己为了升官，也对上级领导溜须拍马送礼物。在雅文学阵营看来，这是对社会黑暗现实睁一只眼闭一只眼，批判不足，似乎还有同流合污的态度。但不少网络官场小说往往借人物之口明确表明，有光明的地方就有黑暗，认为社会黑暗面的存在有一定之因，是一定之果，无论是革命化还是民主化，都不可能彻底消除社会黑暗面。

三、网络通俗小说的前景

实事求是地说，网络通俗小说中的精品并不是很多，不少作品的故事和人物似曾相识，互相抄袭，陈陈相因。为了凑字数，赚稿费，不少作品废话连篇，水分充足。即以我上面推介的作品来说，也都存在着这样那样的缺点。如《首席御医》里面，爱情场面寡淡无味，作者似乎不擅长写谈情说爱；《医道官途》里面说隋朝时期已出现朝鲜语，并在这一错误的知识上展开想象，结果造成硬伤；《误入官场》的故事编排有些沉闷；《国术凶猛》中的故事编排有些松散。《药王传人在都市》写到后来，科幻和玄幻色彩冲淡了现实色彩；《天才相师》的主题不断变幻，显示出作者刚开始并没有整体构思；《朱雀记》文笔过于绚烂，给人华而不实之感；《无良神医》中色情场面过多；《怪

厨》文笔过于求简洁，少了一点丰腴之美。

但话说转过来，网络通俗小说的缺点，雅文学也都存在。可以说，作品质量良莠不齐，是所有文学的常态。雅文学作品或许精品率高一些，但这不能构成轻视网络通俗小说的理由。我对于网络通俗小说的前景还是非常看好的，这是因为，从历史上看，通俗文学在与雅文学的竞争中，往往是最后的赢家。

文学一直以来都有雅俗之分。在中国远古，雅俗主要以语言为标准区分，雅指雅言正音，俗指方言土语。通常而言，国都地区的语言是雅言正音，其他地区的则是方言土语。用雅言正音说唱或书写的文本，就是雅文学。用方言土语说唱或书写的，则是俗文学。

之后，随着雅言正音的普及与推广，完全用语言来区分雅俗已不准确。此时雅俗又以文体来区分。人们一般认为，诗文是正宗，是雅文学，小说戏曲是小道，是俗文学。这里依然还残存着上一时代雅俗区分的影子。因为诗、文所使用的语言，多为书面语言，不易为大众掌握，而小说和戏曲用的是白话，是方言土语，人人皆会，容易掌握。

到了晚清时期，小说、戏曲的地位被提高，不再有文体歧视，五四新文化运动又提升了白话的地位。雅俗不能再以语言和文体区分了。这时雅俗如何划分呢？大致是按照思想与艺术是否具有探索性来划分。雅文学一般是探索性的，即在思想和艺术方面进行革新。在五四新文化运动中诞生的新文学，被确立为雅文学，因为新文学在思想和艺术方面不断进行革新，而迁就读者的接受水平，在思想与艺术上较为保守、不具备探索性的文学，则被划分为俗文学。

在这个新时代，雅文学由于在思想与艺术上不断革新，走在时代前列，自然引人注目，而通俗文学走在文学队伍的中间和后排，虽然作家多，作品多，但不受批评界重视，批评家不会给他们特写镜头。但从另一个角度说，雅文学好似文学的先锋部队，它们负责闯入禁区并且扫清道路，之后俗文学作为中军部队大兵压境，安营扎寨。功绩最大的自然是先锋部队，但收获最多的还是中军部队。

在以语言区分雅俗的文学时代，代表中国文学最高水准的是《诗经》中的国风，而不是《诗经》中的大雅小雅。在以文体区分雅俗的文学时代，学界一般认为，代表这一时代文学最高水准的是曹雪芹的小说《红楼梦》，而不是屈原、李白、杜甫、韩愈、苏轼等人的诗文。在以探索性区分雅俗的文学时代，代表文学最高水准的会是谁呢？是通俗文学阵营再接再厉，以3∶0胜雅文学阵营？还是雅文学阵营扳回一局？现在还难以预测。但是，网络通俗小说的百科全书格局比雅文学更大，讲故事的水准比雅文学更高，对传统文化的尊重和对现实的理解态度，也比雅文学的反叛姿态更易为人认同，这不能不使人更看好通俗文学阵营。当然，雅文学为文学大部队探索了前进的道路，其功绩值得铭记。没有雅文学在前面开辟前进的道路，通俗文学不可能后来居上集大成。

不过，网络通俗小说要想后来居上集大成，并不是那么容易。这既要看历史的机缘，也要看作家的努力。对于网络通俗文学来说，历史的机缘已经有了，通俗小说找到了网络这一阵地，取得了长足发展。网络通俗小说作家大都可以靠码字养活自己和家人，不必像曹雪芹那样过着没有稿费、举家食粥的日子。可以预期的是，网络通俗小说将迎来一个大发展、大繁荣的黄金时代。当下网络通俗小说最大的问题，在于不少作者陷入“著书都为稻粱谋”的境地，对文学质量的追求还不严格。曹雪芹写《红楼梦》时，“披阅十载、增删五次”，对作品质量精益求精。如果网络通俗小说作家能有这种精神，不难创作出属于自己和时代的经典之作。

（本节及第五章第三节作者：刘卫国，中山大学中文系教授）

第三节　对当前网络文学现状的几点分析

网络文学伴随着互联网的脚步一路狂奔，网络从写手娱乐交流之地变成了文学出版市场巨大的掘金场，网络文学由当年散乱的心灵絮语变成了一个浩瀚的文字海洋，数百万作者在这里创作，数亿读者在这里阅读。无论大家怎么评价它的得与失，有一点是不可否认的，那就是网络文学为中国文学的多元化形态开辟了一条新路，使中国文坛显露出勃勃生机。

一、概念与边界

南京大学教授黄发有说，网络文学作为新媒体技术与文学创作联姻的产物，在文学写作方面，超文本写作的崛起打破了传统文本的封闭结构，其开放性、自主性、互文性带来了新的活力与可能性[①]。

厦门大学教授黄鸣奋说，在人类所曾有过的各种文学范畴中，“网络文学”是根据作为媒体的信息互联网络来定义的。网络文学一是利用新媒体容量巨大（不受书号、刊号、片号及传统媒体篇幅等限制）的优势，发挥利用计算机辅助写作的长处，通过排行榜、点击率等激励写手的热情，驰骋天马行空般的想象，生产各种各样的巨作，希望能够制造出各种各样的公共话题、赢得进一步关注；二是依托新媒体即时交互的条件，捕获各种切合情境的音像素材，通过朋友圈、粉丝群等维系情感。传播手段和传播内容的结合可以依托超文本链接、超媒体通信等实现，在用户主导的信息加工中进行远程交互，甚至自由转变其形态。不仅如此，网络文学和网络游戏、网络视频、网络装置艺术等之

① 黄发有：《网络空间的本土文学传统》，《当代作家评论》2015年06期。

间的渗透日益频繁。

北京大学教授邵燕君说，严格来说，网络文学并不是指一切在网络发表、传播的文学，而是在网络中生产的文学。也就是说，网络不只是一个发表平台，而同时是一个生产空间。我们至少需要从以下几个方面理解网络文学的“网络性”。首先，“网络性”显示网络文学是一种“超文本”（HYPERTEXT），这个概念是相对于作品（WORK）、文本（TEXT）提出的。其次，网络文学的“网络性”是根植于消费社会“粉丝经济”的，并且正在使人类重新“部落化”。第三，网络文学的“网络性”指向与ACG（Animation动画、Comic漫画、Game游戏）文化的连通性。①

鲁迅文学院研究员王祥说，网络文学是通过互联网发表传播的大众文学，目前主要是指网络连载并以此为基础进行版权运作的长篇小说。网络小说的主要种类是玄幻小说、武侠小说、都市言情小说、历史军事小说，它们是以大众阅读兴趣为依归，反映大众价值观，以“读者选择”为运营模式而存在。它用小说的艺术形式为广大读者提供心理补偿，情感满足和娱乐消遣的功能。在提供快感与美感体验，创造快感模式和小说类型方面，网络文学已经大面积超越明清小说、西方大众小说。②

上述观点各有侧重，但综合起来，大致能够反映主流网络文学批评界对网络文学的定义，即并不仅仅视网络为一种写作传输介质，不是取“文学在网络”这样一种比较广义的网络文学概念，而是将网络文学视为在网络上连载，并在网络上生产意义，具备不同于纸质写作的新文学属性的文学形态。

网络写作源于数字传媒平台的开放性和包容性。如欧阳友权所说，数字技术为文学生产提供了最理想的媒介和载体，为社会公众创造了“人人都能当作家”的入门契机。在网络语境中，写作者的身份被抹平，发表作品的门槛被拆卸，“把关人”黯然退场，无边无际的虚拟空间向每一个人开放——写还是不写，发表还是不发表，以及写什么、何时发等，都在网民自己的掌控之中。怀揣文学梦者可以在这里圆梦，消遣休闲者可以在这里找乐，才华横溢者尽

① 邵燕君：《网络文学的“网络性”与“经典性”》，《北京大学学报（哲学社会科学版）》2015年第1期。

② 王祥：《网络文学创作原理》，中国人民大学出版社2015年4月版。

可以在这里施展文学才华。特别是移动互联网日渐普及，博客、微博、微信和社交网络大范围兴起后，第五媒体日渐从“宏媒体”和“元媒体”走向“自媒体”，文学的创作、阅读和互动交流更为便捷。网络写作的“人气堆”“大跃进”现象，与网络媒体开放、自由的文化精神和兼容、共享的技术特点无疑是直接相关的。网络写作的艰辛与魅惑的背后，是经济利益驱动下的市场推力。今天的网络文学写作早已不是上世纪90年代起步时期的非功利介入，已经完全市场化、产业化了。随着网络文学全媒体、多路径产业链商业模式的日渐成型，文化资本的寻租增值让网络文学市场竞争加剧、不断扩容并日渐成熟，对网络写手资源的争夺成为盈利“长尾效应”的顶层设计。点击率、收藏量、点赞数、打赏数、月票榜等指标，成了写作者奋斗的目标和时刻关注的焦点。这正是网络写作既有职业困顿、又有业态诱惑的原因之一。

当然，网络写作并非人们想象中的人人都能赚钱。据统计，达到“大神”级千万收入的网络作家，全国也就五十多人；百万以上收入的有百多人。之下，则是数以百万收入平平甚至惨淡的网络写手。①

二、两种阅读：对书本的命运猜想

近二十年来，中国网络文学发展一直处于突飞猛进的态势。传统的纸本阅读，近几年越来越受到网络阅读以及新兴的手机阅读的冲击。相对于纸本书籍，网络数字阅读以其快捷方便，得到了更多年轻人的青睐，以至于开始出现书本阅读终结论的甚嚣尘上。当然，这种论调并不适于国内，多年前，国外就有过关于书本命运的讨论。

2003年11月1日，艾柯做客埃及亚历山大图书馆，以英文发表了题为《书的未来》的长篇演讲。在这篇演讲中，艾柯针对解构主义哲学家德里达（Jacque Derrida）和文学理论家希利斯·米勒（J.Hillis Miller）等提出的“书籍消亡说”“文学终结论”提出了自己的看法。②

---

① 王芳：《网络作家生存状态揭秘：年收入千万者全国五十多人》，《楚天金报》2013年6月13日。

② ［意］艾柯著，康慨译：《书的未来》，见《中华读书报》2004年2月18日、3月17日。

艾柯说书籍的阅读与写作是线性的，然而，电脑所建造的网络空间却呈现出一个超文本结构。当越来越多的东西放到网上之后，万维网变成了一座全世界的图书馆。正是因为有了互联网和超文本，许多人认为书籍或者印刷文本已经完成了它的历史使命，应该寿终正寝了。艾柯的思路与一般人不同，他首先把书分成了两种：供阅读的书和供查阅的书。在互联网时代，那些供人查阅的书（如《大英百科全书》）显然正在走向消亡。但供人阅读的书是不会消亡的。“这不仅仅是为了文学，也是为了一个供我们仔细阅读的环境，不仅仅是为了接受信息，也是为了要沉思并做出反应。读电脑屏幕跟读书是不一样的。……在电脑前呆上十二个小时，我的眼睛就会像两个网球，我觉得非得找一把扶手椅，舒舒服服地坐下来，看看报纸，或者读一首好诗。所以，我认为电脑正在传播一种新的读写形式，但它无法满足它们激发起来的所有知识需求。”当我们阅读那些供人阅读的书时，与其说我们在读书，不如说我们伴随着阅读和因此形成的阅读氛围获得了一种独特的思考空间或审美感应空间。

就这个话题，略萨在《文学有什么用》一文中，也反驳了“现在许多人已经宣称图书行业已经走到尽头”的观点，略萨列举说，在盖茨看来，书籍是不合时宜的产物。他认为电脑屏幕能够取代纸张的迄今为止所能想象到的所有功能。

略萨有力地反驳道：“屏幕真能在所有方面代替书籍吗？我看未必。我非常清楚像因特网这样的新技术在交流领域和信息共享方面带来的革命，我承认因特网给我的日常工作提供了宝贵的帮助，但我对这些不寻常的方便的感激并不意味着我会相信电脑屏幕会取代纸张，或者电脑阅读能够代表文学阅读。这是一个我无法跨越的鸿沟。我不能接受电脑屏幕上的非功能性的或者非实用性的阅读行为，也就是既不寻求信息也不寻求有用的或即刻的交流的阅读行为能够获得像我在读书时得到的那种把梦想和词汇结合起来的快乐、那种亲密感、那种思想集中和精神孤独。他相信因为书籍的消失，文学将受到沉重的甚至是致命的打击。虽然这个电脑世界繁荣和强大，生活水平高，科技成就多，它可能成为严重缺乏文明，完全没有心灵的地方，成为那些放弃自由的后文学时代的无灵魂者的荒原。”

电子书写作的兴起。从纸书到电子书的转变，亦将改变图书本身。许多书会更为短小，更具时效性和文化关联性，更多彩，更具吸引力。较之以往，也将更加迎合年轻读者的偏好。在日本，年轻一代不仅开始在手机上读书，也在手机上写书，这已经成了一种新兴的文化现象。人们——特别是年轻人——已经“远离阅读”的论断，终将被证明是误解。事实上，今天的年轻人比史上任何一代读得更多，也写得更多。到目前为止，他们一直未对传统图书和报刊表现出太多兴趣的原因，在于他们是与社交网络共同成长起来的一代新人。一旦图书电子化、与己相关，并更具社交性质，他们便会投入疯狂的阅读与写作。

当前和以后相当长的一段时期，电子阅读和书本阅读，将会是分层的，长期并存的。笔者认为年龄也会是一个重要原因，人到中年，眼昏目眩，精力不支，要想长时间的读屏、读电子书、读网络上的作品，是不现实的。而书籍反而可以。

三、两种文学：越界与对流

以玄幻、奇幻、架空、穿越、武侠、仙侠、灵异、惊悚、历史、军事、都市、言情、游戏、竞技等题材为主的网络小说产量惊人。

网络小说横向纵向比较的坐标系，是包括东西方神话、传奇，中国明清小说，现代武侠小说，西方玄幻魔幻小说，市场化类型化电影，为参照系，为借鉴吸收学习对象，以传统小说的故事情节写作手法为主的艺术谱系。事实上，玄幻小说，都市言情小说，武侠小说，历史军事小说，这些小说的样式，无论是在中国，还是在欧洲，都有几百年的发展历史，网络小说正是在继承发展了这些小说传统的基础上，才得以迅速成长起来的。

网络文学二十多年的发展，涌现出来的优秀作品众多，有些作品也许会进入文学史。以玄幻小说为例，《盘龙》《神墓》《斗破苍穹》《间客》等作品，其想象力之丰富，故事情节之精彩，体现出的创造精神和创造能力，足以和西方玄幻小说抗衡。我们对这些优秀的网络小说家，了解不够多，评价不够高，不是他们的损失，而是我们文学评论界的损失。他们的创作，不仅满足了我们同时代的大众读者的阅读需求，也为人类的想象力，人类的文明丰富性，对小说回归故事赢回读者，做出了卓越的贡献，他们的胜利是小说的胜利，也是人类想象力的胜利。

除了愉悦功能，网络文学作品突出的一点，还在于大大拓展了文学的社会认知功能，我们知道，文学的社会功能是认识、教育、审美和愉悦，但有哪些作品能做到这几条？其实是微乎其微的，当然四大名著是做到了，十七年文学借助国家机器的力量，也做到了认识和教育功能。而后来的新时期、后新时期以及新世纪的文学，做到这几方面的并不多。文学的认识功能，其实是大大弱化了。而网络文学的一批作品，反而大大强化了认识的功能，复活了中国的国粹，复活了中国人生命中关切而又淡忘的记忆，是网络文学而不是严肃文学，更像是中国的小说。

一方面，我们期待网络文学提高文学性，向作家文学、严肃文学汲取营养，但另一方面，我们也不必把小说神秘化了，把文学性神秘化了。现代小说的正式起源或者被命名，不过是18世纪中期的事。而且，在小说的发展历史中，现实主义和现代主义的传统，只能说是小说传统的部分，不是全部。

无论作家文学，还是类型文学，其实都来自于同一个源头，即人类社会的口头文化的源头，也即集体无意识、集体记忆的源头。这个源头中，故事占有显著位置。有些故事比较重要，成为神话；有的故事不太重要，讲述出来完全供人娱乐，成为传奇。神话和传奇共同对现代小说的产生发生作用。

读者喜欢传奇，作家为故事而故事，并没有什么错，错的是固化的形而上学的批评话语假设的有效性。所以，面对当前的网络文学创作，严肃文学批评的失语和话语的失效，就是显而易见的。如果我们能够在类型小说中确实找到了智慧、生动的情节、鲜明的人物塑造或者有说服力的议论，我们应该赞赏作者完美完成了一次程式化写作。我们的批评，不是要把这类小说与所谓作家文学进行价值高低的判断，而是要认识到所有的小说都是被规范化了的，谁也逃脱不掉共同的源头和程式，而且总会在某一个因缘聚合下，在未来某一个时间点，二者呈现一定程度的互渗或者合流，这也是文学发展历史所证明过的。

四、两种小说：长与短背后的逻辑

不能否认，当今人们在对待网络文学和传统文学的看法和态度上存在着很大分歧。为了解决网络文学和传统文学的巨大分野，有人看到了网络文学的文学观、写作态度、社会影响等方面，与主流、传统文学的趣味和精神、文学价值和文学标准相距甚远。对待网络文学和传统文学的分歧以情绪化的心态不妥当，各立山头分江而治也不可取，理性化、客观化审视和分析网络文学目前存在的问题，也许更加重要，对我们的网络作家和读者也许更有意义。

网络文学作品一大特点是越写越长，超长篇非常普遍，一部作品动辄写到百万字甚至更多，上千万字的都有。长成为网络文学区别于传统文学的特点之一。同时，网络文学的情节波澜起伏、危机悬念不断、语言活泼幽默、作者读者互动共建情感共同体等，也成为这种文学形态的招牌特征。

网络小说为何越写越长？这并非完全出于作者个人意愿，网络书站的推动、利益的驱使，都起了推波助澜的作用。大型网络小说站点上，付费阅读已成主流。吸引稳定VIP读者订阅才能保住稳定收入。越写越长似乎成了谋生的必然选择。

此外，网络小说比传统小说长，也是由网络阅读特点决定。在很多读者那里，都已经形成了一种阅读习惯、一种消遣方式、一种生活方式；对于网络小说的期待，也一定要求能够满足读者不断追求新鲜、刺激、轻松、娱乐的期待，一部作品如果不能在每次更新出现新的危机、新的高潮，是无法长久留住读者的。为此，作家也要不断制造兴奋点、卖点，不断从一个情节过渡到另一个情节，一个故事跳跃到另外一个故事上面，一个高潮紧接着出现下一个高潮，直到读者尽兴、作品的张力消耗殆尽为止。

这种长篇小说的泛滥和无节制，其实也切合了我们这个时代的特征，切合了当代读者在海量信息量轰炸下，注意力难以集中的特点。但这些长篇小说，总体来讲，毕竟只是处于文学的初级阶段，它可能会出现大作品，出现达到国际水准、站在人类最高文学水平线的作家，但目前所作的还都是探索期、成长期，甚至是大作品的前夜。

当然，网络作家往往会反驳对他们的作品文学性不高或审美性不足方面的指责，不承认网络文学作品文学高度的降低。但网络作家也不得不面对自己最不利的短板——基本的文学要素：语言。一批很有可能成为大众小说经典的作品，比如《盘龙》《神墓》，文字水准不均衡，情节拖沓重复，如果能够做出认真修改，它们应该成为我们时代的《西游记》《封神榜》，超越《哈利·波特》。但显然这些作品的质量仍显粗糙。同时，要特别指出，在受欢迎的作品中，还存在着滥用暴力，对人和动物的生命不够尊重；而一些历史小说中，也存在着极端民族主义情绪的宣泄等等问题。它们很难改编为电影电视作品，大部分国家地区的社会主流也会对此抱着警惕的态度。等而下之的作品就更多了，如果没有新的突破，繁荣局面将难以维持。

可以说网络文学的发展已经到了一个“拐点”，未来的路该如何走？一个共同的呼声——融合。网络文学与传统文学只有融合才能创造出中国文学更加多彩斑斓的世界。

五、两种资源：民初类型与民间传统

在产业化与娱乐化的潮流中，类型小说逐渐成为网络文学创作的主流。本土文学传统对网络文学的影响日益彰显。在某种意义上，玄幻小说、武侠小说、言情小说、官场小说、历史小说等类型小说，都能从晚清至民国的文学史上找到对应的文体类型。鸳鸯蝴蝶派的小说传统在网络空间中被重新激活，一些题材和故事也被重新讲述。

就单篇作品而言，还珠楼主（李寿民）的《蜀山剑侠传》的影响不容忽视，被众多网络写手竞相模仿，视为范本。其“神魔大战”的叙事模式影响了不少风行一时的玄幻小说和仙侠小说，常常被一些写手视为玄幻、仙侠和修真小说的鼻祖，像《诛仙》《佛本是道》《凡人修仙传》都闪动着《蜀山剑侠传》的影子。诗词是中国古典文学的瑰宝，引用古典诗词或以典雅的文字营造诗情画意，已经成为网络文学尤其是言情小说渲染气氛的重要手段。流潋紫的《后宫·甄嬛传》就大量引用古典诗词和曲词，从《诗经》到唐宋诗词，作者信手拈来，或呈现甄嬛内心情绪的微妙变化，或咏物写景，或机巧应对，既增添了情趣，又使文字风格自成一体。就故事的选材而言，不少网络类型小说脱胎于古典文本或民间传说。至于穿越小说的文体发展与变迁，网友一般会近溯到李碧华的《秦俑》、席绢的处女作《交错时光的爱恋》和黄易的《寻秦记》。至于网络历史小说那就更无法割裂与传统历史文化的精神联系，值得注意的是，网络空间的历史题材写作大多热衷于架空和戏仿，虚构历史时空和历史人物，至于架空历史小说《新宋》《浮生萦云》《回到明朝当王爷》《窃明》等等，这类作品是在历史的幌子下解构历史。

网络文学在借鉴本土文学传统的过程中，确实存在着一些突出问题，如黄发有总结的：第一，网络写作的“复古”往往停留在表浅层次，生吞活剥，满足于移植古典的碎片，类似于戴着古典的面具的一种狂欢仪式。第二，在商业诉求和娱乐风尚的推动下，以后现代主义倾向和消费主义趣味对传统历史文化和经典文本进行戏仿、篡改和恶搞，已经成为一种流行风尚。第三，网络文学中的复古趋向，经常会演变为扎堆、跟风、起哄的群体行为，缺乏个性化的艺术提炼。在宫斗剧走红时期，宫斗题材的网络穿越小说泛滥成灾，情节模式、人物关系和对话口吻都是用同一个模子刻出来的，陷入了低水平重复的怪圈。[①]

网络作家李寻欢曾说：“在我看来，网络文学之于文学的真正意义，就是使文学重回民间。”他甚至认为：“如果说新文化运动解决了文学之于民众的‘文字壁垒’问题，那么我们同样可以说：网络解决了文学之于民众的‘通道壁垒’问题。”这种观点是持之有故的。

约翰·巴洛（John Perry Barlow）在1996年发表的《赛博空间独立宣言》中满怀激情地宣称：我们正在创造一个每一个人都能进入的，没有由种族、经济权力、军事权力或出身带来特权与傲慢的世界；我们正在创造一个每一个人不论在什么地方都能表达他或她的不管多么单一的信仰的世界；你们有关财产、表达、身份、运动、背景的法律概念并不适用于我们。……我们将在赛博空间中创造一种新的精神文明。

数字化“赛博空间”的这种平等、兼容与共享性，向民间大众特别是文学圈外人群重新开启话语权，从而确立了网络作者民间本位的写作立场。在网

① 黄发有：《网络空间的本土文学传统》，《当代作家评论》2015年第6期。

络世界，“虚拟社群与其说是对民主的威胁，不如说可以成为重建民主的一种当代方式”。电子传播重构的公共空间“可以成为市民中间观念的一个自由交流和基础讨论的领地，信息网络真正构成一种‘电子场’”……尽管学界有人对“网络文学代表着向民间回归”的说法持有异议，但网络写作将昔日高高在上的文学女神请下神坛，以“文学面前人人平等”的理念构筑文学网民的“民间身份”和“平权意识”，使文学本体回归在线民主的民间母语表达并体现民间生存本色，却是无以否认的事实。

如果说20世纪末21世纪初十年间的“网络民间”基本上还是一个“都市民间”乃至“小资化民间”，众多的网络文学作者以新生代的知识阶层或中产阶级为主的话，那么，当前的网络民间越来越加入更多草根阶层的声音，作家们在写作心态上更突出体现一种民间立场，认同庶民本色。众网民携手把一种新民间写作推上网络平台，使民间本位的个体表达成为网络写作的基本立场，这已是许多网络写手的共识。

如巴赫金所言：“它们或多或少都浸透着狂欢节特有的那种对世界的感受，其中有些就是狂欢节口头民间文学体裁的翻版，从头到脚贯穿在这些体裁之中的狂欢节世界感受，决定了这些体裁的基本特点，使体裁之中的形象和词语与现实有了特殊的关系。”这段将西方诙谐体文学类型纳入西方民间文化背景中所论述的话同样适用于网络文学及其民间背景。

网络上集中了一切非官方、半官方乃至比官方还官方的东西，在充满官方秩序和意识形态的现实世界中存在的网络仿佛享有“文化特权”，它为民间大众所有。与此相关，主宰网络的是一种特殊的交往，自由自在，亲昵不拘，与现实社会中那种讲究礼仪、规矩、身份、规范的交往相比，网络上的交往简直有点粗俗不堪，但正是这种不避粗俗，使整个网络洋溢、浸染着一种强烈的自由感和生命激情。网络生活是一种狂欢化的生活——从国家到真理的一切高级层次，全都得到具体的体现和表现，全都举目可见，来到网络上的是全体大众。

概言之，网络文学的出现，正部分地构建着一个全民写作的乌托邦幻想——计算机网络的出现正在为民间的大众文学提供一个巨大的空间。网络文学的发表仅仅是按动鼠标就把自己的作品送上电子公告牌；编辑、印刷成本、

权威批评家等均已无法制造障碍。网络空间提供了一种崭新的文学社会学。许多遭受文学体制压抑和遮蔽的声音得到了出其不意的释放。网络已经不再是控制在文化精英手中的公共空间了。某种意义上可以说，网络文学似乎返回了文学的原始状态：人人都可以无拘无束地利用文学形式抒情言志，或者叙述种种白日梦。网络文学废除了经典体系派生的种种规则，包括作家的身份。众多的声音一拥而上，坦然地踞守自己的一方空间。这时，网络空间作品时常是一种即时性消费；没有多少写作者像推敲经典那样精益求精。文学体制的撤除、作家身份的丧失是与精英或者经典那种载入史册的渴求背道而驰的。这将为新型的大众文学制造了一个前所未有的表演平台。

六、文学性的追问

麦克卢汉说：“媒体就是信息”，“媒体会改变一切。不管你是否愿意，它会消灭一种文化，引进另一种文化”。①希利斯·米勒说：媒体就是意识形态。鲍德里亚说：“铁路带来的‘信息’并非他运送的煤炭或旅客，而是一种世界观、一种新的结合状态，等等。电视带来的‘信息’，并非它传送的画面，而是它造成的新的关系和感知模式、家庭和集团传统结构的改变。”②媒介改变着世界，改变着人类的世界观。可以不夸张地说，文明的演进是在媒体的嬗变中进行的。

安德森论述过印刷技术的发明对于资本主义社会产生了巨大的作用——安德森称之为“印刷资本主义”。他说：“资本主义和印刷技术通过作用于人类语言的不可避免的多样性的命运，使一种新形式的想象的共同体成为可能，这种共同体的基本形态为现代民族的产生创造了条件。”③

近二十年的网络发展给社会生活带来的变化，使得愈来愈多的人都不得

---

① ［加］埃里克·麦克卢汉，弗兰克·秦格龙：《麦克卢汉精粹》，中译本序，南京大学出版社2000年版，第248页。

② ［法］鲍德里亚：《消费社会》，南京大学出版社2000年版，第132页。

③ ［美］本尼迪克特·安德森著，吴叡人译：《想象的共同体——民族主义的起源与散布》，上海人民出版社2003年版。

不承认，国家乃至全球的政治、经济、社会、文化模式等，都因为网络的介入而产生了历史性的转折。而对于文学来讲，人们也逐步认识到，这一项技术革命可能包含了诱发艺术革命的契机。

网络文学是否给传统的文学带来新的特性？网络文学的文学性表现何在？在应对网络文学带来的挑战时，大部分的专家学者和成名作家喜欢说，文学的本质没有改变，也不会改变，评价文学的尺度从来不会变，网络文学与传统文学都是文学。他们的核心观点是：文学的本质不会改变。

真的存在本质性的文学吗？其实许多理论家，包括福柯、伊格尔顿等，从来就对这种本质主义的文学定义表示怀疑。伊格尔顿说："文学根本就没有什么'本质'。"[①]在他看来，文学之为文学是由特定历史条件指定的，或者说是被特定历史时期的物质实践和社会关系之网"构造"出来的。这个意义上，书写工具以及传播范围无疑是"构造"文学的历史条件之一。希利斯·米勒说："印刷制度使文学、爱情信件、哲学、精神分析学和现代的民族—国家概念成为可能。"[②]纸张与印刷术的发明也极大地扩展了文学作品的流传范围。而网络时代的带来，网络媒体的登堂入室喧宾夺主，显然也会对文学之为文学的规范造成改变。

传统文学家往往指责网络文学作品粗制滥造，泥沙俱下，鱼龙混杂，文学的高度降低。网络作家最有力的武器是，文学进入了更多人的生活。但网络作家却也无法回避自己最致命的短板——文学基本要素，包括语言、形式、修辞、意味、深度等等所谓文学性的追问。网络文学的文学性是否缺失？

相对于书面语言，网络语言简朴粗糙。李少君说："网络文学的基本表现：通俗化、速食化，不过分讲究文句的修饰，不太考虑表达方法。而其中最重要的是：语句构成简单、情节曲折动人和贴近网络生活本身。"网络的浏览行为注定了网络文学的主流是一种速食文化。陈村说，这是网络写作的必然后果："工具的变化会带来文风文体的变化，从文学的历程看，书写越来越容

① ［英］伊格尔顿著，伍晓明译：《二十世纪西方文学理论》，北京大学出版社2007年版。

② ［美］希利斯·米勒：《现代性、后现代性与新技术制度》，《文艺研究》2000年第5期。

易，文字也越来越‘水’。”

“文学性”是人类在长期认识过程中逐渐形成的一个比较笼统、广泛、似可体会而又难以言传的概念。既然这一概念存在于我们的心中，那么还是应该尽可能地予以界定。只不过这种定义应该是宏观的、开放性的定义，而非微观意义上的死标准。文学性存在于话语从表达、叙述、描写、意象、象征、结构、功能以及审美处理等方面的普遍升华之中，存在于形象思维之中。形象思维和文学幻想、多义性和暧昧性是文学性最基本的特征。

对网络文学作家而言，强调文学性，包括修辞学系统的语言、结构、叙事方面的提升，是格外有现实意义的。近两年来，一大批声名鹊起的网络作家还进入了各级作家协会系统。这无疑也意味着网络作家和传统文学作家在身份上已经由对立走向了融合。此外，随着网络文学的发展，一些基础较好、素养较高的网络文学作家也在有意识地向传统文学汲取营养，文学性这一传统作家最为看重的核心元素在一些优秀的网络文学作品中逐渐显现、增强。一些网络作家已经不再仅仅是叙述故事、涂抹心情、制造玄幻。

七、网络文学批评何为

当前，网络文学写作大都糅合进了多种类型小说的元素，如侦探、惊悚、悬疑、玄幻、都市言情等元素，是巧妙地在类型小说中展开反类型化的努力，是对单一类型化的修正。可见，用类型小说理论分析网络文学已经出现了难度。这也体现出网络小说的复杂性。网络小说发展到今天，其实已经呈现了多种元素、多种资源、多种文学传统的对接与合流。

正如作家、批评家李敬泽和王祥（康桥）等所说，网络小说哪里是什么传统文学相对应的另外一极？它其实正是被所谓新文学、现代文学批判的晚清小说、民国旧派、旧文学百年后的还魂，或者说市民小说、大众小说精魂的复苏，同时也是对旧派小说在现代网络新媒体技术支持下的大面积的复苏和超越。只是这种超越，使得新旧文学、传统与现代小说的面貌更加模糊，更加呈现你中有我、我中有你吧。

当然，我们也不必把小说神秘化了，把文学性神秘化了。现代小说的正式起源或者被命名，不过是18世纪中期的事。而且，在小说的发展历史中，现在被学院派尊崇的纯文学、严肃文学，其实只是福楼拜、詹姆斯之后现代主义的倾向。之前和之后的当今，这种现代主义的传统已经受到质疑，它只能说是小说传统的一种，而不是绝对，不是全部。

从本源和属性看，小说从一开始，就是一种流行的、通俗的、平均的形式，中西都是如此。后来精英批评家对小说赋予了太多意识形态和形而上的期许和改造，出现了小说经典程式的两分，为少数人创造的，和为大众创作的，用学院派的话说，严肃的和通俗的，精英的和大众的，纯粹的和流行的，等等。为什么读小说？精英主义的捍卫者，如哈罗德·布鲁姆《西方正典》《为什么阅读》，强调阅读是为了回到面对孤独的自我，昆德拉说是为了探索未知的精神领域。都是对的。这只能是少数人的领域和毕生事业，不可能适应于所有作家。如美国学者莱斯利·菲德勒在《文学是什么？高雅文化与大众社会》一书中所说的，我们阅读小说，其实更多时候，并不是为了欣赏作者的趣味，抑或结构或风格的优雅，更不是为了语言的精到，或者思想的崇高，而完全是另外一种东西：那就是它们提供的深化共鸣、它们的原型魅力。菲德勒还说，所有的艺术，无分高雅、低俗，抑或不高不低，只要具有广泛的神秘魅力，一见之下，便能立马让我们不劳而获，得到满足，这满足对于我们的生理健康是势在必需的。菲德勒引用一位批评家的说法，说文学的最高境界，超越所有的修辞规则，这境界是“心醉神迷”。像王安忆是阿加莎·克里斯蒂的超级书迷，有着浓重的克里斯蒂情结。在《华丽家族——阿加莎·克里斯蒂的世界》一书中，王安忆表示：“我读克里斯蒂的小说，感受相当单纯，那就是‘享受’。”①

一旦用这个标准而不是传统的教诲和娱乐作为评价标准，我们可以摒弃一切形式主义、精英主义和方法论的批评，开始发明一种中庸的、业余的、新浪漫主义的及平民的批评，它将使我们能将以往的流行文学、大众文学、类型文学读做文学，甚至同样把以往的高雅文学、严肃文学、纯文学也读做文学。按照菲德勒的设想，采用新标准后，我们将会发现自己少说主题和目的、结构

① 王安忆著：《华丽家族——阿加莎·克里斯蒂的世界》，安徽文艺出版社2006年版。

和肌理、能指和所指、隐喻和转喻，而更多来谈神话、寓言、原型、幻想、惊诧和奇迹，更重要的是，我们将能够为我们自己、以我们自己的名义说话而不是在某种毫无个性的“传统”名义下，作为“权威”来说话。

在严肃文学领域，长篇小说以其分量，以其对历史、现实以及人类生活的广度和深度的涵盖而居于文学的中心地位。所有在长篇小说那里可以达到的艺术水准，在中短篇小说那里都不过是雕虫小技。所以长篇小说成为评定判断一个国家文学高度的首要的标杆。我们知道，现在是一个长篇小说泛滥的时代，每年创作出版的长篇达到四千多部，这还仅仅是就所谓严肃文学说的。如果加上网络写作的一块，也许可以达到数万计，仅仅深圳每年举办的网络文学大赛，一个城市的长篇小说的投稿量，就达到了一两百部。但长篇小说量的累积，面上的繁荣，除了说明中国人宣泄和表达的冲动，创造力的旺盛，并不能在审美经验上带来质的飞升。所以，在作家文学这一块，一年下来，沉积下来的好作品，其实不过三两部。所以才有了余华一部不如一部的现象，不仅余华，处女作即成名作即代表作的大作家太多了。看得多了，阅读量上去了，我们已无法对曾经神化的《白鹿原》和正在被追加神化的《废都》高估。这也是通病了。为什么?

长篇小说要么是意识形态化的，要么是大众通俗化的，而这二者最容易合谋，留给艺术的空间相对有限。在这有限的空间里，最考作家的，其实还是生活的积累的能力，形式创造的能力，哲学与宗教为代表的心智灵性的能力，也即可能通过作品达到的对存在的追问对终极探寻的能力。这三点，难得有作家兼备。一旦露怯，严肃文学将徒有虚名，甚至狐假虎威，名不副实；而网络文学反倒以其回归文学本源——神话和传奇的轻便和快捷，写出独有的题材内容和趣味，写出人的本性和人性的本质，从而殊途同归，达到严肃文学自我标榜的精神高度。

这样说，倒不是说网络文学作品中的哪怕是精品之作是否能够留得下，而是借此谈一个观点。谁都不必自恃清高，自以为是。其实，无论所谓现实主义的小说、现代主义的小说，还是类型小说、网络小说，都来自于同一个源头，即人类社会的口头文化的源头，包括集体无意识的源头。这个源头中，小说或者说故事，占有显著位置。有些故事比较重要，揭示了与社会息息相关的事物，成为神话；有的故事不太重要，讲述这些故事完全供人娱乐，满足社会的想象需求，成为传奇。神话和传奇共同对现代小说的产生发生作用。神话传统影响严肃文学多一点，传奇在直接作用于通俗文学、大众文学，包括网络小说。而到了18世纪小说范式大致确立后，反而逐步通向了喜欢传奇程式的读者大众。传奇式写作而不是神话式写作，逐渐成为阅读主流，更出现了为讲故事而讲故事的小说写法。现实主义小说完成了经典化的过程，也越来越耗尽着自身的活力，边疆的野蛮人——传奇小说的家族，悬疑、科幻、玄幻、侦探等，开始拥有了更广泛的读者，更重要的地位。如果这个传统不能称之为伟大的传统，那也应是自己的传统。读者喜欢传奇，作家为故事而故事，并没有什么错，错的是固化的形而上学的批评话语假设的有效性。

所以，面对当前的网络文学创作，严肃文学批评话语的失效就是显而易见的。如果我们在类型小说中确实找到了智慧、生动的情节、鲜明的人物塑造或者有说服力的社会评论，我们应该感谢作者，是他们把如此完美的写作放到了程式化的行驶中。[①]我们的批评，不是要把这类小说与所谓作家文学进行价值高低的差别判断，而是要认识到所有的小说都是被规范化了的，谁也逃脱不掉共同的源头和程式，而且总会在某一个因缘聚合的情况下，在未来的某一个时间，二者呈现一定程度的合流或者互流，这是文学发展历史所证明过的。

（本节及第七章第六节作者：于爱成，研究员，博士，深圳市作家协会驻会副主席）

① ［美］莱斯利·菲德勒著，陆扬译：《文学是什么？高雅文化与大众社会》，译林出版社2011年版。

第五章

类型：审美效应及其他

第一节　穿越小说的时空错位想象

穿越小说是以时空穿插错位叙事的小说形式，它的最大特点就在于可以从这个时代穿越到其他时代，穿越到外太空，穿越到人类宇宙之外，由此获得非常独特的审美效果。

穿越小说是最为考验作者想象力的艺术形式。从目前的情况看，穿越小说作者已经想出各种各样的穿越方式，这些五花八门的穿越方式也往往能够达到了独特的审美效果，至少能够让读者对作者的想象力产生惊奇感，这就是艺术的效果。

穿越时空的错位是一种独特的技巧，技巧本身有特定的艺术的魅力，但是能够拥有这样的技巧，在广阔的传播平台上展开这种技巧，也是互联网时代才能够最为充分的享有。

一

从叙事层面上说，穿越是非常具有想象力的小说写作方式，能让小说充满悬念，时空和知识错位很容易引起特定的审美效果。

时空的错位使得穿越叙事具有了令人惊愕的空间，它不仅仅是人们感受到的时间和空间的交集，它还包括了精神空间错位，人们可以在不同空间错位的期待中获得更多的惊喜，这也是穿越小说吸引人的地方。

穿越的方式五花八门，这里便表现了现代想象的丰富性：有梦幻穿越，吃药穿越，车祸穿越，掉进山洞穿越，念着咒语穿越，披上某件衣服穿越，拿上某个感应器穿越，掉到马桶里穿越，洗澡时穿越，以及各种各样能够想象出来的，能够刺激人的幻觉的穿越。

这些穿越能够来去自如，想穿越到哪个朝代就到哪个朝代，想回来就可以回来。只要想象力能够达到，人的时空就可以任意切换，在现代高科技的条件下，人更自由地运用各种技术条件获取不同时代的感受，获得种种反差刺激的效果。例如桐华的《步步惊心》是清穿宫廷小说，该小说的主人公张晓因车祸穿越到清朝康熙年间，成为满族少女马尔泰·若曦。她身不由己，卷入“九子夺嫡”的纷争。

时空穿越的错位是惊心动魄的，也是非常美好的。主人公在穿越中会遭遇到不同力量的挑战。许多人喜欢穿越到宫廷中与王族斗争，与他们恋爱，与他们融合，与他们产生种种关系。

人们可以穿越，穿越在无限的世界之中，穿越在自己的精神领域，在自己的心灵中穿越，只要你能够感觉到想象到的时空都能穿越，这种符合人的天性的惬意感，实际上就是美感。穿越小说的时空反差恰好体现了这种特定的生存环境，不同的生存环境将人性的各个方面表现出来，这是非常有效的艺术技巧。

二

穿越是一种比照的手法，它可以构造巨大的反差：知识观念的反差，生活习惯，生活方式的反差，文化的反差，都可以构造出奇特的效果。人们可以在这种反差中感受到不同的生活方式，不同的思想观念，也可以反思这些观念和生活对人的影响。

这反而能够让人清晰地看到不同时代、社会人们的生活差异，这种差异是由他们的知识规则造成的，也恰好显出社会变化中所产生的令人反思的知识点。

价值观念的反差是审美效果的基础。不同时代、朝代有不同的价值观念和生活方式，有不同的社会关系，现代人穿越到当时的场景，就会有许多的新的发现。因为是用现代的眼光去发现，就可以对各种历史知识和场景可以做出多种的解读和阐释。

这是形象化的阐释，它直接让人物与当时的场景相碰撞，这里面有价值观的碰撞，有社会认识的碰撞，有不同知识系统的碰撞，当然，还有各种感觉，感情的碰撞。在这其中，穿越最喜欢用的就是爱情碰撞，它包括了爱情观，生活观以及各种人生观。

这是一种制造文化反差的创作方式，它可以让人产生好奇感和陌生感。好奇感是人类所具有的特点，好奇感可以让人去探索，并发现许多新的事物。

好奇感也是一种陌生感，是人对陌生对象的期待。陌生化往往是艺术创作或艺术接受的非常重要的感受，是具有独特效应的审美方式。

三

在艺术审美效果方面，如果把人放到不同的场景，不同的生存环境叙述，如果还有生存危机，就能够激发出人性的各种因素，这反而能够全面观察到人性，透视人的本质特点。就如同诺贝尔文学奖得主赫尔曼·赫塞的《荒原狼》，把人放到荒原上，将荒原上的狼性和人性表现出来，这反而让人的特性显示出来。加缪的小说《鼠疫》，也是将人放到发生鼠疫的城市，这是对人类威胁最大的环境，在这种危机中，为了生存，各种人性都表现出来，而且人性中的自然性以及社会性混合在一起，构成了非常丰富的人性图画。

在特定的自然环境或者社会环境中，人性会被对应地激发出来，人们试图通过穿越而获得对人性的重新认识，这是最好的方法，因为将人放到不同的情境中，就会产生不同的应激效果，这实际上是通过不同的角度将社会场，文学场，以及审美场中的各种元素调动起来。

这种调动的审美效果是很大的，平常隐藏在一般生活状态下的人性会被凸显出来。将人放到特定的场合，由特定的压力所造成的应激反应会有效地突破被政治、道德、宗教所包裹的外壳，人的本质暴露出来，或者获得新的跃升。

穿越小说可以摆脱现实的当下存在，制造出各种危机，这种危机通过人的想象获得它的合理性和合法性，但它与现实的人的存在有相似性。

网络小说，尤其是穿越小说有没有现实性？应该是有的。它可以非常巧妙地将历史和现实在想象中融会在一起，进行混合性的艺术打造，形成新的网

络文学形象、网络故事、网络场景，也形成不断错位的文学气场。

网络文学常常遭到社会现实主义的批判，认为这些脱离了现实的想象完全是荒诞不经的事情，不足为凭，这种观念与中国传统对待小说的观念有相似之处。街谈巷议，引车卖浆者之流，不能进入大雅之堂的种种荒诞不经的形象，往往会被学院派的传统观念所批判。

20世纪初，小说的地位得到了提升，因为小说结合现实，表现现实的内容，同时又拥有了更多的自由发挥空间，极大地吸引了社会读者，其中的思想观念以及形象符号在社会中引起很大反响，所以梁启超也提出以小说启蒙民众，改造社会。小说成为启蒙的工具，利用小说的功用，浸、润、刺、提对社会产生影响。

由于网络平台的扩张以及这个平台的独特性，网络小说在更大的程度上回归了人的生活，回归了日常生活，与荒诞不经的小说传统有了承传的关系。

四

通过小说艺术将不同的场景呈现，将人放到特定的场景中表现，这是需要想象力和社会经验的，穿越小说在这方面凸显出作者独特的经验、学识和想象力，凸显了作者在表达这种场景以及人性方面的独特手段和能力。

穿越小说创作最大的考验是作者的想象力，这种想象力在跨越时空，自由发挥的时候更显示出作者的才华。一个作者是否有才华，是否有想象力，他的想象力是否足够，这往往是决定穿越小说作者艺术能力的最为重要的指标。

想象力是人类思维的特征，是艺术创作的特征，也是艺术审美的特征。人的本性通过想象力完整的表现出来，这就是文学艺术的重要特点。

人类有了想象力，就可以创造出无穷无尽的关于世界的存在方式。古代神话传说表现了人类童年的想象力，由于它想象的自然性，以及对世界认知的渴望，原始神话具有了很大的艺术审美的魅力。

穿越小说秉承了具有原始意味的神话创作的内涵，把人的想象力发挥到极致。由此而产生了一个个现代的神话形态。这种形态在神话原型中可以找到类似的证明。

通过想象力，人可以穿越到蛮荒时代，穿越到人类的古代，穿越到世界的不同国度，还可以穿越到不同的星球，不同的精神领域，在不同的时空中游荡，这是人们尝试或者试图以自己的想象力去探索外部世界，探索不同时空的生活以及思想观念，生存方式。

穿越看上去荒诞不经，但其效果恰好相反，穿越往往是最能够激发起人的想象力的方式，也能激发出人的思想，让人类获得新的生存方式。

现代人的思维方式仍然具有与生俱来的与自然相联系的思维方式，这种方式还更多的得到了发展，既是泛灵的，又是互相渗透的——时空的渗透，不同物体之间的渗透，穿越小说在这方面拥有了非常强大的发展空间。

穿越小说以其独特的想象力进行穿越，作者拥有或多或少的历史知识，运用不同板块的知识进行穿越反差，这种反差所造成的美学效果是巨大的。

五

大部分穿越小说都喜欢在爱情方面进行比较。在爱情方面，现代人的爱情观与古代人的爱情观有许多相异之处，但是也有共通之处，例如追求美好的爱情，让爱情绚丽多彩。穿越小说将爱情实施在不同朝代，不同社会观念的人的身上，这样会凸显出爱情的各种特点。

例如《步步惊心》的主人公张晓，一个现代繁华都市的白领女子，穿越后成为倔强任性的“拼命十三妹”若曦。她对清史洞悉，却卷入“九王夺嫡”的斗争中，不断地与命运抗争或妥协。她知道历史的走向，看透所有人的命运，却无法掌握自己的结局，个人情感夹杂在争斗的惨烈中，经历各种爱恨情仇，身心备受煎熬。她知道历史的发展结果，知道站在哪一边会是什么结局，但是这其中有她深爱的人，只能处处为营，步步惊心。

大量的网络作者和读者是年轻人，年轻男女正处在爱情的幻想之中，这种爱情往往在现实中不能实现，或者有各种各样的复杂条件，小说人物进行穿越，作者和读者会通过想象去完善美好的爱情过程。通过想象来完善自己的感情是非常有效的体验方式，因为感情本身就是主观性，虚拟性的。

这种爱情的感受者总是希望拥有某种优势，物质的优势和精神的优势，由此而获得爱情的主动性。而现代人往往又很容易获得这种优势感，因此他们在对待爱情方面拥有了某种主动性，他们能够利用现代的价值观以及自己幻想出来的爱情感觉去驾驭不同朝代，不同社会爱情的走向。这是一种非常惬意的感觉，因为在爱情中获得美好的主动性，将对故事情节有很好的发展。

他们拥有更多的知识优势，在面对古代不同的人群时拥有了某种先知先觉的条件，也使得他们在这种优越性中处在上风。爱情的阳光因此变得明媚起来，爱情的阴风冷雨也在自己的驾驭之中。爱情因此变得曲折起来，但是这种曲折却是在掌握之中的，因为现代人拥有了各种能够掌握古代社会历史的手段。

香盈袖的穿越小说《倾城毒妃：邪王宠妻无度》便是这样陈述："人不犯我，我不犯人。人若犯我，还他一针！人再犯我，斩草除根！她，来自现代的首席军医，医毒双绝，一朝穿越，变成了帝都第一丑女柳若水。未婚被休，继母暗害，妹妹狠毒。一朝风云变，软弱丑女惊艳归来。一身冠绝天下的医术，一颗云淡风轻的心。"

在穿越小说中，可以看到各种爱情观念碰撞冲突，人们在这样的矛盾中不断嫁接古代与现代的情感。他们可以把现代时尚女性的感情嫁接到古代帝王的身上，也可以嫁接到王子公主的身上，因为现代人所拥有的知识以及现代人的种种优越感，可以与古代帝王贵族的财富地位相抗衡。

不同时代人们对爱情的要求都非常独特地在作品中出现，现实中的或者是想象中的爱情都有了很大的吸引力。在这里考验的是作者的情商，也考验作者的想象力。他们拥有全知全能的叙事角度，也因此在感情发展方面驾轻就熟。

六

不同的感情观念以及行为方式都可能造成情节的冲突，在网络文学中，故事情节的矛盾冲突又是最为重要。网络文学必须要有故事性，有情节性。亚里士多德《诗学》认为悲剧的第一要素是情节。情节也是小说的最基本的要素，吸引人的小说要有精彩的故事情节。传统现实主义非常强调小说塑造典型人物，尤其是典型的性格，也因此淹没了故事情节在小说中的地位。

穿越小说实际上还隐含了各种各样的寓意，包括文学艺术自身所拥有的寓意，具有社会性的寓意，它对社会历史文化进行反差性的比较，也使得穿越小说拥有了展示社会历史文化以及现实的独特条件，这在创作情景上是无可比拟的。在互联网平台上，这种想象力的展开非常能够引起读者的共鸣。人们跟随作者去穿越，也可以跟随作者的笔触展开读者自身的想象力。这是一个想象互补的过程，作者和读者可以在相同的场景中不断地补充故事，小说的内涵也因此更加丰富起来。

在时代和社会在特定的技术条件支持下，现代人的想象力有了更为充分的展开的条件。主人公在穿越中往往拥有某种知识的优势，因为他们通过后世的历史知识了解了历史发展的结果，他们先知先觉，在实际运作的把握中游刃有余，他们知道如何去处理某些历史过程。

由于预知了历史的结果，有时候穿越是一种美好的享受，在这个过程中，主人公可以随心所欲地行动，他们将结果把握在手中，甚至有些人还试图改变历史，改变结果。

历史的全盘景观是现代人所拥有的优势，现代人可以通过已经完成的某一阶段历史知道了事件的结果，他们有了全知全能的视角，能够把握住历史发展的某种状态，尤其是结果，这让他们更多的处在优势化的肆无忌惮的行为方式之中。他们可以自由地解释历史发展过程中的环节，在细节上进行独特的处理，这反而让艺术发挥的空间得到了扩展。

知识的错位以及知识认知的超越是穿越小说最能体现陌生化效果的审美技术，在知识认知中，现代人似乎总是拥有某种知识的优越性，他们可以通过现代的知识，尤其是科学知识解读古代的种种问题。古代人看来神秘的东西，在现代科学知识的观照下却能够解释出来，可是古代人仍然用他们特有的方式来解释自然与社会，现代人也因此拥有了更多的优势，这是一种居高临下的知识优势。

七

作者的见识和想象力在创作中显得非常重要，在原有的基础上进行联想和想象，这是作者能否从事创作，或者是网络文学创作的重要指标。

海明威谈到自己从事小说创作的时候特别提到，他父亲是以想象力作为指标考量他能否成为小说家。他写了一篇作品给父亲看，他父亲认为他的想象力是很丰富的，也因此觉得他富有创造的潜质，可以成为作家。

想象力历来都是文学创作，包括小说创作的最为重要的素质之一，在讨论网络文学时，可以更多地从这个指标上去讨论，将其作为文学创作的要素和艺术审美的最为重要的元素进行关注。

这确实是人的意识中最为重要的思想状态，或者是潜意识的状态。不是所有人在平时的思维中都拥有非常强的逻辑，人的思维大多是发散式的，天马行空式的，这都是人们生活的常态。能够将这些常态化的思维方式用文学作品记录下来，那就是非常有效地将人的原生态思维呈现出来。

学院派的批评往往苛求，甚至是反方向的要求文学作品不能够有这类想象，他们总是把文学锁定在所谓的现实规则上，用莫名其妙总结出来的文学规则框定文学创作，规定这不能写，那不能写，在这种规则中，网络文学创作几乎无从进行。

互联网空间已经有效地开发了人类的思维空间，也使人性发挥的空间更加扩大，因此不可能用已有的所谓文学规则将此框定起来，那将是削足适履的要求，这对文学，对人的想象力的发挥是非常有害的。

人们不断地讨论关于创作自由的问题，这不仅仅是政治意识形态的自由，还包括由媒介带来的自由，作者是否能够充分地开发自身能力的自由。

当人们有意无意地运用某种知识阐释对象的时候，实际上已经被这种知识观念所框定。某种传统规则限制了人的自由，文艺创作就潜在地失去最大的自由。

尼采认为，真正获得自由的是少数的天才，这些天才不受已有知识的束缚，他们可以自由地放开思想，让自己的才能最大限度地发挥出来。而绝大多数人因为受到已有知识的束缚，反而在自由方面受到限制，或者说被已有的知识规则所规定。他们在无意识中使用原有的知识规则思考问题，这已经将问题限定在已有的知识范围之中，这就是局限。

传统批评在对网络文学进行批评的时候，往往就出现这种潜在的问题。他们总是用传统的文学规则限定网络文学，他们没想到互联网的出现恰好是对文学的一次重大革命。这种革命性的变化是突破原有知识规则的最佳机会，作为研究者和批评者，他们应该有勇气面对已经变化着的网络文学，更多地去寻求发现网络文学所形成的新的艺术元素，并且总结出新的文学特点，这样才能够突破原有的知识和艺术观念，形成新的文学艺术知识。

想象力能够高度发挥，实际上是创作自由的最为重要的指标。如果一个人的想象力能够得到最为充分的发挥，能够任由心性自由地展开，这样的创作就拥有了更多的自由度。

进入网络文学的门槛比较低，空间更大，展示个人的才华的空间远远超出了传统纸媒的空间，作者有了更为充分的发挥想象力的领域，这恰好能够对人性进行最为充分的开发。互联网还有更广阔的空间让人们充分地开发想象力，开发人性本身，艺术也许还会发生更多的变化。

在特定技术条件的支持下，人的想象力有了更为充分的展开的条件，人们可以穿越在无限的世界之中，也穿越在自己的精神领域，在自己的心灵中穿越，也可以飞翔到宇宙之外，只要想象到的都能够穿越，这符合人的天性的快乐需求，也是人的审美享受。

八

古代神话表现了人类童年的天真，古代神话的想象力非常丰富。古希腊神话所想象的太阳神把人带到了非常广袤的时空中，让人十分惊奇，并产生了巨大的审美魅力。

古代人想象到的太阳车、千里眼、顺风耳、飞毛腿等等，在今天都已经成为现实。正是因为有了这样的想象，人类在发展中有了实现这种想象的目标，他们努力创造，取得巨大的成果，这也是人类存在的本质证明。

远古时代的想象力与今天人们的想象力是一样的，人们可以通过想象充

分地发挥人性中的潜力，让人性获得最为充分的扩张。

现代穿越小说代表了人类成长到一定阶段后对世界的认识水平。它包含了人类童年的天真，也包含了人类成年时代对世界的重新认识。

想象出来的事物往往被人看成是荒诞不经的东西，因为它似乎没有太多的依据，甚至完全是随着人的主观而扩展，但正因为人类有了这样的想象力，也使得人类文明不断地发展，获得了更为广阔的发展空间。从人类文明而言，这是非常重要的发展元素，包括在科技相对发达的美国，许多科幻电影的想象力推动了美国科技的发展，人类也因此获得了更多的发展思想。

现代人的想象力也有十分广泛的优势，因为有了现代科技的介入，人们对世界有了更多的了解，也产生了许多知识，尽管这些知识被认为是结束古代神话的力量，但由于现代元素的加入，现代的想象就有了另外特色，它表现了人类对宇宙的重新认识。

人类有了想象，有了科技的支持，世界文明就可以不断发展。有一些想象的事物未必是现实存在的，哪怕有科技条件的支持也未必能够实现，但这并不影响其作为艺术想象的价值。艺术想象具有审美价值，就在于它能够满足人们对外部世界的认识，也满足对自身力量的认识。

同时人们又找到了另外一种阐释现代人的智力和精神的形式和符号，他们通过现代技术的支持对自身的想象力进行开发。穿越小说就是其中的一种，它可以将古今中外的历史时空交错认识，也可以将现代元素加入激活，使想象的内容更加丰富。

人类想象力的扩张意味着人对自身认识的扩张，对宇宙世界认识的扩张。世界也因此变得更加广阔，人类的精神世界也变得更加丰富。人类获得对自己有更多认识，并在文学艺术中表现出来，这就是文学艺术的美学功能，也是穿越小说在审美方面的重要贡献。

第二节　穿越小说的审美体验

在网络小说蓬勃发展的今天，穿越小说已经成为网络小说的重要类型，数量众多，内容广泛，是网络小说影响最大的小说种类。

时空穿越的精神体验是丰富多样的，它能够给作者或者读者获得各种体验的空间，也能够让人们在这种体验中获得对历史，对不同时空场景的感受和认识，在这里它包含了多层次多方面的体验。

在审美过程中，精神体验是一种有深度的审美方式。穿越时空可以给人提供非常奇特的精神体验，人们在不同的时空中可以体验到反差巨大的生活内容和生活情境。

一

互联网时代出现了丰富的立体体验的形式，人们可以通过视觉、听觉以及各种感觉获得更为充分的审美感受。视觉艺术，比如影视中有3D，5D，甚至7D的立体艺术，就是尽可能的打通人的感觉，让人在通感中获得立体的感受，深度地激发出人的审美感觉。

穿越小说可以是时空错位的体验，很能够激发人的想象力，能够让身心感觉获得极大的开发，将审美者的感受力最大限度地发挥出来。

时空穿越是非常重要的精神体验，穿越小说作者在自己的穿越中体验不同的世界，体验各种情感以及精神形态，这是穿越小说能享受到的精神体验，也是他们通过自己的想象力获得的刻骨铭心的精神体验。

想象中的体验往往分不清现实和幻想，容易将之混淆在一起，许多人愿意在这个混沌的世界里享受快乐。穿越可以全方位的打通人的感受，这是通感

式的审美感受。它可以通过文字，也可以通过声光电等综合技术构成的影视作品打动读者。通感审美是立体的体验方式，穿越的体验就能够全方位地打动读者。穿越小说能让读者感受不同历史时空中的刺激状态。

现代人过着相对平淡或者平稳的生活，而人总是希望在精神上获得某种冒险探奇的体验，在审美感受上获得惊心动魄的陌生感。读者可以通过穿越体验不同反差刺激的场景，从这些场景中获得精神的震撼，哪怕仅仅是获得精神的置换，也是非常惬意和满足的精神享受。

读者可以从穿越小说获得不同历史社会生活的体验，现代社会和古代社会，或者是异域社会的体验。现代人穿越到古代，在不同的朝代里体验种种不同的历史生活知识，在历史的场景中体验古代人的生活方式，体验他们的社会关系，体验他们的生存环境和条件，或者还参与历史发展过程中的种种惊心动魄冲突生活，情感生活，以及各种复杂的生活。

这些生活在现有的历史知识中也许有一些蛛丝马迹，但是更多的是作者通过自己的想象去体验历史的场景，体验不同场合中所产生的文化魅力。

这些社会关系所形成的场域对人刺激，造成了巨大的反差体验。这些场域反差有更多的生活比较的效果，会让体验更加刺激。

它首先是一种现代和历史的反差效果，这种体验具有非常强烈的对比性。不同的历史阶段，不同的朝代，可以通过反差对比体验到不同时代的生活方式和生活观念。

同样，在不同的国别民族的穿越中，也可以体验到不同的社会文化生活的场景。这是一种反差更大的生活想象和生活场景。写这种小说，首先需要作者需要具备不同国家的历史知识和生活知识，在我读过的这方面的小说中，有些作者确实对相关的知识有一定的了解，再加上自己的想象力，把小说写得生动活泼，可读性很强

不同的知识体验也是一种对身心最大的刺激体验，它能够满足人的好奇心，读者可以在不同的时空，在陌生的环境中感受刺激。这种刺激一方面来自不可知的现实和未来，来自于不可知的场景以及种种不可知的生活方式、社会关系，还有不同的社会生活观念也会让读者耳目一新。

二

中国艺术讲究体验，诗词、绘画大都以体验审美为主，所以中国的诗论、画论有神韵、意境、意象等概念范畴。这是中国艺术的最大特点。

体验是非常重要的审美方式，中国传统艺术强调特定的体验深度和效果，强调审美体验对人的身心的刺激，并将体验审美作为最高的审美境界。例如中国诗歌讲究含蓄，讲究韵味无穷，要通过体验感受诗歌的内涵，它所包含的丰富的情感内容，需要深入沟通体验才能获得。神韵、气韵、境界，景物合一、物我相通，有我之境、无我之境，都强调了个人参与的体验感觉。这种体验往往是将物我沟通，达成一致，构成物我不分的状态，人在体验中获得更多的存在感。

艺术是相通的，拥有东方艺术基因的艺术类型都能够在体验方面获得相应的发展。

网络穿越小说秉承了这种艺术基因，在现代叙事方面扩展了体验的范围，让读者获得最大的体验。从这个意义上说，穿越小说已经在时光的错位上有效地打开了人们体验的空间，让人的体验能够更充分有效地在审美的过程中享受到美的状态。

在穿越小说中，面对情景的体验是非常重要的，人们在不同时空对不同情景体验，这种体验往往能够最大限度地开发人的潜在情感，能够通过人的想象力以及不同的感官获得立体的体验，这是网络穿越小说能够有效地打动人的重要因素。

穿越小说通过特定的场景以及想象力将人的体验最为充分地开发出来，可以通过自己的通感对世界有更为充分的认知。在不同时空强烈的反差比较之下，体验更具有了特殊的反差的意义，也因此获得了更大的应激反应。

今天，现代人已经拥有对古代艺术的种种不同的知识，也因此能够更为充分地开发出让人获得立体体验的可能性。这种状态也只有在今天的技术条件下才能够充分地获得，拥有更大的普及性。人们在网络创作和阅读类似小说的时候，他们可以通过自己的体验而获得对小说的充分认知，就会有充分的审美享受。

体验是作品与阅读互动接受的最为常见的状态，如果一部作品能够充分激发起人们的体验的兴趣，刺激人们对体验的追求，将读者引入到体验的最为充分的审美享受之中，这样的作品也就达到了很高的审美效果。

当然，其他类型的文学作品也拥有让人体验审美的效果，穿越小说由于运用了特别强烈的时空反差，让人有了更为广阔充分的体验，也使深度体验成为穿越小说非常重要的审美特色。在这之中可以有各种各样的情感体验，包括爱情体验，亲情体验，有具体的爱，包括对历史上不同时期的人的爱，他们在这种爱的体验中可以更为充分的领略到人性中的共通性。

三

穿越小说给人提供的是参与式的体验，因为穿越者往往是作品的主人公，是小说中的主角，能够带领读者感受他们所处的不同场景。

小说的主人公往往直接参与到各种事件之中，纠缠在古代社会或不同国度的社会事件之中，这些事件对读者而言是一种已知或未知的知识。比如说宫廷争斗，他们往往能够直接参与，而且就是其中的角色，他们甚至可以通过参与来试图扭转某种历史的进程，至于是否能够改变，这是参与者最希望能够获得的一种感受。

参与式的体验往往还能够改变故事情节，改变故事的发展趋势，这是非常惬意的感受，因为他可以在体验中获得步步惊心的感受。

参与是主动性的体验，这也是现代人性直接的需求。人们在参与的过程中能够设身处地的成为其中的角色，如果是重要的角色，他就能够获得巨大的刺激，而作为艺术欣赏或者艺术接受，这种刺激的程度越强烈，也就意味着艺术的审美力度越大。

这是现代审美的重要特点，也是发展趋势。在科技时代，尤其是在网络时代，立体型的审美体验已经成为一种追求，而且在技术上也可以达到。在网络小说中，用文字进行表达的文学形式，能够借助文学的手段以及文学语言创造出深度体验的情景和事件，确实是需要非常强大的功力的。它不同于视觉图像，可以有直观的效果，它是借助语言文字，用间接的符码将人的想象力和体验性调动起来，形成立体性的体验，这就是一种对人性本质的深度开发。网络小说，如穿越小说、奇幻小说以及网络中各种具有独特艺术技巧的小说，都尽可能充分开发小说的内在张力，这是对小说艺术发展的重要突破。

世界也因此变得更加广阔，也有了让人直接参与的感受。世界有时候是现实性的，有时候是精神性的，人可以将物质世界和精神世界融合在一起，有时候还更多地强调作为个体的人的精神存在。每个人是不同的个体，在面对世界时，他们都有自己的体验感觉，面对文学作品，哪怕是同样的作品，也可能会引发出不同的体验感觉。每个人在接受文学时，心中会有一种期待，以获得精神的享受。穿越小说在不同时空中给审美体验提供了更为广阔的平台，使体验更为广泛深刻。

四

穿越小说所能体验到的内容是丰富多彩的，一段时期，古代宫斗戏流行，人们从中看到了各种宫斗的内容，皇位争夺，后宫钩心斗角，彼此用尽心计，这些斗争既是古代的，也是现代的。人们将古今混合在一起，构成了新的宫斗体验，更多的时候，人们还直接地参与到宫斗的矛盾纠结之中。不同时代的宫廷穿越，是重要的内容之一。许多作者或读者从中体验到了独特情感的纠结，以及钩心斗角。

宫斗，宫廷的钩心斗角，是许多穿越者最喜欢感受的，他们可以在这里施展自己的心计。这些心计是经过现实社会和历史社会的经验构思出来的。

中国古今的政治斗争有承传的关系，它建立在相应的制度之上，也构成了一脉相承的斗争的模式，形成相似的社会心态。人们关注政治斗争，还将现实的斗争或者想象出来的斗争寄托到古代，让古代的场景成为现代政治斗争的展示舞台。

中国传统的宫廷斗争相当复杂，这与中国的宗法制度有密切关系。历代皇室为了争夺权力，演出了种种复杂诡异的故事情节，这些都是中国文化特定的传统记忆。皇室之间，兄弟之间，叔侄之间，为了争夺王位，往往会打破基本的纲常伦理，不择手段获取权力。

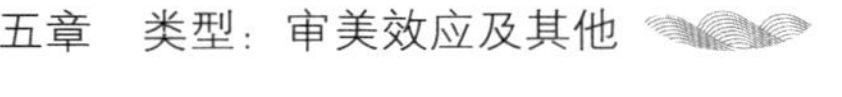

宫斗故事确实拥有激烈冲突的情节，让人产生窥视的好奇心。宫廷斗争的扑朔迷离，给穿越小说提供了非常丰富的写作资源。穿越小说将这些内容铺展演绎，实际上也是相关文化基因的传承。

我们不难看到穿越小说拥有中国传统文化的强大基因，这也是民族文化传统有形或无形的传承，还有潜意识中的传承。

穿越小说的作者和读者往往对这方面的内容乐此不疲，在不自觉中显示出对这种文化的热衷，表现了他们无意识中的需要。这种思维模式，生活模式在小说的渲染中可能会被放大，其中的文化精神也在这大规模的写作传播中作中承传下来。

在这里所体验到的政治斗争是相当复杂的，作者以及读者穿越于其中，却显得游刃有余。他们结合现实的和历史的斗争经验，实施到自己的想象之中，实施到古代的场景之中，用古代的社会关系建构了一个又一个惊心动魄的争斗故事。

这种体验是惊心动魄的，而且带有现实的意义，也因此受到读者青睐，因为人在其中就能够感同身受地拥有直接参与的机会。

在中国历史中，王权观念根深蒂固，穿越小说对此也表现得非常突出。作者和读者对这种文化基因的潜在感受很深，也有很大的亲和性，他们在接受这种文化观念上有直接的感受。这种感受可以让人置换性地进入角色，切身处地地感受来自各方面的提示：政治的、社会的以及人情方面的，种种关于王权关系的场景都能让人进入深度的体验，也可以在现实中进行联想。因此这类小说的体验性是非常强大的。

网络小说的读者大部分是青少年，他们更多的是体验式地接受，将自己的身心融汇在其中，进行角色置换，开发自己的感觉，相关的情感以及知识对他们的影响最大。角色的置换本身就是一种体验，体验性的接受非常有效。文化的传承是一种天然的体验链条，它衔接在传统与现代之间，虚拟与现实之间。这些青少年读者还会将相关的文化知识吸附到自己的血液之中，使之变成自己的文化基础，并会将这种文化的功能发挥到极致。

五

穿越小说既是历史小说，也是现实小说，它是历史感觉和现实感觉的混合体。大量的读者在阅读的过程中不断地接受中国的文化知识，并且是富有想象力的接受。读者将历史和现实混合在一起，用感觉和想象力进行体验，有时候会让人分不清主体和客体的界限。

因为时空的交错，这种体验就有了差异性，它能够让人在不同的时空中获得不同的感觉，而且因为时空的差异，这种感觉又有共同性，作者和读者会获得新鲜的刺激。

现代人关于政治斗争的体验并不亚于古代人，他们同样经历过种种纠结痛苦，激烈残酷的矛盾也让他们深有感触。现代穿越者以全知全能的状态去穿越宫斗，他们在宫斗的过程中享受着快乐，其中还加入各种因素，例如爱情纠葛，嫉妒争斗，让宫斗故事变得扑朔迷离。

穿越宫斗戏是表现中国古代政治斗争的重要模式，在中国当代也成为人们所关注的内容，在这种场景出现的矛盾冲突往往带有很强的故事性，读者甚至希望能够参与其中，以其中的人物事件作为人生的参照。

中国的宫斗戏传承了中国传统文化，人们可以通过宫斗戏看到中国王权结构的各种关系。穿越者在这其中成为主要的争斗者，他们疯狂体验着各种冲突的刺激，在体验过程中不断确认自己作为文化传承人的角色。

许多穿越者往往是宫斗戏中的主人公，他们进入到不同时代的宫廷中，成为主要的参与者，甚至主宰宫斗的发展，因为他们知道历史的线索和结果，在斗争中显得游刃有余。当然，也有许多矛盾纠结让他们进退两难，比如说，他们知道某种历史发展的结果，但是因为感情的关系却又站到了悖逆历史发展的另外一面，使得他们处在情感与历史发展结果的矛盾之中，在精神上经受巨大的折磨。这是一种巨大的矛盾反差，历史的发展结果与感情的指向恰好相反，构成了矛盾冲突。作者常常在这之间构造出特定的矛盾冲突，使情感与现实的矛盾成为对人的精神的最大刺激。这就是强烈的体验，全身心的体验，是情与理的体验。

中国复杂的政治斗争历史为它的穿越者累积了种种经验，包括中国的语

言也充满了相关的概念。这是一种密码，一种符号，这种符号非常适合在小说写作中运作。在网络穿越小说中，宫廷戏，宫廷斗争是那么旺盛，从社会内容，宗法制度，到语言文字，都拥有了非常丰富的资源，也拥有那么多的热衷关注。其内容既有宏观的，也有微观的，既有表层的，也有深入的，构成了不同层次，不同方面的中国政治斗争的表现符号和形式。

穿越小说之所以能够充分表现传统的政治斗争，就在于互联网提供了非常广阔的展示平台，同时，许多作者也从中获得了丰富的写作资源，还有种种潜在的斗争经验和欲望。在现实政治斗争的激发下，这些历史记忆纷纷被激活，在互联网的土地上迅速发展起来。以当代作者的历史知识，包括他们对文化承传的自然性，他们会用更多的现代政治斗争的知识组织经验，编织故事，写出生动的历史穿越小说。

传统的经验可以转化为现实的经验，写作内容来源于历史的斗争，却可以与现实的斗争融合在一起。这种被激活了的历史记忆会迅速在网络平台上放大，并传播给众多的读者，让他们成为中国文化的自然传承者。

一些穿越小说的作者还拥有了世界性的历史斗争经验，或者是想象，或者是杜撰，他们也可以穿越到其他国度，把他们所理解的政治经验实施到异域的政治场景中，在不同国度，不同文化，不同民族的空间中施展他们的政治才华，这是一种潜在的才华，它被穿越小说或者历史小说所激活，也成为穿越小说的一大景观。

六

爱情的体验往往是穿越者最向往的，这种故事吸引了广大的年轻读者，这些少男少女们非常渴望能够在穿越的爱情故事中体验到人间的种种变化莫测的情感，能够让情感大起大落，或者细细品味，这种体验是刻骨铭心的，因为它能够直接进入到年轻读者的心目之中，成为他们的人生指南。

许多穿越小说的作者非常善于构造关于爱情生活的体验方式，他们很会讲这方面的故事。形形色色的男女之间产生的各种爱恨情仇，在穿越小说中都有充分的表现，而且不管是作者还是读者，也都能够从这些爱恨情仇中找到自己的角色，产生种种联想，这个联想的过程实际上也是自己体验的过程。

人们体验古代，也体验现代，体验自己幻想出来的种种情景，而这种情景并没有因为虚幻而让人感觉到虚无缥缈，反而让人们感觉到更加真实。因为在狂热的幻想中，真和假，虚和实之间常常是模糊的，人们更愿意生活在这种真真假假的情景之中，享受着由真假虚实所构造的生活场景。因为这样，人的精神才更加丰富，哪怕是在做白日梦，或者是做种种他人难以理解的梦，也被认为是艺术的合理化的实现。这是当代的年轻人，尤其是少男少女们，在对爱情充满奇思异想的时候，自然而然产生的本能需求。

爱情的穿越者们，包括作者和读者很容易被这种想象出来的体验所感动，而且因为故事编排的周密，哪怕是虚无缥缈的，也常常会被它所感动。

不同朝代的情感体验确实是非常丰富的，那些穿越到异域的，不同文化体系，不同生活方式，不同社会情境中的作者和读者，他们在感受异域文化情感方面有其独特的享受。这是奇特的，令人惊讶的，陌生化的情感体验。当爱情穿越在不同时空的环境中，这种审美体验可能会更加刺激，也更具有魅力。

在这种爱情的体验中，人们可以通过自己承担的角色体验各种不同的爱情状态，有些人可以在爱情中占据上风，有些人可能是相对被动的，他们可以按照特定的场景，包括历史场景以及社会场景来调整自己的爱情观。不管如何，这些体验都能够让穿越者享受到了自己想象出来的爱情。

七

时空穿越的精神体验性是非常强大的，它对人的精神构成巨大的刺激，因为人们会不断地寻求差异化的感受，寻求对事物的新的认识，这里面包括了对历史的重新认识。在某一阶段，人们经常被某种特定的历史内容和形式所感动，也被某种历史知识所规定，尤其是历史观念规定，所以就会直接地倾向于某种时段的题材内容。例如某个时段流行清宫戏，某个时段都喜欢穿越到先秦。

穿越小说的作者从自己的历史观和审美观对历史进行重新审视，而这种

审视本身会带来不同的效果。由于许多故事是虚构的，它让人在这种故事的演绎中获得对历史的新的认识。作者对历史的重新建构，其逻辑有时还会令人感到惊讶。读者常常会被不同时空的社会生活，离奇的故事情节所打动。这种打动本身就是艺术体验。艺术体验是作者的，也是读者的，二者互动，体验会更加深入到人的心灵之中。

当读者与作者所穿越的场景融合在一起的时候，这种体验是非常深刻的。穿越的体验刺激了众多的读者，他们自己拿起笔，参与了体验写作。他们通过自己的笔触，通过自己的想象力，通过自己的穿越体验进行写作，由此而推动了网络文学的大规模写作。网络文学发表的门槛不高，每个人都可以成为穿越的制造者，穿越小说作者越来越多，作品越来越庞大，穿越小说也因此长盛不衰。

实际上，审美体验不用太多的理论阐释，它更多的就是直接的审美感受。审美很多时候是感性的，是在感性活动的过程中获得直接的精神愉悦。当人们试图用理论将之串联起来，进行阐释的时候，那已经是关于美学的理论和评论。当然，这两者往往也是互动的，可以通过理论去认识穿越体验的重要性，穿越体验在其感性升华的过程中，也逐步地形成了关于审美的理论。

第三节　官场小说的叙事定律

在网络通俗小说中，官场小说是一个引人注目的类型。这一类型的创作可谓如火如荼，不仅数量众多，而且质量上也有一批上乘之作，如前面第四章第二节提到的《首席御医》（银河九天）、《医道官途》（石章鱼）、《误入官场》（可大可小），以及《官道红颜》（西楼月）、《仕途天骄》（江南活水）、《官话》（豫西山人）、《步步高升》（烟斗老哥）、《绝对权力》（不信天上掉馅饼）、《权力巅峰》（梦入洪荒）等，这些作品都好看而且耐看。

令人诧异的是，当代文学批评界很少关注官场小说。在某些批评家看来，只有乱世才流行官场小说，因此，官场小说的繁荣似乎不是什么好兆头。的确，在中国文学史上，官场小说最盛行的时代，乃是晚清，而晚清是个什么时代，众所周知。因为有此顾虑，批评家大都不愿触碰当下的官场小说。但应该指出的是，当下官场小说的兴起，原因与晚清时期大不相同。当下整个社会蒸蒸日上的发展形势不容否认。因此，批评界对官场小说心存忌讳，无疑是杯弓蛇影。当然，也有一些批评家谈论过网络通俗小说，他们主要是从实用性角度，归纳并评点官场小说中所揭示的官场生存规则。应该说，读者之所以爱看官场小说，大都是想从中学习职场生存术，从这一角度谈论官场小说无疑深得人心。但因珠玉在前，本文只能避开这一角度。本文主要分析官场小说在叙事上的一些设计，试图从中总结出具有普遍性的叙事定律。

一、主角定律

叙事首先要设计好人物，因为没有人物就没有事件。人物设计又主要看主角，主角设计好了，才好给他安排一系列事件；主角设计有误，事件就不好安排，或者在安排上容易出漏洞。

官场小说一般以男性为主角，男主角在设计上必须符合以下特征。

1. 年轻。男主角年龄一般不能超过三十岁，超过三十岁就属于“大叔”而不是“小鲜肉”了。以“小鲜肉”为主角可以写成长小说，没有人愿意看一个“大叔”的成长。男主角年纪轻轻，就步步高升，这在熬资历熬年龄的官场内，无疑会遭人羡慕嫉妒恨，可以造成很多戏剧性故事。

2. 未婚。男主角必须未婚，这是为男主角在小说中谈情说爱做准备。已婚男再谈恋爱那就不道德了，且严重违反官场的政治纪律，而未婚男谈情说爱则天经地义。

3. 帅气。男主角必须有颜值，即使第一眼看上去不怎么帅，第二眼必须看出他很耐看。这没有办法，如果一个长得歪瓜裂枣的男青年成为政治明星，并抢走书中的女神，这肯定会激起读者的公愤。

男主角从恋爱走向婚姻，从青年走向中年，一边谈恋爱，一边成长，自然吸引眼球。

综合上述三条，又可以推导出一条结论，现在的官场小说，其实是官场小说加成长小说加言情小说。

相对于固定的男主角来说，官场小说中的女主角，情况稍微复杂。官场中的男主角，因为年轻未婚颜值高，再加上前途不可限量，因此往往特别有女性缘，往往被多名女性爱上。在这些爱上男主角的女性中，很难确定哪一位就是女主角。即便某位女性最终成为嫁给男主角，也很难保证她不会被其他女性抢戏。比如《官道红颜》中的丛彤，嫁给了男主角顾秋，但她在全书中的戏份并不多，还不如顾秋的情人陈燕、夏芳菲等让人印象深刻。《仕途天骄》中的夏楚楚，是男主角叶鸣的妻子，但她和叶鸣的情人陈怡、陈梦琪平分戏份。《医道官途》中，众多女角最后一同嫁给了男主角张扬，似乎谁也不是女主角。

尽管女主角或人数众多，或名不副实，但她们依然扮演着重要角色，推动着故事进行。官场小说中的女主角，发挥的功能往往有二：

1. 给男主角提供表现机会。这些女主角一般都长得祸国殃民，因此自然引人觊觎。男主角面临多人竞争，一方面能发挥出自己的最大魅力，另一方面能制造出无数戏剧场面。

2. 给男主角提供后台背景。男主角如果是平民百姓，女主角通常就出身于高官家庭。通过联姻，男主角获得了另一政治靠山与后台，有利于男主角继续攀爬政治金字塔。

二、背景定律

“朝中有人好做官”，这句俗话说的是，官场中人必须有背景。背景是后台，背景是靠山，背景是保障。众所周知，在官场，有关系、有后台、有身份的官员最安全，一般人不敢欺负他们、挑衅他们，要是不小心触怒了他们的关系、后台与靠山，绝对吃不了兜着走。

官场小说中的男主角，在出场时往往身份卑微，家世平凡，关系清白。比如《首席御医》中的曾毅，出场时为医院的实习生，父母双亡，由爷爷带大，爷爷只是一位民间老中医。《官话》中的陈观、《误入官场》的朱代东、《医道官途》中的张扬，出场时为待分配的大学生（张扬是中专生），都是农家子弟，没有什么家庭背景，在工作地也没有什么亲戚和朋友，一切都要自己去闯。将男主角设计为普通人，往往能抓住人心，毕竟大多数读者都家世普通，因此对男主角的处境感同身受。

但是，以上设计都是假象，随着故事的进展，男主角往往会显示出惊人的背景，至少符合以下三条定律中的一条：

1. 虽然看上去毫无背景，但却有着通天的人脉和关系。比如《首席御医》中的曾毅，人脉宽广，结交对象有政坛元老、军方要员、中枢官员、省委书记、商界精英、公安局长、武警少将、高干子女，医界大佬。曾毅还因给国家最高领导人、英国女王、美国参议员治过病，更是上达天听、蜚声中外。因此，别人搞不定的事情，他能搞定，别人走不通的门路，他能走通。《误入官场》中的朱代东，结交范围同样很广，通过其人脉与关系，办成了很多事情。他曾拿出一张与国家最高领导人的合影，让官位竞争者知难而退。

2. 不少男主角还有另一重隐秘的显赫身份。对于这一重身份，有的主人

公自己并不清楚。如《仕途天骄》中的叶鸣，刚出场时也是平民子弟，但后来他才知道，原来自己是省委书记的私生子。《首席御医》中的曾毅出场时是平民子弟，后来身世揭晓，原来是开国将军的孙子。《步步高升》中的方志诚，出场时设定是一个普通女工的儿子，后来才知道自己也是高干子弟。有的主人公自己清楚自己的显赫身份，但刻意隐瞒。如《官道红颜》中的顾秋出身政治豪门，被家族放到基层锻炼，家族也帮顾秋改了档案，改成顾秋父母均为普通工人。又如《权力巅峰》中的柳擎宇，其父为国务院副总理，他是被父亲有意放置到基层锻炼，外人很少知道柳擎宇的真实身份。

3. 如果没有隐秘的显赫身份，最后一般会通过其他途径加入到权贵阶层。《误入官场》中的朱代东出身贫寒，但最终还是做了省交通厅厅长（后来又升为副省长）的女婿。《医道官途》中的张扬，出身贫寒，但靠一身机缘，创造出身份，是春阳县委书记李长宇的干儿子，又被国务院副总理文国权认为干儿子，他“一夫多妻”，既是平海省委书记顾允知的“女婿”，又是平海省长宋怀明的“女婿”，还是平海后任省委书记乔正梁的“女婿”。《首席御医》中的曾毅，曾与平民子弟叶清涵、豪门子弟龙美心交往，最终还是选择了龙美心。

而从主角的背景定律，又可以推导出以下结论。官场故事不外两种类型：

1. 屌丝逆袭的故事。男主角出身贫寒，进入官场后不懈奋斗，既娶到高官女儿，又爬上官场金字塔的顶部。

2. 扮猪吃虎的故事。男主角身份高贵，故意隐瞒身份，微服入基层，龙游浅水遭虾戏，虎落平阳被犬欺，但一转身就收拾了鱼虾和恶犬。

三、能力定律

因为背景定律的存在，可能有读者以为官场小说中的男主角只是个昏庸无能的二世祖，这绝对是误解。我们当然不能排除官场中有庸才、蠢材的存在，但从大概率上讲，官场中的人物，素质都不低，甚至可以说绝大多数都是人精。大家想象一下，当官是一个高风险的职业，如果不是人精，早就被吞得骨头渣子都不剩了。既然官场是一个人尖扎堆的地方，那么，要想在这个地方脱颖而出，绝对需要能力。因此，官场小说还设计了能力定律，让其平衡背景定律。官场小说往往只让背景定律在主人公性命攸关的关键时刻起作用，在多数情况下，男主角主要靠自己的能力在官场搏杀，而不是靠自己的背景。如只有背景没有能力，这样的人物在现实社会让人瞧不起，在小说中也没有资格担任主角。

要在官场立足，高智商与高情商是必要条件。

高智商主要表现在：分析信息能力要强，出谋划策能力要强。所谓分析信息，就是见微知著，从局部猜测全局，从蛛丝马迹推理出事件真相。举个例子，领会领导意图是官场中人必备技能，但领导说话往往云山雾罩、莫测高深，或者在连篇套话中暗藏玄机，这就需要你能猜中谜底。猜谜就需要高智商。所谓出谋划策，就是要有谋略，会算计，遇事办法多，做事套路深。官场中人钩心斗角，口蜜腹剑，你不学会点算计，早晚都得被别人算计。如果智商太低，那就只能任人摆布、任人宰割了。

高情商主要表现在：逢场作戏能力要强，沟通交往能力要强。所谓逢场作戏，是因为官场如舞台，官员如演员，见人说人话，见鬼说鬼话，见上级一个样，对下级又一个样，要不停地变换面孔。沟通交往能力强，男主角才能搭建人脉与关系网。这就要求男主角深谙做人道理，会说话，会办事，多栽花，少种刺。

仅有高智商与高情商，还不够。官场小说，一般还会赋予男主角超能力，在以下四种超能力中，必备其一：

1. 高强的武功。

在官场难免遭人忌恨，遭人陷害，有了武功至少可以防身。《首席御医》里的曾毅、《医道官途》中的张扬、《仕途天骄》里的叶鸣、《官道红颜》中的顾秋、《权力巅峰》中的柳擎宇、《重生之衙内》中的柳俊，都曾被人报复，被人袭击。顾秋、柳俊武力值较低，但也跟人学过几手，对付一般的小流氓不成问题，自保不成问题。至于曾毅、张扬、叶鸣、柳擎宇等，武功更是高强。特别是张扬，热衷于使用武力，往往一言不合就大打出手，打出了恶名，也打出了威风。

2. 高明的医术。

医术可以治病，可以救命。凡人都生病，都怕死。官员也不例外。如果男主角有高明的医术，能起死回生，自然就会创造无数善缘。官场中人最怕欠人情，而救命之恩是最大的人情。有了这个人情，就不愁没有人脉。像《首席御医》中的曾毅，《医道官途》中的张扬，都有非常高明的医术，治好了不少身份显赫者的疾病，因此搭建了通天人脉。另外，让男人恢复雄风，让女人美容养颜，也是一个很大的人情。如《误入官场》中的朱代东，就有秘制壮阳药和美容膏，送给上级领导，让领导欠下了自己人情，仕途自然顺利。

3. 身具神通，或有前世记忆。

《误入官场》中的朱代东，不会武功，但他具有天耳通神通，隔着两栋楼可以听见别人说的话，坐在办公室可以听清别人的密谋，这样的人进了官场，只要将特长运用得当，想不官运亨通都难啊。《绝对权力》中的范鸿宇，穿越回80年代，由于拥有完整时代记忆，因此在重新成长中，抓住了每一次历史机遇。

4. 酒量好。

中国人喜欢在饭局上谈事，饭局是个很好的增进感情的场所，许多在办公室不能说的话，借着酒意都可以说。如果人与人之间像机器一样的话，那酒就是润滑油，如果是有裂隙的物品的话，那它就是凝合剂。因此，在官场，不能喝酒意味着就不能应酬，不能应酬意味着不能跟领导多做交流，不能跟领导多沟通，想进步的门就会很窄。官场小说中的男主角，大都有千杯不醉的酒量。会喝酒，能在短时间内给人造成你够豪气，够爽快，够爷们的印象。会喝酒，还能防止别人将你灌醉后陷害你。

官场小说之所以赋予男主角超能力，说明官场并不好混。只有具备超人能力，才能在官场立足。

四、晋升定律

前面说过官场小说中的男主角必须年轻，还得有背景、有能力，这样才能在官场上立足。有了立足的资本，官场小说必须让男主角步步高升。要知道官员的体制是金字塔形的，越往上，越是僧多粥少，不是所有的科级干部都能晋升为处级，不是所有的处级干部都能晋升到厅级，不是所有的厅级干部都能晋升到省部级。男主角要晋升，必须满足以下条件。

首先要有拿得出手的政绩。在中国，升官必须有政绩。没有政绩，就名不正言不顺、理不直气不壮。因此，官场小说必须给男主角造政绩。政绩，或是发展地方经济，或是破获大案要案，或是成功处理突发事件，或是顺利解决积压难题。

其次必须引起领导的关注。在官场上，最容易受到提拔的，就是领导身边的人，原因并不全是任人唯亲，而是跟现有的制度有很大的关系。现实中的领导就是能力再强，也不可能对下面的每一个干部都全面了解，那么在用人的时候，谁经常活跃于领导的视线内，那么他的机会就比常人多，就容易就会被提拔重用。官场小说中的男主角，大都能引起领导的关注。有的因为政绩出众被媒体宣传，有的善于在媒体上宣传造势，有的与领导建立了密切的私人关系，因此才被迅速提拔。

男主角有了出色的政绩，又得到了上级领导的关注，上级机关不得不论功行赏，考虑提拔，但因为男主角太过年轻，在晋升上大都不能走寻常路，往往符合以下两条定律中的一条或两条。

1. 救火定律。通常是某个地方主政官员出事，或者突发重大事件，男主角被派往这个地方，从事最危险、最艰难的救火工作。如《官话》中，古都市发生大型火灾，古都市公安局未能破案，省公安厅调陈观去古都市公安局主持工作，要求限期破案，挽回政府声誉。陈观重任在肩，迎难而上，提前破案，不辱使命。

2. 破局定律。领导觉得治下某个地方在工作上迟迟打开不了局面，或者被人经营成了一个独立王国，上级领导看中了男主角身上的大闹天宫的闯劲，于是派他到这个地方，兴风作浪，打开局面。如《医道官途》中，张扬多次被上级领导派往各地折腾。张扬也不负众望，最终打开新局面。

男主角因为能力出众，往往被当做救火队员或搞事队员派往各处任职。在救火、破局中，男主角不负众望，不辱使命，政绩在身，这样就使得男主角有了晋升的资格和资历，上级不得不考虑提拔。

五、斗法定律

官场小说如果仅仅写男主角发展地方经济、处置各种紧急事件，故事情节显然还不够过瘾，为了增强故事情节的生动紧张曲折，官场小说往往大量编排了魔道斗法的内容。

魔道斗法是一个古老的故事原型。这个故事原型之所以令人百看不厌，可能契合了人类的某种深层意识。在官场小说中，男主角属于道方，其对手属于魔方。扮演魔方的，不外四种人，一是“衙内”、二是奸商、三是黑恶势力，四是官场同僚和上级。“衙内”，也就是“官二代”，这些人极具优越感，眼高于顶，极重面子，嚣张跋扈，仗势欺人，或因嫉妒男主角升迁，或因争夺美女而与男主角冲突。奸商，往往因经济利益与男主角产生矛盾。黑恶势力，往往被“衙内”或奸商指使而找男主角麻烦。官场同僚和上级，则因政治理念不同，或因晋升道路狭窄，而与男主角发生矛盾，双方随机展开阻挠与反阻挠、压制与反压制的斗争。相对于男主角来说，魔方掌握的资源往往更多，使用的手段也阴险毒辣，因此往往置男主角于险境。

在魔道斗法中，官场小说一般又遵循两项定律。

1. 以弱胜强定律。

俗话说，“道高一尺魔高一丈”，魔道斗法时，总是反方占优势。如果正方占据绝对优势，实力碾压反方，那看起来就毫无悬念，毫无惊喜感。只有反方占优势，正方以弱胜强，故事才有看头，才有戏剧性。男主角要以弱胜强，实在很不容易，但男主角往往有着鲜为人知的背景与关系，有着鲜为人知的本领和能力，而这些往往被其对手忽略，结果男主角出奇制胜，成功翻盘。

2. 打怪升级定律。

官场小说写的是男主角的成长。男主角从基层干起，不断升官，面临的对手也越来越强大。男主角最厉害的对手，往往要到小说中途才出场。这个最厉害的对手，往往会给男主角出难题，将其逼入绝地，造成全书最大危机，但由于男主角从基层一路搏杀出来，积累了丰富的官场斗争经验，功力日深，境界日高，最终必然取胜。在战胜这个最大对手之后，男主角也步上人生巅峰。这种情节设置类似于游戏中的打怪升级。

打怪升级的关键，在于升级。对手的本领越强，越能显出男主角的成长之快与功力之高。男主角不断打怪升级，眼界逐渐变宽，胸中格局逐渐变大，大局观不断加强，政治修为不断提升，这就显示了“成长小说”的特色。

六、站队定律

官场中最难以抉择的事情，大概非站队莫属。派系，在中国的官场中是一个客观存在。比如，镇委书记和镇长，县委书记和县长，市委书记和市长，省委书记和省长，往往属于不同派系。（有人要问，为什么不能是同一派系呢？这是因为，如果这两派完全亲密无间，成为一体，对于很多上级来说，不是个什么好现象，因为这意味着这个地方成了铁板一块，“针扎不进，水泼不进”了。只有制造下级之间的矛盾，上级才能保持住管理权、裁判权、调解权，因此上级一般会通过“掺沙子”来调整人事，分化队伍，制造下级之间的矛盾。上级需要的是下级之间相对的团结，而不是绝对的团结。）为了贯彻各自的执政理念，双方之间必然会掰手腕，争夺权力和利益，推脱责任和处罚，尽力压制对方。一山不容二虎，上面的为此争来争去，下面的人跟着划清阵营，纷纷站队。站队不容易，站队正确，自然跟着水涨船高，但站队错了，即便你再有能力，也难以得到重用，甚至前功尽弃，彻底垮台。

关于站队，官场小说所写的不外三种情况：

1. 男主角一开场就站在了正确的一边。《首席御医》中的曾毅，成功医治了省委书记方南国的夫人，又治好了方南国的旧疾，得到了方南国的赏识。后来方南国安排曾毅从政。方南国是一个正直、清廉、有能力的官员，可以说，曾毅一开始就站在了正确的一边。

2. 男主角完全凭着自己的良心做事，只要认为自己认为是对的事情，就坚持去做，或者认为自己有自保的能力，无需向上求助，因此男主角并没有站队的打算。当然，正如前文所指出的，不站队事实上是不可能的。男主角的这种做法其实是不站而站，既让领导来选择。赏识并且选择自己的领导，男主角认为是好领导，往往站在他那一边。而反感与放弃自己的领导，男主角自然不会站在他那一边。

3. 男主角有前世记忆，每次都站队正确。想在暗潮涌动的官场中稳住阵脚，要么就背靠大树，要么就要做一根定海神针，任凭风浪起，稳坐钓鱼台。说起来容易，真正做到的又能有几个？因为站队太难，有的小说如《绝对权力》，干脆把官场小说写成穿越小说，男主角再世为人，但前世记忆犹存，上一辈子选择错了，这一辈子就改正过来。

在现实生活中，还有两种站队情况：

1. 站在了昏庸腐败上级的一边，最终受到上级的连累，一切归零。

2. 在官场中站错队之后跳槽。但这被视为不忠诚的表现，最终受到各方排斥。

官场小说也写到这两种情况，但往往是将书中配角而不是男主角置于这两种境地。从而消除了男主角站队的难题。

七、组队定律

官场中有一个俗语，叫做“定盘子”。所谓“盘子”，就是几个跟着自己干事业的亲信。所谓“定盘子”，就是通过人事安排，把自己的人马放到合适的位置上去。这样才可以确保自己的执政理念顺利地推行下去。等人马到位，进则有人冲锋陷阵，退则有人遥相呼应，大家进退有据、攻守一致，一个基本盘就形成了。为领导者，即便自己的位置爬得再高，但如果没有自己的基本盘，那就像是没有根基的空中楼阁一样，随时都处于高处不胜寒之中，随时都有轰然倒塌的危险。

官场小说中的男主角神通再大，也不可能单枪匹马搞定所有事情，要想做事，必须得有自己的基本盘。俗话讲得好，一个好汉三个帮！没有帮手，男主角做不了事，也做不成事。关于男主角的团队，官场小说一般遵循以下定律：

1. 团队的范围要广。党、政、军、警、商、学、媒最好都有人，这样就能一呼百应，做什么事情都顺风顺水。《首席御医》中曾毅曾感叹庞三哥有一个自己的团队，曾毅后来也建立了一个类似的团队。《医道官途》中张扬，刚进入官场时单枪匹马，靠匹夫之勇立足，后来慢慢醒悟，在南锡市体委时开始组建自己的班底。

2. 团队中应有出谋划策的军师。《医道官途》中的张扬组建团队时，专门请常凌锋出山，做自己的军师。张扬的性情过于刚猛，他的身边最需要常凌峰这种人提醒他，工作上常凌峰也可以为张扬分担很大的压力。

3. 团队中应有忠实的执行者。在官场小说中，男主角一般只负责规划大计，解决困难，从不插手具体的工作，完全放手让下属去干，给下属充分的施展才能的空间。这个人虽然没有什么大才，但胜在可以出色完成男主角交代的一切任务，而且态度坚定，不会出现反复。《首席御医》中的李伟才就是这样的人物，他虽然没有大才，但在领会和执行曾毅意图这点上，向来不打折扣。

4. 团队中应有干脏活的手下。官场小说中的贪官，往往都有几个干脏活的手下，专门帮助贪官干一些消灭证据、杀人灭口的坏事；官场小说的男主角，虽然形象正面，但也同样少不了干脏活的手下，如《首席御医》中的曾毅，司机徐力就是干脏活的手下，多次帮助曾毅暗中调查、抢夺证据、解决麻烦、扫清障碍。

建立团队之后，管理好这个团队就成了男主角的重中之重。在管理团队方面，男主角应做到：

1. 男主角要有雄心壮志，要立志做大事，让其团队成员对未来产生期待，为理想而不是为利益而奋斗。如果是为利益而奋斗，必然因利益而分化，因利益而内斗，因利益而解体。为理想而奋斗，则能凝聚人心，开创事业。

2. 男主角要善于运用激励机制。男主角必须明白下属的难处，下属把自己当做背景和靠山，做出了一点成绩，希望自己能够看在眼里，予以认可，因此，每当下属邀功请赏时，男主角应不吝于表扬之词。当下属遇到实际困难时，则必须尽力帮助解决，以换取下属的忠诚。

八、结局定律

官场小说大都以大团圆作为结局，虽然鲁迅先生曾激烈批判过大团圆结局，但数千年来中国读者的集体无意识不可能因鲁迅的批判就在一夜间斩草除根，况且鲁迅先生的批判也不一定完全有理，因此，当下的中国读者依然酷爱

大团圆结局。作为面向市场的写作，官场小说的作者，也不得不迎合读者的这种心理，编造大团圆结局。

大团圆结局不外两种：

1. 步步高升。大多数男主角最终升官，步入新的征程，一般升到省部级干部，有的则升到中央，成为副国级或正国级领导人。

2. 携美归隐。如果男主角最终未能升官，一般都是携带自己的后宫队伍归隐。因为归隐在中国已不大现实，官场小说往往让他们归隐海外。如《医道官途》，写张扬带领自己的后宫在太平洋某海岛独立建国。

或许有批评家认为，官场小说的大团圆结局，削弱了悲剧力量和批判色彩。但官场小说作为一种通俗小说，并不像高雅文学一样追求悲剧性和批判性。车有车路，马有马路，没有必要用高雅文学的评价标准来要求通俗文学。更何况，青菜萝卜，各有所爱，很难说悲剧性、批判性就比大团圆结局更好、更受欢迎。

以上从八方面归纳总结了官场小说的叙事定律，并不是想以此否定官场小说。通俗小说总是要遵循一定的故事类型进行写作，因此会存在叙事定律，这就好比做被子，其实被子的模型都是一定的，关键在于工人在被袋里面填充什么材料：填充的是好材料，就是好被子，填充的是伪劣材料，就是劣被子。作家创作在某种意义上也是一样，作家总是遵循一定的故事类型进行创作，关键看作家在故事类型中填充的是什么材料，填充的是好材料，就是成功的作品。

第四节　军事小说的英雄传奇叙事

——以《最强兵王》为例

一、文学梦幻的文化时代印记

文学具有替代性地补偿欲望的“白日梦”[①]特质，虽然欲望、梦想的表层目标有高低文野之分，存家国公私之异，但各种类型文学的梦幻本质是相同的，梦幻的源头最终都是个体生命的生存、欲求与扩张。总体上看来，中国文学的梦幻叙事是集体性的，古典文学做的是家族、道德之梦，近现代文学做的是民族、革命之梦，但不管经过何种文化润饰与符号伪装，集体性梦幻的本源也仍然是个体生命意志与欲求。在中国文学梦幻里，群体道德与个体生命之间存在冲突，虽然古今文学梦幻形态不同，古典文本压抑个性，近现代文本大倡个性，但总体上看来，中国传统与现代的主流文本都是以群体道德压抑个体生命。

传统文学主流倡导载道言志，现代文学主流弘扬改良社会人生，中国主流文化重视群体功利，要求文学有利于家国民生，鄙视通俗文学好货好色。但雅俗文学其实是虽对立但更相通互补的，只是雅俗的对峙互补呈现出错综复杂的形态。传统雅文学关心国计民生本也源于对个体生存的关切。以卑下自私的个体视角来叙述欲望的文本，向来都是被压抑或主动逃避到不登大雅之堂的通俗文学当中来了，但中国通俗文学的主流也是旨在劝惩的。另一方面，由于读者主体是市井俗人，作者自己也大都是借小说娱乐自己的失意文人，所以通俗

① 车文博主编：《弗洛伊德文集》（第四卷），第431、432页。

文学便成了各时代民众最流行的白日梦记录。白日梦不一定只是堕落鄙俗的，不堪入目的欲望固然是白日梦，流行的道德说教也同样充斥在通俗小说中，最龌龊的欲望幻想与最保守的道德教条是并存同在的。生存与欲望固然是最强大最基本的本能，道德所保障的安全感也是文明社会中人类最基本的情结。

传统文化中群体道德至上，个体欲望被挤压，只能逃避到通俗文学中来。到了网络时代，由于网络文学的匿名性，当代个性解放思潮的影响，个体欲望得到彻底释放，以致网络文学沦为欲望的泛滥与狂欢。力量、成功、情欲、财富、权力，凡是个体最缺乏、最渴求的，都能在网络文学的叙述与幻想中最大程度的得到替代性的满足。拥有力量以至超常非凡的力量，进而借此获得成功、权力，与此同时也就保证了情欲、财富的获得，是文学梦幻最古老、最根本的目标，对此神话、古典小说、现代小说均热衷于想象并叙述，展现在军事战争小说、历史演义、英雄传奇、武侠小说、神魔小说等各种形态、类型中。网络军文自然也就成了汹涌泛滥的网络白日梦浪潮中最强劲的一股。

二、古今军事文学中的英雄传奇

神话是原始人对掌控自然的力量的幻想，神话想象的主体是集体人。古典小说关于强力英雄的幻想主要是在讲史和侠义小说中，帝王将相与侠客英雄都是具有超常能力的人，超人与英雄的舞台是在战场与江湖。早期的英雄在战争神话里呼风唤雨，在战争、侠义、公案小说里，神话英雄变身为正义、智慧、战力与意志超凡的战将或侠客。

古代英雄除了拥有超凡的力量之外，普遍还拥有社会文化中流行的崇高的道德。他们的神力源于宇宙天地，正如冯友兰所指出的，受孟子和儒家的影响，中国文化的宇宙是一个天人合一的“道德的宇宙”[①]，因此他们的神力也源于他们的崇高道德。中国人崇拜英雄，但又惧怕英雄，超凡的力量既是令人崇拜、幻想的，也是令人畏惧的，强力必须与道德结合，必须受道德的制约引

① 冯友兰著，赵复三译：《中国哲学简史》，生活·读书·新知三联书店2009年版，第84页。

领，才令人感到安全，令人信赖、向往、崇拜。《三国演义》里的关羽忠义，刘蜀集团又是正统，所以被奉为武圣人；吕布战力更出众，但不忠不义，依附非正统势力，所以尽管骁勇无敌，也令人不齿。《水浒传》里的好汉以现代的眼光来看，大多是嗜杀嗜血之凶徒，但在小说中作为英雄好汉来叙述时，叙述者突出了他们的替天行道，他们反抗不正义的官府，惩罚扰害民众的恶霸。武松能成为令人颂扬的英雄，显然不是因为在张都监家中杀人杀得多，而是因为他除掉了危害百姓的老虎，手足情深，替弱者维护家庭伦理规范，敢于惩处西门庆、张都监这类恶霸流氓。

在近现代文学的军事题材和英雄传奇文本中，英雄的个性、所谓的个人英雄主义在雅文学中被削弱了，英雄的精神、信念、觉悟则往往被突出了，但这种觉悟常常是将个体及生命自觉奉献给人民、国家与革命。在晚清救亡图存、强国保种思潮中，当时的战争小说反侵略求民主，个人价值并不重要，民德民智民力的重要在于这些素质能帮助民族实现强国保种。“五四”宣扬个性解放，与世界思潮接轨，相当一部分作家因为张扬个体意识、生命意识而叙述反战故事。因为现代理性精神、科学精神的影响，启蒙文学文本中没有强力个人英雄，只有对抗旧文化、旧伦理的精神战士。20世纪30、40年代战争小说流行的是抗日救亡和阶级革命，因为“五四”个性解放和科学意识的影响，这一时期虽然也流行叙述英雄以个人作为集体的牺牲，但不同立场的叙事也大量存在。中华人民共和国成立后流行的革命历史小说中的英雄不仅献身于阶级、革命和国家，同时往往拥有了常人没有的强大精神意志与能力，与传统的天人合一的道德宇宙观一样，他们的超凡能力往往来自于崇高信仰和道德的激发。上世纪80年代以来，随着现代理性精神、个性意识的复苏与流行，战争小说形态日趋多元，正统文学中英雄传奇模式遭颠覆重构，而通俗文学中英雄传奇大量流行，新的英雄也仍然高呼现代革命与传统道德的理念，但更多的是释放个人的欲望与幻想。总体看来，传统英雄捍卫道德，现代非通俗文学中的英雄献身革命，通俗文学中的英雄追逐个人力量与欲望，这在网络军文中有普遍表现。

三、网络军文：理性与欲望的竞奏

在网络军文的文化场中，一极是战争、战斗客观的历史和现实，另一极是网络时代格外膨胀的欲望、幻想，中间是文学表现必需的技巧与天赋，人的理性反思，以及文化产业资本的虎视眈眈。当下军事文学特别是网络军文，有少数是严肃探讨、精心描写战争状态下个体和民族处境的佳作，有少数痴迷于军事知识和文化的写手在充分释放对战争与战斗的想象与向往，但大部分只是勉强以战斗和历史作为幌子，来放纵当下个体粗劣的文学想象和膨胀的欲望幻想，大部分网络军文本质上只是爽文和肉文。创作出真正的文学艺术经典作品，终究是少数人的事业。

（一）理性的思考与绵密的描写

关于网络写作的一个尴尬悖论是，思想艺术水准越高，便越不像网文，思想艺术水准越低，便越像网文。富于理性思考，审视人性和人类生活复杂性，严肃精确客观地描写的作者，通常不会迎合读者的低级梦想，反而逼迫读者严肃冷峻地思考现实人生，这类作者的作品缺乏轻松麻醉的阅读快感，读者的点击率便愈低，甚至在网络上消失。许多写手背离常识和逻辑，对沉重的现实和复杂的人性避而不见，描写粗糙浮夸，迎合读者的低级幻想，诱惑读者从沉重的生活、紧张的精神当中逃离出来，由放纵欲望的替代性满足带来阅读快感，这样读者的点击率便很高，由于商业的包装助推和社会群体思潮的机缘时会，这类作品往往被推为神作。例如《无家》，作者潜心于理性的思考与严肃的描写，但作品在网络军事文学中点击率并不是很高，然而高分评价和有质量的分析却很多。《无家》揭示了现代中国人在政治历史大变局中的荒诞境遇，个体被偶然支配，各种高调的宏大叙事并不能赋予生命以意义，而只是捉弄人生而已。这类小说几乎失去了网络类型写作的性质，好像只是传统的优秀文本没有以纸质形式出版，而首先在网络上传播而已。

这类比较严肃的文本的中心，往往是在展示现代个体的荒诞境遇和命悲剧，展示残酷战争对生命、人性和情感的巨创，如燕垒生的《天行健》等，这与幻想意淫类文本动辄杀尽敌人、血肉横飞截然不同。卫悲回的《夜色》以技术专家式的视角冷峻客观地描写未来的战争，在残酷战争和直面死亡威胁的极端状态下考验人。人们并不是毫不畏死的铁汉，他们只想完整地活下去，生命面对死亡考验时激发出本能的挣扎，人们有现代战争知识的指导，更有随时赴死的心理准备。小说着力展示生命所受到的极限考验，例如战士第一次在坑道里经历重炮轰击的时候几乎被震疯了，他紧紧捂着耳朵躲在坑道最下面，这是一种让人无法忍受但又无处躲避的感觉。

这类作品有些与新写实小说类似，冷峻刻画个体荒诞的生存境遇。《硝烟无声》与通常描写粗糙、构思平庸、情感膨胀的网络爽文不同，情节比较缜密，描写细腻饱满，深刻记录着与职场竞争者相类似的当代人复杂错综的个体意识。文本展示的是硝烟无声的险恶谍战，但更令人惊心的是个体心灵深处的战争，生存竞争当中个体无底线的沦落，资本时代金钱和欲望无休无止的增值和攫取。王耀祖放纵着自己的食色欲望，杀人不眨眼；他旁观着现代政治的动荡和理想的蜕变，权力使人堕落，当年北伐的英雄们已经变质了。同时他也不理解左翼理想主义的追求，在他看来，在上海的左翼地下党，也无非是来这上海滩上讨生活，除了要活下去，也想要出人头地，而出人头地当然就是钱和权。“打土豪、分田地”无非是首先将那些家族多年积累的财富全部都缴获到自己手上，集中之后再分配使用。在现代中国的新旧交锋、民族的历史大变局当中，他不问民族国家前途，他只是一个自私的个人，他要做的就是让自己过上舒坦的日子。他的觉悟和信条是踩着别人总比被别人踩着好，因此在恶劣残酷的生存竞争中，他磨炼成功了保命的敏锐反应和作恶的丰富经验和技术。这是残酷的丛林社会，在上海滩要当报童卖报纸也不是那么容易的，他没有廉价的善心，他救了小乞丐，只是为了收买消息。他相信无心种的善心，总有反馈收获的一天。他保护了包子摊的生意，却只是因为他的习惯就是吃自己喜欢的，再贵的不好吃就是不好吃，再便宜的好吃就是好吃。宏大叙事里常见的留学报国，在这里，对于父母和家族来说，只是为了儿子有望走上仕途、发迹变泰；参加国民党，对于王耀祖来说，只是为了寻找刺激和混口饭吃。然而在连篇累牍的阴暗描写后面，善心不时从罪恶的池沼中冒出一两个泡泡。王耀祖也是人，成天就知道杀人、害人的，那是畜生。善心是仅仅勉强维持残存的人性，是压倒作恶，还是善恶交织的混沌，这既在乎叙述者的选择，也在乎读者

的评判，但这都是一念之间而已。

《乌合之众》在描写和思想上都类似《硝烟无声》，都是映射资本时代职场中竭力应对生存竞争的个体，但它又接近《鹿鼎记》，以各种机诈手段和巧合赢得成功并惠及他人；主人公的本心是明哲保身，但又实心实意地为他人、国家谋取利益。《交锋》描写小人物小心翼翼地求生，文笔周密。《烽烟尽处》一开始佯装让单纯热血的主流历史叙事压倒世故自私的民间家庭情结，但理性、欲望的个体叙事与理念、群体的历史话语的冲突无法解决，就像西游路上的猪八戒，堂吉诃德身边的桑丘，理性、实利、自保的个体无法完全屈从于理想、崇高、奉献的群体理想。他没法将混沌复杂的现实简化为单一空洞的理念，欲徒步至抗日前线首先便遇到女生要在野外解决个人问题的窘境，欲演剧宣传仇日抗日脑海中却又只有日商恭谨勤勉的印象。尽管以为同伴报仇雪恨作为上战场杀敌的坚定目标，但面对着打败仗后为逃命便将伤兵抛下等没完没了的铁冷现实，他其实并没有办法完全解决现代中国历史带给他的困惑。

同样注重艺术的逻辑和生活的真实，《亮剑》《最后一颗子弹留给我》等弘扬的是英雄主义，它们将正义与崇高坚持到底，对于不义与罪恶，英雄甘愿牺牲自己也要抗争到底。硬汉精神与英雄气质是军事文学的正宗，在晚近世俗、怀疑、荒诞的社会文化思潮与群体心态影响下，英雄主义文本受到挤压，但仍有相当一部分作家坚持书写崇高，只是这类写作与革命时代单一的信仰与说教不同，它增加了很多丰富复杂的元素，如对文化痼疾的反思，对权力蜕变、社会腐化的批判，甚至客观展示生命的荒诞与人性的混沌，由此这种崇高、正义的担当更富有现代气息，它融合了对社会、人性、历史、民族的冷峻反思。但他们又是尼采式的行动派，最终以血性、坚韧的道德践履赋予生命以意义。

（二）欲望的放纵与想象的脱轨

为了追求利润，赚取点击率，网文的主流还是欲望的放纵与想象的脱轨。网络军文大部分属于低级白日梦类型，适于作为诊查当代群体心理的病理标本，如重生穿越类型，如特种兵类型，都是如此。重生穿越类型的军事小说中，主人公大都利用自己后世所学的历史和知识预知事态的发展和结果，以智力上的优越赢得成功；特种兵类型小说则夸大主人公的现代军事知识、先进武器装备及战斗技术，往往百战百胜。《重生之铁血战将》的主人公是国防大学的研究生，他了解现代史上历次战役的过程甚至细节，利用这些知识他战无不胜，被毛泽东誉为“我军中最会用脑子的战将”。《国破山河在》中穿越回抗战战场的李卫简直是超人，凭着现代科学知识，他将一堆散乱的电子零部件组装成收音机，收听到陕北广播电台的声音；凭借历史知识，他识破了阿部规秀的身份，劝说飞速前进执行紧急增援任务的八路军炮连停下来，将阿部规秀击毙。就这样他没有改变历史，却创造了历史，严格地执行了历史进程，同时满足着对超人的幻想。其他类型的网络军文中的英雄也无不具有超凡的能力，《狼群》中的战斗者能紧缩肌肉挡住利箭，手枪都打不穿硬气功修炼者的肌肉。

这类叙事对于主流意识形态往往缺乏质疑和反思，重复现代革命叙事模式中的信仰和民间趣味。如《重生之铁血战将》叙述陈革命兄弟原为孤儿，原名叫大狗二狗，现在的名是主席给起的，据说当年主席解放瑞金时，大狗兄弟就勇敢地拉着主席的手，要求参军，还带路去打敌军。

因为抗日战争最能刺激一般人的民族主义复仇情绪，所以抗战杀敌成神成了网络军文宣泄白日梦的主要模式之一。《抗战之血色战旗》中的高飞是神枪手、战场之王，他发誓在自己的枪口下，没有一个日本人能够跑掉。《抗日之特战兵王》中穿越后的主人公成了抗战战神。《抗战之中国远征军》故伎重施，仰仗历史知识，工兵团将机场从装备先进的日军重兵下夺回，只是叙述的童趣、心理展示的切实和细节描写的到位，使这部文本有了阅读的吸引力和价值。《特战佣兵》打着爱国的旗号，其实放纵个人的低级幻想。小说充斥着狭隘的民族主义和膨胀过度的自我幻想，主人公要让日本不得安宁，将战火燃烧到日本的国土，让日本的女人生不如死，他的追求实际上只是“只要有仗可打，过得刺激就行”。《国破山河在》中穿越回去的李卫在抗战中激发的是一种兽性与疯狂，他觉得战争杀人“真过瘾”，他产生了一种如饮佳酿的醉意。《驻马太行侧》中的岳维汉则重生到了1937年的抗日战场，在淞沪会战、徐州会战中大显身手、所向披靡。最能显现这些小说的白日梦性质的是，到了真正决胜负、定生死的关头，帮助主人公赢得胜利的并不是辛苦训练、磨砺和积累

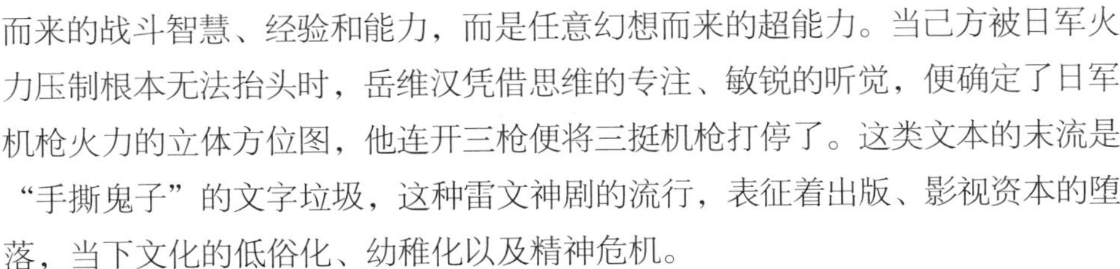

而来的战斗智慧、经验和能力，而是任意幻想而来的超能力。当己方被日军火力压制根本无法抬头时，岳维汉凭借思维的专注、敏锐的听觉，便确定了日军机枪火力的立体方位图，他连开三枪便将三挺机枪打停了。这类文本的末流是“手撕鬼子”的文字垃圾，这种雷文神剧的流行，表征着出版、影视资本的堕落，当下文化的低俗化、幼稚化以及精神危机。

当然，高烧患者也有短暂冷静的时刻，幻想夸诞的网络军文中也不时闪现合乎理性、描写精彩的段落，并释放民间世俗情感。《一个人的抗日》在满足过度膨胀的超凡英雄梦想的同时，与理性错乱、情感狂热的同类网络文本不同，也表达了基本的良知和常识。穿越回来的吴铭本是一个双手沾满鲜血的超级杀手，但他憎恨日本侵略者的主要原因是他们的疯狂虐杀，侵略者丧尽天良，对老人和孕妇都不放过，像畜生式地发泄，为了杀人而杀人，把杀人当成取乐。小说张扬了一种现代职场的坚韧打拼的精神，吴铭很快就从一系列意外的打击中挣脱出来，冷静面对穿越后的现实。

这些小说当中杂糅着多种声音和立场，其中主要的声音是普通平民的常识和本能。《乱世草头王》细节饱满，想象诙谐到位。吴克穿越来到民国，他以民国为乱世，首先想到的是明哲保身。他的首要目标是活着，因为接下来发生的战争，即将使几千万人失去生命。避世是不可能的，因为不可能生活在山里；他准备适应时代，让自己被这个时代改变；他也想积极一点，给这个时代带来一点改变，虽然他只是一个小小的网络工程师，生活技能欠缺，保全自己都很困难。吴铭像平民或职员，他只想平安地旁观历史；吴克则有时幻想做大企业家或大官员，想做历史的主角和明星。但吴克观察和评价历史更持一种平民和旁观者的实利、自保的立场：他想到投奔革命才有前途，只是自己来历不明，有可能被内部清洗掉。他不想投奔民国政府，因为将来会经济崩溃，政治势力和军事势力相继瓦解。而走中间路线都很凄惨，两边都打击你，让你不得安生。实际上这里以当下理性实利个体的立场，展示了现代历史的纠葛混沌。

（三）战斗的技术与好胜的极限

自然，作为军文，也有主要痴迷于探索和想象战斗的场景与技术的，堪称军文中的技术流一派，不同类型的军文当中都不同程度地存在这类描写。而在心理层面，战斗技术流网文的主要动力来自无法餍足的好胜心。这类作品的情节推动力，不需要刺激民族主义情绪，不需要满足道德高调，也不依赖女性征服和欲望幻想，也不煽动其他本能欲望，它主要源于无穷无休的各种战斗及永远的胜利，它一心渴求的是战胜优秀的对手，它一心渴求更强大的战斗力量。《佣兵的战争》中的高扬辗转于无休止的战斗，由于场景、对手、武器、强弱、过程等各种要素可以无穷变化，因此高扬无休止的战斗并不雷同，写手若具有讲故事和描写、想象的天才，就和《海贼王》一样，读者并不会厌倦无穷的战斗。

四、《最强兵王》：网络英雄梦想叙事的代表作

（一）英雄的成长和以弱敌强叙事模式的循环

和相当一部分网文构建叙事运动的逻辑一样，《最强兵王》也是某些民间个体叙事模式的强化和循环，如常胜的英雄和以弱敌强。小说中英雄的成长叙事与以弱胜强模式是重合的。英雄一开始就达到超级能力的顶端，实现成为最强的梦想，情节就将达到顶峰和终结，所以英雄开始出场的时候必须是弱势的，情节才有展开的动力。但软弱与失败不能满足读者，英雄必须战胜不管多强大的对手。但一波胜利带来的心理满足随即便是空虚，叙事必须制造危机，英雄必须遇到伤害或遇到更强的对手，再次成为弱者以便战胜强者。英雄不能失败，所以他一定是强者，但强者没有对手，也就没有了冲突和故事，因此小说必须一次又一次地让英雄弱化。常胜英雄与以弱胜强的模式化很容易导致重复乏味，但天才的作家会综合重组环境、人物等千万种因素，讲述独一无二、洞察人性与历史的战斗故事。

因此小说一开始并没有赋予主角超能力，罗铮逃脱被狙击，只是偶然的幸运。他并不知道被狙击手盯上，更不清楚自己蹲下来系鞋带的动作给狙击手造成了隐匿还击的错觉，从而捡了一条命。罗铮羞愧于自己拖了己方的后腿，激励自己提升。一开始他发现自己就是个累赘，他痛恨自己是何等的没用，正

是这种好胜心激发他锤炼自己。通俗小说从来都会描写男性因角逐女性而表现出雄强的力量，以及好胜的本能，这些也都刺激罗铮成长。在小说刚开始的丛林狙击这一段中，双方的战斗差点演变成男性对于美色的争夺，罗铮背负受伤的女兵逃命也变成了英雄救美。在叙述英雄成长时，《最强兵王》令人称道的一个细节是，罗铮能客观冷静地直面并坦承自己成长过程中的短板和无能，从而更好地无限提升自己，真正的兵王是将自己当一件艺术品或高科技产品一样予以千锤百炼与无限提升。这使作品避开了网文人物千篇一律、雷同单一的通病，使人物具有了真实的质感、丰满的个性和心理的深度。

他在险境历练出临危不惧的反应能力和高超的战斗技术。“拼命的时候到了，罗铮的热血再次翻涌上来，深吸一口气，将心中的恐惧压制，心还是跳得厉害，他长啸一声，强迫自己冷静下来。”另一方面，这种英雄个性的成长也有其性格基础，他向来就具有英雄的气质和性格，敢于反抗强权和不义，路见不平拔刀相助，没有过多的厉害计较和畏葸犹豫。和大部分英雄一样，他敢作敢当，在新兵连就暴打了一名关系兵一顿。

（二）关于英雄意志与道德的超常力量的民间叙事

英雄战斗的目的何在，这种人格、信仰和道德立场，显示了英雄的生命境界和崇高程度。英雄并非好勇斗狠、亡命冲动之徒，他善用自己的力量和生命为更高的精神理想而战斗。而罗铮的战斗动力和目的何在呢？小说叙述最强调的是兄弟情义和英雄的好胜心，另一方面当然也少不了网文普遍都有的为博美人芳心而欲出类拔萃。罗铮决定为战友报仇时祈求战友们的“在天之灵”告诉他真相，又相信亡魂“在天上看着自己”，期待他行动。这都是网文、民间信仰、低层次网民才有的话语，正统的、主流的现代军事文学属于现代科学和马克思主义政治话语，对小说主角很少有这类叙述。当然，朴实的国家、民族感情也是民间叙事当中的成分，小说当中也不少这类描写，例如同胞带来的安全互助及归宿感，祖国制造的先进武器带来的自豪感。在构建英雄性格和心灵时，叙述者反复强化兄弟情，罗铮为了兄弟情义而不畏生死。在部队遇袭时，他还连枪都打不准，罗铮孤身复仇的动机源于他有一颗不屈的心，一腔澎湃的热血，为了给兄弟们报仇，他豁出去了。小说前面说了罗铮和战友们交情很好，有如家人，这些细节和情感为罗铮的复仇行动作了一定的铺垫。兄弟们还在天上看着我呢，必须去报仇，——在为兄弟家人报仇雪恨心理的推动下，出现了以一敌多、以弱敌强的孤胆英雄模式，尚未受过专业军事训练的罗铮孤身一人对抗具有最先进、最强大的现代武器装备的雇佣兵队伍。

真正的英雄不怕死，但不送死，他不逃避死亡，善用死亡获得己方的胜利。英雄厌恶失败和无价值的死亡，被狙杀的我方特种兵死后的眼眸中透着不甘和对生活的眷念。英雄也见惯了死亡，罗铮从小就见惯了动物间的残忍厮杀，叔伯兄弟打猎时惨死猛兽的模样，对死亡并不太害怕。但英雄善用自己的生命，他珍惜自己的生命，因为命只有一条，只有活着才能为兄弟们报仇。所以特种兵首要学的是反狙击，只有懂得反狙击才能保命，人只有活着，才能报仇。英雄善用死亡获得己方的胜利，所以罗铮多次笑对死神，以自己的身体作诱饵诱惑敌人暴露出来。小说对于不畏死亡的处理兼顾了群体和个体两极，英雄的献身精神与个体生存是同源的，个体的情感和欲求升华为对死亡的超越。

欲望的因素是英雄传奇里少不了的因素，正视欲望而又控制、升华欲望，作保护女性和弱者的骑士，这才是英雄的正道。小说出现了情欲的艳影：宽松的迷彩作战服依然无法掩饰傲人的身材，握着手枪的手洁白如葱，紧咬的性感嘴唇，受伤后大腿处剪开的裤子露出大片雪白的肌肤，背上的受伤女兵极富弹性的胸脯。但战斗抑制了这些欲念，翻涌的热血瞬间降到冰点，没有了丝毫旖旎杂念。罗铮照顾保护受伤的蓝雪一段，是武侠小说等通俗文学常见的英雄救美护美的模式，满足男性的情欲幻想及骑士理想。受伤女兵脸洗干净后美艳无匹，天见犹怜，罗铮忍不住想将对方拥在怀里百倍疼惜，但身为英雄，还是克制了冒昧的举动，担负起英雄救美的使命。这使得《超级兵王》区别于流俗网文的欲望放纵模式，有了多情而正大刚健的硬汉风格。英雄是敢恨敢爱的，在残酷的生死角逐和凶险的官场倾轧中，蓝雪、罗铮最终超越了家世背景的限制，两情相悦。

（三）作为情节推动力的英雄的超级能力

以弱胜强、绝处逢生、超越极限，网文中所有导致情节转换、冲突解决的最终因素大都与英雄的超级能力相关。英雄具有超乎常人与极限的能力，罗铮眼中的特种女兵印证了这一点，她能克服人体运动的物理规律，不用助跑猛然从原地跃起，仿佛捕食的猎豹，完成正常人体无法完成的各种动作；她拥有神话英雄般的神秘之“气”，全身爆发出浓烈的杀气，杀气犹如实质一般浓郁，能克制征服敌人。这是网文超级英雄模式。这种神秘的意志力量、精神信仰具有强大的震慑力，当罗铮刚开始接触到对方释放这种“气”的时候，他完全被压倒并制服了，对方一股强悍到令人窒息的冰寒气势扑面而来，罗铮感觉气血为之凝固，身体一僵，全身力气仿佛被抽干了似的，动弹不得。自然主角罗铮也具有这种英雄天赋。他也有杀气，身上庞大的杀气冲天而起，能使周围空气仿佛燃烧起来。战斗英雄具有直觉时空各种微妙的运动变化的直觉能力。暴雨洗去了对方任何痕迹，罗铮凭天赋和小时候打猎的直觉，跟踪对方。英雄能让自己尽可能地放松，用心感受敌人的下一步动作，看到的、听到的都未必是真的，只有感觉到的才是最真的，野兽攻击时会有杀气，感受到了这股杀气，也就感受到了野兽的位置和发起攻击的时机，但这种玄妙的感觉不是谁都能够练成的。罗铮还有家传秘法。在山地一夜急行军，失去了对方的线索，仍能坚持追击，靠的是家传的秘法，这套神秘的祖传秘法能让人变得耳聪目明，体力恢复加速。

虽然文笔和描写有空乏直露冗长之弊，情节和人物有时也难避粗疏雷同之病，但蓝雪训练罗铮迷途知返、眼狙和心狙两重境界，罗铮偶遇蓝雪作为穷小子偶遇贵人模式的变体等段落，显示了一名优秀的作者讲述故事必备的天赋，这类段落使小说有了结实丰满的细节描写、具有必然性的行动叙述和永恒的心理欲求模式的展现，小说因而真实鲜活起来，读者也因此被真实的幻象所征服，沉迷于叙事的跌宕起伏当中。

结语：网络军文应当在欲望幻想中升华

网络军文如其他网文类型一样陷入了“同质化”[①]和诞妄的困境，优秀写手在应对商业写作压力的同时，如想写出有生命力、经得起推敲的佳作，必须

① 马季：《网络文学审美特征考察》，《光明日报》2013年10月29日。

在一定程度上克服网文抄袭套路、幻想泛滥的诱惑。写手需要各种知识与体验的积淀特别是小说创作灵感的培育，需要深度的生命体验和探索。作为心灵自由创造活动的写作需要物质支撑和金钱回报，但另一方面，即算是商业化写作也需要精神支撑和灵感。对人的生存处境的关注和思考是文化和文学创作的核心，商业写作要成功离不开对生命的好奇和意义的追寻，网络军文不能失心丧魂，否则难以为继。伪崇高、愚英雄需要反思和批判，低级白日梦、自私自利需要批评和引导；但真崇高、真英雄主义是永恒的，无法告别、无法消解，更不必告别；白日梦、个体本能、个体意识也是永恒的，无法也不必否定。当下群体与个体、崇高与本能、信仰与理性之间的冲突，以及由此产生的对于崇高叙事的怀疑和拒斥、心灵秩序的紊乱，这些困局的最终解决在于个体对群体、社会、历史、信仰的审视、践履、拥抱、融合，需要强大个体生命体验和探索的严肃、深度、广度、力度。网文叙事单一雷同、贫乏虚假的根源即在商业化和唯本能的结盟，写手的写作终于沦为了键盘苦役。文学类型是永恒的，但细节与故事是常新的。废柴逆袭、超级英雄是满足人类基本本能的永恒故事，永不过时，过时的是缺乏想象力的平庸雷同的叙事。本能欲望当然能推动情节运动，但单向度的生命缺乏足够的力量、持久和质地来持续支撑情节发展，只有全面的、与环境深度对话的生命才能激发有细节、与人性和生活深度碰撞的行动与故事。

（本节作者：曾锋，文艺学博士，广东金融学院财经传媒系副教授）

第五节　科幻小说：从乌托邦到异托邦

科幻小说（Science Fiction）自近代开拓发展至今，至刘慈欣凭借《三体》三部曲（又名“地球往事三部曲”，是2006年至2010年连载、出版的硬科幻小说系列，由《三体》《黑暗森林》《死神永生》三部小说组成）获得第73届世界科幻大会颁发的“雨果奖”最佳长篇小说奖，标志着中国科幻小说在世界科幻小说领域取得了一个重要位置。科幻小说以科学为对象和线索进行幻想并构成重要内容，幻想是科幻小说的翅膀。科幻小说也是网络类型小说的一个重要类型。《间客》是网络作家猫腻连载于起点中文网的一部科幻小说，自2009年4月27日开始连载，至2011年5月20日连载结束。《间客》在起点中文网的标签是东方玄幻小说，而猫腻则说“《间客》是一本个人英雄主义武侠小说”（见《间客》后记“有时候”），然而我认为《间客》是一本网络科幻小说（后文详述），并代表着当今网络科幻小说的最高成就。网络类型小说自2016年始，海外传播和阅读方兴未艾，尤其在北美地区，中国网络类型小说的走红催生了诸如Wuxia world 之类的翻译网站，专门翻译中国网络类型小说。中国网络类型小说的海外传播之所以这样火爆，主要原因是其无与伦比的想象力吸引着海外的读者。《三体》的获奖及网络类型小说在海外的传播，都说明具有强大幻想能力的文学种类在世界上获得了一席之地。

一、近现代科幻小说叙事：关乎反思和批判的群治理想乌托邦

中国科幻小说肇始于1900—1903年梁启超、鲁迅、逸儒和薛绍徽等人翻译的科幻小说。稍后，中国人开始了自己的科幻小说创作，当时涌现了一批科幻小说：荒江钓叟的《月球殖民地小说》（中国第一部科幻小说，但属于未完成

作品），徐念慈（东海觉我）的《新法螺先生谭》（中国第一部完整的科幻小说），萧然郁生的《乌托邦游记》，吴趼人的《光绪万年》和《新石头记》，高阳不才子（许指严）的《电世界》，肝若的《飞行之怪物》，陆士谔的《新野叟曝言》，海天独啸子的《女娲石》和无名氏的《机器妻》等。我国的科幻小说自1900年才开始译介创作，这比西方已经差不多晚了一个世纪（1818年，玛丽·雪莱创作的《弗兰肯斯坦》是西方的第一部科幻小说）。当时中国的科学技术欠发达，人们的科学意识及常识都极为贫乏，尽管当时的五大杂志《新小说》《绣像小说》《月月小说》《小说林》和《小说月报》，皆以科学小说为标榜，但是当时的科幻小说仍然摆脱不了开拓期的稚嫩和粗糙。

“乌托邦”（Utopia）源自于16世纪英国著名的人文主义者托马斯·莫尔的代表作品《乌托邦》。“乌托邦”（Utopia）一词由“u”（乌有）与“topia”（美好）组成，为“Entopia”（美好之乡）。从现实意义上来说，乌托邦是人类对自身所处的社会环境与精神状态的超脱与想象，是在世界上并不真实存在的地方。近现代科幻小说总体上文学成就并不高，对科学技术一知半解，知识储备有限，经常出现常识上的硬伤，艺术方面总体上处在模仿和尝试阶段，但是这并不妨碍它们营造一个美好之乡，容纳人们对良好社会秩序、美好生活状态的想象，反思现实中国的政治制度、思想文化等的腐朽落后处，企图达到改造、重建的目的。民国时期科幻创作产量不多，但也有不少作品面世：劲风《十年后的中国》，顾均正《和平的梦》《在北极底下》《伦敦奇疫》《性变》，安子介《陆沉》，老舍《猫城记》，许地山《铁鱼底鳃》等。尤其是老舍的《猫城记》，是中国第一部火星探险题材的科幻小说，也是中国近现代以来科幻小说的代表作之一。鸦片战争以降，中国的“中心”观念被现实无情打破，侵略者以“船坚炮利”打开了中国的大门，中国人不得不重新确定中国的位置，到19世纪末已经是“琉球灭，安南失，缅甸亡，羽翼尽失，将及腹心；日谋高丽，伺吉林于东；英启藏卫，窥川、滇于西；俄筑铁路于北而平迫盛京；法煽乱民于南以取滇、粤；教民、会党偏江楚河陇间将乱于内”[①]，这种外患内忧、国事蹙迫、危急存亡，刺激着每一个中国人尤其是作

① 康有为：《大同书》，中州古籍出版社1998年版，第229页。

家的神经，所以近现代的科幻小说作家也是如此。他们用科幻小说营造了一个个乌托邦，在这个乌托邦里，外患内忧、贫弱交加的中国摇身变成了科技文明昌盛的世界（《生生袋》《元素大会》《鸟类之化妆》《中秋月》），或者是进化为政治清明、繁荣昌盛之邦（《新年梦》《乌托邦游记》《新中国》），或者是展现科学时代新女性的形象（《女娲石》《女博士》《中国之女飞行家》）。这些文本营造的乌托邦空间，基本上都指向了科学救国、启蒙民众、政治寄托、女权思想等，“导中国人群以进行，必自科学小说始”①，鲁迅的这句话，反映了19世纪初人们译介、创作科幻小说的功利用意。所以近现代科幻小说，总体上表现出群治理想的乌托邦的叙事特征。

二、“十七年”科幻小说：关乎科技和童话的乌托邦

50年代中期，国家号召人民“向科学进军”，在这样的氛围中，科幻小说涌现出一大批知名作家和优秀作品。50年代活跃的作家有张然（《梦游太阳系》）、郑文光（《从地球到火星》《第二个月亮》《征服月亮的人们》《太阳历险记》《黑宝石》《火星建设者》）、迟叔昌（《割掉鼻子的大象》《起死回生的手杖》）、叶至善（《失踪的哥哥》）、鲁克、饶忠华、王国忠等人。这时期的科幻小说的共同特点是少儿性和科普性。60年代，中国科幻走向成熟，主要科幻作家有肖建亨（《气泡的故事》）、童恩正（《古峡迷雾》《五万年以前的客人》）、刘兴诗（《北方的云》《乡村医生》《蓝色列车》《游牧城》）、嵇鸿（《摩托车的秘密》《神秘的小坦克》）、郑文光、迟叔昌、鲁克等。70年代因为“文化大革命”的影响，文学创作已经中止，科幻小说也不例外。

由于科技的发展和科幻小说的成熟，“十七年”科幻小说的题材得到了很大的扩展。“十七年”科幻小说，题材广泛，考古、地质、医学、海洋、气象、仿生学以至人工智能都有所涉猎，这些都说明科幻小说在中国的大地上已生根开花。但是由于当时政策的影响，这时期的科幻小说叙事单一，基本上

① 鲁迅：《月界旅行》，《鲁迅译文集》（第一卷），人民文学出版社1958年版，第93页。

都属于少儿科普读物。与此相应，“十七年”科幻小说的叙事出现了两个鲜明特征，童话彩色和科普性，营造了一个童话和科技的乌托邦：通过生动有趣的故事向小读者普及科学知识，并激发他们对于科学的兴趣和幻想，展示高科技带来的美好生活。“十七年”科幻小说所传递的人生观普遍是积极向上的，人物形象以知识渊博的科学家和求知欲极强的小主人公为主，即使有邪恶人物存在，也是为了衬托小主人公的善良。固化的作品主题形成了模式化的结构，这一时期的作品以“设谜——解谜——说谜”的情节为主，在知识的讲述者和接受者之间展开一场冒险之旅或参观访问记。科幻小说作家萧建亨曾对这样的创作模式作出形象的概括：“无论哪一篇作品，总逃脱不了这么一关：白发苍苍的老教授，或戴着眼镜的年轻工程师，或者是一位无事不晓、无事不知的老爷爷给孩子们上起课来。于是误会——然后谜底终于揭开；奇遇——来个参观；或者干脆就是一个从头到尾的参观记——一个毫无知识的‘小傻瓜’，或是一位对样样好奇的记者，和一个无所不知的老教授一问一答地讲起科学来了。参观记、误会记，揭开谜底的办法，就成了我们大家都想躲开，但却无法躲开的创作套子。”①

三、新时期科幻小说叙事：关于反乌托邦的乌托邦

新时期以来，中国科幻小说创作进入了一个新阶段，涌现出一大批优秀作家作品，叙事也有了新的转向。叶永烈从“文革”后期开始创作科幻小说，他的代表作《小灵通漫游未来》于1978年出版，首印即达一百五十万册，总印数超过三百万册，风行全国。他共有科学小品集六十多部，科幻小说集二十多部，并于1980年当选为世界科幻小说协会（WSF）唯一的亚洲地区的理事。80年代初期，中国科幻小说空前兴盛，《人民文学》《北京文学》《上海文学》《当代》《小说界》《新港》等重要文学期刊频频登载科幻作品。几位成就卓著的作家被称为中国科幻的“四大金刚”，他们是：叶永烈、郑文光（代表

① 萧建亨：《试谈我国科学幻想小说的发展》，黄伊主编《论科学幻想小说》，科学普及出版社1981年版，第24页。

作品《飞向人马座》《古庙奇人》《大洋深处》《天梯》等）、童恩正（代表作品《珊瑚岛上的死光》《宇航员的归来》《追逐恐龙的人》《遥远的爱》等）、刘兴诗（代表作品《陨落的生命微尘》《海眼》《美洲来的哥伦布》等）。这时期除了“四大金刚”，还有一大批重要的科幻小说作家：萧建亨（《万能服务公司的最佳方案》《密林虎踪》《机器狗卡曼》《南极历险记》《金星人之谜》《沙洛姆教授的迷误》《乔二患病记》）、金涛（《月光岛》《除夕之夜》《最后一条街》）。进入90年代，科幻创作队伍迅速更新，新生代的科幻作家主要有：吴岩（《生死第六天》《心灵第六天》）、星河（《朝圣》《握别在左拳还原之前》）、王晋康（《天火》《生命之歌》）、韩松（《宇宙墓碑》《跌宕的青春》《2066之西行漫记》《让我们一起寻找外星人》《红色海洋》《地铁》）、绿杨（《黑洞之吻》《消失的银河》）等。

“它们是一对‘相反的’概念，从相互差异中得到各自的意义和价值。反乌托邦是通过乌托邦形成的，且寄生于乌托邦之上。反乌托邦的存在依赖于乌托邦的持续。乌托邦是原版，反乌托邦是翻版——只是反乌托邦总是被饰以黑色。乌托邦提供肯定性的内容，反乌托邦对之给否定性的回答。它是乌托邦的镜像——但是，这是一种扭曲的形象，从哈哈镜中看到的形象。”[①]反乌托邦是乌托邦的延续与反叛，反映的是与乌托邦社会相反的极端社会意识形态，它用残酷打破美梦，用恐惧消解浪漫，将乌托邦中应被否认的东西放大并呈现出来。反乌托邦文学的出现是有其现实的基础和根源的。20世纪，我们的世界遭受着肆虐的战争，饱受着环境的恶化、经济的萧条，日新月异的科技带来的负面影响也越发凸显，人类忍受着各种生存之苦。此时，反乌托邦小说对现实的批判、对乌托邦制度的讽刺、对恐怖生存境况的描写及民众的起义抗争等特质都迎合了处于困境中的民众心理。新时期以来的科幻小说，反乌托邦叙事成为主流。反乌托邦科幻小说一般会建构一个表面上和谐、理想的乌托邦，但实际上，这个乌托邦世界却是一个遥远的、与世隔绝的黑暗国度，高度极权的统治维持国家表面的和谐，但内在充斥着种种无法解决的矛盾，如阶级差距、暴力犯罪、资源匮乏、生态恶劣等。王晋康《蚁生》的时间背景置于“文革”时

① 转引自张艳玲：《美国乌托邦文学的流变》，天津大学出版社2013年版，第201页。

期，作品中的乌托邦社会不仅具有空间封闭性的特点，还因其特殊的时间背景更具深度。《蚁生》的小型乌托邦社会是科学家的儿子颜哲利用从蚂蚁身上的利他主义基因提取的“蚁素”建造的，在“蚁素”的作用下，这个不足百人的知青农场处处洋溢着安详幸福的气氛，每个人都是内部族群的利他主义者，是热爱劳动的无私奉献者，而且绝对服从“蚁王”颜哲和“副蚁王”邵秋云的命令，于是极权主义的蔓延和腐败机制的滋生成为必然，作者的寓意也得以显露，“蚁素”对知青和老农的精神麻痹与“文革”时期意识形态对中国人的思想麻痹有着令人深思的同一性，走向毁灭成为它们共同的命运。在韩松的《2066年之西行漫记》（又名《火星照耀美国》）中，2066年的中国是一个强盛的“花园”国度，国力的强大首先表现在科技的高度发展上，此时社会上广泛使用磁喷流飞行器、电子虚拟人、试管婴儿等，最重要的是，中国已经进入由超级网络智能“阿曼多”统一控制的梦幻社会时代（后信息时代），国家可以控制气候和人们的情绪，人们的工作娱乐社交生活全部由“阿曼多”统一管理。在这种控制下，每个人一出生就有应该做的事情，每个人做该做的事情国家就会强大，主人公唐龙就是做自己分内的事情——下围棋而获得了世界性的盛名。韩松描绘这种极端的网络社会一方面是对中国专制主义的反讽与批判，另一方面则设想了高科技发展到极端时就成为控制人的工具。唐龙等人去美国参加世界围棋锦标赛时，“阿曼多”的崩溃让他彻底与祖国失去了联系，作者通过这个情节设想了如果人们失去了赖以为生的网络，结果会怎样？作品用唐龙在美国的逐步蜕变告诉读者此前网络对他的控制是如何异化了他的灵魂，而自然界又如何荡涤了他一度陷于网络泥淖中的灵魂。唐龙在美国的流浪生活既凸显了作品批判科技异化人的主题，又为其深层主题奠定了基础。而韩松另一篇作品《我的祖国不做梦》讲述的是未来的中国为了保持经济高速增长，早日实现超越西方的目标，白天一盘散沙的中国人在夜晚被神秘的组织所操控，通过服用“去困灵”和改变人脑状态的微波技术来实现梦游的方式工作。主人公“小纪”因为遇到外国记者的调查得知真相，并发现自己的妻子在梦游中成为“要人”的玩物，当他意欲报复的时候被现实强大的精神鼓动所影响，不得不去认同，面对变化莫测、危机四伏的世界，中国人是不能做梦的道理。最终，主人公在无路可走的境况下选择自杀。刘维佳的《来看天堂》是反乌托邦科幻小说的代表作品，作品中软弱的主人公“我”生活在未来时代的天堂区，那里提供免费公寓、不用工作，更重要的是有温柔美丽的机器人妻子精心侍奉，其物质生活充裕，可是他依然沉浸于无法自拔的悲伤压抑中。主人公的痛苦来源于精神需求的缺失而非物质缺乏，作为不生产任何资料的天堂居民，他丧失了作为人的权利，如生育权、劳动权、被选举权等等，每年参加一次可以进入上层社会的考试，这对于他是一次无望的等待。作为高科技代表的仿真机器人似乎可以缓解“我”的痛苦，可实际上不过是高智商群体生产的情感产品，于“我”有害而无利，因为这种暂时的情感安慰只能让“我”像吸食鸦片一样上瘾，却不能从根底上解决问题。可以说机器人妻子正是上层社会人士控制下层社会群体的“精神鸦片”，从而让他们在精神麻痹中失去改变现状的心理动力。当今社会人们对高科技产品的依赖性越来越大，依赖性发展到最后可能就是人的彻底变化，看似让人们的生活变得“完美”的高科技实际是对人心灵最大程度的压抑和限制，科幻作家描绘科技的用意由此显现。迟卉的《无穷无尽的大地》建构了一个类似传统农业社会自给自足的乌托邦星球，这里的居民看似软弱，实际却是大自然的化身，侵略性极强的黑日海盗团可视为滥用资源的人类化身，作者安排具有无私奉献精神和集体主义观念的卡伦人与贪欲强烈的黑日海盗团较量，并让前者胜出，暗示了人类滥用资源可能造成的恶果。由于新时期科幻小说越来越多的关注科技发展对人类社会整体或局部的影响，作家更倾向于建构一个反乌托邦表现主题，这是时代发展使然，也是科幻这一文学类型自身寻求创新的必然结果。

四、科幻小说类型化趋向：异托邦世界里的创新思考

米歇尔·福柯是法国哲学家、历史学家、结构主义的代表人物，1966年，他的人文科学著作《词与物》首次出现heterotopias概念，并提出“乌托邦是处于语言的经纬方向，且是处在寓言的基本维度中”。[①]同年，他在建筑研究会

① ［法］米歇尔·福柯，莫伟民译：《词与物——人文科学的考古学》，上海三联书店2012年版，第5页。

上做了一个题为《另类空间》的演讲，正式提出了“异托邦”的概念：“在所有的文化，所有的文明中可能也有真实的场所……一种的确实现了的乌托邦，在这些乌托邦中，真正的场所，所有能够在文化内部被找到的其他真正的场所是被表现出来的，有争议的，同时又是被颠倒的。这种场所在所有场所以外，即使实际上有可能指出它们的位置。因为这些场所与它们所反映的，所谈论的所有场所完全不同，所以与乌托邦对比，我称它们为异托邦……”[①]从福柯的空间哲学去理解，乌托邦是虚拟的空间，异托邦则是实现了乌托邦的真实空间，是当今的，也是历史的存在。2011年哈佛大学王德威教授在北京大学做了题为《乌托邦，恶托邦，异托邦》的演讲，王德威教授阐述福柯的异托邦“除了我们所熟知的乌托邦及恶托邦——投射一个所谓的乌有之乡之外，异托邦是你我生存的空间里面，时时刻刻存在，时时刻刻需要我们来面对，来直觉，来反省的一种可能性”[②]。随着国内经济的发展，思想进一步的解放，科技发展与物质文明的丰富催生了人们现实的沉沦感和人与人之间的疏离感，现代人的思想陷入精神困境。科幻作家们通过构建一个异托邦反省现实，表达自己对社会创新理念的思考，试图去探寻人类现在和未来发展的可能。

福柯在《另类空间》里提到了一些异托邦的典型空间，比如海船、监狱、火车、走婚的旅馆、精神病诊所、养老院、公墓以及电影院等空间。韩松的《地铁》描述的就是这样一个典型的异托邦空间。韩松以他阴郁、颓废的想象力，向我们展示了地铁这样一种深邃的无止境的异托邦空间，以地铁无止境的前行隐喻人类的终极结局。而刘慈欣的《三体》三部曲则以气势磅礴的笔触描绘了一个令人意想不到的三体世界。“三体文明也是一个处于生存危机中的群体，它对生存空间的占有欲与我当时对事物的欲望一样强烈而无止境，它根本不可能与地球人一起分享那个世界，只能毫不犹豫地毁灭地球文明，完全占有那个行星系的生存空间。”刘慈欣《三体》的第一部《地球往事》虽然空间意识很强，基本上还是时间叙事，天体学家叶文洁苦难的经历构成了小说的叙事主体。到《三体》的第二部《黑暗森林》中时间叙事渐渐弱化，空间叙事上

---

① ［法］米歇尔·福柯：《另类空间》，《世界哲学》2006年第6期，第52-57页。

② 王德威：《乌托邦，恶托邦，异托邦（之一）》，《文艺报》2011年5月17日。

升为叙事主体。面壁者和破壁人的设立为小说建立了二元空间。从面壁者的角度揣测三体世界如何侵害地球，并设置防卫措施，再从破壁人的角度分析面壁者的防卫，并一击而置面壁者于死地，二元空间展开了激烈的对抗，不同的空间、视角、思维，形成了不同的智力角斗，这是相当激烈，而又相当精彩的空间叙事艺术。到了《三体》的第三部《死神永生》中出现了执剑人和反执剑人的二元对立，作者在小说最后将地球文明和三体文明结合在一起，并将文明的发展看成是一个历程，将毁灭看成是新生的起点，于是小说叙事结构的空间对抗变成了融合循环，形成了一个精美的轮回式的叙事结构。在这样的叙事中，我们很容易发现《三体》叙事的武侠套路：面壁人的防守和破壁人的进攻，执剑人和反执剑人的二元对立，分明就是武林高手的防守和见招拆招。越是宏达恢弘的幻想空间，运用到的套路越多，这也是科幻小说类型化的一个趋势。在这样的叙事中，《三体》的宝贵在于对宇宙文明的发生、对立、冲突甚至毁灭以及新生的关注，引发了康德式渺小的人和无限之间的对立和思考，这是对人类生存境况的深层次关注。

科幻小说也是网络类型小说的一个重要类型。《间客》是网络作家猫腻连载于起点中文网的一部科幻小说，自2009年4月27日开始连载，至2011年5月20日连载结束，是一部机甲类型的网络科幻小说，它塑造了这样一个社会空间，整个宇宙简化为三大星域：三林星域（联邦管辖的星域，包括上林、西林、东林）、左天星域（帝国统治的星域）和百慕大星域。在《三体》中，有明显的由时间叙事到空间叙事的转移过程，而在《间客》里，时间根本就是语焉不详，完全找不到时间叙事的踪迹。而这一点恰恰是异托邦的特点之一："异托邦有创造一个幻象空间的作用，这个幻象空间显露出全部真实空间简直更加虚幻，显露出所有在其中人类生活被隔开的场所"。在《间客》的幻想空间里，联邦和帝国是相互对立的两个星域，由于土地、资源的争夺，双方进行着无休无止的战争。联邦的最高权威是宪章局里的中央电脑，在这样的社会环境里，本来是帝国太子的许乐，尚在襁褓的时候作为帝国渗透计划的一员，经由百慕大被贩卖至东林，养父母及妹妹死于矿难后，成为东林孤儿。虽然许乐是一个毫无背景的孤儿，他却凭借着与生俱来的机械天赋，以及内心强烈的道德准则（犯了错就要接受惩罚，及时逃脱了法律的制裁也必须接受道德批判），以一己之力，对抗七大家，对抗联邦宪章，多次陷于死地而最终胜利。猫腻自我评价说《间客》是一本个人英雄主义武侠小说，那是因为《间客》采用了武侠的套路：一个小门房巧遇邰家太子爷，这是《鹿鼎记》的桥段；一个帝国人成为联邦英雄，后身份被揭穿，这是《天龙八部》的桥段。《间客》的这种旧瓶装新酒，塑造出了一个有别于韦小宝、乔峰的“三有”（有能力、有品德、有担当）青年。《间客》是一本网文，实在逃脱不了套路文的窠臼，可是《间客》也是一本优秀的网文，它不仅是个小人物的奋斗史，更是一部关注现实的科幻小说。《间客》里面的联邦，总能让人联想到一些国家，比如美国，帝国的野蛮，总能让人联想到日本，还有反政府军、百慕大以及“矿难”事故，似乎就是现实的一面镜子，但是仔细观照，又似乎全不是。“在镜子确实存在的范围内，在我占据的地方，镜子有一种反作用的范围内，这也是一个异托邦；正是从镜子开始，我发现自己并不在我所在的地方，因为我在那边看到了自己。”《间客》所建构的幻想世界，正是福柯所提及的镜子异托邦。而它要观照的，正是超脱于法律之外的最原始最朴素的道德准则。

科幻小说在中国的发展已经历经一百一十七年，其间历经了从乌托邦——反乌托邦——异托邦的叙事流变。现在科幻小说主流和网络都取得了不俗的成绩，集中体现在文学作为人学的终极意义：对人类自身的生存、发展及未来做出无数种可能性的设想，并最终返回到人自身。

（本节及第六章第一节作者：王金芝，广东省作协创研部干部，扬州大学现当代文学专业硕士）

第六章

镜像：经典评析

第一节　《将夜》对儒家人物形象的再创造及儒家精神内核的再演绎

中国网络文学规模之大、读者之众、影响之深远，远远超出评论家对其的重视程度，这大抵是因为网络文学作品大多是商业连载类型小说，呈现出与主流文学不一样的特征，其本身的商业性娱乐性大于内在的文学性，并且精品比较少。但是，随着网络文学的发展，涌现出大量“大神”作家，不止在商业上取得了巨大的成功，在文学性上也达到了令人瞩目的高度，猫腻就是其中的一个代表。

猫腻在网络文学界素有“最文青网络作家”之称，他迄今共创作了《映秀十年事》《朱雀记》《庆余年》《间客》《将夜》和《择天记》（连载中）等六部小说。其中《将夜》是猫腻2011年8月至2014年4月连载于起点中文网的一部东方玄幻小说，凡三百八十万字。这部玄幻小说排在“2016年度中国网络小说排行榜半年榜”（中国作协网络文学委员会主办）榜首，让猫腻收获了2011年“年度作家”（网络小说），2012年“年度作品”和“月票总冠军”。其获奖颁奖词由北京大学中文系副教授、北京大学网络文学论坛主持人邵燕君撰写，“继金庸之后，猫腻继承和发展了五四新文学运动以来中国现代类型小说的传统，并且具有‘土生土长’的网络原生性。其写作代表了目前中国网络类型小说的最高成就，显示出从‘大神阶段’跃进‘大师阶段’的实力”[①]。可谓是评价甚高。可以说，这部小说代表了中国网络文学从发轫到现今以来的最高成就。

---

① 邵燕君：《以“爽文”写“情怀”——专访著名网络文学作家猫腻》，《南方文坛》2015年第5期。

在《将夜》中，猫腻虚构了一个由昊天统治的世界，昊天是规则的化身、人间万物的主宰者。在人世间，有国有城有世俗凡人有修行者，有温暖平和冷酷冷血有七情六欲，也有战争杀戮灭绝人性。在《将夜》的世界里，最强大的国家是唐朝，最强大的势力是书院、道门、佛宗、魔宗四大势力。在这四大势力中，书院设立在唐朝，是唐朝的守护者，书院精神是唐朝的立国之本。《将夜》以浓郁的极富思辨性的笔墨呈现了昊天、书院、道门、佛宗、魔宗之间的理念冲突与战斗征伐。《将夜》塑造了数以百计的栩栩如生的人物形象，其中最引人注目的是，以孔孟及其门下弟子颜回、子路等儒家代表人物为原型，塑造出大批书院人物形象（夫子、大师兄李慢慢及二师兄君陌，及其他二层楼夫子亲传弟子，以及书院培养出来的众多大唐子弟）。可以这样说，猫腻在类型商业小说里塑造了并没有类型化且别具一格的人物形象，这些人物形象从不同的侧面对应着历史上儒家的人物形象，是儒家精神内核的体现和再演绎。

《将夜》是一部“爽文”（商业类型小说），其中有很多“嗨点”，这些“嗨点”堆积起来，导致了《将夜》的成功。其中有伏笔千里，令人脑洞大开的“升级打怪”（故事情节），有简单直接又富有思辨意味的语言，更有数以百计的栩栩如生的人物形象。猫腻自己在《无穷的欢乐——将夜后记》里说：“我较会写人，那些世俗的、琐碎的，我很擅长抓细节，因为我有生活呀，不管是酸辣面片汤，还是桌上的两盘青菜，不管是两口子的吝啬还是后来杯茶赐永生，都是我的嗨点和趣点。”以孔孟及孔门弟子为原型塑造的书院（书院二层楼）众人物形象也是最大的“嗨点和趣点”之一。恰如猫腻后记所说：“那是我理想中的夫子和门徒，或者说幻想中的，取了历史里的那些古人的某些气质，然后来愉悦自己的精神，幸运的是，我和你们在这方面始终是相通的，写的看的都很快活。”在2014年5月11日《将夜》完本的时候，猫腻跟粉丝有一个“《将夜》完本YY活动”，在跟“粉丝”交流的过程中，猫腻也明确说，夫子是孔子，小师叔轲浩然是亚圣孟子，大师兄李慢慢是颜回，二师兄君陌是优秀版的子路（见猫腻微信公众号）。可是我要说，夫子不是孔子，小师叔轲浩然不是亚圣孟子，大师兄李慢慢不是颜回，二师兄君陌也不是子路。因为猫腻并没有死搬硬套孔孟及孔门弟子的历史形象，而是将其历史形象中自己印象最深刻的部分掰烂揉碎，将其中最闪光最抓人的精神特质融进自己所塑造的人物形象中，从而达到“以点带面”的效果；另外，作者又不止于这闪光的一“点”，而是浓墨重彩，将这一“点”往大处高处奇绝处渲染，从而立住了人物，尤其是书院众人物形象，凭借自由和信仰的力量，个个丰富具体、有血有肉、光芒万丈。

一、夫子和孔子：主要精神特质的贯通

比起小说中其他的人物形象，关于夫子的直接描述并不多，猫腻大多采用“背面傅粉”方法，对书院在唐人心目中不可撼动的位置及对书院所秉持的“道理最大”（书院什么最大，道理最大）的坚守的描述，对书院二层楼十三位弟子不同秉性各有所长的生动描写，尤其是大师兄李慢慢“仁人”性格特征和二师兄君陌“志士”的性格特点，从而在侧面衬托作为书院的构建者及诸位弟子的老师的夫子的修为、性格、志趣及情怀。这都是从“背面傅粉”，侧面衬托染色，夫子的形象瞬间鲜明生动起来。夫子形象是在孔子“子温而厉，威而不猛，恭而安”[①]（论语述而篇第七）的基础上，更多截取和贯通历史中的孔子的精神特质。

首先是“崇高”，其中包含两个含义，一是精神的崇高，这反应到文本中就是夫子的修为及人格在唐人及修行者眼中很高。比如：

> 黄杨大师看着远处的碧空白云，感慨说道：“天启十三年春天，书院开学，陛下在书院主持典礼，我与国师在道畔离亭里下棋，我曾问他夫子究竟有多高。”
>
> 皇帝陛下问道：“青山如何答？”
>
> “国师老师曾经说过，夫子有好几层楼那么高。我当时说，二层楼就已经很高了，夫子居然有好几层楼那么高，那可是真高……然而如今看来，我们还是错了。”

① 杨伯峻译注：《论语译注》，中华书局2006年版，第77页。

“夫子究竟有多高？”

黄杨大师诚心赞道：“原来夫子有天那么高。”

这种高度并不仅仅是肉体的高度，而是夫子敢于逆天追求自由，在天破之际化身为月挡住所有陨石护住天下的壮举，是以天下为己任的胸怀及修为无边为国为民的精神境界。“孔子长九尺有六寸，人皆谓之‘长人’而异之”[①]，孔子在礼乐崩坏、列国混战之际游历六国，提出并弘扬“仁”学说，企图重建礼乐秩序的行为与夫子在本质上是相同的。在孔孟弟子及其再传弟子的心目中，孔子也是这样高大的形象：“仰之弥高，钻之弥坚，瞻之在前，忽焉在后”[②]（子罕篇第九）。其实在中国人（尤其是知识分子）的心目中，孔子一直是这样高大的形象。

其次是“事人”的态度和启蒙者的姿态。儒家讲究“修身齐家治国平天下”，“未能事人，焉能事鬼”[③]（先进篇第十一），这本身就是对“人”的关怀和积极入世的情怀。而孔子所处的时代和社会，恰逢奴隶社会崩溃而逐渐转化为封建社会，诸侯之间兼并战争时发，大国内部权臣或强大氏族之间你吞我杀频发。在这种动荡和变革的时代，百家争鸣，莫衷一是，孔子的志向是“老者安之，朋友信之，少者怀之”[④]（公冶长篇第五），但是他的思想及主张屡屡碰壁，在鲁国行不通，在齐国也碰壁，到陈蔡等小国更不必说，在卫国被卫灵公供养了很久，最终晚年还是回到鲁国，整理文献，著书立说，投身教育。他的一生，始终以启蒙者的姿态和昂扬斗志，创立了儒学，在中国人品格的塑造上用力甚巨。

而《将夜》文中夫子更是将这一特点发挥到极致，他修为的来源是“人间之力”，于是“带着宁缺和桑桑周游世间，去看那些最美的风景，吃最好的食物，过最有趣的日子，最后在雪海畔让他们成亲洞房”（《无穷的欢乐——将夜后记》，见猫腻微信公众号），利用饮食男女的力量，即人间的力量，将

---

① 司马迁著，韩兆琦评注：《史记》，岳麓书社2004年版，第761页。

② 杨伯峻译注：《论语译注》，中华书局2006年版，第90页。

③ 杨伯峻译注：《论语译注》，中华书局2006年版，第113页。

④ 杨伯峻译注：《论语译注》，中华书局2006年版，第52页。

桑桑（昊天）由神变成了人。这种人间的力量和孔子的“事人”为本在本质上也是相同的。《将夜》一开篇，便将全书的基调和背景通过两窝蚂蚁的争斗而点出，两窝蚂蚁为了争夺荒原上的“树根”，进行着激烈的战争，未几便蚁尸数千，血腥惨烈。“俗世蚁国，大道何如”，当人类自己构建的社会成灾，社会变得黑暗时，我们该怎么办？夫子及以其为代表的书院，不惧未知和昊天，追求人性、爱情和自由，并且以浩浩荡荡的人间之力，对抗强权和邪恶，夫子强者一怒，与天斗，启蒙众生。在《将夜》的世界里没有月亮，这也是一个很大的伏笔，直到夫子登天，化身为明月庇护人间，所以是“天不生夫子，万古如长夜”。

再次是将艺术气质生活化的“趣”。夫子是一个有趣的人，他去国游历，遇桃山美酒，遂切花饮酒，何等的潇洒不羁；回长安城首要事是先喝三壶松鹤楼春泥瓮存的新酒，酒量却极浅；不远万里跑到极北的热海只为吃到一条新鲜的牡丹鱼，似乎是一个彻头彻尾的“吃货”。他身材高大，修为极高，帮大唐建国建城，设立书院，阻荒人南下，逐知守观主陈某，逆天而行，用的兵器却是极为朴实可笑的短木棒。孔子其实也是一个有趣的人，他注重养生，提倡“食不厌精脍不厌细”①（乡党篇第十）、“不撤姜食”②（乡党篇第十）；他嗜好音乐，闻韶乐而“三月不知肉味”③（述而篇第七）；他和别人一起唱歌，如果别人唱得好，便请那人再唱一次，自己跟着和唱起来（“子与人歌而善，必使反之，而后和之”④，述而篇第七）；游说列国时，被人形容“累累若丧家之狗”，孔子听说后，欣然笑曰：“然哉！然哉”⑤，这是略带感伤的幽默；在授课的时候由于前言不搭后语，不能自圆其说，被弟子子游发现了，孔子便说“前言戏之耳”⑥（阳货篇第十七），这是带有诙谐意味的狡黠。

---

① 杨伯峻译注：《论语译注》，中华书局2006年版，第102页。

② 杨伯峻译注：《论语译注》，中华书局2006年版，第103页。

③ 杨伯峻译注：《论语译注》，中华书局2006年版，第70页。

④ 杨伯峻译注：《论语译注》，中华书局2006年版，第75页。

⑤ 司马迁著，韩兆琦评注：《史记》，岳麓书社2004年版，第769页。

⑥ 杨伯峻译注：《论语译注》，中华书局2006年版，第182页。

二、书院众人物形象群像

（一）小师叔和亚圣孟子：主要精神特征的传神勾勒

小师叔在书院是仅次于夫子的传奇人物，虽然涉及他的笔墨较少，但是栩栩如生地刻画出了一个“指天呵地”的狂悖叛逆者的形象。猫腻精准地抓住了小师叔的原型孟子这一特点，就是性格刚烈，多出暴烈之语，《孟子》中甚至多次出现毫不客气的骂人之语，比如他抨击杨朱墨翟，“杨氏为我，是无君也；墨氏兼爱，是无父也。无父无君，是禽兽也”[①]（滕文公下）。诸如此类骂人的话数不胜数。

（二）大师兄和颜回：至纯至仁的复制贴合

大师兄李慢慢是以颜回为原型塑造的人物形象，也是在神韵上跟颜回最贴合的一个人物形象，你甚至可以在李慢慢的衣服上找到一块补丁，这恰好印证颜回的“安贫乐道”的“贫”，虽然这种印证稍显生硬。《将夜》中的大师兄，之所以是“大师兄”，“无论修行境界弈棋弄琴绘画绣花还是烹饪，他都排在第一”，这是他的本领修行；“大师兄做事很认真，非常认真，所以他做事很慢，非常慢”，这是他的认真严谨；他的笑是温和的，他的神情是刚毅的，他的语气是从容的，他的目光和笑容是干净的，猫腻有意识将其塑造成一个温润君子形象；他没有打过架、杀过人，讲经首座更是这样评价大师兄，“刚毅木讷，是为仁。”这就是大师兄的形象：安贫乐道、温和、平静、木讷、温润君子，简直就是“仁”的化身。这种“仁人”形象，基本上和历史中的颜回形象达到了高度统一。在《论语》中，颜回是孔子的得意门生，勤奋好学，安贫乐道，修养极高，他对以“仁”为核心的儒家思想有深入的理解，并且将“仁”贯穿于自己的行动和言论之中，得到了孔子的盛赞，“有颜回者好学，不迁怒，不贰过”[②]（雍也篇第六），“回也，其心三月不违仁”[③]（雍也篇第六），“贤哉，回也！一箪食，一

---

① 金良年译注：《孟子译注》，上海古籍出版社2004年版，第139页。

② 杨伯峻译注：《论语译注》，中华书局2006年版，第55页。

③ 杨伯峻译注：《论语译注》，中华书局2006年版，第57页。

瓢饮，在陋巷，人不堪其忧，回也不改其乐。贤哉，回也”[①]（雍也篇第六），“语之而不惰者，其回也与”[②]（子罕篇第九），“惜乎，吾见其进也，未见其止也”[③]（子罕篇第九）。康有为曾经说，“孔门多弟子，而孔子所心心相印者惟颜子一人”[④]。

（三）二师兄君陌和优秀版的子路：骄傲自信视冠如命

二师兄的“黑发被梳的整整齐齐，一丝不苟垂在身后，不向左倾一分，也不向右倾一分”，头上戴着一顶很像一根棒槌的古冠，做起事情来一板一眼；为人说话行事向来直接；因为对夫子的信仰和对书院实力的自信，从来不畏惧道门、佛宗、魔宗、唐朝等势力；在面对浩浩荡荡的神殿大军时，他一马当先，带领师弟师妹们据地而守，表现出面临强敌时的莫大勇气和智慧。

子路是《论语》中出现次数最多的弟子之一，他“性鄙，好勇力，志伉直，冠雄鸡，配豭豚，陵暴孔子”[⑤]（仲尼弟子列传），“君子死，冠不免”[⑥]（左传·哀公十五年），子路给人留下的印象也是豪爽，敢于直言，勇敢但是鲁莽。二师兄毫无疑问就是优秀版的子路，丢掉了子路最大的缺点（好勇，鲁莽），保留了子路的服饰装扮风格，敢于直言，勇敢的性格，新增了骄傲智慧，方正守礼，严谨肃穆，以及匹夫抵挡千军的勇毅。

（四）书院其他弟子和孔门弟子：具有独立人格的个体以及具有儒家鲜明精神特征的群体

《将夜》属于网络商业类型小说的范畴，但凡是这类小说，故事情节之曲折精巧，小说人物之鲜明生动，都有不俗的成绩。《将夜》在塑造人物上更是其中佼佼者。《将夜》中的每一个人物，不管是主角配角，不管是滔滔

---

① 杨伯峻译注：《论语译注》，中华书局2006年版，第59页。

② 杨伯峻译注：《论语译注》，中华书局2006年版，第93页。

③ 杨伯峻译注：《论语译注》，中华书局2006年版，第93页。

④ 康有为：《论语注》，中华书局1984年版，第137页。

⑤ 司马迁著，韩兆琦评注：《史记》，岳麓书社2004年版，第984页。

⑥ 左丘明传，杜预注：《春秋经传集解》，文学古籍刊行社，第2148页。

千言还是寥寥数语，都能精准地反映出一个人物的性格和姿态。书院众弟子不仅包括二层楼夫子亲传的十三个先生，还有书院招收的大量大唐子弟。书院的教学内容基本上是按照《论语》中提及的“六艺”课程设置的，兴于诗，立于礼，成于乐。在作者的笔下，在这种教学体系下成长起来的书院弟子们，基本上具有独立的人格、对某一专长保持持续的浓厚的兴趣，甚至于达到“痴”的程度、对国家持有强烈的责任心。这些都完全符合儒家所谓的“求智问学”“独善”“兼济”“实践理性”等文化特质及人格建树。从魔道转到书院的三师姐余帘，专注于推演沙盘的四师兄，下棋下到连吃饭都经常忘记的五师兄和八师兄，专于打铁（盔甲兵器）的六师兄，潜心研修阵法的七师姐木柚，痴于音律（箫琴）的九师兄北宫未央和十师兄西门不惑，醉心于格物致知的十一师兄王持，聪明绝顶不二天才的十二先生陈皮皮，以及性格最为复杂的男主十三先生宁缺。宁缺杀过很多人，做过很多恶事，搜刮死者的财产，甚至吃过人肉，但这些都是为了活下去，他本人也为此心里惴惴然。因为为了生存而一直手里握着刀的宁缺是兽性的，可是桑桑给了他爱，他也回应这种爱，为了桑桑远走天涯，遭到全天下人的围堵追杀，他不仅爱桑桑，他还爱渭城，爱书院，爱大唐，所以为了这些爱，他，还有他的师兄师姐们，全部变成了大唐的守护者，承担起守护大唐及大唐人民的责任。不止于他们，还有大唐最普通的百姓杨二喜，书痴老先生，书院新一代的弟子张三李四王五，他们在书院精神即儒家文化的熏陶下，全部是人格健全的人。猫腻截取了孔孟及孔门弟子历史人物形象最闪亮最令人印象深刻的那一点精神特质，揉进书院众人物形象当中去，成就了一大批栩栩如生的人物群像。

鲁迅先生说过，“有我所不乐意的在天堂里，我不愿去；有我所不乐意的在地狱里，我不愿去；有我所不乐意的在你们将来的黄金世界里，我不愿去”[①]（影的告别）。现在的网络商业类型小说的读者有三点零八亿，说明网络文学里面有读者所乐意的东西。《将夜》作为一部优秀的东方玄幻类型小说，在网文商业化的“嗨点”的基础上，增加了人文的“嗨点”，将儒家传精

① 鲁迅：《鲁迅全集》（第二卷），人民文学出版社，第165页。

神内核贯穿于人物形象的塑造中，将深植于国人血液中的深受儒家精神浸淫的精神内核和人格特征在小说里深度抒写，这种再演绎引发了读者对儒家精神在网络时代的重新体认。不管怎么说，这种创作对于现在泥沙俱下，同质化十分严重的网络文学来说，是一个值得高兴的好现象，这也从另一个侧面说明了网络文学对优秀文化传统的继承和联系。

第二节　语言的幻觉

——《明朝那些事儿》第一部论析

《明朝那些事儿》是中国明史学会会员、青年历史学者当年明月创作的一部历史题材小说，因其拥有专业性和创新性书写的优点，且迎合了当下读者对“国学热”“历史热”的认可和推崇，自2009年完稿出版后，该书先后斩获当当网“终身五星级最佳图书”、“卓越亚马逊畅销书大奖”、2007年-2011年度系列畅销书第一名，并多次获得“新浪图书风云榜”最佳图书等荣誉。小说亦成为了一个重要的文化现象，引起诸多学者从语言特色、思想艺术、小说笔法等方面对文本进行研究。本文尝试以文史交错的“文史互证”理论为切入点，论析《明朝那些事儿》第一部中的语言幻觉。

一、历史的文学性与文学的历史性

“对历史而言，文学不是次等的被动存在物，而是彰显历史真正面目的活生生的意义存在体。”[①]新历史主义将文学视作一个符号象征系统，这一系统可以超越时间和空间的界限来解读历史，并赋予某一特定历史时刻的事件观念层面上的意义。蒙特洛斯把这种文史的互相交错分为“历史的文学性”与“文学的历史性”两个方面，“历史的文学性”即历史需要被文学选择性地阐释，“批评主体根本不可能接触到一个所谓全面而真实的历史，或在生活中体验到历史的连贯性，如果没有社会历史流传下来的文本作为解读媒介的话，我们根本没有进入历史奥秘的可能性”[②]。“文学的历史性”即“个人体验的文

① 王岳川：《后殖民主义与新历史主义文论》，山东教育出版社1999年版，第182页。

② 同上，第185页。

学表达总是具有特殊的历史性，总是能表现出社会与物质之间的某种矛盾现象。这些现象见诸所有的书写模式中，不仅包括批评家研究的作品，而且也包括研究作品的文本环境。书写模式中的历史的、社会的、物质的情景，构成了所谓的文学的历史性氛围”[①]。《明朝那些事儿》作为兼备明史的文学性和小说的历史性的文本，正身陷这种文学与历史的双重幻觉中。当年明月是明史研究者，创作时坚持“忠于历史”的原则，他在“引子”中这样写道：“要说明的是，这篇文章是描写正史的，资料来源包括《明实录》《明通鉴》《明史》《明史纪事本末》等二十余种明代史料和笔记杂谈，虽然用了很多流行文学的描写手法和表现手法，但文中绝大部分的历史事件和人物，甚至人物的对话都是有史料来源的。”[②]他甚至在文中好几处对话后面附上“注意，这个是实数”[③]。“深入漠北，无所得，遽班师，何以复命。”[④]“诏内外狱无得上锦衣卫，大小咸经法司。”[⑤]之类的说明或原句来标示文本的“正史”属性。除了以真实的史料为原料外，当年明月的创作亦辅之以小说的笔法和对人物心理的主观分析，由此又产生种种想象和虚构。这种将历史考据与小说的审美想象结合起来的写作策略，在一定程度上属于梁启超所提倡的“以小说来证史”的“文史互证”的研究范畴。

梁启超在《中国历史研究法》里提出，“须知作小说者无论骋其冥想至何程度，而一涉笔叙事，总不能脱离其所处之环境，不知不觉遂将当时社会背景写出一部分以供后世史家之取材”。[⑥]如神话小说《山海经》虽有荒诞虚妄之嫌，其真实的历史性却不容小觑，史学家们确能从中挖掘许多贵重而神秘的史料；再如曹雪芹的《红楼梦》文本故事虽属虚构，但却能反映康雍乾盛世及当时上层社会的文化生活状态，其对贵族官僚大家庭盛衰历史的描写，也揭示了封建社会日趋腐败和衰落的危机。当年明月亦将《明朝那些事儿》定位为

① 王岳川：《后殖民主义与新历史主义文论》，山东教育出版社1999年版，第185页。

② 当年明月：《明朝那些事儿》，北京联合出版公司2001年版，第7页。

③ 同上，第47页。

④ 同上，第244页。

⑤ 同上，第273页。

⑥ 梁启超：《中国历史研究法》，上海古籍出版社2001年版，第53页。

“意义增殖”的文本，欲通过小说的笔调来满足读者阅读的审美体验，进而让读者达到接近历史本相的目的：了解明朝重要人物的命运、揭露官场政治谜团、理清当时政治经济制度的演变等。《百家讲坛》主讲人毛佩琦更是在小说的序中给予了文本很高的评价：“明月的写作不仅笔锋活泼幽默，而且加进了自己的感悟，这就拉近了作者与读者的距离，也拉近了古人与今人的距离。布帛菽粟，生老病死，悲欢离合，喜怒哀乐，古人原无异于今人，真能深入古人的情境和内心，历史就活了起来。”[①]

客观而言，当年明月确实兼备文史皆通的学术修养和文史沟通的研究能力，然而《明朝那些事儿》中文史互证的写作模式却在一定程度上忽视了历史与文学的范式差异，从而使文本陷入了语言的幻觉中。正如王阳提出：“历史叙事与文学叙事的视角关系在性质上属不同类型，不可互相转换。历史叙事要求在实证性和客观规律性的基础上建立史实‘真实性’的分辨尺度，而文学仅在形象性和直观感性的前提下谈论‘本质’的‘真实性’标准。两者之间关于‘真实’概念存在着本质的差异，因而在使用范式方面不可通约。”[②]文学中所阐释的历史情境往往不是历史真相，这亦是文史互证方法的局限所在。私以为，最好的方式或许是让历史的归历史，让文学的归文学，如将西晋史学家陈寿所著的《三国志》看作历史读本，将元末明初罗贯中以其为史料支撑所著的《三国演义》看作文学读本。

毕竟历史言说与言说历史不同。人们言说历史，千言万语，各持己见，滔滔不绝，文学言说历史，故事与人物粉墨登场，最终却不过是语言的狂欢与语言后的空虚。如中国原始的神话传说和歌谣，最初都只是在人们劳动的过程中口头流传，多因时代久远、口耳相传导致内容或形式的变异，最终经过漫长的时间用文字记下的一鳞半爪已经难以认定为其原貌。所以，只有建立在史实与史笔（实事求是的笔法）的基础上的史识，才能真正洞察历史。然而，当所有历史都成为文学之后，文学也会成为历史的一部分——属于历史的文学部分。文学想超越历史，最终亦超越不了历史。此外，历史本身的言说就是不言说，大音希声，以历史事件与人物来展示，以沉默来默默承认，或者以沉默来

① 当年明月：《明朝那些事儿》，北京联合出版公司2001年版，第5页。

② 王阳：《文史互证的极限》，《文史哲》1999年第5期，第5页。

冷冷嘲笑。

二、想以戏谑化的语言来重建历史，但历史拒绝重建

与正襟危坐、刻板庄重的史书典籍不同，当年明月在对明朝近三百年历史的书写中投入了不少个人的心灵体验，同时赋予诙谐风趣的笔法，迎合了网络文学的趣味性，亦成就了文本：《明朝那些事儿》最初在天涯社区“煮酒论史”板块连载时就颇受读者喜爱，曾创下二千万的点击率记录，出版后又销量过千万，几年间成为人尽皆知的“时髦书”（所获荣誉在此不再赘述）。然而，当年明月对历史本相如此通俗化的解读，却不可避免地使文本出现语言的幻觉的第二个方面：想以戏谑化的语言来重建历史，但历史拒绝重建。

其一，语言口语化改变不了历史的沉重。在《明朝那些事儿》中，当年明月采用了许多趣味横生的口语化语言，以此来消除文本的庄重，可这样的书写却仅仅能够拉近与读者的阅读距离，根本无法改变文字背后沉重的历史。如“朱元璋从小吃苦耐劳，小伙子身体棒，精神劲儿足，饭量大，一顿能扒好几碗，他不但是铁人赛的冠军级选手，估计练过长跑，耐力还很强，在他看来，把丞相赶回家，也不过是多干点活，自己累点，也没什么。于是历史上就留下了劳模朱元璋的光辉事迹”①。乍一看是作者对朱元璋心系国家的调侃式赞美，其实却是朱元璋为了独揽政权，步步为营，最终废除丞相制度后不得不啃的“苦果”。而这一皇帝和丞相之间权利制衡关系的解除，又是以诸多生命的牺牲为代价的。除了处死胡惟庸三族以外，朱元璋还利用胡惟庸案，将专横跋扈或对专制制度有威胁的文武官员、士族地主都陆续列为胡党处死或抄家。朱元璋甚至在洪武二十三年（1390）诛杀曾功居第一的韩国公李善长三族七十余人。“从洪武十三年（1380）案发，连续查了好几年，被杀者超过一万人。”②

再如：“那举人怎么才能当官呢？很简单，当官的人死了，你就有机会了。所以你如果在明朝去参加某位官员的追悼会，看到某些人在门口探头探

① 当年明月：《明朝那些事儿》，北京联合出版公司2001年版，第194页。

② 同上，第191页。

脑，面露喜色，要不是和这家有仇，那一般就都是举人。现在大家知道为什么范进同志考中举人后会发疯吧，换了你也可能会疯的。”[①]“在说下一关之前，我们要介绍一下科举考试的考场，当时的考场可不是今天光线明亮的教室，还有一大堆家长在外面抱着西瓜等你。明代考试的考场叫做贡院，其实从结构环境来看，可以称其为牢房。贡院里有上万间房间（大家可以估计一下录取率），都是单间。有人可能觉得单间很好，别忙，我来介绍一下这是个什么样的单间，这种单间叫做号房，长五尺，宽四尺，高八尺……考生在进去前要先搜身，只能带书具和灯具进去，每人发给三支蜡烛，进去后，号门马上关闭上锁，考生就在里面答题，晚上也在里面休息，但由于房间太小，考生只能蜷缩着睡觉，真是要多难受就有多难受。”[②]这两段话出现在作者介绍明朝科举制度的部分，虽以诙谐幽默的口语化语言呈现，却也掩盖不了读书人为仕途备考之枯燥，生存之艰辛，条件之恶劣等史实。明朝的科举考试分为三级，分别是院试、乡试和会试，通过会试的精英有机会参与殿试，最后榜上有名的三甲才会被派任低级的官职。然而历经千辛万苦走到这一步，后来朱元璋又给学子们设置了一道最困难的关卡：八股。八股文拥有三大限制：形式限制、思想限制、出题限制，书写难度极高。诸多弊端亦导致许多选出来的英才都只是于现实社会无用的“书呆子”，“著名的明朝学者宋濂形容过八股选出来的某些人才‘与之交谈，两目瞪然视，舌木强不能对’，活脱脱一副白痴面孔”[③]。八股文的推行甚至是阻碍社会发展的重要原因，明末清初的思想家顾炎武就曾痛斥：“八股之害等于焚书，而败坏人才有甚于咸阳之郊，所坑者但四百六十余人也。”[④]

其二，语言现代化改变不了历史的过去。《明朝那些事儿》中不乏用现代的文化诠释古代的内容，首先是现代表格的运用。如小说开头用档案和漫画的形式介绍主人公朱元璋的血型、学历、家庭出生、生卒年、社会关系、座右铭等基本信息，有趣的是朱元璋生平的主要事迹以他在大山之下俯视一只小狮

① 当年明月：《明朝那些事儿》，北京联合出版公司2001年版，第164页。

② 同上，第164页。

③ 同上，第171页。

④ 顾炎武：《日知录集释》，岳麓书社1994年版，第591页。

子的模样为背景图，似乎象征着他的神威英武和对皇权的志在必得。第一〇六页，作者用图表从起因、阵营、结果三个方面来对鄱阳湖之战进行战况分析。如此，朱元璋和陈友谅为何决战，朱营为何以区区二十万兵力导致拥有六十万兵力的陈营全面崩溃，以及朱元璋在军事领导上有什么天赋等问题的答案便一目了然。再如第一五一页，作者附上六幅图，分别对应六个年级来标明“名将是怎样炼成的”，从理论学习到实操训练再到心智的锻炼，最终得出了“所以名将之路是一条艰苦的道路，非大智大勇、大吉大利之人不能为”①的结论，还有第一六六页作者用表格介绍明朝严苛的科举制度，第一九五页用图表对比朱元璋废除丞相制度后各大机构权力的变化，第二五七页用表格概述蓝玉案的始末等等。这些以图表进行说明的写作形式使读者在阅读时能更为直观地联想起文字背后的历史形象和情境，同时更易理解小说中错综复杂的历史人物和事件，给读者的阅读起到了很好的辅助作用。

此外，小说中还有不少现代语言的运用，加强了历史的现场感。如“在游方的生活中，朱重八只能走路，没有顺风车可搭，是名副其实的旅行”②，“顺风车”“旅行”等现代用语有助于读者体会朱重八化缘之艰辛；再如作者在介绍朱元璋废除丞相后设立的“内阁大学士”一职时，“他们无孔不入，无所不管，他们不但管理国家大事，还管理皇帝的私事，他们不准皇帝随意骑马游玩（正德），不准皇帝吃伟哥（隆庆），不准皇帝选择自己的继承人（万历）……朱元璋来到历史的商店，想要买一块肥皂，历史辩证法却强行搭配给他一卷手纸”③。在这段话中，作者将皇帝出巡改为“骑马游玩”，热衷春药说成“吃伟哥”，“商店”“肥皂”“卷手纸”等今词古用的写作策略更是直接拉近了读者与历史的距离，令人在忍俊不禁中读懂历史；还有“在战斗电影中，到这个时候，经常会出现以下的场景：一个战士满脸愤怒的表情，对部队的指挥官（一般是排长或连长）喊道：‘连长，打吧！’另一个战士也跑上来，喊道：‘打吧！连长！’众人合：‘连长，下命令吧！’这时镜头推向连长的脸，给出特写，连长的脸上显现出沉着的表情，然后在房间里踱了几个

① 当年明月：《明朝那些事儿》，北京联合出版公司2001年版，第154页。

② 同上，第18页。

③ 同上，第196页。

圈，用沉稳的语气说道：‘同志们，不能打！’剧情的发展告诉我们，连长总是对的。这并不是开玩笑，当时的蓝玉就面临着连长的选择”[①]。当年明月在此直接采用战斗电影中会出现的桥段，生动形象地反映了蓝玉在粮食缺乏和水源殆尽的困境下思考军队是否前进的痛苦和犹豫。另，小说中还融入了“公务员”“股份”“黄金旅游景点”“城市户口”等充满语言张力的现代用语，代替了古代晦涩难懂的词语或事物，使得文本更显活泼和通俗易懂。

然而，历史作为形而上的存在，是无法复制或改变的。《明朝那些事儿》固然通过许多现代化色彩语言的运用来破除历史的神秘性，亦呈现了一定的历史真相，或历史的“再创造”，但这仅仅停留在“描写”历史的表层，而非回到过去“改变”或“重建”历史。

三、想把历史写得好看，但历史本身并不好看

“我写文章有个习惯，由于早年读了太多学究书，所以很痛恨那些故作高深的文章。其实历史本身很精彩，所有的历史都可以写得很好看，我希望自己也能做到。”[②]当年明月在《明朝那些事儿》的“序”中写了自己的创作愿望：将历史写得好看。现今学者们对这部小说的解读也多从“好看”入手，如赵勇的《“好看”的秘密——〈明朝那些事儿〉的文本分析》指出，小说“好看”的秘密正在于它“以化重为轻、化难为易、化陈腐典籍为话语奇观等方式制造出一种名副其实的‘悦’读‘笑’果”[③]；孙小超的《〈明朝那些事儿〉幽默风格成因探析》提出“小说的幽默风格，主要是通过情节选择和修辞手段的运用实现的，而这种尝试，使历史有了更好的表现形式，为人们轻松获取知识提供了方便”[④]；万昭莹、叶玉的《通俗史论中的小说笔法——以〈明朝那

① 当年明月：《明朝那些事儿》，北京联合出版公司2001年版，第243页。

② 同上，第7页。

③ 赵勇：《“好看”的秘密——〈明朝那些事儿〉的文本分析》，《文艺争鸣》2010年第5期，第141页。

④ 孙小超、都海虹：《〈明朝那些事儿〉幽默风格成因探析》，《新闻爱好者》2009年第22期，第173页。

些事儿〉为例》[1]从“现代诙谐历史”“通俗平民写史”和“心灵成长写史”三个方面分析当年明月将文本写得好看和精彩的原因。然而笔者认为，《明朝那些事儿》既然已经成为社会的一个重要的文化现象，我们在关注其小说笔调的“文学性”是否精彩之余，也不应该忽略文本背后的历史本身并不好看的事实。

首先，《明朝那些事儿》并不和平，文本中穿插着许多血腥残暴的战争。这些战争作为权力拥有者争夺江山的筹码，产生的频率和规模可谓是“丧心病狂”，由此导致多少家庭支离破碎？又有多少士兵命丧黄泉？答案自然是数不胜数。回到文本：嗜好杀戮的常遇春在打败陈友谅的军队后，大开杀戒，竟连夜将三千俘虏活埋；龙湾之战后，“汉军在战场上留下了两万具尸体、七千名俘虏”[2]；在鄱阳湖之战中，作者对作战中的士兵的描写充满无奈与凄凉之感，他们本是无辜的普通人，却被迫淌进统治者设计的尸山血河中冒险拼命，“数十万人手持刀剑，拼死厮杀。他们彼此并不认识，也谈不上有多大仇恨，但此刻，他们就是不共戴天的仇人，死神牢牢抓住了每一个人，士兵的惨叫声和哀号声让人闻之胆寒”[3]；在捕鱼儿战役后，蓝玉彻底击溃北元，“此战彻底歼灭了北元的武装力量，俘获北元皇帝次子地保奴、太子妃并公主内眷等一百余人、王公贵族三千余人、士兵七万余人，牛羊十余万头……”[4]此外，“尸体堆成山”“拼死厮杀”“全军覆没”“损失惨重”“屠城”“十万大军仅剩十人”等语句在小说中随处可见，由此，文字背后血流成河的历史确实不忍卒读。

其次，《明朝那些事儿》充满着贪官们自私贪婪和欺诈谋权的丑恶嘴脸。作者在小说第二〇四页介绍了官员贪污的方法：折色火耗与淋尖踢斛。“折色火耗”即官府打着熔锻碎银的损耗的名义多征赋税；“淋尖踢斛”即官吏通过踹斛，将倒在地上的谷粒纳为粮食运输中的损耗并当作自己的合法

① 万昭莹、叶玉：《通俗史论中的小说笔法——以〈明朝那些事儿〉为例》，《传奇·传记文学选刊》2011年第3期，第25页。

② 当年明月：《明朝那些事儿》，北京联合出版公司2001年版，第71页。

③ 同上，第104页。

④ 同上，第248页。

收入的行为。这两种方法将贪官们绞尽脑汁压榨钱财的奸诈模样描绘得淋漓尽致，尽显人性之险恶。此外，文本还记述了许多贪官腐败的具体事例：如元至正四年（1344），黄河泛滥，沿岸山东河南几十万人沦为难民，除此之外淮河沿岸又遭遇着严重瘟疫和旱灾，然而面临这些天灾，却因为政局腐化，赈灾物资遭到层层盘剥克扣，“皇帝（元顺帝）要下诏赈灾，中书省的高级官员们要联系粮食和银两，当然了，自己趁机拿一点也是可以理解的。赈灾物品拨到各路（元代地方行政单位），地方长官们再留下点，之后是州、县，一层一层下来，到老百姓手中就只剩谷壳了”[①]。导致伏尸处处、饿殍遍野、民众易子而食的悲惨局面。再如元朝命令沿岸十七万劳工修河堤时，各级官吏丝毫没有“父母官”的良善之道，异常兴奋的原因居然是“皇帝拨给的修河工钱是可以克扣的，民工的口粮是可以克扣的，反正他们不吃不喝也事不关己，这就是一大笔收入；工程的费用也是可以克扣的，反正黄河泛滥也淹不死这些当官的”[②]。更为讽刺的是，朱元璋虽然严厉打击官场的贪污腐败现象，并实施了许多刑罚，如凌迟、抽肠、刷洗、阉割、挖膝盖等，“然而在这些令人生畏的死亡艺术前，官员们仍然前‘腐’后继，活像一群敢死队，成群结队地走到朱元璋的刑具下。自明朝开国以后，贪污不断，朱元璋杀不尽杀，据统计，因贪污受贿被杀死的官员有几万人，到洪武十九年（1386），全国十三个省从府到县的官员很少能够做到满任，大部分都被杀掉了”[③]。官员们“朝获派，夕腐败”的人生信条实在令人不解。

再者，朱元璋巩固皇权的目的，是在诸多杀戮残暴的冤案辅助之下逐渐达成的。如发生在洪武九年（1376）的空印案，朱元璋将地方计吏持空印文册至户部报告财政账目的做法视作藐视自己皇室权威的行为，竟把所有主印官员处死，副手打一百杖充军，除此之外，各省按察使司的言官也因“监管不力”而获罪。再如洪武十八年（1385）的郭桓贪污案，在朱元璋编的《大诰》中，详细列举了郭桓贪污的方式和数量，“最后算出总账，他和同党一共贪污了两千四百多万石粮食”[④]。“经过朱元璋的追查，六部的大多数官员都成为了郭

① 当年明月：《明朝那些事儿》，北京联合出版公司2001年版，第15页。
② 同上，第23页。
③ 同上，第213页。
④ 同上，第221页。

桓的同党！”[①]此案以三万余人的死亡告终。然而如此触目惊心的贪污数量和人数背后却存在着许多疑点：其一，当年明朝一年的收入也只有两千四百多万石粮食，且“胡惟庸案件”刚刚消停，朱元璋又设立了锦衣卫，郭桓区区一个侍郎从何来的胆量贪污明朝一年的收入？其二，郭桓贪污的同党之多为何涉及礼部、刑部、兵部、工部、吏部？实在令人费解。另，朱元璋的心性越发极端，就连在胡惟庸案和肃贪的背后，也附带了许多错杀和冤枉的案例，导致“很多人就此给朱元璋安上了‘屠夫’、‘杀人狂’的名字”[②]。

故此，即使当年明月的《明朝那些事儿》一反传统历史小说的枯燥无味，致力于在没有背离史实的基础上把明朝历史书写得绘声绘色，却始终无法掩盖精彩的文本背后人物和历史事件本身并不好看的事实，这便是语言的幻觉的第三个方面。

结　语

当年明月的《明朝那些事儿》作为网络小说，试图以通俗化的现代语言和大众化的时尚思维来书写明朝的故事，进而达到还原明朝历史原貌的效果，并激活读者了解历史的兴趣。其初衷固然是好的，然而“文学”与“历史”间的沟通却是不易的。在诸多史料的充实下，小说虽然具有历史的厚重感，但这并不代表文本内的虚拟世界已经与历史的现实世界完全融合。文本内“文史互证”的局限，“想以戏谑化的语言来重建历史，但历史拒绝重建”的尴尬，以及“想把历史写得好看，但历史本身并不好看”的沉重，都是语言的幻觉的体现。

（本节及第七章第五节作者：黎保荣，肇庆学院文学院教授，中国现当代文学教研室主任，文学博士；本节第二作者及第七章第二节、第十节作者：张佳丽，广东技术师范学院文学院硕士研究生）

① 当年明月：《明朝那些事儿》，北京联合出版社2001年版，第221页。

② 同上，第225页。

第三节　盗墓想象和解密视域下的“精绝”故事：《鬼吹灯之精绝古城》

在新世纪的文学创作中，“盗墓文学”的异军突起，给网络文学的创作带来了新的生机、活力和发展可能性。“盗墓文学”的兴起是自发的，具有很大的偶然性，充满了民间意识和娱乐精神。网络文学一度被极力嘲讽、否定和批评，但它发展到今天已经获得了广大读者的充分认可和批评界的认同。有意味的是，网络文学被正名之后，反而显得有些活力不足。在这种情况下，网络文学需要寻求新的突破和发展路向，所以很多作者都在思考以通俗性为特征的网络文学如何真正与它的阅读对象——网民紧密结合、互动起来，在这种情况下，以天下霸唱（张牧野）为代表的《鬼吹灯》系列小说在网络上的不断更新、修润、延展和爆红，使得这一问题的解决在创作上得到了回应。2006年年底，“鬼吹灯”系列小说第一本实体书《精绝古城》出版。这部小说告诉我们，盗墓是一门进行破坏的技术，在这一过程中，盗墓者会经历种种诡异离奇的事件，这些事件被讲述出来都是令人惊心、咂舌的“鬼故事”，但经过解密之后就会发现“鬼事”的背后都是“人事”。在这种意义上，《鬼吹灯之精绝古城》（以下简称《精绝古城》）所彰显出来的其实是一些充满盗墓想象和解密视角的“精绝”故事，而故事的背后则是细腻真切的生死体验和丰盈杂糅的民间文化意蕴。

一、盗墓想象和文学虚构的交集与碰撞

中国有悠久的墓葬习俗，它们是中国传统文化的一个重要组成部分，揭

示了中国古人的价值观、生死观和世界观。由于古人认为死去的祖先会继续保佑后代，所以在有条件的情况下会尽量选择“隆丧厚葬”，且生者须将死者按照一定的程序和规定进行安葬，进而形成了日益严密的丧葬礼俗制度。《荀子·礼论》：“丧礼者，以生者饰死者也，大象其生以送其死也。故〔如〕事死如生，〔如〕事亡存，终始一也。”[①]也就是说，古人对待死者要像对待生者那样，因为“死”并非生命的完结，而是一场新的生命旅行的开始。“隆丧厚葬”固然体现了国人“死者为大”的观念，但也催生了一门特殊的行业——盗墓。尽管历朝历代的社会舆论对盗墓者都进行了口诛笔伐，甚至动用国家法律进行严惩，但盗墓现象依然屡禁不止。颇具讽刺意味的是，由于盗墓现象是一种见不得光的行为，所以带有极大的神秘性，而盗墓题材小说以追求神秘性和新鲜感为终极目标，这迎合了通俗文学读者的窥探和猎奇心理，因此很容易获得读者的青睐。当然，天下霸唱并没有盗墓的经历，他所写的多是听来和想象的，出于小说“合法”的虚构功能，因此读者并不会纠缠其小说情节的真实性。在网络文学世界里，想获得网民欢迎的关键点在于故事要好看，以是观之，《精绝古城》在互联网上刚一连载即备受网民热捧的原因并不复杂。

应该说，“隆丧厚葬”的观念在现代社会渐渐失去了市场，但作为其对立面的盗墓现象依然猖獗，这源于人们对金钱的渴望和对自我欲望的纵容。最关键的是，盗墓作为一种民间习俗本来就很有吸引力，设若没有吸引力的话，它早就自生自灭了。如果从文明和法律的视角来看，盗墓行为是野蛮的、非法的，它理应被消灭，但真正懂得民间心理的作家并不这么思考问题，他们会追问一些我们无法回避的问题：盗墓贼不仅会被千夫所指，甚至会被处以极刑，盗墓是如此的糟糕和野蛮，但为什么这种习俗或曰行为却屡禁不止？除了意欲求取金钱和欲望的满足之外，推动世人冒死盗墓的动力到底是什么？这种习俗或曰行为有没有存在合理性？这些问题过去没有那个网络写手仔细想过，但天下霸唱认真思考了。这与他的阅读趣味和人生经历直接相关。幼时对“怪力乱神”故事的迷恋，与盗墓者的“密切接触”，尤其是跟随父母所在地质队到处奔波的经历，令他不但看到了很多古墓，更听到了众多深山老林里古墓的传说，这些都激发了他无穷的好奇心，并促使他走上了写作道路，于是“未知领

① 叶绍钧选注：《荀子》，崇文书局2014年版，第87页。

域中的神怪、逐渐消失的风俗文化及探险者的人性”都成了他的写作素材，而对神秘事物不竭的兴趣正是他与其他网络作家的根本区别，这正如有人所说的那样：“他对神秘事物和写作有着无法割舍的情感，正是这一点，使他和别的网络作家区隔开来。”[①]这一方面意味着天下霸唱的创作受到了其他“鬼故事”作者的影响，另一方面又表明他是以与众不同的视角来“体认”盗墓者的言行和心理的。在他看来，“专业”的盗墓者不仅是为了求取金钱，还意欲通过掌握秘术、解读山川河流的脉象和破解墓穴机关的过程来获得情感愉悦、心理的自豪感和成就感乃至自我价值的实现。这就对既往的盗墓题材作品产生了明显的消解力，也令读者产生了前所未有的新鲜感。

在《精绝古城》中，作者将想象与虚构的手法运用得非常精当，叙事大开大合，盗墓技术和防盗机关、生死体验和历史传说、风水秘术与复杂人性等多种元素交织在一起，令小说妙趣横生，进而凸显了其想象与虚构的能力。从大的方面来看，小说写的是“我”（胡八一）和胖子（王凯旋）受雇于Shirley杨，与陈教授率领的国家考古队一起寻找精绝古城的故事，最后精绝古城、黑色的扎格拉玛神山、精绝女王的棺椁、尸香魔芋、西域先知和先圣的墓穴，连同古代那些不为人知的无数秘密，还有郝爱国等考古队员的尸骸都被永远埋在了沙漠的深处。由于想象和虚构，小说中出现了很多常人难以理解的奇事与“怪物”，比如：老鼠与“我”的祖父为友，偷钱给后者去买鸦片且自吸上瘾；像小牛犊子那么大的马蜂窝；鬼请人吃东西，用石头、青蛙、蛆虫变作美食骗人吃喝；特务准备一百张美女人皮制作“人体炸弹”；能轻松烧死人的“火瓢虫”；布满死尸和火瓢虫的“九层妖楼”；冰河时期就已经灭绝的“霸王蝾螈”；摸金符、鬼吹灯和僵尸“大粽子”；外蒙古草原上能一把撕开马肚子的猛兽“红犼”；满口白森森獠牙的巨型猪脸蝙蝠；被误认为野人的战败后躲进深山的日本鬼子；古墓里身体被灌满水银的童男童女；喜欢捕食大蝙蝠、大地鼠、蟒蛇等地下动物的草原大地獭；沙漠里最神奇的精灵、承载着真主吉祥祝福的白骆驼；能将动物瞬间啃成骨头架子的沙漠行军蚁；宰杀牲畜剥

---

① 段明珠、肖南：《天下霸唱：我真是个作家》，《中国企业家》2016年第13期，第83页。

皮剔骨、木桩绑干尸的诡异仪式；以眼睛为图腾的鬼洞族；离开泥土、水源和阳光都不会干枯的昆仑神木；能令尸体不腐不烂、散发芳香且致人幻灭的上古魔花——尸香魔芋；死后千年仍黑发如云、秀眉入鬓且长有阴间鬼眼的精绝女王；能预料千年后事的西域先知；能被玉石眼球开启的灾祸之洞——鬼洞，等等。但如果《精绝古城》仅仅迷恋于上述物与事的"胡编乱造"，那它充其量不过是一部想象力丰富的小说，还称不上是一部充满"魔力"的艺术品。值得注意的是，作者凭借对民间习俗的充分了解和对人性的深刻透视，以他特有的生命体验和艺术直觉推演出了古人真切的心理感受和运思理路。在小说里，作者没有简单地用善恶的二元思维模式去断定什么。古人人性中的善恶也是不断绞缠互动的，与今人过于看重此生的享受不同，他们还极为看重死后的永久幸福，为了保卫这种所谓的"永久幸福"，"不择手段"一词已经显得力有不逮。或者说，作者在书写这些东西时，并不是为了简单的揭露黑幕或者进行人性批判，相反，他在某种程度上认同和强化了这些东西，因为这不是一个对/错范畴就能涵容和解释的问题，它们更多的体现了古人的"生存法则"和为死后求永生的"绝对意志"。

《精绝古城》的独特之处还在于它透露了作者作为网络文学界独异存在的必然性，这源于他讲故事的天赋。《精绝古城》里的情节基本上是虚构的，但为什么它们会给人以强烈的真实感呢？这是因为这些情节所涉及的具体元素是真实的。天下霸唱说过，在《鬼吹灯》里，"情节是虚构的，但涉及的具体元素，大部分都是真的，即使出于某种原因改头换面，但其背景或者原形也全部是有根有据的"[①]。这揭示了武侠小说和玄幻小说等通俗文学形态容易被人接受的一个重要原因，但作者能有这样的自觉意识并不容易。在网络写手人才辈出的21世纪，青年的天下霸唱已经是心智高远、想象力卓绝的独行者，日后成为网络文学界的红人并被誉为"盗墓文学的鼻祖"[②]并非偶然，而他的精神世界永远对奇闻逸事开放，这使得他的精神世界蕴含着丰富的诡异性。这种

① 天下霸唱、离：《天下霸唱不想改行当写手，以前也不是》，《甲壳虫》2007年第3期，第69页。

② 段明珠、肖南：《天下霸唱：我真是个作家》，《中国企业家》2016年第13期，第84页。

特性在他写作生涯初期阶段的探险悬疑小说《精绝古城》中已见端倪。至于此后天下霸唱疯魔般地书写“鬼吹灯”系列小说，我们能推测出怎样的动机和目的？为了金钱？为了女友？为了好玩？为了满足粉丝的阅读期待和猎奇心理？当然都是的。但我们要强调的是，在各种显动机之外，这里更隐藏着天下霸唱对于“讲好故事”的兴趣和追求——不仅是对故事本身的讲述兴趣，还包括对故事背后悬疑事象的思考。探险悬疑的诉求推动着他，不但激发了他的艺术想象和文学才情，还融进了他的生命体验和精神世界。所以，《精绝古城》是继《凶宅猛鬼》《雨夜谈鬼事》《阴森一夏》之后的一次天才般的精神历险，它展现了作者意欲确立“盗墓学”行业规则的努力，如强调1949年以前盗墓分东西南北四个门派，盗墓者进入墓室地宫时要在东南角方位点上蜡烛后方可开棺摸金，但蜡烛熄灭意味着有鬼魂乃至僵尸等怪物害人，须分文不取、马上离开，等等。在这里，鲁迅“伪士当去，迷信可存”[①]的精妙论断被天下霸唱真正践行着。我们知道，很多曾经看起来“迷信”的事情并非子虚乌有，往往会由后世的科学发现得以解析清楚。天下霸唱逞玄思将“天物之奇觚”拟人化，他对民俗与文化、科学与迷信关系的理解闪耀着质朴的智性之光，并让我们惊叹于古人对天地人关系精妙读解背后的缜密思维和生存智慧。

二、民间的生气与探险求生的极致体验

近现代以来，科学发现令人们的思想观念发生了巨变，理性思维和科学视野铺排开来，使得封建迷信很难再大行其道，但另一方面，科学也使得一度远离人们视野的玄学被重新关注，这正如爱因斯坦所说：“科学研究的结果，往往使那些范围远远超出有限的科学领域本身的问题的哲学观点发生变化。”[②]换言之，科学之外的玄学也在推动着21世纪人类哲学观念和思维方式的发展变化，儒道佛和其他宗教、民俗杂糅在一起，伴随着网络时代新媒体惊人的传播能力，以前所未有的方式影响着它们的受众。以是观之，《精绝古

① 鲁迅：《破恶声论》，《鲁迅全集》第八卷，人民文学出版社1981年版，第28页。

② 爱因斯坦：《爱因斯坦文集》第一集，商务印书馆2009年版，第515页。

城》的影响效力源于它凸显了和平年代和庸常时代里常人难以体会到的生命感受和历险体验。客观地说，《精绝古城》是有不成熟之处的，但这个作品给网络文学带来了很大的冲击，其独异性就在于它有活泼的民间生气，有对古老文化的自觉认同，有对神秘遗迹的跨时空想象，有对战友情义的生动演绎，更有探险求生的极致体验，且其本身就在打开和建构一个盗墓者和探险家们的“江湖世界”。

《精绝古城》写了一群人的历险经历，写法上可能会给人以流水记事的感觉，但小说中一环套一环的故事令人感觉惊心动魄、欲罢不能，那种惊惧感受和涉险体验更是令人心悸不已而又艳羡有加。比如第三章“大山里的古墓”中写凶猛的人熊被枪击后恼怒无比，用大熊掌把自己的肠子塞回去，然后狂暴地扑向“我们”。第五章“火瓢虫”写在昆仑山执行任务的先遣小分队战士——王工被透明的火瓢虫烧死时的惨状，在捏起瓢虫之后：“他和瓢虫接触的手指被一股蓝色的火焰点燃，顷刻间，熊熊烈焰就吞没了他全身，皮肤上瞬间起满了一层大燎泡，随即又被烧烂，鼻梁上的近视眼镜烧变了形掉在地上，他痛苦地倒在地上扭曲挣扎。”①在五个人被烧死后，“我们”扫射火瓢虫的枪声引发了一场致命的大雪崩。第六章“九层妖楼”写为了逃命“我们”跳进山缝，又在地下碰到了用数千根巨木搭成的“金”字形木塔——九层妖楼，传说这是古代魔国君王的陵墓，塔上不仅堆满干枯尸骸，更附着无数令人头皮发麻的火瓢虫。第七章“霸王蝾螈”写这些火瓢虫被惊扰后，聚成几百团火球朝“我们”扑了过来，“我们”跳湖后好不容易摆脱了火瓢虫的攻击，又在地下暗河中遇到了可怕的吃人猛兽——身长十几米的霸王蝾螈，它有着一条两米多长的血色大舌头，瞪着两盏红灯似的怪眼，身上闪着七彩的鳞光，凶恶地向“我们”发动了攻击。这种写法直令读者产生“刚出虎穴又入狼窝”的感觉。最后，“我们”炸死了蝾螈，并借助地震产生的裂缝爬回地面，重回常人世界。在这一历险过程中，人的那种挣扎求生和坚韧顽强的生命力被充分显现出来。在这几章中，绝境的不断涌现会令读者觉得“我们”必死无疑，但“我们”就那么活了下来。小说在前面非常夸张地书写“我们”的拼死挣扎，可地

---

① 天下霸唱：《鬼吹灯之精绝古城》，青岛出版社2016年版，第36页。

震发生了，它撕裂大地形成了让“我们”得以脱困的缝隙。在这种随性的叙述中“我们”很自然地活了下来。如果从理性的角度看，这样的书写缺少铺垫，但小说前面写河水变热就已经暗示了地震活动的存在和再度爆发的可能性。估计这也是作者跟随父母从事地质活动时见过的自然景观——地震裂缝。有了这些观感、经验加之想象和联想，作者才能编出那些一再面临绝境却总能柳暗花明、逃出生天的情节。

《精绝古城》不仅写得“出乎意料”，更写出了命运的无常。叙述者“我”和发小王凯旋做生意不成功，为了求生存，就依仗“我”祖父胡国华传下来的半本残书《十六字阴阳风水秘术》里记述的解读墓葬风水格局之类的独门秘术，走上了“倒斗”之路。也因为“我”懂些天星风水，所以与王凯旋一起被意图进入塔克拉玛干沙漠寻找父亲的美籍华人Shirley杨和官方组建的保护新疆古墓遗迹的考古队所聘，奔赴塔克拉玛干沙漠腹地，寻找和发掘早已灭亡的西域三十六国中的翘楚——精绝国的古城遗址。据说，这个精绝国在鼎盛时期极其繁荣华美，在西域罕有其匹，该国由西域第一美人精绝女王掌管，但后来国中发生了大灾难，女王死了，古城也消失不见。一个国家的命运尚且如此无常，就更不要说作为个体的人了。比如在沙漠里，考古队先是遇到了魔鬼般的黑沙暴，幸好没有减员，但在看到一队盗墓贼的尸首后，厄运接踵而至，先是郝爱国被毒蛇咬死，然后是萨帝鹏被尸香魔芋所迷，杀害好友楚健后自杀身亡，接着是叶亦心脱水而死，最后是陈教授备受刺激而精神崩溃、变傻发疯。这一系列悲剧都证明了命运的无常。又如王凯旋本来被排除在外，但因佩戴一块带有鬼洞文字的玉佩而被选入考古队，这块玉佩是他父亲的战友在新疆剿匪时缴获的一个战利品，却无意中成为考古队打开神殿机关枢纽玉石眼球的“钥匙”，使得他们通过天砖秘道找到精绝女王的墓室，然后遭遇守墓者——尸香魔芋并落入它制造的幻觉陷阱中，终致考古队发生了三死一疯的惨剧。如此写来，仿佛冥冥之中自有定数，今人的一切在千年前就已经被安排好了。当然，人生无常，天道有常。最关键的是，只有在这种极端的状况下，人的生命本质才会流露出来，这就为以后作者演绎兄弟情义和爱侣默契作了前期铺垫和背景交代，因为它们才是作者真正看重的东西，也是世人欠缺和迷恋的人间至宝。

在《精绝古城》中，古墓世界可谓阴森恐怖、险象环生，人间世界可谓藏污纳垢、逐利趋势，但自然世界却充满了诗意和自在：这里有遮天蔽日的原始森林，玉龙般的大瀑布，永远不会结冰的昆仑不冻泉，一望无际的蒙古草原，多彩的云母和神奇的水晶，浩瀚的塔克拉玛干沙漠，巍峨雄壮的昆仑山，等等。这些固然都是博大中国特有的自然景观，但读者马上就会发现它们跟其他歌颂自然风光的作家笔下的风景截然不同，《精绝古城》里精美景观的背后往往隐藏着古墓和秘密。见到它们的同时，就意味着一个新的探险或曰盗墓故事的开始，也意味着一场风水格局的揭秘和探索活动的启动。比如“我”第一次看到有着九条玉龙般的大瀑布的牛心山后，突然有了一种好像见过的感觉，原来据《十六字阴阳风水秘术》记载，这种山水格局意味着一块极佳的风水宝穴，前有望，后有靠，九道瀑布好似九龙取水，把山丘分割得如同一朵盛开的莲花，故名“九龙罩玉莲”，亦名“洛神辇”，这种地方最适合安葬女性，如果安葬男子，其家族就要倒大霉了。又如“我”在风景秀美的野人沟里，看出这里有很多北宋辽金时期的古墓，在盗墓时告诫胖子要小心时说道：“北宋辽金时期的古墓不像唐代以前，唐代以前都是落石、暗弩等机关，北宋时期防盗技术相对成熟起来，尤其是一些贵族墓葬，不可能像帝王墓那么大的工程，动员的人力也有限，当然这只是相对而言，里面的东西可是一点都不含糊的，否则也配不上这块风水宝地。”①这里，表面上是“我”在给王凯旋讲解相关知识，实际上是作者在给读者普及传统的中国墓葬文化，其言语介绍充满生趣却不生硬，可谓水到渠成。再如“我”在接受考古队考核时大讲风水学：风水学就是一种“地学”，后发展为“堪舆之术”，用来分析天地人三者之间的关系；风水术中的一个重要分支是“天星风水”，不仅要山脉水法，也要日月星辰，“凡是上吉之壤，必定与天上的日月星辰相呼应，而以星云流传来定穴的青乌之术，便是风水中最难掌握的天星风水”②。如此既交代了风水学的起源和内涵，也强调了古人追求天人合一的境界和理路，还揭示了古代帝王贪得无厌的内在心理图式，他们不但生前要享受荣华富贵，死后更要继续拥有这种帝王待遇。普通百姓虽然无法追求这种帝王享受，但他们也希望通过墓葬风水来

① 天下霸唱：《鬼吹灯之精绝古城》，青岛出版社2016年版，第89页。

② 同上，第155页。

改变自己乃至家族的命运。

那么接下来的问题是，今天的读者该如何去认识这些民间习俗和文化现象？毫无疑问，堪舆术（风水学）作为道家文化的一个重要分支，对于国人的思想和生活影响很大。鲁迅曾说过："中国根柢全在道教"[①]，"人往往憎和尚，憎尼姑，憎回教徒，憎耶教徒，而不憎道士。懂得此理者，懂得中国大半"。[②]事实的确如此。由于道教是一种土生土长的中国文化形态，所以要比佛教、伊斯兰教和基督教等外来宗教影响巨大、深远得多。当然，长期以来，道教并非独自在影响中国人的生活，而是与其他宗教和民俗绞缠在一起发生作用。在中国底层的民间世界里，由于被非科学认知思维所拘囿，人们相信来世、轮回等观念，觉得现世/此岸会被前世/彼岸所束缚，"生"会被"死"所缠绕，所以生前须为死后作准备。这种思想当然有迷信的一面，但对维持社会秩序稳定还是有帮助的，因为至少会让人有所敬畏，会促使人们改善自己的德行，以免生前或死后遭到报应和惩罚。在日常生活中，讲究风水也未必没有道理，生活在向阳和空气通透的房间里显然更有益于身体健康。应该说，作者对这类风水学说并不反感，但他对帝王将相妄图通过将祖坟安葬到风水宝穴的方式来获得后世富贵的思想是持批判态度的，他借助叙述者"我"之口嘲讽道："不过我并不觉得这种风水术有什么实用价值，中国自古以来有那么多的帝王将相，哪一个死后是随便找地方埋的？朝代更替、兴盛衰亡的历史洪流，岂是祖坟埋得好不好能左右的？"[③]这是非常中肯的论断。迷信墓葬风水的背后，包含着对祖先的过度推崇和对传统的非理性认同，隐含着限制人们去改革体制、改变现状的守旧思维，也含蕴着鼓励人们不劳而获的心理图式，这种思维和心理很容易抹杀人们的努力和个性，也会遮蔽那些建立在勤劳进取精神之上的文化元素。这种墓葬堪舆术当然是应该被摒弃和批判的。

---

① 鲁迅：《致许寿裳》，《鲁迅全集》第十一卷，人民文学出版社1981年版，第353页。

② 鲁迅：《小杂感》，《鲁迅全集》第三卷，人民文学出版社1981年版，第532页。

③ 天下霸唱：《鬼吹灯之精绝古城》，青岛出版社2016年版，第20页。

三、将“明与暗”解密于人前的努力与悖论

在21世纪全球化的背景下，在网络文学依然注重壮大体量的情状下，天下霸唱将自己对人性中兽性的体知、人与物关系的理解以及独异的生命体验浓缩在从《精绝古城》开始的系列“鬼吹灯”小说中，并自觉不自觉地转向了精品创作的理路。按照他自己的描述，他曾整日泡在网上，在天涯社区“莲蓬鬼话”版块里等待写手们续写那些鬼故事的结局，但由于写手们的才情、想象力不足等原因，很多故事悬念无法解开，大多成了有头无尾的故事片段。①天下霸唱不存在故事编不下去的情况，他在有意识地偏离惊悚题材类型小说“画符念咒”“鬼神相助”的陈旧套路，超越流行的惊吓模式与知识谱系，进入“非比寻常”的叙事维度，以主人公那些“龙形虎藏、接天拔地、倒海翻江”的举动，将他们领悟到的古代帝王将相、达官贵人内心的阴暗与虚无“献于人与兽，爱者与不爱者之前”②，以此来佐证人性的复杂、人心的难测与情义的可贵。

当常人以谴责和批判的视角去审视盗墓者时，天下霸唱却提醒读者从他者的角度去审视这一问题。一方面，这些墓室中的丰厚陪葬品本来就是封建权贵们搜刮来的民脂民膏，理应取之于民还之于民；另一方面，古代贵族并不见得就比盗墓者高尚，他们的内心往往要比暗黑的墓室更加阴暗和虚无。比如帝王们会把活人作为殉葬品来保证死者亡魂的冥福，他们或者殉葬奴隶来供死者亡魂继续实施奴隶统治，或者殉葬士兵来保护死者亡魂，或者殉葬女人来陪伴死者亡魂，或者殉葬儿童来服侍死者亡魂，或者殉葬艺人来取悦死者亡魂。“古代贵族们建造坟墓的时候，一定是想方设法地防止被盗，故而无所不用其极，在墓中设置种种机关暗器、消息埋伏，有巨石、流沙、毒箭、毒虫、陷坑等等，数不胜数。”③这些机关是用来防盗的，更是为了要人命的。比如北宋晚期的金人古墓多采用当时比较流行的防盗技术——天宝龙火琉璃顶，这种结

① 王新同：《〈鬼吹灯〉作者张牧野：人生像坐过山车》，《新青年》2016年第11期，第12页。

② 鲁迅：《野草·题辞》，《鲁迅全集》第二卷，人民文学出版社1981年版，第159页。

③ 天下霸唱：《鬼吹灯之精绝古城》，青岛出版社2016年版，第1页。

构的工艺非常先进，在中空的墓室顶棚上先铺设一层极薄的琉璃瓦，瓦上布好西域火龙油，再上边又是一层琉璃瓦，然后是封土堆，只要有外力进入墓室，顶棚就会一碰即破，西域火龙油见空气就会自燃，从而把墓室中的尸骨和陪葬品烧个精光，不但让盗墓贼什么都得不到，还会把盗墓贼活活烧死。又如在“精绝古城”里，一个宏大的石殿深处供奉着一只人头大小的玉制眼球，这是一个祭器，把王凯旋身上的古玉佩装在玉眼里就完成了某种仪式，但引来的是一些致命的黑鳞毒蛇，它们作为女王墓穴的保护者，会从一个“虚数空间”里被引导出来，目的当然是为了杀死盗墓者。最可怕的还是尸香魔芋，任何企图接近女王棺椁的人，都会被尸香魔芋夺去五感，在幻觉中杀死自己，或者与同伴自相残杀而死。用这种魔花保护棺椁的恶毒心理实在令人不寒而栗。细思之下，盗墓贼固然可恨，但帝王们更加可怕，《精绝古城》里最恐怖的并非暗道机关，也不是鬼、怪物和地狱，而是人心的歹毒，以及这种歹毒背后绞缠于帝王将相和芸芸众生内心深处的“阴暗与虚无”。

在《精绝古城》中，只要“我们”冲出险恶的墓室，就意味着一次新生。但在重见阳光和天空之后，就能摆脱“阴暗与虚无”吗？没有。天下霸唱只是力图用光明、希望、善意、友情乃至爱情，克服、超越或取代这种“阴暗与虚无”。求生的本能促使“我们”不断催生出新的希望，这希望附着于存在和未来，有存在和未来便会有更多的希望。在某种层面上，阅读《精绝古城》时，读者会感觉到某种影子似的东西，某种幽灵似的东西，影子和幽灵并非自在的东西，它们要依托光和实有而存在。你不能否认它们的存在，因为看不到的东西不等于就不存在。“阴暗与虚无”是“光明与实有”的背面，它们的共生让人们在承载“光明与实有”时也必须负起“阴暗与虚无”。这种感觉不仅纠缠着读者，更折磨着作者。因此，在《鬼吹灯之龙岭迷窟》《鬼吹灯之云南虫谷》《鬼吹灯之昆仑神宫》《鬼吹灯之黄皮子坟》《鬼吹灯之南海归墟》《鬼吹灯之怒晴湘西》《鬼吹灯之巫峡棺山》等小说里，读者分明可以感受到作者并未将“阴暗与虚无”驱走。也就是说，作者无法超越“阴暗与虚无”，但他的可贵之处在于他敢于通过书写来直面这种“阴暗与虚无”。这种勇气和力量以及那些容易引发人们沉重思考的问题提出，令他成为网络文学界中独异的存在，一种没有被网络时代强大同质化力量所同化和异化的自我存在。

天下霸唱是网络文学界中最会讲故事的作家之一。他成名后，一者不愿意被贴上盗墓文学家的标签，一者不愿意固守他赖以成名的小说题材和写法。相比于那些宏大叙事，他更愿意探寻人性中本能的东西，愿意表现人性中真实的一面。这是一种人本意义上的回归，也是一种精神意义上的越轨。天下霸唱的创作真正实现了作者与读者的互动交流和相互影响，读者会直接改变他的既有写作思路，因为他会根据读者的反馈意见来推翻自己之前设定好的悬念，这是以往的传统作家无法想象和难以接受的写作模式。《精绝古城》等系列“鬼吹灯”小说，不仅填补了“中国内地长期缺乏探险悬疑类小说的空白”[①]，而且打破了很多固化的价值判断、美学趣味，重塑了作者与读者的关系。生逢这样一个“娱乐至死”的时代，国人正在与一个无法想象的独特的网络时代相随相伴，面对各种终结和消解的力量，天下霸唱思想的前卫性，把故事讲好的单纯的目的性，回归生命本能的真实性，思想意识的悖论性，以及他在人与兽、明与暗、生与死、虚无与实有之间的挣扎和智慧，都在凸显出他开拓一种网络文学新格局的多重意义。

（本节作者：陈红旗，嘉应学院文学院教授、副院长，文学博士，暨南大学兼职硕士生导师）

① 马李灵珊、黄广明：《天下霸唱最爱才子佳人野鸳鸯》，《南方人物周刊》2009年第33期，第35页。

第四节　新媒体与《盗墓笔记》的传播

早期网络小说多以网恋为题材，语言风格幽默，形成了幽默网络语言+感伤爱情的模式。随着网络新媒体的发展，网络用户的剧增，网络小说的类型也越来越丰富，近二十年来，产生了都市、玄幻、修仙、宫斗、悬疑等多种类型，“盗墓”是其中很重要的一种。

盗墓类小说作为网络小说的一个流派，始于天下霸唱的《鬼吹灯》系列。在小说中，作者设置了一个完整的盗墓世界：摸金校尉、发丘天官、搬山道人、卸岭力士等几大派别，“倒斗”“元良”“粽子”等行业术语，以及充满奇幻生物和种种机关的墓底空间。《盗墓笔记》正是在沿袭《鬼吹灯》小说世界设定的基础上进行写作的，其融合了探险、寻宝、悬疑等多种因素，吸引了众多的读者。

《盗墓笔记》于2007年到2011年在网络连载，光起点中文网总点击率就有两千两百多万，还不包括其他网站的转载，以及大量的免费电子书下载。其实体小说的出版也超过了两千万册，另外还出现了漫画、游戏、广播剧、影视剧等衍生品。这么短的时间，《盗墓笔记》能够在商业上获得这样大的成就，这是传统文学作品难以企及的。媒介形式的更新所带来的小说内容的变化，粉丝的参与对作品构成的影响，以及多种媒体之间的互相渗透，在传播上的助推作用，都是值得研究的。而由此带来的网络小说写作的问题，也是值得思考的。

一、新媒体与网络小说

M.H.艾布拉姆斯认为：文学作为一种活动，总是由作品、作家、世界、读者四个要素组成的。[①]而如今，人们已经开始意识到媒介在文学创作与传播当中的作用。李玉臣认为，“构成艺术整体活动的基本因素应该有五个，即世界、作者、媒介、作者和作品”。[②]指出了媒介的重要作用。对于网络小说而言，由于它在网络新媒体产生并进行传播，媒介性质对其内容的影响尤其重要。

关于新媒体这一概念，今天我们使用得越来越广泛，但对于其内涵，则需要进一步的梳理。新媒体概念的最早提出者，有人认为是麦克卢汉：“从长远的观点来看问题，媒介即是讯息。所以社会靠集体行动开发出一种新媒介（比如印刷术、电报、照片和广播）时，它就赢得了表达新讯息的权利。”[③]在这里，“新”和“旧”只是一个相对的概念，今天的我们，不会再认为印刷术、电报、照片和广播是新媒介。由此，随着科技的进步，由web1.0时代到web2.0时代，微博、微信等被看做了新媒体；而随着3G、4G技术的发展，手机的使用更为便捷，这时手机也被看做新媒体，而门户网站则已经成为了“传统媒体”。如果是这样的话，新媒体的概念则过于宽泛，变化过快了。有学者将新媒体界定为：“借助计算机（或具有计算机本质特征的数字设备）传播信息的载体。”他认为数字化和互动性是其根本的特征。“从技术上看，‘新媒体’是数字化的；从传播特征看，‘新媒体’具有高度的互动性。”[④]所以，并非任何新的媒体都是新媒体。但是，我们需要注意的是，手机、平板电脑等移动终端的使用，的确增强了传播的即时性、互动性和移动性等特点，这也造成了传播内容与web1.0时代的一些显著区别。

关于网络小说，似乎也很难界定。如果仅仅用“发表于网络的小说”，可能会太模糊，因为很多传统小说在出版之后，也在网络上以各种形式传播。

---

① M.H.艾布拉姆斯著，郦稚牛、张照进、童庆生译：《镜与灯——浪漫主义文论及批评传统》，北京大学出版社1989年版，第5页。

② 李玉臣：《由艾布拉姆斯的四要素引发对艺术媒介的理论探讨》，《唐山师范学院学报》2006年第6期，第12—15页。

③ 马歇尔·麦克卢汉著，何道宽译：《麦克卢汉如是说：理解我》，中国人民大学出版社2003年版，第3页。

④ 匡文波：《关于新媒体核心概念的厘清》，《新闻爱好者》2012年10月（上半月）刊，第32—34页。

如果说，“发表于网络，与网络相关的小说”，则相对狭窄，适用于早期的如痞子蔡等人的网恋小说。综合一下，笔者认为，网络小说主要是指在网络上发表，在网络上传播的小说形式。网络是主要的载体，使之具有了一些独特的特征。

在进入对《盗墓笔记》研究之前，先看看与传统小说相比，网络小说的传播有什么样的一些特点。

一是，网络小说的传播省去了很多中间的环节。“从文学传播的过程来说，传统文学传播的链式是：作者——编辑——出版——市场——读者，而网络文学则是：作者——互联网——读者。”[①]作者与读者之间，除了网络之外，再无其他的中间环节。当然，其中仍然存在着网络把关人，但相对传统的编辑、出版来说把关人的角色更隐蔽，权限更小，更滞后，而不像传统文学时代那样先行审查。这样无形中给了创作者更大的自由，所以在题材方面更为广泛，作者的想象空间也更大。

二是，网络小说的市场在某种程度上直接转化为读者——通过读者的付费阅读，作品可以很快实现其市场价值。目前来说，付费阅读仍然是网络小说的主要盈利模式。一般是小说开始的一些章节免费，读者被吸引之后，就继续付费阅读。读者需要购买网站的VIP会员进行订阅，订阅费的一部分归网站所有，一部分则归作者所有。成功的写手收入不菲，从2016年的网络小说作家排行榜来说，唐家三少版税收入达一点一个亿，名列榜首。另一方面，也有很多籍籍无名的作家在努力写作，收入却很低。市场的竞争异常激烈，在这种情况下，为了提高作品的点击率，赢得更多的读者，故事情节的精彩是网络小说首先追求的。

三是，与早期网络小说的阅读多是坐在电脑面前完成的不同，现在的读者多是利用手机、平板电脑等移动终端，在上下班的路上，在地铁、公交上利用碎片时间完成的。

一份针对南昌大学、江西师范大学、井冈山大学、九江学院、上饶师范学院、宜春学院、宜春职业技术学院等七所高校手机阅读的调查问卷发现，

---

① 唐迎欣：《网络文学及其批评研究》，人民日报出版社2016年版，第204页。

阅读网络小说在他们的手机阅读行为中占很大的比重。（如图6-4-1）①

而来自深圳的一份报道也证明了手机阅读越来越被年轻的一代所喜爱。“记者在深圳中心书城和罗湖书城随机采访了二十位读者，他们中七成的手机上网用户开通手机阅读功能，有超过一半的人愿意付费阅读，尤其是一些热门小说和名家新作。”“从内容上看，手机阅读的主要内容是网络小说。”②

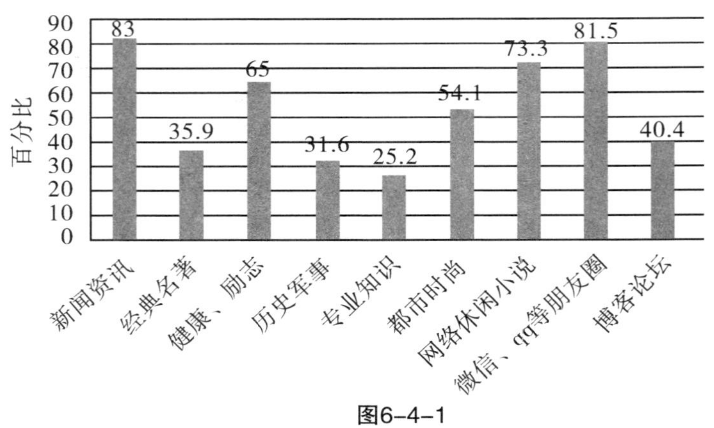

图6-4-1

四是，读者的阅读目的也发生了很大的变化。虽然一直以来，追求娱乐性也是人们阅读小说的目的之一，但与此同时也伴随着对知识的追求，对深度的思考。而在对网络小说的阅读中，娱乐性成为最主要的一个目的。

在忙碌的上下班时间，睡觉之前，人们通过阅读网络小说，来舒缓紧张的神经，达到休息的目的。因此，在某种意义上，读者与作者之间形成了某种契约：读者阅读网络小说就是为了愉悦、放松，而作者的写作，也就不必过于严肃、深沉。

也就是说，网络重新定义了小说的传播链条、市场模式、阅读方式，以及读者的阅读目的。而这些环节的改变，也从很大程度上影响了网络小说的写作内容。

---

① 易斌、贾松林、冷选英：《大学生手机阅读行为实证研究——以江西省为例》，《河北科技图苑》2015年第5期。

② 尹春芳：《深圳：谁在用手机阅读？》，《深圳特区报》2011年7月29日。

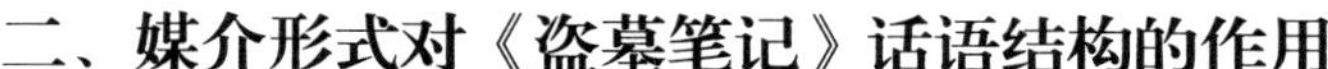

二、媒介形式对《盗墓笔记》话语结构的作用

尼尔·波兹曼说：“一种重要的新媒介会改变话语的结构。”[①]如前所述，小说所依赖的媒介形式发生了变化，传播方式也不同了，其话语结构也必然发生相应的改变。

就《盗墓笔记》而言，其特点主要表现在，想象丰富、情节曲折离奇、人物设置鲜明，语言少文学化的描述而以故事讲述为主。这些，既是一般通俗文学的特征，更符合新媒体时代的阅读习惯。

由于小说以连载的形式在网络上刊登，并且以吸引读者为第一要务，故事情节的曲折离奇就显得非常重要了。特别是每一个悬疑的设置既要充分，它的解决更需要新奇，这样才能吸引读者读下去。小说第一章以五十年前先祖盗墓遇到血尸，留下了一张战国拓片的线索作为开端，但并未解释血尸究竟是什么东西，那个血淋淋的东西是否就是老二。第二章则叙述五十年后，“我”遇到一个前来寻访拓片的奇怪的顾客，有意无意地留下了一个古墓的地图，进一步引出了盗墓故事。

小说每章的结尾处都会增加一个新的悬念，在下一章才能解开，以吸引读者不断阅读下去。有些悬念设置得很好，但有些，就是为了悬念而悬念，很有胡扯的成分。但由于小说本是虚构的产物，读者一般只会图一时的阅读快感，不会太在意故事的真实性。比如《七星王宫》中，第十章《影子》部分，写到吴邪等人进入古墓当中，看到了七口棺材，正在纳闷之间，突然发现多了一个影子。这个影子究竟是人是鬼？为什么会在那么诡异的地方出现，使得读者很想看看下一章如何解开这个谜团。到第十一章的开头，即写这多出来的影子，是一个脑袋巨大的怪物。等闷油瓶拿出矿灯一照，竟是一个头上套着瓦罐的人——胖子。实际上，一个盗墓者到了古墓当中，为何要戴个瓦罐在头上装神弄鬼，这并没有多少道理可言。但是，作者通过这种悬念的设置，吸引了读者，达到一种“惊吓”的效果。这种“惊吓”效果，与观众观看恐怖电影一样，既是他们害怕的，又是充满了心理期待的——在这一点上，读者和作者形

---

① ［美］尼尔·波兹曼著，章艳译：《娱乐至死》，广西师范大学出版社2009年版，第25页。

成了一种共谋。读者知道下面会有恐怖的东西，但至于是什么，要看下去才知道了。而且有意思的是，有时候作者也不知道会是什么，因为他写完一章之后，就直接发布上去，至于下一章如何解决这个问题，想到了再说。这也是为什么一些读者喜欢看盗墓类小说的原因：跟着作者去一个充满奇遇的地方，通过看到新奇的东西，获得惊吓的体验，或得到稀世之宝，因而获得心理的满足。

同样的，在第十二章《门》中，结尾处叙事者“我”摸到了一只冰凉的手。下一章则看到的是一具尸体。古墓中本就有种阴森恐怖的气氛，似乎出现什么都不奇怪，但摸到冰凉的尸体，还是会带来触觉上的惊恐。小说情节如连环一般，一环紧扣一环，吸引读者不断看下去。

由于读者更多关注的是故事情节，又由于阅读多在移动设备上和零碎时间中完成，屏幕空间的有限和闪动，使得小说很少长篇大论。一般每章约四五千字，很少超过十行的。多使用短句和常见的字词，而少复杂的长句和生僻的词语。这些都契合了新媒体阅读的特点。

小说的主要人物有吴邪、闷油瓶、吴三省、胖子、阿宁等，每一个个性都非常鲜明。角色的设置更强调功能性，性格一般比较单一。作为叙事者，一个没有多少盗墓经验的年轻人，吴邪以“亲身体验”的方式引导读者的兴趣。吴邪虽有一间小古董店，但已经很难维持了。所以他出场的时候，就是一个“屌丝”身份，既无钱，也没有多少专业技能，也不认真刻苦，凭着一次次的盗墓经历，逐渐获得了成长和进步。这很符合互联网时代“屌丝”的自我身份认同。胖子的角色，则是为小说增加幽默的氛围，起到添加调料的作用。闷油瓶属于故事中不可或缺的“高人”、神秘人物，满足人们的传奇想象。在第一部当中，当他割破了手指，血滴到水中，如潮的尸蟞迅速退去，白衣的鬼魂也向他磕头……这样的人物，很难不给读者留下深刻的印象。

小说更提供了一种近似影视表达的“奇观效果”。无论是墓地里一个个被打开的神秘墓室，还是海底的奇遇，无论是鬼魂还是“粽子”，是伸出手臂卷住人身体的植物，还是大到可怕的昆虫和动物，都是与我们现实的经验相隔很远的，非常特别的奇幻空间。这能使读者从平庸无聊的日常生活中溢出来，而获得暂时性的放松和娱乐。

“在我眼前，是一个巨大的天然岩洞，粗略估计有一个足球场的大小，洞顶上有一道大裂缝，月光从这个裂缝里照进来，正好可以勾勒出整个洞穴的轮廓。我现在的位置，就在靠西边的洞壁上，上下都没有可以攀爬的东西。我扫视了一下，发现我们周围的洞壁上，也密密麻麻的全是洞，足有成千上万个，那密集的程度，就好像这个洞壁被不同口径的超级机关炮扫过十几遍一样。

“最让人感到震撼的是，这个洞穴的中间，有一棵几乎十几层高、十人环抱也不一定能抱起来的大树，而那棵大树上，还盘绕着无数条电线杆一样粗的藤蔓。这些藤蔓纵横交错，几乎缠绕了所有可以缠绕的东西，它们的分枝如柳条一样从树上垂下来，有些挂在半空中，有些已经垂到了地上，甚至还有些藤蔓干脆从洞壁的孔洞里伸了进去，举目可以看到的地方，几乎都有蔓延过来的藤蔓，就连我们这个洞口的边上，也爬着一两根。”①

叙述者“我”如同一个导游，讲述着这些常人无法看到的“风景”。小说中虽少描写，但凡类似场景，却常有出彩之处。文字的视觉效果非常强，适合读图时代受众的思维习惯。当后面写到这些藤蔓会死死地缠住人，并且上面挂满了尸体的时候，似乎直接将画面呈现在了读者面前，很难不产生惊恐效果。

所以说，当小说通过新媒体进行传播，读者不再是坐在书桌前一本正经地翻动书页，也不再是一定要寻找某种意义或内涵，而是坐在地铁、公交里，眼球不断移动，以寻求娱乐为主的阅读之后，其小说的内容也必然会发生各种变化。

三、“粉丝”互动对《盗墓笔记》的作用

《盗墓笔记》最初以《七星鲁王宫》为题目，发表在百度贴吧的“鬼吹灯吧”里。一开始有人质疑就是《鬼吹灯》作者天下霸唱的帖子，也有人认为文笔比较粗糙。作者自己也说，创作之初只是想试试读者的反映，没想到竟然一发不可收拾。②很大程度上，是读者的反响推动了作者对小说的进一步创作。

---

① 南派三叔：《盗墓笔记（壹）》，上海文艺出版社2011年版，第66页。

② 《南派三叔谈〈盗墓笔记〉：创作之初只想试试读者的反映》，《半岛晨报》2014年6月16日。

互动性是网络新媒体一个重要的特征。相对于传统小说评论滞后、反馈较慢的特点，网络小说则可以即时看到读者对作品的看法。正如研究者看到的，“网络真正的力量在于互动性，因为互动性创造了社区并且联合社区内的使用者。互动让人们对作品、主题、趋势和当中的想法产生兴趣，同时让作品有声明，不断进化，维持使用者的参与程度”[①]。每一部成功的网络小说周围，必然聚集着大量的读者，用现今的流行语来说，这些读者也叫做“粉丝”。之所以使用这一词语，是因为“粉丝”已经区别于传统的“读者”，他们具有很强的黏性，不仅阅读作品，对作品进行评论，并且形成社区，通过新媒体进行人际交往，还主动地对作品进行各种形式的宣传。庞大的“粉丝”群体使得作品的传播更加广泛、快捷，并进一步延伸到各种媒介当中。“粉丝”对作者和作品的影响主要包括以下几个方面：

第一，“粉丝”会促进作品的创作。因为除了一些专业的网络写手而外，很多网络小说作者都是业余写作。可能一开始兴趣盎然，慢慢就松懈下来。这时，“粉丝”就会不断催促作者更新，让作者产生写作的动力。如果没有这方面的动力，一些小说就会成为“烂尾帖”。所以，在“试试读者的反映”成功之后，《盗墓笔记》就一步步地写了下来。在“作者——互联网——读者”这样一个传播链条中，读者的作用变得更为直接。

第二，“粉丝”会“干预”作品内容的生成。当小说更新之后，“粉丝”会迅速阅读，并进行评价。比如情节是否合理，人物性格是否吸引人，有些“粉丝”甚至会直接参与创作，写出自己对后面章节故事情节的推测。这可以给作者提供启发，让作品更具新奇性，但同时也给作者带来了挑战。

针对这一情况，南派三叔自己也说过：“结局的构思对自己来说是个很困难的选择。因为大家猜到的东西不能写，只能往出人意料的方向去努力，所以最后结局会和不少粉丝心中设想和构思的结局有所不同，并且未来会出一本《藏海花》的续集来解读小说中的某些悬念。”[②]

---

① 布洛克曼著，汪仲等译：《未来英雄》，海南出版社1998年版，第243页。

② 《“南派三叔”做客开心访谈　解密〈盗墓笔记〉背后的故事》，大河网，2012年2月17日。

第三，“粉丝”社群对作品的宣传和推动。

截至2017年6月6日，百度“盗墓笔记吧”的关注者三百六十多万，帖子一亿多条（参见图6-4-2）。虽然“鬼吹灯吧”也有四十九万多关注者，二百五十多万帖子，相对还是少得多（参见图6-4-3）。笔者认为，无论是情节设置，还是小说内在逻辑合理性等方面，《鬼吹灯》都比《盗墓笔记》略胜一筹，为何两者的“粉丝”量差别会如此大呢？除了宣传营销方面的原因外，可能还在于南派三叔一直在坚持写作，因而“粉丝”的黏性更强，也由此吸引了更多的粉丝群体。

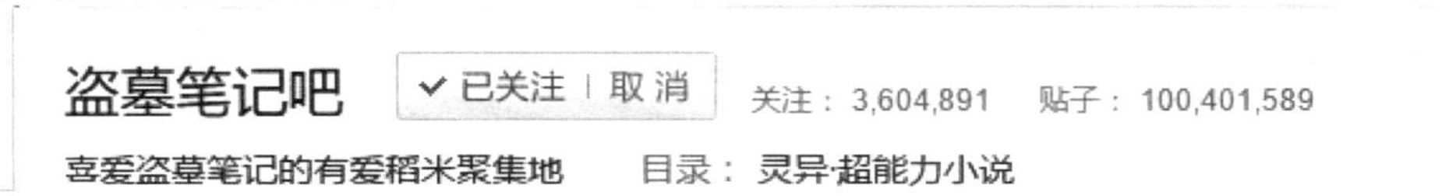

盗墓笔记吧　✔已关注 | 取消　关注：3,604,891　贴子：100,401,589

喜爱盗墓笔记的有爱稻米聚集地　目录：灵异·超能力小说

图6-4-2

鬼吹灯吧　+关注　关注：495,385　贴子：2,561,929

人点蜡，鬼吹灯，勘舆倒斗觅星峰　目录：奇幻·玄幻小说

图6-4-3

在新浪微博上，“南派三叔”的“粉丝”达到一千一百多万（见图6-4-4）。尽管新浪微博的“粉丝”有一定的水分，但从“粉丝”的活跃度来说，总体“粉丝”数量不会太低。如6月2日更新一条微博后，转发近二十万，评价六万多，点赞十二万多（见图6-4-5）。

南派三叔 V ✔已关注

♂浙江 杭州 http://weibo.com/npss

《盗墓笔记》《沙海》《勇者大冒险》等书作者 微博签约自媒体

关注 500 | 粉丝 1168万 | 微博 1255

图6-4-4

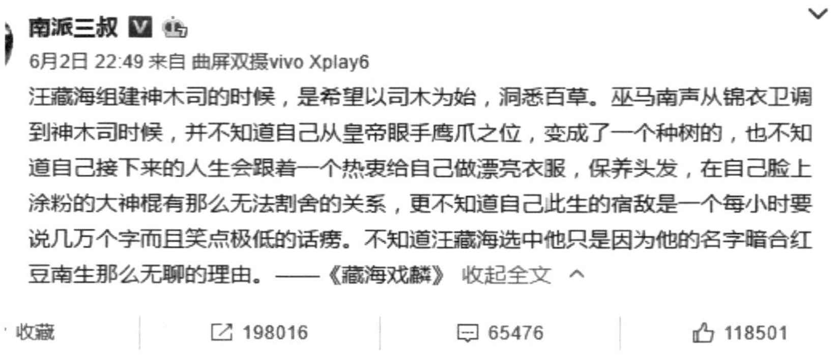

南派三叔
6月2日 22:49 来自 曲屏双摄vivo Xplay6
汪藏海组建神木司的时候，是希望以司木为始，洞悉百草。巫马南声从锦衣卫调到神木司时候，并不知道自己从皇帝眼手鹰爪之位，变成了一个种树的，也不知道自己接下来的人生会跟着一个热衷给自己做漂亮衣服，保养头发，在自己脸上涂粉的大神棍有那么无法割舍的关系，更不知道自己此生的宿敌是一个每小时要说几万个字而且笑点极低的话痨。不知道汪藏海选中他只是因为他的名字暗合红豆南生那么无聊的理由。——《藏海戏麟》 收起全文

收藏 198016 65476 118501

图6–4–5

另外，与《盗墓笔记》相关的公众号也不少。公众号“南派三叔盗墓笔记”6月5日发布的一条《盗墓笔记重启・第一章　南京储物柜》阅读量截至6月6日已达六万多。历史文章的阅读量大多在四万以上。

从web1.0时代到web2.0时代的一个重要变化是，用户之间的交往更具人际交往的特点。“粉丝”群体通过小说聚集在一起，不仅交流对作品的读后感，也交流价值观和人生体验。因为阅读的经历常常与他们的某段人生记忆结合在一起的，比如高中生活，比如失恋时光。

人们在贴吧里交流《盗墓笔记》中“让你印象最深的话”“张起灵真的是个话唠”，也有自己写的关于《盗墓笔记》的诗，有配的画和动漫。还有粉丝其他形式的二次创作，比如对故事的改写和续写。人们也讲述自己的故事，在阅读《盗墓笔记》这些年后的人生发生了什么样的变化，遇到了什么样的人和事。微博下面的评论也是如此。

这样，“粉丝”就对作品和作者形成了很强的黏性，持续地关注作者新的作品，甚至关注作者的生活和新闻。在某种程度上，人们觉得在这里找到了认同感和归宿感。

庞大的“粉丝”群给《盗墓笔记》的跨媒体传播提供了基础。《盗墓笔记》的网络游戏、漫画、有声读物、广播剧、舞台剧、影视剧等具有强大的“粉丝”群体。这些“粉丝”，很大部分就来自于原来的小说读者，其他媒介的一些用户则又转而对小说产生兴趣，由此互相促进，使得“粉丝”队伍不断壮大。当然，过程当中也会流失一些“粉丝”，但只要有新的话题出现，“粉丝”就会立刻汇聚起来。

以《盗墓笔记》的电影为例，尽管在技术上很不成功，如剧情缺乏内在逻辑，人物生硬，但仍获得了十亿票房的佳绩。“对于倒背小说如流的‘书粉’，片方似乎没有必要费神雕琢情节：在普通观众一头雾水之时，人数众多的粉丝观众理解剧情却不费吹灰之力，只有改编与原著不同之处能带给他们些许新鲜感。”[①]这或许一语道破了其中的秘密。

由此，从小说的内容到营销，到跨媒体的传播，“粉丝”社群都起到了非常巨大的作用。围绕着《盗墓笔记》，“粉丝”得到的不仅是阅读和观赏的愉悦体验，更是一种认同感和归宿感，形成了网络小说作者和读者以及读者之间的非常独特的关系。

四、《盗墓笔记》等网络小说存在的问题

如前所述，网络小说以一种前所未有的方式进行着迅速的、互动性的传播，由此带来了小说内容上的一些新的特质。但与此同时，传播中存在的问题也不可忽视。

首先，为了最大限度地吸引读者，小说内容着重于新鲜与刺激，思想性相对较弱。

除了前文提到的《鬼吹灯》《盗墓笔记》等盗墓类小说之外，还有大量同类的作品出现，如《星际盗墓》《盗墓传奇》《盗墓风水师》《盗墓之王》《盗墓奇兵》《与盗墓有关的日子》等一系列盗墓小说。与其他类型的网络小说一样，一旦有作品走红，类似的作品一拥而上，复制和重复的现象非常严重。

这一类作品之所以能吸引读者，与中国的墓葬文化传统有关，也与文物之风兴起有关，最根本的还是在于故事情节的悬疑色彩，它所呈现的各种奇观效应。但在中国的政治文化（如审查制度、文化观念）背景之下，这一类小说必然面临着道德、法律的困境，从《鬼吹灯》中已经很明显地看到，作者是

① 《百家论艺〈盗墓笔记〉：景观化的“粉丝电影”》，《中国艺术报》2016年8月12日07版。

如何费力地将盗墓美化为“爱国”“保护文物”的行为，又是如何努力地将墓室中的各种奇怪现象用自然科学来进行解释。《盗墓笔记》也尽量地避免触及红线。但小说一味追求新鲜性、刺激性，其中存在大量血腥、恐怖的场面，缺乏人文关怀和现代生命意识，在某种程度上，这不能不说是文学上的一种倒退。

与此同时，研究者也发现，内容粗糙、结构冗长成为网络小说的一种通病。这也与之前提到的传播方式有关：为了多赚稿费，增加点击率，更新速度很快，很多内容并未经过精心的思考和琢磨，甚至出现前言不搭后语的情况。在吸引到一定的“粉丝”群之后，作品相当于建立了一个品牌，作者需要不断地将之进行推进，因而长达数百万字的作品比比皆是，其中难免充斥大量的信息垃圾。

其次，虽然“粉丝”的互动对作品有着推动作用，但同时也可能对内容带来一定程度的伤害。

粉丝的不断催促，促进了作者进行更新，但也可能导致作品更加急功近利。而作者为了迎合读者的兴趣，对作品的内容不断进行调整，这会让作品充满了媚俗的倾向。如今，网络小说写作的欲望化、情绪化书写的弊端已经越来越明显，它将现代人对金钱、物质、美貌等的欲望赤裸裸呈现出来，并进一步加以激发。

同时，还需要注意的是，读者的过激语言也可能导致对作者的伤害，使一些原本比较优秀的作者停止写作。作者在互联网中写作，与读者进行直接的交流，这对作者来说是一个很大的考验。

再次，尽管有互联网的优势，但很多网络小说并未充分利用超媒体写作的优势。

在小说中，作者可能会使用一些网络的符号、语言、表达方式，或者粘贴图片，配上漫画和音乐等，但如何使文字与音乐、画面更好地融合，成为故事叙述的有机整体，仍然是一个值得探讨的问题。又如，超文本的写作相对较少。原因可能在于，这种写作方式可能会花费更多的时间，也需要作者熟练掌握全媒体的技能，以及综合的才能。

最早的超文本小说是乔伊斯在1987年发布的《下午，一个故事》，他在作

品每页的底部加入链接按钮，使得小说发展的情节出现了多种选择。之后，美国作家史都尔·摩斯洛坡创作《胜利花园》将链接放在文中，可以让读者更自由地选择情节。在网络时代，这一技术更容易实现，它使作品处于一种打开的状态，引向各种可能性，并拓展了想象的空间。但是国内的网络小说，这方面的尝试相对较少。

也就是说，如今，网络小说更多仍是局限于文字的使用，在多媒体、超文本等技术方面，尚有很大的发展空间。

总之，依赖于网络新媒体传播的网络小说与传统小说有着很大的区别。新媒体在网络小说的创作中，不止起着传播载体的作用，更深刻地影响着传播的内容。作品的情节的曲折，大量悬疑的设置，文字的简单易懂等，都是为了适应读者手机或电脑屏幕阅读的需求。与此同时，读者与作者的互动，粉丝群体的形成，对作品的生成也产生了很大的影响。但网络小说高质量的较少，其思想性缺乏、媚俗现象严重等问题也值得我们关注，其对网络多媒体、超文本等的尝试还远远不够，需要进一步的探索。

（本节作者：倪海燕，肇庆学院文学院副教授，文学博士）

第五节 《新宋》：新启蒙知识分子的“大国”设计

2004年，二十二岁的前铁路修理工、未来的历史系研究生罗煜以笔名“阿越”开始在幻剑书盟发表架空历史小说《新宋》。一时之间，赞誉四起，《新宋》被奉为网络穿越小说的经典。2005年《新宋》开始出版纸质书，从第一部《十字》、第二部《权柄》到第三部《燕云》，断断续续近十年，终至完成。当日读者，皆已老大，旧年风光，风流云散。但《新宋》在网络小说发展进程中留下的痕迹，历久弥鲜，它的写作与流传的过程中产生的芜杂而丰富的文化意义，也逐渐显豁，成为当代网络文学与大众文化的宝贵财富。试述之。

一、“架空”：乌托邦的“历史”化

作为网络小说“架空历史”类型的扛鼎之作，《新宋》一向被人称颂的优点之一却是它的历史细节的真实。著名科幻作家韩松曾评论《新宋》对历史细节的种种考究：“这样的考证，在《新宋》中，比比皆是，从官制到礼仪，从庙堂到勾栏，都努力进行着准确的描写。……《新宋》是很‘硬’的。在本质上，它与刘慈欣的《球状闪电》《全频带阻塞干扰》是一类的。”[①]而除了正文里的各种考证注释，阿越自己的博客里还有大量的随笔，讨论诸如宋代的船坞、绍圣七年的宋军禁军布防等作品相关细节。与当时流行的其他穿越小说、架空小说相比，《新宋》里历史制度的呈现，名物细节的雕琢，确实谨严得多。

---

① 韩松：《架空历史与现实世界》，《新宋·十字》序言，四川科学技术出版社2005年版。

但是，倘若与主流文学里正儿八经的历史小说比较呢？甚或，倘若与阿越乃至阿越的导师们的专业论文比较呢？——无疑，必是萤火与日争辉。然而，赞美《新宋》的历史“真实”度的读者多数是不会去读这些更为“真实”的专业著作的。我们要的是《新宋》，而不是《宋史》，正如我们要《异世界之中华再起》《篡清》，而不是《清史》《民国史》。我们并不需要对一个已经闭合、已经不可改易的历史有更多的了解。这对我们当前的处境毫无进益。我们需要构造一个“新”的、填补了我们的一切缺憾、兑现了我们的一切野望的幻境。至少，它可以纾解我们当下的精神重负。

所以，真相大白了：网络历史小说的爱好者们要求着“历史”，但这个“历史”，并不是那个曾真实存在的时空，而是网络小说、穿越小说的臆造，大众的“YY”（意淫）。这个“历史”不属于科研，而属于意淫；不属于理性，而属于欲望。网络小说的“架空历史”类型，就是在制作这种“历史”。就是因为我们对这种“历史”的欲求，所以网络小说诞生了“架空历史”类型。意淫的历史构建，首要目的是满足观众的欲望，因而这个“历史”必然脱离真实历史的方向，驶向欲望的目标，而“架空”——虚构、虚幻。所以《新宋》原先被出版者归类于“幻想小说”——科幻、玄幻、奇幻，即使它后来努力往“新历史小说”靠，这个“YY”的本质、幻想的本质并没有变化。

那么，我们为何需要这种“历史”呢？欲望为何需用“历史”的幻相解决？“架空”为何还要依托“历史”？

从读者对架空历史小说的历史真实性的赞赏、作者对小说历史背景真实性的追求，我们可以发现，架空的“历史”是在努力通过模仿，向历史挪借它的“真实”性。这个“真实”，指向一个确凿不移的实在。它矗立不动，自成一统，向当下现实封闭，拒绝各种运动变化。它是现实的广大王国里唯一的沉默的对抗者。于是，“历史”作为历史的拟像应运而生。它是客观自在的、不可动摇的他者，拥有强大的、独立运作的完整法则。从而，它可以与现实裂土分茅，分庭抗礼。不愿意、不能够接受现实支配的东西，可以到“历史”中申求政治避难。从而，“架空”的“历史”其实是一个打扮成历史的“乌托邦”。它用“历史”构建了一个家园，安置所有被当下现实放逐的愿望、情感、梦想。在当前现实中不可实现的东西，可以到“历史”中成为真实，因为

"历史"有一套与现实迥异的规则。所以，"穿越"发生了，在现代社会面临各种生存困境的小人物，到古代、到历史当中去解决他个人以及整个现代社会的难题。

不过，我们为什么只用历史对抗现实呢？时间轴上还有另一个向度——"未来"。为什么我们不幻想未来来对抗现实？大约一个世纪以前，梁启超们这样做过。而太平洋彼岸，北美大陆上的科幻作家们一直在这样做。但是，此时此地的我们已经不相信未来的存在。因为现实的统御如此深重强大，我们无法想象它会改变成为一个不同于现在的未来。对于我们，"未来"是从未存在过的东西。而我们只相信存在着的东西。就是历史，我们对它的力量的信赖，也只是来自于它曾经是一种现实存在。现实的统治已经令我们完全折服，我们不再能相信任何未兑现为既有实在的东西。从而，我们将我们想要的东西，装扮成仿佛已经存在，如果不能是现实，那就装扮成历史。

所以，我们的乌托邦必须改头换面，以"历史"的模样出现。而"历史"必须要像历史自身，要呈现为一个客观自足的他者，与主体的欲望、价值、观念脱离联系。所以，《新宋》必须有对历史真实的追求。它的细节越真实准确，它的整体的"架空"的YY才越合理合法。但是，最终，所有的真实与准确，都只是为缔造一个"历史"化的乌托邦，一个彻底与历史真实决裂的"新"宋。

二、"传统"：现代的救赎与未来的设计

与《新宋》对历史细节的考究一道受到赞扬的是它对历史的尊重。这种尊重，不仅仅是指对历史的呈现尽可能地保持原貌，而且是指这种呈示是将历史放在与现代平等的位置、甚至更高的位置。

此前，以及此后的许多穿越小说里，穿越者主角总是在能力、知识、思想、道德甚至性魅力上无条件全方位地碾压原生土著。而《新宋》恰恰相反，很多时候，它让古代土著超越作为现代人的主角。王安石的济世安民的大志、司马光的廉洁清正的德操、狄勇的慷慨捐躯的情怀，都是石越自叹不如的。故而，有网友真诚地感叹："《新宋》最吸引人的不在于对古代的修正，最有魅

力的是它带读者领略一番古代文人的风骨与情操。”①

这样子光芒四射的不仅有宋的名公巨子，而且有宋的民风、政制，等等，如韩家桑家等商人世家的大胆灵活、勇于进取，三省官员对皇帝手诏的直接封驳，神宗赵顼对无限制的君权的恶果的清醒认识，等等。因而，与之前的穿越经典《异世界之中华再起》《篡清》等不同，《新宋》呈示的并不是一个腐朽不堪、亟待救治的古董，而是一个别有机杼、极富潜力的古典，穿越者主角也没有强烈的革命意识，要求急剧地彻底地改造社会，而是蛰伏、顺从，与时消息，因势利导。所以，网友评价：“本书当中所描绘的政治乌托邦，是奠基于中国传统文化的再发现，透过糅合西方实证主义精神，循着渐进改革的步骤来改变中国固有的历史进程。”②

这是因为《新宋》选择的穿越对象不同吗？《新宋》的旧版开头写道：“（我）回到了被陈寅恪称之为‘华夏民族之文化，历数千年之演进，造极于赵宋之世’的北宋”。所以，《新宋》与《中华再起》《篡清》的对历史的破坏性的穿越不同，是因为他选择的是处于封建社会繁荣时期的宋，而不是衰落的明、清？然而，“华夏民族文化的造极”，对宋的这种解读并不是新中国史学的一贯传统，正如陈寅恪在这个传统中实际上一直处于边缘。对宋的一般解读是积贫、积弱，是靖康之耻，崖山之绝。所以，在阿越的解读后面其实隐藏着20世纪90年代中叶以来逐渐汹涌的保守主义文化暗潮：对传统文化的批判清算转化为对国学、古典的推崇，陈寅恪和钱锺书成为文化英雄。不但学界如此，民间亦如是。《明朝那些事儿》的流行，于丹的《论语》的走红，历史热、国学热一直延续至今。

这是当代中国社会的历史观念的革新。曾经，历史是现在及其未来急切地要超越、要战胜、要改变的对象，因为现在或未来的意义，就在于这种改变，这就是“进步”。但是，现在，历史得到了正面肯定。现实承认它是自己

---

① 叮叮-旭珊：《匡世济民是什么？和读书人又有什么关系？且看〈新宋〉——读〈新宋〉》，https：//www.douban.com/doubanapp/dispatch？uri=/review/7913760&；download=1&；channel=card_review。

② 包正豪：《历史的真实与创作的虚构》，见《新宋·十字》（下卷），四川科学技术出版社2005年版，附录第10页。

的来源，强调自己与它的关联，挖掘它能拥有的美好内蕴，作为自己的合理性合法性的基石。从而，历史不再是与现在对立着的、顽固的、不肯消失的敌人。“过去”的滞留，不再是一种令人烦恼的难以清除的污渍，会污染现在乃至未来的新鲜、进步。相反，它成为支撑现在乃至未来的支柱。这种支柱性的持续存留，被称为“传统”。它被视为现在乃至未来的同盟军。

这一观念转向，反映了许多学人曾经描绘过的当代中国大众的一种心态：告别革命。不过，对年轻的《新宋》作者和读者们来说，这与其说是来自对过往的翻来覆去的政治斗争的疲倦，不如说是来自对21世纪中国未来前进道路的思考。

世纪之交的中国已经发生巨大变化，它经济实力强大，领土主权完整，已经是世界政治舞台上不容忽视的大国。这个大国，未来该走怎样的道路？近百年来，成为民族国家以后的中国，旧有的一贯道路是革命与战争。这条道路，《异世界之中华再起》、《篡清》已经酣畅淋漓地演绎过，这也是这两部作品热门的原因。但，《新宋》想演绎另一种可能，在救亡、解放、称霸之外的可能：“想象我们的伟大祖国除了四大发明历史悠久还一直牛逼领先世界，近世的鸦片战争马关条约圆明园洋务运动戊戌变法辛亥革命抗战等等持续不断前赴后继令无数人艰难苦恨繁霜鬓的救亡与图强的努力都不会发生不必发生，改变文明的走向创造历史创造一种文明的模式。”[①]所以，《新宋》选择熙宁二年的北宋，中华文明仍然昌盛强大的时代，删除了所有的衰败、弱小、被压迫被剥削的痛苦记忆，强行屏蔽了一切民族复仇主义的偏见，正视自身，正视世界，正面地策划未来。

同时，选择这个时代，也是选择“华夏文明近一千年来最关键的十字路口”。这个时期华夏民族自己创造的文明之花正臻于完善，所有的创造力已经绽放，所有的可能性已经敞开，而一切缺漏、一切黑暗也清晰无误地呈现出来，这正是万众聚焦，屏息凝视，华夏文明可以开创怎样光明的一个未来的大好时机。这也正是王安石改革的时代。真实历史上，这个改革不尽如人意，我

① 第五天：《跟这本书相比，种马小说真算不得多意淫》，https：//www.douban.com/doubanapp/dispatch？uri=/review/2519515&；download=1&；channel=card_review

们没有看到我们想看到的东西。那么，《新宋》将和我们一起尝试再现这种可能性。阿越说："我写这部小说，原是希望可以对读者有益的。所以，我尽我的能力，在一部历史幻想小说中，向读者介绍一个自己所读到、所理解的宋朝，去与读者共同探讨小说中华夏文明的发展方向。"

三、立德者：新启蒙知识分子的自我想象

很明显，这样的演绎，并不是一般读者会自然生发的"YY"。实际上，读过《新宋》的人，无论观感好坏，都会承认，它与一般大众喜闻乐见的"YY"小说不太相同。可见，《新宋》有相当的文化区隔性，它呼应的是大众中文化知识水平较高的那一部分。实质上，对知识、文化、思想的呼吁、张扬，一直就是《新宋》的核心主题。

《新宋》的主角石越，在一众穿越小说里是非常独特的穿越者形象。他不是《异世界之中华再起》中杨首长般的革命领袖、军事统帅，也不是《1629》《带着淘宝穿越异界》里的技术救世的经济建设主持人、政治偶像。在《新宋》里，政治领袖是皇帝，军事统帅是狄家、种家等诸将，技术革新领导人是兵器研究院，市场经济推手是各商业世家。而石越，作者为他保留的是一个"立德者"的角色。"太上立德，其次立功，其次立言。"德，乃万世法度，立德，即为万世师表。

所以，小说里，石越首先作为思想导师出现。这个思想导师既是道统的继承人，又是民主思潮的启蒙者。石越乍到宋代，先以一部《论语正义》为晋身之阶，赢得大宋士子的钦服，被视为紧继孔孟的先贤；后又一部《三代之治》，借"大同世界"的传统图景，宣扬民主政治理念，更被视同圣贤，成为大宋读书人的精神领袖。进而，他将书院与《汴京评论》交给桑充国，入仕，迅速成为相臣，参政议政，成为立法者。之后，倾尽所有心血，树建制度。

有读者中肯地评论："石越借以影响历史的并不是某一项或几项科学技术和知识，而是先进的政治理念和哲学思想。……相比之下，他带给宋朝人的技术和知识只不过是这些哲学理念的副产品罢了——即便是这些副产品，准确地说也不是石越直接带给他们的，而是他们沿着石越指引的方向依靠自己的力

量取得的。……‘在他看来，播下火种比自己做官，前者更加重要。’”①

所以，石越是作为一个思想启蒙者来到宋代的。这个设定，无疑与作者的身份、专业素养以及主观写作意图有很大关系。它反映了一个新的知识分子群落——新启蒙知识分子的崛起。

我所说的“新启蒙知识分子”，是指20世纪90年代中叶以后出现的知识分子群落。它区别于20世纪初新文化运动的启蒙者。彼时，民族国家处于危急存亡关头，救亡是启蒙的主要动力和目标，而眼下，稳固强大的民族国家已经建设成功。它也区别于80年代的启蒙者，思想解放的先驱们。先驱们诞生于体制当中，依体制而成长、强大、存活，他们致力于使自身的话语成为意识形态权威，与主流意识形态争夺话语领导权。而眼下，以产业化的教育与娱乐化的大众文化为主干的文化市场逐渐形成，而新启蒙知识分子是这个市场的主要劳动者、话语产品的生产者。他们依市场为生，对于体制、对于主流意识形态有相对的独立性，要求独立的话语权。思想者与立法者是他们对自己的社会定位的理想。历史、传统、文化本位，则是他们的大国设计。

所以，当年《新宋》的读者虽然不多，但影响很大。他们大多受过高等教育，拥有专业知识，都很好地接收了《新宋》传递的理念，产生了强烈的共鸣，对它表示了毫无保留的认同和仰慕。但是，十年之后，多数读者的观感发生了“新奇—热爱—怨念—无视”的变化。其中原因，有读者批评说“因为作者太懒”，“弄得一拖八年，前后体例风格判若两书”，“非要在前半截爽文的后面嫁接上‘历史的真实迷雾’‘人性的复杂真相’之类文青向东西”。②然而，真实的缘由，恐怕不是作者太懒，没及时将金手指开完，而是他觉察到，这金手指开不下去了。早已有读者指出，《新宋》中那些关于宋的“新”的各种YY，其实也还是对西方文明进程的选择性复制，“一句话，书中所描写的宋，其革新的内核全部是西方文明提供的，按照这样的描写发展下去出现的文明，绝对不会是什么作者想要的跳出西方中西论的现代文明模式之外的新

---

① 苏湛：《架空历史小说的新尝试——评〈新宋〉》，http://tieba.baidu.com/p/61229997。

② https://www.zhihu.com/question/22917752/answer/31164202。

东西”[①]。也就是说，那个“新华夏文明”的未来，仍然没有能够开启，“立德者”的光辉形象，终究只是想象中的。

因而，《新宋》之后，“架空历史”就只有《回到明朝当王爷》《官居一品》《上品寒士》等等作品了。不再是关于一个王朝、一个国家、一个民族的“YY”，而只是对“我”自身的意淫，改造世界、建设理想社会的豪情消失，只有顺应社会规则、努力争取个人利益最大化的自我奋斗。而玄幻小说迅速崛起，很快压倒了“架空历史”，成为主流网络小说类型。这更虚无了：个人奋斗的依仗，不是战争谋略，不是技术知识，不是思想观念，而是玄幻的金手指。

而与网络小说中的这种幻灭相伴随的，是小说之外资本对网络文学、网络文化场域的侵入、垄断，是整个社会的贫富分化、阶层固化、资本统治的预警。当年的新启蒙知识分子意识到，文化生产领域的话语生产者其实只是制作符号商品的劳动力，知识生产者并不等于“知本家”，而很可能只是“IT民工”，知识分子不但无力解放、拯救大众，很可能连自己都保障不了。启蒙理想于是悄然息声。

但是，乌托邦就此死亡了吗？不。网络小说中，新的类型、新的主题、新的“YY”仍然在源源不断地生产出来。而那些，孕育着新的乌托邦的种子。譬如，《牛男》《神仙日子》《御膳人家》的美食共同体；《将夜》对一切体制的破碎；《没有来生》《魔王》里，爱对恶的超度、亲情对世界的拯救，等等。作为国家民族整体设计的社会乌托邦或许破裂了，但碎片化、多元化、多维度的新形式的乌托邦在诞生。他们更具体、更深切地与当代社会、文化、个人交渗着，更难以消灭。这就是那不可毁灭的时间的种子吧？或许，部分正是由于它们的存在，才使时间得以流动，而永不止息地开启无限的“尚未”。

阿越说，他曾认为中华历史有两个转变的关节，宋与明，但后来，他意识到，转变在每个时刻都能发生。

（本节作者：陈立群，华南师范大学文学院副教授，文学博士，硕士生导师）

---

① 第五天：《跟这本书相比，种马小说真算不得多意淫》，https：//www.douban.com/doubanapp/dispatch？uri=/review/2519515&；download=1&；channel=card_review。

第六节　一代人的爱与恐惧

——《甄嬛传》论析兼及文学性的思考

流潋紫创作于2006—2009年间的网络小说《后宫·甄嬛传》[①]是“宫斗类”网络小说的一部经典之作，小说讲述了女主人公甄嬛在残酷的宫廷斗争之中，凭借智谋与手段走上后宫权力巅峰，并且收获美好爱情的一生历史。这部小说被称为宫斗小说集大成者，2012年被导演郑龙改编为电视剧，一时成为人们热捧的电视剧。

一、从“真实”谈起

对于这部作品，大多数网友表示非常喜欢，但是却遭到了官方和传统学院派的批评，比如说著名学者陶东风在人民日报上发表文章，认为这是一部“比坏”的作品，“甄嬛终于通过这种比坏的方式成功地加害皇后并取而代之，这就是《甄嬛传》传播和宣扬的价值观。也许有人会说，《甄嬛传》比《大长今》更真实，因为生活就是只有学坏才能生存。且不说这种对‘生活’的理解是否过于狭隘、过于偏激，退一步讲，文艺作品也应该高于现实而不只是简单地复制现实。在评价历史题材作品时，最重要的标准还不是真实性标准，而是价值观标准。不正确的价值观会导致观众把不正确的生存理念带入现实生活”[②]，但是另一方面学者邵燕君则辩护道：“这个剧确实没有弘

---

① 《后宫·甄嬛传》：2006年开始在晋江文学城（http：//www.jjwxc.net）连载，2007年2月起由花山文艺出版社出版发行第一至三册，其后，广西师范大学出版社出版四至五册，重庆出版社出版六至七册，截至2009年9月第七册出版，整个出版过程历时两年有余。2011年12月浙江文艺出版社出版《后宫·甄嬛传》（修订典藏版）。

② 陶东风：《比坏心理腐蚀社会道德》，《人民日报》2013年9月19日。

扬善、美，但我觉得它在揭示真的层面上，还是有相当大的推进的，它把我们这个世界的规则和潜规则的真实性和残酷性揭示出来了，这也是一种推进。”[①]“粉丝”们力挺甄嬛的理由恰恰也在于，她不但是个“真性情的女人”，而且“骨子里是善良的”。她的道德底线正是建立在“爱恨明了”的基础上的，让人觉得可信、可亲、可敬[②]，面对这些争论，我觉得饶有兴味的是，喜欢或者不喜欢这部作品的理由，居然都是真实。正如亨利·詹姆斯所说：“予人以真实之感（细节刻画得翔实牢靠）是一部小说至高无上的品质———它就是令所有别的优点都无可奈何地、俯首帖耳地依存于它的那个优点。如果没有这个优点，别的优点就会都变成枉然。”[③]

这样一部架空历史的虚构作品真实感来自哪里？

首先，在于女主角甄嬛，恰如作者流潋紫自己在《后宫·甄嬛传》（修订典藏版）的序文《虽是红颜如花———我为什么要写后宫》中强调的那样，她塑造甄嬛这一人物的一条重要原则———不完美：“我笔下的甄嬛……因为不完美，才更亲切吧”[④]，借用网络术语来说，这是一个腹黑的白莲花形象。

白莲花，按照百度百科的说法是：她们有娇弱柔媚的外表，一颗善良、脆弱的玻璃心，像圣母一样的博爱情怀，是那种受了委屈都会打碎牙齿和血吞的一类无害的人，总是泪水盈盈，就算别人插她一刀，只要别人忏悔说声对不起，立刻同情心大发，皆大欢喜的原谅别人。[⑤]

甄嬛却并不是这样一个道德至上、无力应对生活的人物形象，小说中甄嬛在等级森严、伴君如伴虎的后宫中，逐渐成长，该阴谋的时候阴谋，该隐忍的时候隐忍，能报仇的时候绝不手软，具有非常明显的腹黑属性。据百度百科：“腹黑”一词，通常用来指表面和善温良，内心却黑暗邪恶的人。原意为“表里不一”“口蜜腹剑”“施诈”的意思，但并不一定是指内心奸猾狡诈。

---

① 邵燕君：《多维视野下的〈甄嬛传〉》，见《文艺理论与批评》2012年4期。

② 亦如：《甄嬛骨子里还是个善良的女人》，豆瓣电影，2013年5月10日。

③ 亨利·詹姆斯：《小说的艺术》，上海译文出版社2001年版，第15页。

④ 流潋紫：《后宫·甄嬛传》（修订典藏版），浙江文艺出版社2011年版。

⑤ 引自百度百科“白莲花”词条，http//baike.baidu.com/subview/934307/10989731.htm#viewPageContent，2014年8月8日。

在更仔细的分类中，腹黑又可以分为两种，一种是狡诈的，还有一种就是甄嬛这一类的：此类人非常聪明，算计（褒义）起来，技术一流，但是不属于危险类[①]。甄嬛形象简直就是大家孜孜以求的完美女性：美丽、独立、智慧、有力，而且最关键的是无害。这是一朵腹黑的白莲花，这真是现代社会土壤才能孕育产生出的奇葩，这个形象充分展示了现代女性对渴望掌控自己生活的权力感的向往，但同时也意识到权力的双刃剑特性，因而从一开始就将甄嬛设定为一个无心入宫、只向往一心人的浪漫角色。在小说展开的部分中，甄嬛迫不得已地卷入了权力，并且成为权力游戏中的胜利者，于是甄嬛就成了一个既玩弄权谋而又无比高尚的人物形象。

当然构成小说真实感的并不仅仅在于这个人物形象的复杂性，更在于这个形象所让人们产生的代入感。小说中的后宫在文本里因大量细节的描写具有了物理意义上般的真实性，而且后宫生存方式和当下生活在心理上的高度同构性，更加强了代入感，“以《后宫甄嬛传》为代表的‘宫斗’小说中的后宫世界，与现实世界的职场有着复杂的投射关系。后宫中妃嫔的晋升模式可以看作是对职场晋升模式的一种模仿；森严的等级秩序，尔虞我诈的人际关系、你死我活的权谋斗争则是当代职场焦虑的极端化展现”，由此，或许也可以解释缘何大多数穿越架空类小说的历史设定都是在古代了，“大周后宫成了一个关于现实世界的大寓言，展现着每个人在现实生活中都会不断遭遇到的关于利益与道德的抉择，后宫世界则将这种焦虑推向了没有出路、无法逃离的境地，因而甄嬛的每一次违背初心，无论是为了家族还是为了爱人，都是那么的别无选择、无可指责。可以说，正是这样的甄嬛，为现实生活中的每一个人背负了良心的负担，也因而最具有打动人心的力量”。[②]

如果仅仅是厚黑学般地展示人与人之间的权谋斗争，或许还不会让人们如此如痴如醉。每一个阅读《甄嬛传》的人，都知道这是一部虚构的作品，然而在情节一步步圆熟地推进中，让每个人欲罢不能地恐怕是作品所展示的惊心动魄的爱情。后宫如此黑暗，皇上如此地喜怒无常，甄嬛心思费尽，历经磨

① 见百度百科“腹黑”词条，http：//baike.baidu.com/view/6437.htm.

② 邵燕君：《网络文学经典解读》，北京大学出版社2016年版，第204页。

难，所求不过是真爱，而甄嬛也终于得到了玄清肝脑涂地的爱情。更为重要的是，小说的后半部分，最后的秘密揭开：皇上的翻手为云覆手为雨，原来却只都是为了守护心中唯一的真爱纯元皇后，“我的皇后，我爱的只有那一个让我魂牵梦萦的人，我的菀菀。纯，是她一生如一的纯净，不曾沾染世俗的污浊。元，她是我的最初，也是我的唯一”[①]。没有出场的纯元皇后是小说里所有女性命运背后的推手，从未出场却最完美，后宫的人其实都在她的影子下生活。源于唐玄宗的宠妃梅妃的“惊鸿舞”经由她改造后美艳绝伦，冠绝天下。甄嬛因惊鸿舞获得皇上盛宠。安陵容的歌声已经算是冠绝后宫，可仅仅及得上纯元皇后的六七分。正是这一点点相似的歌声让皇上看到了安小鸟。甄嬛封妃被贬，就是因为穿了纯元的故衣，而这件衣服恰好就是纯元第一次邂逅皇帝时所穿的。端妃一手琵琶炉火纯青，却只得纯元皇后三四分真传……叙事在这里达到高潮并且闭合，没有人仔细去想：原来爱情的至高无上，和爱情的空缺是一体两面的事情。一部表面纯情之作，内里对爱情的解构到了无以复加的地步，没有人去细细思考这种断裂和不合理，在小三遍地、到处出轨的匮乏时代，它已经成为了我们愿意相信的神话。神话，对于愿意相信他们的人来说，具有毋庸置疑、至高无上的真实性。这是一代人的恐惧与爱，因为恐惧而愿意相信有一个完美的爱情会拯救我们，即使这爱情不过是幻象，那似乎也是我们所能找到的、最后的拯救。

二、现实主义复活还是自恋致幻剂

网络文学赢得读者的方式在于讲故事，这是最古老的一种技艺，网络小说作品动辄洋洋洒洒数千万字，主要靠的是讲故事。爱·摩·福斯特在《小说面面观》里给故事下了个定义：“故事就是对一些按时间顺序排列的事件的叙述———早餐后是午餐，星期一后是星期二，死亡以后便腐烂等等。就故事而言，它只有一个优点：就是使读者想知道以后将发生什么。反过来说，它也只有一个缺点：就是弄到读者不想知道以后将发生什么”，进而将

① 流潋紫：《后宫·甄嬛传》，http：//www.ty2016.net/zhuanti/zhenhuanzhuan.html。

之喻为“冗长无比、蠕动不休的时间绦虫”[①]，读网络文学作品，读到最后有时候会坚持不下去，并不单纯是审美疲劳的问题，福斯特关于小说的定义或许能解释这种现象。为了维持故事能讲下去，情节要尽可能戏剧化，并且要时不时高潮迭起，从表面上看，网络小说几乎没有意外地遵循“开端发展高潮结束”的路径，似乎是早前先锋小说家们弃若敝屣的现实主义在网络小说里还魂复活了一般。

以“我”这个第一人称视角控制的现实主义，几乎是大部分网络小说选择的叙事套路，“是形式，而不是内容，更具有历史性”，[②]从这个角度去探究网络小说叙事形式的套路，会有一些很有趣的发现。关于现实主义，伊格尔顿曾经有这样一些解说：“现实主义文学倾向于掩盖语言的社会相对性或被建构性：它帮助肯定下述偏见，即存在着某种‘普通’语言，某种这样地或那样地自然的语言。这种自然语言把现实‘原封不动’地交给我们：它不像浪漫主义或者象征主义那样把现实扭曲成为种种主观的形状，却把世界按上帝自己所可能了解的那个样子再现给我们。符号没有被视为一个由某一特定的可变的符号系统的种种规则所决定的可变之物，却被看做开向事物或者心灵的一扇透明窗户”，“那些把自己冒充为‘自然’的符号，那些把自己当作唯一可以想象到的观察世界的方法的符号，就恰恰由于它们的此种行为而是权威主义和意识形态的。意识形态的功能之一就是把社会现实‘自然化’，使它看起来像自然本身一样单纯和永恒。意识形态力图把文化转变为‘自然’，‘自然的’符号则是它的武器之一”，“意识形态在这意义上乃是一种当代神话，是一个将自己的暧昧之处和选择可能性全部洗涤尽了的领域”[③]。果真如此，我们从来不去追问网络文学那些板结固化的规则果真是铁板一块吗？我们只会被高度紧张的情节一路拽着走，感同身受地同情着甄嬛，看女主人公如何“别无选择地”从一只小白兔成长为一只大灰狼，而我们不会意识到，其实作者根本就没有

① ［英］爱·摩·福斯特：《小说面面观》，花城出版社1984年版，第24页。

② 赵毅衡：《苦恼的叙述者——中国小说的叙述形式与中国文化》，北京十月文艺出版社1994年版，第283页。

③ ［英］特里·伊格尔顿：《二十世纪西方文学理论》，北京大学出版社2007年版，第118页。

给人物选择的机会和可能性，在高密度编织的情节下，我们迅速就理解了甄嬛为了正确的事情可以不择手段的力量与无奈，而且我们从来没有追问它的逻辑“可能不是或不仅仅是将人性恶的方面放大，而是试图为人性恶确立它的合法性”[①]。

其实几乎一以贯之的第一人称视角非常明显地凸显了网络小说现实主义的非客观性，但是由于第一人称的无距离感，亲切感，它似乎并不构成对现实主义的消解，反而有加深真实性代入感的作用。第一人称视角的大面积铺开，其实是这个宏大价值解体的空虚时代人们极度自恋的表征。网络小说，不论类型如何，几乎都在讲述一个成功学为核心的自我价值追寻与认同的故事，“人们说自恋时并不是指那些爱自己的人，而是指脆弱的个性，拥有这种个性的人需要源源不断的外界支持来进行自我确认。这种人不能容忍别人的复杂需求，却试图通过扭曲别人的身份，分离出自身需要的和能用的东西，以此来与他们建立联系。因此，自恋者仅以量身定做的表达来与别人交往。这些表达是脆弱的自我所能处理的一切”[②]，所以并不奇怪，网络小说里的爱情如此纯粹，根本不会意识到“爱情意味着从对方的视角品尝人世间的惊喜与艰辛，由双方共同的经历、体验、悲伤和喜悦而形成”[③]，也因此即便以言情出彩的《甄嬛传》，也有学者分析到：“《甄嬛传》较大的败笔是言情，这部分占了很大篇幅。在《甄嬛传》中，爱情成了推动故事的重要动力，成了事件的第一因。不知道是人一恋爱就变傻，还是一恋爱就变崇高，《甄嬛传》前面部分显得智力较高，后面写言情就显得弱智。果郡王平时言行谨慎，能在雍正的猜忌下苟全，一恋爱就置身家性命于不顾了。皇后、华妃因为位不正，故或失位或丧身，甄嬛为了恋爱，失位、僭越，却能一路逢凶化吉，吉人天相。”[④]言情，本应该承担起拯救重任，却终于力有不逮。而网络小说之所以如此类型化，恐怕恰恰也是由这种高度自恋而又非常单薄的自我关注造就的，自恋者没有兴趣探究别人的世界。

---

① 孙佳玉等：《多维视野下的〈甄嬛传〉》，《文艺理论与批评》2012年第4期。
② ［美］雪莉·特克尔：《群体性孤独》，浙江人民出版社2014年版，第190页。
③ ［美］雪莉·特克尔：《群体性孤独》，浙江人民出版社2014年版，第7页。
④ 孙佳玉等：《多维视野下的〈甄嬛传〉》，《文艺理论与批评》2012年第4期。

慢慢地低下头，看见瑰丽的裙角拖曳于地，似天边舒卷流丽的云霞。裙摆上的胭脂，绡绣海棠春睡图，每一瓣每一叶皆是韶华盛极的无边春色，占尽了天地间所有的春光呵。只是这红与翠、金与银，都似到了灿烂华美到了顶峰，再无去路。

缺一针少一线都无法成就的。我忽发奇想，要多少心血、多少丝缕纵横交错方织就这浮华绮艳的美丽。而当锐利的针尖刺破细密光洁的绸缎穿越而过织就这美丽时，绸缎，会不会疼痛？它的疼痛，是否就是我此刻的感觉？

举眸见前庭一树深红辛夷正开得烈如火炬。一阵风飒飒而过，直把人的双眸焚烧起来。庭院湖中遍是芙蓉莲花，也许已经不是海棠盛开的季节了……

突然，心中掠过一丝模糊的惊惕，想抓时又说不清楚是什么。几瓣殷红如血的辛夷花瓣飘落在我袖子上，我伸出手轻轻拂去落花。只见自己一双素手苍白如月下聚雪，几瓣辛夷花瓣粘在手上，更是红的红，白的白，格外刺目。

那种惊惕渐渐清晰，如辛夷的花汁染上素手，蜿蜒分明。

一滴泪无声的滑落在手心。

或许，不是泪，只是这个夏日清晨一滴偶然落下的露水，亦或许是昨晚不让我惊惧的雷雨夜遗留在今朝阳光下的一滴残积的雨水，濡湿了我此刻空落的心。①

这一大段，基本就是七卷《甄嬛传》的情绪主旋律了：伤感、疼痛、怅惘、犹疑、失落，就如这个时代的我们一样处在一种惶惶不安，无可名状的焦虑中，那些“模糊的惊惕”，“想抓住又说不清楚什么”，其实真是我们“空落的心”。

① 流潋紫：《后宫·甄嬛传》，http：//www.ty2016.net/zhuanti/zhenhuanzhuan.html.

三、重谈“文学性”的问题

网络文学诞生以来，迅速席卷了普罗大众的阅读生涯，进而由于IP转化利润的原因包揽了很多电视电影屏幕，成为网络时代里文化生活非常重要的一个部分。粉丝的高热度、纯文学的被冷落、学院派的不屑或意图研究却不知如何下手，构成了我们当下文学生活的有趣图景。

学院派的尴尬在于数十年的精英立场在这个削平一切价值的后现代文化语境里显得无力而且政治不正确，网络文学文本本身的庞大也导致了研究的巨大困难，另一个非常现实的问题是，网络文学自顾自地生命力蓬勃旺盛，原来适用于纯文学经典解读的一套阐释方案似乎在这里完全失效。北大学者邵燕君非常有现实关切地提出要做“网络时代的文学引渡人”，她带领一批北大学生介入性地研究网络文学，贡献了很多极富创见的观察：如网络革命不但打破了精英文学——大众文学之间等级秩序，而且根本取消了这个二元结构，类型小说的商业性不排斥文学性，类型小说的程式化不排除独创性，类型小说的娱乐性不排斥严肃性[①]。她还具体地分析过各种网络小说所承担起的建设主流价值观的问题：“如同中国的玄幻小说也在满足着有关共产主义的宏大叙事解体后，个人的世界归属和终极意义的匮乏；那些回到汉唐宋明的‘历史穿越’小说，是在一个梦想‘大国崛起’又普遍‘去政治化’的时代，满足公民公开讨论各种制度变革可能的政治参与性的匮乏；就连那些似乎只专注于‘打怪升级’的‘小白文’也在满足着在学校——家庭——补习班中规规矩矩长大的男孩儿们青春热血的匮乏。”[②]虽然紧接着邵燕君强调她并不是在美化网络文学，但是从她的解读思路和表述里，我们显然发现网络文学真的是几乎要承担起了以前人们寄望于纯文学承担而不得的所有价值和意义，“优秀的网络作家也追求主题深刻、文化丰厚、意境高远，但这一切必须以‘爽’为前提，这也就意味着任何的‘引导’都必须以对快感机制的尊重为前提”[③]，从这里我们

---

① 邵燕君：《网络时代的文学引渡》，广西师范大学出版社2015年版，第137—139页。

② 邵燕君：《网络时代的文学引渡》，广西师范大学出版社2015年版，第40页。

③ 邵燕君：《网络时代的文学引渡》，广西师范大学出版社2015年版，第209页。

可以看到一种矛盾乃至分裂性：一边强调不存在大众文学——精英文学的等级性，一边又强调要用通俗文学的标准来研究网络文学。评论界对网络文学有见地的分析，大多也遵循着这一文化研究的思路，不期然地，网络文学研究和网络文学文本分享着同样的分裂：一边是深渊般近乎恐惧的焦虑，以及对这种恐惧的绝对认同，一边是“YY”式的希望与拯救，从深渊到巅峰的跨越，是以期待或者说幻想为工具的。一味地肯定网络文学表达社会意识的真实性，无条件地单一遵从快感机制，似乎并不能构成和网络文学真实的对话和批评，所谓对话和批评，必然意味着不同观点和立场的引入，否则不过是取消了批评的现象描述和一家之言。

如果网络文学研究，不从文化研究的角度出发，网络文学是不是就绝对要以粉丝为中心，要以“爽”为最高目标？已经有成熟的网络作家明确地说不，网络作家风弄在不同的场合谈过：“身为创作者，不能被读者所左右，因为创作是私人的事情，不可能被大众所参与。它表达的是你对这个世界的看法，不是大家对这个世界的看法”，她也不承认媒介变化所必然带来的对文学的改变，她认为文学只有两种：好的文学和坏的文学。①我认为在作家这种朴素的表达里，其实已经蕴含了跨越大众精英鸿沟的桥梁，那就是文学性的问题，好的文学，具有好的文学性，不好的文学，文学性很低。我们都说张爱玲的创作雅俗共赏，她吸引读者的秘籍并不在于文化价值或者读者中心，而是她能够写出人性的复杂性，她能看到人性病了的很多症状，但是她并不给出空洞的疗救，而是写出暧昧性，技术高超地写出人的困难。网络文学非常值得肯定的是它的确有建构共同体、建构乌托邦的冲动，如卡西尔所说，人的独特性在于会使用符号编织意义，然而如果这种冲动仅仅以自恋而又“YY”式的希望和“爽”来解决世界和自我的复杂性、断裂性和矛盾性，那注定会陷入枯竭中。

就《甄嬛传》来说，正如有的论者所说：“《甄嬛传》就不完全固定于一个类型，给了读者较为丰富的想象空间，读者们各取所需，各自认同。阴谋家看到险恶的斗争，此消彼长，你死我活。小白领看到《杜拉拉升职记》，

① 风弄访谈录，见邵燕君《网络时代的文学引渡》，广西师范大学出版社2015年版，第292页。

可以从中感受到职场的险恶，作为职场手册来学习。家庭主妇看到妇姑勃溪，叔嫂斗法。恋爱家看到真爱，有了爱可以逢凶化吉，过关斩将，一路绿灯。”这个评论很自然地让我们想起了鲁迅对《红楼梦》的评论，而且很多的网络穿越架空小说都在不约而同的向这部伟大的作品致敬。《红楼梦》家族小说庞大的结构特别适合需要相当长度的网络小说学习和模仿。非常值得提醒的是，这些号称向《红楼梦》学习的作品，往往借鉴了它的写法、结构，但是却达不到它的浑然天成：所谓悲凉之雾，遍布华林。它写出了种种精神氛围和挣扎，而《甄嬛传》和多数网络文学作品一样，很多所谓不同因素，是马赛克式地拼贴在一起的，不能极富文学性地写出我们的爱与恐惧，不能写出美丑善恶、黑暗光明、希望绝望是如何错综复杂地纠结在一起，而人就在这种纠结中，创造自己的历史、现在与未来。网络文学作品触及到了世界的复杂，人性的无明，以及在无明浩瀚复杂的现实里坚持追求美、正义、尊严的困难，但是为了追求所谓的“爽”，绝大多数网络文学以“YY”的方式解决了这些困难。从来伟大的作品只负责提出问题，而不解决问题，好的作品提供一种召唤结构，以一种未完成性激发读者自己的思考和回应。某种程度上讲，我们看待网络文学的方式表明了我们是谁，我们想要成为什么样的人。绝望虚无与希望拯救在一条路上，在同一件事上携手而来，我们准备好了怎样的姿态去迎接呢？

（本节作者：马为华，广州大学人文学院副教授）

第七章

空间：本土研究

第一节 《山海经密码》的叙事密码

曾有学者于网络文学的背景下讨论《山海经密码》的文化转型意义，指出面对类似的网络玄幻小说，不应将传统的文学欣赏标准强加其上，而应关注其“文本中呈现的多元性与创造力”，因为“《山海经密码》显示的是阿菩的想象力”①。如果细读《山海经密码》，阿菩这次“如梦如幻的神游”中自然包蕴着令人感叹的想象力，阿菩在他的《后记》中说“它其实是一个故事”，《山海经》是他为这个故事寻找的一个“舞台”。因此，如何在《山海经》的远古大陆上演这个故事，讲故事的方式，即叙事方法，彰显的是与想象力同源异质的创造力。发现《山海经密码》的叙事密码，可以为准确评价《山海经密码》在网络文学领域的创新价值提供较为可靠的内容。

一、历史时间和神话空间中的冒险叙事

至少在我们大多数人的理解中，时间是具有连续性的本质真实的存在，无论是遥不可知的远古时代，还是眼前当下与未知将来，在时间上都是必然存在的。所以《山海经》世界的时间也必然是历史的时间，《山海经密码》的故事便也必然存在于历史时间之中，为此，在书的结尾处，叙述者给出的是《史记》中关于太甲之事的记载，以此指出历史时间的真实存在。

但空间的存在与时间不同，空间的多维性决定了它的不确定性。存在于空间的人与物，在赋予了空间故事性的同时，也加强了它的虚构性。《山海经》的空间是一个人、神、妖兽共存的世界，这个世界的生成过程呈现出的是

---

① 杨早：《网络文学的文化转型——以〈山海经密码〉为例》，《文艺报》2013（7）：1-2。

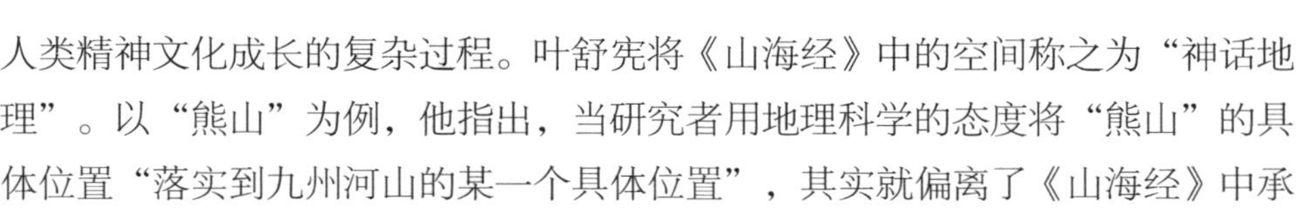

人类精神文化成长的复杂过程。叶舒宪将《山海经》中的空间称之为“神话地理”。以“熊山”为例，他指出，当研究者用地理科学的态度将“熊山”的具体位置“落实到九州河山的某一个具体位置”，其实就偏离了《山海经》中承载的远古神话信仰。叶舒宪提出，“熊山”的存在呈现的是一种神话观念，“不宜机械地理解为自然地理意义上的纯粹地名，而是人文地理的一种神话信仰建构符号”[①]。《山海经》的空间所具备的神话地理特质，是适宜阿菩的“故事”上演的绝佳场所。

在历史的时间与神话的空间交织而成的远古大陆上，小说的主角有莘不破直接开始上演他的冒险故事，冒险叙事成为贯穿小说始终的一个核心叙事轴。

“冒险”作为一种叙事的方式，常常带有一定的魔幻色彩，而非一般意义上的经历“危险”的事情。如《荷马史诗》中奥德修斯的海上历险，如《西游记》中唐僧去西天取经而经历九九八十一难。在这个叙事模式中，“一位英雄从日常的平凡世界闯入某个超自然的神奇领域，他在那里遭遇一些令人难以置信的力量，赢得决定性的胜利”。[②]

《山海经密码》的冒险叙事有着它自身特征。

首先，冒险起因不同。与奥德修斯为了回家不得不经历艰难险阻不同，也不同于唐僧为了取到真经必须经历九九八十一难，有莘不破是主动冒险，也可以说是他在寻找冒险。他是经过几个月的准备，从家里逃出来，并改名有莘不破。他寻找的是“那个血光四起的世界，那个高手争雄的世界，那个充满无数爱情故事和冒险故事的世界。那才是男儿大展雄风的地方，那才是男儿追求梦想的地方”。这个“世界”本身就是有莘不破的目的，只要他找到了这个世界，便是冒险故事的某种程度的实现，因此，对冒险的结局便不能以一般的“胜利”和“失败”来定论。

其次，冒险结局不同。小说中冒险叙事的结束是历史决定的归宿，而不

① 叶舒宪：《〈山海经〉与神话地理——以〈山海经〉“熊山”考释为例》《中国社会科学报》2010年第14期。

② ［美］戴维·科尔伯特：《哈利·波特的魔法世界》，人民文学出版社2002年版，第172页。

是一般意义上的胜利。小说中多处提到“天命所归”，这份“天命”决定着冒险叙事的走向，我们有时可将之称为“主角光环”。带着主角光环的主人公一般最终总能取得“决定性的胜利”。但是如果考虑到在《山海经密码》中有莘不破追求的目标是冒险本身，那么冒险的结束如果表现为对无处不在的“天命”的无奈顺承，绝不是真正的“胜利”。有莘不破不想接受和面对的，江离和雒灵想要努力改变的“命运轮盘”，终究是沿着历史之辙前行的。

所以，冒险叙事的开与合，密码就是“天命”和“身份”。在小说中，叙述者的冒险叙事和有莘不破的冒险故事一直在“天命”这一双面的幕后操纵力量下进行的，它一方面给予有莘不破冒险过程中梦想的快乐，一方面又不断积聚力量来结束这一冒险。“江离被擒”后，有莘不破选择了“东归”，在这里，冒险叙事已经从开局的主动追寻转身到对结束冒险的无奈抗争。有莘不破已经意识到冒险的必然结束，“无论我怎么逃避，该来的始终会来”。但是他不愿意束手就范，当姬庆节劝他以真实的身份去换回江离，他拒绝了，他还不想放弃他作为有莘不破的冒险身份，他特意强调：“别忘了我现在的名字是——有莘不破！有莘——不破！”

昆仑之战，当有莘不破再次启程，奔赴昆仑之战，伊挚为他武装了在昆仑空前绝后的召唤力，为的是让九鼎化作凤凰之纹，鼎革天下，在这个目标下，他的身份是“天命所归”的商王孙。而他一心所想的，是将自己的好友与妻子一起带回去，在这个目标下，他的身份还是冒险主角有莘不破。此刻历史的时间已经走到尽头，唯一的可能便是在神话的空间—昆仑中进行。

昆仑之战是叙述者为有莘不破特意准备的最后一场华丽冒险，也是改变命运轮盘的最后一搏。

二、荒原自由与家国重负中的乐园叙事

“荒原”二字，可能首先让人想到的是艾略特的“荒原”意象，在这个意象中，传统价值观念支离破碎，当下世界乱象丛生，现代生活丑陋不堪，一幕幕精神无根的社会悲剧等等。这不是有莘不破的“荒原”，令他兴奋地大叫大笑的“荒原”。有莘不破的“荒原”存在于《山海经》中充满神话气息的

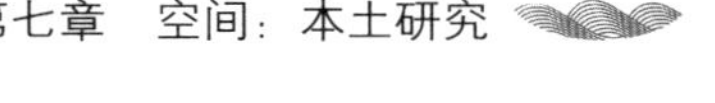

远古大陆。天地玄黄，宇宙洪荒，“荒”一则为陆，二则有与文明相对之“蛮荒”之意。《山海经》有东、南、西、北四荒，其间之人事多荒诞不经。有莘不破眼前的“荒原”，是隔绝华夷，走向蛮荒的荒原。“只要越过这片荒原，他就真正脱离了商国的势力范围。”对于他来说，走向荒原便是走向自由。

眼前的荒原是与身后的家国相对的一个概念。家国，在中国的传统文化意识中，是一个带有归宿感的概念。但在《山海经密码》中，它代表的是有莘不破一直想要努力摆脱的重重束缚。只有走出家国束缚的有莘不破，才能激发潜伏在内心深处的原始冲动，体会到入魔般的原始快感。从踏入荒原开始，有莘不破开始追寻和建造的是一个属于他自己的乐园世界。

“乐园”作为一个文化心理情结在中西文学作品是一个普遍存在的文学现象。虽然可以从集体无意识的心理学范畴去挖掘其生成原因，但是文化生成的空间不同，每个文化领域中的“乐园”组成因素也不尽相同。表现在文学作品中，叙述者在构建一个“乐园”时，必然使用出属于他自己的叙事密码。

一是人。有莘不破的“乐园”里最重要的人是朋友江离，而不是他的情人雒灵。从时间上看，有莘不破遇到江离在雒灵之前。从空间的设定上来讲，有莘不破在荒原中发现江离，在三次走开后又回来，意味着江离对有莘不破乐园建构过程的有着命定的关系，他实质上决定了有莘不破的乐园建构进程。江离被擒，离开有莘不破，乐园建构进程中断，转折点出现，有莘不破一路向西的计划付之流水，转而向东，为营救江离又一步步回到家国重负下，直至最终失去江离，乐园消失。从江离的人物设定特征上看，江离具有一种赋予空间生命感的意义，他无论是在日常生活中或是战争过程中，释放出的是令人惊叹的极富美感的生态重建意念力，某种程度上，他的存在弥补了有莘不破的破坏力，使有莘不破的个人自由冲动不至于造成过度伤害而打破乐园叙事的平衡与和谐。在有莘不破的内心，“眼光四射的女人”只能排在“互相欣赏的朋友”后面，所以雒灵自然是在江离之后，甚至也可能在羿之符、桑谷隽和芈压等这些各有特色的理想友人之后。但无论如何，雒灵确实是有莘不破的“理想女人”，她美，永远在他背后，不说话也能情意相通，可以在关键时刻助力于他的冒险，甚至在最后为他生下一子。除了友人和女人，这个乐园里自然还有忠心耿耿的下属，以及邪恶的敌人，所有这些人设，是阿菩为有莘不破构建乐园的首要叙事密码。

二是事。有莘不破在荒原遇到江离，从此走进令他感到兴奋痛快的冒险人生，享受着他的乐园世界。在北狄祭师布下的心幻大阵中，每个人都会遇到在内心深处不愿面对的人和无法自解的难题。出现在有莘不破的眼前是他一直想逃离的师父伊挚，通过师父之口，说出了他不愿正视的一些事实。其中最重要的部分就是他一路走来，苦心经营的自由乐园，最终难逃出是家园重负的归宿：

> “你这些日子来虽然胡闹，但送走了九尾，夏人母族祖脉涂山氏没有几百年是恢复不了元气了。巴国因你而拱手，也算是默认站在我们这一边了。姬家有复兴的迹象，经此一事，也必臣服。朝鲜乃我国后院。八大方伯中只有昆吾还冥顽不灵！它悖逆天运，焉能存活？一旦覆灭，再扶持季连氏昆吾为祝融正宗，则普天之下，除夏人甸服之外尽入我王之手。”

当有莘不破疑惑于“怎么师父的言论和我预想中的一模一样？”乐园叙事的密码便在此间闪现。

有莘不破的冒险经历不是偶然的巧合，在它的背后隐藏着一个具有操纵能力的叙述者。在小说的文本中，它有时可以被感知为有莘不破的师父或者祖父，但毕竟作为文本之中有限制性的叙述者的一部分，这种力量存在不稳定性的真正操纵者便只能是作为无限制的叙述者的作者，正是叙述者的这种操纵力量在巧妙地推动着有莘不破在荒原自由与家国重负两种表面相反叙事走向终极合一。这正是阿菩的乐园叙事的密码所在，终极的力量终究是历史的时间进程。

三、绝情为始母性作结的女性叙事

无论是热切追求的冒险，还是经历营造的乐园，完整的世界里，女性角色是必不可少的。在《山海经密码》中，女性如何出场，如何与男性共处一

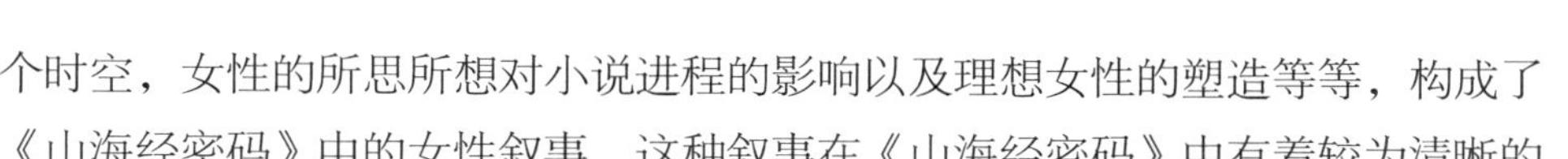

个时空，女性的所思所想对小说进程的影响以及理想女性的塑造等等，构成了《山海经密码》中的女性叙事，这种叙事在《山海经密码》中有着较为清晰的理想设定特征：一是以艳情为起始点，二是以母性为终结点。

小说中的女性形象众多，身份各异。即便如雒灵者，虽然赋予了她作为有莘不破情人及妻子的重要身份，但对有莘不破来说，她依然比不上男性的“朋友”重要。从叙事的角度看，女性的存在是出于叙事过程的需要，正是这种非常明显的需要色彩，使《山海经密码》中的女性叙事直接走向理想化的设定。

（一）艳情是两性关系建立的起点。雒灵与有莘不破的情感关系是极具代表性的。当有莘不破将雒灵从札罗的囚牢中带走，这一行为同时实现了两个人的愿望，一个是有莘不破的“英雄救美”，一个是雒灵的“落难被救”。有莘不破是因为雒灵“美”才要“救”，而雒灵是需要有莘不破“救”必须“美”。当有莘不破在“宙逆”的情况下，再次回到这座囚牢，因为雒灵不需要被救，于是“英雄”和“美”之间的关系便无从建立。雒灵必备的身份条件便是“美”，她被有莘不破带回有穷商队，入住“松抱”，从此与有莘不破之间便维持着一种彼此享受对方身体的艳情关系。不仅是雒灵与有莘不破如此，银环与羿之符之间的关系也起始于非常直接的艳情相接，桑谷隽一见钟情于燕其羽，燕其羽却对羿之符渐生好感，但最终使燕其羽走向桑谷隽的是一场有意为之的治病献身，同样是用艳情的手段在设计连接男女关系。

（二）母性是两性关系维持的归点。因艳情而开始的两性关系，如果不想演变为色衰爱弛或者喜新厌旧的老戏，必须有一个合理而稳妥的叙事落脚点，在小说中，这种理想的落脚点便是女性的母性光辉闪耀。雒灵在和有莘不破以肉体关系相伴的过程中，虽然持有心宗强大的洞察心灵的能力，却在与有莘不破的情感关系上无法稳定自己的心神，于是充满哀怨。但是在孩子出生以后，她的母性焕发使她自然走出了曾经困扰她的难题，她满足并安定于自己的母亲身份，打算享受在后宫“养养花、逗逗鸟”的幸福生活。燕其羽与桑谷隽之间的言情关系虽不比雒灵与有莘不破那样两情相悦，但奇特之处在于，当燕其羽在心幻大阵中因“伤心诀”而灵魂被灭，使她依然存有气息，有望复活的，正是她腹中的孩子。在涂山氏身上，因为大禹的背弃而产生的历史深远的怨念，在她觉醒后成为毁灭世界的巨大力量。最终化解这一危难的契机是作为涂山氏后代的若木逝世。因为他引发了涂山氏潜藏的母爱慈心，冲淡了她走向偏激的执念，雒灵和羿之符才有机会使用伤心诀和死灵诀，最终涂山氏恢复平静，无悲无喜，无爱无恨，缓缓消失。反之，作为一位母亲却失去母性心怀的沼夷，一直深陷在失去曾经幸福的仇恨之中，始终灵魂不得安宁。

由艳情起始以母性作结的女性叙事模式，自然成为刻画理想女性的准则，小说中的女性角色便是在这种准则下生成的。

一是极致之美。“美”是作为女性角色存在的首要条件出现的。可以说除了姬庆节迷恋的莲蓬外，小说中的女性无一不美。打动男人的并不是心灵与性情的相知相谐，而首先是绝美的容颜。巴国的桑家两姐妹，痴守着对若木的一段记忆，为此不惜失去自己的生命，两姐妹姓氏之“桑”，以及家园中的“桑树”，暗含有命定的“女丧”之意，正因其人之美，才引生出令人叹惋的悲情之美。正因如此，姬庆节所迷恋的莲蓬因为不美，在整体的女性叙事中反而呈现出一种不自在的造作感，让人觉得是叙事者刻意为之。

二是默不多言。雒灵作为心宗传人，知人而不语。银环自从恢复蛇形，便失去了语言能力。燕其羽起始出语咄咄逼人，在获得自己后却寡言少语。桑家姐妹能静守一院，自然多是无语默默。女性的默不多言，是对由男性世界的一种退守和遵从的态度呈现，这种女性的沉默，可以在最大程度上不去影响由男性行为推动的叙事进程，仿佛这种叙事进程是急促而迫切的，因而没有足够的余暇让听女性们絮絮而谈。

三是母性必备。小说中的女性，如果不能在母性的心怀中获得平静，那么便只能在命定的咒语中死去，或者在紧箍的绝望里沉沦。雒灵的师姐妹喜虽然拥有夏桀的无限宠爱，但最终是一个心宗“和心爱的男人一起死”的结局。藐姑射拥有穿越时空的玄力，却无论如何躲避不了相爱即死的咒语，最终和季丹洛明在相拥的刹那同时死去，涂山氏几百年的幽怨不绝仅仅是大禹的背弃，更因为大禹夺走了她的儿子启，从而使她失去了作为母亲的安宁安全感。

具备了这三点，自然便是理想的女性角色。女性的叙事密码决定了在整个叙事进程中，需要的是女性的存在，而不是女性的存在感。所以当雒灵怀疑自己的存在是否重要时，想要试探和证明有莘不破的心，有莘不破却浑然不觉

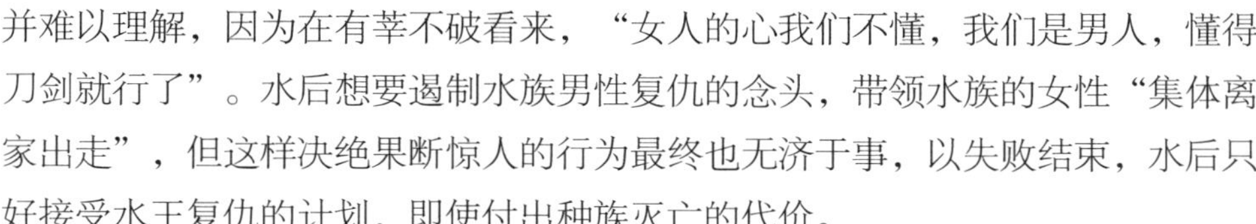

并难以理解，因为在有莘不破看来，“女人的心我们不懂，我们是男人，懂得刀剑就行了”。水后想要遏制水族男性复仇的念头，带领水族的女性“集体离家出走”，但这样决绝果断惊人的行为最终也无济于事，以失败结束，水后只好接受水王复仇的计划，即使付出种族灭亡的代价。

四、刻意为之与似是而非的英雄叙事

当我们面对一部文学作品时，作为读者的接受者一般对叙述者会持有一种天然先在的信任感——相信叙述者会尽其所能地真实地叙述值得相信的情节（即使是虚构的），并因此形成一个具有可靠结论的稳定故事。比如，小说开始，在叙述者的历史布景下，有莘不破“踏沙而行，出现在夏王朝东南部的边境——有穷国大荒之原的边缘”。在这里，叙述者含蓄地向读者说明商君的性格平和以及商国举世罕有的安宁。顺流而下，当叙述者将有莘不破的梦想详细道出时，全知的叙述视角使读者在此已经具有非常明显的接受倾向性：可靠的叙述者会为我们创造一个光彩四射的主角——一个理所当然的英雄——有莘不破！

然而，任何一个叙述者，都在做有选择的叙述。有莘不破出场时，只有叙述者知道他的真实身份，包括他的过往以及他的心中所思。很明显，“叙述者讲述的内容少于他所知道的内容”[①]，这必然出现某些叙事信息的延宕，而“读者对事件的阐释，是根据他们在特定阅读时刻组合的配置与被显示事件之间的关系来进行的”。叙述者通过对信息的选择与呈现，影响读者的认知效果及情感评价。

《山海经密码》里，叙述者的态度使叙述带有明显的刻意为之的痕迹。

第一，刻意的身份设置。有莘不破渴望以有莘不破的身份成为一位英雄，叙述者在整个叙述过程中一直称其为有莘不破，这是最明显的刻意为之，因为只有在这个名称之下，进行的才是英雄叙事。但实际的情况是，当大战蛊雕之后，羿之斯将有穷商队托付于他，不是因为他是有莘不破，而是知道他真

---

① ［美］戴卫·赫尔曼：《新叙事学》，北京大学出版社2004年版，第24页。

实身份后的一份深谋。祝融城主芈方也是在知道了有莘不破的真实身份后才让芈压随同出行。巴国君主桑鏖望也了解到了他的真实身份。当他经遇险境，出现在他身边的季丹洛明、有莘羖甚至若木，都是因其商国王孙的身份才相惜相助。跟随在他身边的朋友，江离和雒灵是很早就确知其真实身份的，芈压和桑谷隽虽未曾明言，但在有莘不破恢复王孙身份时，两人无丝毫惊异之处，可见也是了然于胸的。

第二，身份的困境。英雄叙事的进行，有莘不破的身份原是一个叙述的起点和起因，但一个很明显的叙述困境出现：如果仅仅是一个普通的少年仗剑走天涯的故事，似乎支撑不起一个英雄的神话世界，正如没有纯正的血统便无法召唤出上古的神兽，英雄的胜利从何而来？而如果完全抛掉有莘不破的身份，英雄叙事走向的又变成了君王大业的建构。

于是，由于叙述者表现出对“身份”的非常固执的坚持，叙述者承认这是“商国王孙的英雄梦”，但直至等到有莘不破进入夏都时，叙述者依然表述为“商国储君有莘不破独身闯夏都。”当有莘不破被羿令符追至，大声宣告：“大夏东方方霸，商王座下偏将羿令符护送我国王孙前往夏都朝见天子……”，有莘不破放声大笑，笑中带着哭音，因为有莘不破的英雄之路和叙述者的英雄叙事都到此被迫结束。

刻意为之的叙事形式，使英雄叙事的内容同时也显得似是而非。叙述者在有莘不破的身份之下一开始就预设的英雄叙事之路是否可靠又稳定地进行着？如果我们留意到叙述者的人物设定特点以及对叙事信息的取舍，便不难看出叙述的目的与实际走向的偏离。

第一，莫名的友谊好感。有莘不破在大荒原的雪堆里挖出江离，出于对自己生存几率的考虑直接就打消了救他的想法，后来分别动用师父与爷爷的教诲也没有说服自己。当他再次转身，什么不想地背走江离，是出于善良？叙述者告诉读者两者之间的关系建立基于一种微妙莫名的好感。在小说最后，当有莘不破通过“宙逆”回到大荒原，因为缺少这份好感而无法再建他和江离之间的情感关系，这正是暗示最初让有莘不破转身回来的，并与江离之间互生好感，是叙述者的主观意识推动，而非两者的惺惺相惜。

第二，搁置的善恶之判。有莘不破的首场战斗是对阵盗群，彰显他具备

了作为英雄必需的超能战斗力。但事实上英雄的品质才能最终促成英雄的诞生。有莘不破的英雄品质是否可以在叙事中得到证明？

当天劫来临，寿华城主将百姓弃之城外遭受野兽和天劫的双重毁灭，极力大呼开城的人是江离。没有江离的呼喊与愤怒，有莘不破应该不会干涉寿华城主的决定，也就是说，他并不认为将百姓弃之城外有何不妥。

当有莘不破接任有穷商队台首之位，为了维持商队的开销，继续他的英雄之路，他灭了窫窳寨，抢了所有财物。作为朋友的江离对他的杀伐之心甚为排斥，为此以“天眼”洞察他的心机，发现他“善恶之际，也就五五之数。”但最终阻止江离杀死有莘不破的就是他对有莘不破的那份“好感”。江离准备离去，依然是那份好感，让他在处理和有莘不破的关系上妥协——搁置对有莘不破善恶的评判。

第三，英雄与暴君的殊途同归。与水族大战之前，羿令符提醒有莘不破“尽量压住那些残暴的念头”，因为江离说过：“残暴是会积累的，杀人是会上瘾的。”但在随后的大战中，有莘不破一把刀血洗了水晶宫。有莘不破告诉江离，他在一具僵尸的眼中看到了自己的未来，看到自己成为了一个暴君，杀人无数，血流成河。他希望能够改变自己的命运，所以才逃离而出，“用我的刀、我的力量和我的生命在那边做一个传说中的英雄”。但是当他说这些的时候，他却想起了血剑宗，而这个人，曾经一人屠杀了有莘羖的空桑城，一把剑杀尽了水族东征的勇士。当江离被擒，由都雄魁恢复记忆，并剥离对有莘不破的好感后，至夏都坐镇九鼎宫，由朋友转而成为有莘不破最大的敌人。因为江离知道，有莘不破想要成为的英雄，与他最终必然成为的暴君，在同一条路上。

刻意为之的身份设定，似是而非的英雄道路，英雄叙事在历史记载中告终。

从《山海经密码》的玄幻叙事走入《史记》的历史记述，《山海经密码》的叙事，本质上是一次叙事的冒险。叙述者和有莘不破都在进行着各自的冒险。有莘不破想要改变的命运方向，叙述者一直在为他寻找和设定通往理想的叙事密码。让他在历史时间与神话空间建构的时空里冒险，在他走入荒原享受自由的同时承担起家国重任，让美的女性助力生发冒险激情，点缀乐园世界，为他刻意保持有莘不破的身份。虽然最终无法逃离历史时间的限制，却又不甘心地为他开辟了昆仑神话战场，发挥着极致的想象，集结着所有的力量，甚至寻建重生之门，但是，如此费尽心思在叙事中再造的，到底是有莘不破还是商朝的太甲帝呢？

（本节作者：陈丽红，中山火炬职业技术学院教师，文艺学博士）

第二节 《山海经密码》中人物形象的狂欢化书写

中国网络玄幻小说因拥有肆意奔放的奇幻想象、互动交融的多元文化、心理补偿的阅读体验等艺术特质，很好地迎合了现代人的审美需求，现已跃居网络文学的中心，成为深受欢迎的文学样式。其中，阿菩的《山海经密码》借助一系列神话形象和人文、地理风俗，对《山海经》中的蛮荒世界进行重现与解密，在17K网站连载时就深受众多读者喜爱，后又于2011年出版成书，已然成为网络玄幻小说中的代表作。评论界对这一类型网络玄幻小说的研究大多集中在审美特征、神话资源和价值取向等方面，如罗晓龙的硕士论文《网络玄幻小说审美研究》[①]提出网络玄幻小说在新媒介和消费主义思潮的影响下形成交互性、娱乐性和类型化的审美特征；陈飞的硕士论文《〈山海经〉神话形象与当代中国网络玄幻小说研究》[②]通过对比研究，厘清《山海经》神话对当代中国网络玄幻小说的各种影响，并进一步阐述后者对前者的继承和发展，以及如何构建文本、隐喻生活和感知现实；方伟、傅学敏的《玄幻小说的流行现象解析——以〈诛仙〉的网络传播和市场接受为例》[③]主张除了考虑时代的经济、思想、政治等外部因素之外，还要从小说自身所蕴含的人生思想和艺术审美价值角度来探求玄幻小说流行的深层原因等等。笔者认为，除去前人研究的这些角度，网络玄幻小说作为通过发挥思维想象来叙述具有特异能力的人物与事件

① 罗晓龙：《网络玄幻小说审美研究》，江苏师范大学硕士学位论文，2014年，第1页。

② 陈飞：《〈山海经〉神话形象与当代中国网络玄幻小说研究》，延边大学硕士学位论文，2010年，第1页。

③ 方伟、傅学敏：《玄幻小说的流行现象解析——以〈诛仙〉的网络传播和市场接受为例》，《晋中学院学报》2007年第3期，第45页。

的幻想类小说，其中所糅合的各种天马行空的奇思妙想与巴赫金小说理论中象征自由和颠覆的“狂欢化”诗学也有着不少不谋而合之处。况且，作者阿菩本来就是暨南大学文学院文化史的硕士研究生毕业，做过大学教师，对西方的文艺理论也有一定的涉猎。客观而言，狂欢化作为一种文艺理论而存在的同时，也是作为一种生命感受而存在。当阿菩用狂欢化的生命感受与想象来进行狂欢化的写作的时候，两种存在样式的狂欢化可谓找到了一个较好的契合点。也正因此，阿菩在适合狂欢的网络世界，用适合狂欢的玄幻小说形式，把狂欢化发挥到极致。

那么，什么是“狂欢化”？巴赫金在对陀思妥耶夫斯基作品的布局特点和体裁特征进行分析时提出了这个理论，并在《弗朗索瓦·拉伯雷的创作与中世纪和文艺复兴时期的民间文化》中作了详细的阐释。在他看来，陀思妥耶夫斯基小说体裁的狂欢渊源与欧洲民间狂欢节（一种全民参与性的、颠覆现实逻辑的、处处弥漫着狂欢精神的盛大节日）的传统有着深刻的联系。巴赫金把狂欢节型庆典活动的礼仪、形式等的总和称为“狂欢式”，由此产生的狂欢式的喻意文本，就是所谓的“狂欢化”文学。正如巴赫金所言，狂欢节的世界感受流淌于千百年来生生不息的大众文化中，不断地渗透到文学艺术里，在体裁和形式上给予它巨大的影响。80年代初，巴赫金狂欢化诗学引入中国，就被人们逐渐运用到对当今社会文化和文学的研究中，同时，它也为玄幻小说作家提供了一种新的创作思维。阿菩的《山海经密码》正是一部通过塑造一系列狂欢化的人物形象来表达作者向往平等对话、自由交往的狂欢式世界感受的玄幻小说。

一、表达自由、宣泄欲望的“超能力”形象

在巴赫金看来，“狂欢是自由生命的彰显；狂欢的深层意义是人的自由”[①]。在狂欢节上，诸多法令、禁令和限制都会被暂时悬置，人们自由交

① 洪晓：《狂欢：自由生命的彰显——论巴赫金的狂欢理论》，《华中师范大学研究生学报》2004年第2期，第43页。

往，尊卑瓦解，进入完全平等的生存状态，构建了与日常生活及官方节日迥别的存在方式。将这种狂欢式转换为文学语言，便完成了“狂欢化”，网络玄幻小说作为无拘束宣泄感性欲望的介质，亦拥有“狂欢化”的特质。作者在创作时不必考虑现实中的逻辑和条条框框，只需自由发挥想象力和创造力，来弥补平常所遭遇的怅惘、苦闷或无奈。读者亦会放下身份，跟随文本进入无敌的奇幻世界，释放长久被压抑着的欲望。

阿菩的《山海经密码》主要通过塑造一系列行侠仗义或出类拔萃的超能力人物形象来完成这一文学的“补偿”功能。如小说一开篇，作者就亮出了绝代剑客子莫首一夫当关，万夫莫及的剑术：他竟能在沉思中将大夏两万五千精锐之师和有莘国十三万平民赶尽杀绝，此役造成有莘灭国和大夏国力大损，直接影响了历史的天平走向。可他随后却选择飘然而去，如此出神入化的剑术和淡然处世的态度足以让读者心向往之。小说主人公有莘不破是一位叛逆又无畏的青年，他曾经在他师父密室中一具神秘的僵尸眼里看到对自己未来坐上王位而变得暴戾的命运的暗示。出于对这个命运的惧怕和对外面世界的向往，他逃出商国，独自游荡在大荒原上。在小说中，有莘不破法力深厚且勇敢决绝。当鹰眼铜车商队遭到紫畫强盗袭击时，他挺身而出，独自应对强敌，竟使得商队零伤亡，自己亦毫发无伤；掌管商队领导权后，有莘不破不但及时为替商队报仇雪恨，更是在强盗札羸的地盘掀起一次杀戮之战，既为商队夺回陶函之海，亦俘获了紫畫寨三宝。太一宗宗师祝宗人的嫡传小弟子江离则是个性情淡薄的俊美少年，他能轻易使唤汲岩和绒虎（大荒原的两头极其难惹的妖怪）帮满身血污的有莘不破洗净身体，亦擅长运用璇机浑天诀，扭曲时间运行轨道令妖树变态生长，他的杀戮往往呈现着“美”的特质，让旁人惊叹不已。有莘不破和江离，一个是离家出走的无畏少年，充满杀气，沾满血腥；另一个是悲天悯人的沉稳孺子，深谙世事，温柔和顺，正双向迎合了读者对“勇者”身份的向往。

于网络玄幻小说作家而言，创作的过程其实就是颠覆现实常理的过程，他们“将内心的焦虑投射到外在对象身上，将外物变成心理镜像，以便缓解沉重的心理压力”①。阿菩也是如此，他将小说中那些拥有超能力的虚拟人物与自由刺激的诡异情节、神奇怪诞的氛围联系起来，自然而然就营造出一个能肆意宣泄和幻想的虚拟世界，满足了读者潜意识里被压抑着的欲望。

二、颠覆官方意识形态的“小丑”形象

巴赫金“突出作品的广场因素，意在将广场作为与上流社会的宫廷、贵族府邸相对的社会存在的另一极加以强调”②。在他的狂欢诗学理论中，出现在文学作品情节中供人们对话和相会的所有场所都是狂欢广场。在狂欢广场里自由穿行的那些变形、怪诞的小丑形象，如傻子、骗子、胆小鬼则在审美效应和精神本质上指向对严肃的官方意识形态的颠覆，以及对追求崇高典雅的官方审美标准的解构。

阿菩在《山海经密码》中刻画了许多夸张、变形的小丑形象来颠覆严肃的审美标准，从而深化文本的狂欢主题。如陶函商队第九车队的车长阿三，就是个看见绒虎撕裂吞吃野山牛的情形都会被噩梦惊醒三次的胆小鬼。他本只是车队的御者，却在被狻猊吓晕过去后阴差阳错成了陶函商队众口交誉的“勇士”，顶着突如其来的头衔一路战战兢兢。当淘函商队行走在大荒原时，阿三惊讶于有莘不破独自应对盗党的勇猛，不断惊呼“幸亏有他”，同时却有眼不识泰山，对沉稳的江离嗤之以鼻。直至看到江离能轻易召唤汲岩和绒虎时，阿三被吓得目瞪口呆乃至屁滚尿流，才又明白原来眼前的两位人物都不容小觑，随即对他俩毕恭毕敬，极具戏剧色彩。

无忧城的“老不死”则是个用自己的愚蠢、迂腐、贪婪、胆小和无能来衬托大人物们的聪明、通达、无私、勇敢和强大的小丑。他活在无忧城已经七十多年了，原是无忧城草创时的三千兵丁之一，因知晓无忧城即将遭遇天劫的秘密而被带入小说故事中。他自称“老不死”，斗起嘴来诙谐又滑稽，如：

---

① 潘知常：《流行文化与孤独的大众》，《东南大学学报（哲学社会科学版）》2002年第1期。

② 周卫忠：《巴赫金诗学的双重性思想》，浙江大学博士学位论文，2005年，第19页。

有莘不破打趣说："你真叫老不死？"

长胡子老头接口说："老人家我老得连名字也忘了，就偏偏不死，人家给我起了这个名字，却也正合适。"抬头看清楚了有莘的面貌，呸了一声说，"我老人家跟你小子说什么。小子你说话也不礼貌些，你呀我呀的。你爷爷也得喊我一声爷爷哩。"

……

那"老不死"见这小伙子竟能单手挡住靖歆，倒也乖巧，忙说道："你才是我爷爷，你爷爷是我的玄祖爷爷！"

小说中的"老不死"作为狂欢广场里的主要演员，向来以"狂欢"的眼光看待世界，其"表演"必然不受正统的生活规范或规则支配，因此其张狂放纵的语言表述尽显笑谑精神，既强化了《山海经密码》的喜剧效果，又活跃了文本的狂欢气氛。

在巴赫金的狂欢诗学中，狂欢化的"小丑"形象往往亦庄亦谐，包含着事物的两极，如诞生—死亡、少年—老年，肯定—否定，正面—反面，衰老—青春，胆小—勇敢等，"两个对立面走到一起，互相对望，互相反映在对方眼里，互相熟悉，互相理解"①。阿菩笔下的阿三和"老不死"亦呼应了狂欢的双重性关系。首先，阿三的胆小其实是与勇敢毗邻的。例如，当刚成为陶函商队领导人的有莘不破问"阿三哥，你说，我们下一步该怎么办？"时，"阿三吓了一跳！他怎么也想到有莘不破会在这种场合让他说话，在数百对眼睛的注视下，结结巴巴地说：'我，我想回家……'"话语一落，虽然引得大家哄然大笑，但他却成了全场唯一敢将内心最真实的想法说出来的人。毕竟经历过这几天的劫难以后，没有人不渴望得到家庭的温馨和祖国的庇护。在故事最后，阿三的勇气更是逐渐显现，出乎意料地完成了一件件许多人都做不出的壮举。其次，阿三也是个有情有义的色鬼，每年商队经过无忧城这座淫侈的销金窟

① 巴赫金：《诗学与访谈》，河北教育出版社1988年版，第236页。

时，他虽然不能免俗，急着释放一路颠簸的疲惫和长久积累下来的淫欲，忙着感慨“啧啧，这个地方的女人啊”，但他却没有一般好色之徒的花花肠子，十年来，他只跟金织一人相好，只要有空就往金织家里跑。在无忧城破落后，大家自顾逃命，也只有他才对金织念念不忘，在离开时怅然若失。“老不死”身上也体现了“亦庄亦谐”的狂欢化形象特点，在小说中，他虽然因无意中误食一颗未长成的“不死果”得以“长生不死”，却因无法避免生命的衰老而做不到“长生不老”。所以，即使他哭闹起来像个小孩，其生命属性亦被聪明人江离一语道破：“一个永远衰老的人生没有什么值得留恋的，一颗没法留住青春和唤回青春的‘不死果’没有任何价值。”

三、代表人民大众生命活力的“妓女”形象

在古希腊人看来，在宣泄西方人民大众生命冲动的狂欢节里，“快乐”与“情欲”是相等的，都能对等级秩序进行解构，从而获得自由平等的生存体验。尼采和伯格森充分肯定这种生命活力，并强调原始欲望或抽象的宇宙意志。巴赫金则将这些抽象的宇宙意志还原为人民大众的生命活力，具体表现在狂欢节和狂欢文化中对生殖能力与更新能力的张扬。

在阿菩的《山海经密码》中，无忧城的妓女作为贴近人间大地、切近物质和肉体的世俗化形象，是最具生命活力的人。她们处于城市的边缘，千娇百媚却受尽男人玩弄、谄媚奉承却不被世俗认可，终日游走于正与邪、良知与邪恶的道德边界。她们过着放荡不羁的狂欢生活，而作者正是借她们的狂欢化人生来表达对世俗偏见的讽刺。小说中的妓女被分为三六九等，金织属于无忧城的下等，她的人生也是悲剧的存在：她虽是城里资质最深的妓女，却因没有石雁的风骚，也没有银环的心机，而显得默默无闻，只能住在偏僻的外城；她虽得到了阿三的真情和宠爱，却在“天劫”时茫然无措，无法与心爱的人相依为命；躲过“天劫”后，她回到家里收拾嫁妆，准备将自己托付给阿三，却因偷听到石雁和于公斛宁的诡计而难逃一死。作者对她的书写一直都使用淡淡的笔调，但当她生命结束的那一刻，却让读者自觉地营造出浓浓的伤感和无奈：难道身为低贱妓女的金织，就算活得善良又小心翼翼，也不配继续活下去吗？

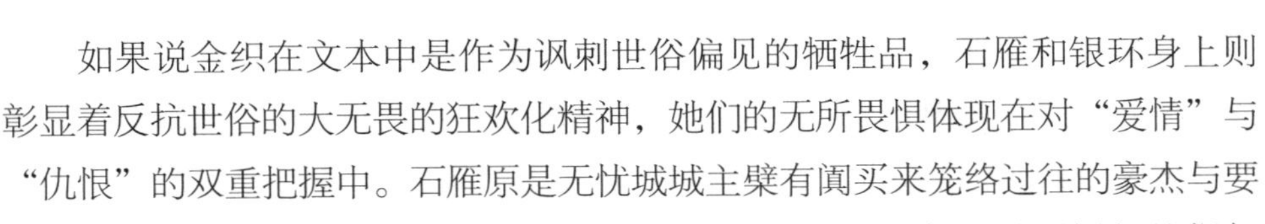

如果说金织在文本中是作为讽刺世俗偏见的牺牲品，石雁和银环身上则彰显着反抗世俗的大无畏的狂欢化精神，她们的无所畏惧体现在对“爱情”与“仇恨”的双重把握中。石雁原是无忧城城主檗有阆买来笼络过往的豪杰与要人的名妓，被深爱着的陶函商队领袖于公之斯抛弃后，便开始了漫长的报复之路。

> “我要毁了他，让他一无所有！我要让他知道：背弃我是他这辈子做过的最错误的事情！我要回去！回到内城，只有在那里，我才能找到有力量的贱男人！你知道我为了有资格回去，花了多少时间？受了多少苦？但是只要能达到目的，这些都是值得的。我不能像隔壁那个老妓女一样，烂死在这里！”

心有不甘的石雁先是主动勾搭在力量上能与于公之斯媲美的强盗札赢，接着勾引于公之斯的儿子于公斛宁，让他爱上自己，并通过于公斛宁来帮札赢骗取珍贵的陶函之海和淘函商队在大荒原的行走路线的细节。石雁的这一系列行为完全摧毁了于公斛宁与于公之斯原本和谐的父子关系，甚至促使于公斛宁误杀了于公之斯。最后，于公之斯留下一句：“你们记住，不用替我报仇！因为能杀死我的人，只有我自己。”便离开人世。说到底，其中的因果原因于公之斯早已了然于心，也明白自己只能以死来还清当年欠下的风流债。

银环是无忧城的头牌妓女，她在爱情中没有金织那么单纯，也没有石雁那么深情，她最喜欢利用男人来获取自身的利益，在和于公孺婴的感情关系中也一直属于优越位置。在小说一开篇，身为蛇妖的她就为了能在陶函之海里躲过天劫主动勾引于公孺婴，导致于公孺婴的母亲、妻子、孩儿都死于那场天雷，也彻底毁掉了他所有的神采和英姿。后来，即便银环怀着愧疚之心将于公孺婴带到了无忧城，故意在他面前和无数卑贱的男人调情，也经常打骂、侮辱他，却始终唤不回于公孺婴曾经的傲气，反而促使他越来越长久地待在仇恨的阴影里一蹶不振，甘愿做衣衫褴褛的被人唾弃的流浪汉。最后，当于公孺婴为了救父亲，在陶函之海跟狍鸮对抗遇险时，银环虽然知道以一己之力无法应对凶险的狍鸮，依然只身扑去以死相救，最后死在于公孺婴的怀里。这一举动看似将两人的恩怨情仇化为乌有，却也让于公孺婴孤独地抱憾一生。

可以说，石雁和银环用“妓女”的身份和手段应对男权社会，既将于公一家报复得满目疮痍，也有力地讽刺了世俗偏见的神圣和权威。这正是狂欢化人物对既定程序的反叛和颠覆，更是狂欢化中人民大众生命活力的体现。

“狂欢化”的本质是自由的、脱离和颠覆所有官方束缚的状态。从某种意义来讲，网络的虚拟和“玄幻小说”的虚拟不谋而合，这场技术与文学的完美合作本身就为作者和读者提供了一个能肆意宣泄和幻想的虚拟体系，从而延续平等对话、自由交往的狂欢式世界感受。阿菩的《山海经密码》作为中国网络玄幻小说的佼佼者，正是通过塑造一系列狂欢式生活中的狂欢化人物形象，如表达自由、宣泄欲望的“超能力”形象、颠覆官方意识形态的“小丑”形象、代表人民大众生命活力的“妓女”形象等等，营造出一个个扑朔迷离的神秘幻境，完成对现实世界的颠覆和超脱，进而迎合了现代人的奇幻式心理需求。

第三节　《最强战神》：网络军事小说破茧成蝶的尝试

《最强战神》是丛林狼的第一部网络军事小说，2015年在起点中文网上架，短期内收获了大量读者。随后作者推出《丛林战神》《最强兵王》等作品，这部小说逐渐淡出读者视野，鲜有人对它进行深度的解读和发掘。笔者认为，《最强战神》是一次当代网络军事小说进行革新的尝试，是网络军事小说的破茧成蝶之作。解读这部作品，对当代网络军事文学的研究无疑是有意义的。

吴庸，无用之用，方为大用；江湖，笔尖之下，即为江湖。小说以玄剑门弟子吴庸为主线，展开了紧张激烈的情节叙述。吴庸在海城寻亲成功后，为了应付针对家族和江湖铺天盖地的追杀、豪门迫害、间谍谋害以及各色女子的爱慕，联手朱二、庄蝶等英雄奋起抗争，全面反击，掀开隐秘的江湖秘事，谱写出一段最强战神的传奇。丛林狼打破传统军事小说的创作模式，让江湖成为小说结构的中心，刻画武功高强、侠肝义胆的英雄，展开独特的人文关怀，形成了自己的创作风格，为网络军事小说的创作提供了范例。

一、“中心——散点”式的空间视域

网络军事小说多以战场作为叙述的中心，以时间尺度作为叙事的参照。《最强战神》打破这种传统，围绕江湖世界这个中心，把战场、家庭和市场放在从属地位，开展故事的叙述。依照寻亲、复仇等情节线索，战场、家庭、市场三大空间天衣无缝地融合起来。丰富的市场经验使丛林狼将市场与家庭进行

有效的结合，渊博的军事知识与古典武侠知识又可以协助他将战场与江湖进行有机重组，形成了稳定的“中心——散点”式小说结构（如下图示）。

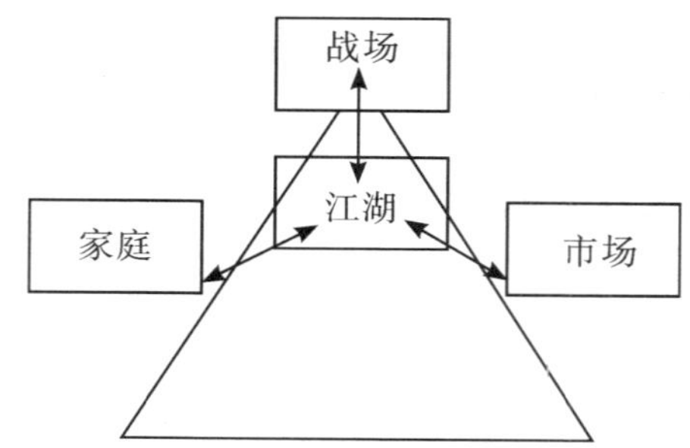

吴庸初来海城便遇洪门中人有难，作为洪门弟子，他将为数不多的钱财拿出一半给予帮助。他的行动离不开江湖的行事准则，“遇洪门弟子相求，当尽心一二”[①]。所以江湖空间是整个小说空间的中心。吴庸踏入海城的第一刻开始，他和自己多年未谋面的父亲蒋半城之间发生了千丝万缕的联系，家庭空间的出现合情合理。吴庸和京城李家、莫家这些商业竞争对手长期艰辛的争斗，市场空间得以适时引入。战场空间存在于整部小说的字里行间，各种战斗场景信手拈来，酣畅淋漓的枪战处处可见，还有整个文本透漏出的血腥和杀戮之气……整部小说能敛能散，小可融入每个战斗的画面，大可散入家庭、市场的任一空间。正是因为如此稳定的空间结构，纵使没有华丽辞采的装潢，作者亦能在繁冗的情节中尽情穿梭，讲述动人的江湖传奇。

《最强战神》的空间的确非常稳固，但庞大的战场空间占据了小说空间叙述的一半以上，挤压了家庭空间和市场空间的生存，使读者对于战场空间逐渐丧失新奇感。例如，在一些情节的设置上，家庭空间受到挤压的情况表现得很明显：吴庸的家人、女友，永远作为吴庸的支持者出现，性格的独特性不足，关于他们之间亲情、友情的描写少之又少，即使出现也显得略微生硬、干涩；蒋思思在一场意外的事故中魂飞魄散，为之后吴庸步步为营的复仇做准备，唐突的情节使得读者难以接受；本应温馨和谐的家庭中弥漫的复仇气息引起读者的反感。但从侧面来讲，军事小说本身以反映战场作为主要目的，为了

① 丛林狼：《最强战神》，第一章。下文出自本书的引用均标明章码，不再单独列出。

塑造战场空间从而压缩其他空间的书写，是可以理解的。作为一部军事小说，《最强战神》能兼顾多层次的空间塑造，已是宝贵的尝试。

《最强战神》的空间张力极强，又不失稳定。在此基础上，天之骄子吴庸、乖巧伶俐的庄蝶、灵活胖子朱二等人的出场水到渠成。虽然庞杂的人物难以刻画得活灵活现，但在这一稳定的大空间中，所有人物的活动并不突兀，反而使人物更加生动和饱满。

二、英雄形象的重塑

军事小说经常将塑造完美的英雄形象作为自己的目标，《最强战神》并不如此。它设置多条情节并行，聚集了不同身份、不同性格的人物，有意消解传统的英雄定位，打破英雄的完美形象，着力发掘传统英雄所不具备的闪光点，重塑当代英雄形象。正因如此，读者对于吴庸等人的情感十分复杂，不是一味地单纯喜欢，反传统的英雄形象逐渐走入读者的内心。

吴庸是作者用心打造的主人公。与蝴蝶蓝的《全职高手》不同，作者并不打算塑造一个叶修一样的完美英雄。相反，吴庸具备传统英雄特点之余，多了一分痞气。吴庸不是一味地作为江湖规矩的卫道士。为了帮助自己的好兄弟胖爷，他毫不犹豫地打破江湖规矩替胖爷出手，阻挠天下英雄出席峨眉派的比武招亲。“很好，这事我还管定了，谁参加比武就是与吴庸为敌，那就别怪我不客气了。”（第393章）这个痞气十足的吴庸参加战斗时一点不含糊，他秉承的战斗原则就是：“没有人愿意死，只有将别人杀死才能活”，颇有古代死士的战斗风格（第322章）。吴庸是一位充满阳刚之气的武侠英雄，自然而然地沿袭了传统英雄身上的男性中心主义色彩。吴庸不会去了解女性的审美视角，即使是自己的姐姐也不例外。他缺乏传统武侠英雄对女子的似水柔情，对于女性世界了解甚少也不愿去了解。“女人聊起来永远脱离不了老三篇：八卦、服装和化妆品，堂堂老爷们，跟着扯这些算什么？”（第16章）吴庸并不将独步武林作为终极目标，他承袭民族英雄的立身准则，做侠之大者，为国为民，不将追求利益作为自己的信仰，“这片古老的土地，华夏这个古老的民族值得我去守护，神挡杀神，魔阻噬魔”（第438章）。这一形象符合中国传统江湖判定英雄所制定的标准。吴庸抛开制霸江湖的野心，一切以国以民为大，因此能够脱离网络武侠的桎梏，在新军事题材塑造的英雄形象中占有一席之地。

《最强战神》在解构吴庸的完美形象的同时，消解了其他英雄可能具备的完美品质。那个“有些事不得不做，哪怕付出生命的”胖爷（第388章），虽然习得威震江湖的绵掌，却是一个名副其实的胖子，和传统武林好汉身轻如燕、飞檐走壁的形象相距甚远。有倾城之貌的神偷门庄蝶，是吴庸的忠实支持者，永远不会发表自己的看法，只会为吴庸高兴或者哭泣，逐渐向中国古典的“节妇”形象发展。柳菲菲的电脑技术独步天下，却不会武功，成了传统武学与新时代科技结合断裂的典型。她不敢追求自己的爱情，面对幸福的吴庸和庄蝶，只能“双手合十，默默祝福，给心爱的人，也给自己”（第500章）。白然是作者致力塑造的完美女性之一，但面对不争气的胖爷也会调皮任性：“两条腿的蛤蟆不好找，两条腿的男人还是很容易找。”（第497章）作者有意进行英雄形象的消解，着力解构男性英雄形象的同时，对女性英雄形象也成功地进行了解构。随着行文线索的不断推移，英雄的花朵随风飘落，英雄的花园成为了颓圮的雨巷。雨雾蒙蒙中，英雄与非英雄，原来都一样。

《最强战神》不忘对一些小角色进行刻画与塑造。小说里出现最多的词语是“上位者”。无论是正面人物还是反派角色，“上位者”的气息弥漫在小说的各个角落，与当代官场小说家笔下如日中天的当权者的气质颇为相似。比武场下的围观群众，“一片喧哗，不沾亲，不带故的，大家也就是过过嘴瘾，骂骂矮小如猴者没有武德，各种语言的谩骂聚集满堂”（第361章）。此类围观者极具鲁迅笔下旧中国“看客”的色彩。塑造人物时，通过网络文学与现当代文学的嫁接，《最强战神》消解了网络文学与书面文学的界限。

这种英雄塑造模式的重构传达出作者对于现代英雄塑造的反思。我们每个人都是英雄，也不是英雄。作为一种现实存在，众生拥有的不过是吴庸身上的英雄痞气而已，他们不仅是生活的掌控者，也是网络军事文学力求反映的真正客体。

三、世俗江湖的诞生

网络军事小说很少涉及江湖这一意象，即使有所涉及，也是推出一个桃花源式的理想江湖充当叙事的环境。《最强战神》将纷扰的江湖作为情节展现的大背景，但一群非传统意义上的英雄极大地改变了传统江湖的构造。这个江湖脱胎换骨成就了非传统的江湖，我们以世俗江湖进行命名。世俗江湖从自身生发出一串串相互并联的情节，将它们融入小说的各个角落。

关于世俗江湖这一概念，《最强战神》开篇抛出这个问题："现代社会，很多人出来混以为自己是江湖人了，实则不然，什么是江湖？"（第9章）堂堂江湖，一个"混"字解构得七零八落，江湖不再具备传统江湖的英雄气场，更贴近世俗生活，成为其中的一部分。作者给出自己的答案："江湖是一群隐秘人群的隐秘生活圈子，不是这个圈子的人，永远进不了真正的江湖，也就不懂得什么是江湖，充其量是个街头混混。"（第9章）这个江湖似乎具备了某些神秘色彩，平常人难以进入，成为完美英雄的专场。其实，传统江湖在传统英雄消解后自然土崩瓦解，远离了众生这一英雄的原型，也就成为了遥不可及的乌托邦。这些英雄争先恐后融入的不过是世外桃源的倒影：一个真实存在的世俗江湖。真正的江湖遥不可及的，悲剧感呈现的同时完成一种反讽：我们毕生追求的滚滚红尘，不过是江湖本体的镜花水月。

世俗江湖拥有一套自成体系的江湖规则，小说中多次提到这个规则："出来混的人，都不敢破坏规矩，甚至比其他人更讲规矩，道理很简单，谁也保证不了自己能够永远当老大。"（第29章）不仅如此，江湖准则甚至达到了和法律相同的地位，"朝廷有法，江湖有礼，这个礼就是规矩。大会上解决恩怨纷争是规矩之一，当然，也可以私下里解决，这么一来，双方的仇怨只会越结越深，几代人都无法解开。在现代社会，没人愿意和其他人结怨，也没人愿意一辈子提心吊胆地提防别人。这日子没法过，冤冤相报何时了"？（第112章）小说似乎寻得了世俗江湖解决纠纷的至道：有理无理且不论，一场比武定输赢。看似不可思议的解决方法，却在弱肉强食的江湖中存在了数千年。小说既是在探寻江湖琐事的解决之道，也是在寻求许多现实问题的方法。这种规则为小说情节的发展提供了中转站，敌人在比武前后由台前走向幕后，成就了吴庸这个当之无愧的赛场英雄，使世俗江湖逐渐变得丰满而充实。

构建世俗江湖的过程中，作者毫不掩饰自己对热兵器破坏江湖规则的厌恶，也流露出对传统武术在现代科技的打压下毫无还手之力的悲愤。“练武之人对热兵器有一种近乎本能的厌恶，修炼十几年的武功还不如一颗子弹，真是情何以堪。所以，练武之人不怕死但绝不想死在子弹下。”（第98章）作者对传统武术和现代军事科技的取舍十分矛盾，一方面为传统武术的式微感到悲哀；另一方面也为现代科技的发展欣喜。作者不想取舍，也难寻求解决之道，这种矛盾的心情在文中多处都表现出来。面对强大的热兵器，他只有让传统武术让步。对于传统武术而言，这不可以接受，但却是唯一的求生之道。“江湖门派也得顺应潮流好不好，老是墨守成规怎么能行？”（第131章）小说在玩笑式的口吻中完成了古代武术向现代科技的妥协，却掩盖不了浓厚的悲凉。“传统江湖那一套暗杀手段已经过时了。”（第487章）看似在否定传统武术，其实是借用妥协完成对现代科技的嘲讽，表达对现实的关照。这不仅是习武者，更是一代网络作家对于新的征服者产生的一种本能的恐惧和反抗。从林狼在悲悯传统武术没落的同时，也为一味依赖现代科技的社会敲响了警钟。

当传统江湖能够和官府之间保持一种默契和平衡时，便完成了向世俗江湖的变异。颓圮的江湖世界里，纷扰的琐事司空见惯，对于吴庸而言，死亡与杀戮成为一种常态。“见识了太多的肮脏和残忍，生命早就不是自己的了，知道得越多，死得越快。死亡，有时候是一种解脱。”（第269章）字字都弥漫着悲凉与无奈。对死亡的恐惧，对杀戮欲望的放纵，融成吴庸的一句感慨：“自己也是干这行的，说不定哪天也会被人逼到这一步。这就是江湖啊。”（第269章）世俗江湖在流水般的琐事中逐渐凸显自己的面貌，更加清晰地出现在读者面前，它的本质得以显现：螳螂捕蝉，黄雀在后。

四、人文关怀与社会影射

文学立足生活，不仅针对的是文学作品的形式和题材，也暗指文学内部意蕴及自身的隐喻性。网络军事小说作为一种比较新的文学形式，不能脱离生活自说自话。“表面上是飞到了十万八千里以外，但根子还是在现实的土壤

里，这些小说是在通过幻想的镜子来照见现实。”①《最强战神》具有现实针对性，甚至可以看作现实世界的复制品。小说散发着浓郁的人文气息，颓圮的英雄、世俗的江湖并没有降低小说的品位，而是折射出当代知识分子对现实世界的思考。《最强战神》比传统的网络军事文学投入了更多的人文情怀，使读者嗅到了浓郁的现实芳香，并为之深刻性而折服。

“华夏国”这个国名本身的象征意味很浓，极易使人和古老的中国联系起来。从林狼毫不避讳对“华夏国”的爱国热情，将对华夏大地的挚爱寄托在吴庸身上，借其口将祖国领土的入侵者称为“南海的那些猴子”“越国的黄皮猴子”，描绘入侵者的丑陋面貌，表达对这些侵犯者的极度厌恶。对于捍卫祖国安全、保护吴庸撤退的警察，作者也毫不吝惜自己的赞扬：“正是因为这些人默默地为国家奉献，不顾生死，华夏国才有机会屹立东方。”（第227章）高昂的爱国主义和吴庸的形象完成了融合，使得小说充满了乐观主义和昂扬的斗志。

当然，作者并没有隐瞒现实社会存在的诸多问题，敏锐地捕捉现实素材后，将其投射到了“华夏国”身上。反讽手法的运用，嘲弄的口吻和故作无奈的妥协，处处反映着作者对权力滥用的极度不满。作者先将权势逐出神台，“李家可以通过权势影响一些部门和人对自己下手，自己也通过权势将对手打回去，这就是权势的妙用和好处啊”（第78章）。表面上似乎在夸赞权势的实用性，却在暗处嘲讽权力成为了大家贵族争权夺势的政治工具。“真理永远在打炮的射程之内，千古不破的道理。”（第499章）暗示权力和军事的结合形成了对真理话语权的垄断。要想发出自己的声音，只能通过强权占据军事的制高点。此外，作者对部分尸位素餐的官员进行了嘲讽：“民不举，官不究。”（第9章）“但有关部门说我们这里不合格，那里不合格。”（第14章）“还能怎么着？胳膊拧不过大腿。”（第58章），影射部分官员不作为的同时，表达普通民众走投无路的无奈和愤怒。对国家机器的善意提醒和批评，是作者对现实生活多角度、多侧面的观照和反映，折射出作者强烈的人文关怀。

---

① 李敬泽：《网络文学：文学自觉和文化自觉》，白烨主编《2014中国文坛纪事》，人民文学出版社2015年版，第213页。

丛林狼对华夏国普通民众投放了大量笔墨，承袭了中国现代作家对于民族劣根性的反思和挖掘，是反思文学的进一步发展，也是一种优秀的文学精神的传承，具有很强的现实性。“商店售货员赶紧离开，生怕殃及自己，外面许多顾客看到这一幕，也都停下来了，看热闹可是华夏国人的本性。”寥寥几笔，一群看客的形象勾勒出来。（第70章）作者对于大众媒体主导舆论的现状极其不满，集中体现在汉森公司事件上。作为一名知识分子，丛林狼提倡去除民族劣根性，培养国民独立思考问题并作出决断的能力，而不是让大众一味追随媒体，最终走向舆论的死海。“这一个个不是乞丐就是民工，算是弱势群体，将这些人打一顿，马上就会上报纸，社会民众只会同情弱者，汉森公司有理都会变得没理。”（第44章）在挖掘民族劣根性的同时，作者隐晦地表明大众媒体是舆论引导的双刃剑，对国民个体独立意识觉醒充满希冀。

《最强战神》是丛林狼探索欲的强烈迸发，他时常借此物而言他，探索人和动物生存状态的相通性，并以此为基础进行类比。“这种动物之间为了生存的厮杀每天都在上演，不远处的一棵大树上，吴庸冷静地看着这一幕，不由笑了，动物为了生存相互厮杀，人类又何尝不是？严格说起来，人类的相互厮杀更加残忍、更加血腥。”（第328章）丛林狼在此完成对人类互相残害的讽刺，将同根相煎的人类置于动物之下，这是一种坦然正视自身的包容和气魄。在作者无穷的探索过程中，我们可以对人与自然万物、人类之间的关系进行思考。

五、茧与蝶：重复魅影中勇开新境

网络小说在经历了十余年的突飞猛进后，发展速度逐渐变缓甚至停滞。大部分小说不停地进行情节的重复编排，靠主人公颜值和感情戏码来博取读者的眼球，逐步沦为庸俗小说。网络小说“作品质量未见显著提升，创作性萎缩是两大结症，具体体现在题材雷同、情节拖沓、文字累赘甚至涉及暴力色情等方面”[①]。如果网络文学不在多个层面上进行改革，只能陷入传统文学的桎梏

① 马季：《2012年的网络文学》，广东省作家协会、广东网络文学院主编《网络文学评论第四辑》，花城出版社2013年版，第33页。

中，造成大量的读者流失，丧失活性和生命力。在军事小说这个版块，像《最强战神》这样出色的作品为数不多，它勇敢地指明了网络军事小说的改革方向并做出尝试，开拓了自己的新境。

在新时期网络小说的改革浪潮中，丛林狼做出了自己的选择。许多以青年学生作为主力军的创作群体，知识体系受到限制，扩大知识体系势在必行。丛林狼和这些青年学生不同，他以商人和作家的双重身份开展创作活动，这在当代作家中是不多见的。在丰富的从商经验的基础之上，丛林狼大量地对武侠和军事小说进行了阅读，正如他在访谈中谈到的那样，“网络文学需要大量的知识积累，网络军事小说更加涉及一些专业领域的知识，一本书写完了，积累的知识也就耗完了，需要重新充电，重新积累”①。因此，他能够轻车熟路地驾驭《最强战神》的创作。小说提及的各类武器，或是现实世界确有其物，或是在现有兵器的基础上改造而来，例如m134机枪，“这款枪是m134机枪，山姆国生产，用于装备直升机和机械化部队的，力气大的可以一个人抱起来射击”（第367章）。许多江湖门派，如玄剑门、巫蛊派等都能在历史文献中找到对应的依据。“这把小匕首很特别，是用亿万年的深海精钢木打造，据说是墨门矩子花费几年时间打磨而成。”（第23章）墨家擅长器物的制作，作者在此基础上对兵器进行杜撰合情合理，不会使人感到唐突。只有致力打造完善的知识体系，才能更好地驾驭大型军事小说的创作。

网络军事小说通常致力于热兵器之间的对抗，忽视冷兵器所能产生的无限可能。《最强战神》将传统冷兵器进行发掘，让冷热兵器在一场战斗中同时进行近距离地对峙。冷热兵器的同时登场实现了对传统武学的拯救，这种处理方式，在一般只追求热兵器对抗的军事小说中不可能完成。在发掘冷兵器的基础上，《最强战神》尝试制造现代电影科技的光感，让古老的江湖擦出现代光影的火花。“两人看到了前面黑乎乎的海岛，时不时传来一阵野兽的嘶吼，令人恐惧，两人加快了速度，顺利地登上海岛后，将充气艇拖到海岸树林里。”（第98章）此处似有鲁滨孙初登荒岛的感觉，出现了好莱坞电影中的荒岛求生

① 《三江访谈·丛林狼》，引自起点中文网：http://www.qidian.com/news/detail/178789138。

镜头。这种大胆而新奇的尝试，为网络军事小说的创作提供了有效的参照。

分析纸媒文本时，我们时常将文本语言的丰富性、内容的深刻性等作为评判小说优劣的标准。网络文学一直处于传统纸媒文学的重压之下，网络文学批评很大程度上也受到了传统批评模式的影响。《最强战神》的语言模式极为简单，“上位者”“苦笑”“一脸兴奋”等词语的重复使用带给读者山重水复的循环感。这既是由于网络小说需要每日更新的压力，也是因为作者试图通过这种方式向读者发出如下暗示：传统文学的话语形式很难在网络小说中开展，稳固的结构、出色的人物、深厚的人文意蕴才是网络小说的重心。因此，《最强战神》的出现启发我们用正确的评价方式对同类网络军事文学进行评判。“每个人对艺术的感受是有差异的，他们可以按照自己的感受去领略艺术，或者哪怕仅仅是根据自己的爱好对某种艺术品位感兴趣，也可以因此构成了批评领域的多种声音和多种感受。”[①]当代文艺批评应该考虑网络小说读者的期待视野和实际阅读感受，形成一种新的文艺批评模式，否则网络军事文学批评很难有所突破和创新。

稳定的“中心——散点”结构，英雄的解构与重塑，世俗江湖的生成与演变……丛林狼将现实融入小说，在多方面进行开拓，利用《最强战神》完成了网络军事小说改革的尝试。尽管在结构、语言等方面未能尽善尽美，但是作为网络军事小说的涅槃之作，《最强战神》给人以足够的震撼和启发，实现了丛林狼对自我创作和同类网络军事文学的超越，破茧成蝶。“但愿走出一条新的路，给更多的朋友以启示，网络军事小说可以更多种写法，希望我的尝试能够成功。”[②]网络创作者不应追求对丛林狼创作的模仿，而是用自己独特的创作方式在网络小说重复的魅影中开拓新路，完成网络小说发展阶段的新跨越。这对于网络军事文学内部的新陈代谢和长久发展，实乃一大幸事。

作为一部网络军事小说的创新之作，《最强战神》，展示了一个完美的江湖世界，呈现了诸多有血有肉的的英雄，令我们感动不已。虽然它的影响可

---

① 苏桂宁：《网络文艺评论的领域拓展》，《华南师范大学学报（社会科学版）》2015年第3期。

② 《三江访谈·丛林狼》，引自起点中文网：http：//www.qidian.com/news/detail/178789138。

能暂时局限在网络，对纸媒文学的影响力有限。但是多年以后，作为读者的我们仍能记起那个白衣英雄吴庸，想起易容术独步天下的庄蝶，思念挚爱自然的胖子朱二……这便已经足够了，这部《最强战神》只为读者而写，写活了这些英雄，也写尽了丛林狼自己。

（本节作者：许晓晓，暨南大学文艺学硕士研究生）

第四节　网络小说的第二张面孔

一、引子：《昼的紫夜的白》的网络身份

2015年11月13日12点04分，《昼的紫夜的白》正式在起点中文网都市题材频道上架，3月31日12点22分，第八十七章“生生不息（终）”上架，全本小说完本字数二六点一二万字，创作天数四十九天。

2015年12月3日晚20点57分，国家一级作家西篱在新浪博客发出博文《〈昼的紫夜的白〉第一章：一九九六年五月（1）》，并在文末发表了声明，“特别说明：本书电子版权已授权起点中文网独家首发，欢迎前往起点中文网阅读更多精彩内容，也可以起点搜书直接输入书名昼的紫夜的白”。当日晚21点18分，西篱又在新浪微博上发表微博，为其在博文做了简短的内容提示，以及附上新浪微博的链接地址。自此，这部入选2010年中国作协重点网络文学作品扶持选题的长篇小说的网络身份正式确立。

该小说作品是一部独白式、自传体作品，沿用了网络小说惯用的第一叙事人称[①]，讲述了一个叫紫音的女性穷尽一生追寻母爱、自我和爱情的故事。围绕核心主题“寻找”，作者展示了从1951至2050年百年时光里，个人、家族、民族、地域中人物们的迁徙、受迫、逃离、相爱、孕育和成长的生命过程。和都市频道里那些记录都市生活、都市女性生存境遇的“主流”都市小说不同，该小说无意描写一个当代女性日常生活以及感情纠葛、个人命运，也无意表现都市生活的繁华与人性的变化，而是把众多的笔墨放在严肃而沉重的家

① 欧阳友权、汤小红：《论网络小说的叙事情境》，《中南大学学报（社会科学版）》，2006年8月。

族历史、人物心路历程以及历史事件与人性关系的书写上。主人公不断地游走在现实和梦境的时空转换之中，又穿梭在乡村与城市、过去与现在的生命交织里，不断呈现一种诗性的、带着朦胧美感且忧伤入心的个人记忆和想象。

但，这部散发着独特气质的纯文学作品却面临着网络传播的“小众化”挑战：根据国内最大文学阅读与写作平台之一的原创文学门户网站上的数据来看，该作品仅有两千多位“书友”阅读。在中国最大的评论社区网站豆瓣上，搜索有关《昼的紫夜的白》的评论，截至目前仅有两条。虽然网络世界点击量不能说明一切，一项基于起点中文网的样本调查（2015年）就表明：“网络小说时代，被捧上神坛的，往往不是‘质量’最高的小说，而成绩不佳的小说中，也不乏遗珠之作。”[①]但是，纯文学网络生存的尴尬面貌却是实实在在地存在的。欧阳友权教授曾评价道，“以互联网为标志的数字媒体一马当先，……千百年来的文学存在方式‘被’新媒体取代，昔日备受荣宠的‘作家’形象在无名写手敲击的键盘声中只留下渐行渐远的背影”[②]。

植根于消费文化的网络文学走向通俗、背离深度，评论家李洁非就曾认为“网络文学并非传统意义上的具有文学性的文本，它的写作目的根本不是为了‘文学’”[③]。这是对网络文学的“文学”身份的质疑，但这与其传播的平台——文学网站的“文学性、文化性、传媒性和意识形态性以及其经济性和产业性”[④]的特点有着根深蒂固的关系。网络文学的读者人数巨大，但更趋于个性化和个人性。如前所述，起点中文网上点击率稍高的小说中，适合青少年阅读的玄幻、穿越、武侠居多，这些小说在资本运作和商业宣传的操控下，创作者叙事常常淡化了作品的审美意蕴，更多地追求文本的模式化、娱乐化、感官化、碎片化等特点。

但是，在这样一种生态下，难道网络小说的属性就应该是“脱离现实”

---

① 苏芯、刘益、李雪：《影响网络小说流行度的要素研究——以起点中文网为例》，《上海管理科学》第37卷第5期，2015年10月。

② 聂庆璞等著：《网络小说名篇解读》，中国社会科学出版社2011年版，第1页。

③ 转引自王雪：《网络文学的美学价值》，《长江丛刊·理论研究》2017年第5期。

④ 参见欧阳友权、吴钊：《我国文学网站社会效益评价研究》，《人文杂志》2017第2期。

的吗？难道人气作品就一定要远离批判精神、与世隔绝吗？西篱该小说此番网络传播的尝试，犹如为网络小说重新塑造了另一副全新的面孔，虽然遭遇了文学性和经济效益间的尴尬，但是却带给读者耳目一新之感。正如上海市新闻出版局局长徐炯在“网络文学现实主义题材征文大赛”上的致辞所言：“现实主义题材的写作正在帮助网络文学打破套路化、模式化的症结，注入更新鲜、生动的能量，拓展更广阔的发展空间。”①

二、西篱的突破：网络小说的第二张面孔

和纸质实体书不同，网络小说的阅读、传播影响力以及评价体系并不在于文学性、艺术性的探讨范畴，多数情况是按照点击量、阅读量等商业消费数据来判断的。但是说到底，网络媒介作为小说的发布渠道，只是和读者建立阅读关系的一种技术性选择。读者需要从小说中感受的人性及其意味，不管是从哪种媒介获取，都是最基本的阅读诉求。

虽然这部纯文学作品在网上生存遭遇水土不服，但是不管是作品主题、叙事框架，还是充满想象力的魔幻现实主义的笔法以及诗性语言都如一股清流，给读者全新的文学滋养，也改变了大众对于网络小说面貌的刻板认识。

（一）严肃的主题

1. 题材：历史中的女性命运。

这部小说以紫音个人独白的形式带出了家族三代人的命运和生活，尤其是众多女性在历史浮沉中的命运遭际。一方面，作者试图从代际的角度记录这些人物在过去、现今和未来的时间穿梭中的独特的命运走向，而另一方面，作者又恰到好处地把个人命运、家族命运和国家走向的相互扭缠和影响、历经百年的家族史和中国从特殊时期走入改革开放时期的巨变交织流动、死亡、成长、爱情等母题的探讨等等，都抽丝剥茧地一一呈现。

作者刻画的这副女性群像，善良、无奈、隐忍、默许、坚守。在众多女

① 《首届网络原创文学现实主义题材征文大赛在沪颁奖》，人民网上海频道，2016年12月6日。

性人物中，以紫音母亲为代表的“母亲们”和风谷中学的女教师穆姝是两组重要的人物，被作者放置了更多的情感。

对于女性命运与历史浮沉史，在很多女性作家的创作中，都有经典之作流传。学者刘卫国就曾评论道，西篱的这部《昼的紫夜的白》和萧红《呼兰河传》在对自己家乡的书写和女性命运的关切上有异曲同工之妙。而西篱的独特性在于，“《呼兰河传》如同乡土歌谣，听来意荡神驰，那么，《昼的紫夜的白》则如交响音乐，听来惊心动魄，令人灵魂受洗”。西篱用一种探索和奇幻的笔调达成女性内心和外在、痛苦和幸福、过去和将来地和解，而不是纠缠于某种痛苦的状态或者迷恋自己的个人奋斗。“几十年压抑我们心灵的历史，概述起来也不过是寥寥几笔。”不忘记历史，因为还有未来可以期许，这是作家看待那段人性扭曲历史的一种态度，而这个态度和书写“文革”女性史的严歌苓的控诉者形象有了很大的不同。

西篱把这群女性的命运写得跌宕起伏，历史感十足，令人过目不忘。这些女性都经历了风霜雨雪般的现实，在和亲人的分离下、和故土的离别中，她们都拥有痛苦的集体记忆，而这些痛苦的集体记忆更像是民族记忆之殇，令人扼腕。但是，西篱又没有一味地沉浸在历史的控诉和痛苦体验的泥淖之中，她非常清醒地设计了未来时间的部分，赋予了母亲这个角色以浪漫主义的色彩。西篱把她们放置在整个宇宙中去思考她们的存在，尘土的比喻，既是作者对母亲记忆、对母爱传承的一种表达，更是作者对于女性社会角色的深切关怀。

2. 主题：死亡与寻找。

死亡，是这部小说的一个重大命题，故事以父亲的死亡开篇破题，随着一些被命运裹挟的人物的死亡情节，作者描述了不同的人对于死亡的态度。

小说一开篇，西篱就把读者引向了一个沉重的故事——紫音父亲周凤书的离世和葬礼之中。小说的第三段写着“我听见那些死去的人的叹息”……“我听见父亲的叹息，加入到那数不清的魂灵的叹息中”。在西篱一咏三叹的字里行间里，小说已经完全和“都市小说”中常见的寂寞无助、虚假欺骗、喧闹无聊的生活面貌拉开了距离，流露出了一种绝世独立的高贵气质和沉郁基调。这个有关死亡的严肃话题，代表着西篱创作的基本态度。“文学因成就终极关怀而获得了印证人类自身价值的价值。”[①]而之后的文字中，西篱更是一次次地在对人死亡和苟活的命运书写中，表达了人道主义情怀。

在穆姝和紫音的对话中有句话能够点题，“人们关心的是经济，你却要关心生死”。西篱在这部长篇小说中重点描写了五个人的死亡，先后分别是穆姝、刘荞粑奶奶、紫音母亲的第一个儿子、医倌郭世珍和未成年人德才，他们的死因分别是因为爱情、封建、饥荒、残暴和愚昧。这些人的非正常死亡，都指向经历过“文革”一代人的诘问，那就是死亡到底是生命的完结，还是人性的泯灭？但是西篱没有用抽象化的概念，也没有躲闪其词，而是直面历史，探讨人类共同的死亡命题，凸显出西篱这部具有宏大的史诗品格和现实主义精神作品的独特之处。

西篱关于死亡主题的推进，从女性成长的视角出发，显得格外真实。紫音从不理解到愤懑、从悲叹到和解，一步步在成长，一步步在领悟。西篱写周凤书的生死观时，她写道：“在深山野林里奔波了近一年以后，他获得对生命的诗意感受和想法。”这是周凤书面对自己痛苦经历的一种超脱，也是小女孩对于死亡的想象。而在紫音和身边人命途多灾、屡遭攻讦之后，她又有了新的判断，“我想埋葬过去，只记取现在，却发现，一旦如此，……虽然可以存活，却失去了方向”。这是一个孤独的漂泊的女子面对痛苦经历的一种挣扎的真实感受，在这个时候，死亡是切实的痛苦。但是到了小说的结尾处，也就是未来时空的部分，西篱却用客观冷静的态度描写道，“我们就是宇宙里的尘埃”，以此希望通过一种客观的观照，在对历史和死亡本身的超越中获得更深的思考。

在整部小说中，作家的话语变迁反映出作家对于死亡命题不断地反思，而穆姝作为魂灵的人物设置，以及爱人小白不明生死命运的设计，更显示了作家作为思想者的深厚功底。“我是魂灵”，“一个以肉体显现的灵魂”，作者天马行空的想象力给了死亡新的诠释。这是小说的第二章，是西篱刚刚用无比悲恸的笔调写完了父亲的葬礼之后进入的一段重要的情节。现实主义中的魔幻主义色彩，马上给了读者以新的反思视角。作者借穆姝的口说道：“死并不

① 董学文、张永刚：《文学原理》，北京大学出版社2004年版，第260页。

可怕，一些人死了，更多的人又出生了，生永远蓬蓬勃勃。”这种特殊身份下对刚刚失去父亲的紫音是一种劝解和安慰，但是更像是对出生在20世纪60、70年代的，以紫音为代表的这一代人的回答。“一些腐朽的事物结束了，伟大的事物却一直延续着，或者说又爆发了新的事物。”西篱在小说开头就把对生与死、肉体和精神的问题抛出来，借着疑问，一步步回巡到过去，就像一层层揭开密码般，不断表达自己对死亡本质内涵的看法。

如果说穆姝代表的是“死亡是生命的另一种形式”的观念之外，紫音爱人小白代表的则“生死相依”的另一种观念。小白（欧阳璞）是紫音青梅竹马的爱人，他们的父母亲都在“文革”中受到了迫害，两人都漂泊在家乡之外的大城市，他们有共同的伤痕和痛苦的记忆。但是“小白，他既不在他所在的空间中，也不在他不在的空间中。他是我的一场幻灭的梦”。在小说中，小白生死未明，失踪后也没再出现过。他是那一代人过往痛苦的隐喻，或深或浅地留在这一代人和下一代人的记忆里。这个记忆已经成为过去，未来和希望也不能因为一些痛苦的经历和人的遭际而停止，这是西篱世界观的体现。

寻找。人死去以后会是什么呢？人的生命还在，但是存在的意义又在哪里呢？西篱在一百多年的时空里用史学家的角度、站在哲学的层面构建一个与死亡相关的“寻找”主题。不过，寻找的主题更像是西篱暗涌在小说中的辅线，用以塑造一群“父亲们”的形象。

西篱笔下的“父亲们”，他们都是高级知识分子，因为不同的历史原因从全国四面八方来到风镇，因为有了共同的遭际而惺惺相惜。作者用了凌厉的、风格化的笔法，把他们在被黄书记批斗时的痛苦、隐忍表现得淋漓尽致，而在写他们面对自己的事业、妻儿时，又处处彰显着男性的风骨、情义和担当。

寻找的复线还串联起了其他人物，有敲钟人老王，还有翟长仙和刘荞粑。不管是上一辈、还是下一辈，在作者的眼中，他们都是在大时代里都没有找到让自己灵魂安定下来的可怜人。正是人物命运的游离感，小说的叙事直击人的心灵，紫音寻找的不再是父亲或者母亲，更像是“我”在寻找文化上亲情、灵魂的归宿，以及民族的过去和人与当下所发生的联结。

3. 情感：孤独感。

西篱怀着悲天悯人的情怀展现了周家以及身边所有人在中国各个历史时期所经历的痛苦和磨难。这种痛苦扑面而来，无处叙说，且旷日持久，人在天地间的孤独感唤起读者一阵阵命运多舛的喟叹。

西篱从周清明的孤独感开始写起，对其外貌及性格特征的文字极其克制，近乎白描，但周清明寄人篱下的生活窘境却反复刻画。“哥哥一直在蒸馒头”，“哥哥培上最后一锹土，又燃上香烛。他做事一如既往地细致、有序”，“他搓着手心，局促着不知自己该干什么”，“他的颧骨边又泛出微红，眼神迷惘、惊慌”。周清明很孤独：父亲走了、工作没了、孩子尚小、受尽房东欺凌，妻子樱子为躲避引产而不知所踪。在之后的叙事中，其孤独和无助，更像是一代人共同的标志和精神底色。紫音、穆姝、柱头、欧阳璞都是孤独的：想爱不能爱、想见不能见，经历亲人骨肉的分离，经受精神的控制和压迫，得不到他人的理解和帮助，只能把心事埋藏在心里，自己抚慰自己。对于他们来说，上辈人受到的伤害是赤裸裸的苦难，更是自己青春期成长中永恒的精神伤痕，无处疗伤的无能为力之后只剩孤独。

孤独的情绪贯穿了整部小说，小说里几乎每一个主要人物都遭受了不同程度和不同类型的分离之苦，有肉体和灵魂的分离、有亲人与亲人的分离、有灵魂与信仰的分离。作家记录下来的这些因为分离而形成的孤独感，是驱使所有人终其一生寻找的、让自己灵魂得到抚慰的根源。但是越寻找也越孤独，这是西篱在塑造50后、60后人物时的基本情感基调，但也给当代读者以全新的情感体验。

西篱把人物浓浓的乡愁以及对亲人的思念，过去记忆的沉重痛苦与现实的萧条残酷，甚至生与死的两个世界，都沉浸在孤独感的叙述中，散文诗般的语言更是给这种情绪推波助澜。细腻的情感和心理描写、忧郁的笔调都让这部小说跟现今流行的廉价情感消费保持着理性的距离。

（二）叙事时间：深厚的纵深感

这部小说的叙事时间借用了百年史的写法，其篇章结构方式以时间为线索，记录了紫音一家四代人从1933年到2050年长达一百多年的人生际遇和生活命运。西篱将小人物们的个人命运，与历史、当下和未来的大事件相互交织展现，探讨大背景下的人的存在以及命运的可能性，显示出这部小说在叙事时间的厚度和纵深感。

这部小说以具体时间为纲，这与网络小说流行的“事件提示”的方法来结构小说篇章的方式有所不同。快速阅读标题就能够很快进入故事之中，这对于在碎片化时间阅读的读者来说，是一个极为省事的做法。作家崔曼莉就曾说道，“怎么样让读者在复杂的环境中被你吸引，进入到你的时空里面。这是写作者的基本功”①。而西篱“非主流”的结构方式，更能把读者吸引到小说的文字和故事中，而不是以直白、浅表化的标题来吸引眼球。

小说中的故事情节、历史事件、小说人物、情感、心理活动进行了一种不同时空的并置性处理，真实/梦境、历史/现实的叙事时间完美交融。整部小说仿佛是一个未成年的紫音和成年后的紫音同时在回忆往事，利用电影蒙太奇式的组接方式，让双线叙事和并置的时空连续性出现，人物的出场和人物的过去都交代得完整而清楚，大大增加了小说的历史性格局。

在小说第二章，紫音见到了爱情和母性化身的穆姝。第三章就旋即回到1971年夏天，穆姝因为相信爱情而遭遇不测身亡。这是紫音第一次接触死亡、认识到爱情，也是她作为女性自省的开始。在结尾处，西篱写到紫音看着穆姝的尸体，“我不再哭泣，满怀哀伤。她将时光的一部分凝固，并带走了”。而紧接着在第四章，作者描写了紫音和穆姝的再次相遇。“南方，东莞。我再次来到运河边上，老远看见穆姝老师，站在一棵芒果树下。”生死相隔，魂灵和生命的相遇，既梦幻，又写实，首尾呼应，环环相扣。

而另一方面，西篱虽然把百年的故事在时空上完全打乱，进行了非线性地重新组合，但西篱精妙地放置了明确的时间或者载入历史史册的重大事件在小说中，故事的时间轴线依然非常清晰。时间轴上有具体的时间提示，也有与重大新闻事件相联系的时间记忆，还有“知识分子下乡”“文革”“改革开放”等重要历史段落。小说中的所有人物，就是在这一时间轴上悉数登场，他们的命运、情感彼此相连，他们共同叙写着一段段扣人心弦、带着个人深切体

---

① 邵燕君：《新世纪文学脉象》，安徽教育出版社2011年版，第4页。

验和时代伤痛的故事。

（三）文学技法：真实的独白

这部小说采用的第一人称独白的方式，非常适合在网络上阅读。当代作家陈村就说过，“网络文学对内心的表达更为直接率真、不矫情。网络文学更容易展示内心世界和客观世界的原生状态”[①]。但西篱的内心独白却不是简单而粗暴的自我情绪地宣泄，而是紧紧围绕人物的情感走向，用诗性的语言，冷静的情感抒发，来表达真诚而真实的人物内心世界。

在西篱的媒体采访[②]中，可以看到这部小说是基于西篱本人的真实成长经历创作的。这部小说的故事中有关父亲、哥哥以及风谷中学的人和事都是写实的。正因为写实，西篱第一人称叙事成为了这部小说一种特有的文学技法。“文学技法是文学构成的本质要素之一，文学技法也是文学之所以成为一种艺术的重要特征。”[③]西篱重温成长的历史、回忆与亲人间疏离和丧失的伤痛，重新审视生命之旅中的自我的轨迹，这部自传式小说超越了叙事的层面，建构起了精神和心灵的世界。

由于母亲在紫音年幼时离开，书中运用确切而美丽的辞藻来形容母亲时，都是出现在紫音的记忆或梦境之中，亦真亦幻。写实的部分能够最大限度地展现人物幼年丧母的心理状态；而在梦幻的想象空间中，西篱实际上为读者营造了一个角色代入的空间，和主人公一起经历特殊时期的残酷，体会历史中的人物命运。

美国叙述学家韦恩·布斯（Wayne Clayson Booth）1983年在《小说修辞学》中提出了一个“隐含作者”的概念，认为它是“作者在写作时采取的特定立场、观念和态度”，它是“真实作者在创作时创造的一个他自身的化身”[④]。西篱在媒体采访时就说道，“我采用的是时空交错叙事法，人物和故事在各个时空中交错展开。我写到人与人的相遇和与灵魂的相遇，写了重生和

---

① 金振邦：《新媒介视野中的网络文学》，东北师范大学出版社2007年版，第60页。

② 詹亚旺：《西篱：写作，讲述更为真实的存在》，《湛江晚报》2016年8月1日。

③ 金振邦：《新媒介视野中的网络文学》，东北师范大学出版社2007年版，第120页。

④ 冯月季：《传播符号学教程》，重庆大学出版社2017年版，第57页。

穿越。这些呈现的是现代人对突破精神困境的要求和灵魂不灭的渴望。文学呈现的现实，一定是比眼前的滚滚红尘更为真实和深刻的，我总是讲述精神的处境，那才是真实的存在”[①]。西篱选择第一人称叙事，就如同自己和自己的对话、自己和读者的对话，给人更强的情感滋润。

该小说的第一人称叙事还带给读者一种悲观的乐观主义情感体验。在小说的最后，紫音最后选择成为太空微粒，超脱了过去，回归到宇宙，这是西篱的自由想象力的体现，也是西篱哲学式思考和书写。

特里·伊格尔顿说，“在所有的艺术形式中，悲剧最彻底、最坚定地直面人生的意义问题，大胆思考那些最恐怖的答案。最好的悲剧是对人类存在之本质的英勇反思”[②]。这部作品的基调沉郁，尤其是记述过去特殊年代以及人物命运的时候，几乎所有的人物都带着苦涩的伤痕。通过悲剧，西篱细腻地展现了现代都市人的精神危机与生存困境，揭露压迫人残酷心灵、毁灭善良与纯真的社会罪恶，唤起他们对自身、对社会的检视与反思。但作者在小说结尾处的乐观的想象，却是一个独立自信的女性对于未来的乐观期待。情绪是悲伤的，但不绝望，对人性依然充满信心和乐观希望，不逃避人生的勇气和坚强，显示出作家对生命和人性认知的通透及睿智。精神分析学家维克多·弗兰克尔提出的“悲剧性的乐观主义”就认为人身处“痛苦、内疚、死亡”三种悲剧中仍然应该保持乐观情绪[③]。

在作家笔下，死亡只是人生命状态的一部分，小说虽然以死亡开始，却以永生结束。正如西美尔的死亡哲学所言：“生命的对立面不是死亡，而是不朽！死亡从一开始就居留在生命之中，并且紧紧地伴随着它，生命越充盈，越强大，它与死亡的关系就越近。”[④]西篱正是用独白的方式在有力地提出自己对生命意义的看法和洞察，这是用全知视角无法企及的审美体验。

---

① 詹亚旺：《西篱：写作，讲述更为真实的存在》，《湛江晚报》2016年8月1日。

② ［英］特里·伊格尔顿著，朱新伟译：《人生的意义》，译林出版社2012年版，第11页。

③ ［美］维克多·弗兰克尔著，吕娜译：《活出生命的意义》，华夏出版社2010年版，第173页。

④ ［意］马里奥·佩尔尼奥拉著，裴亚莉译：《当代美学》，复旦大学出版社2017年版，第30页。

三、结语：纯文学的媒介新生态

传媒的力量席卷而来，文学形态和文坛生态在商业化、数字化的变革下，其生产机制和传播机制都发生着本质性变迁。正如邵燕君的判断："与文学生产机制'市场化'转型同时发生的是文学媒介革命。……网络文学走过了从自发自觉、自娱自乐到被商业模式格式化的过程。在强力发展的进程中，网络文学不但逐渐形成了独立的运营模式、写作——阅读模式和快感机制，更形成了独特的意识形态。"①

相比传统文学，网络文学的这种意识形态的独特性主要表现在文学精神的传承和文学功能和意义的彰显上。"作品不再有宏大叙事和深沉主题，也无须是'国民精神所发出的火光'和'引导国民精神的前途的灯火'，而成了随用随取、用过即扔的文化快餐。"②学界和业界在十几年前对于网络文学普遍性的担忧，至今仍在文学评论界讨论的视阈之中。但是值得注意的是，即便其娱乐性、商业性侵蚀其人文精神的事实依然被诟病和批评，但严肃文学、纯文学的创作者们正面迎接网络时代的到来，开始自觉成为网络写作的一员，已经成为事实。他们自发自觉的生产和传播，根植于网络实现自身强大的生命蜕变进程，担负了文学功能现代变迁的重任。

西篱的《昼的紫夜的白》这部小说诞生于喧哗的网络生态，但其面貌却和趣味性消费商品有着明显的差别。现实的题材、非娱乐性故事、厚重而扎实的叙事和深沉的人文关怀处处体现作家对文学终极意义的书写。有一个不争的事实是，青少年占据了网民的绝大多数。青年人在阅读网络小说的时候还在寻求自我身份的认同，但这个诉求更要求读者和作品中的故事及人物命运是在一种共时的场域中进行交流，如此产生一种相互印证和理解。正如人物的情感关系、现实困境会特别容易勾连读者的阅读兴趣，因为文字之外的情感能够给人以抚慰和启迪。但"读屏时代拆解了诗性体验"③，而西篱的创作却处处都显露出诗性作品的魅力，不管是记录家国的苦难、描写人性的阴暗与光明，还是描

① 邵燕君：《新世纪文学脉象》，安徽教育出版社2011年版，第4页。

② 欧阳友权：《论网络文学的精神取向》，《文艺研究》2002年第5期。

③ 参照欧阳友权：《论网络文学的精神取向》，《文艺研究》2002年第5期。

写家乡的美景和城市的熙攘与变迁，都是散文诗般的倾诉，和读者真诚对话。

在对历史的批判和反思的过程中，西篱又有着和青年人天然的接近性，呈现出一种全新的思考格局。西篱不刻意回避“文革”那段历史，但也不纠结于痛苦和伤痕的情绪；不刻意回避性和爱情，但绝没有猎奇和无病呻吟；描写未来时空的幻想时，也决不迎合光怪陆离的玄幻虚妄，而是带着对人性的反思和人类未来的期许。这些网络小说流行的基因，以及保持着冷静而严肃创作的态度，使得西篱这部小说在网络文学的世界中格外光彩夺目。

2016年，《昼的紫夜的白》获得上海新闻出版局数字出版扶持，并获上海网络文学现实主义题材奖。同年2月出版纸质版，其有声书版权也在南国书香节上被酷听买走。自此，这部关于亲情、成长和社会变迁的个人体验的诗性作品开启了它与读者更深层次的全方位媒介对话。和网络版相比，纸质图书装帧也极富诗意。装帧设计师吴俊卿在小说中插入了著名画家董重的绘画作品，融合书中的情节内容风格，汲取了冷紫、满月和梦幻树等意象元素，节制而大胆，充分诠释了这部超现实主义小说的深层精神，意境忧郁而神秘。

如果说“传统的纸介书写文本是一个首尾整一的完成品，而网络文学所依存的互联网是以比特为叙述单位的超文本链接，因而具有无穷的读解性”[①]，但文学终究是人学，在经历大众文化的狂欢后，又回到经典文化中寻求意义与永恒。人不可能总在宣泄、狂欢与渎圣的状态中寻求到精神满足，大众文化的快餐化消费特点也易于引起审美疲劳。不管是什么样的文学经典，不管是通过什么媒介进行传播，仅凭世俗化的大众文化和成功的商业炒作，都不能为读者提供更高层次的审美需求。

当下，我们需要重新定义网络文学，重新看待网络文学，并时刻呼唤优秀的网络文学作品，它们将构成网络文学的第二张面孔，在充分肯定其自由表达、自我表达的同时，回归心灵、回归人文、回归情感，终此达到人类精神的彼岸。

（本节作者：周菁，华南师范大学新闻传播系讲师，文艺学博士）

---

① 周志雄等：《新世纪网络文学的侧面》，山东人民出版社2014年版，第36页。

第五节　书写破戒的两种方式

——《月明和尚度柳翠》与《白玉膏》比较分析

一、网络文学的存在形态与海的温度的位置

纯文学“不随大流，而让时间去随”，如马尔克斯的《百年孤独》、曹雪芹的《红楼梦》等作品一样，超越时代；网络文学则“不随精英，而让大流去随”，旨在传播。在这种意义上，纯文学与网络文学可谓各行其道，各师各法。而就网络文学及其作者的存在形态而言，大概分为如下几种。

第一种类型是签约的网络写手及其作品。

现在的签约写手大约有两种，一种是分成式的，即作者与编辑或网站分成，作品署名为作者；另一种是承包式的，即编辑给写手分配任务，作品署名为其他人。编辑会根据写手的签约年限、字数要求、人际关系来推荐其作品，甚至有签约五十年的。

另一种类型是在不用签约的网站平台上写作的写手及其作品。

如天涯，就不用签约，平台也不付给你钱，只是要求写手每天有一定字数，例如两千字，作者的紧迫感不强，正因此天涯出了很多精品，《鬼吹灯》《明朝那些事儿》等等影响巨大的网络文学作品都是从那里出来的。

第三种类型是在自媒体上写作的写手及其作品。例如在自己的微博、博客、公众号上写作的人，不受公司限制。张嘉佳的《在你的全世界路过》、尹建莉的《好妈妈胜过好老师》就是在微博或博客上写的。

第四种类型是签约书商或出版社，之后再上网的写手及其作品。例如海的温度、赵善军、搜异者等人的创作就是如此。相对而言，这样的写作方式比

签约的网络写手稍微多一点自由。

海的温度自2011年7月起在天涯论坛“莲蓬鬼话”开始网络文学创作，后来就跟上海人民出版社签约，也就是说她的网络写作存在形态介乎第二和第四种之间，或者说从第二种转为第四种。海的温度原名徐爱丽，原先学会计，后来读哲学硕士，现为广东肇庆某单位公务员。她目前已由上海人民出版社出版小说八部，其中包括《闻香榭》系列四部：《脂粉有灵》《玉露无心》《沉香梦醒》《镜花魔生》；《忘尘阁》系列四部：《噬魂珠》《玲珑心》《双面俑》《蛟龙劫》。她的作品虽然有其缺点（如结构方式的自我重复），但文采不错，情感处理也蛮好，其中的情感都很痴，但又显得真实；艺术逻辑相对严谨，每个故事都没有什么大的漏洞与脱节之处，不愧为哲学硕士；其作品的玄幻色彩主要体现在个别神怪角色身上，但是通读下来，其人生色彩反而冲淡了其玄幻色彩，这也许就是其作品影视版权被黄晓明公司收购的原因之一。

读海的温度的《闻香榭·玉露无心·白玉膏》[①]令人联想起冯梦龙《喻世明言》中的《月明和尚度柳翠》[②]的故事。翻阅冯文之后，发现二者果然有相似之处，有可比较之处。其理由如下：首先，它们都属于通俗文学的范畴。其次，它们都叙述了相似的和尚破戒的题材。再次，通过不同时代的同一题材的叙述，可以发现同一母题的演变，从而为创作方法与时代氛围提供参照。两部作品可谓同中有异，异中有同，对二者的比较分析便顺理成章。

二、破戒的原因、表现与结果分析

（一）破戒的外因都是得罪官方

《月明和尚度柳翠》写的是年轻气盛、志得意满的二十五岁的南宋临安府新任柳府尹到任，将参见人员花名手本逐一点过不缺，止有城南水月寺竹

---

① 海的温度：《闻香榭·玉露无心》，上海人民出版社2013年版。文中关于《白玉膏》的引文都出自此书，不再标识。

② 冯梦龙：《三言·喻世明言》，中华书局2015年版。文中关于《月明和尚度柳翠》的引文都出自此书的第二十九卷，不再标识。

林峰住持玉通禅师点不到。柳府尹怪罪玉通禅师不来参接的无礼，想拿他来问罪，后来虽然听各寺住持禀覆："此僧乃古佛出世，在竹林峰修行，已五十二年，不曾出来。每遇迎送，自有徒弟。"于是权力被冒犯的柳府尹虽然没有捉拿玉通禅师，但是心中不忿，怪长老不出寺迎接，恼羞成怒，因此指使府中年轻貌美的歌姬吴红莲设计与长老成云雨之事，破其色戒与修为。

而《闻香榭·白玉膏》写的却是大唐建平公主对静域寺主持圆通动了情，为其稳重、博学与对信诚公主的痴情所动，只是圆通不领情。她觉得圆通对自己太轻视，太无情，不曾看过她一眼，所以因爱生恨，施法让信诚公主变傻，以毁坏信诚公主的方式来惩治圆通。

（二）破戒的内因都是基于情欲

《月明和尚度柳翠》中柳府尹的歌姬红莲以拜祭亡夫，城门已关为由，投宿寺院，老禅师慈悲为怀，收留她在寺院僧房过夜。红莲又以衣衫单薄，借衣御寒为由，骗得禅师开门借衣，再以肚疼病发作，希望以与亡夫肚皮贴肚皮的方式取暖驱疼，长老以"救人一命，胜造七级浮屠"的慈悲依从她，最终被红莲反复挑逗，破了色戒。

而《闻香榭·白玉膏》中的圆通方丈原名李牧，十五年前，当时十四岁的十六公主带小宫女私自出宫游玩，与宫女失散，遇到赶考的秀才李牧，李牧儒雅聪慧，为人良善，不仅请她吃饭，还雇马车送她回去。此后十六公主依旧以民女打扮，拜谢李牧，两人日久生情。但是，圣上册封公主时，十六公主被册封为信诚公主，后来信诚公主被指婚后出嫁。作为一介庶民的李牧心灰意冷，在公主披上嫁衣之时，在驸马府附近的静域寺落发为僧，专研佛法，后来因为出类拔萃，而做了方丈。李牧出家的动机是为了爱，即使做了和尚之后，依旧不忘旧情，甚至因为爱情而杀死威胁信诚公主的小人杨沙与怀香。

（三）破戒的表现都是双重破戒

两部小说书写破戒的表现都是写禅师双重破戒。

《月明和尚度柳翠》的玉通禅师是破了色戒之后再破恨戒，他洗浴坐化前写下八句《辞世颂》：

自入禅门无挂碍，五十二年心自在。
只因一点念头差，犯了如来淫色戒。
你使红莲破我戒，我欠红莲一宿债。
我身德行被你亏，你家门风还我坏。

玉通禅师怀恨在心，投胎柳府尹家，做了柳的女儿柳翠翠，执意要败坏柳家门风。当她八岁时，柳府尹病逝，十六岁时，便因家贫先后被杨孔目和工部邹主事纳为妾或养为外宅。因为住在烟花之地，后来索性做了烟花女子，“多有豪门子弟爱慕他，饮酒作乐，殆无虚日”，邹主事也因此跟她断绝来往。

而《闻香榭·白玉膏》中的圆通方丈不仅破了色戒，还更进一步破了杀戒。他在杨沙以信诚公主威胁他开始，就处心积虑要除掉杨沙而后快，他故意制造金刚显灵的假象，然后云游四方，终于找到一条地阴所化的金蛇，后来圆通让小和尚戒色喂金蛇半饱，提前约了杨沙和怀香在寺院门边等候，让饥饿难耐的金蛇受他安在寺门的赤金王菌的气味吸引，爬行至门边，遇见杨沙、怀香而咬死他们。

就破戒的心思缜密来说，玉通禅师是隔代报仇，时间漫长，但是败坏一个家庭的门风，却又是恶毒无比。而圆通方丈则只是报复恶人本身，不牵涉旁人，以金蛇杀人于无形，因金蛇专咬舌头，之后金蛇化为精气消失，此行径也狠毒之极。

（四）破戒的结果都是重新持戒

两部小说更值得注意的是禅师破戒之后的重新持戒。

如果说《月明和尚度柳翠》是因果报应、冤冤相报后的了悟解脱，那么《闻香榭·白玉膏》则是大开杀戒后的自我牺牲。

前者破戒之后的重新持戒分为几个步骤。

第一步是显孝寺主持月明和尚让净慈寺法空长老，假装化缘，到柳翠居住的抱剑营柳行首门前，高念佛偈，以因果打动柳翠：“前为因，后为果；作者为因，受者为果。假如种瓜得瓜，种豆得豆，种是因，得是果。不因种下，怎得收成？好因得好果，恶因得恶果。所以说，要知前世因，今生受者是；要知后世因，今生作者是。”以观音大士化身娼妓点化世人的故事，让从小喜好佛法的柳翠前去寺院拜访。

第二步是月明和尚对柳翠的“显孝寺堂头三喝”：

> 月明和尚也不回礼，大喝道：“你二十八年烟花债，还偿不够，待要怎么？”吓得柳翠一身冷汗，心中恍惚如有所悟。再要开言问时，月明和尚又大喝道：“恩爱无多，冤仇有尽，只有佛性，常明不灭。你与柳府尹打了平火，该收拾自己本钱回去了。”说得柳翠肚里恍恍惚惚，连忙磕头道：“闻知吾师大智慧、大光明，能知三生因果。弟子至愚无识，望吾师明言指示则个。”月明和尚又大喝道：“你要识本来面目，可去水月寺中，寻玉通禅师与你证明。快走，快走！走迟时，老僧禅杖无情，打破你这粉骷髅。”

再是第三步，即柳翠到水月寺，获悉前因后果，于是回家沐浴坐化。留下两首偈语：

> “本因色戒翻招色，红裙生把缁衣革。今朝脱得赤条条，柳叶莲花总无迹。”
>
> “坏你门风我亦羞，冤冤相报甚时休？今朝卸却恩仇担，廿八年前水月游。”

与前者不同，《闻香榭·白玉膏》则是大开杀戒后的自我牺牲。

与金蛇受人的浊气影响，自己活不成，不足一刻工夫，便化为精气一样，圆通方丈也受世俗浊气浸染，迫不得已杀了杨沙和怀香。之后圆通既无法面对自己的暴戾行径，也因为信诚公主，无法逃开，只有牺牲自己：他“杀掉自己，断了建平的念想，不仅可以保信诚一个平安，也还自己一个心安”。他这个被建平即“施法者挚爱的人，以其精血养被拘的魂魄，七日之后，以命换

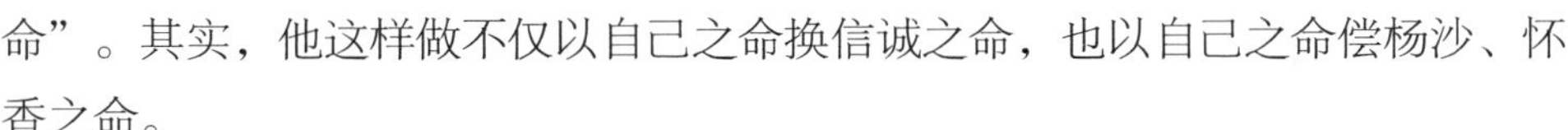

命”。其实，他这样做不仅以自己之命换信诚之命，也以自己之命偿杨沙、怀香之命。

只不过，《月明和尚度柳翠》更多的是因果报应的色彩，而《闻香榭·白玉膏》的视野更为开阔，更具人文气息，它以白玉膏为名，象征着白玉膏治得了皮肤的皲裂，但是治不了心灵的皲裂。一旦心灵皲裂，戒律不攻自破。

三、破戒的现实与审美意义

就现实意义而言，两个叙述和尚破戒的故事，一方面彰显了戒律遭遇的复杂环境。它们都把戒律放置于政界、佛界、商界（闻香榭是经商，做妓女也是经商）这样复杂交织的环境之中，这样就使得戒律并非偏安一隅的自守，而是立于浮华的考验。只不过，在《月明和尚度柳翠》中，政界对戒律是既有打击（如柳府尹），又有帮助（如达官贵人对柳翠的迎合）；佛界对戒律既有破坏（如玉通禅师），又有建设（如法空长老、月明和尚）；商界对戒律既有迷失（如做妓女的柳翠），又有痴迷（从小好佛法，醒悟而坐化）。而《闻香榭·白玉膏》的政界对戒律则主要是打击，无论是圣上指婚，还是建平公主的险恶用心，都是如此；其中的佛界对戒律主要是迫于无奈的破戒，破戒也是出于大局，为了寺院不落入歹人之手，为了爱情而自我牺牲，其他和尚都是全不知情地做着帮忙之事；而作为商界的闻香榭诸人对戒律的持守则是鼎力相助。

另一方面，我们要问：何为戒律?

戒在现实生活中就是原则，就是良知，至少是底线。很多人天天破戒，心中无戒，无戒则心狠、心狭、心乱、心空，失去内心平衡，甚至无心，从不问心。多少人将戒律、原则、精神作为表面的掩饰，却做着表里不一的表演，多少人口口声声公平、公正、高尚、民主、自由、法治、能力，私底下却做着不公平、不公正、不高尚、不民主，打击自由、违反法治，不讲能力、只讲关系的事情，搞得人心惶惶，谁也不敢掉以轻心，除非像屠呦呦一样不在乎。在这种意义上，律法是灰色的，利益之树常青。人们如何像这两个和尚破戒故事一样，在破戒后重新持戒，才是关键。故此，破戒的现实意义，远远大于文本意义。

而就审美意义而言，从以上的比较，我们可以发现古今两个叙述和尚破戒的故事，可谓同中有异，异中有同。中国古代小说，从两汉魏晋南北朝的志怪志人小说，到唐传奇，到宋元话本，再到明清小说，除了少数例外，都非常注重讲故事而相对轻视静态的心理描写、复杂的人性探寻与历史的深刻思考。与传统文学注重传承，慢工出细活有别，网络文学注重传播，注重故事性而不注重文学性与思想性。就这一点来说，我们如何学习古典，讲好故事，这不仅是网络文学作家，也是非网络文学作家所必然面对的重要命题。

就像《闻香榭·白玉膏》，虽然它与《月明和尚度柳翠》存在着较大的差异性，但是它所叙述的和尚破戒的外因、内因、表现、结果都与《月明和尚度柳翠》有着异曲同工之妙，这种相似性无论是作者读过该小说而潜移默化在写作中，还是基于英雄所见略同的不谋而合，抑或是作者模仿的，都是难以否认的。更何况，持戒、破戒、再持戒的故事结构，政界、佛界、商界结合的故事背景，故事的神秘色彩与和尚的报复心理（例如玉通禅师投胎报仇，例如圆通方丈用金蛇杀人），诸如此类的因素，都显示出当下小说与古代小说的千丝万缕的牵连或结缘。而这种牵连结缘是正面的牵连结缘，导致了整本《闻香榭·玉露无心》的六则故事之中，写得最好的正是《白玉膏》，而非其他，其他故事的阐释空间不大，而缺乏阐释空间也许是网络文学的通病。

海的温度曾经提到她注重网络文学的“有趣”的标准，以及网络文学想象力与正能量（例如本故事的持戒）。这也许是网络文学作家或写手所共同关注的问题。而这也是更值得思考的问题，无论是关于该作品，还是关于其他网络文学作品，其审美问题都值得深思。

1. 文学不只是需要“有趣”，还需要“有味”。

2000年左右的网络文学写作和传统文学写作差不多，基本上是写好再放上网，但是几年后就变了；而由于当时网络不普及，主要在高校之类高端机构，当时网络文学的读者主要是大学生，他们不少人不喜欢甚至根本不知道读网络文学，而且他们或多或少具有精英意识。到了80后尤其90后成长起来之后，市场经济加上技术革新，加上VIP等管理模式的更新，加上国家的大众化教育体制，再加上内心浮躁、思想势利，促进了网络文学的极速发展与审美观念的快速变迁。

当遍地都是网络和智能手机的时候，网络文学的读者由以大学生为主变为以打工者和中学生为主，故此，审美趣味下降，精英意识匮乏，成为时代特色。正因如此，现在网络文学的读者更注重文学的娱乐功能，而非文学的审美、教育、认识功能。正因如此，读者注重有趣，注重故事性，但是如果网络文学的故事只有娱乐而没有味道，初读还感觉有趣，读久了就感觉乏味，很容易审美疲劳，看过也就忘了，此所谓文化快餐。这是网络文学的弊端之一。

2. 文学不只是需要想象力和吸引力，还需要思想力。

网络文学为了吸引读者，同时也为了赚钱，不断地发挥想象力，脑洞大开，所以一部网络文学作品动辄上百万字甚至上千万字，甚至自我重复，漏洞百出，彼此雷同，一位写手朋友甚至说他们不是作家，而是娱乐化的文字工作者。但是我们要知道：好的文学除了想象力和故事性，更注重其思想力，或曰其创新性和思想性，例如对人性的洞察，例如对历史的深思，例如作品的巨大隐喻性，而这又反过来导致了极大的感染力。例如古今中外的名著，如莎士比亚的悲剧，歌德的《浮士德》，马尔克斯的《百年孤独》，曹雪芹的《红楼梦》，钱锺书的《围城》，路遥的《平凡的世界》，诸如此类。这些名著非常符合别林斯基的“熟悉的陌生人”理论，虽然给人陌生或新奇的感觉，但又似曾相识，感人至深。

当然，我们并非要求网络文学完全按照纯文学的方式来写，这不完全符合网络文学读者的审美口味，而是提醒网络文学作家，尤其是成熟的网络文学作家，应该使得作品具备一定的大师品相，使得网络文学成为“作品”，而非“产品”，在走得快的同时，也走得久，走得远。

第六节　好类型成就好小说

——以《原来是美狐啊》为例

总体来讲，乱异的《原来是美狐啊》（山东画报出版社2011年版），是一部叙事讲究、情节生动、故事精彩的优秀网络小说。作品的优点有如下几方面：

立意不俗。三界（天、人、魔）在人间的交集，模仿（亚里士多德意义上的“模仿说”）了现实，也讽喻了现实，吟诵了真情，也同情了小人物的奋斗。作品中的风若惜本分做人，本色示人，作品一上来却成为第一个面临被辞退的员工。而风若惜本是狐仙下凡，向以精灵机智甚至诡计多端为世俗招牌的狐仙，在与凡人斗法中却处处落败，这种对现代职场险恶的讽刺也太大了。职场中人那里还能称之为人？简直个个着魔了。但魔会这样吗？作品中，魔界，或者说六道中阿修罗界的方尚懿和小雪，其实比人界之人更像君子，不会魔性大发，乱杀无辜，反而坚持底线，不轻易伤人、害人，其实影射的正是人的不堪。还有何纾颜这个真正的凡人，为了在电视台谋份职，拼死做美容手术，冒死偷拍恐怖的灵异故事——平常人找到一份工作是如此艰辛悲惨，对社会现实残酷性和“逼良为娼”的讽刺这又是何等赤裸透骨？往大里讲，对人类的批判，通过作品人物的命运，包括作者时不时发出的感慨，也处处显示出尖锐性。这个轻喜剧式的小说，对社会的关注和影射，其实一点也不少。

知识渊博，恢复了当代小说的认识功能。作品中三界故事的编织，人物形象的塑造，不但渊源有自，非胡拼乱造向壁虚造，而且有着六道轮回、因果报应、生死疲劳的宗教哲学知识背景。有趣的是，作品中写到的林与魔界签订的灵魂买卖契约，来自浮士德的原型，化用的效果尤其不错。我们常说文学的功能，涵盖了认识、教育、审美、愉悦，现在的期刊作品，或者所谓的严肃

 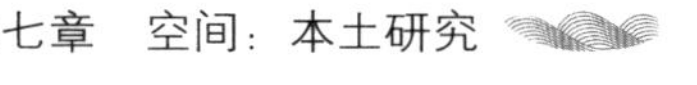

文学作品，认识功能是越来越弱化了，反而使在网络文学中，认识功能得到大面积的复兴。也难怪，现在除了年轻人，连我身边的大学教授、退休工人也在着迷《盗墓笔记》之类了。阴阳八卦、神魔鬼怪、玄幻穿越，剑客狐仙类的小说，都受到了更大范围读者的追逐。这不能不说是填补了严肃文学缺位留下的空白。

叙述讲究，技巧成熟。人物不多，但个个生动；情节不是太过复杂，但夹叙夹议中，以狐仙风若惜与公司人事经理萧玉麟交往为主轴，演绎了一段似是而非似非而是的情感故事，并由此串起身边各色人等，串起这各色人等的前世今生，恩怨情仇。按人物行动的逻辑和脉络，一贯到底，符合网络特点，符合类型小说、流行小说的线性逻辑和性格逻辑。情节悬念不断，高潮不断，节奏快捷，用言语对话和行动快速交代故事，推动情节发展。作品对职场、言情、推理、侦探等类型小说技法和模式多有领悟，运用熟练，种种铺垫终于在全书倒数第二章揭开谜底，达到故事最高潮，也是文学描写的最华彩乐章，精彩而又合乎作品本身的叙事逻辑。

构思巧妙。作品编织的是一个仙界、人界、魔界混杂的世界，是一个狐仙故事的现代演绎，激活了一个中国古老故事的原型，确保了中国读者集体无意识的认同和期待。狐仙与美女、狐性与仙性，在若干民间故事民间传说中和蒲松龄笔下集中描写的故事所形成的古老原型，在这个作品中焕发出了现代光彩。善良的女狐仙有仙性，有狐性，这是作品把握住的两个基点，写出仙性或者女仙性不难，写出狐性其实不易。正如李碧华原创、徐克拍摄的《青蛇》，写出女性不难，重要的是写出了蛇性。这个作品在狐性和仙性的把握上是不弱的。

语言流畅谐趣。尽管作品语言存在一定欧化倾向，尤其是前半部分，长句子多，有些句子过于拗口，如书中第74页的一句“可是他所做的这一切都不过是希望那因为自己的疏忽而造成的凡间灾难导火线可以在被凡人无意间点燃之前让他先找到”，等等，对普通读者不啻是阅读灾难。但随着故事发展，叙事发展，这种拗口的欧化语言有了削弱，而让语言富有了精到的表达和流畅的修辞效果。谐趣、俏皮的语言一直延续到底，形成一种稳定的基调。并通过这种语言基调，对并不轻松的故事主题及故事主人公命运的悲凉、面对命运的无奈和无力，有了一定的消解功能，达到类型作品终归要求相对轻松化的效果。

当然，作品的缺点也有一些。

比如，三界的概念，似乎在作者这里仍然存在一定大而化之的成分。作者对佛教、道教、基督教包括民间宗教应该是有基本知识和认知的，并在作品中进行了一定的择取和吸收借用，但只是在大概的框架上，把故事空间分为了天上、人间和地下三界。其实，如果按照严格来分，如果作者不抗拒现有的传统知识和信仰的话，则我们知道，按照中国传统的宗教谱系，佛教中，狐仙是非人的一种，畜生界中的佼佼者，而非天界，它要修炼成人还要五百年；倒是在道教谱系中，狐仙属于仙界，是仙界中的下层，但这仙界却不能跟天界混同；所以并不宜说文若惜来自天界，说来自仙界则没问题——书中如果不出现天界二字，只用仙界，则完全自成逻辑。方尚懿、小雪属于魔族，也可以称作阿修罗界。除了这两界，六道中还有天、人、地狱和恶鬼，作品中出现的炼狱、女鬼、公司人等，也都对此有了触及，只是没有分得更细、更谱系化而已。当然，这是在严格意义上要求，作者完全可以有自己的逻辑和自圆其说的体系，并不一定要遵照现有传统宗教知识的说教。这并没问题。只是如果做更细致化的处理，可以达到更佳的艺术化效果，甚至可接通传统文化和传统文学经典西游记、封神演义等的文脉。

比如，作品情节推进过程中，因为推进得太快，往往在一个章节、一个回目中，出现了缺乏铺垫和过渡，直接转折到了下一个情节和人物的现象，这会有点突兀，读者可能会一时被迷惑。完全可以采取空行来做区隔。这类技术层面的问题，还有文中多用“因为、所以、不但、而且、可是”等等连接词，这是需要减少或避免的。汪曾祺先生说过，句与句之间的连词、介词、甚至主语要省掉；莫言也说，汉语没有冠词，无位格、时态、语态等变化，不用或者少用连接词。当然完全省略未必一概而论，但用多了会影响节奏、韵律和美感的。

比如，作品中有些比较低龄化的调侃、幽默、俏皮，对超过二十岁的成人读者来讲，可能显得有点小题大做。例如作品中写到离职时萧对笔记本的规定，对萧无时无地的抠门小气的描写调侃等，显然作者是向低龄化读者倾斜靠拢了，而并不顾及成年读者的感受。尽管这也不妨碍成年读者也会喜欢这本书。作者的这种风格的形成，极有可能是出自作者的一种策略和读者定位，有作者和现代商业出版者精明而精确的共谋的因素在里面。

总之，这个作品是个成功的网络小说、流行小说。它的成功，首先在于流行小说配方的成功。但这种配方的应用，前提确是作者对类型化，以及类型化之外文学基本纪律的追求。这是值得说一说的。我们知道，流行小说、类型小说总是要回到人类审美意识的原型中寻找共识和起源，也同时契合人们的阅读期待和心理原型。这个作品对狐仙故事的袭用，对六道轮回、神魔斗法类型的选取，就很有接受基础和市场保证。狐仙的故事新编，对封神演义、对聊斋故事、对民间故事原型的成功化用，有民意基础，有中国人集体无意识的准备，又加上职场小说元素的现代感，无疑击中了当下年轻人的兴奋点。

这个作品，作者乱异本人说是一个反类型化小说，有部分道理，但反类型小说总归仍可以看作类型小说，只不过它糅合进了多种类型小说的元素，如侦探、惊悚、悬疑、玄幻、职场等类型的，是巧妙地在类型小说中展开反类型化的努力，是对单一类型化的修正。可见，用类型小说理论分析网络文学已经出现了难度。这也体现出网络小说的复杂性。网络小说发展到今天，其实已经呈现了多种元素、多种资源、多种文学传统的对接与合流。

第七节　“架空世界”的非“架空”

——论《武极天下》的价值世界及其时代性

中国当代玄幻小说的学理性争论应自陶东风发表《中国文学已经进入装神弄鬼时代？——由“玄幻小说”引发的一点联想》起算。陶东风认为，玄幻文学的价值世界是混乱的、颠倒的，进而得出了“可以说，在思想深度和人文内蕴方面，玄幻文学是极度令人失望的”[①]结论。陶东风立足于纯文学，他判定玄幻文学精神价值维度缺失的纯文学标准具有“片面的深刻性”，将玄幻文学的研究深入到了价值观层面。这样的评价标准和结论自然容易引发争论，反陶者认为，一个时代有一个时代的文学，也有一个时代的文学价值追求，陶东风实际上是“始终没有看到玄幻文学‘装神弄鬼’的另一面，始终不能站在80后的立场上来理解他们的文学想象”[②]。显然，在如何评价当代玄幻小说的价值观上，学界还没有取得共识。80后的作者和读者群是市场经济洗礼和西方文化冲击下而成长起来的，他们的价值世界必然有迥异于传统农业社会的因素。玄幻小说反映了这批80后年轻一代的价值观，对之不能简单地加以否定和排斥，应当立足于文本，透过文本分析其价值世界中的糟粕和优秀因子。

蚕茧里的牛是近几年从起点中文网崛起的畅销网络作家，也是当代具有一定影响力和代表性的80后知名网络写手。短短几年时间，蚕茧里的牛连载了《神偷化身》《魔兽多塔之异世风云》《武极天下》《真武世界》等玄幻文学作品。《武极天下》总共六百七十一万字，二千二百五十三章，连载了将近三

① 陶东风：《中国文学已经进入装神弄鬼时代？——由“玄幻小说”引发的一点联想》，《当代文坛》2006年第5期，第9页。

② 张群、汤振纲：《被压抑和误解的想象力：论当代玄幻小说》，《理论与创作》2009年第2期，第37页。

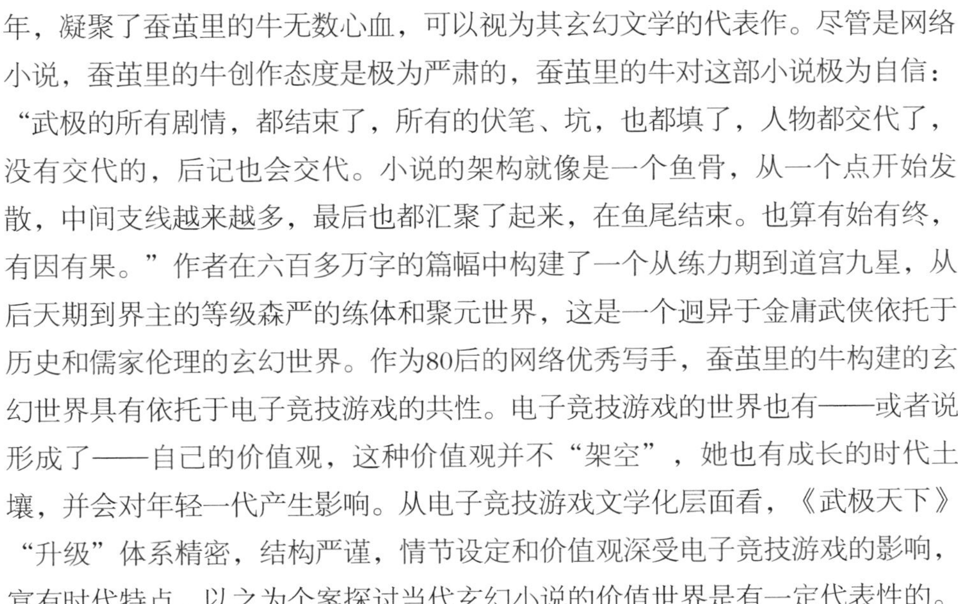
年，凝聚了蚕茧里的牛无数心血，可以视为其玄幻文学的代表作。尽管是网络小说，蚕茧里的牛创作态度是极为严肃的，蚕茧里的牛对这部小说极为自信："武极的所有剧情，都结束了，所有的伏笔、坑，也都填了，人物都交代了，没有交代的，后记也会交代。小说的架构就像是一个鱼骨，从一个点开始发散，中间支线越来越多，最后也都汇聚了起来，在鱼尾结束。也算有始有终，有因有果。"作者在六百多万字的篇幅中构建了一个从练力期到道宫九星，从后天期到界主的等级森严的练体和聚元世界，这是一个迥异于金庸武侠依托于历史和儒家伦理的玄幻世界。作为80后的网络优秀写手，蚕茧里的牛构建的玄幻世界具有依托于电子竞技游戏的共性。电子竞技游戏的世界也有——或者说形成了——自己的价值观，这种价值观并不"架空"，她也有成长的时代土壤，并会对年轻一代产生影响。从电子竞技游戏文学化层面看，《武极天下》"升级"体系精密，结构严谨，情节设定和价值观深受电子竞技游戏的影响，富有时代特点，以之为个案探讨当代玄幻小说的价值世界是有一定代表性的。

一、电子竞技游戏模式下的情节设定与推进

《武极天下》的情节设定与推进深受电子竞技游戏的影响。小说讲述的是林铭从一个天赋一般的普通少年，一步一步成长而为"人皇"界主的故事，其情节推进与结构模式类似于电子竞技游戏的打怪"升级"。围绕人物的升级，蚕茧里的牛设定了练体等级、聚元等级、意境划分等武技，设定了三品、四品、五品、六品等宗门品级，构成了体系精密的拟游戏世界。与成长小说的情节设定不同，小说根据人物的"升级"设定情节发展，推动小说人物关系与空间的变换。《武极天下》主人公的成长是武力等级的不断攀升，是生活环境品级的不断提高，同时也是主人公在不同试炼场试炼的结果。

蚕茧里的牛为《武极天下》中的人物设定了体系精密的修炼等级，人物等级的提升成为推动小说情节发展的主要动力。小说设定的练体等级有练力期、练肉期、练脏期、易筋期、练骨期、凝脉期、淬髓期、八门遁甲、道宫九星；设定的聚元等级有后天期、先天期、旋丹期、命陨期、神海期、神变期、神君期、圣主、界主；设定的意境有火之意境、雷之意境、黑暗意境、空间意

境。练体等级、聚元等级和意境中的每一等级又细分等级，形成了层层推进、等级森严的武者修炼历程。对每一修炼阶段，作者均有详细的规定，如作者论练体期说："练体期是修武的第一阶段，引真元淬体，总共有六重，一重练力，二重练肉，三重练脏，四重易筋，五重锻骨，六重凝脉。这之后武者便会踏入聚元阶段。"①这些体系精密的练体等级颠覆了传统武侠小说的正邪之争模式。《武极天下》没有正道魔道之分，也没有正派邪派之别，主人公不需要承担道义责任，人物之间也仅以等级、实力判定胜负。实力为王，不需要价值选择，其特点如作者所说："所谓武道之心，并非是大忠大贤，大正大义，武道跟正邪无关。"②这就将小说情节发展与正邪之争脱离开了。武极的情节设定和场景转换直接服务于"升级"，这是一种典型的RPG游戏思维。

在建构精密修炼体系的基础上，小说以主人公林铭的修炼历程为主线，将情节的展开与人物级别的"升级"紧密结合起来，通过"升级"历程来实现场景和情节的变换。林铭本是一个仅有六百年传承的武学宗门设立的天运国中的普通少年，天赋仅有三品，一个偶然的机遇得到了来自神域的魔方，修炼了魔方中的练体法诀《混沌罡斗经》，从而开始了自己的修炼历程。小说为林铭的修炼设定了特定了对手，设计了需要克服"升级"的各种困难。在天运武府、天玄武府、七玄谷，林铭遇到的对手是欧阳博延，从实力与欧阳博延相差悬殊，到最后枪挑合欢宗，林铭靠的是不断的历练"升级"。如在巫神塔，林铭获得了生死试炼的机缘。试炼时，林铭面对的不是真实的人，而是天地元气凝聚而成的虚拟的"人"。如第一关地狱界，林铭试炼的是"血魔"，作者设定"血魔"为："据说，在血气浓郁的地方，就会诞生血魔，血魔可以吸食人的精血来壮大自己，有些存在久远的强大血魔，甚至可以完全化为人形，实力可比先天高手。"③"血魔"被刺杀后，可以提升武者的实力，蚕茧里的牛说："巫神塔只能提升武者的修为，而生死试炼，却可以从各个方面提升武者的实力。比如这血魔，提升的就是气血之力，容纳的真元更多，耐力更强，受

① 蚕茧里的牛：《武极天下》第1卷，黑龙江美术出版社2014年版，第13页。

② 蚕茧里的牛：《武极天下》第1卷，黑龙江美术出版社2014年版，第140页。

③ 蚕茧里的牛：《武极天下》第3卷，黑龙江美术出版社2014年版，第109页。

重伤后也容易恢复，甚至气血强到极限，可以断肢重生，有不坏金身。”[①]林铭吸取试炼塔的能量锻造自己的气血，并且领悟了轮回武意，获得了逆鳞之血的奖励，实力大大提升。小说通过娜依的“惊讶”展现了林铭实力的变化：“娜依顿时倒吸一口凉气，她清清楚楚地记得，林铭初入巫神塔的时候，只能算是易筋初期，进入神国之后，竟然提升到了锻骨巅峰，整整一个半境界的提升，这七天七夜，林铭到底在其中经历了什么？”[②]类似巫神塔的试炼情节在《武极天下》中多次重复出现，每当林铭急需提升实力时，作者总是会安排试炼机遇给予林铭，帮助林铭尽快提升实力。有一些试炼情节甚至撇开了原有情节，形成了支线情节。试炼的对象是虚拟的，没有正邪之分，主人公进入试炼情节，单纯是为了获得奖励和提升自己实力，没有所谓的“除道卫魔”观念。这种试炼的情节模式迥异于传统武侠小说，更类似于电子竞技游戏中的“打怪—升级—获得奖励”的游戏规则和游戏模式。

从结构上看，《武极天下》是块状型螺旋式结构。块状指的是根据主人公等级历练而展开的情节。小说一开始以林铭先天历练为中心，形成了七玄谷板块；之后以旋丹历练为中心，形成了神凰岛板块；之后，林铭进入九鼎神国历练，实现自己的旋丹突破。最后，林铭进入神域，进入圣地，进入真武界，不断突破自己的修为，终成天尊界主。小说中的不同板块因林铭实力的提升而形成螺旋递进关系。如在七玄谷板块，七玄谷谷主如同神一般存在，七玄令也有着超越皇权的权威。小说通过太子等人的心理活动折射出七玄令的威权：“七玄令？来自七玄谷的谕令？太子心中一惊，这可是比圣旨更高一层的谕令。……王公公这一席话说出来，满座皆惊，核心弟子！虽然料到林铭有可能成为核心弟子，但是谁也没想到这么快！一个天运国土生土长的核心弟子，有着重大的意义！一旦他将来要求被派回来任七玄武府府主或者七玄使，那么他就等于天运国的太上皇了。”[③]三品宗门的七玄谷，在准五品宗门神凰岛面前却显得极为弱小。小说写展云间对七玄谷总宗会武第一的林铭的第一印象说：“七玄谷？是你们神凰州地域内的一个三品宗门

---

① 蚕茧里的牛：《武极天下》第3卷，黑龙江美术出版社2014年版，第109页。
② 蚕茧里的牛：《武极天下》第3卷，黑龙江美术出版社2014年版，第161页。
③ 蚕茧里的牛：《武极天下》第2卷，黑龙江美术出版社2014年版，第129页。

吧，呵呵，付红兄，这种事情就不必拿出来说了吧，三品宗门总宗会武第一不算什么，在下不才，十五岁的时候宣战风云谷麾下一个三品宗门的首席弟子，十招之内将之击败。”[①]神凰岛难以抵抗六级宗门南海魔域的入侵，差点被其灭门。宗门之间的实力以级别为基础，级别越高的宗门拥有的功法传承越多，资源越高级，其弟子实力更强。小说的情节以宗门为板块，通过人物实力的提升而开启新的宗门历练模式，形成了具有递进螺旋式的结构模式。新的宗门历练情节与在先前的情节基础上独立发展，可以互不干扰，互不勾连。如小说情节到了七百六十章，林铭历练归来，杀了炫无机，灭了神凰岛最大敌手南海魔域，重建了神凰岛，并与神凰岛牧千雨完婚，这在传统武侠小说的情节中可以视为主人公复仇胜利的大圆满结局。《武极天下》可以就此停止更新。但是，蚕茧里的牛为林铭设定了新的历程。林铭说：“雨儿、杏轩，我已经与李逸风约好了去四大神国的九鼎神国，一个月之后就动身，这次离开，可能是数年时间。”[②]小说介绍九鼎神国：“四大神国中实力最强的九鼎神国，以炼药术闻名，林铭要修习炼药术，在九鼎神国最合适不过。”可见，小说情节的主线是蚕茧里的牛构建的练体、聚元和意境体系，林铭只是实现这一体系的“符号”，个人的性格塑造反而处于次要地位。这样的结构模式与电子竞技模式是相一致的。

陶东风曾对当代玄幻文学的作者作了评论：“我们都知道，玄幻文学的作者和读者的主力均为80后一代，年龄一般在二十到二十六岁之间，80后一代是玩网络游戏长大的一代，这就决定了其感受世界的非常突出的特点就是网络游戏化。”[③]蚕茧里的牛曾就读华南理工大学软件工程专业，他对电子竞技游戏极为熟稔，其感受世界的方式深受电子竞技游戏的影响。《武极天下》的情节构建就是电子竞技游戏影响下的结果，可以视为电子竞技游戏拟文学化的产物。

---

① 《武极天下》，第三百五十五章“入宗门”（网络版）。

② 《武极天下》，第七百六十章“木灵玉”（网络版）。

③ 陶东风：《中国文学已经进入装神弄鬼时代？——由“玄幻小说”引发的一点联想》，《当代文坛》2006年第5期，第9页。

二、游戏化玄幻世界中的价值观

与还珠楼主、金庸、古龙、梁羽生等的旧、新派武侠小说和《山海经》《西游记》《聊斋志异》等传统魔幻文学作品相比，《武极天下》“架空”了传统的伦理价值，模糊了人物行为的正邪色彩，具有了陶东风等评论家所批评的“人文价值维度缺失”和“神圣退场”的特点。然而，“架空”传统的伦理观念并不意味着没有价值观，电子竞技游戏也有自己的“法则”，玄幻小说在借鉴电子竞技游戏模式构建小说情节的同时，会不由自主地受到电子竞技游戏“法则”的影响，表现出电子竞技游戏世界的价值观。《武极天下》通过林铭的“升级历练”宣扬了源自电子竞技游戏的“强者为王”“资源优先”的价值观。

在电子竞技游戏世界中，游戏角色的战斗力决定一切，形成了“强者为王”的价值观。在电子竞技游戏的虚拟世界中，游戏角色的地位直接由人物的实力所决定，等级高、战斗力强的游戏角色可以随意决定弱者的生死存亡。《武极天下》直接挪用了电子竞技游戏的运行特点，宣扬了人物命运由实力决定的“强者为王”价值观。小说开篇就是“强者为王”价值的体现。天冥子利用荒洪灵宝封神塔携带一万多名神域强者毁灭了芊羽圣地，他对芊羽圣地圣女慕芊雪说：“圣女殿下，事情发展到这一步我也很遗憾，毁掉芊羽圣地我也是被逼无奈。修为到了你我这种地步，天地间已经没有什么得不到的了，我们追求的只有力量的极致和永恒的存在。”[①]天冥子带领神域强者毁灭芊羽圣地，就是为了获得魔方，提升自己的力量。在《武极天下》的世界里，力量就是人物追求的最高目标，只有强者才能得到更多历练资源，得到更多功法传承，同时也能随意毁灭他人。小说借助教官洪熙的话解释了这种强者伦理。洪熙教育学员说：“你们听说过斗兽人如何训练最凶的斗兽么？他们将一些体制最优秀，资质最好的斗兽选拔出来，而后集中培养，天天喂它们好肉，训练它们，而后让它们在笼子里厮杀，最后几百头斗兽里只剩下的唯一一头，它就是兽王。你们就像是这斗兽，强者之路，需要踩着无数天才的尸体爬过来，所以将

① 蚕茧里的牛：《武极天下》第1卷，黑龙江美术出版社2014年版，第9页。

天才选拔聚集起来不是为了更好地培养，而是为了争斗厮杀，为了被更天才的人踩下去，为了那些人能爬得更高。没有最强，只有更强。”[①]小说在不同的修炼板块中不耐其烦地描述“会武”过程，就是为了选拔出强者，表现出唯“强者”是从的价值观。如七玄谷板块，从第二百二十五章开始，到三百零一章，以大量篇幅描述“总宗会武”的场景。通过会武，林铭获得了总宗会武第一的荣誉，得到了大量的修炼资源，因其战斗力而得到了尊重。

“强者为王”的价值观集中体现在强者对弱者的肆虐，对弱者资源的肆意掠夺上。在《武极天下》的世界中，“强”就是王道，强者掠夺弱者不仅不会受到谴责，反而是大家认为理所当然的事情。欧阳博延实力强，肆虐了秦家。当林铭回归时，他具有了与欧阳博延相斗的实力，这时他并不需要借助复仇等传统观念为自己的行为辩护，他可以直接就杀死欧阳博延，林铭说：“我不需要指证欧阳博延，我只需要杀死欧阳博延。”作者进一步议论说：“林铭的声音带着一股冷血的霸气，此时的他仿佛掌控世间众生生死的王者。指证欧阳博延，那是以七玄谷的门规为武器来对付欧阳博延。在实力足够强大的情况下，林铭自己就是规则，何须指证？”[②]“强者为王”只认强者，不认道义。强者就是道义，林铭回归为秦杏轩复仇，他不需要获得道义的支持，也不需要其他人从道义上认可他的行为，只要他能战胜欧阳博延，他的行为就是合理合法的，并且能够得到大家的认可。从这个角度看，林铭与欧阳博延的行为是一样的。这是一种泯灭了正邪之分的行为模式。小说在九鼎神国的情节板块中借助林铭的“感慨”直接说明了这种“强者为王”特点：“林铭完全没有想到会发生这种变故，他心中不禁感慨，这就是这个世界冷酷的规则。在强权面前没有怜悯，没有同情，为了生存下去，必须付出足够的代价，哪怕是天机筱筱这样娇艳欲滴、倾国倾城的美人，又拥有无尽的财富，可是在更强的力量面前，也只能低头，否则等待自己的就是毁灭。这就是弱者的悲哀。”[③]“强者为王”简单直接，在带给读者强烈的“肆虐”快感的同时，也模糊甚至抹杀了人类基于群体共存而生发出来的伦理价值。

① 蚕茧里的牛：《武极天下》第1卷，黑龙江美术出版社2014年版，第204-205页。
② 《武极天下》，第四百一十四章“别动，你会好起来”（网络版）。
③ 《武极天下》，第七百九十章“天机筱筱的请求”（网络版）。

与“强者为王”伦理相匹配的是“资源优先”的拜物价值观。强者拥有更多资源，资源可以使强者更强，因此，掠取资源就成为强者修炼的必经之路和日常行为。资源直接决定了修炼者所能达到的实力。小说为人物的练体、聚元修炼设计了功法传承、丹药和武器等各种资源，修炼者必须不断使用各种资源才能使自己“升级”。林铭为了淬炼骨髓，吞服了一颗入天丹才淬炼了“微不可查的一丝”，林铭感慨道：“难道说，自己完成淬髓境界要数千克入天丹！天，就是财大气粗的神凰岛，给自己供应数千颗入天丹后也会被吃垮了吧。……神凰岛也不可能勒紧裤腰带，一百年不吃不喝给他积累这么多入天丹。而且即使神凰岛愿意，林铭也等不起啊！”[①]资源可以帮助修炼者提升“级别”，有了资源就可以直接提升，没有资源修炼寸步难行。《武极天下》第六百三十三章描写了林铭借助血妖骨突破“旋丹”的过程：“四面八方涌来的能量如滔滔海潮，所过之处，经脉之中几处不通的地方全部被冲开，所有的能量，最终以势不可挡之势冲击到丹田之中，击撞在一起！轰！一时间，林铭的丹田仿佛被引爆了，原本有条不紊旋转着的真元气旋被彻底轰碎！……而林铭，凭借他扎实的基础，硬生生将能量的激流压缩在丹田之内，在这样强悍的真元风暴下，巨大的压力使得一些真元凝化成了实质的颗粒！……至此正式突破旋丹境界！”[②]这一过程发挥至关重要的是血妖骨的能量。林铭个人的意志、功法起到了辅助作用，而与其道德修养则完全没有联系。也就是说，在资源面前，君子小人已经没有任何区分的必要。剥离道德，突出资源作用，这就是“资源为上”的价值观。

正是因为资源的重要作用，小说中的人物为了资源不断开启争斗，这种资源掠夺性行为在小说中完全合法。为了获得资源，宗门之间以武力决胜负，定排名。小说介绍七玄谷说：“七玄谷七大分宗，虽然因为共同的利益而联合在一起，但是彼此之间内斗不断，争权，争宝器，争修炼资源，争天才，争丹药秘籍……甚至有时候，纷争升级到几乎要开打的地步……七玄谷存在着巨大的隐患，但这是没办法解决的事情，只能在一定程度上调节一下，比如谷内

① 蚕茧里的牛：《武极天下》第5卷，黑龙江美术出版社2014年版，第91页。

② 《武极天下》，第六百三十三章“冲击瓶颈”（网络版）。

资源的分配，必须有一个令各分宗认同的方法。两百年前，老谷主定下了三年一度的总宗会武，根据各宗弟子会武的总成绩来分配资源，如此一来，谁也不能反对了。”林铭在总宗会武中获得了第一名，他立即获得了来自神凰岛的资源：“每月获得二十颗中品真元石，立刻获得入天丹一枚，达到后天期后，再得两枚入天丹，可进入神凰秘境历练，获赠地阶下品软甲一套。”[①]这样的奖励是其他人阶天才、地阶天才所无法比拟的，体现了资源分配的强者观念。为了资源，大宗门可以发动大规模战争，肆意掠夺小宗门的资源，如南海魔域奴兽宗宗主一夜之间灭门揽月宗，使其“幸存弟子十不存一”[②]南海魔域灭了神凰岛后，占有了神凰岛的所有资源：“在整片南海，神凰岛堪称首屈一指的富饶之地，这里有一处储藏丰富的上品真元石矿脉，还有灵气充足的药山，在这一处宝山之上，能很容易孕育出各种平时难得一见的珍贵药材。当然如今这些都成了南海魔域的资源了。”[③]为了资源，宗门可以不顾情义，乘人之危上下其手。五品宗门阴阳玄宫趁神凰岛被南海魔域所灭，寻求庇护时狮子大开口地要了大量资源，“其中甚至包括了两只朱雀”。[④]林铭重回神凰岛后，实力超过了南海魔域的炫雨妾，带着巨鲲洗劫了南海魔域，又洗劫了阴阳玄宫药园。这些宗门之间的资源掠夺没有谁对谁错的道德标准，面对资源，强者为王，谁的实力强谁就能决定资源的取舍，实力弱者只能接受来自实力强者的不公平待遇。即使是小说的主人公林铭，一样有“资源优先”的拜物观念。揽月宗被灭后，逃脱出来的女弟子周心语遭到追杀，林铭因为宝藏而出手相助，林铭对周心语说：“周姑娘，之前你说过若我出手，便与我分享宝藏，那么我们讨论一下分配的问题吧，如何？”[⑤]林铭没有惩强扶弱的意识，没有怜香惜玉的英雄救美观念，也没有为揽月宗“复仇”的正义想法，在林铭眼里，资源比英雄救美的“正义”更重要。作者写道：“林铭拼死拼活就是为了这魔心碎晶，这是他完成淬髓的希望，要下十颗，再配合入天丹，不知道能将淬髓完成几成。

① 蚕茧里的牛：《武极天下》第5卷，黑龙江美术出版社2014年版，第48页。

② 蚕茧里的牛：《武极天下》第5卷，黑龙江美术出版社2014年版，第127页。

③ 《武极天下》，第六百七十一章“你是林铭？”（网络版）。

④ 《武极天下》，第六百八十一章“牧千雨的牵挂”（网络版）。

⑤ 蚕茧里的牛：《武极天下》第5卷，黑龙江美术出版社2014年版，第251页。

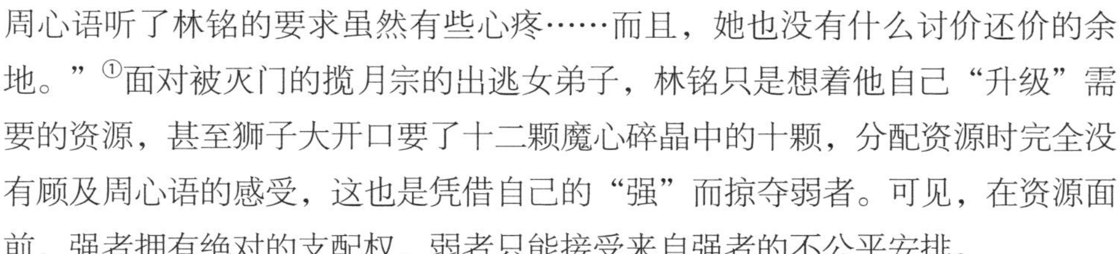

周心语听了林铭的要求虽然有些心疼……而且，她也没有什么讨价还价的余地。”[①]面对被灭门的揽月宗的出逃女弟子，林铭只是想着他自己“升级”需要的资源，甚至狮子大开口要了十二颗魔心碎晶中的十颗，分配资源时完全没有顾及周心语的感受，这也是凭借自己的“强”而掠夺弱者。可见，在资源面前，强者拥有绝对的支配权，弱者只能接受来自强者的不公平安排。

基于电子竞技游戏而来的“强者为王”“资源优先”等价值观颠覆了传统的伦理观念，一切以个人利益为先的个人主义和利己主义价值观，缺乏纯文学追求普遍性人类价值的维度。瓦莱里强调“文学的铁律”说：“诗人的确有一种特殊的精神力量，这种精神力量在某些具有无限价值的时刻表现在他的身上，并向他透露出来。……仅仅对一个人有价值的东西是没有价值的，这是文学的铁律。”[②]《武极天下》在普遍性价值观上的这种缺失，削弱了小说的思想性。

三、“幻”而非空：《武极天下》价值世界中的时代精神

《武极天下》的作者蚕茧里的牛生于1986年，是典型的80后作家，其读者群也以80后为主。对80后作者和读者群的思想特点，诸多研究已有评论，何忠盛论这一代作者和读者说：“玄幻小说的创作者和读者群主要是20世纪80年度后，伴随着计算机和互联网成长起来的一代，他们享受了改革开放、经济发展带来的优裕的物质生活条件，但是社会转型期出现的种种是非、矛盾却时时困惑着他们。玄幻小说正是曲折地反映了年轻一代对社会地位、事业成功和人生价值的苦苦追寻。”[③]80后也有追求人生价值的困惑、苦恼和解决这些困惑、苦恼的特定方式，他们在接受电子竞技游戏，特别是RPG游戏虚拟世界的同时，也在以电子竞技游戏的思维模式感受世界，处理现实生活中的各种人伦关

① 蚕茧里的牛：《武极天下》第5卷，黑龙江美术出版社2014年版，第251页。

② 瓦莱里：《诗与抽象思想》，选自伍蠡甫主编：《现代西方文论选》，上海译文出版社1983年版，第37页。

③ 何忠盛：《幻而不真、传统缺失与价值缺位》，《当代文坛》2007第3期，第80页。

系，接受了来自电子竞技游戏世界价值观的影响。因此，玄幻小说“架空”了传统的伦理价值，又影响了年轻一代价值观的塑造，具有“幻”而不空的精神影响力。《武极天下》推崇电子竞技游戏世界“强者为王”“资源优先”的价值观，这些价值观偏离了普遍性的人类价值，却又蕴含着“追求效率”“遵从本心”等时代精神，不能一概加以否定。只有从“强者为王”“资源优先”的价值观中剥离出过于利己的价值偏向，还原出电子竞技游戏虚拟世界“追求效率”“遵从本心”等时代精神，才能更全面、深入地认识和评价玄幻文学的思想价值。

在“强者为王”的价值观下，《武极天下》中的人物都有强烈的“升级”欲望，有一种紧迫的时间感，追求在有限时间内做大做强自己。《武极天下》的人物崇尚实力，以实力定资源，定输赢。实力又与个人天赋和修炼时间息息相关，在相同时间内，谁修炼的效率高，谁就能胜出，获得更多资源，因此，追求修炼效率就成为诸多小说人物的共识。七玄谷板块中，林铭成为七玄武符新生第一名，声名鹊起，战胜朱炎后，得到了太子的青睐，太子邀请他去府上作客，林铭却拒绝了太子的好意，他要把时间用来恢复体力和领悟战斗中的心得[①]。林铭有极强的自律能力和“升级”欲望，为了“升级”可以抛弃世俗的诱惑。在通天塔的历练板块，当达古向林铭解释了通天塔历练情况后，邀请林铭饮酒，林铭却毫不犹豫拒绝了，达古感叹“真是分秒必争啊！”林铭则直接回应道：“时间不等人。”蚕茧里的牛接着议论道：“武者在青少年时候潜力最足，这个时候的修炼也是最重要的，如果未能抓紧时间，一旦将来潜力用尽，就难以再进寸步了。反之若是能一口气冲上神海境，那么生命力就会增加到上万年的程度，这个时候。千岁以内，都算年轻，也能保持容颜不老。越早跨入神海。生命潜力越足，得到的优势便越大。”“强者为王”倒逼修炼者在一定时间内达到更高更强的境界，为了达成这一目的，修炼者必须自我约束，提高自制能力，抵制各种诱惑。这是一种富有西方资本主义自由竞争特点的时代精神，这种精神加强年轻一代的时间观念，刺激年轻人向更高目标攀登，具有一定的积极性。蚕茧里的牛彰显这种时代精神，赋予小说人物注重时

---

① 蚕茧里的牛：《武极天下》第2卷，黑龙江美术出版社2014年版，第111页。

间效率的优秀品质，某种程度上补苴了传统武侠小说的不足。

“遵从本心”是年轻一代基于个人主义而发展出来的精神品格。佛教也讲本心。“明心见性”是禅宗的宗旨，讲究“自识本心”，目的是开悟解脱。玄幻小说的“遵循本心”则是遵循个人的内心欲望，张扬自己的个性，带有较为明显的个人主义色彩，当代精神特征更明显。柳明相挑衅王砚峰，王砚峰在自知实力不如的情况下硬着头皮接受挑战，对此，蚕茧里的牛议论说：“修武不但练体，也是修心，修心讲究的是随性而为，快意人生，要是处处隐忍，修炼都会受阻。”蚕茧里的牛追求快意人生，要求修炼者能够听从本性而为，不压抑自己的本性，这与传统文化宣扬的“忍一步海阔天空”的退让、隐忍品格是截然不同的。“遵循本心”也是一种敢于打破本能欲望约束，遵从个人欲望行事的当代精神。林铭与牧千雨久别重逢后，到牧千雨山下的私人木房相聚，林铭被勾起了欲火。小说写林铭是控制自己情绪和情欲的高手，但又让林铭释放自己的欲望，作者写道：“他当即心念一动，眼中光芒闪烁，想要用战灵斩灭这股升腾而起的欲望，然而转念一想，这股欲火其实正是自己本心的展现，何必去斩断呢？……一切可谓水到渠成。情欲一关，顺其自然即可。”诲淫诲盗是传统文化宣扬的美德，也是正邪两派人物的分界线，正派人物能控制自己欲望，抵住美色的诱惑。邪派人物则在美色面前乱了心性，不能控制自己欲望而受到谴责，这种禁欲和男女大防的观念是传统的道德规范，在当代经受西方个性解放观念冲击的年轻人看来显然是“落后”的了。蚕茧里的牛突破传统道德的禁欲观念，让小说的主人公遵从本心，释放自己的欲望，是具有时代性和积极意义的。高冰峰指出了当代玄幻小说“对于欲望和个性自由的赤裸裸的追求，依托文字来虚构我们内心的种种欲望，完成想象的精神自我满足”特点，对于这种特点我们实在没有因循传统道德而一棒子打死。

《武极天下》的情节模式和价值世界深受电子竞技游戏的影响，电子竞技游戏不仅影响了年轻一代的生活活动，而且在改变80后作家的玄幻和武侠想象。对此，汤哲声有一个精彩的论断：“金庸不再，中国武侠小说已进入了玄幻时代。”他认为玄幻武侠小说“既没有金庸小说文化的博大精深，也没有金庸小说美学的雅俗共赏，但我们必须承认它们最适应当下普遍的阅读心态和阅读方式”。我们认为，金庸不再，也是传统的一些价值观念的退场，新的时代精神的崛起。当代玄幻小说虽然是“架空”，但它们在“架空”的同时，也在重建新的价值世界，并对年轻一代发生着潜移默化的影响，可以说是“架空”而非“空”。从这个角度看，不能因为《武极天下》的网络出身而简单地加以否定，当《武极天下》等玄幻武侠小说所提倡的价值观得到了广泛接受，这批文学作品中的代表作也会成为文学经典。

（本节作者：李亚旭，肇庆学院文学院副教授，文学博士）

第八节　从情节的功能到情节的组织

——《穿入聊斋》的叙事技巧

近年中国网络小说逐渐成为新的学术关注点，今年哈佛大学出版社出版的王德威主编的《现代中国新文学史》内容就涉及中国网络文学。王德威早在2011年就在人民大学做了一个讲座题目叫《从鲁迅到刘慈欣》，他认为刘慈欣所代表的是一种现象和一群作家。王德威在今年6月8日接受《三联生活周刊》采访时进而提到，刘慈欣的文字是不够好，但是那种处理手法，诸如“三体人要来”的情节，完全不是王安忆、莫言、苏童或者阎连科可以处理的，在那个意义上，刘慈欣让他吃了一惊。确实，相对于严肃文学而言，网络文学在文字、深度和人物塑造上显得有些单薄，但网络文学的叙事尤其是情节叙事的特质，却值得我们去探讨。对情节叙事的重视并不是刘慈欣所独有，可以说重视情节叙事是网络小说叙事中的一种普遍现象。笔者在一篇关于网络文学的论文中曾指出网络文学的成功在于剧情对读者的黏着力，这种黏着力的成功与否取决于作家对剧情的掌控能力。亚里士多德曾说：“悲剧中没有行动，则不成为悲剧，但没有‘性格’，仍然不失为悲剧。”[①]可以说这种“成为”“悲剧”从而受到读者欢迎的叙事冲动，让网络小说对设置“行动”也就是如何进行情节叙事具有高度的兴趣。本节主要选取广东网络作家南朝陈的小说《穿入聊斋》进行小说叙事情节的分析。《穿入聊斋》主要讲述男主角陈剑臣穿越进入聊斋世界的奇幻经历，作品以《聊斋志异》及衍生作品为基础进行重新创作，叙事颇具代表性。

① 亚里士多德：《诗学》，人民文学出版社1982年版，第21页。

一、文本情节功能设置

从叙事学的角度来看，一般认为情节具有三个层次，最低层次是功能，其次是序列，最高层次就构成了情节。俄国学者普罗普率先将“功能”一词从人类学引入民间故事研究，他认为“功能被视为人物的行动”，而民间故事的特征是“经常把同一行动分配给各种各样的人物”，比如：

1. 皇帝送给主人公一只鹰，鹰载着主人公到另一王国；

2. 一位老人送给苏成一匹马，马驮着苏成到另一王国；

3. 巫师送给伊恩一只小船，船载着伊恩到另一王国；

4. 公主送给伊恩一个戒指，戒指里走出一个年轻人，他带着伊恩到另一王国。①

《穿入聊斋》同样重视情节的功能，人物在文本中往往重在“参与”和“行动”，确切地说人物的行动就是情节的功能，比如：

1. 陈剑臣在博物馆得到一只毛笔，毛笔赋予主人公斩妖除魔的神奇力量；

2. 小狐狸婴宁献仙果，仙果帮助主人公脱胎换骨；

3. 庆云道长送陈剑臣古铜铃铛，古铜铃铛帮助陈剑臣消灭山魈；

4. 陈剑臣体内修炼出玉质小剑，玉质小剑帮助主人公屡次度过险关。②

可见，网络小说在情节功能的设置上与俄国学者普洛普的民间故事情节功能的设置具有相似的一致性。而且我们看到《穿入聊斋》不仅仅是重视情节的行动，更进一步关注了情节功能在整个文本中的参与作用。正如叙事学学者巴尔特指出的那样：“功能时而由大于句子的单位（从长短段、单词、甚至仅仅是单词中的某些文学因素）来体现。”③《穿入聊斋》中的功能远比普洛普指出的行动功能更广泛，小说中的功能不仅仅象征行动，同时也分化为“核心”和“催化”两类。同样以上面列举的功能句子为例，“1. 陈剑臣在博物

---

① 普洛普：《民间故事形态学》，得克萨斯大学出版社1986年版，第20、21页。

② 南朝陈：《穿入聊斋》，载于起点中文网。

③ 巴尔特：《叙事作品解构分析导论》，载张寅德编选《叙述学研究》，中国社会科学出版社1989年版，第12页。

馆得到一只毛笔，毛笔赋予主人公斩妖除魔的神奇力量；”和“4. 陈剑臣修炼出玉质小剑，玉质小剑帮助主人公屡次度过险关。”很明显就是核心功能，因为叙事中主要情节的功能明显处于更为重要的位置。正如学者指出的那样“核心功能是故事中最基本的单位，是情节结构的既定部分，具有抉择作用，引导情节向规定的方向发展”[①]，这些核心功能奠定了文本情节发展的基础和最重要的部分。而“2. 小狐狸婴宁献仙果，仙果帮助主人公脱胎换骨；”和“3. 庆云道长送陈剑臣古铜铃铛，古铜铃铛帮助陈剑臣消灭山魈；”很明显就是催化功能，因为他们所起的作用并不能决定基本的情节走向，而是一种填充、完善的作用。催化作用的功能单词或句子，当然也很重要，他们促进或者阻碍故事的发展。

值得指出的是，网络小说中具有催化作用的功能并不是一个处于弱势的功能，因为网络小说的需要，催化功能有时候反而比核心功能更重要。正如我们在前面指出的，情节在网络小说中作用突出，甚至可以说情节叙事的成功与否决定网络小说的生死。那么“催化”情节走向的技巧，往往代表着情节叙事的迷人与否。如何恰当地在故事的章节与章节连接之间设置叙事的关键与转折，如何将人物的性命悬置于某些致命状况，对网络小说叙事者而言都是一个极大的考验。《穿入聊斋》中对聂小倩的叙述就体现出这种叙述技巧，《聊斋志异》中聂小倩是以鬼魅形象在兰若寺中直接出现，而《穿入聊斋》中聂小倩则先以主人公同学的身份出现，两人相识相知相别离，这一部分内容使情节更加曲折，无疑对兰若寺的高潮有一定的催化功能，增加了文本的阅读乐趣。这种设计悬念，设置情节，悬置人物的过程正是考验作者的叙事能力的过程。文本通过情节功能的设置将主人公悬置与解救，进而通过功能的序列将小说串连起来。

二、文本情节序列设置

功能组成的叙事句子即是其高一级的层次：序列。福斯特曾说：“‘国王死了，然后王后也死了’是故事，‘国王死了，王后也伤心而死’则是情

---

① 胡亚敏：《叙事学》，华中师范大学出版社2004年版，第121页。

节。”[①]从情节的角度来看，这两个句子都属于序列，但第一句仅仅是序列，而第二句更进一步构成了具有因果关系的情节。可见，情节叙事及效果产生于序列的设置。以《穿入聊斋》为例，陈剑臣穿入聊斋世界（开端）——认识朋友及斩妖除魔（过程）——拯救天下（结尾），这三项功能构成了基本的序列。《穿入聊斋》在文本的基本序列中，又运用链状序列来延伸剧情，并大量运用嵌入序列来丰满剧情。

（一）文本中的链状序列设置

网络小说都非常擅长运用链状序列，《穿入聊斋》也不例外。比如，陈剑臣路过枫山听到白狐的求救（开端）——救白狐（过程）——发现自己拥有的古董毛笔具有斩妖能力（结果），这一序列的最后一个功能（结果）又成为下一个序列的第一个功能（开端）：发现自己拥有的古董毛笔具有斩妖能力（开端）——斩杀大黑狼（过程）——斩妖使古董毛笔能力提升（结果）。这一链状序列在网络小说中是可以不断延伸下去的。链状序列是网络小说中最重要的序列，因为网络小说中的情节是结构的主干，为人物和环境提供支撑，情节的主干的延伸就是序列的链接，序列的链接成功与否最终都将影响小说对读者的黏着力。网络小说作者主要收入与字数有直接关系，所以，网络小说篇幅都非常长，长篇幅的驾驭能力最基本体现在其链状序列的稳定上。

（二）文本中的嵌入序列设置

在《穿入聊斋》中一个特色值得我们关注，那就是其链状序列中大量嵌入其他序列。文本对嵌入序列的巧妙运用确保了其文本对读者的黏着力。正如文本题目《穿入聊斋》所展示的那样，其主要叙事的是聊斋故事，但众所周知，聊斋故事是短篇故事合集，而《穿入聊斋》却是长篇小说。所以文本最大的特色就是在基本序列中不断嵌入聊斋里发生的所有故事，这种嵌入不仅包括《聊斋志异》中的故事也包含衍生的文本作品和影视作品。在陈剑臣穿入架空的聊斋世界然后除魔修道、拯救天下的基本序列中，大量插入其他故事序列，那就是《聊斋志异》中的《婴宁》《画皮》《聂小倩》等等，而且这些序列的

① 福斯特：《小说面面观》，志文出版社1985年版，第75页。

男主人公都变成了陈剑臣。小白狐婴宁成了陈剑臣的朋友、画皮成了陈剑臣的敌人、聂小倩成了陈剑臣的同学等等。这些叙事序列不再作为一个平行的序列出现而是成了嵌入序列。如《穿入聊斋》第五十七章：

> 夕阳正西落，陈剑臣脚步轻盈地走在街道上，走向街东头的新家。
>
> 在经过一处十字街道交叉口时，抬头见前面停着一顶雕花两人轿子，正停在一家布铺门口外。
>
> 陈剑臣无意中一瞥，恰好就见到一个少女从店铺里走出来。
>
> 少女身材高挑，衣衫飞扬，脸上全无脂粉，白净净一张脸蛋，眉如远黛，双眸流转，不是秋波，胜似秋波，娇波流慧，细柳生姿，正肆无忌惮地表现出一种能让人窒息的美丽来。
>
> 陈剑臣正感觉有些似曾相识，那少女却看见了他，忽而张口脆生生地喊："陈剑臣，你怎么在这里？"
>
> 此称呼完全脱离了正常的俗礼叫法，令人听得一愣，万万想不到会出自一位貌似大家闺秀的美少女之口。
>
> 简直有些惊世骇俗的味道！
>
> 街道上有不少人，已纷纷闻声望了过来。
>
> 陈剑臣脑海灵光一闪，脱口而出："聂小倩，原来你在这里！"[①]

嵌入序列非常重要，嵌入系列往往可以激发新的情节，比如聂小倩和陈剑臣是同学，为后面的陈剑臣拯救聂小倩提供了动机。而另一嵌入序列小狐狸婴宁成了陈剑臣的朋友，这一嵌入序列讲述的内容包括陈剑臣拯救了小白狐婴宁，小白狐婴宁献仙果帮助陈剑臣脱胎换骨，陈剑臣帮助小白狐逃脱人类的猎杀，小白狐修炼成人等等，嵌入的序列越多，小说剧情越丰富，链状序列的延伸越具有黏着力。

在网络小说中平行序列的设置却比较少。或许因为平行序列往往具有增

---

① 南朝陈：《穿入聊斋》，载于起点中文网。

加信息的标志性功能作用，而这种增加功能叙事对网络小说的黏着力没有直接关系，往往具有增加深度和丰满主题的作用，所以在网络小说中较少见。

三、文本情节的组织

无论情节的功能设置、还是情节的序列设置最终都是为了构建出故事的情节。网络小说的情节具有极为重要的作用，情节的成功与否决定作品的生死，因此网络小说非常注重阅读体验。“情节是一个一直被批评家低估并受到轻视的概念，在叙事学中却被置于突出的地位。”[①]可以说，情节不仅在叙事中被置于突出的地位，情节在网络文学中也具有突出的地位，这种对情节的强调使情节叙事研究成为网络小说研究必然的重点。而网络小说的情节组织原则基本上属于最典型的情节叙事原则，那就是时间承续原则、因果承续原则和空间承续原则。

（一）时间承续原则

《穿入聊斋》主要采用了时间承续的原则。讲述陈剑臣穿入聊斋世界后，一步一步从一个普通人修炼成为具有神奇能力的斩妖除魔者。时间承续的原则对网络小说最重要的意义在于其叙事的集中和故事的流畅。正如叙事学学者指出的那样：“单一线索、单一主人公的童话故事、民间故事多采用这种排序方式。”[②]但是，我们同时需要注意的是，我国网络文学与普洛普研究的民间故事、童话故事也不尽相同。同样以《穿入聊斋》为例，尽管文本依然是单一的主人公、单一的线索，但网络小说的人物设置往往设置为具有超能力的人，这种超能力的人往往对所处的世界具有深刻的了解。比如《阿莞》中的主人公阿莞就是死后重生，重新进入自己的人生再次体验一次。而《穿入聊斋》也有类似的设定，《聊斋》是我国家喻户晓的故事集，因此主人公陈剑臣从现代穿入进入未知的聊斋世界，因为他对聊斋故事的熟悉，所以也相当于他进入聊斋世界再次体验故事的展开。因此，网络小说的时间叙事就具有了与一

① 胡亚敏：《叙事学》，华中师范大学出版社2004年版，第119页。

② 胡亚敏：《叙事学》，华中师范大学出版社2004年版，第124页。

般的民间故事既相似又不同的叙事特质，体现在时间叙事上就产生了一种陌生而熟悉的阅读魅力。关于时间，古希腊哲学家赫拉克利特曾解释“要两次踏入同一条河流是不可能之事”，“当他们踏入同一条河流，不同的水接着不同的水从其足上流过”。[①]可见时间是一种不可逆的进程，尽管在叙事时间上有诸多关于时序、时长、停顿、闪回等论述。柏格森认为：“我们的绵延是不可逆的，我们不能再次经历它的一个片段，因为必须首先抹去后面的所有回忆。在必要时，我们能从我们的智慧中，但不是从我们的意志中抹去这种回忆。”[②]据此，国内叙事学学者认为：“即便是在存在时间中，也具有某种不可逆性，而不可逆性恰恰是线性时间的重要特征之一。就叙事学研究以及叙事作品的分析而言，我们更多涉及的是所谓线性时间，即别尔佳耶夫与罗利所提到历史时间。”[③]与经典叙事不同的是，设置主人公重复进入昔日经历一段已知岁月的这种叙事确实是网络小说非常喜欢的一种叙事方式，这种独特的叙事不得不引起我们的重视。可见，网络小说在人物、结构的设置上喜欢参照民间故事和童话故事，唯独情节的组织承续上最具有时代特质，其既采取时间的线性叙事方式，又内在地将主人公的时间设置为复线，让主人公能再次踏入同一条时间的河流。这种设置的作用在于增加悬念和解决悬念的内在可能性，同时给予读者对于往昔再来一次的遐想。所以，不管是线性时间设置还是主人公灵魂的二次穿越最终的目的都是为了增强对读者的黏着力，同时增加情节的吸引力。

（二）因果承续原则

正如叙事学者指出的那样：“精心结构具有严密因果关系的情节是作家煞费苦心之处。俄狄浦斯神话系列就是锁链式因果连接的范例。”[④]“这里的因果关系环环相扣，犹如多米诺效应。可以说，在俄狄浦斯神话系列中，没有一件事情可以被取消或调换位置而不在故事中留下缺口或破坏故事的连贯性，

---

① T.M.罗宾森英译/评注，楚荷中译：《赫拉克利特著作残篇》，广西师范大学出版社2007年版，第102、22页。

② 亨利·柏格森：《创造进化论》，商务印书馆2004年版，第11页。

③ 谭君强：《叙事学导论——从经典叙事学到后经典叙事学》，高等教育出版社2014年版，第119页。

④ 胡亚敏：《叙事学》，华中师范大学出版社2004年版，第124页。

足见其因果关系之严密。”[1]因果关系的严密对增强小说的吸引力具有非常重要的作用，古希腊神话的魅力当然不仅仅在其情节，但其能凭借口口相传流传至今而产生巨大的影响，其中也不能否认剧情的吸引力所起的作用。中国网络小说在情节叙事中也深谙此理。以《穿入聊斋》为例，我们可以看到关于白狐的部分就是一个完整因果情节叙事：

> 黑狼追得急，白狐惶惶然，慌不择路，径直往陈剑臣这边跑来，双眸泫然欲泣，有泪光在里面打转，望向陈剑臣的时候，似乎在求他搭手相救般。
>
> 陈剑臣莫名心一动，动了恻隐之情，迅速俯身捡拾起一块石头，狠狠地朝着黑狼掷砸过去。（第一章）
>
> ……
>
> 就在此时，一道似曾相识的叫声在右边响起，陈剑臣聋然一看，正见到一匹洁白无瑕的身影，优雅地出现在那里。
>
> 是那匹小白狐！
>
> 陈剑臣一怔，还来不及多想，白狐却连蹦带跳走了过来，直来到他面前丈余处才停住，蓦然张口一吐，吐出了本来衔在嘴里的一个东西。
>
> 那是一枚通体淡红的果子，有乒乓球那般大小，形状不算圆溜，有点像李子，可事实上陈剑臣前世今生都未曾见过如此之物。
>
> 唧唧！
>
> 小白狐很人性化地用一只前肢指了指地面的那枚果子，意思似乎是叫陈剑臣拿起来吃掉。（第四章）
>
> ……
>
> 一枚来历神秘的果子让陈剑臣从根本上改变了孱弱的体质。（第五章）[2]

---

① 胡亚敏：《叙事学》，华中师范大学出版社2004年版，第125页。

② 南朝陈：《穿入聊斋》，载于起点中文网。

陈剑臣救了白狐，白狐回馈仙果，仙果帮助陈剑臣脱胎换骨。情节的叙事一环紧扣一环，当然后面还有更多的因果情节叙事。陈剑臣变强之后再次帮助白狐修炼等等。在关于“画皮”的章节中，同样也是一环紧扣一环，尽可能延续故事的连贯性。陈剑臣遇到一个叫王复的秀才，王秀才贪图美色带了一个叫桃花的女鬼回家，陈剑臣帮助其驱除女鬼，王秀才感激陈剑臣的救命之恩，邀请陈剑臣一道上学和赴京赶考，上学和赶考过程中又发生了一系列的事件。可以看到因果承续原则是网络小说营造剧情的重要手段，当然和古希腊神话相比，中国网络小说的因果关系较为松散，但因果的埋伏可能更具有技巧，有些因果关系是直接的，有些因果关系是间接的，甚至埋伏好几十章才能看到因果关系。比如《穿入聊斋》中的小白狐在第一章已经出现，但是真正讲述其故事还需要好几十章的铺垫，聂小倩在求学阶段已经作为学院学生身份出现在陈剑臣的身边，但是真正讲述其故事中间也隔着十几章的铺垫。相对于严肃文学而言，有些文学作品并不需要因果承续，这一特点在存在主义小说和意识流小说中体现得非常明显，比如伍尔夫的《墙上的斑点》，讲述主人公在一个普通日子的平常瞬间，抬头看见墙上的斑点，由此联想开去，引发意识的流动和一系列遐想。文本前后部分几乎完全没有因果联系。

正因为网络小说对因果关系的需要，所以，网络人物的本质就非常突出地呈现为功能的作用。恰如我们在第一章所阐述的那样，人物的功能重在“参与”和“行动”，这种“参与”和“行动”还非常鲜明地区分为是“促进”还是“阻碍”主人公的行动，比如白狐就是对主人公的行为有极大的促进作用，王复则承担了更为复杂的功能性作用，他在一些情况下是促进作用，比如邀请主人公去书院读书，邀请主人公上京赶考等，在另外一些情况下则是阻碍作用，比如阻止主人公杀“画皮”等，此外还承担着烘托主要人物营造气氛等作用。但是无论何种情况，他们都是不可缺少的，因为网络小说对情节的极端渴求，任何出现的人物都必然带有功能作用，都必然对情节起到推动或阻碍的作用。所以网络文学一个鲜明的特点就是，所有的人物几乎都与故事的连贯性相关，作者在写作的时候是需要先构思故事情节再构思人物，否则会破坏故事的完整。但人物的饱满度就难免缺失，扁平人物的产生不可避免，这或许是网络小说的持续发展需要思考的问题。

（三）空间承续原则

笔者在另一篇关于网络文学的叙事理论论文中曾经指出：网络文学在环境构造中充分展示了中国作家的想象力，构建了很多超越日常生活环境的新时空。一方面是总体环境的架空，比如《阿莞》中的古代是架空的，而《穿入聊斋》中的世界也是架空的。虽然讲述的是聊斋世界，但是作者在第一章就声明主人公所处的是“一个和大明朝高度相似的国度——但也就是相似而已”。“此位面的历史进程不是他所熟悉的任何一个朝代，可以称之为异时空。”[①]这是网络小说的普遍叙述策略，同时也可以看出网络小说对空间叙事的重视。

托多洛夫曾在《文学作品分析》中提到空间叙事，他认为“在这里，逻辑关系和时间关系都退居次要地位或者干脆消失，而其结构组成依赖于各因素之间的空间关系”[②]。《穿入聊斋》高度重视空间承续原则，其空间的转移是精心策划的叙事序列，文本空间转移由江州农村生活（枫山——笔架山——麻子岭），然后到江州（酒馆——官学学府），然后到浙州（开泰书院——兰若寺）等等。

> 枫山，位于江州北郊十余里之外，因满山多枫树而得名，每到秋天，片片枫叶红艳如火，十分夺目。（第一章）
>
> ……
>
> 在江州地界之上，有两座山闻名遐迩，属于风景优美的景区存在。一是枫山——这里说的枫山主要指前山。要知道枫山整体山势浩大连绵，虽然大部分地方都枫树成林，但险峻幽深的后山区却鲜有游人涉足，属于未开发的莽莽地带。另一座山叫“笔架山”。（第六章）
>
> ……
>
> 从江州到浙州，先走水路，再走旱道。（第一百五十四章）

---

① 南朝陈：《穿入聊斋》，载于起点中文网。

② 托多洛夫：《文学作品分析》，载张寅德编选《叙述学研究》，中国社会科学出版社1989年版，第80页。

……

开泰书院位于浙州城府东城，占地二十余亩，几乎比明华学院大上一倍，其内绿树成荫，宛如一个大大的庄园子，景色宜人。（第一百五十七章）

……

兰若寺，占地极阔，连带起周边的树林，蔓延一大片，远远看上去，仿佛不亚于一座浙州城府的方圆大小。由此可以回想当年该寺鼎盛的时期，境况会是何等的繁华昌盛，道路上是络绎不绝的信徒们，寺庙里是日夜不断的香火，晨钟暮鼓，定时而发。（第一百七十七章）①

可以看到，《穿入聊斋》侧重空间叙事不是为了打破传统时间和因果叙事，而是出于网络小说自身叙事的需要。一方面是为了营造曲折的情节，另一方面是网络小说的情节往往并不是围绕着一个唯一的理念展开，篇幅设置长，情节连贯若断若续。这种叙事方式决定了其叙事不可能是传统的时间叙事，也不可能是传统的因果关系。中国网络小说有一个重要的特点就是重视对读者阅读冲击力的逐渐升级。传统的严肃小说，时间的延续，空间的转移，是为了塑造立体的人物，促进因果事件的解决，正如托多洛夫所言："文学作品中所出现的永远是几种布局的混合形式。纯粹的因果关系只能在应用文里见到，纯粹的时间关系只是历史著作的初级形式，而纯粹的空间关系则无异于字母的对数表。"但网络小说的空间叙事往往随着空间的转移会出现新的人物，这个人物的出现也是功能性的——情节需要，空间转移不是为了清楚讲述之前的某件事，而是为了出现更多的情节。同样以《穿入聊斋》为例，陈剑臣在救了小狐狸婴宁之后，准备出游，遇见了王复，从而卷入了另一"画皮"事件中：

今年的第一场雪，下得特别大。

在大雪纷飞之中，陈剑臣正坐在一辆舒服的马车内，赶往笔

① 南朝陈：《穿入聊斋》，载于起点中文网。

架山。同行的，是马车的主人，名叫“王复”，字“拂台”。（第六章）[①]

可见网络小说的空间叙事与传统严肃文学相比是具有时代特色的。空间叙事与曲折的情节相互缠绕，目的正是为了增强阅读冲击，随着空间的转移，对读者的吸引力越来越强，情节的悬念越来越扑朔迷离。与漫画叙事有异曲同工之妙。但更可能是读图时代叙事的一种特色。

综上所述，《穿入聊斋》的情节叙事是时间叙事、因果叙事和空间叙事的结合，叙事往往设置若干个因果关系的叙事段落，段落的链接是以空间转移的方式展开的，而时间因素无处不在。中国的网络小说将逻辑关系、时间关系与空间关系融为一体，体现了一定的叙事考量，既是对其他非文学媒介叙事的兼容与参考，又是后经典叙事时代的一种特色，最终目的在于增强网络小说对读者的吸引力和黏着力。虽然中国网络小说的成功与其对现代叙事技巧的综合运用分不开，但网络小说叙事吊诡之处是尽管读者众多，但作品的吸引力并没有与作品成熟度成正比。网络小说对现代叙事技巧的运用并不是完全恰到好处的，有时候为了设置悬念，延续长度，可能出现脱离叙事需要的滥用甚至乱用技巧行为。因此，如何在作品叙事和对观众的媚俗讨好中取得平衡无疑是对网络作家的一大考验。

（本节及本章第九节作者：吴丹凤，肇庆学院文学院讲师，文学硕士）

① 南朝陈：《穿入聊斋》，载于起点中文网。

第九节 浅谈网络文学叙事要素

——以《阿莞》为例

回到网络文学的叙事学话题，本节主要选取予方的小说《阿莞》来分析。《阿莞》主要讲述女主角阿莞死后重生的奇幻经历，她一方面反省前世的残忍和失败，另一方面重新出发并最终拥有幸福。这部作品情节曲折、人物众多，叙述语言清新明快。

一、叙事情节的设计

叙事学学者曾指出："情节是一个一直被批评家低估并受到轻视的概念，在叙事学中却被置于突出的地位。"①情节的作用在网络文学中尤其突出，甚至可以说网络文学成功的关键在于剧情的跌宕起伏。《阿莞》非常重视情节的设计，主要人物往往面临致命危险或悬置在某些致命状况中。在故事的章节与章节连接之间，设置叙事的关键与转折。通常每一章的结尾都悬念十足，剧情的每一步都是惊险的斗争活动的组成部分，激发读者极大的好奇心。促使读者不断回归到作品阅读中去。

比如第七十六章讲述了小说女眷在襄王府聚会，内容主要叙述女主角齐莞与反派杨君柔的智斗。齐莞为了避免前世宿敌杨君柔再次破坏自己的家庭，想要将其嫁给太子，故而邀请杨君柔参加相亲聚会。这部分情节既关乎女主角未来的命运又将引出新的关键人物冉先生（牡丹郡主）。所以里面既有对前一章斗争的延续，又有对下一章的伏笔：

---

① 胡亚敏：《叙事学》，华中师范大学出版社2004年版。

这次是轮到齐莞将东西放到托盘里了，她看了看桌面，如宝石般灵动的眼珠子微微一动，从袖子里取出绢帕，悄悄地放到了托盘里。

……

猜了许多人，都没人猜出来。

灵月郡主笑着瞧了齐莞一眼，“最是简单的东西，最难猜得中，我瞧齐姑娘桌面上没少东西，头上的朱钗也不曾改变，唯少了方才一直拿在手中的绢帕，若无猜错，这托盘应是绢帕了”。

“郡主好眼力。”齐莞笑着点头。

灵月郡主将托盘上面的红布揭了开去，拿起一块在角边绣了一朵金色牡丹的白绸绢帕，在手中扬了扬。

襄王妃眼睛落在那绢帕上面，脸色突然大变，“灵月，将那绢帕与我看看。”

灵月郡主愕然地看着脸色变得极为难看的襄王妃，将手中的绢帕交了上去，“姑姑，怎么了？”

“这是……”襄王妃双手剧烈颤抖起来，红着眼眶看向齐莞，“这是你的绢帕？”

这一章在这里戛然而止，引发读者强烈的好奇心，推动读者阅读下一章。同时，这种剧情设置又将顺利引入新的功能人物——冉先生（牡丹郡主）。而促使齐莞做出这一举止的原因在于齐莞此前在锦城就认识不愿透露身份的冉先生（牡丹郡主），在玩游戏的时候想起一个关于襄王府私奔郡主失踪的故事。齐莞的试探取得了成功，最终帮助襄王妃与冉先生（牡丹郡主）成功相聚。

这一剧情设计策略是成功的，一方面增加女主角的势力，另一方面增加故事情节的层次。网络文学一般是线性情节，也就是故事型。线性又分复线、单线和环型三种。《阿莞》就是典型的复线型情节。复线是俄国形式主义者什克洛夫斯基论述的一种基本情节类型。复线情节包括四个层次：一是主线——围绕主人公发生的起支配作用的故事线；二是副线——次要人物的一系列事件；三是背景小故事；四是非动作因素——作品中的思考、论述、哲理对话等。在襄王府聚会这一具有代表性的段落中，我们可以找到文本中出现的情节主线即围绕主人公齐莞进行叙述的故事；也可以从中找到围绕杨君柔展开的因为齐莞重生而被改变了的故事副线；还可以看到即将在后面补叙的围绕冉先生（牡丹郡主）私奔展开的背景小故事。可以看到，与什克洛夫斯基定义的复线稍微不一样的是，网络文学为了剧情始终保持激烈冲突而有意识地减少了非动作因素。

二、人物的功能性设置

亚里士多德曾说："悲剧中没有行动，则不成为悲剧，但没有性格，仍然不失为悲剧。"[①]网络文学少有能塑造出厚重、深刻、矛盾的人物，但网络文学的成功在于剧情对读者的黏着力。所以对于网络文学来说，人物的本质就如俄国形式主义和法国结构主义所主张的那样，重在"参与"和"行动"，个性反而是其次。本文中的人物主要肩负着功能性作用，在文本的建构和组织上具有不可或缺的作用。

仔细区分可以发现《阿莞》在人物的功能设置上是颇具代表性的，人物的功能主要有以下作用：一是增加冲突。文本中出现的反派人物杨君柔、齐茹、银杏、姨娘等一众人物，她们的出现就是为了和女主角斗争。二是帮助者。文本中出现的赵言钰、六皇子、大师兄关朗、牡丹郡主等人物就是为了帮助女主角斗争。三是串连人物的关系。文本中出现的赵夫人、襄王妃、黄老爷等人物，是为了串连女主角和帮助者。四是调节文本气氛。文本中赵言钰、大师兄关朗、祖父等人物的出现，使情感轻松化、戏谑化，增加文本的可观赏度，营造愉悦氛围。如大师兄关朗，性格活泼，每次出场其言行都让人忍俊不禁。当然文本中人物的功能性作用并不是单一的，有可能一个人物起到几种功能作用，比如男主角赵言钰，他既是帮助者，同时也增加剧情的冲突；又如大师兄关朗，尽管他是一个重要的调节文本气氛的功能人物，但同时他也

① 亚里士多德著，罗念生译：《诗学》，人民文学出版社1982年版，第21页。

是女主角的一个重要的帮助者。网络小说中功能性人物的设置，促使剧情不断翻新，悬念不断出现，增强剧情的吸引力。可以说，网络文学中的人物就如巴尔特提出的结构主义分析人物的法则“是用人物参加一个行动范围来说明人物的特征”。[①]

网络文学人物还有一个独特的功能性设置，那就是主人公往往具备超人的能力。比如南朝陈的《穿入聊斋》男主角拥有一支神奇的毛笔；《斩邪》男主角拥有一把藏于手心的宝剑等等。人物的超人特点可以让他们克服所面临的种种艰难处境。《阿莞》中的主人公齐莞也不例外，第一章就讲述齐莞已经经历了一世的艰险并在仇恨中晕死过去，醒来后发现自己灵魂回到少女时。这种人物设置使主角具有未卜先知的能力从而改变命运。如文本第五章，讲述主人公运用自己未卜先知的能力解救一个名叫沉香的丫环，这个丫环将成为帮助女主角的功能性人物：

“二姑娘！”她身边一个年长些的丫环急忙叫住她，凑到她耳边低语几句，紫衣姑娘愣了一下，眼睛看向齐莞身后的马车，神情怪异。

“姑娘，夫人让您上车呢。”迎荷小声对齐莞说。

齐莞却什么都没说，走到那个丫环面前，看她另一边脸颊，同样有三个连在一起的红痣。

果然是她！齐莞心中一喜，回头望着那个紫衣姑娘，“姑娘，既然这丫环让你不喜，不如将她卖了给我如何？”

……

这个看似身份卑微的丫环，不会永远都屈于人下，将来她会成为比刚刚那位紫衣姑娘还要尊贵的贵人……

前世，她曾经见过这个女子两次，刚刚若不是眼尖瞧见她耳下的红痣，她肯定认不出来了。

① 王泰来编译：《叙事美学》，重庆出版社1987年版，第82页。

主角的超人设置能轻易让小说情节脱离常情常理，又能让匪夷所思的场景转换变得合情合理。可以说这种人物设置是与剧情的曲折离奇紧密结合的。网络文学对悬念剧情的依赖也必然会导致人物的扁平化。福斯特在《小说面面观》一书中提出著名的扁形人物和圆形人物的人物分类理论。福斯特对扁形人物持贬斥态度，认为他们“只有在制造笑料上才能发挥最大的功效”。但正如国内学者指出的“扁形人物的单纯和固定并不意味他们不具备生气和活力”，[①]网络文学扁形人物塑造颇为鲜明，给读者留下深刻的印象。

三、叙事环境的重新构造

环境是叙事中不可缺少的因素，同时也是容易被研究者忽视的因素。网络文学曲折的情节设计、功能性甚至超人的人物设置都必然指向叙事环境的重新构造。网络文学也确实在环境构造中充分展示了中国作家的想象力，构建了很多超越日常生活环境的新时空。《阿莞》在环境的构造中不算特别新奇，但颇具代表性。

首先是架空世界的构造。《阿莞》构建一个新的世界，然后进行填充。文本叙写了一个含混变形的中国朝代。文本第4章写到“在殿堂最后面有供给香客休息歇脚的厢房，厢房前面是个小花园，花园中有座八角凉亭，亭中有数个衣着华丽锦绣的年轻妇人在闲聊，陆氏并非第一次到锦州城，与锦州城的一些世家夫人曾有来往”。中国并没有一个城市叫锦州城，但是我们都知道成都的别称是锦城或锦官城。文本中还有另一个重要的叙事环境“南越”，读者可以从叙述中得知该地方实际类似于“粤”即广东。所以，这就形成了一个含混的叙事环境，对读者既有明确地理位置的暗示，又指向一个架空世界。这对叙事的展开有很多好处。其一，一个架空的朝代，有利于剧情展开。作者不需要严谨的考察即可展开叙事，器皿、衣服的形式质地不需要统一，也无从考究。其二，架空的朝代，容易满足通俗读者的审美与角色代入，降低对读者接受美学层次的要求。

---

① 胡亚敏：《叙事学》，华中师范大学出版社2004年版。

其次是静止环境的构造。文学中有动态环境与静态环境之区分，动态环境指不同的环境频繁转换类型之叙事，比如《西游记》。静态环境相对来说较易把握，大多数网络文学皆为静态环境。《阿莞》的叙述环境为大周国，但其实主要活动地点固定在京城、锦州城、南越三个地方。纵观网络文学，人物的活动场景往往是以家庭（包括贵族、平民家庭）、学校（包括修仙的学校）作为背景。如《甄嬛传》《如懿传》这种宫廷斗争文体。《阿莞》也不例外。文本第二十到五十章主要讲述了女主角齐莞在女子学堂读书的情景，牵引出女主角的恋情，触发女主角与反派人物的矛盾，还为认识实力派人物冉先生（牡丹郡主）埋下伏笔。静止环境的构造具有一定的叙事优点。一方面，空间的相对封闭有利于叙事的集中和人物矛盾的激发。另一方面在架空环境中叙述家庭、学校，这对网络文学主流受众来说，既符合他们的审美也方便其进行角色代入，增强文本对读者的吸引力，最终达到既熟悉又陌生的审美效果。

四、叙述语言的诗意叙事

网络文学的流行，不仅仅在于其情节的吸引力，其叙述语言的诗意叙事也是重要原因。《阿莞》在这方面也具有一定的代表性，其诗意叙事特征较明显。

首先，文本用诗意的语言叙事日常生活。如文本第三章，“齐莞在心里淡淡叹息，没再继续问话了，只是专心地在画纸上描绘着。银杏见齐莞不再说话，也不敢打搅她，只是安静地在一旁候着。三足提炉的水沸腾起来，热烟腾腾升起，银杏紧忙走了过去，为齐莞沏了一壶热茶，放到书案的一边上”。

其次，文本用诗意的语言叙事自然环境与社会环境。第二十九章讲述女主角齐莞起得早“经过花园的小道，周围安静得只有他们细碎的脚步声，深蓝色的天空仿佛一张偌大的帐幕，还未升到正空的小角，微微蒙亮”。第四章中齐莞和母亲去平安庙祈福，“翌日，微凉，天空晴好。陆氏在一大早便吩咐下人准备了马车，带着齐莞和两个丫环往城外平安山的平安庙而去。马车从别院大门出来，出了静谧清雅的西大街，便是锦州城最热闹的中大街，沿途是繁荣热闹的商铺，行人走商到处皆是，作为大周国最繁华城池之一的锦州城，这里可谓商馆林立，万商云集，比起京都丝毫不逊色”。

衣服器皿的描述也是诗意的。如第四章对文本中不知名角色衣服的描述，“说话的是穿着浅黄色绉纱滚边窄袖褙子的妇人，约莫有三十岁左右，见到陆氏出现，立马站了起来，边说边迎了过来”。第八十四章对首饰的描述，“她们来到正院的茶厅，齐莞上前跟杨夫人见礼，杨夫人将头上一支鎏金点翠蝴蝶簪子放到齐莞手上，齐莞推脱了几下，才在杨夫人的坚持下收了这见面礼”。甚至文本中的人物都拥有一个诗意的名字，如丫鬟的名字叫“银杏”“沉香”“夏竹”“迎荷”，少爷的日常称呼叫“敬哥儿”“瑞哥儿”等等。

王国维在解释“意境”时说：“原夫文学之所以有意境者，以其能观也。”[①]可见文字的美与画面感是紧密结合的。古人多运用比兴手法，言爱情之前必先叙述景物，这恰是中国美学在文字中的亘古存在方式。对于集体无意识中残留中国式审美的现代读者来说，网络文学的诗意叙事无疑增强了文本的吸引力。

总而言之，在严肃文学强调深度与文体实验的同时，网络文学依靠具有吸引力的剧情、人物、新奇世界构造与诗意叙事吸引了大量读者，其独有的叙事魅力值得我们重视。从叙事学的角度思考网络文学创作自身的特点，深入探究网络文学在情节、人物、环境、语言等方面的独特呈现，对文学的持续繁荣相信也有一定的借鉴作用。

---

① 王国维：《王国维全集》第十四卷，浙江教育出版社2010年版，第682页。

第十节　新都市与新农村

——《上古传人在都市》与《大学生村官》比较分析

天堂羽是创世中文网的70后大神作家，也是网文都市题材的领军人物。他擅长现代都市题材，已创作多部优秀作品，如《上古传人在都市》《绝代疯少》《史前入侵》等。天堂羽善于把握人物形象，作品代入感强，构思新颖，受到读者追捧，拥有超高人气。目前新作《佣兵之王都市行》正在创世中文网火热连载，点击量已破百万，深受读者喜爱。聂怡颖是80后网络作家，出生于中国砚都——肇庆。她从少女时代便开始文学创作，一度钟情青春文学，在各青春期刊上发表作品《红油伞》《鲛明珠》《夜姬的圣域预言书》《神骏传说》《凤凰羽》等数十篇，并出版长篇青春小说。聂怡颖自2013年始在肇庆市鼎湖区苏村居委会任职大学生村官，并且从村官的任职经历中汲取创作灵感，尝试进行更多具有现实意义的创作。

《上古传人在都市》是天堂羽的代表作，讲述的是男主人公蒲阳作为驱魔家族的传人驱魔猎妖的故事，亦是一部都市言情小说。《大学生村官》则是聂怡颖的新作，讲述了女主人公蔡小袅担任村官后的基层事务及其爱情追求。将两部小说加以比较，理由大致如下：首先，两部小说的主人公拥有相同的教育背景，且他们在大学毕业后同样面临着“居不易”的生存困境，都被物质磨平了棱角；其次，天堂羽和聂怡颖皆是在网络媒介环境下逐渐由无意识的写作转变为有意识的创作的网络作家，作家身份转变后又都在小说中采取“工作+恋爱”的写作模式，比较分析两部小说，其启示和碰撞的意味相当强烈；再次，两部作品皆以21世纪为背景，时代代入感强，然而《上古传人在都市》书写的是男性在“新都市”，《大学生村官》展现的则是女性在“新农村”，因此二者拥有同中存异的价值观和地域色彩。

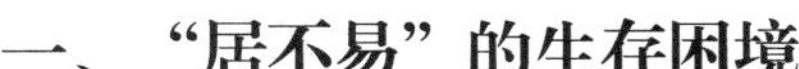

一、“居不易”的生存困境

自20世纪80年代中后期新写实小说用小人物的日常生活故事来讲述人生存处境的尴尬和存在的无意义感，完成从“大写的人”到“小写的人”的文学主题的转换后，作家们便逐渐将生活当作文学的中心，普通人被生的艰难所导致的梦想的破碎随之成为不少小说的素材，天堂羽和聂怡颖在创作时也延续了对这一题材的书写。《上古传人在都市》中的蒲阳和《大学生村官》中的蔡小袅同为大学毕业就失意的年轻人，他们虽未完全像新写实小说中的主人公那般趋于平庸而消解崇高，却也不免被世俗的经验和感性的欲望所纠缠，都承受着“居不易”的生存困境。

在《上古传人在都市》开头，作者就交代了男主人公蒲阳的处境：作为一个三流大学毕业的学生，蒲阳在职场中厮混了许久始终没有找到稳定的工作，只能居住在一个龙蛇混杂的城中村，面临着很大的房租压力。这使得他在应聘大公司时不得不想方设法运用一些“套路”来取得领导的赏识，在面试当天，蒲阳先是闯入专用电梯以求偶遇领导，再是为了保住工作忍受总裁办的种种折磨和区别对待。蒲阳对金钱更是斤斤计较，他在好友刘李搬走后便贴招租宣传单以找新室友来分摊房租；因为囊中羞涩与新同事聚餐时提出要“AA制”；在兼职捉妖降魔时将道具成本、酬劳等计算得异常精细；跟在校大学生打架受伤后更是依依不饶要求对方赔钱，等等。蒲阳已然浑然不知地逐渐沦为凡俗世间的庸常之辈，财富似乎成了他活着的筹码。

《大学生村官》中的蔡小袅同样过着忙碌而疲惫的生活。原本读文科的她在报考大学时以为“工科好就业”便选了工科院校，毕业后却发现自己在应聘时因没有性别优势且相貌平平而屡屡碰壁。向来心高气傲的她只能找到跟专业完全不对口的外企文职工作，月薪仅有一千九百五十元却要忍受毫无人性的企业文化和变幻莫测的人际关系，每天身心俱疲。最后，她虽以“广州大，居不易”的理由考回了家乡端城白村担任村官，村官事业却也并非一帆风顺：蔡小袅先是被贴上“只会读书”的标签，随之被领导架空权力，只执行些不关紧要的任务；再是两次因私事失去“国考”的机会、两次被同事恶意举报；在白村征地拆迁的项目启动中，为了量青苗、项目验工计价、筹备农庄、维稳值班等，她更是牺牲了许多休息时间，却依旧拿着微薄的月薪。残酷的现实逐渐磨平了蔡小袅的心气，使得她不得不向生活低头。

二、杜拉斯式的爱情观

21世纪的社会关系并非要靠稳定的“男女有别”[①]来维持纪律，而是追求个性化及推陈出新的“私情”，认为“作为精神实体的人，其固有的本质就是自由”[②]。因此当代年轻人也颇为推崇杜拉斯式的对爱的渴望：“爱之于杜拉斯，不是肌肤之亲，不是一蔬一饭，而是一种不死的欲望，一种疲惫的梦想。”[③]在网络小说中，“爱情”更是个不可或缺的本能化叙事，《上古传人在都市》和《大学生村官》两部小说亦传达着年轻人真切、深入的情感。

在《上古传人在都市》中，蒲阳被匮乏的物质生活所扰，“快餐式”爱情便成了他在物欲喧嚣时代的夹缝中喘息的工具，以致每每遇见美色，他总忍不住垂涎三尺，主动搭讪，亦毫无羞赧之意。在他丰富的情史中，“真情”和“永久”似乎从未列入考虑范围之内，只为获得瞬时的满足与快乐。所以在小说中，无论是同事陌小唯、室友傅哲萤，还是上级秦瑶、沈荷菁，抑或是影公主的两位女保镖朝秦和暮楚，以及女警官柳芊荨和在校大学生虞雪霜等，蒲阳从不掩饰自己对她们的欣赏，情感的裸露以及行为的直白都显示出他对爱情的渴望。他甚至将“泡妞”当做自己的终身事业，终日游离于各色美女之中，凭借甜言蜜语和各式爱情招数将她们揽入怀内。在小说最后，蒲阳向叔叔蒲团介绍了九个女人，并高呼一句“她们都是我的女人！”其“情圣”的身份便彰显无遗。

《大学生村官》中的蔡小袅较之《上古传人在都市》中的蒲阳，保守且矜持得多，但她也明晰自己的择偶标准以及婚恋意愿，所以即使父母催婚并安排相亲，她亦从未屈服，向来应付了事不紧不慢。此外，在她的两段情感中，蔡小袅也总能握紧爱情的主动权。她与初恋顾明诚的那段缘分因她始也因她

① 费孝通：《乡土中国》，生活·读书·新知三联书店2013年版，第50页。

② 别尔嘉耶夫：《自由的哲学》，广西师范大学出版社2001年版，第5页。

③ 余杰：《杜拉斯：爱是不死的欲望》，《外国文学动态》1997年第3期，第16页。

终：因高三第一次看辩论赛时被妙语连珠的顾明诚折服，蔡小袅便立志加入辩论队欲与他并肩作战，后来两人经营了一段因误会草草收场的校园恋爱；参加工作后，两人历经波折重新复合，蔡小袅却也慢慢发现顾明诚早在岁月的锤炼中变得自私又冷漠，彼此的交往也不复当年的美好和单纯，于是，这段爱情的果实只能夭折。后来，蔡小袅逐渐被为她调到端城工作，默默在她背后付出的石南琛的真心打动，明白懂世故但不世故的石南琛才是自己灵魂伴侣的最佳人选，从而在好友的帮助下主动向他表明心意，最终收获了心之所向的美满爱情。

三、审美化的时尚生活

20世纪80年代以来，日常生活审美化已成为流行的口号，而“时尚”因处于“日常生活”的表层，且其“本质上是城市的产物，是都市的民俗现象，因此，网络小说的生存氛围就是时尚习俗组织而成的，它和其中的人密不可分，二者是一个有机的整体”[①]。网络小说中总能流淌着与生活中的时尚消费相对应的时尚流，从而不断激起读者充沛的审美激情。无论是天堂羽的《上古传人在都市》还是聂怡颖的《大学生村官》都始终贴着鲜明的时尚标签。

首先是时尚语言的审美化。相比起传统文学，网络小说更注重传播及读者的阅读感受，所以语言并非严谨地追求“雅化”，通俗化和口语化的日常用语在文本中比比皆是。此外，两部小说包含着让人忍俊不禁的经典又幽默的网络用语，如《上古传人在都市》中的“猪哥”“YY”“大BOSS”“贴金”等；《大学生村官》中的“菜鸟”“剩女”“犯花痴”等。借助了这些世俗化的语言，不但能突出小说情节的真实性，亦不动声息地引导着读者进入故事文本的仿真想象中，从而有效减少了作家创作与读者阅读间交流的障碍。

其次是时尚事物的审美化。网络小说的读者群大多是都市小白领或年轻的学生，故网络作家在叙事中穿插的关键词中总会包含大量的符合年轻人审美

① 何学威、蓝爱国：《网络文学的民间视野》，中国文联出版社2004年版，第119页。

的时尚之物，如饭局应酬、逛街、租房、唱K等。当然，因《大学生村官》书写的是“新农村”，小说中便比《上古传人在都市》中的“新都市”多了些“大学生村官”“村民选举”“整理档案”“维稳值班”等在主旋律中流行的关键词，而这些关键词也正好为读者了解国家近几年对大学生村官工作的定位起了辅助作用：一是培养了解国情、熟悉基层、心贴群众、实践经验丰富的干部、人才；二是增强基层组织建设、促进农村发展、让农民受益等。毋庸置疑，两部小说从接受美学的角度出发，将读者熟知的时尚生活审美化，既尊重了读者的审美追求，缩短了读者接受的审美距离，亦为作品中人物或心灵情绪的直接表达起了极大的作用。

四、结语

天堂羽早在2004年便开始创作网络小说，属于较早的那批网络作家，早期在工作之余进行创作，作品的文风较为普通，更新不稳定，加上无人宣传，新书上架订阅仅一二百。而聂怡颖中学开始创作，曾把鲁迅的作品当做资源来弥补生活经验的不足，将阿Q等当做想象的训练素材，文字很多，读者却只有她一个。在网络媒介环境的影响下，两位作家逐渐适应读者群的接受度和网络市场的流变，将无意识的写作转变为有意识的创作，并形成自己独特的文风，如天堂羽以《春光乍泄》开始执笔现代都市题材，其“YY”笔锋受到读者追捧；聂怡颖则形成了对“大学生村官”这样的主旋律关键词的叙述追求。

天堂羽和聂怡颖都是有着相似成长经历的网络作家，现已拥有丰富的创作资源，且技巧颇为娴熟。如此，对他们所书写的“新都市”和“新农村”这两部具有代表性的小说进行具体比较便有了意义。

首先，探讨两部小说在同一时代下人物生存困境、爱情追求和字里行间流淌着的鲜明时尚流的异同，可窥探作品背后的作家因拥有不同的性别、性情、人生经历和生活环境而导致的不同的叙事追求：一、在生存困境方面，蒲阳和蔡小袅作为受过大学教育的年轻人，都有着凭借自己力量改变生活现状的欲望与决心，可却都无可奈何现实的残酷，最终成为被物质磨平棱角的当代知识分子，由此或许可以折射出以天堂羽和聂怡颖为代表的网络作家在面临日益更新的网络文化和自身作品销售及点击率的压力时的努力与无奈，以及他们对网络小说未来发展的思考。二、在爱情追求方面，蒲阳和蔡小袅同为对“爱情”有着自由的渴望的年轻人，在爱情里都拥有绝对的自主权。但两部作品相较，蒲阳被天堂羽赋予了更多的“情色”成分，其在爱情面前向来直抒胸臆无所畏惧，聂怡颖笔下的蔡小袅在表达爱情时则显得更为含蓄内敛，其在爱情里也付出了更多的真心，这与两位作家的性别和性情的不同有着很大的联系。三、两部作品都贴着鲜明的时尚标签，文本中世俗化、口语化的表达和当今社会流行的时尚之物随处可见，拉近了读者与文本的距离。但显而易见，作为书写“新农村”的《大学生村官》聂怡颖则在小说中采用了更多符合主旋律的关键词，宣传了国家为了培养农村建设骨干人才、党政干部队伍后备人才和各行各业优秀人才而设置的集中考试选拔的方式。另外，跟蒲阳比起来，蔡小袅在作品中彰显的气质与追求则显得更为正能量。个中缘由，或是因为聂怡颖近年来正在肇庆鼎湖区担任村官，而她通过几年的工作，显然已对村官工作产生了感情，村官经历亦给她的创作提供了素材。

此外，通过比较分析，可以看出两部小说都没有摆脱网络小说的一些局限，即缺乏文学和历史的厚重感，且叙事冗余，情节平面化。同时，因叙事本身就是一种无声的态度，读者便往往能在阅读作品之外进行更深一层的追问：这两部小说在运用日常生活的“一地鸡毛”来渲染残酷的现实时，传达了久违的文学传统精神，是否也遮蔽了文学应该有的终极关怀？在直白描写“性”与“爱”时，书写了人类和民族的正常情感，是否也在一定的程度上冒着“不健康的审美”的风险？在以读者熟知的世俗化语言和事物来描写故事时，使小说变得通俗易懂，是否也在不经意间降低了小说的文化格调和文学性？如此种种，或许都是网络作家在创作时该反思和规避的。

密匙：神异传统与网文重构——广东网络小说的创造性表达

第一节　神异世界：叙事传统与网文想象

充满想象力的神异神话传说是世界各民族文学最重要的精神资源，并由于这些远古的神话传说与不同民族民间信仰之间的重合，不断地塑造和形成各个民族的文化传统和价值认同。神话故事蕴含着民族基因，因而它是民族精神重要载体和文化传统的重要构成。

尽管中国古代“不语怪力乱神”的儒家精神价值长期占主导地位，但人类远古时期的思维特征，早在儒家以前已经为我们提供了丰富的精神资源。作为一种文化的支流，我们的民族文学传统中并不缺少神异的部分，它们散布于各种经、史、子、集之中，《山海经》《尚书》《淮南子》《穆天子传》《庄子》《韩非子》以及各种典籍中都保留了丰富的古代神话，其中尤以《山海经》为最。

正如鲁迅先生在《中国小说史略》中所言：“中国本信巫，秦汉以来，神仙之说盛行，汉末又大畅巫风，而鬼道愈炽；会小乘佛教亦入中土，渐见流行。凡此皆张皇神鬼，称道灵异，故自晋讫隋，特多鬼神志怪之书。”中国神异传统的文学源泉，既有来自本土的神话系统，也有来自道家道教系统，南方楚地巫文化系统，更有来自于佛经文学的影响。中华民族兼容并包的文化特质，为这种多元合流提供了基础。从古至今，志怪志异的叙事传统和文学资源一直留衍不绝，成为中国人放飞想象力的文本依托。魏晋时期，佛教对中国文化带来深刻的影响，并经长期的努力，逐渐形成古代佛道相互为用的神异世界观：西方极乐世界、道家修真世界以及地狱等，共同形成了中国文学最为庞大的世界观和精神资源，经唐传奇、宋元话本小说的发展，在明清时期，产生了《西游记》《红楼梦》《封神演义》等带有神异想象文学经典。它们成为中华优秀文化传统中的奇葩，成为优秀文化价值的重要部分。

20世纪以来，以“科学”和“民主”价值源泉的五四新文学传统，在很大程度上形成了“感时忧国”的现实主义文学传统，这种充满写实精神和社会关怀的文学，却是对神异故事的有意排斥和远离。因而在鲁迅《故事新编》以外，我们很难在20世纪的中国文学中看到神异文学进一步发展。

真正推动神异传统的文学创作，是20世纪末以来的网络文学。正如有研究者所指出：“直到20世纪末期，网络文学异军突起，中国幻想文学焕发了勃勃生机，尤其是‘融合了武侠、动漫、科技、网络游戏等多种艺术形式于一体的玄幻小说成为网络文学的领跑者’，出现了起点中文网、纵横中文网、逐浪小说网、17K小说网等以玄幻为主的专业性文学网站，产生了《悟空传》《飘渺之旅》《诛仙》《搜神记》《惟我独仙》《邪风曲》《佛本是道》《永生》《寸芒》《星辰变》《凡人修仙传》《仙逆》《飞升之后》《长生界》《遮天》等一大批网络玄幻优秀作品，开启了中国幻想文学的新潮流和新时代。”①

神异传统的文学创作，得力于以下几方面条件：首先，网络文学作为一种相对于出版文学的新的文学形态，它相对自由的精神向度极大地激发了文学创作的活力，创作的自由必然带来题材的多元和叙事的多元，各种题材的创作在网文中获得发展的空间。神异文学传统，作为中国文学，尤其是通俗文学中最重要的部分，尤其适合于在网络写作的环境中生长，玄幻文学的蔚然大观，正是人们对想象性文学亟待的结果。其次，网络文学动辄几百万上千万字的创作规模，为网络文学寻找庞大的世界观提供了迫切的需要。在产业化的背景之下，网络文学、网络游戏、网络动漫的跨媒叙事和产业发展，需要网络文学对世界范围内的想象性文学进行充分的吸收、借鉴和创新，以构造适合人们休闲娱乐的庞大的叙事衍生的文本体系和精神世界。中国古典神异世界，尤其是以儒道释三教之间关系为基础的神魔佛道世界观，正是其中最具有文化亲和力的本土资源。再次，随着网络玄幻文学对西方奇幻文学、魔幻文学和科幻文学的文学资源的吸收与转换，其驳杂的网文风格和精神资源中的“模仿”“跟风”

① 李如、王宗法：《论明代神魔小说对当代网络玄幻小说的影响》，《明清小说研究》2014年第3期。

逐渐引发了创作者、评论者和读者的不满，如何将本土丰富的神话系统和民间传说转化为玄幻文学独特创造的真正有民族特色和文化根基的源泉活水，就成为网文创作的焦虑与进路。

广东位处岭南，自古被视为“蛮夷之地”，但却有丰富的民俗，风水与民间信仰文化。正是这种集中原文化、海洋文化和南蛮文化为一炉的文化，呈现出不同于中原文化的新旧交融和重叠的文化景观。受本土文化影响，广东网络作家的写作实际上也呈现出对历史文化、民间文化信仰与神话资源的创造与转化这一大特点。其中，阿菩的《山海经密码》是对《山海经》这部古老的文化资源的创造性表达，而南朝陈的《穿入聊斋》和天堂羽的《上古传人在都市》则以《聊斋志异》作为创作灵感和创作资源。这三部小说恰好呈现出神异世界的网文创造的三种路径：神话历史的仙侠式重构、妖魅世界的穿越性建造和妖怪想象的都市欲望言说。

广东是中国思想开放的前沿地，又是民俗文化最为保守与丰富的地区。广东网络文学对古典文化资源的创造性转换，是广东网络文学发展的某种集体性自觉，对其中所蕴含的传统与现代、文化传承与精神创造的关系进行分析，是非常有意义的。

第二节 《山海经密码》：远古神话历史的想象创造

《山海经》是中国最古老的关于上古神话的集子，体现了中国人的神话思维，包括人兽同体、异族人物、神异奇兽、山川草木等所构成的丰富的神话形象，成为中国想象文学的源泉，也是世界想象文学的宝库。作为“千古第一奇书”，顾颉刚先生就认为，《山海经》开创了中国地理学的“幻想的一派”。[①]叶舒宪则从其所属的大文化传统的角度，将它定性为“神话政治地理书”。[②]在历代诗人墨客抒情言志的隐喻意象，在历代美术题材中，皆可见《山海经》的影响。直到清代文人李汝珍所著的长篇小说《镜花缘》，还在借用《山海经》中的海外奇国的奇人异事来演绎自己的人生经验，表达其思想和见识。

创意经济时代，随着故事作为产业驱动力作用的凸显，作为中国想象文学资源的《山海经》更受到人们的重视，成为网络文学、影视、游戏最重要的文化资源。人们以不同方式对《山海经》进行借用，如《诛仙》中对于山海经中灵兽的引用，桐华创作的言情类小说《曾许诺》，演绎情深义重的蚩尤和阿蛮的爱情故事。相比前两者对《山海经》的“征引式”创作，树下野狐创作于2001年《搜神记》则较为系统地对《山海经》的文化资源进行想象性重构。小说以传说中的三皇五帝的洪荒时代为背景，在神农氏去世之后，天下无主，

① 顾颉刚：《〈禹贡〉全文注释》，见侯仁之主编《中国古代地理名著选读》（第一辑），科学出版社1959年版，第6页。

② 叶舒宪、萧兵、郑在书：《山海经的文化寻踪：“想象地理学”与东西文化碰触（上）》，湖北人民出版社2004年版，第52页。

群雄逐鹿。少年拓拔野横空出世，在机缘巧合下开始一段惊心动魄的历程。透过个人冒险的神奇历程，力图重构山海神话世界观的整体面貌。除了网络文学之外，实际上在影视、动漫和游戏领域，充满着奇异神兽、山川草木的《山海经》也大受青睐，热门影视剧《花千骨》中的“十方神器”、《捉妖记》的小萌神胡巴、《大圣归来》的“混沌”……漫画《山海经世界》《山海师》《寻妖纪闻》等，俨然使其成为创意时代最受热宠的国民大IP。

阿菩的《桐宫之囚》（出版时更名为《山海经密码》）以夏商“革命”这一更为晚近的历史事件为中心，通过对《山海经》中充满想象力的神仙妖怪、地理名物和《史记》中有关这一历史事件的相关的记述的融合创造，力图在历史与神话之间建构充满历史意味、宿命意味和悲剧色彩的故事。

作为一部玄幻仙侠小说，《山海经密码》具有这一类型文的最基本的特点，其中关于远古神话人物、神兽和技能的想象，实际上深受《飘邈之旅》《佛本是道》等里程碑式网络玄幻小说的影响。其真正创造之处，在于对《史记》中一段并不明晰的历史的想象性重构，来勾勒一段逃避宿命却无法摆脱命运的悲剧故事，并从中建构从个人到文化的价值反思的基点。

小说以《史记》中，“伊尹放太甲”这一事件作为叙事想象的起点。在《史记·殷本纪》中记载：帝太甲既立三年，不明，暴虐，不遵汤法，乱德，于是伊尹放之于桐宫。三年，伊尹摄行政当国，以朝诸侯。帝太甲居桐宫三年，悔过自责，反善，于是伊尹乃迎帝太甲而授之政。帝太甲修德，诸侯咸归殷，百姓以宁。

这段简明的叙事，只是陈述事件的过程和结果，却没有陈述对于文学而言更重要的心理动机：太甲何以“不明”“暴虐”和“乱德”，而在尹伊将其囚禁在桐宫三年之后，何以“反善”？

小说即以追寻此事件背后的原因作为叙事的逻辑起点。阿菩将成汤的孙子和唯一的传人太甲塑造成为一个充满叛逆精神和自由精神的年轻小子。他敢于冒天下之大不韪，将自己命名为有莘不破，离宫出走，试图去实现自己游侠世界的梦想。之所以要摆脱国家的责任和王族的高位，在于他无意中窥见了未来登基龙位却孤寡一身的命运预言。因此，他的叛逆和出逃，皆源自于他对自由的向往和对友情的渴望，以及不甘于孤独至老的命运。这种敢于去反抗“命

运之轮”的宿命的勇气，使有莘不破身上具有野蛮的文化气质，在旅途之中，他遇见了太一宗传人江离，这个连他自己的妻子雒灵都会嫉妒的好友；他遇见了沉着成熟的后羿的后人羿令符；他还遇到化敌为友、相互贬损却又相互在乎的巴国国主桑谷隽；还有祝融后人芈压……这些人，连同商队，从寿华城、祝融国、巴国、朱雀池……他们一起打败蛊雕、九尾狐涂山氏、化解共工遗恨、共斗仇皇……他们从敌对到信任，从相知到误解，在能力和境界不断得到提升的到时，却也因为价值的冲突，尤其是在历史重大变革之际，因为立场、利益和宗派之间的种种冲突，而不得不走向彼此的对立面，最终消弭于巨大的虚空之中。有莘不破努力改变的结果却是一步步走向早已被宿命安排的结果，当所有陪伴着他的人，包括他的妻子和朋友纷纷离去，最终剩下他孤寡一人的时候，那种命运的“悲凉”和“残酷”显示了他的“不明”和“暴戾”的根源。

“为了自由，我把功业与威名都舍弃了。为了你们，我连自由也舍弃了。可到头来，你……你们一个个丢下我，让我在那个世界里孤零零不知如何自处！到后来，祖父也去世了，我一个人坐在王座上，接受四方诸侯的参拜。身边空荡荡的。虽然周围有很多人围簇着，却还是那么寂寞，那么孤独！身边的人都怕我，匍匐在我脚下，恭维我，向我宣誓效忠。可面对他们的宣誓我一点也不高兴！我杀了很多人，王宫的卫队把很多人头一个个地砍下，鲜血把护城河都染红了。而我则站在城头笑。我不知道自己为什么看着落下的人头笑，我只知道自己很不开心。哈哈……这不就是我在那僵尸眼里看到的一切么？我提前看到了，甚至提前经历了——却没法去改变这一切！这算什么！这算什么！早知如此，我还顾忌那么多干什么！死吧！死吧！让一切都完蛋！都去死！你不是还有一招什么终极灭世吗？拿出来吧！大家一起完蛋得了！”

这是在小说临近末尾的地方，有莘不破绝望的心声，而这不过只是每一个人成长过程中所必将面临的处境的放大，是一个关于个人责任与自由理想的冲突、道义与情感的冲突与解决的成长的故事。正是每个人成长所面临的不断妥协的悲剧感使这部小说具有了读者“代入”的基础。因此，《山海经密码》是一部充满着青春气质和成长反思的小说，呈现了其类型的内在的成长小说的叙事模式。

与此同时，《山海经密码》透过其独特的四大宗派的世界观设定，将不同的思想和价值冲突融入于人物的性格、命运和精神世界之中。太一宗掌控“时间”的奥秘，洞天派则掌控“空间”的秘密，心宗与人宗则分别驻守着精神与身体，它们四大宗派同源而分歧的学术论争及其价值冲突，实际上正是围绕天道与人道、无我与小我的哲学论争。这种论争既显示了其时中国思想意识的若干特点，同时更是围绕“汤武革命”这一历史事件的不同的选择。这种将哲学思考、历史事件和神话系统相互结合而成的叙事，很显然受到《封神演义》和《红楼梦》等古典小说的影响。其中，以“武王伐纣”众神归位的《封神演义》，以人间政权变动所引发的三界，尤其是阐教和截教的冲突，实际上正是《山海经密码》叙事建构的文学渊源。而其中，尹伊与祝宗人之间的对赌、独苏儿与都雄魁之间的协约，无不具有《红楼梦》僧道约定的意味。四大宗派的演化系统、冲突系统、技能系统，结合夏商版图的地理系统，共同建构了《山海经密码》的神话世界观的基本框架和内在脉络。与之同时，四大宗派的价值冲突与时代的政治格局，为这一神话世界观搭建了价值系统，使小说显示出其通俗文学的深度——也即是具备了价值系统与叙事系统的有机性，从而形成一个具有独特况味的文学世界。

毋庸讳言，《山海经密码》借四大宗派所形成的这种关于命运、时间和价值选择的思考仍然是比较粗糙的，这在很大程度上源自于阿菩本身对人生的体悟的不足，从而使四大宗派的哲学思考与各个宗派中的个体的精神追求以及对历史的深度反思仍停留在较为表浅的层次，仍未达到深入心灵的力量。但相比于一般玄幻小说，其通过宿命式命运的悲剧书写突破了一般玄幻文学闯关升级的欲望化模式，而将历史的命运之轮与个体的自由向往的冲突、将人类命运的哲学性思考与时代中的价值性选择的冲突作为邈古神话和历史世界观中的精神重建的努力，使阿菩的文学书写和想象重构具有了重要的价值，尤其在网文写作整体上的底层叙事和欲望逻辑的情况下，为神话世界观的当代意义的探索，迈出了重要的一步。

第三节　《穿入聊斋》：穿越叙事中的价值重构

《穿入聊斋》是南朝陈2012年连载于起点中文网的一部穿越仙侠类网文。小说讲述了一个现代大学生在博物馆接触到一支“捉鬼天师”钟馗所用、名为“辟邪”的古董毛笔后，发生的奇妙穿越经历。小说虚构了一个与明朝高度相似，名为天统王朝的异时空。在天统王朝，独尊儒术，朝廷对于道教释家管理甚严。然而随着新皇帝登基，国家开始妖孽丛生，群魔乱舞，主人公陈剑臣便是身在此环境中。身为一个三试第一，已被江州明华书院录为廪生的秀才，十六岁的主人公坚信“国之将亡，必有妖孽”，但却只有文举一条路可走。而与其一同穿越的“辟邪”笔，在主人公遇上各种妖精鬼怪的过程中，开始显现神通，也为主人公开启了修炼浩然正气的法门秘籍《三立真章》之路。一方面，主人公凭借对《三立真章》的理解与修炼，不断提高自己的辟邪法力；另一方面，主人公凭借对八股典范之作——诸葛卧龙《石头梦记》的学习，走文举之路，积极入世。小说以主人公陈剑臣的事功用世之心与正气修炼为主线，在与乱世怪象的对立与征服中，来思考正气人格与适应和改变现实的用世之心之间的新儒道精神的可能性。

小说将《聊斋志异》中光怪陆离但又支离破碎的妖精鬼怪故事串联起来作为背景，建构人妖混杂的乱世图景。人妖之间的复杂性为小说中浩然正气的修炼提供一个非常恰当的复杂的人性人心世界。在我国古代志异小说中，妖精鬼怪的文学价值有三种：一是将其作为阴暗人性的隐喻，二是作为妖正人邪的反讽，三是作为人类不同的新的精神可能性（价值可能性）载体。

小说取材于《聊斋志异》，但并没有简化这一奇妙的世界，也没有拘泥于蒲松龄对鬼怪书写的价值指向。

在小说中，妖精鬼怪有三种指向：

1. 作为主人公陈剑臣的正气修炼的负面出现，即心气未正的时候被侵入与心气刚正时候的衬托。如在最初修炼正气时，景阳镇土地（阴司小鬼）侵入陈剑臣及其母莫三娘梦境中（“托梦”）复仇，及由此引发的与城隍之间的纠葛。又如在为狐狸精皇甫员外之女娇娜渡劫驱除心魔时，发现自己内心的心鬼并将其驯服，心鬼正是其内心的阴暗面，克服了自己内心的阴暗，也便大大提高了自己的正气修为水平。

2. 作为与人类参照，也是映衬复杂人心鬼性而呈现，体现人妖混杂与正邪混乱的乱世图景。小说中，妖精鬼怪有诸如山魈精、黑狼精等狡猾恶毒角色，也有类似小白狐婴宁与鼠妖小义的正义善良的妖精角色；人有修道高人燕赤侠、侠女聂小倩、世外高人广寒道长等正面形象，也有“官二代”吴文才、神棍张天师、大反派皇帝等各类反面形象。妖精虽有法术，但也有知书达理之妖精；阴司虽为神祇，但也有层层压榨腐朽的官僚结构；释家虽然口念慈悲，却也有比下作的法术及小手段。人心莫测，邪恶之人有时比妖精鬼怪更为可怕；妖精鬼怪虽然非人，却也有通情达理、知恩图报之辈。

3. 作为儒道释竞争相斗，也作为映现不同流派的价值冲突的镜像。在小说中，江州弘法大会改变了天统王朝的流派格局，释家以“放下屠刀立地成佛”及皇朝的默许逐渐成为主流，压缩了道家的生存空间，连阴司所需要的“香火”（信仰念力）也大受折损。皇帝推行《文字法》，实行“文字狱”，将儒家的生存空间也逼入了窘境。主人公陈剑臣与道家交好，与释家金山寺拂晓大师等的屡次过招，都淋漓尽致地体现了儒道释在价值上的冲突与融合。

从这一意义上，小说有效地实现了对《聊斋志异》这一经典文化资源的价值增殖，有效地融合了传统文人世界与世俗社会中对妖魅精怪的想象与认知方式。

不同于同为文士小说的贼道三痴的《上品寒士》，《穿入聊斋》的穿越背景设置为异时空，不同于已知的历史阶段，因此主人公陈剑臣无法通过历史的先见之明去试图改变历史的走向，故事在时间性的张力（在主人公的行动与历史走向是否改变之间）并不充分，其在未知中的摸索及其无限的可能性构成

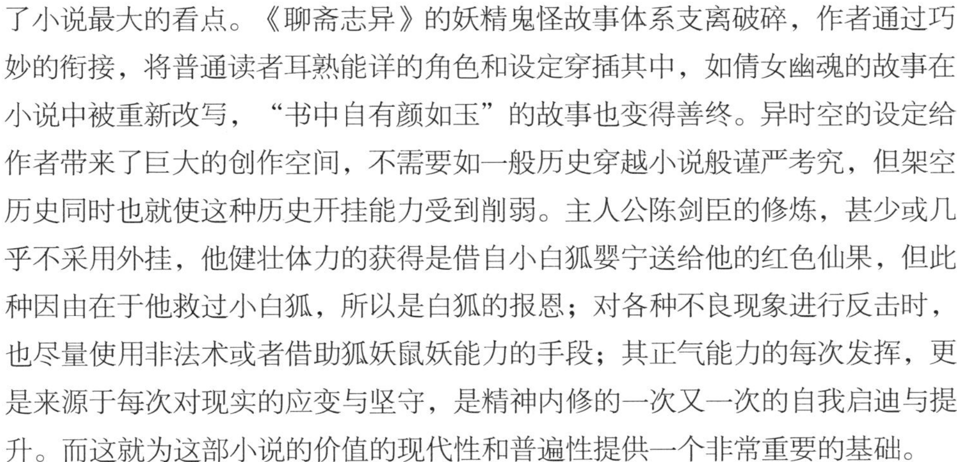

了小说最大的看点。《聊斋志异》的妖精鬼怪故事体系支离破碎，作者通过巧妙的衔接，将普通读者耳熟能详的角色和设定穿插其中，如倩女幽魂的故事在小说中被重新改写，“书中自有颜如玉”的故事也变得善终。异时空的设定给作者带来了巨大的创作空间，不需要如一般历史穿越小说般谨严考究，但架空历史同时也就使这种历史开挂能力受到削弱。主人公陈剑臣的修炼，甚少或几乎不采用外挂，他健壮体力的获得是借自小白狐婴宁送给他的红色仙果，但此种因由在于他救过小白狐，所以是白狐的报恩；对各种不良现象进行反击时，也尽量使用非法术或者借助狐妖鼠妖能力的手段；其正气能力的每次发挥，更是来源于每次对现实的应变与坚守，是精神内修的一次又一次的自我启迪与提升。而这就为这部小说的价值的现代性和普遍性提供一个非常重要的基础。

小说中点出，修炼《三立真章》的关窍的四字要诀为：“刚、正、通、明”。“刚”者，就是做人要刚阳，要具备力量，要有奋勇抗争之心；“正”者，就是个人要站得正，心胸磊落，不走邪门歪道；“通”者，为变通；“明”者，即明事理，辨是非。修炼《三立真章》，凝练正气，四者缺一不可，若到大成之境，可修得正气浩然，震散千里邪魅。主人公陈剑臣虽为儒生，但修的是有别于其时代背景之下的儒学，是以“养吾浩然之气”为主旨的，其最重要的法器“浩然养吾剑”则是最好的体现。在生活中，主人公也将四字要诀融入自己的生活中：持之以恒地打拳修炼身体，是谓“刚”；孝敬母亲、言而有信、不仗势欺人，是谓“正”；不死读书，是谓“通”；能区别婴宁和狼妖的本质，是谓“明”。在儒释道互竞的大时代背景中，重塑文人的独立精神与儒道正气（刚、正、通、明），是这部崇智的人格小说所试图讲述的，对于读者而言也具有极大的教育意义。

小说主题类型属于新儒小说，更倾向于文人化，升级叙事，将欲望叙事与精英启蒙价值观相融合，从价值观的层面上来看，充满了浑然正气。从最初发现自己笔下有正气，开始书写《正气歌》，到《三立真章》的出现与修炼，再到写出因《正乱帖》成功“立言”，再到最后养成“浩然养吾剑”，“正气”一词，无不贯穿于全文上下。只有“正气”，才能维护自身信念，让自己在浑浊世间遗世独立；只有“正气”，才能让自己不受妖精鬼怪及邪恶势力的侵犯，只有“正气”，才能够改变天下。

对“刚、正、通、明”四字的理解与修炼经历，正是这一新儒精神的价值内核，其对儒家精神价值的重塑基于对儒家思想僵化的批判，是一种对儒家精神的重塑。真正的儒学不是“两耳不闻窗外事，一心只读圣贤书”，不是只会八股文及粉饰太平的吟诗作对把酒言欢，不是卑躬屈膝奴颜婢膝。小说强调了儒家人的骨气与精神，尤其是对孟子精神价值与古典儒学六艺精神的回归，也正是针对现实中人人们的生活与精神困境，在用世适世与人格坚守之间的关系如何处理如何平衡的问题。从这一角度来看，这部小说的价值指向是比较高的。该小说也代表网络小说主流化的一个取向，其文学价值并不亚于贼道三痴的《上品寒士》。

第四节　《上古传人在都市》：当代都市的欲望书写

不同于南朝陈通过“穿越”的方式，让主人公回归架空的聊斋世界去重塑乱世中的价值，天堂羽在他的都市异能小说《上古传人在都市》中，不仅将蒲松龄及其传人视为抓妖大师，并将其传人及其妖魅放置于现代都市之中，融合言情、异能、恐怖等多种元素，借主人蒲阳特殊的能力以及与妖魅相处，重构了现代都市生活的另面时空，借以隐喻和窥探现代日常生活的阴暗层面，并透过主人公蒲阳的欲望来折射大众对于女性的欲望。

对“日常生活”下定义是一件艰难的事情。当今社会人与人的接触越来越复杂，因而具有某种不透明性。后结构主义所谓的任何人可以做的只是真实地做做姿态罢了的观点高度契合了这个个性化的时代。任何人所感受到的“真实”必然是以自身的注意力为中介，融入了自我期待后经过改造了的所谓再现的“真实”。小说《上古传人在都市》就是这样一部带有浓郁主观色彩的都市小说。在小说的前半部分以主人公蒲阳的视角看到的都市生活的艰难和鱼龙混杂，本会导致其萎靡不振、不思进取。但是正如历史学家勒菲普尔所预计的那样，日常作为一个游移的标识，指向不定，甚至常常指向相反的方向。主人公蒲阳因为生活所迫前往罗平市的知名企业正东集团求职，阴差阳错进入企业受到重用引出一系列故事。

都市小说的大热，可以看到大众对日常生活类题材的关注和认可。这类小说看似对现实生活的戏剧化还原再现，但却变相地让我们看到了许多生活细节，了解了社会的运转。在小说中，蒲阳因为工作需要深入家族企业、警务系统、学校、医院，看似在降妖除魔，但是却以“第一视角”带领读者深入到现实生活中方方面面。正如勒菲弗尔在《日常生活批判》中所言：“日常生活是一块银幕，社会在上面投射出光线和阴影、平面和凹陷、强势和弱势。”看似主人公在降妖除魔，实则影射了大量真实日常生活中的社会阴暗面。

这部都市异能小说是对传统的玄幻文学的继承和发展。在继承超自然力量的装神弄鬼的既定传统之后，结合现代都市各阶层不同行业领域的故事环境，加上主人公草根英雄梦和男性“玛丽苏”式的乌托邦世界的建构，形成一种亦真亦假的大融合。

1. “YY”式的男性玛丽苏。

“Mary Sue”一词最早出现在宝拉·史密斯《星际迷航》的同人文《A Trekkie's Tale》中，融合大量自我意淫元素的完美女性形象。这一概念传入中国之后经过本土化改造，在许多作品中被改造为经过重重磨难逐渐成长起来成为坚强勇敢的新女性。但是，近年来发现，在男频文网站，大量男主人公以草根逆袭的励志成长故事，成了新时代的男性“玛丽苏”文。在当今以中下层读者为主的阅读结构中，这样的人物设定，不论是作者还是读者，“代入感”强。第一人称的叙述口吻所带来的真实感消弭了作品与读者之间的隔阂，易读性和快感机制使读者深陷男性“玛丽苏”的完美世界了，满足了他们的所有欲望。

小说中，天堂羽为男主人公设计了满足男性性幻想的各种女性形象。这些女性不管是高贵冷艳，还是妩媚动人，抑或温婉亲切都无理由地喜欢着这个外表普通的男性，这正好填补了部分男性在现实中的挫败感。随着剧情的发展，他的正人君子做派以及行侠仗义的性格、包括宽容慈悲的品格无形中也吸引了大量女性读者的注意力。主人公聪明伶俐、能言善辩还有独特的血统，又有高人暗中协助，这样的“人设”很难不令男性羡慕。通过这种浪漫式书写拒斥着枯燥的工作生活和贫乏的情感世界，隐秘地抒发对现实的不满。在这种抵抗之中，现实生活的烦闷压抑随着故事情节的发展化为乌有。

全媒体时代，互联网、电视、影院、书店等丰富的阅读空间，为读者带来一个立体全面的乌托邦世界。读者可以在现实生活中的任何地方找到和小说中相似度极高的故事的影子。现实就这样被一张巨大的幻想之网，也就是意识形态的阴影所笼罩。创作和阅读这类作品的男性在打怪升级中，体验着现实

所没有的新鲜感和刺激感，大量各色女性形象的设计极大地满足了男性的性幻想。紧凑激烈的剧情发展吸引了男性读者高度集中的注意力，因为其脱离实际、天马行空的想象，可以使人忘记生活和工作中的烦恼，从而在阅读中体验到现实生活中无法体验到的快感。

2. “韦小宝”式的后现代主义戏谑。

在《后现代主义与文化理论》中，杰姆逊直指商业消费对后现代主义的关键作用。“多国化资本主义以商品的形式渗透了人的无意识领域，使得精神文化领域内一切精神维度都消失殆尽。”在插科打诨为主调的《上古传人在都市》中，主人公的幽默戏是通过小说的复调对话完成的。在小说中存在两种不同的声音。一是来自传统武侠小说的行侠仗义原则。只不过在现代题材下，警务系统的介入也为神怪小说中的降妖除魔赋予了正义之风。同时融入主流话语意识形态下的和谐社会建设理念，与妖魔斗争是以感化为主，斩除祸世鬼怪更是为了维护种族间的生态平衡，保一世太平。另一种是出于趋利避害的“市民哲学”。蒲阳略带“屌丝”气质的“市井话语”又消解了作品沉闷的氛围。二者构成互文性，前者一贯的正统严肃在后者的嘲笑声中失去了控制权。

在小说中，原本雷厉风行的柳芊荨警官一派“女汉子”作风，却在与蒲阳的接触中被无情地戏弄。包括高贵冷艳的沈荷箐也被他的斤斤计较的工作态度整得哭笑不得。在降妖除魔中他更是各种下三滥招数无所不用其极。但是，在朋友有难时他能不顾一切地去帮忙救助。不论是在好友刘李受伤时给予物质精神上的帮助，还是他的女上司遭人暗算时挺身而出舍身救人。亦庄亦谐的蒲阳活脱脱一个当代“韦小宝”。

《上古传人在都市》主要以戏拟的形式反讽现实，但更像是对《西游记》取经路上降妖除魔的一种搞怪式模仿。文本中可以互涉，这个故事中有另一个故事的人物。庞大的配角团形成了一部NP小说，即所谓的N配小说，多是一个女/男主角和N个男/女主角发生的故事。在《上古传人在都市》中主人公蒲阳处处留情的行为虽为故事中的女性嗤之以鼻，但却因主人公的独特个性魅力而被吸引。如此“无厘头”的言情小说模式却在当今娱乐狂欢的时代成了当今男频文的主流。

3. 充满侠客精神的个人英雄主义。

这类都市异能小说在充分继承了东方武侠文化和西方骑士精神的基础上，充分利用现代网络的便利性、及时性、互动性的优势，融入具有当今时代特征的思想内容和价值倾向，重新诠释和建构了富有当今时代特色的新的侠义内涵和精神追求。同时“奇异江湖”的设置，现代侠义主题的融入，同时展现出独特的个人风格特色，具有别样的审美价值和文学意蕴。

当今网络文学的玄幻类创作已经转为以80后、90后为主力军，这部分作家一定程度上会受到古龙、金庸等老一辈创作的武侠世界框架的影响而有一定的侠义精神和尚武风格。但是传统武侠世界的价值体系构建已十分完备，提升空间不大。西方个人英雄主义传统重视个人价值发挥，强调自我牺牲和荣誉至上，加上目前时代以张扬个性和肯定自我价值为风尚，使极致个人英雄主义故事能带给读者以无限的憧憬和想象。小说中的大量篇幅用于塑造护花猎王——蒲阳的形象。本是一名默默无闻的打工者，一夜之间成了传说中《聊斋志异》的作者蒲松龄的后人肩负起保护人类，传宗接代的任务。从一无所有到呼风唤雨，从孤单寂寞到美女如云。他的传奇是无数男性的白日梦幻象。而这样的人物设计也必然是男性读者所爱。

传统武侠的民族大义和社会理想的拔高调的写作方式已经很难打动如今的文学消费者。反而一种“流氓英雄”的设定更有现实基础。这类作品的主人公的不起眼形象和小事件情节串联让读者有一种“细微之处真英雄”的代入感，符合当代读者尤其是青少年读者的审美心理和价值取向，进而无形中拉近书中主人公与读者的审美距离，使读者能够近距离接受符合自身理想人格典范和情感价值趋向的精神感召。

反抗命运不公，成就平民神话的创作主题，加上性格造就命运的隐性线索，并在前期八百八十章的基础上持续更新，如此长篇的连载小说因而也满足了中命运观的多重实现。故事的发展见证了男主人公的成长，这样一种“上帝”视角在读者群中出现削弱了情节的不可控性，让受众参与进来，在连载中作者与读者的互动让主人公的未来有了读者的参与而增加了趣味性。这也是当今网络文学中“一切皆有可能”的游戏性特质。

《上古传人在都市》一反“一男一女”式的单一言情模式，以一男多女

的“博爱”式的婚恋模式，开放性的视野打破常规，令人耳目一新。同时，故事中充斥着大量美女妖魔鬼怪，作品不仅将人类之间的爱情故事描写的深刻细腻，也将其他超自然生命形态的情爱过程刻画得意味深长。神、仙、人、佛皆有爱，妖、魔、鬼、怪亦有情，“人妖恋”“人魔恋”“人兽恋”“兽妖恋”“人鬼恋”“仙魔恋”等“另类爱情”也成为神怪小说的一大亮点。

大量女性角色的参与为故事情节开辟了可开发的张力。这类以男性读者为主导的小说，在阴柔女性人物面前强大的保护欲使男性气质得到释放。但这很难激起消费者的阅读兴趣。但是，在难以征服的女性面前，主人公的男性生殖器骄傲试图来压制代替母亲——女神崇拜。在高度强调女权的今天，对女性的压制正是男性潜在征服欲和控制欲的体现。这类“爽文”也因其服务群体的特色，形成了自己独特的价值观选择。随着天堂羽这类创作影响扩大，其试图以一种谄媚讨好女性角色的方式来消解女权主义者的批判。这样消长互动的男女关系，也因批判者的关注在无形中增加了对其关注度，因而成为一个文学消费热点。

米歇尔·福柯在《权力与策略》中指出，作为一个政治事实的法西斯主义，其常作为一个漂浮的能指，其功能本质上就是恐吓。残暴行为作为法西斯主义的重要技术形式在天堂羽的这部作品中大量出现。不论是人是妖，面对自身利益对立面的一方，强制性压制成了小说中常见的场景，而且受到了读者的认可。虽然主人公有跳出种族偏见的自我反省，但以暴制暴的剧情屡见不鲜。这种写作现象不止在这一部作品中出现。以男性读者为主导的起点中文网类似的情况可谓常态。透过这一现象，似乎印证了福柯所谓的“我们所有人身上”的法西斯主义。在其为吉勒·德鲁兹和费立克斯·瓜塔里的《反俄狄浦斯》所书前言中提出“策略性敌对者”认为所有人身上、头脑中、日常行为中都带有诱使自我热衷权力，欲望主导和利用我们的法西斯主义。福柯在诠释普遍的法西斯主义时引入弗洛伊德的“投射”（projection）机制，认为这种“投射”是一种“防御”（defense），即自我发现有在其社会性认知中认为是危险的甚至是威胁性的想法时，希望通过将其对象化于“他者”来保存自己的稳定性。在小说中，大量的负面形象的恶劣行径衬托了主人公蒲阳的正义性。故事中妖怪对人族的残暴攻击掩盖了主人公在处决其时的无情，女配角们的身体诱惑成为蒲阳猥琐的正当借口。甚至他的暴力血腥复仇被美化为替朋友刘李的两肋插刀。这些描写背后很难不让人揣测作者的暴力爽文背后的想法以及受到读者认可追捧的心理。

这种“内在化”暴力的投射是作者以及读者为了保护自身而拒绝承认的，二者以某种默契达成了一种共识，把这种投射看成一种设置功能，而不是一种否定功能。天堂羽的这部作品以人妖对话的方式，质疑这种所谓“正义的暴力”的合理性，主人公的反思以及后期人妖斗争中的人性挣扎也给读者带来了灵魂的拷问。

结　语

网络文学对古典神异传统的创造性表达，是在一种类型化的网文叙事模式中对古典神异世界观和叙事传统的转化，服从于网文类型化叙事的基本模式——也即是生存式的欲望化叙事。这种叙事的基本模式，是以为大众阅读者构建“白日梦”，从而在故事阅读的想象性世界中，达成现实所未能实现的欲望的满足为其快感的基本机制，这就在一定程度上决定了其对古典文学资源的想象方式和重构方式从属于从个体生存层面的欲望化逻辑，未能进入到人类的更广大的原型心理和文化结构的更广大的背景中。事实上，它虽然能够在当下为其获得广泛的阅读提供了受众基础和产业成功，但却极大地限制了网络文学的经典化和价值创造的可能性。这是因为，这种类型化模式强大的叙事惯例和快感机制，将对创造者对于传统文化资源的系统性创造和转化产生了功利化的阻力，使其难以在古老的文化资源的基础上去创造一个真正具有其内在运行逻辑和叙事动力的世界观，去创造一种不同于我们日常逻辑的新的价值系统。

故事创意源自于特定的叙事情境，并由之生发独特的世界观和故事系统。由于不同叙事情境之间具有差异性，因而奠基于其上的人物的处境、命运、选择与奋斗的逻辑便因为世界观的差异而具有独特性，器物、人情、欲望之间的关系也因为叙事情境和世界观的特征而具有独特的价值系统。传统文化资源的叙事性重构，最重要的任务就是立足于它们的故事、它们的世界观、它们的情境本身，并由之生发有系统、有深度、有饱满性、有逻辑的世界观和故

事性，不如此，就难以真正形成独特的故事创意和内容输出。

《指环王》《哈利波特》《冰与火之歌》等具有世界声誉的魔幻和奇幻故事的成功，就是有效地融合北欧神话、西方中世纪传奇和基督教文化，从而形成独特的想象系统的结果。以《指环王》为例，该系列电影以“魔戒”为中心建构了一个包含着人类、霍比特人、精灵、半兽人等不同种族生物所构成的中土世界，“魔戒”的争夺、诱惑，对魔君的反抗，构成这个世界内在的运行逻辑和故事驱力。又如《哈利波特》，以魔法学校为中心建立正邪魔法巫术的对立和抗争的巫术世界。伏地魔、魂器和哈利波特之间的内在关联，构筑起充满黑色基调人性善恶的价值逻辑，成为推动故事运行的基础。

优秀的神异叙事必将需要建立属于自身的世界观和故事系统，并使之与更深远的文化源泉和价值系统发生深刻的关联。阿菩的《山海经密码》力图融合四大宗派与夏商历史，构造一个具有悠远历史气息的文学世界，并力图透过对宿命式的命运与时间的书写，来建构具有哲理性的文学空间；而南朝陈的《穿入聊斋》，对聊斋式鬼魅世界的文化价值的重新建构和对儒家价值的重新阐发，也同样显示出一种重构的努力。相比之下，天堂羽的《上古传人在都市》凸显了在当下、在都市、在日常生活中书写妖魅的意识追求与精神反思。这三部小说，既依赖于网络文学类型化的叙事基础，同时力图有所突破，但仍然无法摆脱网文叙事底层逻辑和欲望逻辑所带来的限制，从而文化资源的创造性表达仍然局限于碎片化和浅表化，使得古典叙事世界的内在价值的独特性，仍然只是停留在一般的想象力的形式层面，而未能进入到思想的更深层面，这就使得其文化价值的深层次建构仍然没有完成。

神异传统的网文重构，需要在世界性的“重述神话”和“文化寻根”的背景中，去深层次开拓其背后的人类学、社会学和文化学的内涵和意义，从而成为传承民族优秀文化基因，重建当代社会价值的重要力量。对广东网络作家而言，如何总结经验，形成强大的网络神异叙事的新品格，参与主流文化的建构，任重道远！

（本章作者：郑焕钊，暨南大学中文系文艺理论教研室主任，广东省文艺评论家协会理事；吉彩云，暨南大学中文系文艺学硕士研究生）

第九章

IP：网络时代的文学引渡

第一节　网络小说的影视改编

1998年，《第一次的亲密接触》在网上连载，迅速受到网友的追捧，在网络上广为流传。这是互联网上第一部畅销小说，超高人气吸引了影视界的投资，2000年改编的同名电影上映，开启网络小说影视改编的先河。随着中国网络文学商业模式的逐渐成熟，影视从业者看到了网络小说影视改编的巨大的商业潜能，越来越多的热门网络小说被改编为电影或电视剧，网络小说影视改编形成热潮：中国现代文学馆发布的《2012年中国文学发展状况》报告中认为，网络文学与传统文学融合，形成20世纪80年代之后文学改编影视的第二次浪潮；2013年以网络小说为主体的IP热潮掀起；2014年IP电影集中爆发、网络剧上线数量剧增；2015年电视剧市场IP当道……经过十多年的发展，网络小说对于影视创作产生的“源头作用”已不容忽视，近几年甚至成为重要来源之一，2014—2016年，影视公司抢购网络小说的热潮更是达到白热化程度。

网络小说改编的影视作品日益收到人们的关注，成为受众间接消费网络文学的重要方式。网络小说与影视的合谋，则是商业模式的一种创新，也是消费时代艺术审美的一种新的趋势。

一、概况

1. 概念界定。

网络小说的影视改编，是指利用网络的多媒体和WEB交互作用，通过原创方式首次在网络上发布的小说，被改编成电影、电视剧、网络视频（网络电影、网络剧）的作品，是从文学的艺术形式，转变为影视艺术形式的过程。

有两个概念需要厘清。

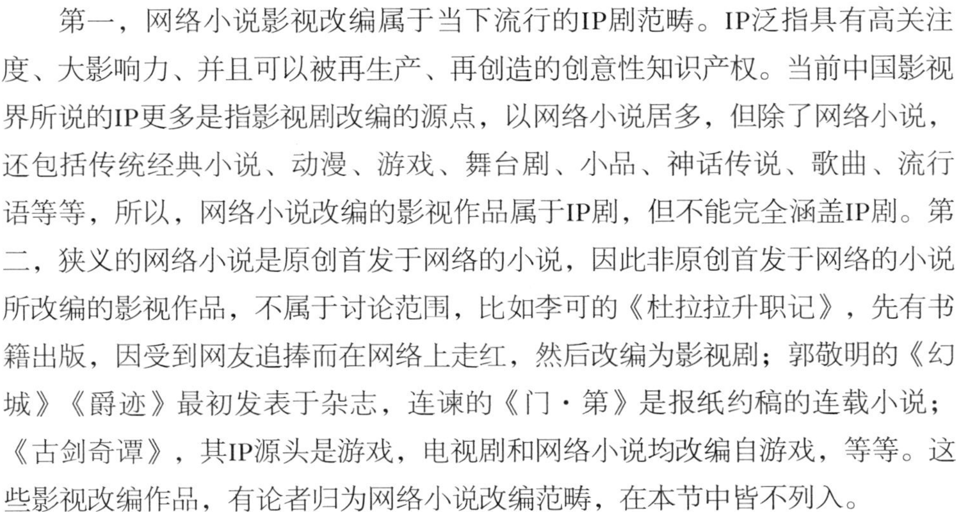

第一，网络小说影视改编属于当下流行的IP剧范畴。IP泛指具有高关注度、大影响力、并且可以被再生产、再创造的创意性知识产权。当前中国影视界所说的IP更多是指影视剧改编的源点，以网络小说居多，但除了网络小说，还包括传统经典小说、动漫、游戏、舞台剧、小品、神话传说、歌曲、流行语等等，所以，网络小说改编的影视作品属于IP剧，但不能完全涵盖IP剧。第二，狭义的网络小说是原创首发于网络的小说，因此非原创首发于网络的小说所改编的影视作品，不属于讨论范围，比如李可的《杜拉拉升职记》，先有书籍出版，因受到网友追捧而在网络上走红，然后改编为影视剧；郭敬明的《幻城》《爵迹》最初发表于杂志，连谏的《门·第》是报纸约稿的连载小说；《古剑奇谭》，其IP源头是游戏，电视剧和网络小说均改编自游戏，等等。这些影视改编作品，有论者归为网络小说改编范畴，在本节中皆不列入。

2. 发展历程。

关于网络小说影视改编发展历程，在已有研究中，有三分法，即初探、发展、繁荣三个时期；还有四分法，即发端、探索、快速发展、繁荣四个时期。这些分期的方法虽稳妥，但两三年划分一个阶段，以宏观的视野来看，过于琐碎，不利于研究的持续性。

实际上，网络小说的影视改编的发展是基于网络小说，或者说网络文学发展之上的，而网络文学的发展则取决于互联网这个传播媒介的进步和完善。从《第一次亲密接触》改编电影于2000年上映，至今已是第十七个年头。在这十七个年头里，网络文学从萌芽到形成规模，逐渐成熟、稳定，在这个进程中，互联网终端的改变有一个分水岭——2010年。2010年之前，网络终端是PC机（个人计算机），在PC互联网时代，网络文学起步，并以起点为代表的网络小说平台为网文运营提供了基本模式，各个平台纷纷效仿，网络文学迅速发展，形成规模。2010年之后，随着智能手机的普及，中国移动手机阅读基地正式商用，网络文学步入移动互联网时代，网络文学的读者基础扩大，作者准入门槛降低，网络文学从一种“小圈子”亚文化走向大众娱乐文化，商业化程度加深，早期网络文学中优质IP的价值日益凸显，其盈利模式发生深刻变化，形成一个庞大的产业。

对于网络小说影视改编的发展，2010年也是一个关键的年份。2010年之前，改编处于尝试、探索期。网络小说与影视的“第一次亲密接触”始于《第一次的亲密接触》的电影改编。可以说，在捕捉网络文学商业价值方面，电影行业是最迅速的。但这种合谋的成功并非一蹴而就。《第一次的亲密接触》电影因为选角遭质疑，而且没有解决好小说语言与电影视听语言之间的差异，上映后反响平淡。2001年由网络小说《北京故事》改编的电影《蓝宇》上映，这部由香港导演关锦鹏执导的电影赢得第38届金马奖最佳导演、最佳改编剧本、最佳男主角等五项大奖，荣获法国费索尔亚洲影展金环奖，是网络小说电影改编的成功范例，但在内地的影响非常有限。早期的网络小说影视改编处于一种尝试阶段。中国互联网转折年——2003年以后，随着互联网的全面普及，大量类型化网络小说诞生，经由网络小说改编的影视剧数量逐渐增多，电影有2008年的《荒村客栈》《PK.COM.CN》、2009年的《恋爱前规则》、2010年的《山楂树之恋》等，电视剧有2004年的《第一次亲密接触》、2005年的《亮剑》、2007年的《双面胶》、2009年的《蜗居》、2010年的《美人心计》《雪豹》《来不及说我爱你》等。经过几年的探索，影视从业者摸索出与网络小说“合谋”的正确方式，改编数量增多，题材丰富，出现了口碑、票房（或收视率）皆高的影视作品，如电影《山楂树之恋》、电视剧《亮剑》《蜗居》等。可以说，2000—2010年是网络小说影视改编发生发展并逐渐稳健的时期，互联网技术将网络小说推向繁荣，从而带动网络小说影视改编的发展。

2010年以后，网络影视改编发生变化，进入一个新的时期。从产业的角度来看，2010年是网络文学影视开发的重要节点。在此之前，网络小说的开发单一，仅仅只是出售版权。影视公司买下版权后，很长一段时间没有运作，因为IP概念尚未形成，不具备市场条件。2010年后，网络文学行业的市场调整行为催生了IP剧的诞生。2011年是网络小说影视改编重要年份，电视剧《后宫·甄嬛传》《裸婚时代》《步步惊心》火爆各大电视台，电影《失恋33天》以黑马姿态领跑2011年话语电影票房排行榜；家庭伦理、都市情感、古装宫廷三类网络小说风靡全网，改编的影视剧成为流行的主流剧种，网络小说影视改编开始进入主流文化市场。从2013年到2016年，根据网络小说IP改编的影视剧逐年递增，并在2015—2016年集中爆发，几乎占据了影视行业的半壁江山。2013年的电影《致我们终将逝去的青春》，2015年的电视剧《花千骨》《琅琊榜》，

2017年的电视剧《三生三世十里桃花》等这些现象级影片、电视剧，将网络小说影视改编推向高潮。这一时期，无论是影视剧公司，还是互联网公司，都意识到强IP的价值，版权交易中也更青睐于得到完整IP，进行全IP开发，形成覆盖各种衍生产品的全产业链，泛娱乐概念形成，IP交叉联动出现，网络小说影视改编面临着更大的机遇和挑战。

3. 改编形式。

网络小说的影视改编一般有电影（包括电视电影）、电视、网络影视（包括网络电影、网络剧）三种形式。

在影视艺术中，最早与网络小说携手的是电影。这与两者的城市文化消费共性密切相关。电影与网络小说是根植于城市文化之中的，是现代化、科技化的产物，从技术发展和文化认同上，电影比电视更具备城市文化的时尚性，因此对于新兴的网络小说反应更为迅速。2003年后，互联网普及，网络小说创作走向高潮，类型基本确定，电视剧改编后来居上。网络小说动辄几百万字的体量，错综复杂的人物和线索，相较于电影，更适合改编为电视剧。因此十多年来，电视改编数量远超电影改编数量。随着互联网技术发展以及IP催生完整产业链，除了传统影视公司，文学网站、视频网站也加入抢购IP，网站联合传统影视公司出品网络小说改编的影视剧，甚至开始制作网络小说改编的网络电影、网络剧，如搜狐视频的《匆匆那年》、爱奇艺的《盗墓笔记》、乐视网的《超级教师》等。网络剧在近几年高速发展，据中国传媒大学戏剧影视学院统计，2007年至2013年七年时间里，我国制作上线网络剧仅一百六十九部，二千三百四十五集；而到了2014年，一年制作上线网络剧二百零五部，二千九百一十八集。网络剧数量暴增，固然与视频网站的发展相关，但也离不开网络小说改编的加入。在利益的诱导下，本是近亲的网络剧与网络小说可谓一拍即合，发展迅猛。根据艺恩数据统计，2016年网络剧中，流量在二十亿以上的五部网络剧《老九门》《太子妃升职记》《最好的我们》《余罪》《重生之名流巨星》全部由网络小说改编而来。一些受市场欢迎的网络剧实现了从互联网向卫视的反向输出，如《他来了，请闭眼》《老九门》等。网络剧崛起，越来越多的网络剧制作方加入IP争夺战，网络小说改编的疆域也因此拓宽。

二、网络小说影视改编热潮形成原因

网络小说影视改编热潮出现的原因除了经济、技术因素之外，文化环境、市场需求以及网络小说自身的优势也是重要原因。

1. 消费时代的大众文化。

随着经济全球化进程加快、商业消费时代的到来，以大众消费为目的的大众文化成为当今社会最活跃的文化。大众文化的实质是现代工业社会产生、与市场经济发展相适应的一种市民文化。它既不是官方主流文化、学界精英文化，同时与民间文化、通俗文化也存在差异，商业性、流行性、娱乐性和普及性是其最主要特征。大众文化所引导的文学艺术，是审美世俗化、娱乐化，而网络文学注重的正是受众的消费理念和感官需求，追求愉悦感和世俗性，符合大众文化审美趣味。电影与电视是大众文化传播的具体方式，它们本就属于大众文化，有着鲜明的商业性与娱乐性，符合大众欣赏观念与艺术取向，同时也表现着大众欲念，释放着大众心理压力。所以，网络小说与影视的联姻可谓是“情投意合”。

试比较2017年5月同期播出的国内两部大投资电视剧《白鹿原》与《欢乐颂2》。《白鹿原》根据陈忠实的同名小说改编，《欢乐颂2》根据同名网络小说改编。《白鹿原》小说为当代小说名著，电视剧制作精良，收获高口碑；《欢乐颂2》延续了第一部的热度，但生硬的广告植入、浮夸的表演方式、拖沓的剧情以及混乱的价值观，令网友吐槽不止，口碑不断下滑。然而，在同期播放的一个多月时间里，《白鹿原》的收视率始终低于《欢乐颂2》，网播量更是差距甚远，关注度、话题热度远不如后者。强调品质的《白鹿原》所遇到的市场尴尬，其高口碑与低收视率之间的反差，在与《欢乐颂2》的对比中显得格外明显。实际上，它所反映的是严肃的精英文化与快餐式大众文化的区别。《白鹿原》这类的精品经过时间的沉淀有可能流传，而《欢乐颂2》属于“一次性快消品”，适应当下的消费需求。电视剧的大众文化属性，决定了受众选择的娱乐性，在这个娱乐狂欢的时代，轻松消遣类电视剧比较容易受到当下市场的青睐。

可以说，消费时代大众文化环境为网络小说与影视的结合提供了“温

床”，网络小说影视改编热潮也是在流行文化助力推动下形成。

2. 影视产业的困境。

20世纪90年代，中国电影行业、电视行业在社会经济和文化体制全面深化改革的大背景下，实施了各种改革措施，如影视合流、精品工程、股份制集团化改革、卫视“上星”、“制播分离”等，从传统的计划经济体制改变为市场经济体制，由此带来活力，影视剧市场迅速发展，进入21世纪，产业化格局形成。

影视行业市场化，经济效益不断扩大，诱使大量社会资金涌入影视生产市场，制作量增长，但因大量非专业人士加入，制作量提升却没有带动中国影视品质的进步，短视近利的市场炒作行为，使跟风现象层出不穷，粗制滥造同质化现象严重。好的剧本奇缺，出现“剧本荒”。一部影视作品能否成功，很大程度上取决于剧本的质量，剧本直接影响着“产业链”的整体竞争力。好剧本难寻，重拍经典、翻拍国外影视作品，成为制作公司普遍的应对之策，如金庸的武侠小说，《倚天屠龙记》电视剧拍了七版，电影拍了三版；又如电视剧的韩剧翻拍潮，《对门对面》翻拍自韩剧《冬日恋歌》，《回家的诱惑》翻拍自《妻子的诱惑》，《爱上女主播》翻拍自韩剧《夏娃的诱惑》，《我的功夫女友》也是将网络小说与韩剧《明朗少女成功记》融合而成；再如电影《歌舞青春》翻拍自迪士尼经典青春片《歌舞青春》，《三枪拍案惊奇》翻拍自科恩兄弟经典电影《血迷宫》，《我知女人心》翻拍自美国电影《偷听女人心》等等，这些都反映了国内影视原创不足，内容资源匮乏等问题。

长期的内容资源匮乏是影视产业的困境之一。网络小说的兴起和繁荣为解决这种困境提供了可能。在商业利益的推动下，影视制作公司选剧本自然会投大众所好、市场所好。高人气的网络小说拥有大批追捧的读者。在影视作品还没开拍之前，网络小说本身已经吸引了一大批潜在观众。从整个产业链促成的低成本高产出的实惠性投资来看，网络小说自然成为投资商和制片人眼中的潜藏的“宝藏”，鲍鲸鲸的《失恋三十三天》、辛夷坞的《致我们终将逝去的青春》、艾米的《山楂树之恋》、九把刀的《那些年，我们一起追的女孩》、六六的《蜗居》、桐华的《步步惊心》、九夜茴的《匆匆那年》、流潋紫的

《后宫·甄嬛传》……都是成功的案例。

可以说，网络小说的繁荣，在一定程度上缓解了影视行业日益凸显的“剧本荒”这一燃眉之急。由此也出现了影视公司抢购热门网络小说，囤积网络小说IP现象，掀起了网络小说影视改编的热潮。另一方面，网络小说的生产模式也为影视公司内容资源的生产提供了“样板”，影视公司开始尝试与原创文学网站共同培育新的小说IP。目前合作方案主要有两种：第一种为定制，影视公司拿出创意，交给网站签约作者写作，网站参与投资以及共同开发；第二种是网站提供作品，影视公司对不完全满意的部分，提出修改意见。由此带来了文化产业上的跨界合作。

3. 网络小说的优势。

文学改编一直是影视剧本的一大来源。相较于传统文学，尤其是严肃文学，网络文学在影视改编上具备“天然”的优势。

从创作和传播的方式来看，网络文学在创作和传播过程中都呈现出大众性的特质，即大众共同参与写作与阅读。迎合受众获得人气是网络文学生存的前提。这与影视产业的大众文化属性是一致的。而传统严肃文学更注重技巧、审美、教化，倾向于“小众”格调。随着互联网的发展和网民的年轻化，影视观众的主流群体逐渐年轻化，电视观众也正在从中老年妇女过渡到年轻观众，《亲爱的翻译官》《花千骨》《微微一笑很倾城》《三生三世十里桃花》这些热播剧都是受年轻人喜爱的。抓住年轻受众，创作符合他们趣味的作品，是当今影视界的共识。网络小说通俗易懂，娱乐轻松，更符合没有深度阅读习惯的年轻人的口味。为了抓住这些年轻受众，投资方和制片方更倾向于改编网络小说，而不是严肃的经典作品。

从市场的角度来看，随着国内影视行业走向繁荣，大量资本涌入，正常的创作流程已经满足不了资本的需求，网络文学的商业价值较之传统文学更容易吸引资本。对导演和编剧而言，改编传统文学背负沉重的文化使命，大量的时间都花在了剧本的打磨上，制作周期较长，如1987年版《红楼梦》的剧本写了两年多；2015年版《平凡的世界》剧本第一稿也用两年时间，五十集的剧本花费六七年才完成。而网络小说在创作之初就没有那么多使命感，它的目的只有一个：好看，吸引读者。因此，在写作过程中，作者会自觉地提高小说的

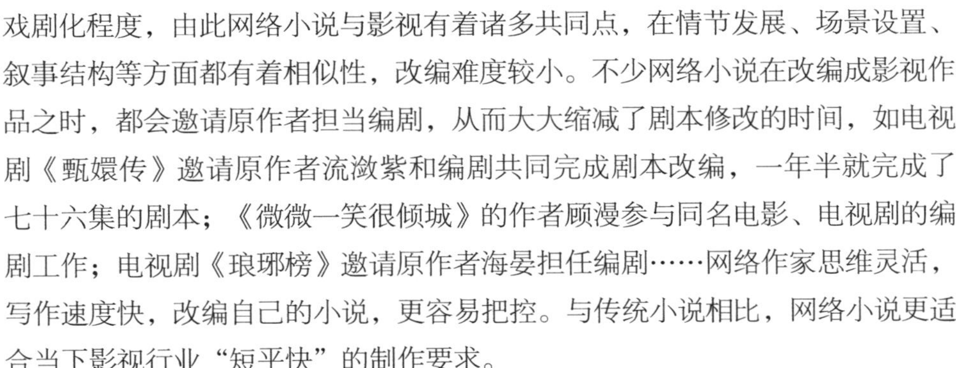

戏剧化程度，由此网络小说与影视有着诸多共同点，在情节发展、场景设置、叙事结构等方面都有着相似性，改编难度较小。不少网络小说在改编成影视作品之时，都会邀请原作者担当编剧，从而大大缩减了剧本修改的时间，如电视剧《甄嬛传》邀请原作者流潋紫和编剧共同完成剧本改编，一年半就完成了七十六集的剧本；《微微一笑很倾城》的作者顾漫参与同名电影、电视剧的编剧工作；电视剧《琅琊榜》邀请原作者海晏担任编剧……网络作家思维灵活，写作速度快，改编自己的小说，更容易把控。与传统小说相比，网络小说更适合当下影视行业“短平快”的制作要求。

电影、电视剧是属于大众化的娱乐产品，需要考量受众的审美趣味和心理接受能力。网络小说相较于传统小说，更注重接受者的感受，它的种种优势，在一定程度上，拓展了影视产业的取材（财）之道。

三、网络小说影视改编的特点

关于网络小说影视改编的特点，已有的研究主要从两个角度展开，一是分析小说改编为影视作品的过程中，网络小说改编所呈现的特点；二是对网络小说改编的影视作品的特点进行分析。仅从论题而言，第一种研究更为切题，但由于网络小说不同于传统小说的自身的特点，其改编策略、改编方式直接决定了改编后的影视作品呈现出的共性特征。

从网络小说的生产运营模式上看，随着在线付费阅读或下载模式的成型，网络小说的商业性日趋凸显，消费时代的影视亦是以商业性影视作品占据市场的最大份额。商业利益的合谋，是影视与网络小说合作的最大动力。因此，网络小说影视改编注重商业性，其改编过程及改编后影视作品所呈现的特点几乎都是源于这一点。

1. 类型化改编。

较之传统小说，网络小说“类型化”特征明显，而其分类的标准是建立在读者定位基础之上的，方便读者寻找自己感兴趣的小说。试看人气文学网站分类（表9-1-1）：

表9-1-1　文学网站小说分类

网站名称	小说分类
起点中文网	男生网：玄幻、奇幻、武侠、仙侠、都市、职场、军事、历史、游戏、体育、科幻、灵异、二次元 女生网：古代言情、仙侠奇缘、现代言情、浪漫青春、玄幻言情、悬疑灵异、科幻空间、游戏竞技
创世中文网	玄幻奇幻、武侠仙侠、都市职场、历史军事、游戏体育、科幻灵异、二次元、女生言情
纵横中文网	奇幻玄幻、武侠仙侠、历史军事、都市娱乐、竞技同人、科幻游戏、悬疑灵异
17K小说网	男生：玄幻奇幻、仙侠武侠、都市小说、历史军事、游戏竞技、科幻末世 女生：都市言情、古装言情、幻想言情、浪漫青春
潇湘书院	穿越、架空、豪门、都市、玄幻、异能、悬疑、灵异、校园、仙侠、职场、科幻
小说阅读网	现代言情、古代言情、浪漫青春、玄幻言情、仙侠奇缘、悬疑灵异、科幻空间、游戏竞技
红袖添香	言情小说站：穿越时空、总裁豪门、古典架空、妖精幻情、青春校园、都市情感、白领职场、女尊王朝、玄幻仙侠 幻侠小说站：玄幻奇幻、都市情感、武侠仙侠、科幻小说、网游小说、惊悚小说、悬疑小说、历史小说、军事小说
云起书院	玄幻仙侠、古代言情、现代言情、科幻灵异、浪漫青春

文学网站的分类除了以题材区分之外，还从受众的角度分为男频、女频（或男生、女生），同题材小说以性别区分，主要考虑到不同性别的读者阅读期待不同，因此即便是同一题材，面对女性读者和面对男性读者，小说作者描述的重点以及小说中人物的行为方式是完全不同的。这种注重受众的细致分类，非常吻合影视类型化发展的要求。

作为大众化娱乐形式，电影、电视的类型化是产业化走向成熟的标志。“类型是一系列公式的特殊网络，它向期待着的顾客提供一种有保证的产品。他们依靠调节观者与为这些观者构筑的影像和叙事之间的关系，来确保意义的生产。”电影、电视的类型化一方面以模式化吸引特定的受众群体，保证票房和收视率；另一方面也为影视作品生产的各个环节提供成熟的可供模仿的操作范式，缩短生产周期、降低创作成本。类型化的网络小说对影视改编而言，不失为一种资源，而它的高人气和精准的受众定位也为影视作品的创作以及后期的运营带来了便利。因此，网络小说影视改编的一大特点是类型化的改编。

首先，改编题材选取上的类型化。纵观网络小说影视改编发展历程，可以发现，改编题材的选取呈现类型化特征。最初的尝试改编，从“低成本、高回报”的都市言情小说入手，如《第一次的亲密接触》；接着青春校园题材电影受到追捧，如《那些年，我们一起追的女孩》《致我们终将逝去的青春》《匆匆那年》等；社会现实、家庭伦理题材电视剧蔚然成风，如《蜗居》《婆婆来了》《裸婚时代》；然后古装、仙侠、穿越等掀起IP剧热潮，如《步步惊心》《甄嬛传》《琅琊榜》《花千骨》……每一次改编热潮的出现都是因为某一题材网络小说改编获得丰厚的市场回报，引发的同类型小说“跟风”改编，从而形成网络小说改编的影视作品类型化集中面世的现象。这种类型化，同时还表现在情节模式的相似性、人物形象塑造及性格命运的趋同化，可供模仿的操作范式一方面可以快速地完成影视作品的创作，符合“快餐式”文化消费要求，另一方面也不可避免地出现影视作品同质化问题。从2000年到2017年的网络小说影视改编整体情况而言，以爱情为主题的作品最受欢迎，从市场接受度、拍摄成本（包括拍摄费用和拍摄技术等）和投资考量，言情、宫廷历史、家庭伦理三类题材改编居多。以时装进行拍摄的都市言情和家庭伦理类不仅市场接受度高，拍摄成本较古装影视作品低廉，因此备受影视公司喜爱。古装拍摄的宫廷历史、仙侠玄幻，虽然拍摄成本普遍较时装剧高出许多，但因影视城的大量兴建、特效技术进步，以及服装、道具等相关产业发展，成片效果能达到预期，不仅在国内市场接受度高，还打开了海外市场，如《步步惊心》《甄嬛传》《三生三世十里桃花》等，因此也是网络小说改编影视的主要类型。

其次，类型化的改编还体现在改编题材与改编形式的结合上。目前，网络小说影视改编的形式主要是三种：电影、电视剧、网络视频（以网络剧为主）。电影与电视剧，受众有区别，在时长以及画面、影调制作都存在诸多不同，其观赏效果和审美也有差异。因此在选择改编题材上，电视剧和电影侧重不同。电视剧题材多为都市生活、浪漫青春、仙侠传奇、古代宫廷、铁血军事类，而且微观世界的日常生活更适合电视剧改编，比如《蜗居》《婆婆来了》《裸婚时代》等只适合电视改编。而电影，青春题材居多，如《致我们终将逝去的青春》《匆匆那年》《左耳》等。原因主要是：从受众角度看，电影的观众以80后、90后为主体，青春题材能够得到他们的共鸣；从故事的长度来看，青春题材故事长度适合改编为电影。近两年，灵异玄幻类网络小说改编的电影逐渐增多，如《鬼吹灯》《盗墓笔记》等，这是因为小说中所追求的“奇观”符合电影“奇观性”的艺术本质属性，当资金和技术两项指标能达到制作要求，“奇观化”的网络小说自然会被电影人纳入囊中。第三种形式网络剧，从题材方面来看，它是电影、电视剧的补充，那些因为各种原因无法改编为电影或电视剧的小说，或者已经改编完成却无法在电影院和电视台播放的影视作品，则选择网络剧形式，前者如《太子妃升职记》，后者如《鬼吹灯之精绝古城》。与电影、电视剧相比，网络剧制作成本较低、制作速度快，观看随性，所选题材更贴近年轻网民的喜好，其商业性、娱乐性的追求更为彻底。

除了上述两点，网络小说影视改编的选材上还有一个重要特征，即对女性视点的偏重。网络小说区分为男频、女频，在已经改编为影视作品的小说中，女频主要类型差不多都被搬上了银幕，如仙侠类的《花千骨》《三生三世十里桃花》、总裁类《杉杉来吃》、宫斗类的《美人心计》《甄嬛传》、青春校园类的《致我们终将逝去的青春》《匆匆那年》、都市言情类的《盛夏晚晴天》、穿越文《步步惊心》、虐心文《来不及说爱你》《千山暮雪》、架空历史的《琅琊榜》……而且，似乎在影视市场改编之后大获成功的网络小说，以女性向网文居多。这种现象的出现主要是以下原因，一是言情小说的受众基础。自从20世纪80年代以来琼瑶、亦舒、席绢等港台作家的言情小说风靡内地，“女性向”已经拥有较广泛的受众人群。在网络文学形成之初，红袖添香、晋江文学城等“女性向”网络文学网站创立，并在整个网络文学版图上稳固地占据着一席之地。早期创作的女性题材作品，如《步步惊心》《甄嬛传》《何以笙箫默》等经过十几年读者的筛选成为高人气小说，为改编提供了信心。二是改编制作成本因素。男性向文改编难度、制作成本、审批风险都很

大，相比之下，女性向的网文一般格局相对小，情节相对简单，更多流于心理和情绪的推进，拍成影视作品易于掌控，场景制作成本较低，便于快速实现市场化。三是影视受众多为感性群体，女性居多，尤其电视剧，根据艺恩数据调查显示，电视剧观众性别情况中，男性观众达到总体的四成，女性观众达到六成，相对于男性，女性更热衷看电视剧。由此可知，网络小说影视改编女性视点的偏重在很大程度上仍然是商业利益的驱动。因此，无论是表现女性思想意识的作品，如《步步惊心》中女性对爱情的自主，《楚乔传》中女性的自强；抑或是迎合女性观众消费“男色”的作品，如《太子妃升职记》，均尚未达到真正的“女权意识”的高度。事实上，有的作品所体现出来的思想意识与女权思想恰恰相反，传达的是男权中心主义的强化，比如女性角色的被动地位（如《千山暮雪》）、依附于男性帮助的逆袭（如《花千骨》），甚至传达物质主义的价值观（如《欢乐颂》）……这些影视作品与其说偏重女性意识，不如说显露着浓厚的商业意识。但从整体来说，在商业性之外，大量“女性向”网络小说改编为影视作品，仍有一定的积极意义，即更多的女性占据银幕中心位置，她们讲述故事、倾诉情感，并将这种话语权和感受力传达给观众，让更多的人关注两性话题，了解生活和世界，对于两性文化建设是有所裨益的。

2. 改编的交互性。

在互联网大数据时代，网络社交平台依托互联网技术为文学创作打开了一个超时空、跨地域的交互性通道。文学作品通过网络自由而迅速地传播和流通。网络小说的连载过程中，作品可以不受时间和地域的限制，被网上每一个网民共享。因此，与传统小说创作不同，创作主体不再“只身一人”的“全情投入”，而是欣然地接受受众平等地使用创作、反馈，甚至批评和反驳的权力。读者通过在网络平台评论、跟帖等方式开展讨论，提出看法和建议，从而影响作者，直接或间接地参与了创作。这种不可避免的角色互换使得网络读者地位显得越来越重要，有时读者甚至成为小说结局的决定者。这种双向互动使得写作活动更接近生活，更拉近创作者与接受者之间的距离。电影、电视剧的商业属性决定了选择改编的小说必须是受众面广的作品。能够改编成影视作品的网络小说不仅要有较高的网络点击率，还要有稳定持续的受众群。因此，在网络小说改编成影视作品的过程中，由网络小说写手转型的编剧或者从网络小说中取材的专业编剧亦借鉴网络小说生产的交互性特点，通过与在线网友或原著粉丝之间的紧密互动，来共同完成影视改编作品的创作。

网络小说影视改编的过程，利用了开放性的网络媒介，将网络作家、影视公司、影视作品（网络小说改编）与读者、观众联系起来。于是，网络小说影视改编作品与传统创作的影视作品不同，网络小说的影视改编，注重受众的参与，在作品互动中，受众的参与权被充分地体现出来。比如2008年上映的电影《PK.COM.CN》，改编自网络小说《谁说青春不能错》。这部电影是通过网络评选的方式，由网民选出最喜爱的小说，然后改编拍摄成电影。从网络文学竞赛与电影题材选定、小说到剧本、导演与演员选举、现场拍摄、音乐与海报的征集、互动首映式等，调动了网民和影迷的积极性，实现了电影制作过程中与受众的互动。2009年播出的网络剧《赵赶驴电梯奇遇记》更进一步，在改编过程中，为了增强剧作的互动感、获取人气和促使书迷影迷参与，该剧采取了边拍摄边播映的形式。在拍摄中广泛征求观众的意见，边改写剧本边拍摄；在播出过程中，网友与演员可以通过网络视频聊天，向喜欢的演员献花。网络作家赵赶驴为了与读者的互动，投观众所好，为剧本设计了三种结局，让读者和观众进行投票，从而决定剧情走向。2010年之后，从策划之初即注重互动性似乎成为网络小说影视改编的通例，如2011年播出的电视剧《裸婚时代》，它起源于盛大文学的市场调查，针对“80后一代年轻人，多数处于没房没车的迷茫期”这一现状，策划了《裸婚时代》，电视剧的改编也是这种互动的结果；2015年播出的电视剧《琅琊榜》，制片方在拍摄之前与网友互动，主演先由网友投票推荐，制作方综合考虑才最后确定，这不仅吸引了原著“粉丝”，频繁的互动方式也吸引了一些明星的“粉丝”和关注影视信息的潜在观众。近两年能掀起热度的网络小说影视改编作品几乎都不缺少与受众的互动。

可以说，注重受众的参与，呈现交互性创作是网络小说影视改编显著的特征，亦是其独特的魅力。在网络小说影视改编过程中，制作方通过网络的社交平台，加强了与受众之间的互动交流，让受众更有参与感。与单向的传输导演的艺术思维不同，它更注重受众本位的思考，体现了受众这一群体及大数据思维的反向影响。因此，网络小说改编的影视作品较之传统影视作品不仅在宣传营销方法上有所突破，更是在制作模式上有所创新。

随着网络小说影视改编逐渐走向成熟稳定，影视公司吸引受众的方式不再仅仅是“赵赶驴式”的互动，网络小说改编的影视作品更多地变为“粉丝电影”或“粉丝剧”，“粉丝”是“已知受众”中忠实程度最高的群体，较之一般的观众，更具有主动创造性和参与性。网络小说的改编针对“粉丝”特点，改编后的作品会迅速吸引这一特定“迷群”的注意力，从而获得较高的商业利益。这是网络小说改编的影视作品多为人气偶像出演的重要原因，恰恰也说明了网络小说影视改编注重受众的特征。

3. 大众审美的艺术追求。

在产业化背景下，网络小说改编的影视作品作为一种文化商品，追逐经济利益的功利性是其基本属性，满足大众审美需求则是其在艺术层面的首要追求。网络小说影视改编成为“IP改编”热潮重镇，主要是因为这些被影视公司挑中的小说一般具有超高的人气和点击率，这些小说或者敏锐地捕捉到社会的热点问题，或者为读者编写了一个跌宕起伏、扣人心弦的故事，或者营造了一个耳目一新的世界……它们以其独有的“互联网基因”特点，与读者产生强烈的共鸣，并且能够积极地融入不同形态的娱乐领域，迎合不同的品位需求。网络小说影视改编在艺术上的一个重要特点即是捕捉大众审美趣味。

大众文化的基本宗旨是对感官娱乐性的追求，其他的功能弱化或者掩盖在这一宗旨之下。当今社会，面对快节奏的高压生活，人们越来越渴求精神上愉悦与超脱，力求找到排解压力的方式来寻求一种相对的自由。网络时代为这种要求的实现打开了大门，在虚拟的网络空间里，人们可以毫无顾忌地释放压力，成功地塑造现实生活中难以实现的“自己”。网络小说作家不同于传统作家，他们活跃于网络虚拟世界，受到广大网络读者的支持，他们的创作不仅丰富了文学的题材类型，同时也更大程度地满足了当下大众寻求释放精神压力的诉求。网络小说是为大众提供休闲娱乐，网络小说影视改编热潮，正是暗合了当下大众文化发展规律的结果，它的改编有别于传统编剧创作，更多地融合大众文化时代气息，为吸引大众、取悦大众，在将小说文学语言转化为影像视听语言的过程中，在改编策略和技术层面，努力寻求改编娱乐化、满足大众审美心理，具体表现为：

（1）叙事视角的转换。

如何将一部小说变成一部冲突不断、跌宕起伏的影视作品，说到底就是“由谁来说”“说什么”“怎么说”，终究是叙事策略的运用。在以个人为中心的网络写作，为增强代入感，不少作品以第一人称进行叙述，如《步步惊心》《甄嬛传》《翻译官》《三生三世十里桃花》等，而作为一部影视作品，要讲述时间跨度大、人物关系复杂的故事，第一人称叙述视角局限性明显，不利于影像叙事、镜头呈现。因此，上述小说改编为影视作品，改编者将第一人称叙述改为全知叙述，在故事发展的过程中，灵活转化叙事视点，对人物进行评价，使得人物形象得以丰满，故事更为完整。如《三生三世十里桃花》，小说以女主人公白浅第一人称视角展开叙事，所有发生的故事都围绕白浅的感受讲述，而电视剧则改为全知叙事，女主人公白浅和男主人公夜华成为两条平行的叙事线，从而使得故事更适合影像表达，情节发展更能牵动观众的心。又如《匆匆那年》，小说第一人称的叙述者张楠是一个旁观者，以他的视角来讲述男女主人公的爱情故事。电视剧改为线性叙事，以男主角陈寻现时的内心独白引出故事，回溯过去，最后以现时陈寻的独自感伤为结尾，前后呼应。电影版增加新人物七七，由她来对主人公提问，过去与现在交错出现，共同推进故事发展。不同的叙事策略反映了不同艺术形式的表现方式，电视剧的观看是有可能被打断的，故线性叙事更适合电视剧，电影则是观众在相对封闭的空间观看，可以专注，故可采用交叉叙事。不同的叙事方式也引导出不同的观看效果，电视剧讲述了一个真实、动人的故事；电影营造了一个关于青春的梦境，青春的回忆不仅有甜美与酸涩，还有错过，点明电影主题——“不悔梦归处，只恨太匆匆”。

（2）强化视听效果。

文学与电影、电视都是艺术表现形式，但是在表现方法上明显不同。文学作品主要是靠文字来叙述，读者欣赏途径主要是对文学作品的阅读和联想，而电影、电视的表现手段则有很多种，例如声音、画面，这种听觉、视觉上的感知能让观众更直观地理解和欣赏艺术。乔治·布鲁斯东在《从小说到电影》中说：“小说和电影艺术的最根本的出发点是让人‘看见’，但它们让人看见的方式却迥然不同”，“人们可以通过肉眼的视觉来看，也可以通过头脑的想

象来看。而视觉形象所造成的视像与思想形象所造成的概念两者之间的差异，就反映了小说和电影这两种手段之间最根本的差异”。将网络小说改编成影视作品，是文学作品的影像化，是导演将自己对文学作品的理解用画面和声音进行重新定义和润色的过程。

网络作为一种新的载体，为培植新的文学形态提供了土壤。在自由开放的网络空间，网络作家抛开了所有的束缚，凭借天马行空的想象创造个性化的世界。想象力的肆意发挥是网络小说不同于传统小说的重要特征之一，这也决定了网络小说改编的影视作品更注重影像化的呈现。是否能完成文字到影像的转化，是改编成败最为直观的表现。《第一次亲密接触》改编的电影并未引起巨大反响，主要是因为没有解决好小说与影视文本载体的差异。小说的主要情节是主人公在网络上聊天沟通，那些机智、风趣的妙谈通过文字能令读者会心一笑，而如果将其照搬入电影，则显得无趣。相比之下，小说《微微一笑很倾城》的电影、电视剧改编，效果就好很多，电影取得二点五亿票房，电视收视率一度破百分之一，获得了市场一定程度的认可，其主要原因是游戏与现实双时空的创意剧情的影像还原程度较高。再如电影《寻龙诀》与《九层妖塔》都改编自《鬼吹灯》，前者口碑完胜后者，除了情节设置、人物塑造方面的胜出，更重要的是《寻龙诀》在视觉效果上满足了观众对于“盗墓”的期待。

影视改编是否成功，在很大程度上就是小说语言到视听语言的转化是否成功。声音亦是影视改编必须重视的方面。声音的运用，即在电影、电视中加入旁白、画外音、音响、音乐等声音元素，是将电影、电视的审美空间最大限度地延伸，赋予影视作品以文字不具备的强大感染力。在这一点上，音乐元素更是首当其冲。在网络小说的影视改编过程中，创作相应的主题曲、插曲，能够更好地诠释情感与主题，如电影《山楂树之恋》的插曲《他哪里走，我哪里跟》是对两位主人公不离不弃、至死不渝爱情的诠释；电视剧《步步惊心》的插曲《三寸天堂》流露人世无常的无奈，唱出想爱不能爱的悲伤；电视剧《三生三世十里桃花》的片尾曲《凉凉》，男女对唱演绎命中注定又充满坎坷的惊世之爱从憧憬到心碎最后不悔的历程……这些歌曲烘托、深化了影视的主题，在小说改编为影视作品的过程中功不可没，同时也因为与影视主题的契合，成为广为传唱的歌曲。

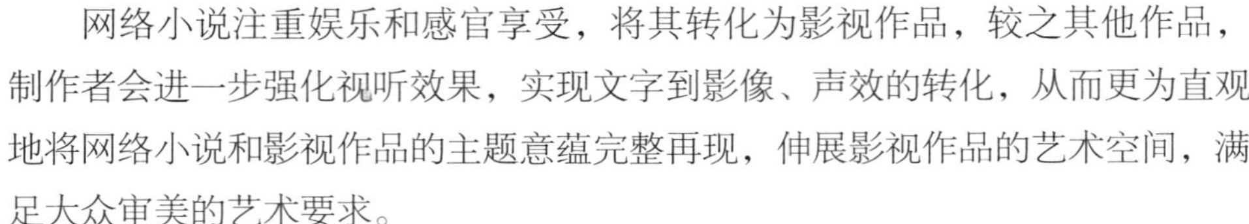

网络小说注重娱乐和感官享受，将其转化为影视作品，较之其他作品，制作者会进一步强化视听效果，实现文字到影像、声效的转化，从而更为直观地将网络小说和影视作品的主题意蕴完整再现，伸展影视作品的艺术空间，满足大众审美的艺术要求。

（3）围绕“看点”的增删改动。

小说改编为影视作品，常见的改编思路有两种：一种是忠实于原作，即深刻领会原作的深层含义、创作动机和艺术特质，完整地再现原著的精神气质，准确地表现原作的立意和主题，真实地再现原著写人、叙事基本风格，改编者主体性的发挥是有边界的，是服从性的，经典作品的改编基本上是遵循这个原则；另一种是充分发挥改编者的创造性，即将改编看作是一个艺术表现手段全方位转换的过程，涉及空间、时间的再处理问题，改编者要根据题材的不同，忠于不同艺术的审美规律，对原作的内容进行调整，创造性地重现原著的精华。网络小说的影视改编，相较于传统小说的改编，少有“毁经典”的包袱和顾虑，从商业利益出发，多数以第二种方式进行改编，编剧的主观能动性被充分发挥，在保留原作“看点”的基础上大胆修改。

在改编过程中，时空背景的设置、故事情节的取舍以及人物心理的表现，是改编者必须面对的三个艺术问题。影视作品是用镜头讲故事，故需要严谨的叙述顺序，注重观众的视听综合感受。影视作品一般以客观的全知视角交代人物关系和故事情节，对于网络小说的时空背景进行调整，以便于观众理解。比如《三生三世十里桃花》，小说从白浅跳诛仙台喝下忘情水开始讲述，从故事的发展来看，已是中段部分，前尘往事通过回忆进行穿插，而电视剧改为顺时空叙述，从白浅拜师学艺开始讲述，按照故事发展的时间顺序拍摄。这样的修改，将网络小说碎片化的叙述改为线索清晰的故事，更便于观众的接受。再如电视剧《步步惊心》《琅琊榜》对开场的修改。小说《步步惊心》女主人公张晓从现代穿越到清朝，是在浴室换灯泡不小心摔倒而穿越，电视剧改为与男友吵架出车祸触电而穿越，改动后视觉效果增强。电影版的《步步惊心》保留了浴室换灯泡穿越情节，其视觉冲击力明显比电视版弱。《琅琊榜》的开场则是经过了几次的改动，在最初网络小说的版本中，故事从次要人物萧景睿的身世开始讲述，这显然是受了传统话本传奇以及通俗武侠小说以次要人

物带出主要人物写作模式的影响。在纸质出版的图书版本中，《琅琊榜》的开场改为主人公梅长苏入京，这大概是接受业内人士（如图书编辑）的意见，改为相对成熟的现代小说叙事方式。电视剧《琅琊榜》的开场为“梅岭战役”，用梦境片段方式展现关系全剧所有人命运的关键战役，故事围绕这场战役展开，而主人公梅长苏大梦惊醒，暗示着他破茧重生的复仇之路，这种处理较之小说的开场，更适合影像呈现。

观众观看电影、电视，不仅要了解故事情节的发展，还会对画面、声音等产生感官反应。因此，同样的人物和故事，影视创作比网络小说需要更多的铺垫和演绎。所以，动辄几百万字的网络小说改编成影视剧本时，为了情节的严谨，必须进行改动和重新取舍。比如电影《山楂树之恋》，要在一百一十六分钟内完整演绎小说原著的故事是很难做到的，因此电影抓住“男女主人公的纯爱”这一看点对内容进行了增删，将生离死别的时间由原来的一天增加到三天两晚，删去了老二暗恋静秋、老三与静秋的“床戏”、告别信、静秋军区寻老三等情节，突出换灯泡、脸盆、红布做衣、隔河拥抱、照相、信物、摸鼻鉴身等细节，较好地完成了小说到电影的转化。这部电影最后取得一点六亿票房，创新国内文艺片票房纪录。再如《致我们终将逝去的青春》，小说所描绘的青春更像一曲残酷的青春物语，蕴含着作者对青春的思考。电影版则舍弃了很多枝节，集中表达“青春怀旧”主题：将故事发生的时间从21世纪初改为20世纪90年代，还原当年的校园生活；在电影中多次出现Suede（山羊皮）乐队歌曲《So Young》；将小说中女主人公郑薇唱《爱的代价》改为唱《红日》……这些修改无疑都戳中了70后、80后怀旧的情绪点，电影上映后掀起观影热潮，票房成绩为七点二亿，在2013年度内地电影票房榜上排名第三；其品质也得到了肯定，荣获了不少奖项，其中有第五十届金马奖最佳改编剧本、第三十二届大众电影百花奖最佳编剧。从口碑和市场两方面来看，这部小说的电影改编是成功的。

网络小说改编为影视作品，除去因审查原因不得不改的地方，在商业利益驱动下，改编的幅度相当之大。网络小说没有经典小说的“神圣性”，改编者更能大刀阔斧地进行改动。如《亲爱的翻译官》，电视剧抛弃了原著三观不正的情节（如女主人公与男主人公的第一次是“性交易”），增加了偶像剧情节（如三角恋、女主角的家族遗传病、男女主角工作中遇险等），以及国民IP元素（如将国民教材IP“李雷与韩梅梅”编为男女主人公同事），与原著网络小说《翻译官》相比，除了人物和大致的框架一致，故事情节几乎是全新创作。电视剧抓住了“职场”“时尚”“爱情”几个关键词，成功地将小说改编为一部时尚的职场偶像剧，获得了不错的商业回报，在2016年电视剧收视率中排名第一。

出于商业目的的大幅改编，仍然需要市场和观众的检验，并不是所有的改动都能被接受。如《何以笙箫默》原著小说十一万字，改编为电视剧却长达三十六集，即便增添了支线故事情节，也不足以支撑整个故事，生硬采用大段重复性回忆填补，甚至情节设置重复，如男女主角结婚的情节出现三次，强塞“浪漫”，实际上是一种过度消费人气偶像的行为，破坏整体的艺术性，败坏全剧的观赏性。又如萧鼎的小说《诛仙》，原著“天地不仁以万物为刍狗”的深刻思考，在改编的电视剧《青云志》中并未得到恰当的展现，电视剧变成了仙侠类的偶像言情剧，故事苍白、人设崩坏，在第一部透支明星阵容人气之后，第二部收视直线下降，大结局收视甚至跌落到百分之零点二，原因有多种因素，但改编的“任性”难辞其咎。过分地追求功利性，改编的随意性所带来负面的影响，不仅仅是口碑下降，还会透支观众的信任。如电影《九层妖塔》《盗墓笔记》，从设定到故事情节改动极大，几乎是面目全非的改动，更像借IP之名完成的衍生创作，虽然收获了不错的票房，却输了口碑。

网络小说影视改编为追逐商业利益所作的改动，一方面迎合大众审美要求，但另一方面由于强调利益追求，导致作品品质下降，近两年甚至出现胡编乱造的现象，继续如此发展下去，不但会失去观众，也会阻碍网络小说影视改编的发展，其问题和隐忧是当前网络小说影视改编需要面对和解决的。

四、网络小说改编影视的意义及影响

文学作品改编一直都是电影、电视内容生产的重要方式之一。网络小说改编为影视作品，不仅仅是传统意义上的内容提供，也是新媒体时代跨界融合商业模式的创新，对于网络文学、影视业的发展以及消费文化产业链的形成都

有一定意义和不同程度的影响。

对于网络文学而言，网络小说影视改编是文学作品“技术化”再现过程，拓宽了网络小说的生存空间。影视改编的成功引发相关作品的市场效应，如《致我们终将逝去的青春》在电影改编之后再次走俏，并出版了电影纪念版；电视剧《步步惊心》开播后，收视率居高不下，三十万册图书再版热销而空，穿越题材小说成为热门小说。影视对文学的改编，一方面推动了网络文学的发展，带动了相关作品的热销和草根作家的成长，客观上促进了网络文学的传播、壮大其文学创作队伍，有助于网络文学的繁荣；另一方面，过度追求商业利益的随意改编损害了网络小说原本已稀缺的艺术性（思想性），且商业目的的强调进一步刺激了网络小说创作者的功利心，创作上哗众取宠、粗制滥造、盲目跟风，这些都不利于网络文学的健康发展。

对于影视业而言，“改编是影视业的命根子”。网络小说的影视改编，在一定程度上缓解了“剧本荒”，丰富了影视创作的内容，较之传统小说，网络小说所触及的社会层面更广、更近且速度更快，为影视作品题材和内容多样化提供了条件。同时，网络小说影视改编的交互性特征也改变了电影、电视剧的产出模式，网友和观众主动性增强，通过网络参与到改编过程之中。过去“我拍你看”的单向输出的影视制作模式发生改变。

网络小说与影视行业甚至电商的跨界融合，创造了新媒体时代跨界融合的商业模式，借助复合式平台，产品可以多次、多元开发，从而形成一条网络小说—图书出版—动漫—影视作品—游戏—文化衍生品的完整产业链。这种以IP为中心的多版权运作带动产业链上各个行业的发展，拓展多样化商业模式的同时创造巨大的商业价值，为大众文化的繁荣发展奠定了基础。

五、前景

网络小说影视改编的发展是建立在网络文学、影视产业二者基础之上的。从网络文学的发展来看，作为创意产业的源头，网络文学的整体仍有可为。据2016年8月CNNIC发布的《第三十八次中国互联网络发展状况统计报告》显示，截至2016年6月，我国网民规模达七点一亿，其中PC端网络文学用户超过三点零八亿，占网民总体的百分之四十三点三，移动端网络文学用户二点八一亿，占手机网民的百分之四十二点八。网络文学市场经过近几年的大规模并购重组，形成了较为清晰的市场格局。网络文学产业生态的逐渐形成，其盈利模式突破单纯依靠用户付费的发展瓶颈，转变为影视内容生产和用户付费并存的多元盈利模式。据统计，2016年包括数字阅读在内的网络文学版权销售总额达九十亿人民币。网络的全球普及，让中国网络文学走出国门，在海外翻译网站走红，如Wuxiaworld（武侠世界）、Gravity Tales等以翻译中国当代网络文学为主营内容的网站上，众多外国读者"追更"仙侠、玄幻、言情等小说。2016年底，起点中文网与Wuxiaworld（武侠世界）网站宣布合作，签署十年翻译和电子出版合作协议，初步达成二十部作品的合作协议，开启了中国网络小说对外输出的新模式。网络小说改编的影视作品输出也随之兴起，尤其是电视剧方面，《步步惊心》《甄嬛传》等在海外热播，掀起"中华潮流"；《芈月传》版权被十多个国家和地区买下，包括美国Netflix这家世界最大的视频点播公司；《琅琊榜》在多个国家和地区的反响都很热烈，不仅在美国、韩国、新加坡、马来西亚等国播出，还登陆了非洲电视节，成为重点推介剧目；《花千骨》风靡东南亚，吸引日本的电视机构商洽购片、合作事宜……网络小说及其改编的影视作品，已是21世纪中国文化走出去的一种新形式。从影视产业的发展来看，近五年来，中国的电影、电视剧市场保持着高速发展状态，规模不断扩大。中国广播电影电视社会组织联合会发布的《全球电视剧产业发展报告（2016）》指出，中国是世界电视剧第一生产和播出大国；根据国家新闻出版广电总局电影局的统计数据，截至2016年12月20日，中国内地银幕总数已达四万零九百一十七块，总数跃居世界第一，这两个数据说明影视产业在我国文化产业的核心位置。媒体融合时代的影视产业发展离不开数字技术、互联网技术的发展，离不开跨界融合，这也为网络小说影视改编的发展提供了有利条件。

然而看似前程似锦的网络小说影视改编却逐渐显露出种种弊病：改编内容同质化，模仿、抄袭、跟风现象严重；"快餐式"制作，罔顾作品质量，粗制滥造；IP价格虚高，资本炒作博眼球取代以品质吸引观众，等等。究其原因，只求利益、不顾品质是主要因素。这种一味地追求商业利益的"短视"行为会消耗掉观众的期待，在早两年已露出端倪。不少网络小说改编的大IP剧，

如《风中奇缘》（改编自《大漠谣》）、《云中歌》、《华胥引》等，反响平平，有的改编剧至今未能播出。2017年甚至传出了退片的消息：《海上牧云记》（根据江南同名网络小说改编）遭湖南卫视退片，《将军在上》（根据橘花散里的小说《将军在上我在下》改编）被江苏卫视退片。退片的背后，似乎预示IP开始失灵，提示在网络小说影视改编的热潮下，需要冷思考。

事实上，由于网络小说的创作机制，它不同于传统小说是静思、沉淀的产物，在历史高度、思想深度和艺术厚度上会存在某种先天的不足，而抄袭模仿、粗制滥造、低俗恶俗的不良倾向也时有发生。改变这种现状，一方面是网络小说创作环境的净化，另一方面则是影视改编选择之前的甄别以及改编过程中对原作的提升，这对改编者的要求是相当高的。影视改编品质不过硬在很大程度上就是小说到影视剧本的改编不过硬。另外，关于同质化的问题。除了创作上题材的拓展，还需要市场的调节。对于影视改编来说，在技术发展、影视制作水平提高的基础上，改编的题材可以扩大范围，尝试多样化制作，尤其电影市场，与“奇观”类的网络小说联姻还有着广阔的发展空间，对于中国类型电影的发展也有促进作用。

从长远来看，网络小说影视改编在国内、国际市场都可有所作为，且是“中国风”走向世界的一条道路，但急功近利的“短视”商业行为是通向这条道路最大的障碍。只有放宽视野，解决网络小说影视改编出现的种种问题，网络小说影视改编才能走上一条健康的持续发展之路。

（本节作者：易文翔，广东文艺研究所副研究员，文学博士）

第二节　警惕表象背后的文化密码

——评《欢乐颂》

近来，人们对网络文学的褒贬此起彼伏。褒也好，贬也罢，没有亲临网络文学现场的褒贬只能算是围观看热闹，只有亲临现场认真阅读作品之后才有发言权。为此，笔者花了三四个月时间，在线读完了被人们热捧的阿耐的网络长篇小说《欢乐颂》。读的时候感觉很精彩，跟着人物喜而喜、悲而悲，身心仿佛进入了小说的世界。但读完后细细品味，却突然有了另一种感觉，这种感觉让笔者很惊讶、很忧思。

该作品以五个女性的生活交集为主线，以丰富的故事构筑她们立体的生存和生活空间，吸引读者“代入式”体验人物的生活际遇，深陷其中欲罢不能。

《欢乐颂》第一季共五十四章八十多万字。作品以海市“欢乐颂”小区为基点，叙述了五个女人生活和工作中一波三折的故事。樊胜美、邱莹莹、关雎尔三个女孩来自国内不同的小地方，为了理想到海市打工，不约而同住进了“欢乐颂”小区二号楼二十二层二二零二室。安迪是个高智商的年轻女性，长期接受西式教育，为了寻找自己的身世之谜和早年失散的弟弟而回国。曲筱绡是典型的富二代，为了与同父异母的兄弟争资产也从国外回来。她们一个要看人间烟火，一个要在父母面前作秀而放弃豪宅不住，竟不约而同成为了三个打工女孩的邻居，安迪住在二二零一室，曲筱绡住在二二零三室。故事从此开始，作者以二号楼二十二层五个女性的生活交集作为辐射源，抓住她们工作、恋爱、家庭等关键词，以丰富的故事构筑了她们立体的生存和生活空间。

不能否认作者丰富的想象力和“排比式”驾驭故事的能力。在这部作品里，作者根据人物性格编排故事，并以“排比式”叙述手法推动故事发展，以丰富的故事塑造出栩栩如生的人物形象。安迪性格孤傲，智力超群，但家族的精神病基因是她的难言之隐，这就有了她既令人羡慕又不被人理解的心路故事和善恶选择。曲筱绡性格怪异，做事随心所欲，以揭人之短为快乐，这就有了她与三个打工女孩的种种矛盾故事和恋爱中超乎常人的行为举止。关雎尔父母均是工薪阶层，所以性格稳重，这就有了她既追求理想又害怕冒险的中庸心态和处事风格。樊胜美、邱莹莹家居小镇，家庭生活很不如人意，所以生性自卑，这就有了两人生活、工作、恋爱的许多尴尬和许多难事。作者“排比式”叙述的手法，使五个女人的生活得以同步展现，并互相关联，互相推动，给人立体的意境感觉。

这种以人物性格编排故事的手法完全符合小说创作规律，使虚构更具真实感。如安迪与商界成功大龄男奇点的恋爱故事。安迪与奇点是在网上交流认识的，安迪回国后因对奇点好奇有了第一次见面，之后感情迅速发展而成为恋人。此时奇点的前恋人因忌妒而在网上发起对安迪的攻击。面对恋爱的第一次风波，安迪束手无策只能静观待变。而同楼的四位邻居则各显神通极力帮助，很快二二零二的三位女主人便发现她们采取的在网上澄清事实、删除不良帖的办法根本无效。还是二二零三的富二代曲筱绡采取寻根溯源、敲诈事主的办法才得以息事宁人。在这一故事环节里，作者把安迪与奇点的高智商写得令人羡慕，他们线上相识线下相爱显得理所当然，而成功商人的前恋人因嫉妒而奋起攻击也成必然，还有友邻的帮助手段也显出了各自的性格。整个故事环环相扣，令人着迷。

像此类故事，在作品中比比皆是。如富家女曲筱绡的创业故事与樊胜美、邱莹莹、关雎尔、王伯川、应勤等在底层靠自己打拼奋斗的故事等等。这些由性格编排出的故事，让人感觉真实自然，使众多社会阅历浅薄、生活经历简单、生活压力却较大的低龄读者和一些欠思考的女读者深陷其中，心为所牵，深信不疑。他（她）们“代入式”走进人物故事，体验小说人物的情感，用以减轻生活带来的压力，俨然间有的变成了安迪，美貌而高智商；有的则变成了奇点，拥有财富拥抱美女；更多的则代入到曲筱绡无忧无虑、无拘无束、无所畏惧、所向披靡的生活里。在低龄读者和一些欠思考的女读者眼里，拥有财富的生活犹如仙境，那种快感深入骨髓，恍惚间，这个世界再没有家庭、学业、就业、爱情的困扰，再没有憋屈和委屈，没有纪律和制度，一切都在拥有财富的字典里光芒万丈。而对于樊胜美、邱莹莹、关雎尔、王伯川、应勤等底层人物，虽然故事也很多，人物形象也很丰满，但由于其低微的地位和面临诸多的尴尬与难事，相信大部分读者是不会主动“代入”其境界的，只有在“代入”安迪和曲筱绡等财富阶层人士的快感中，偶尔想到现实中自己与这些底层人物相同的境遇，才会生出一种同情和感叹，进而马上会生出一丝厌恶情绪，从而迅速“代入”拥有财富的快感中去躲避，直到这种快感淹没了自己。《欢乐颂》的作者深知这种“代入式”阅读所能带来的好处，所以一味迎合，赚足了低龄读者和一些欠思考女读者的人气。这也许就是该作品“火”的原因。

然而，作品在市场中“火”并不能说就是好的作品。“一部好的作品，应该是经得起人民评价、专家评价、市场检验的作品，应该是把社会效益放在首位，同时也应该是社会效益和经济效益相统一的作品。”①习近平总书记在文艺座谈会上讲话时鲜明地提出了好作品的检验标准，把这一标准贯彻到对该作品进行考量，其背后的文化密码不能不引起人们的警惕。

作品描绘的是我国社会转型期的社会表象，这种表象不代表社会本真，它仅仅是作者在感性认识后以艺术虚构的事实，根本不符合我国社会现实的本质。

从《欢乐颂》描绘的状况看，它的时代背景应该是我国处于社会转型期的关键阶段。习近平总书记指出：“改革开放以来，我国经济发展很快，人民生活水平提高也很快。同时，我国社会正处在思想大活跃、观念大碰撞、文化大交融的时代，出现了不少问题。其中比较突出的一个问题就是一些人价值观缺失，观念没有善恶，行为没有底线，什么违反党纪国法的事情都敢干，什么缺德的勾当都敢做，没有国家观念、集体观念、家庭观念，不讲对错，不问是非，不知美丑，不辨香臭，浑浑噩噩，穷奢极欲。现在社会上出现的种种问题病根都在这里。”②学习习近平总书记的讲话，回味《欢乐颂》里所描绘的人物故事，感觉就是这些病根的再现。安迪、曲筱绡、赵医生是西方观念的代

---

① 习近平：《在文艺工作座谈会上的讲话》，2015年10月14日。

② 习近平：《在文艺工作座谈会上的讲话》，2015年10月14日。

表，而樊胜美、邱莹莹、关雎尔等则是传统观念的代表，她们的生活交集之后，其观念碰撞便成必然。这就有了她们对家庭、对事业、对爱情等不同的看法，进而产生了一系列碰撞故事。如她们中的典型人物曲筱绡，她生活在富裕的家庭，父母的娇纵和留学国外的经历，造就了她崇拜西方自由、随心所欲的性格，她随性花钱、随性骂人、随性敲诈人、随性打人，并在成为海归美女安迪亲密无间的闺蜜后，为了自己的利益随性出卖；她崇尚性自由，在与英俊潇洒的知识精英男赵医生同居后，又客串体验了曲父介绍的富家公子刘歆华的情感；她喜欢恶作剧，恣意破坏朋友圈里各种生活秩序；在她的字典里，钞票是她的第一生产力，帅哥是她的第一原动力，“我的性格就是这样，属于我的好东西我扔掉毁掉送掉都无所谓，但决不能看着属于我的好东西被别人抢去”。读着这些文字，明眼人一看就知道该作品的价值向度，她不正是“价值观缺失，观念没有善恶，行为没有底线”的典型吗？！

本来，作者以艺术的手法反映这些社会存在的问题无可厚非，但在作品中，作者对这些社会存在问题的描写却采取了欣赏与怂恿的态度。作品欣赏谭宗明、安迪、包奕凡、曲筱绡等财富阶层人士的任性，而对樊胜美及其家庭，还有王柏川、邱莹莹等低层人士的奋斗却恣意戏弄，并引导她们崇尚以安迪、曲筱绡为代表的西式文明生活。作者还以为，这才是我国社会转型的方向。这就大错特错了。

其实，作者所描绘的这些问题仅仅是我国社会转型期局部社会生活的表象而已，并非是社会的本真。社会表象，顾名思义就是作者通过感知而形成的社会感性形象，而社会本真是指社会本来的真实面目。我国社会转型期肯定会出现许多的问题，尤其出现了一些人价值观的变异，但这并不代表我国社会性质的转变，社会主义核心价值观始终是我国社会发展的主流价值观，而并非是“钞票是第一生产力，帅哥是第一原动力”。《欢乐颂》作者根据性格决定命运的逻辑，通过人物性格编排了丰富的故事进而构建了人物立体生存生活的空间，但由于其忽略了我国社会本质的内在要求，忽略了社会本质决定社会现象的哲学逻辑，单纯为艺术而艺术编排故事，因此该作品所构建的生活只能是表象真实。表象真实就是作者在感性认识后用艺术虚构的事实，属于现象真实；本质真实则是作者在理性思考的基础上，通过源于生活高于生活的艺术创造，以历史理性对社会生活的本质及其必然性的揭示，进而表现的符合社会本质要求和发展规律的真实。可惜，该作品并不属于后者，它所颂扬的西方价值观仅仅是社会转型期某一局部生活的自然主义摹本，根本不符合我国社会本真，更不是我国社会转型的方向。

分析作品还应关注作者的人生观。当代著名文艺家木心说："宇宙观决定世界观，世界观决定人生观，人生观决定艺术观、政治观、爱情观。"[①]该作品对财富任性的欣赏与怂恿态度以及对安迪和曲筱绡爱情观的赞同态度，暴露了作者"三观"不正。难怪《每日经济新闻》记者走访刻意"隐姓埋名"的作者时发现，该作者的特征之一是"内心一直在纠结是奸商还是文化人"。[②]所谓奸者，虚伪、狡诈、阴险也，带有如此人生观的人写出的作品，其负能量可想而知。习近平总书记指出："生活中并非到处都是莺歌燕舞、花团锦簇，社会上还有许多不尽如人意之处、还存在一些丑恶现象。对这些现象不是不要反映，而是要解决好如何反映的问题。文艺创作如果只是单纯记述现状、原始展示丑恶，而没有对光明的歌颂、对理想的抒发、对道德的引导，就不能鼓舞人民前进。"他强调："我们要通过文艺作品传递真善美，传递向上向善的价值观，引导人们增强道德判断力和道德荣誉感，向往和追求讲道德、尊道德、守道德的生活。"[③]对照这一要求，《欢乐颂》的价值引导完全是逆向的，尤其让分析力、认知力尚未成熟的低龄读者和欠思考的女性读者"代入式"体验财富任性的快感，会使他（她）们回到现实后更加不快，从而引起对社会更加的不满，最终可能把年轻一代引向歧途。关乎年轻一代价值观引领的大是大非问题，我们不能不警醒，不能不重视。

作品描绘社会表象不仅仅是为了表象，表象背后的文化密码令人惊讶和忧思。

以上我们了解了作者虚构事实的本领与本意，也了解了作者在生活中和作品中的人生态度和价值向度。在此要说明的是，艺术本身没有问题，崇尚艺

---

① 木心：《1989—1994文学回忆录》，广西师范大学出版社2013年版，第906页。

② 徐杰：《〈欢乐颂〉走红揭开原著作者阿耐的神秘面纱》，《每日经济新闻》2016年5月8日。

③ 习近平：《在文艺工作座谈会上的讲话》，2015年10月14日。

术是值得尊敬的。有问题的是要借艺术把人们的思想引向何方。《欢乐颂》在用艺术构建这种表象真实的时候，绝不仅仅是为表象而表象，而是无意抑或是“刻意”把人们的思想引向与我国主流价值观不一致的方向，这正是令人感到惊讶和忧思的地方。

其一，在对待生命的问题上，作品以理性为借口，通过作品人物的态度表现出对底层群众生命的淡漠。作品中，安迪是个工作狂，对属下要求严格，雷厉风行，说一不二。其属下有一位老实本分的员工叫刘斯萌，因不适应安迪的工作作风，在做一份业务报告时出错被安迪发邮件痛斥，结果其在凌晨三点跳楼身亡。事件发生后，安迪竟然没有一点自我反思的意识，当家属闹到公司说明家庭的困难时，她也没有表示一个歉意，而是任由公司总经理谭宗明自行处理。当有人建议她“这几天可沉闷点儿，看上去苦恼点儿，更人性，也更容易让别人放弃对你的指责”时，她却说：“是啊，我用悲痛和优厚处理的表态表达公司对每一位员工的重视，但你得看到，我是第一责任人，他们更需要一个坚强的引导者，而不是一个容易被一件事击垮的小女人。说到底，做戏。”她完全不提公司在刘斯萌自杀方面该有的态度，而是装傻。当死者母亲拿头撞玻璃，撞得头破血流，送医急救时，“谭宗明说遇到这种事反正他怎么做，家属都不会满意，他索性趁把人送到医院兵荒马乱，关掉手机拔脚溜了”。类似这样的态度在樊胜美父亲病重时再次得到表现。樊胜美是个白领打工女，为家庭困难已背上一身债。当樊父脑出血被送到医院时，当医生问“救还是不救”时，当樊母跪下去“求求你们借钱给我们”时，在场樊胜美认识的财富阶层人士均表示冷漠，他（她）们的回答是：“行。但我需要跟你谈利息和抵押，毕竟这需要涉及十万元本金。”最终逼其签下变卖老家房产作为抵押的借条才借到了救命钱。作者以所谓的理性和市场规则表达了财富阶层对底层群众生命的淡漠态度，而这种态度是完全背离社会主义核心价值观的。

其二，在对待生活的问题上，作品极力渲染所谓西方文明生活，通过作品人物故事宣扬腐朽奢侈生活，宣扬性自由。作品中，豪车、豪宅、名牌衣服、高档消费娱乐场所已成为财富阶层生活的主要道具。作品极力说服人们向往财富阶层贵族化的生活，促使人们把对金钱的追求作为人生唯一的目标。樊胜美是底层人物的代表，为了实现能过上财富阶层生活的理想，她认真衡量了自己拥有漂亮外表的条件，欲利用这一条件拼命挤进富豪生活的圈子，为此她不惜牺牲爱情，决意要找一个富有的公子哥作伴侣。但富豪阶层的歧视让她屡屡失败，她由此变成了富豪阶层戏弄和讥笑的“捞女”。作品大肆渲染阶层意识。在作品中曲筱绡与安迪共乘飞机坐在头等舱时，总结出了穷人为什么穷，富人为什么富的原因——“穷人少一条本事：豁出去。这条本事你我都有，所以我们坐前面，他们挤后面。”这里所说的“豁出去”，就是“行为没有底线，什么违反党纪国法的事情都敢干”的意思。基于这样的价值向度，所以在作品中富裕阶层人士的错也是对，而底层人士的对也是错。如安迪因自己的精神病基因，为了不连累深爱的恋人，她毅然离开了也深爱着自己的奇点，她被给予了无与伦比的赞美。但她还没有与奇点解除恋爱关系，又认识了富家公子包奕凡，且第一晚两人就同居，她又被赞曰两人的爱情碰出了火花，并被解释为不是“不正经”，只是“没正经”。曲筱绡认识赵医生也很快同居，之后又与富家公子刘歆华同居，“在家昏天黑地了两天两夜。等刘歆华去门口取必胜客外送的晚餐，曲筱绡一个人坐在床上忽然觉得有点儿乏味。仿佛跟一个男版的自己做了两天的爱。”对这种男盗女娼、醉生梦死的生活，她竟不知廉耻美其言说：“以结婚为目的的恋爱是功利的。”相反，樊胜美因追求富豪被骗失去贞操，却被曲筱绡百般讥笑。邱莹莹因与“猥琐男”白主管恋爱失去贞操，之后在公司愤然举报白主管的不良财务行为，这本是正义的举动，却被公司“炒鱿鱼”。作者通过作品人物喊出了：“即使人与人应该平等，这社会还是有阶层之分的，无视阶层只会碰壁，努力做事克服阶层局限才是办法吧。”“现在的许多所谓阶层实际上是只敬罗裳不敬人，即使自身心理建设足够，又有何用？”作品清晰地表达了让人们认可阶层的事实，并告诫底层“努力做事克服阶层局限才是办法”，还告诉人们阶层划分的标准是财富，非心理建设能够克服。作品这种隐性表达的世界观和人生观令人惊怵。

其三，在对待事物的问题上，作品极力宣扬金钱万能的自由主义、以暴制暴的无政府主义。如曲筱绡为了个人利益，在其父的教唆下不择手段，拉关系、走后门、作秀、说谎、行贿是其经营的主要手段。为了利用包奕凡拉近与另一家企业主的关系，她不惜出卖安迪的信息与包奕凡交易，最终达成了自己的目的。安迪为了自己精神病家族的信息不被暴露以致身败名裂，竟然利用自己掌握包家投资资金的便利，要挟包太不去调查她的家族信息。为了摆平网络上攻击安迪的帖子，曲筱绡用“曲氏妖法”，找“铁哥们”把发帖人狠揍一顿，打得她衣不蔽体，然后要挟她老实认罪，接受别人唾骂，替安迪讨还了公道。为了樊胜美哥哥打伤人一案，安迪利用与包奕凡的关系，私下威逼利诱“摆平”。樊胜美的无赖哥哥为了逼迫妹妹拿出卖房款，竟然把中风瘫痪的父亲抬到了妹妹的男朋友王柏川家。为帮助王柏川解决这一难题，曲筱绡再次用“曲氏妖法”，通过包奕凡找来十多个地痞流氓，找到樊胜美的无赖哥哥一阵猛打，并用利刃在其屁股上雕上“王八”符号，才把他彻底制服。作者在作品中说，厚道这个词儿不在曲筱绡的字典上。在作品中，看不到道德的谴责，看不到法制的作用，看不到财富任性被制裁的结果。这种金钱万能、暴力至上的描写，把读者引向自由主义和无政府主义的歧途。

其四，在对待中华民族传统文化的问题上，作品采取“集合式”描黑的手法表明反传统的态度。如安迪回国后发现她的中国家庭竟然一片肮脏：父亲在母亲精神病发作后抛妻弃子奔自己的前程，竟当了大官；母亲被抛弃后又被路人强奸生下了她的疯弟弟；本应是从传统文化熏陶出来的外公也离家出走成了“画痴”，后在她当大官的父亲的操作下卖画发了大财，但就是这么一个本应是道德典范的老者，却也在卖画发财后迷上了女色，用她父亲的话说：“老先生下半辈子害怕结婚，但红颜知己还是有几个的。”樊胜美的家庭更是一塌糊涂：父母生有一子一女，儿子做保安工作竟把顶头上司和VIP客人打了，结果被人追债还被判刑。父母重男轻女，硬是把整个家庭的负担压向靠打工度日的樊胜美，从而迫使她丧失自尊晚上出去做“三陪女”。作品为樊胜美的生活设置了许多难题，似乎在告诉读者：如果人生可以选择，谁还愿意做樊胜美呢，孝老爱亲，你孝得起爱得起吗？邱莹莹、关雎尔、王柏川、应勤是受家庭教育、学校教育成长起来的好青年，他们积极工作，靠自己的劳动去实现自己的理想，但他们在作品中却受尽煎熬：邱莹莹见义勇为被公司“炒鱿鱼”；关雎尔循规蹈矩却也接受西式生活的诱惑；王柏川努力拼搏却受尽富贵阶层的白眼；应勤懂廉耻结果遭痛打。作品就这样把中华民族勤俭节约、自强不息、孝老爱亲、知廉明耻等文化传统描绘得一无是处。在该作品中，中华文化传统犹如一尊瘟神，凡是尊崇它的人都没有好的结局；相反，西方文明却犹如太阳，凡是崇尚它的人都会感觉温暖如春。至此我们终于明白了该作品表象背后的文化密码：所谓“欢乐颂”，实际是宣扬金钱万能的“欢”、性解放的“乐”和对西方文明的“颂”，它与中华优秀传统文化是南辕北辙，背道而驰的。

习近平总书记指出：“中华优秀传统文化是中华民族的精神命脉，是涵养社会主义核心价值观的重要源泉，也是我们在世界文化激荡中站稳脚跟的坚实根基。增强文化自觉和文化自信，是坚定道路自信、理论自信、制度自信的题中应有之义。如果‘以洋为尊’、‘以洋为美’、‘唯洋是从’，把作品在国外获奖作为最高追求，跟在别人后面亦步亦趋、东施效颦，热衷于‘去思想化’、‘去价值化’、‘去历史化’、‘去中国化’、‘去主流化’那一套，绝对是没有前途的！”[①]我以为，这应该是对《欢乐颂》这类作品的当头棒喝。最近，有许多读者对该作品也提出了强烈反对的声音。在天涯论坛，楼主“非是人间富贵花”发出了“看过《欢乐颂》的原著，我来说说这本书最让人反感的地方”的帖子，结果引来八十多万的点击和一点四万的回复，许多读者在回复中表示了对该作品“三观”不正的反感。[②]

（本节作者：刘照丁，韶关市文联主席）

① 习近平：《在文艺工作座谈会上的讲话》，2015年10月14日。

② “非是人间富贵花”：《看过〈欢乐颂〉的原著，我来说说这本书最让人反感的地方》，2016年4月22日，天涯论坛（http://bbs.tianya.cn/post-funinfo-6905312-1.shtml?event=rss|rss_web）。

第三节 《欢乐颂》：自我生存逻辑的促狭与偏离

网络小说《欢乐颂》讲述了这样一个故事：欢乐颂小区二十二楼合租一套房的心怀梦想大龄“胡同公主”樊胜美、大家闺秀闷骚文艺女关雎尔、“没头脑”和“不高兴”的综合体邱莹莹，与活色生香的狐狸精曲筱绡、大气冷峻的精英女安迪不期而遇，于是上演了一台都市青年女性人生悲喜剧。其中，安迪的身世之痛问题、曲筱绡与同父异母两个哥哥争家产问题、樊胜美沉重的家庭负担问题、邱莹莹有处女情结的男朋友问题、关雎尔的警察男友是否在家庭背景上撒了谎的问题……杂七麻八的问题，一地鸡毛的生活。网络小说《欢乐颂》的现实所指，表现在它似乎承担了两个任务：一是婚恋指南，教人辨识各色男人更教人遵从内心去爱；二是生存指南，一个内蕴江湖规矩的职场宝典。所提“都市五美”求生存、谋幸福的故事，诠释了几个女性改变命运的途径之艰辛与技巧，也因此被称为一部女性成长的完全手册。这一切的一切，皆因其形似的入世色彩吸引了众多青年读者的目光，改编成大众媒介产物的电视剧以后，更是捕获了无数眼球！不论是作品中的哪一个角色，都能让人们在网络上热议一番。仅此，就值得我们给予关注和研讨。

一

小说《欢乐颂》以“都市五美”的现实遭际为话题，展开一场触痛当下城市女性青年生存痛点的时代大戏，“都市五美”的举手投足，折射着现代人的人性复杂、生存窘况。女主人公安迪是纽约归国的高级商业精英，投资公司高管，一位高挑美丽、气质出众的高冷美人。其特立独行、精准如公式的言谈举止和海量知识储备令人印象深刻。但奇葩的是，在她的身上，集中着高智商与低情商，强悍的工作能力与纯真如婴儿的心等等对悖论式矛盾元素。安迪对数字极为敏感，逻辑思维强大，外表冷淡不好接触，实则怀揣身世之谜，随时活在怕自己发疯的高压之下，不敢与人多做接触，在爱情上更是白纸一张。归国本是为了寻找弟弟，却在身世之谜逐渐揭开的同时，意外收获友情与爱情。此情此状，虽然不无生活的喜感和命运的恩赐，但也不难让人看出主体的无奈与命数的无常。

曲筱绡是《欢乐颂》着力塑造的富二代。她虽不学无术，却人情练达，管得了公司搞得定男人。曲筱绡起点不低，可谓是“高开高走”：一出场，海归、富二代、有钱有房，父亲还矫情地跟在后面说不如住别墅吧，这破地方怎么住。曲筱绡的第一笔生意，是安迪手把手帮她搞定，其实她的所有生意都靠人脉。她明明白白地告诉别人，她生来就坐着直升机。她看不起樊胜美、邱莹莹等人，因为她们是光脚的。但在这部小说的最后，曲筱绡竟然跟安迪说：“你知道我们为什么坐头等舱、而她们坐后面吗？因为我们比她们豁——得——出——去……”

樊胜美是一位出身贫寒的“胡同公主”、外资公司资深HR。美貌如花，却偏偏生长在重男轻女的贫寒家庭，父母的不公让她耿耿于怀，工作后更屡屡被兄长拖累，赚来的钱全填了家里的无底洞。作为小胡同里飞出的凤凰女，她的身上似乎天然地就自带讲义气、好帮忙的传统美德。当然，为此她更不惜打肿脸充胖子，哪怕再艰难窘迫，也不愿在他人面前露出半点疲态——这是一位善良与精明集于一身的女孩，这种女孩其实在生活中不乏其例，令人感叹也令人唏嘘。

邱莹莹则是个来自小城市的不打眼的平凡姑娘，一名普通职员。“轴”，“二”，做事莽撞不顾后果，凡事拎不清的她常让自己陷入窘境，顺带着也连累别人不得安生。父母从农村来到城市，一心盼望她在大城市站稳脚跟，可一无才能二无美貌的她，在海市过得捉襟见肘举步维艰，过着杂草一样的猥琐日子。但杂草也有杂草的生存逻辑，比如为了爱情委曲求全，比如为了改变命运拼尽全力工作。这样的人生或许不够精彩，甚至往往能够激发作者与读者的“悲悯情怀”但这恰恰就是都市草根的生存常态。

关雎尔是个外企职员，一个家境良好的乖乖女。自呱呱落地直到长大成人，一直过着父母早就替她规划好的生活。文静内敛的性格往往让人忽略她的存在，而家教良好、善解人意更是她一贯的做派。见到生命中的男人那一瞬间，情窦初开的她，突然发现自己循规蹈矩的心里，也一样跳荡着叛逆的火苗。尽管如此，燃烧过后的她，也许并不能改变自己的生存定数。或问：幸福能否最终降临这位乖乖女、小职员身上？看看她为了留在证券公司所做的种种努力，以及她因自我的软弱而失去爱情，最终机关算尽结局惨淡，答案也就不言自明。

二

小说《欢乐颂》某种程度上聚焦着我们这个社会的痛点和都市新生代女性的生存焦虑。小说围绕着都市“五美”的生存状态，代入新世纪青年所思所想、所忧所虑、所好所恶、所取所弃，从而引发了观众的思考。置身日趋激烈的人生竞争格局的都市青年，经由这样的文本阅读，可能会看见自己寻找幸福的一种路径；但与此同时，其对人们所赖以生存的社会之偏见，也可能因该小说的渲染而变得更加深化和尖锐。从这个意义上看，《欢乐颂》仿佛一扇窗口，让我们看到新生代年轻人尤其都市女性青年纠结于金钱、地位、前程、幸福等等的困惑、困扰和困境。

《欢乐颂》所描述的都市五位女孩的生存境遇与幸福追求，最终并没有给当下青年受众带来阳光正面的希望。最刺痛人心的是，在安迪和曲筱绡这两位阶级地位显赫的不凡女孩面前，家庭出身低微的平凡女孩通常是被“建议”的，甚至是被“支配”的。可以看到，这组人物关系是有原罪的，因其“自上而下”的配置模式，对“普通人”怀有了那么点轻贱意识，甚至有用平凡女性去凸显不那么平凡的女性“存在感”的嫌疑。

《欢乐颂》之所以具有较强的可读性和关注度，在笔者看来，非因它在艺术上、思想上好到远超同侪的程度，而在于它的确揭示了现实存在的一些问题，以及由此引发的受众注意力聚焦，较之那些远离现实的魔幻、穿越、后宫、盗墓等等题材书写，这是该小说值得关注和讨论的理由所在。由小说以及由其改编的电视剧《欢乐颂》，与美剧《欲望都市》和《老友记》有着某种形貌上的类似，但彼此的神性差异显著。《欲望都市》女主角凯芮和萨曼莎爱过的人不计其数，但没有谁时时处处陷在阶层困扰当中。米兰达律师和她的酒保老公社会地位虽不同，却也可以过得很好。钱对于他们似乎不是问题。《老友记》中六个人处于不同阶层，且性格各异，但也没有因为生活境遇而被贴上阶级的标签。这是一部值得看无数遍的好剧，很多台词都能记住，很多笑点无论看多少次都会大笑不止，很多感人情节还会跟着落泪。原因简单，就是因为它记录了六个平凡的年轻人追求爱情友情事业的故事。

小说所折射的社会现实是，不管你处于哪个阶层，其命运走向都不会停留在某一个点、某一时间段上。比如在找工作时候，有个好爹、孬爹，富爹、穷爹，官爹、民爹，结果肯定是不一样的。找完工作以后，你的运气也不会与家庭背景纽带霍然断裂，而是要联系下去和影响下去的。这就是血统论的强大，所谓“龙生龙，凤生凤，老鼠的儿子会打洞”。有网友喟叹：再给樊胜美二十年，她也不可能赶上安迪！没错，她们原本就不是同一个人类。

三

小说《欢乐颂》中的“都市五美”，某种意义上隐喻着当下都市中居于不同阶层年轻女性的价值取向：安迪是超级金领，财貌双全，头脑手腕俱备，高居当代都市社会的顶层；曲筱绡乃富二代，头脑活络，善用关系，正处于旭日东升的上升期；关雎尔则靠父荫进入了大公司，这位来自典型中产家庭的女性，年轻且平庸，想要“理想照进现实”，恐怕“同志仍需努力”；邱莹莹来自小城市中下层，挣扎求存，幼稚生涩，且能力有限，希望渺茫；樊胜美来自小镇的底层，是个名副其实的“小地方”人，更虐心的是，其身后还有“吸血”的父母兄弟，这让她身心疲惫，职场生涯度日如年。剧中我们看到，平等的友谊被分成三六九等，曲筱绡对安迪、樊胜美和关雎尔等人可以高高在上，颐指气使，而合租三姐妹对富家女的挑衅，也只能逆来顺受、无怨无怼。这样的厚此薄彼，注定了《欢乐颂》不可能描述真正的现实。因为，靠物质标签炮制的真实，犹如靠魔法制造出的一位华服锦衣的灰姑娘。

二十二楼“五美”因为机缘巧合成为了邻居，她们彼此因为阶层的不同，既有女人相轻、彼此看不惯而互相讥讽，也有出于互补心态的互相扶持和彼此帮助。当然，最有能力帮助他人的其实只有安迪和曲筱绡，她们是现代都市食物链的大鳄，其他“三美”则是因生活挤压遭遇困窘只能被动地期待强者救济的小鱼小虾。小说中每个人的生活轨迹和情感经历，均无法脱离她所属阶层的影响。樊胜美渴望嫁个有钱人，但命运跟她开了个玩笑：她所相中的“有钱人”，却原来也跟她一样是个“没钱人”；她纵然貌美如花、情商不俗，却无法通过婚姻使自己的阶层晋级。关雎尔暗恋着赵医生，但赵医生这种腿长貌帅的职业男，天生就是为曲筱绡这样的富家女准备的。至于奇点、包奕凡这类高端人士，更是樊、邱、关这样的女孩可望不可即的孙大圣般云端人士。很多人认为《欢乐颂》是一部美学意义上的现实主义写实之作，但细读文本，不难发现其落点乃是纠结于对有钱人生活的艳羡膜拜，还是先做好平凡人然后靠奋斗争取幸福生活。仅从这点看，小说似乎散发着一种不难嗅觉的异味，显然不具备现实主义作品所应有的悲悯情怀。

四

有道是，看一个人品位如何，只要看其书架上摆放着什么样的书便可明白。小说《欢乐颂》作为资本时代的世俗文本，从其所提及的书，似可得到印证。小说中，通过人物之口提及的书，庶几都跟资本、权力、金钱、算计等等有关。比如，女主人公安迪曾对男友奇点说自己每天都会花两小时看书，这对她进行商业谈判很有利，在谈判中时常吐出一句“你难道割下我的一磅肉吗”，起到事半功倍的作用。此语典出莎士比亚名剧《威尼斯商人》，是莎士比亚代表性的喜剧作品。原剧讲述威尼斯一位身无分文的贵族青年巴萨尼奥，为了向富家女鲍西娅求婚，向好友安东尼奥借钱。富商安东尼奥虽然愿意不计利息借款于友人，却因手头没有余钱，只得将尚未到港的货船抵押给犹太商人夏洛克，贷出资金。但因他曾侮辱过夏洛克，夏洛克欲图报仇，迫他立下苛刻的约许：如不按期偿还，就让夏洛克从安东尼奥身上割一磅肉。再比如，小说中，安迪和奇点、曲筱绡、赵医生四人一起打牌，安迪以杰出的算法能力及面不改色的诈牌术与奇点合作赢了数把，曲筱绡、赵医生二人十分不满，相互指责对方出牌错漏处。眼看争吵愈发激烈，奇点想当和事老，平复二人争吵，便把两人的输牌归咎于安迪的诈术上，安迪感到不满，回道："亲爱的麦克白夫人，您的双手也并不干净。"奇点听罢会心一笑，唯独曲筱绡不解其意。其实，"麦克白夫人"是莎士比亚另一部悲剧作品《麦克白》中的重要角色，故事讲述苏格兰国王的表弟麦克白将军，受到三位女巫的蛊惑，在犹疑中开始绸缪夺位。而麦克白夫人也积极怂恿自己的丈夫。然而在夺位中，麦克白变得越来越冷酷。麦克白夫人也因为精神失常而自杀。最终，麦克白众叛亲离，在前王子请来的英格兰援军围攻下，被枭首。麦克白夫人也因此成为"帮凶"的代名词。凡此种种，让我想起一个民间的说法：看一个人怎样，就要看他的书架上摆的什么书。同理，看小说《欢乐颂》如何，从其所提及的书，也可看出其价值取向的端倪。

有评论者在评价2015年国内的长篇小说时认为，这一年的小说无论在文学性还是题材上都有很大突破，其重要表征"就是作家对当下的时代难题敢于正面书写或正面强攻"，而"时代难题"就是"与人有关的""生存难题和精神难题"。[①]此言在我看来，也适合于阿耐的小说《欢乐颂》。这部小说就是正面强攻"时代难题"的，至于是否攻克，中间是否剑走偏锋，就颇值得商榷一番了。小说通过对都市五美生存困境的描述，显然是想揭开这个表面繁荣的社会的另一面。《欢乐颂》昭示于我们：历史就是这样年复一年，日复一日；可是，挥舞于人世间的干戈，却从来没有被人们遗忘，仍然是一件常使常新的生存利器，一点都不比从前逊色。《欢乐颂》所描述的这一路拼搏，不是为了改变世界，而是为了被世界改变。[②]归根到底，小说所鼓吹的理性，是在养育随波逐流和浑浑噩噩；它用"资本+恋爱"的小手，召唤我们认可：除了跟着走，再也不会有其他的希望。

---

① 吴丽艳、孟繁华：《面对我们时代的"难题"——2015年的长篇小说》，《小说评论》2016年第1期。

② 《〈欢乐颂〉：自制主义的错乱逻辑》，《文学报》2016年6月16日。

五

向往更好一点的生活，乃属人性之必然。但是，在小说《欢乐颂》作者笔下，张扬着这样的观点：想要过上稍好一点的生活，你就必须放下道德和尊严，从“改造客观世界”向“适应客观世界”转变，从对理想的执著追求变为对现实的刻意迎合。在小说给定的现实语境中，我们看到，随着历史的年复一年，这种跨越阶层差别的障碍并没有变得越来越小，可能反而是越来越大。人们近几年越来越多提及的城乡、阶层固化的问题，小说作者不仅深信不疑，而且浓墨重彩地给以描述。这让我想起小说《田园诗》里孙卫东说过一句话：“劳动改造人，但真正改造人的是人民币。”在人民币的改造下，当下社会道德、尊严的贬值是如此的让人触目惊心。阿耐的小说美其名曰《欢乐颂》，但实在无“欢乐”可言，甚至让人读得从心底冒出一股股寒气。在这部小说中，作者已经从对这个时代的“生存难题”的正面强攻，转向了“精神难题”。但美中不足乃至不无遗憾的是，这种对于“精神难题”的正面强攻，由于高举“批判的武器”的作者缺少“武器的批判”，使得这场“正面强攻”显得软弱乏力，乃至观念暧昧。

小说名为《欢乐颂》，但从阅读感受判断，其实它并不是一个能让读者欢乐起来的文本。何也？因为它不能给人以心灵上的抚慰和快乐。它冷酷而又紧张，表达的是作者对生活意义和生命本质等问题的误读，它匮乏对“心灵执望形态的大爱”体验与赞美。作者充满世俗和浅薄的叙说，不仅不能解除当代青年对时代的距离感和不安感，还使他们感受到了生存困境的促狭与猥琐。诚然，人活着就要活得幸福，但幸福不仅仅是物质概念上满足感，还应有精神意义上的尊严感，应该能使人感受到慈悲喜舍的宁静安详。事实上，人生的一切顺逆祸福，最终都决定于主体的人格状况、意志品质和道德境界：“一旦出现没有原则的政治、没有劳动的财富、没有道德的商业、没有人性的科学、没有奉献的信仰，社会就会变得复杂动荡，人心就变得浮躁、急躁乃至暴躁。人类的生存、人的死亡，全由人心支配，既不能怪大自然，也不能怨造物主。”①

---

① 李建军：《我读丹增散文：一盏闪着慈悲喜舍光芒的油灯》，《中国艺术报》2016年6月6日。

作家丹增在其散文《藏狗》中批评道：“如今一些人对金钱的贪欲、权力的角逐、名利的争夺、地位的争吵，表现出的人性还不如狗性。”[①]80后评论家杨庆祥指出，中国当代文学有“光”的作品还是太少了，一下子能把精神世界打开的那种“光”太少了。这就需要作家和批评家一点点地努力，把这个“光”创造出来。[②]联想到上世纪90年代“新写实小说”的平庸黯淡与新世纪以来的“狼图腾”畸形文化现象，不难看出其对《欢乐颂》的潜在影响。

六

小说《欢乐颂》试图讲述五个当下青年女性的都市圆梦故事，但梦想是什么？作者讲清楚了吗？我们看过太多的圆梦故事，听过太多的为梦想去努力的宣言。那些功成名就的评委大咖们居高临下地端坐在舞台上一遍遍问选手：“你的梦想是什么？”遂让梦想变成了一个搞笑的梗，而那些怀揣美好梦想的人们一遍遍含着泪讲述自己的悲惨故事和幸福梦想，让讲述本身变成一个打通关节的手段。读罢小说《欢乐颂》，我忽然心生疑窦：作者会不会也让梦想变成了一个吸睛之词？但关雎尔的追求提醒了我，“梦想”并不是一个高不可攀的宏大叙述，即便是像留在世界五百强的证券公司，也可以是一个梦想。只是别忘了，我们走向梦想的步履，能否多一分自尊、自强、自信、自重，少一点委曲、猥琐、自轻、自贱。历史在前进，人类在进步，但《欢乐颂》所描述的当代人的品质，不但没有前进和进步，反而变得更加世俗与黯淡，这是值得我们警醒和深刻反思的。

《欢乐颂》因在一定程度上触及了现实的痛点引起不少受众的关注，但也在浑然不觉中走向了叙事的极端：小说在强调某一种世俗的成功的同时，却否定了另一种更高境界的成功；在认同金字塔顶端的轰轰烈烈式成功的同时，否定了“小人物”们从社会底层经由奋斗取得的成功。小说中，小人物邱莹莹是一根小草，她的稳定而健康的成长谁说不是一种成功？但该剧否定了她的

---

① 李建军：《我读丹增散文：一盏闪着慈悲喜舍光芒的油灯》，《中国艺术报》2016年6月6日。

② 《关键是让文学“发光”》，《光明日报》2016年6月13日。

“成功学”，邱莹莹的价值观颇有“奋斗”的色彩，但于部分读者而言，它难免被划入“绝望”和“虚妄”的范畴。《欢乐颂》对名牌的艳羡与讴歌，与《小时代》异曲同工，都是靠价格给人物贴上标签。但锦衣华服的包裹之下，却遮掩不住该作品的价值倾斜：贫穷是原罪、拜金被认同，趋炎附势则是通向成功的不二法门。《欢乐颂》暴露出的问题，是把弱肉强食的“森林法则”、陈腐不堪的“血统论”、神秘吊诡的“原罪论”、封建落后的“门当户对论”等等误当成现实生活、青年生活状态的全部。

因此，我们在小说中看不到对《老友记》的致敬，只能看到对《绯闻女孩》的模仿。这种世俗价值观念的传递，带给观众的不是现代女性的自尊、自爱、自强、自立，不是奋斗改变自己的勉志，而是从林法则的乖张，男性依附的懦弱，以及将幸福寄托在他者身上的梦呓。从这个意义上，《欢乐颂》更像是一部改换了时代背景、人物服饰、身份职业的现实版后宫题材小说。五个女人各自携带过往和憧憬先后搬来欢乐颂小区二十二楼，与其说这样的交集改变的是生活的轨迹，倒不如说是遮蔽了人性中的慈悲美舍、宁静温润。在这样的文化背景下，作者所提出的“生存难题”乃至“精神难题”，不但没能解读清晰，反而如尘雾迷蒙了人们尤其是青年读者的身心，使之越发地迷惘和困惑了。

小说《欢乐颂》对于现实人生的透视，对于都市女性的剖析，赢得不少读者尤其年轻读者的共鸣，某种意义上可以说，此乃该小说的看点和价值所在。但其实在我看来，它也只道出了“局部的真实”和“碎片的真相”。如果从更高层面观察，该剧对于金钱、地位、成功的强调，似乎显得趋于强烈和世俗，而对真情、友情的塑造却着力不逮，以至于将观众再次拉回到曾几何时被渲染到无以复加的“血统论”噩梦时代，这就是何以年轻网友读者看了以后感到绝望、感伤的原因。裴多菲有句名言：“绝望之为虚妄，正与希望相同。”[①]据裴多菲诗诠释，绝望里藏着希望，希望里也藏着绝望。绝望和希望其实都是虚妄，都是不真实的。更明白点说，生活有时使人失望，有时给人带

---

① 转引自鲁迅：《野草·希望》自序，语出匈牙利诗人裴多菲在1847年7月17日致友人弗里杰什-凯雷尼的信。

来希望。既然如此，还是应该相信希望。用一部香港电影中的台词说，做人，还是要相信。否则，人活着还有什么希望？

观众和网友对《欢乐颂》的关注和热议，多半是源自小说的语言比较锋利，也很真实，这恰恰非常符合80后、90后青年群体的口味。但从总体感觉看，该剧在思维导向上似乎对我们时代社会抱持一种相对褊狭的看法。任何一个时代社会都会有这样那样的问题，这是没有疑义的，但人类社会从来也没有停止前进的步伐。就拿城市青年就业、职场进步、婚姻爱情这样的事情来说，如果冷静观察、客观评价，也应该是有利有弊，利大于弊，不能把好的一面掩盖起来而只强调不好的一面，那样会给我们的青年一代带来严重错觉，令他们失去向上、向善的信心与希望，而只相信阶层、背景、后台、权力、资本、金钱、算计等等。二十二楼五位姑娘的促狭、博弈并非空穴来风，但也未必就是生活的全部；否则，我们的80后、90后中那些没有先天优越条件的人们将会作何感想？他们的希望又在哪里？

实话说，小说《欢乐颂》是一部类似《蜗居》那样的烙印着当代人“生存难题”乃至“精神难题”痕迹的写实性文本，其阅读价值就在于它打破了某些虚构小说回避现实的乌托邦玄想，将其美丽的面纱撕破，让不堪的社会促狭、人性复杂展示给人看；但与此同时，由于它的狭隘、单调、短视，就使得小说文本一不留神滑入上世纪90年代文坛盛行的“新写实”的陷阱，以至于暴露了作者的精神视野与文化格局的狭小与矮化，未能展示出生活辩证法和心灵辩证法的更大气象，也未能让小说中的人物在现实的土地上站立起来；在“都市五美”的身上，除了晃动着对于资本、金钱、男人、职位等等的机关算尽、脑汁绞尽，以及为此而付出的种种代价的“小时代”的影子之外，我们似乎很难看到21世纪全球化“大时代”中青年人群体那种奋发昂扬、阳光正面的“大写的人”的卓然风采。《欢乐颂》凸显了这样一种生存理念：在这个利益至上时代，我们只能为自己的利益负责，除了承认由资本主导的生存逻辑之外，任何人都没有能力创造另一种利益获得的方式。换言之，就是谁更顺应这个由资本机制主导的“丛林逻辑”，并从中获得实际利益即实现感、快乐感，谁就拥有享受美好人生的权利。这样的生存逻辑，看似不无道理，实则是一种狭隘的“自我”意识作祟。试想，如果人人都只看到自我的利益，从不考虑他人的利益，这个世界将会变得何其冰冷、何等可怕！正如卡夫卡指出："存在其实是'丧尽内容的'和'不确定'的，并因而是'不可说出的'，尽管如此，人却无时无刻地趋向它。"换言之，世界是荒谬的，人必须忍耐一切，以至于对一切荒谬形成习惯的态度，人的存在才能达到自由，遇见他们梦以求的幸福。然而，这样的自由和幸福，还是人们理想中的自由和幸福吗？

（本节及本章第四节作者：周思明，中国文艺评论家协会会员，深圳市文艺评论家协会副主席，深圳市福田区作家协会副主席，文学硕士）

互联网+：网络文学的商业模式

第一节　产业特征与商业模式

一、信息技术服务业的特征

信息技术带来了工业革命之后的对生产的重大革新。

从芯片诞生开始就在吸引着无数人的目光，信息技术对宏观经济的影响是毋庸置疑的。信息技术与以往的工业技术不同，它的发展极其迅速，根据英特尔创始人之一戈登·摩尔提出的摩尔定律，价格不变时，集成电路上可容纳的元器件数目，每隔十八到二十四个月就会增加一倍，性能也会提升一倍。性能大大提高的同时伴随着价格的飞速下降，这一特性是信息技术特有的，这种异常迅猛的发展势头带动了制造业的飞速发展，推动了研究者对技术进步和科技创新的重新认识。

时至今日，全世界已经迎来了信息技术带来的新纪元，一些研究者将这个时代命名为信息时代，一些经济学家认为信息技术带来的对传统经济学的颠覆性的革命，这种新的经济形势可以被命名为信息经济。这充分说明了信息技术的巨大影响力，为社会、经济、政治、文化等领域带来了变革性的发展。

信息技术对经济影响的相关讨论始于研究者关于信息技术对经济增长贡献的计算。上个世纪60、70年代，信息技术在美国获得了空前的关注，对信息技术的投资不断增加，但是与这股浪潮形成对比的是，美国经济增长反而呈现出下降的趋势，并且信息技术在统计数据上难有正面绩效，这引起了研究者的广泛关注。由于提出这一问题的是美国学者索洛，这种信息技术无法体现在宏观经济增长数据中的现象被称为是“索罗悖论”。到了90年代，美国经济强势复苏，打破了信息技术绩效的不可见，大多数研究者认为索罗悖论是由于信息技术投资具有时延性、国民统计方法是工业化方法，信息技术带来的转型难以计算等原因，到了2000年，索罗本人也承认索罗悖论已经不存在。

与此同时，越来越多的研究者发现，信息技术不仅仅带动了经济的腾飞，还造成了经济结构的转型，也就是服务业的持续增长和工业在GDP中占比的减少，这种结构性的调整带来的一段时期的经济存量增长上的停滞，但是却带来了经济发展方式上的变化，才是索罗悖论出现的真正原因。

20世纪末，大部分工业化发达国家的经济结构纷纷发生了调整和转变，出现了去工业化现象，服务业成为经济贡献的主要力量。信息技术的渗透改变了服务业的技术结构，在服务业发展中，带动经济发展的行业往往是信息技术应用最为全面的行业，如金融业、软件服务业等等。一部分学者认为这种结构转型变化出现的原因是由于信息技术的不断高速发展，影响到信息技术渗透率最高的服务业中，带来了服务业的飞速发展。

信息技术的发展给经济领域带来了巨大的变迁，随之迎来了依托信息技术的新产业的兴起，既有信息技术制造业，也有信息技术服务业。依托信息技术的服务业和传统印象中的服务业有着本质的区别，具有技术含量高、规模经济显著、劳动生产率提高快等特征。

在国家统计局的《高技术产业（服务类）分类（2013）》（试行）中，信息技术服务业被定义为高技术服务产业，并且是知识密集型服务业。从经济理论研究的角度出发，“服务”与“商品”的性质有很大的差异。服务业在劳动分工、规模经济和生产率变化等都有独特性。如果说工业的发达程度能够显示出人与自然的关系，那么服务业的发展水平就能体现出人与人之间的关系，这种关系要比物质产品为主的工业化时期更加复杂。在很多情况下，服务业还会涉及一些经济领域之外的问题。

信息技术服务业的特性主要体现在三个方面：

首先是信息技术服务业在技术方面需要快速的反应。传统的农业和制造业对信息技术的应用相对要少，通常是在某个部门或者某项工作上进行信息技术的应用，如在行政管理方面实现信息化、利用信息技术设备进行自动化办公等，在生产工具的信息化应用方面则是相对缓慢，在企业发展过程中出现技术革新的时候，企业家持有更为审慎的态度，因为在传统制造业中市场反应具有滞后性，哪怕不采取先进技术也不会立刻就被市场淘汰。而信息技术对信息技术服务业的渗透率高，信息技术应用渗透到行业中每一个从业者，该行业整体价值链都与信息技术息息相关，信息技术的每一次革新都在行业中迅速被学习和应用起来，在信息技术领域中，反应速度是企业存活的关键，因为信息技术不仅有先到（引进新技术）者先得（领先占有市场）的优势，还有不进（新技术）则退（出市场）的威胁。

其次是信息技术服务业对从业者知识水平和创新水平提出要求。信息技术服务业是知识密集型产业，也就是说，信息技术服务业对从业人员信息技术的掌握程度有着较高要求。而服务本身带有的不确定性导致服务业整体是一个依靠创新发展的行业，这种创新并不是技术上的革新或者是知识层面上的深入，而是在现有知识基础上的新的组合，因此，信息技术服务业发展对从业人员创新的要求比其他行业要高。

同时，信息技术服务业面临更大的市场风险。几十年来信息技术一直在持续且高速发展，信息技术的每一次变革，都不仅仅带来新技术引进和应用，还会覆盖新旧交替的磨合、从业人员知识更新、用户转移的威胁等等一系列问题，每一个方面的问题都会对信息技术服务业存在巨大的影响，甚至会产生颠覆性的影响，因此，信息技术服务业承担了传统产业所没有的风险和挑战。

二、商业化和文学性的结合

网络文学属于文化范畴，而网络文学形成产业就不是文化行为而是一种商业行为。文学性和商业化的争端从网络文学兴起之后一直被人们提起，事实上，从产业发展的角度来看，文学性和商业化并不是对立关系，而是一种并行关系。

通常情况下，人们会认为文学作品进行商业化是对艺术的扭曲，商业化色彩浓厚会降低作品的文学价值。这种思维与中国文人自古以来的重文轻商的思想是一脉相承的，一方面中国文化一向认为小说原本就是文学领域的“旁门左道”，比不得有哲学思想教育意义的严肃文体；另一方面中国文化倾向于重义轻利，一旦提到直接利益就失了文人的“风骨”，“商业化”这个词就像是带有肮脏的铜臭味，商贾在中国古代也是被视为“与民争利”而成为社会地位极低的阶层，这种思想体现在经济社会中的各个方面，并不是文化领域独有的特点。这导致了网络文学在商业化的道路上困难重重。

我们要探讨一下文学商业化的问题。如果接受文学价值与商业化相背离的假设，那么从这个假设可以得出高文学价值作品等同于冷门作品的结论，这在中国文学上有一个特定的词语叫做——“阳春白雪”。在这个解释下，世人恐怕要接受一个设定：如果没有外界资金支持，所有能够创造高文学价值作品的作者都将忍受贫困潦倒的生活。这种情况下，作者往往很难以文学创作维持生计，要么改行从事其他职业，要么忍受饥困。这样的例子在古代是很多见的，曹雪芹就是其中一例。因此，这样又会出现新的问题，如果是政府或者公益性机构对作者进行资助，那么在投资作者时，文学作品的价值如何去界定？政府或公益机构的资金是否足以惠及所有文学价值高的文学作品的作者？这就涉及无形价值判断、政府和公益机构的资金是否被合理使用，以及社会公平公正的问题。作者的资金来源问题如果不能得到解决，很容易回到西方中世纪时代，只有被贵族供养或者本身就是贵族的艺术家才能从事艺术创作。如果说，商业化的原罪是大众市场对文化作品创作方向上的无序引导，那么被特定阶层供养的作者是否一定能够不受自己的支持者的影响而进行独立创作呢？此时又会出现新的问题：艺术是不是专为贵族（精英）阶层服务的？

回到问题本身，如果艺术价值与商业化相背离，另一个需要解决的问题就是，那些希望从事文学创作行业以此谋生，但是作品文学价值并不高的作者是否有权利进行艺术创作。每个行业都有门槛限制，也有行业准则。在传统出版模式之下，这些人被挡在了创作的门外，但是在互联网时代，信息技术赋予了他们发表作品的机会。这不仅仅体现在网络文学行业，也体现在互联网的各个领域，每一个人都有权利在互联网上自行发表原创文字而无需经过编辑审核。在遵守行业准则并符合门槛标准的情况下，人人有权从事文学创作。要收回这种权利，就违背了互联网包容分享的精神，破坏了互联网目前的秩序，因此，这是网络文学作品持续增长，网络文学发展的关键。

很显然，如果顺着文学价值与商业化必须相反的道路走下去，要么会走入死胡同，要么会陷入更加复杂巨大的问题网络中。

有一部分人并不认同艺术价值和商业性的互不相容，他们认为真正艺术价值极高的作品是会受到大众欢迎的，而商业化则是一个市场和创作者互相选择的过程。这一点在文学发展历史中能够得到印证，即便是在特殊时期，依然会有优秀的作品出现，同时在艺术作品中优质品被劣质品埋没的现象也不多见，人们往往很难对《西游记》和《红楼梦》的艺术价值进行比较，但是却很容易能够区分出优秀小学生作文和朱自清散文之间的差别。

造纸术和印刷术为文学创作降低了成本，因此才出现了小说；现代打印技术为文学创作降低了成本，因此出现了“白话文”运动；互联网技术为文学降低了成本，因此，涌现出一大批行业中普通从业者，文学创作在百万人数的作者的共同力量下终于形成了一个产业，而不是仅仅少数人才能够参与的工作。商业化的实质是对文学产业进行一次工业革命，使得文学从业者和作品能够拥有更高的生产力，从此摆脱传统小作坊（出版社）模式，形成规模化的发展，这才是商业化对于文学作品的真正意义。

三、产业的界定与分类

（一）产业的界定

在网络文学产业诞生之前的文化领域中，文学作品创作与文学作品出版发行是两个不同的领域。前者通常由文学作品的创造者，也就是作者在一个相对封闭的环境中，独立构思并完成作品的创作；后者则是由文学作品的出版和发行机构，也就是出版方和发行者来主导，帮助作者去出版、宣传和销售他

（她）已经完成的文学作品。这二者在传统文化产业中被界限分明的区分出来，各司其职，在工作时间上有着严格的先后顺序，在工作场所上也是绝对的分离开来。

在网络文学产业中出现了与传统文学产业不同的地方。第一，网络文学的出版者是作者本身，由于互联网是一个开放性的平台，作者在创作作品之后直接可以发布到网上，完成“网络出版”的步骤。在不违反国家法律法规的前提下，互联网用户可以在互联网上发布文字、绘画、音乐、视频等任何形式的内容作品。网络出版发行从业人员（不仅仅包括网站编辑）只是在商业化的过程中对文学作品进行审核和筛选，并不从事替作者发布信息或内容的工作。第二，在工作场所上，互联网消除了地理位置的差距，作者在互联网平台上进行创作和发布，网络出版发行从业人员在互联网平台上对网络文学作品进行宣传和销售，作者创作和发布的状况（订阅、更新等业绩指标）会直接影响到网络出版发行从业人员对作品的宣传力度、时间和方式，二者的交流变得更加频繁，联系也更加紧密。第三，在工作时间上，由于网络文学普遍采用连载模式，作者按照一定时间间隔发布作品，同时，编辑在网站上对作品进行宣传销售，一面宣传一面创作的模式导致两项工作的时间大部分重叠在一起，作者的盈利和文学网站的盈利高度一致，有利于双方在创作和宣传的过程中进行共同调整。第四，在网络文学作品的宣传和销售的过程中，作者与读者直接的互动关系也对网络文学的发展产生了不可忽视的影响，甚至出现了“粉丝经济”现象，这是互联网独有的特性，在传统文学产业中难以实现。

更重要的是，从产业角度考量，网络文学已经不再仅限于文本的创作与阅读，而是成为连接文化产业其他产品形式的中心。在盛大提出“迪士尼”战略，腾讯提出的“泛娱乐”战略中，网络文学都被定义为运作起点。

基于网络文学的文本和影响力，实现向影视、动漫、游戏、有声读物、话剧、周边开发正日益成熟，一个以IP为核心的产业闭环正在形成。尤其是基于粉丝经济的互动、周边等，是中国文学前所未有的，对他们的运作，也是一个全新的营销与管理课题。

因此，在描述网络文学产业的时候，我们的关注点在于整个网络文学平台，包括网络文学平台的商业运营模式，网络文学平台上的作品，平台上活跃着的作者和读者，以及他们在网络文学平台和产业化开发运作中互相影响的关系和力量。

（二）产业的分类

在国民经济行业分类中，一个行业（或产业）是指从事相同性质的经济活动的所有单位的集合。在统计分类中，行业与产业在英语中都称为“industry”。我国一般对国际上的有关分类翻译为“产业”，而对我国相对应的分类称作“行业”。目前，在我国使用“产业”一词往往更强调其经营性或经营规模，这是本节将网络文学产业定义为“产业”的依据。

在对网络文学产业进行产业分类时，本节参考了国家统计局发布的《国民经济行业分类》（GB/T4754-2011），《高技术产业（服务类）分类（2013）》（试行）以及《文化及相关产业分类（2012）》的相关叙述。

从网络文学产业的文学性上来看，它属于文化产业。文化产业与文化事业的区别在于经营性和公益性。在《文化及相关产业分类（2012）》发布之前，我国文化产业的分类主要依据2004年的《文化及相关产业分类》，由于2004年文化体制改革刚刚起步，行业内往往公益性和经营性并生共存，在统计分类标志上对这两类并没有明确。而在《文化及相关产业分类（2012）》中，对于行业的公益性和经营性在统计分类上进行了区分。统计上所称的“文化及相关产业”指该分类所覆盖的全部单位，“文化产业”仅指经营性文化单位的集合，“文化事业”仅指公益性文化单位的集合。

《文化及相关产业分类（2012）》的制定是基于国家统计局2004年制定的《文化及相关分类》，并在这个基础上进行了调整和删减。在文化产业划分中，网络文学是属于第一部分文化产品的生产中第一类“新闻出版发行服务”中第二小类“出版服务”中的“其他出版业”（行业代码：8529）。在《高技术产业（服务类）分类（2013）》中对“其他出版业”的解释是：指互联网出版。文化及相关产业分类如下表所示。

表10-1-1　文化及相关产业分类表（部分）

文化及相关产业的类别名称和行业代码	
类别名称	国民经济行业代码
第一部　分文化产品的生产	
一、新闻出版发行服务	
（一）新闻服务	
新闻业	8510
（二）出版服务	
图书出版	8521
报纸出版	8522
期刊出版	8523
音像制品出版	8524
电子出版物出版	8525
其他出版业	8529
（三）发行服务	
图书批发	5143
报刊批发	5144
音像制品及电子出版物批发	5145
图书、报刊零售	5243
音像制品及电子出版物零售	5244

资料来源：国家统计局《文化及相关产业分类（2012）》

2011年，国务院办公厅发布了《关于加快发展高技术服务业的指导意见》（国办发［2011］58号），提出“高技术服务业是现代服务业的重要内容和高端环节，技术含量和附加值高，创新性强，发展潜力大，辐射带动作用突出。加快发展高技术服务业对于扩大内需、吸纳就业、培育壮大战略性新兴产业、促进产业结构优化升级具有重要意义”。

为满足国家制定高技术服务业有关政策和加强高技术服务业宏观管理的需要，建立高技术服务业统计体系，国家统计局制定了《高技术产业（服务类）分类（2013）》（试行），这次分类参考和借鉴了国际组织对“知识密集型服务业”的界定以及国内外有关研究成果，将信息服务、研发与设计服务等知识密集型服务业纳入高技术服务业范畴，为国家制定政策提供了管理上的便利和统计上的可操作性。根据编制原则，将高技术服务业划分为九大类。

网络文学产业被分类到高技术服务业中第一大类“信息服务”中的第三小类“数字内容及相关服务”的“互联网信息服务”（行业代码：6420）。对这个分类的解释是：指互联网信息服务中的数字内容提供，主要包括：网上新闻服务，网络游戏服务，网上音乐服务，网上电影服务，网上动漫服务，网上读物服务等。行业分类情况如下表所示。

表10-1-2　高技术服务产业分类表（部分）

高技术服务业分类表		
名称	国民经济行业分类代码	说明
一、信息服务		
（一）信息传输服务		
固定电信服务	6311	
移动电信服务	6312	
其他电信服务	6319	
有线广播电视传输服务	6321	
无线广播电视传输服务	6322	
卫星传输服务	6330	
（二）信息技术服务		
互联网接入及相关服务	6410	
互联网信息服务*	6420	指除基础电信运营商外，通过互联网提供在线信息、电子邮箱、数据检索等信息服务；不包括提供数字内容服务活动。
其他互联网服务	6490	
软件开发	6510	
信息系统集成服务	6520	
信息技术咨询服务	6530	
数据处理和存储服务*	6540	指信息和数据的分析、整理、计算、编辑、存储等加工处理服务，以及应用软件、业务运营平台、信息系统基础设施等的租用服务；不包括在互联网提供电子商务平台活动。
集成电路设计	6550	
呼叫中心	6592	
其他未列明信息技术服务业	6599	

（续上表）

（三）数字内容及相关服务		
数字内容服务	6591	
互联网信息服务*	6420	指互联网信息服务中的数字内容提供，主要包括：网上新闻服务，网络游戏服务，网上音乐服务，网上电影服务，网上动漫服务，网上读物服务等。
电子出版物出版	8525	
其他出版业*	8529	指互联网出版。
广播*	8610	指互联网广播节目播出服务。
电视*	8620	指互联网电视节目播出服务和移动电视节目播出服务。
其他文化艺术*	8790	指通过网络（手机）提供文化内容的活动。

资料来源：国家统计局《高技术产业（服务类）分类（2013）》（试行）

从分类上看，网络文学既属于文化、体育、娱乐产业范畴，也是知识密集型高技术服务业。网络文学产业是依靠信息技术发展兴起的新产业，虽然它属于文化领域，但是由于它具有传统文学出版业所不具有的特点，这些特点对整个产业的兴起到发展乃至生死存亡都具有重大影响，因此，将其作为“高技术服务业”中“信息技术服务业”进行划分比作为文化产业旗下出版类中“其他出版业”更加合适。

四、网络文学产业的商业模式

Timmers（1998）是最开展商业模式研究的学者之一，他指出商业模式是一个复合概念，包含了多方面的内容。在Osterwalder和Pigneur（2002）的基础上，Osterwalder（2004）给出了一个比较全面的商业模式的定义：商业模式是一个概念性的工具，包括一组元素及元素之间的关系，可以表示为企业获利的逻辑；商业模式描述企业与其合作伙伴网络所组成的体系结构，以及企业提供给一个或者多个客户的价值，并致力于创造、销售和传送价值和资本关系，以产生利润和维持生存的收入为目标。

（一）互联网行业的外部环境

信息技术与经济发展是网络文学产业的发展的外部推力，信息技术的不断发展让网络文学具有更加复杂不确定的市场环境。虽然网络文学拥有数亿用户，数百万从业者，每年几十亿的产值，但是在大环境下却仍然是一个年轻的互联网产业，随时会受到经济和技术环境的影响，这种影响甚至有可能是颠覆性的。

网络文学在互联网行业中虽然不算是年轻产业，但在产值上却因为低价策略和盗版猖獗并没有明显优势，其最大的优势在于在十五年发展过程中形成了稳定的商业模式，这种商业模式的正确性在数次应用中得到了验证，成为了网络文学行业标准。

（二）网络文学产业的特点

1. 市场最优选择：连载的妙处。

网络文学的一大特点是作品的连载。通常，网络文学作品要在网站持续每天上传，从几个月到几年不等，在其中通过VIP订阅以及其他增值业务分成收取自己的报酬。

连载形式的最大优势是能够快速摸清市场，传统小说创作是作者完成整部作品之后，联系出版社对其审核，再经过漫长的过程之后与读者见面，销量好不好取决于作者的水平，同时也取决于编辑对市场的判断。而网络小说则与传统流程不同，它直接面向读者，而读者则通过是否阅读、收藏、推荐这部作品来反馈给作者和编辑，通常情况下，网络文学网站的资深编辑看过作品相关数据就能够敏感地察觉到这部作品是否能够有好的成绩。

在进入收费阅读时，这种市场决定的体现更加明显，因为免费阶段读者是否支持都还是其次，在收费之后读者是否愿意花钱才是关键。一部分作品在收费之后一路走红，而另一部分作品则在收费之后惨淡经营。

连载的妙处就是，作者尚未完成作品，对作品未来的发展走向有着绝对决定权。因此，大部分网络文学作者会根据作品的受欢迎度调整自己作品的长度，如果作品惨淡经营，压根就赚不到稿费，就加快进程，不再写分支剧情，快速完结作品，并期待下一部作品能够成功。而如果作品受欢迎程度非常高，作者在收到丰厚稿酬时也会考虑延长剧情，增加支线，以便在更长的时间内拿到更多的稿酬。

2. 从老教授到陪伴者。

从小说发展规律可以看出，这是一个篇幅从短到长，情节从简单到复杂，文字从复杂到简单，距离自远及近的过程。最早的小说可以追溯到中国古代《山海经》《庄子》《世说新语》等作品，这些作品中出现过一些叙事性的文字，随之而来的一些成语，如精卫填海，玉树临风等等成为流传至今脍炙人口的经典。这些作品的特点是文字简短，故事简单。而随着时代变迁，文字的传播工具更加便捷（造纸术的进步、印刷术的出现），出现了唐宋传奇，明清话本等小说形式，这就可以看出，小说的发展历程在篇幅上的增长，从故事情节来看是从简单变复杂，而从文字描述方式来看是从复杂到简单。

到了网络文学，小说从神坛走到读者身边，如果说主流文学是老教授坐在讲堂训话，网络文学就是与亲切的同辈一起坐在沙发上讲故事。读者每天阅读网络文学的主要目的也是在闲暇时间里有一个休闲娱乐的选择。

3. 复杂性理论。

在研究互联网的过程中经常会发现学科的跨越，分门别类的学科之间产生了千丝万缕的联系。复杂性科学并不是互联网专有，随着人们知识的进步，越来越深入的研究发现了一系列跨学科的复杂问题，一部分人为了解决这种跨学科问题成立了圣塔菲研究所，专门研究复杂性问题。

互联网专家姜奇平曾经说过，一切互联网的问题，都是复杂问题。近年来，网络文学向着其他产业辐射，其实也是一个复杂问题。这是由于互联网是一个能让所有人互相之间产生联系的网络，也是一个能让各个行业产生交集的地方。

产业之间的合作给网络文学带来了新的增值点，同时也带来了更加复杂的合作关系，因为这种合作，网络文学不得不在几年之内数次更改作品的合约，将作品版权拆分出来，并对合约中的版权进行重新定义和限制，不再以笼统的版权两个字来概括，这既是产业合作带来的复杂性成本。而随着产业合作的加深，这样的复杂性成本还会不断提高，而文学作品的不确定性就导致了网络文学将要为今后出现的各种复杂问题继续努力。

4. 打破理性经济假设。

在盗版猖獗的时代，网络文学凭借付费阅读发展起来，这在经济学家眼里几乎是不可思议的。因为按照理性经济假设，在同一市场中，同质产品不可能卖出两种价格，在一方免费的基础上，另一方如果收费，就会失去客户。然而这种理性经济的假设在网络文学产业中被彻底打破，即便阅读收费，依然有人会选择付费阅读。

互联网用户选择正版订阅，往往是有很多因素共同决定的，有对作品的赞赏，这让读者愿意为作者支付原本就并不高的费用；有对盗版网站的不确定性规避，访问盗版网站难免会伴随更多的风险；有对自身行为的约束，愿意成为一个更好的人而不是一个“糟糕”的人。而互联网络带来的粉丝经济正在推动网络文学的正版更进一步被人了解和支持，我们有理由相信，在政府和网站的同时努力下，在文明的进步中，人们的观念会逐渐扭转，会有越来越多的人反对盗版，支持正版。

（三）网文产业的核心价值：一场工业革命

起点中文网是网络文学产业的奠基者。这是因为网络文学产业层面来看，起点中文网最大的贡献是三件事，一是创立了行业的基础商业模式，二是成功建立了一个作家生态，三是推动了网络文学的产业化。这三项措施，几乎奠定了网络文学的发展基石和方向，将网络文学过去的小作坊模式成功转化成扩大再生产的工业化模式，为网络文学行业带来了一场工业革命。

先不提网络文学十年兴衰成败，单看当年红极一时的论坛文明和博客文明，如今已经逐渐衰落，论坛或许还有一部分仍然继续生存，博客却已经被微博挤兑得失去了大半的市场。而模仿国外Facebook的校内网（人人网），也因为无法挽留流失的用户而惨淡经营。在互联网市场中，红极一时的现象很多，偷菜游戏和团购网站就是典型的例子，但是能够数十年坚持下来并且形成产业

的却并不多见。总结其原因，大部分创意产业的没落都因为失去创新源头，没有持续稳定的生产能力，农业化的生产方式是很难在工业化时代满足用户需求的。

起点中文网所建立的基础商业模式，有效解决了创新系统的商业自我循环，解决了创新源头不稳固的隐患。保障了平台上内容生产者，内容生产者一定是要具备持续供应能力，并且有一定规模。凭借广告收益或许能够给一部分优秀作者支付稿酬，却绝对不可能像现在这样同时养活几百万作者，因此，VIP制度是网络文学产业的基础。起点中文网在盗版盛行的时代毅然推出付费制度，经过十数年的努力，培养了一批正版阅读读者。经过艰难的努力，实现了平台上双边用户的稳固化，并形成了良性的自循环，这是网络文学最终成为产业的根本所在。

而作家生态体系的完善，让网络文学作家从高到低分别享受激励、扶持等待遇，有效加固了网络文学的基础商业模式，同时也保障了创新的活力。再加上产业化开发带来的明星和影响力放大效应，网络文学的整个商业生态因此实现了可持续发展。

第二节　“互联网+文学”

一、“互联网+文学”的双主体结构

从平台理论的角度来看，网络文学的实质是“互联网+文学”。首先需要明确的是“互联网+文学”的主体问题，人们在看待网络文学的时候往往注意力集中在“文学”上，将网络文学粗略的归类于文化产业的一个新增类别，这样做的好处是可以用已经成熟的文化产业理论来对网络文学进行定义和解释，在遇到新现象和问题的时候可以将其归结为文学的新动态，将其作为一种分离式的特质性来总结。这样做的弊端在于，忽视了网络文学同时也是建立在互联网基础上的新兴信息内容产业，它不仅拥有文化产业的特性，更重要的是，它是依托于信息技术发展起来的，并且对文化产业产生了巨大的影响力，中国新闻出版研究院第十二次全国国民阅读调查显示，2014年数字阅读超过了传统阅读方式，手机阅读的接触率首次超过百分之五十；国内用户花费在数字媒体上的时间也超过了传统媒体。这些数据显示出信息技术对文化出版行业巨大的影响力量，这是在互联网平台的基础之上才能够形成的，在这种力量的作用下，如果在传统文化产业框架之下进行细分行业的研究，还把网络文学当做一个通俗文学的分支，就大大的忽视了互联网的作用，也是偏离和缩小了视角，必然导致研究在全局性上的缺失。

因此，我们从产业层面出发，认为在研究网络文学产业的问题上可以将网络文学视作“互联网+文学”的商业模式，并对这种模式进行探讨，一方面，从平台理论的方法和视角，大部分互联网产业都具有这样的特性，比如电子商务、社交网络等新兴产业，从结构上来看，都是“免费平台+增值应用”。在互联网产业中，虽然平台本身是公共部分，也是免费服务部分，但它是盈利的基础，所有增值业务都在平台上进行，这种情况下就不能仅仅以产出的货币金额来衡量企业核心价值。举例来说，腾讯的核心价值在它建立了互联网社交的巨大平台，这个平台（QQ软件）是对用户免费的，而产生利润的都是增值服务，企业能够在行业中具有持续的竞争优势是依仗免费的平台而非单独的某项应用。另一方面观察数字出版和传统出版的现状可以看出，二者的重复主要在文学意义上，但是从商业模式、盈利方式、市场定位等方面来看，二者虽然不能说截然不同，起码是各具特色，分领而治。这种情况的出现与信息技术、互联网平台是息息相关的，网络文学产业的很多特性都是与技术共生的，在研究网络文学时，将二者相关联进行研究是有必要的。

从信息化的角度去理解这个问题的起源，从我国信息化发展脉络可以看出，这是一个“基础建设+应用”的过程，信息技术的基础建设与其他技术和基础设施不同的地方在于，信息技术的建设是一个随着技术发展持续改进的过程，就像微软推出的WINDOWS系统一样，随着技术发展和市场需求不断的改进和完善。在这种情况下，互联网和文学同时发展起来时，在彼此之间具有了互相影响的力量，一方面互联网的平台为网络文学提供了土壤，让它能够发展壮大，另一方面网络文学也反哺了平台，通过作品繁荣了双边市场，使平台能够健康发展，这在网络文学网站的发展和兴替过程中得到了印证。

因此关注点如果只停留在文学上，就会出现研究的失重状态，无法从产业层面对这一新兴事物进行全局性的把握。而“互联网+文学”这种结构可以清晰的刻画网络文学产业的商业模式，帮助研究者从产业层面挖掘深层的研究意义。

二、类型分化与差异化服务

文学作品的价值判断一直以来都是一个难题，这涉及如何判断无形价值，文学具有艺术性，这本身就难以用一般等价物进行简单分类，并且文学作品还存在外部性问题，一部鸿篇巨制的文学作品可以对经济、社会、乃至于政治领域造成影响，这都带来了文学作品难以定价的问题。

为了简化价值衡量的问题，我们将不对具体文学范式进行论证，而是从产业层面对文学作品产业进行分析和总结，为了简化文学作品的复杂性，将其按照三次产业划分，抽象为一种差异化的服务，由此降低研究的复杂性。

从产业分类来看，不仅仅是网络文学，所有文学产业向消费者提供的服务都与制造业生产的商品截然不同，属于第三产业——服务业。如果忽视文学作品的服务特性，将其归类为用于交换的工业商品，那么网络文学仅仅是把文字从纸张中转移到互联网的一种形式，由此得来的文学作品的成本计算就是固定稿费加纸张包装等运营成本，这种计算方法大大简化了作品内容的无形价值，在传统文学作品的运营中较为常见。但是在网络文学领域传输成本几乎为零，平台承担了公共的固定成本，这种固定成本难以分散计算到每一部作品中去，这种情况的出现，就影响到进一步的对文学作品价值的估计，从而导致研究上出现偏差。因此，需要将文学作品视作服务的一种，而非一般化商品，虽然增加了计算的复杂程度，但同时也改进了从前算法上的缺憾，提高了准确性。

从文学作品的角度来说，网络文学与其他文学形式并没有本质的不同，但是从商业角度来分析，就要先将文学作品进行经济学上的定位。从三次产业划分的高度来看，所有文学作品提供的都是服务而非产品本身，消费者付出的价格代表的是对服务的租金而非商品的所有权，这二者的区别是网络文学能够发展的关键因素，也是在本书正文之前必须明确的概念。网络文学产业建立的基础就是依靠“免费平台+增值租金”的形式，将产品和服务分隔开来，将商业模式定性为平台+服务，而非厂商生产产品。

区分服务与产品的重要方法就是辨明物权，需要辨析的是ownership和access的区别。在所有文学作品领域中，不论作品如何被复制，转移，售卖，除非对版权进行转移（这是另一个问题），否则作者对作品的所有权是不变的。这与一般商品不同，比如购买了某件衣服或者食物，这些商品的所有权就属于购买者，比如消费者采购了食材，在对食材进行加工之后，消费者——此时变成了供应者——可以将食材再次贩卖给其他人，这一部分的收益与食材供应商并无关系。但是对于文学作品，消费者购买并消费了文学作品的内容，但是文学作品内容依然是属于作者的，哪怕读者手中持有这本书的实物，他

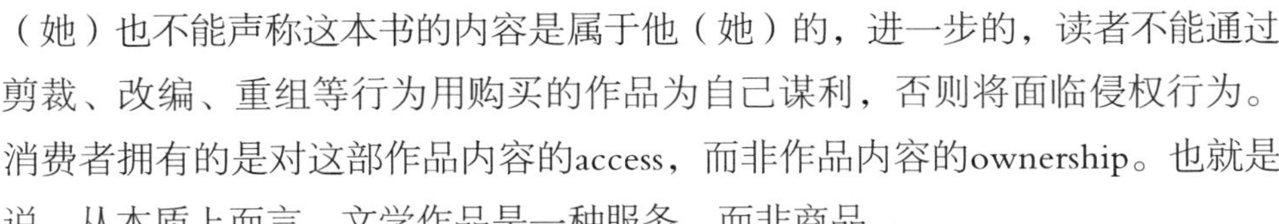

（她）也不能声称这本书的内容是属于他（她）的，进一步的，读者不能通过剪裁、改编、重组等行为用购买的作品为自己谋利，否则将面临侵权行为。消费者拥有的是对这部作品内容的access，而非作品内容的ownership。也就是说，从本质上而言，文学作品是一种服务，而非商品。

不论是实体出版的书籍，还是数字化的书籍，消费者都只是在分享作品内容，而这种分享是没有排他性的。在这个意义上，消费者购置文学作品的金额是对文学作品的租金，而非换取文学作品的所有权，这种租金已经使消费者得到了期望的效用，而无需再付出更多去购买作品的所有权。因此，纸质包装和网络运营在成本上的差异，才是传统文学和网络文学在定价上差异的关键。

三、用户特征与接受形态

网络文学产业的社会影响主要是文学作品的文化影响力，相比于生产商品的制造业，文化产业具有更强的社会影响力。人们在购买生活必需品的时候往往是遵循经济理性的，但是在欣赏文学作品时却通常是依靠感性思维的。优秀的文学作品能够影响和指引人的思想，甚至能够引起全社会的共鸣和反思。分析网络文学的社会影响，首先要分析网络文学的受众，讨论网络文学产业能够通过它的力量所影响到的用户，这些用户规模，阶层属性及其对整个社会的影响。

随着信息技术在中国的发展，互联网成为了内容丰富、使用便捷、价格低廉的娱乐渠道，因此一部分人认为网络文学产业面对的是占人口比例最多的“草根阶层”，而在对互联网用户进行调查和研究的过程中，又能发现互联网用户的复杂性并不能用“草根阶层”一概而论。

根据速途研究院《2015Q2网络文学市场报告》中对在线读者的职业分布调查可以看出，如下图所示，在线读者分布学生群体占比最高，达到五分之一，紧随其后的是企业基层员工群体和企业基层管理人员群体，这三类群体总数几乎是全部在线读者的一半。此外，还有共同占比四分之一的三类在线读者，这六类人群占了所有在线读者的四分之三，几乎可以代表大多数在线读者。

分析在线读者的职业分布可以看出，学生和待职人员群体是属于收入不稳定但是空余时间较多的人群，公务员群体是属于收入稳定且空余时间较多的人群，而企业基层员工、企业基层管理人员和个体商户都是属于收入相对稳定而碎片时间多的人群。从知识水平和受教育年限上来看，由于在线读者调查并没有将学生进行分类，也就是说，这个群体范围是小学到博士阶段的各阶层学生，因此将不确定性的学生群体排除在外，企业基层管理人员、公务员、企业中高层管理人员、教育/培训人员和医疗机构工作人员群体在相对的平均水平上高一些，这五类人群占比超过了三分之一。

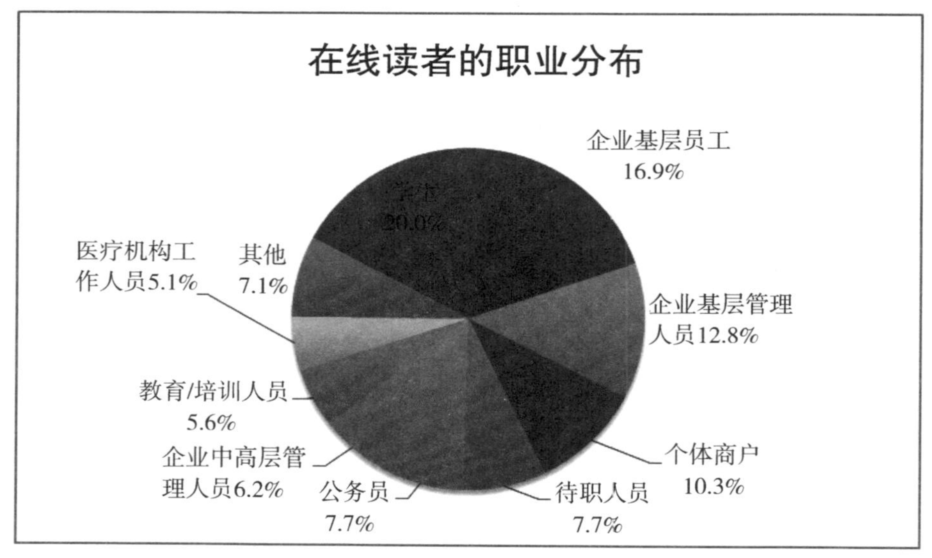

图10-2-1　2015年在线读者的职业分布

资料来源：速途研究院《2015Q2网络文学市场报告》

对网络文学的用户调查与互联网整体用户的状况存在一致性。在中国互联网络信息中心（CNNIC）发布的《第三十六次中国互联网发展状况统计报告》中，中国网民职业结构调查数据显示出的数据与网络文学用户职业结构数据基本相似，学生群体占比最高，个体户/自由职业者的占比位居第二位，接下来是企业/公司一般职员和无业/下岗/失业者群体，半数以上网民都来自学生和基层劳动者。分析占比前几位的网民职业可以看出，大多数网民主要来源于空闲时间较多的人群，与收入水平并没有太强的关联性。但是，从知识水平和受教育年限上来看，除去具有不确定性的学生群体，专业技术人员、党政机关事业单位一般职员、企业/公司中层管理人员、企业/公司高层管理人员、党政机关事业单位干部这五类人群占比只有百分之十三点五。从数据上来看，网络文学的读者是中国网民中知识水平较高的人群。

表10-2-1 2015年中国网民职业结构

职业	占比
学生	24.6%
个体户/自由职业者	22.3%
企业/公司一般职员	13.5%
无业/下岗/失业者	7.7%
专业技术人员	5.6%
农林牧渔劳动者	5.2%
商业服务业职工	4.7%
党政机关事业单位一般职员	3.7%
制造生产型企业工人	3.7%
退休职工	3.0%
农村外出务工人员	2.7%
企业/公司中层管理人员	2.3%
企业/公司高层管理人员	0.5%
党政机关事业单位干部	0.4%

资料来源：中国互联网络信息中心CNNIC《第三十六次中国互联网发展状况统计报告》

另一份数据则从收入结构上对中国网民进行了调查，调查显示，收入在月均二千元到五千元区间的人群在网民中占了将近一半的比重，而排在第三位的是五百元以下收入人群。结合上面的数据可以初步认为，五百元以下收入人群是网民职业结构中空闲时间最多的学生或者无职业人群，而月均收入在二千元到五千元区间的人群则是网民职业结构中的收入稳定且有一定空闲时间的工薪阶层。

表10-2-2　2015年中国网民个人月收入结构

收入	占比
无收入	6.2%
500元以下	11.2%
501元–1000元	9.8%
1001元–1500元	7.3%
1501元–2000元	8.9%
2001元–3000元	21.0%
3001元–5000元	22.4%
5001元–8000元	8.2%
8000元以上	5.0%

资料来源：中国互联网络信息中心CNNIC《第三十六次中国互联网发展状况统计报告》

从网络文学的读者群体可以看出，工薪阶层是我国城镇人口比重非常大的人群，学生和无职业人员群体又是社会中不确定性最强的人群。由于网络文学产业的收入在整个经济结构中并不高，因此它的经济影响力主要体现在从业者群体中。网络文学产业的社会影响主要是文学作品的文化影响力，人口比重大代表着文化影响力的扩散效果强弱，不确定性高代表着文化影响力强度的高低，这是网络文学在中国社会中值得重视的地方。

四、新文化形态的确立

（一）分享经济

分享经济是一个复杂的概念，按“生活资料–生产资料”“闲置资源–虚拟资源”“技术–经济”三个维度，可以排列组合出几十种定义。分享经济不能简单理解为是互联网出现后才产生的一种经济现象。“不求拥有，但求使用”这种经济现象，自古至今一直存在。

互联网从其诞生的那一刻起就将“分享”的概念传达到了每一个用户的心中，而每一个分享经济的初始，都源自于互联网用户无私奉献的分享精神。目前最典型的打车软件滴滴打车、国外分享经济的代表airbnb，起源都是免费分享闲置资源，网络文学也是如此。

对于免费网络文学而言，并不是“闲置”资源，而是不排他的无形资源，而在早期网络文学发展过程中，大部分作者处于兴趣爱好进行创作，作品也是免费分享给他人的，这种非营利行为受到了用户的广泛欢迎。但是这种免费分享有一个致命的弱点，那就是既然是免费分享，那就并不稳定，创作时作者的情绪对作品的影响十分严重，但是由于是免费分享，也无可指责，这种时断时续的供应，让用户觉得供不应求，因此，催生了网络文学产业的出现。

非营利行为代表着不确定性和任意性，这种短期情绪化行为虽然受到欢迎，但注定难以长久。仅凭兴趣爱好也很难让用户得到自己想要的产品。因此，为了促进更多的作者加入写作，保持稳定的作品更新，网络文学产业实行了收费制度。

分享经济的实质是产权和租金的分离，在顺风车行业，产权是车，在民居出租行业，产权是房屋，在网络文学行业，产权是作品的版权，消费者付出远小于产权价值的租金，得到短期的服务。

（二）精英文化与大众文化

精英文化是什么？西方社会评论家列维斯认为，精英文化以受教育程度或文化素质较高的少数知识分子或文化人为受众，旨在表达他们的审美趣味、价值判断和社会责任的文化。他对提高民族素质、塑造人类灵魂有重大作用，所以，人们又把创造精英文化的文化精英称为“人类灵魂的工程师”。国内学者邹广文认为，精英文化是知识分子阶层中的人文科技知识分子创造、传播和分享的文化，精英文化当是知识分子及其精英们创造及传播的文化。所以，精英文化是体现社会审美趣味、价值判断和社会责任的文化，社会的主流文化，不仅具有前瞻性，代表着文化传统延续与发展，负有引领大众文化、提升大众文化品质、提高民族素质的重大作用。

现代以来，我国出现过新文化运动时期以文化精英为主导的精英文化，尤其是五四新文化运动形成的以鲁迅、茅盾、巴金等人为代表的新文化体系，一百多年来直到今天仍具有主导作用，是中国式社会主义文化体系的核心，仍具有主流文化的特质。

一种文化现象是“雅”还是“俗”，与它“是谁的文化”不同，而是适用于一切人的文化产品和文化行为的判断。它的前提是承认：文化，就是要以“文”为上，以“雅”为上，不“文”不“雅”便是缺少文化，便是蒙昧、落后和野蛮。比如：我们把精美的艺术成果、深刻的学术著作、文化品位极高的行为和思想、崇高的社会人生理想等称为“高雅”和“优秀”，而把与之相反的判断为“庸俗”和“低俗”。这里的“雅”和“俗”意味着评判一种文化现象品位的高低、情理的深浅、形式的文野、制作的精糙、走向的提高与普及等等，总之一句话：是“好”还是“差”，意味着褒贬评价。这也就回答了划分的意义问题，意味着：社会文化的建设以追求真、善、美为己任，因此必须旗帜鲜明扶持高雅文化，反对庸俗文化。

有人说，我们是一个民众的社会，我们已经不需要精英，而现实恰恰是，当我们民众都有了发言权的时候，我们更需要精英。精英的重要性不在于为我们提供一种价值观和思想的指向，更重要的是指给我们一种生活和思考的方式，那就是哲学式的思考、历史性的逻辑和对社会道义担当的道德和勇气。

大众文化这一概念最早出现在美国哲学家奥尔特加《民众的反抗》一书中。主要指的是一地区、一社团、一个国家中新近涌现的，被大众所信奉、接受的文化。罗森贝格认为大众文化的不足之处是单调、平淡、庸俗，以及容易在富裕生活中产生的诱惑和孤独感。大众文化往往通过大众化媒体（网络、电视、报纸、杂志等）来传播和表现，尽管这种文化暂时克服了人们在现实中的茫然和孤独感以及生存的危机感，但它也很可能大大降低了人类文化的真正标准，从而在长远的历史中加深人们的异化。

大众文化理论滋养的土壤是现代工业社会高度发达的市场经济，伴随高科技生产而呈现纷繁的物质文化消费。文化消费是现象，不是文化本身；文化是精神产品，不是具体的物质。工业化生产解决的是人类生存的基本需要，即提供丰富的生活物质，文化解决的是人类生存的高级需求，即精神提升和美的建构，亦即人类如何实现自身价值、发掘自身潜力、实现对人性的终极关怀。

关于精英文化和大众文化之间的关系以及相关而来的评价问题，有较大的讨论空间。一般认为：精英文化是与大众文化、平民文化、草根文化、山寨文化相对立而产生的文化现象。

大众文化从实质上说是在现代工业社会产生、与市场经济发展相适应的一种市民文化。它一方面是同与其共时态的官方主流文化、学界精英文化相互区别和对应的，另一方面也是同传统自然农业经济社会里的各种民间文化、通俗文化有着一些原则差异的，商业性、流行性、娱乐性和普及性可以说是其最主要的基本特征。

中国大众文化人文发展方向的基本内容和要求就是：人类精神文化的发展必须贴近大众文化生活、满足大众文化需要、尊重大众文化权利、反映大众文化理想和提升大众文化人格。

这里有两点特别重要，那就是：一、精英文化应源于大众文化；二、精英文化负有反映大众文化理想和提升大众文化人格的重要责任。

所以大众文化作为一种精神文化形态要跟上时代步伐、获得持续发展动力，就必须不断地吸纳新的有益文化成果来丰富自己的文化内容和创新其表现形式。不断提高自己的文化品位和水准，这样才能更好地做到以高尚的精神塑造人、以优秀的作品鼓舞人。否则，就有可能是虚妄和病态的，甚至有可能误入歧途。

在今天发展的社会环境中，尤其是中国逐渐进入物质丰裕与老年化的社会环境中，大众文化在大众的生活中扮演着越来越重要的作用，但是它的弊端也越来越明显。比如，它的娱乐性使得民众更少的思考，它的五花八门使得民众沉入信息的海洋中无所适从，它的来自个人的不可确定性和庸俗与低级趣味的嗜好与追求也变得越来越明显，精英文化曾经是大众文化之前备受世界宠爱的东西，但是，随着大众文化的崛起，精英文化的声音越来越微弱。精英文化是一种思考与担当的文化，它的发展是依托知识分子对于社会的思考和人生的体验，依靠哲学式的逻辑和历史性的条理对世界的体悟和感知。因此，精英文化对于如何提升大众文化的内涵与品质就变得越来越重要。当人们进入一个浮躁的时代，浮躁时代的特点就是万众喧嚣，人云亦云。人们说得越多，人们离自己的灵魂走得越远，在这样的时代背景下，精英文化的发展和提倡已经是我们文化发展的必要途径。

精英文化与大众文化二者之间的关系与冲突表现为：第一，精英文化的“前瞻性”与大众文化的“世俗性”的冲突。“先知性”是作为社会精英的中国知识分子所一直强调的，它们作为敏感的先觉者，把自己所感到的变革气息

诉诸笔端，反馈给广大民众。最为著名的例子当属新文化运动，其精英分子如郭沫若、胡适、鲁迅、茅盾、巴金等。而与此相对应，大众文化由于自身的商业性和世俗化倾向，表现出明显的功利目的和市场品性。因此冲突成为必然。第二，精英文化的“高雅追求”与大众文化的“世俗追求”的冲突。中国文化自《诗经》的风雅精神开始就一直执著于高雅追求。“不直说，不说透，要收敛”成为长期以来的风尚，精英文化自觉地继承着这一风尚。而大众文化则带有鲜明的标准化倾向，即从多数人的一般需求特征和接受水平出发，同时它还兼有娱乐性，追求诉诸感官的娱乐效果。这些都决定了这对矛盾的存在。第三，精英文化的“自律性”与大众文化的“他律性”之间的矛盾。“自律性”是中国知识分子薪火相传的特征。无论是“建安风骨”还是“正始之音”都受一种内在文化品格的限制，并形成具有一定特征的创作自觉。而大众文化则完全没有这些，更多的是受外在技术的因素及市场需求等。这就是所谓的“他律性”。这对存在于创作领域的矛盾可以说是一切冲突的根源所在。

精英文化与大众文化的关系是相辅相成的，精英文化的土壤源于大众文化，我国千古名篇《诗经》中的作品，原本是当时的民谣俚曲，在经过文化精英的整理加工后得到提升，成为后世的风雅之师；《水浒》《西游记》等小说，京剧等戏剧，中国传统工艺等，原都是来自民间的“大众文化”、“俗”文化产品，经过文化精英的整理加工后现在则成了传统文化中的瑰宝，成了雅文化。应该说，精英文化在大众文化中吸取营养，反过来普及传播影响提升大众文化的品位，借以提升我们的民族文化素质与欣赏品味，是极为有益的，尤其是在我们今天社会发展中，形成城市文化核心竞争力中显得格外重要。

大众文化和精英文化，同是作为文化形态，我们愿意看到的是文化能够对人们发生积极向上的引导和教育作用。无论是大众文化的精英化还是精英文化的大众化，二者的相互融合和渗透过程是不断地在发生的。我们希望看到的是精英文化能够影响尽可能多的人们，同时大众文化也能够进一步纯净和高雅化，那么我们整个社会的文明便又迈出一大步了。

（三）平台经济

双边平台经济同时可以解释读者、网站、作者的关系，网络文学网站的

VIP制度就是定价策略，是平台经济能够稳定顺利运行的关键。

1. 理论发展。

上世纪90年代，平台经济首先出现于对双边市场理论的讨论中。双边市场理论认为，平台经济建立在用户数量的基础之上。在平台经济中，买房和卖方需要通过一个（或多个）平台进行交易，双方用户之间具有相互作用的能力，这种能力往往体现在一方的用户数量能够影响平台总交易量（Armstrong，2002，2004，2006），并对另一方的收益有直接影响，而平台则是通过对价格结构的合理设计，将双方留在平台（Rochet & Tirole，2002，2003，2004，2005，2006）。

一部分研究者认为双边市场最早的起源是19世纪30年代在美国的“便士报纸”运动，这是以普通劳动者为读者对象的通俗化报纸的兴起，这种通过合理的价格结构（降低价格）增加平台一方（普通劳动者）的数量的方式，是典型的平台经济定价策略，因此，这被一部分研究者认为是双边市场的最初实践。另一方面，Gale和Shapley（1962）在研究双边配对市场的过程中，对学校选择和配偶确定的合作模型进行了研究，虽然并没有明确提出双边市场的概念，但是这种合作模型是符合双边市场条件的。随后，从20世纪80年代开始，不断有研究者对平台经济、双边市场进行研究，平台经济在经济领域的研究也在不断增加和完善。2004年，国际产业经济研究所（IDEI）和政策研究中心（CEPR）联合主办的双边市场经济学会议在法国图卢兹召开，标志着双边市场理论的初步形成。

一些研究者对双边市场的定义进行了研究，试图从不同角度对双边市场进行更加准确的描述。Rochet和Tirole（2003）对双边市场进行了开创性的研究，并从价格结构的视角对其进行了定义，他们认为在双边市场中，当平台向双边用户索取的总价格水平不变时，双边用户任意一方价格的变化都会引起交易量的变化，而平台则能够通过调整价格结构，将双方留在平台，这种平台市场就是双边市场。Armstrong（2006）从网络外部性的角度出发，认为双边市场是交易双方通过平台进行交易，并且任意一方的收益都取决于另一方的数量。Roson（2005）将双边市场定义为一种经济环境，在双边市场中，商品（或服务）服务于两组不同的用户，并且任意一组用户获得的利润都与对方组用户的数量存在正相关的关系。我国学者黄民礼（2007）在总结了Tirole和Armstrong对双边市场的研究的基础上，认为：若某种产品或服务的供求双方具有交叉网络外部性而使得平台企业能够将买卖双方凝聚到同一个平台，平台向买卖双方收取的价格直接影响平台企业的总需求和平台实现的交易量。

从双边市场理论中可以看到，双边市场具有两个极为重要的特性，第一，双边市场具有网络外部性，这是平台企业区别于传统企业的重要特质，也导致在平台经济中科斯定理的失效。根据科斯定理，在产权清晰且可交换的条件下，如果信息对称且交易成本为零，买卖双方将达到帕累托最优。但是在平台企业中，买卖双方在平台上进行交易时，即便有清晰的产权、对称的信息以及零交易成本，也未必能够保证达到最优交易量，此时，平台经济的网络外部性造成了科斯定理失效。第二，双边市场的核心是价格结构，平台企业能够通过对价格结构的调整将买卖双方留在平台。在传统（单边）市场中，交易量取决于总的价格水平，而在双边市场中，总价格水平不变的情况下，一方的价格水平可以影响到总交易量的变化，这一特性被称作为“价格结构非中性”。

2. 双边市场的核心问题。

在双边市场中，平台盈利是建立在双边用户数量都能达到一定值的基础上，而一方用户数量会直接影响另一方用户的利益，因此，鸡和蛋的问题（chicken-and-egg problem）成为研究者们关注的重点，因为平台要同时拉动两边用户参与到平台中，就需要制定合理的价格结构。

Anderson和Coate（2003）在对媒体产业中电视广告进行研究的时候发现，广告插播会随着情况不同而出现过高和过低的水平，而如果向观众收费的话，电视的广告水平会很低。张利斌和张广霞（2012）在研究apple store模式时，提出影响平台定价的三个基本因素：需求价格弹性、交叉网络外部性强度以及用户多平台接入行为。认为苹果公司的定价策略是建立在垄断平台的基础上，对软件公司采取基础定价+倾斜定价模式，对手机用户采取免费+付费模式。杨冬梅（2008）在研究双边市场企业竞争策略中，对双边市场企业的垄断定价策略和掠夺性定价策略进行了分析，认为双边市场中双边需求的相互依赖性限制了平台实施垄断定价的能力，同时，平台企业对某一方定制低于边际成本的价格是为了解决吸引双边用户参与平台的问题。程贵孙（2006）认为，双边市场中的平台企业的目标是实现网络外部性的内部化，由此凭借最低交易费用获得最高利润。岳中刚（2006）在对双边市场平台企业的定价策略的研究中认为，双边市场的价格结构并不反映其成本结构，这是双边市场与单边市场的最大区别。由于双边市场的网络外部性，导致其价格结构与传统单边市场并不一致，而平台企业通常会为了吸引用户制定低于边际成本的价格，这种特殊性不光引起了研究者的关注，还引来了政府机构和法律部门的关注。

综上所述，网络文学的诞生与发展，不仅仅是通常认为的大众文学的复兴，而是一个新文化商业形态的成型。

首先，这个形态开创了领先的数字阅读基础商业模式，对于数字化时代文化产品的推进起到了重大的启发和借鉴作用，目前国内网络剧推行的分成制度等就是一个很好的例子。

其次，这个形态体现出了互联网+粉丝经济的巨大价值，无论是从收费道具互动还是影响力价值还原角度考虑，网络文学都是领先世界的。

同时，这个形态有效带动了整个文化产业的互联网化，网络文学所形成的以IP为核心的上下游联合运营和开发机制，其价值远远超过了文学商业化本身。从美国日本的文化市场经验来看，这还将成为未来中国文化产业发展的一个方向。

后　记

网络文学是当代中国文学新的成长点。

网络文学发展之迅猛，受众之广泛，影响之深远是前所未有的。根据中国互联网信息中心发布的相关数据，截至2017年6月，我国网民规模达到七点五一亿，互联网普及率为百分之五十四点三。根据国家新闻出版广电总局数字出版司发布的相关数据，截止至2016年底，包括起点中文网、纵横中文网、17K小说网等业内领先的原创文学网站在内的国内四十家主要网络文学网站作品总量达一千四百五十五万部，当年新增作品即达一百七十五万部，日均超过一点五亿文字量的更新。支撑上述天文数字的各层次写作者超过一千三百万，其中相对稳定的签约作者已接近六十万人。目前我国网络文学用户规模已达三点五三亿，占网民总数的百分之四十六点九，这意味着接近半数的网民或多或少都是网络文学的读者。互联网已经成为文化的最核心载体，从传播和影响力的方面来说，网络文学也已经成为名副其实的主流文学。

当下的网络文学不仅通过付费阅读完成经营循环，还在通过对原创作品IP的深度开发和多重利用，创造出更大的精神和物质价值。据不完全统计，截至2016年12月，国内四十家主要网络文学网站已出版实体图书六千四百四十三部，改编电影九百三十九部，改编电视剧一千零五十六部，改编游戏五百一十一部，改编动漫四百四十部。大量的网络文学作品被改编为影视剧、游戏、动漫，网络文学产业链逐渐形成。

网络文学发展到今天，一个新文化商业形态已经成型。它体现出了互联网+粉丝经济的巨大价值，有效带动了整个文化产业的互联网化，并将成为未来中国文化产业发展的一个方向。网络文学的主流化并不仅仅是作为产业的、商业的意义，同时也成为文化的、价值的意义。

如果说美国好莱坞大片、日本动漫、韩国偶像剧等文艺样式算是当今世界文化奇观，那么，中国网络文学也正逐步成为与之相媲美的第四大世界文化奇观。

中国网络文学的优势，是在世界范围内的全民创作和全民阅读，这是史无前例的。中国网络文学的大体量，更是其他“文化奇观”无法企及的。

随着网络文学的风生水起，广东的学者们力摒众声喧哗，敏锐地对之进行仔细观察和深入剖析。多年前，蒋述卓教授就指出，网络文学的存在和发展为文学和文化带来了新鲜而积极的视野与力量。除了对文学观念和形态的更新，网络文学的出现让底层民众的话语权力得以回归，并从一个十分重要的侧面反映了当代人的精神文化状态，有力地拓展了文学生存的空间。蒋述卓教授认为要鼓励网络文学和传统文学的相辅相成、和谐共生，进一步重视网络文学批评的发展。［《众声喧哗或华丽复调——谈网络文学的未来》，载广东省作家协会编《网络文学评论》（第一辑），花城出版社2011年版。］

近年来，暨南大学苏桂宁教授、中山大学刘卫国教授、肇庆学院黎保荣教授、嘉应学院陈红旗教授，以及于爱成、易文翔、陈立群、陈丽红、李亚旭、周菁、曾锋、倪海燕、马为华、郑焕钊等诸位博士，以极大的热情投入网络文学研究和评论。他们广阔的视野和深邃的探索，为我们展示了粤派网络文学评论的累累成果。

早年在阳江创办起点中文网的林庭锋（宝剑锋），是中国网络文学的第一代写作者和行业开拓者，他对于网络文学商业模式的探索成为行业毫无例外的参照。近年他更是投入了大量的时间和精力，从网络文学的诞生和发展到新文化形态的确立，进行了系统研究并潜心著述，亦在本人撰写广东网络文学发展概述时提供了部分重要资料。

感谢所有参与本书写作者，当中有我尊敬的师长，有共同关心网络文学发展的朋友，有聪慧勤奋的同事，还有素不相识但因文章沟通犹如知己的专家们。尤其感谢黎保荣教授和他的文学研究团队，他们的真诚和热情，学术上的认真和严谨，让我心怀感激。

西 篱

2017年10月于广东文学艺术中心